HEINZ G. KONSALIK

Heiß wie der Steppenwind

Nie kann man Rußlands wahres Sein
ermessen, in ein Schema schrauben;
es hat sein Maß für sich allein.
An Rußland können wir nur glauben.

Tjutschew

... Dein Vater ist längst schon begraben,
dein Bruder schon lange verbannt,
im kalten Sibirien, da klirrt er
mit Ketten an Füßen und Hand ...

Aus dem Lied der nach Sibirien Verbannten

Heinz G. Konsalik

HEISS WIE DER STEPPENWIND

Roman

BASTEI LÜBBE

1.– 2. Auflage 1974
3.– 5. Auflage 1975
6.– 8. Auflage 1976
9.–11. Auflage 1977
12.–14. Auflage 1978
15.–16. Auflage 1979
17.–18. Auflage 1980
19.–21. Auflage 1981
22.–23. Auflage 1982
24.–25. Auflage 1983
26. Auflage 1984
27. Auflage 1985

Bearbeitete Lizenzausgabe mit Genehmigung des Hestia Verlages, Bayreuth:
Bastei-Verlag Gustav H. Lübbe, Bergisch-Gladbach
Printed in Western Germany 1985
Einbandgestaltung: Rolf Seul
Druck und Verarbeitung:
Elsnerdruck GmbH, Berlin
ISBN 3-404-05013-4

Der Preis dieses Bandes versteht sich einschließlich
der gesetzlichen Mehrwertsteuer

ERSTES KAPITEL

Er lag hinter einem Grabstein, auf dem in goldener Schrift stand: »Gott liebt dich«, preßte sich in den weichen, nassen, klebrigen Boden, der unter ihm zitterte, als läge er auf einem Tier, grub das Gesicht in Gras, verfaulte Blumenreste und stachelige Ligusterzweige und heulte wie ein Wolf.

Um ihn herum zerbarst krachend, mit feurigen Fontänen die Welt. Die Gräber öffneten sich unter tobenden Riesenfäusten, Särge schwebten sekundenlang durch die Luft, ehe sie auseinanderplatzten und die Leichen verstreuten; aus der Tiefe der Erde quollen flammende Geiser, der Himmel regnete Steine und Erde, Köpfe und Glieder, Rümpfe und steinerne Platten, auf denen einmal Menschen hatten meißeln lassen: »Ruhe in Frieden«.

Er lag da, biß vor Angst in den stinkenden Boden, roch Schwefeldunst und Brand, umklammerte vor sich einen Stein, der plötzlich zu ihm rollte, als wolle er sich schützend vor ihn legen, aber er wagte nicht, die Augen zu öffnen, er hatte panische Angst, zu sehen, was er hörte und fühlte, und er dachte bei allem Toben und Krachen um sich herum immer nur: Mutter ... mein Gott, mein lieber, lieber Gott, wo ist Mutter? Laß sie leben, lieber Gott ... Mutter, Mutter ... hast du dich rechtzeitig verkrochen ... in ein Granatloch, in den Erdbunker am Eingang des Friedhofs, im Keller bei Frau Paneikes, da mußt du doch vorbei, Mutter, wenn du zum Milchladen gehst ... o Gott, o lieber Gott ... hilf meiner Mutter ...

Durch die Luft orgelten neue Salven heran, Hunderte von Granaten und Minen heulten wie die Welt zerstampfende Riesen, die Erde zuckte und schwankte, und zwischen die erdgetränkte Luft und den Dunst der Explosionen mischte sich plötzlich ein neuer, ekelig öliger, heißer, stickiger und beißender Geruch.

Er hob schnell den Kopf und starrte über die sich öffnenden Gräber. Er sah graubraune Gestalten herumhuschen, die blecherne Höcker auf dem Rücken trugen und aus ihren Händen Feuer spien, und er dachte an seinen Vater, der einmal erzählt hatte, daß das Grauenhafteste im Krieg die Flammenwerfer seien. Da kroch er noch näher an seinen Grabstein heran, schloß wieder die Augen und war leer vor Entsetzen.

Es war der 7. April 1945. Über Königsberg hing seit vierundzwanzig Stunden eine Glocke aus Feuer und Eisen. Es regnete Vernichtung aus Hunderten sowjetischer Batterien und Tausenden Granatwerfern, aus den Schächten der Bombenflugzeuge und vom Himmel stürzender Tiefflieger. Nach monatelanger Belagerung waren die russischen Truppen zur Eroberung der Stadt angetreten ... dreißig frische Divisionen, Eliteregimenter und sibirische Truppen, Panzerbrigaden, Sturmtrupps und Spezialformationen für den Straßenkampf, an den Tod gewöhnt, seitdem sie in Stalingrad die Hölle überlebt hatten.

Von allen Seiten rückten die Sowjets mit ihrer Feuerwalze in die Stadt. Die Ruinen von Königsberg brannten. Der Himmel war eine einzige schwarze Wolke, als plötzlich das Krachen erstarb und sich Stille über den Friedhof legte.

Langsam, ganz langsam hob er den Kopf und blinzelte um seinen schützenden Grabstein herum. Die erdbraunen Gestalten, die durch die Gräberreihen gehuscht waren, sammelten sich am Eingang des Friedhofes. An den rußschwarzen Dachsparren der zerborstenen Leichenhalle flatterten zwei große weiße Bettücher im Wind. Alte Männer und Frauen in zerrissenen Kleidern, um die schmalen, schmutzigen Gesichter Kopftücher gewickelt, standen zusammengeballt an der Mauer. Drei sowjetische Soldaten mit feuerbereiten Maschinenpistolen bewachten sie, als seien sie trotz ihrer Armseligkeit noch eine Gefahr. Vereinzelte Trupps durchkämmten die Grabreihen, vor allem drüben, im alten Teil, wo die großen Grüfte der reichen Familien lagen, ausgemauerte, unterirdische Gewölbe, besser als jeder Erdbunker. Hier holten die Russen noch deutsche Soldaten heraus, armselige Gestalten, die sich zu den Toten verkrochen hatten, um zu überleben.

Hans Kramer setzte sich auf die Erde und starrte auf den Stein, den er vorhin in seiner Not umklammert hatte. Es war ein Totenschädel, erdverkrustet, merkwürdig klein, wie von einem Kind. Er behielt ihn in den Händen und beobachtete mit großen Augen deutsche Soldaten, die jetzt zur Leichenhalle getrieben wurden, sich dort an der Mauer niederhocken mußten, graue Vögel ohne Flügel. Er schrak erst auf, als hinter ihm eine Stimme erklang. Erschreckt fuhr er herum und drückte den Totenschädel an sich, als sei er etwas ungeheuer Wertvolles.

»Wie alt bist du?« fragte der Mann, der plötzlich hinter ihm stand. Er erschien Hans Kramer riesengroß. Ein Russe, dachte er. Das ist ein Russe. Mein Gott, hilf mir doch! Er steht da und bewegt die Hände, sein Gesicht ist voll Dreck und Schweiß, und an der Stirn blutet er ... jetzt wird er mich umbringen, bestimmt wird er das ... alle haben es erzählt, und Vater hat es aus den Zeitungen vorgelesen, wie die Russen Frauen und Kinder ermorden, wie sie die Kinder an den Beinen packten und mit dem Kopf gegen die Wände schleuderten.

Er umfaßte mit beiden Händen seinen Kopf und kroch in sich zusammen.

»Sieben Jahre ...« sagte er und begann aus Angst zu weinen. »Ich ... ich bin sieben Jahre ...«

Der Russe sah sich um und setzte sich dann auf den Grabstein. Er schien ein besonderer Russe zu sein; er trug hohe, weiche Stiefel, und auf den Schultern klebten breite Schulterstücke mit Sternen. Als er in die Tasche seiner Uniform griff, zog Hans Kramer die Knie an und steckte den umklammerten Kopf dazwischen.

»Ich will nicht sterben ...«, weinte er. Sein kleiner Körper zuckte unentwegt wie unter elektrischen Stößen. »Ich will nicht ... bitte ... bitte ...«

»Warum hast du Angst?« fragte der Russe. Er sprach ein hartes, aber klares Deutsch. Seine Stimme war dunkel und gar nicht so, wie ein Kindesmörder sprechen sollte. Hans Kramer schob den Kopf aus den Knien hervor und schielte zu ihm hoch.

»Du willst mich an die Wand werfen ...«, sagte er zitternd.

»Wer sagt, daß ich das will?«

»Alle sagen es. Alle Leute. Vater hat es in der Zeitung gelesen. Die wissen doch alles, die von der Zeitung ...«

»Ja, sie wissen alles.« Der Russe zog die Hand aus der Tasche. Ein Stück schwarzes, glitschiges Brot glänzte in seiner Handfläche. Er hielt es dem kleinen Jungen hin und nickte ihm zu.

»Willst du?«

»Brot?«

»Ja. Sowjetisches Brot. Mehr habe ich selbst nicht. Zum Teufel, wir hungern wie ihr. Uns knurrt der Magen, als hätten wir einen Hofhund verschluckt. Hast du auch Hunger?«

»Ja ...«

»Dann nimm es und iß.«

»Und wenn es vergiftet ist ...?«

Der Russe sah den Jungen fast traurig an. Dann brach er etwas von dem glitschigen Brot ab und steckte es in den Mund. Den Rest hielt er dem Kind hin. Hans Kramer nahm es mit beiden Händen und stopfte es sich in die Manteltasche. Der Russe beugte sich vor.

»Immer noch mißtrauisch, moj wolkoja?« (Mein Wölfchen)

»Ich heb' es für meine Mutter auf ...«

»Ach so, du hast eine Mutter?« Der Russe setzte sich vor den Jungen auf einen anderen zerborstenen Grabstein und nahm ihm damit die Sicht zur Mauer der Leichenhalle. Dort hatten die sowjetischen Soldaten begonnen, die deutschen Gefangenen zu zählen. Mit Gewehrkolben trieben sie die Männer dann weg. Es war kein schönes Bild, und der Russe verdeckte es mit seinem Körper vor dem Blick des Kindes. »Wo ist deine Mamuschka?« fragte er.

»Sie wollte Milchpulver holen, bei Normoth, das ist ein Händler drüben in der Steinbergstraße. Und dann habt ihr geschossen und seid gekommen. Aber sie lebt, ich weiß das ... Mutter lebt ... sie sitzt jetzt bestimmt bei Normoth im Keller ...«

»Und dein Papuschka?«

»Vater ist beim Volkssturm. Vor einer Woche marschierte er zum Haff.« Der Junge griff in die Manteltasche, brach sich ein Stückchen Brot ab und schob es verlegen in den Mund. Noch immer schluchzte er auf ... dann durchzuckte es seinen schmächtigen Körper, und seine großen blauen Augen wurden plötzlich dunkel und sehr alt. »Geht zum Friedhof, hat Vater noch gesagt. Sucht euch eine Gruft aus ... da seid ihr sicher. Und das haben wir gemacht.« Hans Kramer zeigte in die Gegend. Der Russe folgte seiner Hand und blickte über die aufgewühlten Gräber. »Dort drüben wohnen wir ... dort, wo der kaputte Engel liegt. Auf dem Stein stand ›Familie Kranowski‹. Wollen wir hingehen?«

»Ja.« Der Russe stand auf und nahm den Jungen an der Hand. Wie Vater und Sohn gingen sie hinüber zu dem zerborstenen Marmorengel und zur Gruft der Familie Kranowski. Es war eine bekannte Familie in Königsberg. Bankiers und Reeder, Oberstaatsanwälte und ein Kaufhaus ... eine reiche Familie mit Tradition, die sich einen Marmorengel leisten konnte.

»Sie wird gleich kommen ...«, sagte der Junge. Der Russe schrak zusammen.

»Wer?«

»Meine Mutter.« Der Junge blieb stehen und sah zu dem Russen hoch. »Du ... du wirst sie nicht erschießen, nicht wahr?«

»Nein. Bestimmt nicht.«

»Und die anderen Soldaten auch nicht?«

»Ich werde es ihnen befehlen, mein Vögelchen.«

»Bist du so ein großer Mann?«

»Ich bin Anton Wassiljewitsch Pjetkin, Kapitän des sowjetischen Garderegiments.«

»Anton Wassiljewitsch. So hieß einmal ein Geselle, den Vater hatte. Ein gefangener Russe, weißt du.«

»Was ist dein Vater?«

»Schuhmacher.«

»Und was ist aus dem anderen Anton Wassiljewitsch geworden?«

»Ich weiß es nicht. Sie haben ihn abgeholt. Männer mit so blanken Schildern auf der Brust. Anton ist nicht wiedergekommen.«

Kapitän Pjetkin nickte. Er setzte sich auf die Brust des zerbrochenen Marmorengels und hielt die Hände Hans Kramers fest. »Auch dein Vater wird nicht wiederkommen . . .«, sagte er langsam.

»Doch!« Der Junge blickte Pjetkin trotzig an. »Er hat's versprochen.«

»Und deine Mamuschka wird auch nicht wiederkommen.«

»Woher weißt du das?«

Sie sahen sich an . . . der kleine, schmächtige, dreckige deutsche Junge mit den dunkel gewordenen blauen Augen und der große, schmutzverkrustete, an der Stirn verwundete sowjetische Kapitän der Garde. Und so erdrückend auch das Grauen um sie herum war, irgendwie spürten sie, daß sie jetzt auf einer Insel saßen und die Welt nur noch aus ihnen bestand. Um sie herum brannte Königsberg nieder, überrannten die sowjetischen Divisionen die armseligen deutschen Gräben und Erdbunker, holten aus den Kellern und Löchern die müden deutschen Soldaten oder trieben sie vor sich her zum Meer wie gejagte Hasen. Der letzte deutsche Punkt auf der Landkarte Ostpreußens wurde ausradiert. Die Armeegruppe des Marschalls Wassilewski nahm nach einunddreißig Jahren Rache für Tannenberg.

»Wir gehen sie suchen«, sagte Pjetkin leise und legte dem Jungen die Hand auf die Schulter. »Ich verspreche dir, daß ich deine Mamuschka suche . . .«

Zwei Tage lang kämmten sie die Trümmer durch, krochen in Keller und durch Kanäle, suchten die Gräben ab und wühlten sich unter die Ruinen. Sie fragten die Überlebenden, aber die wußten nichts. Nur Angst flackerte in ihren Augen, wenn Hans Kramer mit Kapitän Pjetkin durch die Straßen ging.

Bei Normoth, dem Händler, stand kein Stein mehr auf dem anderen.

Eine Flugzeugbombe hatte das Haus zerspritzt. Im Keller lagen die mörtelbestäubten Leichen der Familie Normoth, eng zusammengedrückt an die Kellerwand, so, wie der Luftdruck der Bombe ihre Lungen zerrissen hatte. Auch andere Menschen lagen herum, einige kannte Hans Kramer . . . Aber die Mutter fanden sie nicht, auch nicht, als sie die unkenntlichen Leichen auf die Straße tragen ließen und ihnen die Gesichter wuschen, um überhaupt erkennen zu können, wie die Toten aussahen.

Kapitän Pjetkin hatte sechs seiner Soldaten abkommandiert, die Mutter des Jungen zu suchen. Er selbst erschien ein paarmal am Tag mit einem kleinen, amerikanischen Jeep und brachte stets etwas zu essen mit. Marmelade und Kekse, das dunkle russische Brot und einen Topf mit Sauergemüse, am Abend des zweiten Tages sogar eine Flasche roter Limonade.

»Sie ist nicht da . . .«, sagte Hans Kramer an diesem Abend. »Mutter ist nicht da . . . und Vater . . .«

»Die deutschen Soldaten am Haff hatten große Verluste.« Pjetkin drückte den Jungen an sich. »Auch Papuschka wird nicht wiederkommen . . .«

»Nie mehr?«

»Nie, mein Wölfchen . . .«

Er spürte, wie der Junge weinte. Der schmächtige Körper schüttelte hin und her, und dann schlangen sich die dünnen Ärmchen um ihn, als sei er der einzige Halt auf dieser Welt.

Pjetkin streichelte die struppigen Haare des Kindes. Dann faßte er es unter die Achseln, hob es wie eine Puppe in seinen Jeep und setzte es neben sich.

»Keine Angst . . .«, sagte er fast zärtlich und umfaßte den Kopf des Jungen mit beiden Händen. Die Augen des Kleinen sahen ihn an wie zwei winzige überlaufende Seen. In das schmutzige Gesichtchen gruben die Tränen lange Rillen. »Keine Angst, mein Liebling. Du hast Anton Wassiljewitsch bei dir . . . und Gott verfluche den Krieg!«

Pjetkin gab Gas und fuhr an.

Sie fuhren in die brennende Stadt . . . es war der 9. April 1945. Königsberg hatte kapituliert.

Und die sowjetischen Armeen standen bereits vor Berlin.

ZWEITES KAPITEL

Überall gibt es Menschen, denen die angeborene Mißgunst eigentlich stets eine gallengelbe Haut bescheren müßte, so widerlich und neidisch sind sie gegenüber ihren Mitbürgern. Kaum hat einer eine neue Hose an, kommt so ein Widerling daher und beginnt sofort zu meckern. »Woher hat er die neue Hose, he, frage ich?« schreit er herum und macht die Nachbarn toll. »Ist er mehr als wir? Hat er einen Vetter beim Zuteilungsamt? Man muß das nachprüfen, Genossen!«

Ja, so einen gibt es überall ... ob in Jenisseisk oder Rio de Janeiro, Oslo oder Gelsenkirchen ... überall wimmelt so ein Mensch herum, der einem selbst einen wohltuenden Darmwind mißgönnt. Wen wundert's, daß auch im Garderegiment von Kapitän Pjetkin ein knollennasiges Luder sein Unwesen trieb, ein Leutnant Andron Awdejewitsch Burmin, den man im Regiment nur den »Stänker« nannte.

Und dieser Andron Awdejewitsch Burmin entdeckte eines Tages im Gefolge des Kapitäns Pjetkin einen kleinen Jungen, der einen Anzug aus einer verkleinerten sowjetischen Uniform trug. Ein dummer Zufall war's ... am Stadtrand von Berlin kochte Pjetkin über einem offenen Feuer eine dünne Kartoffelsuppe, und der Junge rührte mit einem Holzstück darin herum, als Burmin auf einem Beutemotorrad vorbeiratterte. Er bremste sofort, wendete und blieb vor dem dampfenden Kessel stehen. Gerade in diesem Moment kam Pjetkin aus dem Keller, in den Armen neues Brennholz. Als er Burmin sah, wußte er, daß mit der Eroberung Berlins der Krieg nicht zu Ende sein würde. Nicht der Privatkrieg des Kapitäns Pjetkin um ein Kind, das ihm lieb geworden war wie ein eigener Sohn.

»Welch eine schöne Maschine, Andron Awdejewitsch!« rief Pjetkin und ließ das Brennholz fallen.

»Und welch ein schönes Bürschchen!« Burmin grinste und stieg aus dem Sattel. »Wer ist das?«

»Mein Sohn ...«, sagte Pjetkin schlicht.

»Gott läßt noch Wunder geschehen, wahrhaftig!« Burmin schob die Mütze in den Nacken. Ihm wurde heiß vor Erregung. »Regnet Kinderchen vom Himmel, nein so etwas! Und gleich mit einer maßgeschneiderten Uniform. War Ihre Ehe bis zum letzten Urlaub nicht kinderlos, Anton Wassiljewitsch? Oh, das ist des Wunders zweiter Teil — in Kischinew werden Kinder gezeugt und wachsen in sieben Monaten gleich zu jungen Männern heran. Meinen Glückwunsch, Anton Wassiljewitsch!«

Pjetkin verzichtete darauf, dem widerlichen Menschen Erklärungen abzugeben. Es hätte auch keinen Sinn gehabt ... Burmins Augen leuchteten, wie nur das Auge eines Sadisten glänzen kann. »Fahren Sie weiter«, sagte Pjetkin deshalb auch nur, und als Burmin stehenblieb und den Jungen unverschämt musterte, schrie er: »Steigen Sie auf und begeben Sie sich zu Ihrer Kompanie! Das ist ein Befehl, Genosse Leutnant!«

Burmin verzog das Gesicht, als habe er Essig getrunken, machte eine Kehrtwendung und warf sich auf den Sattel. Mit heulendem Motor fuhr er davon.

Pjetkin blickte ihm nachdenklich nach, bis er zwischen den Trümmern verschwunden war. Dann drehte er sich um und setzte sich neben den dampfenden geschwärzten Suppenkessel. »Es wird Ärger geben«, sagte er ahnungsvoll. »Burmin wird überall herumerzählen, daß du bei mir bist, Igoruschka . . .«

Hans Kramer, der seit der Eroberung Königsbergs von Kapitän Pjetkin nur noch Igor gerufen wurde, schöpfte mit dem Holzlöffel etwas Suppe in eine Blechschüssel und stellte sie auf einen Trümmerstein. Der Weg von Ostpreußen bis nach Berlin war eine einzige Kette von Abenteuern gewesen. Die Spezialtruppe Pjetkins – die Straßenkämpfer von Stalingrad — wurden sofort aus Königsberg herausgezogen, als der deutsche Kommandant, General Lasch, kapitulierte. Mit einer langen Autokolonne raste das Bataillon nach Westen, überholte die Flüchtlingstrecks, fegte sie rechts und links in die Straßengräben und erreichte Berlin, als der letzte große Sturm auf die Innenstadt begann. In diesen Tagen verwandelte sich der kleine deutsche Junge Hans Kramer in einen russischen Jungen. Pjetkin rief einen Schneider, einen Feldwebel seiner Kompanie, zu sich und sagte mit düsterem Blick:

»Bogdan Jegorowitsch, ich gebe dir zehn Rubel und übersehe fünfmal, daß du besoffen zum Dienst kommst, wenn du Igor aus einer alten Uniform einen Anzug machst und im übrigen das Maul hältst. Verstehen wir uns?«

»Ausgezeichnet, Genosse Kapitän.« Bogdan Jegorowitsch nahm an Hans Kramer Maß, zog einem an seinen Verwundungen gestorbenen sowjetischen Soldaten die Uniform aus und gab dem Sanitäter, der so etwas duldete, zwei Rubel ab.

»Was braucht ein Toter eine Uniform?« sagte Bogdan weise. »Pflichte mir bei, Genosse, daß ein Toter nicht mehr friert.«

Dagegen war nichts einzuwenden, und Igor erhielt nach vier Tagen einen schönen, gutsitzenden Anzug, der nur einen einzigen kleinen Schönheitsfehler hatte: Hinten, unter der linken Schulter, war ein dunkler Blutfleck im Stoff. Bogdan Jegorowitsch gab sich alle Mühe . . . er wusch den Stoff, seifte ihn ein, walkte ihn durch, schlug ihn nach alter Bauernart auf flache Steine, spülte ihn im fließenden Wasser des Oderbruchs, zog ihn durch Benzin und verzweifelte fast, als der Fleck immer wieder zum Vorschein kam. »Ein verfluchtes Blut hatte der Kerl!« rief er, als er den Anzug bei Pjetkin ablieferte. »Als wenn er jahrelang Säure gesoffen hätte. Wer konnte das ahnen, Genosse Kapitän. Es war aber die beste Uniform, die ich überhaupt bekommen konnte.«

Für einen anderen neuen Anzug war die Zeit zu knapp. Die Stalingrad-Kämpfer wurden auf Panzern nach Berlin gebracht. Schon am nächsten Tag räucherten sie ein Widerstandsnest der SS aus, eine blutige Sache, bei der auch Bogdan Jegorowitsch sein Leben ließ. So behielt Igor seinen Anzug mit dem Blutfleck auf dem Rücken.

Leutnant Burmin war sehr aktiv gewesen ... Pjetkin erfuhr es, als er durch Funk direkt mit dem General verbunden wurde und in dem schnarrenden, knackenden Sprechgerät die wohlbekannte Stimme Ronowskijs hörte.

»Anton Wassiljewitsch«, sagte der General. »Ihre Leute waren sehr tapfer. Ich freue mich.«

»Wir opfern uns ganz dem Vaterland, Genosse General«, antwortete Pjetkin steif.

»Im Augenblick haben Sie etwas Ruhe, nicht wahr?«

»Seit vier Stunden. Die Deutschen haben sich verkrochen. Wir sammeln die Verwundeten auf –«

»Und Kinder ...«

Aha, dachte Pjetkin, jetzt kommt es. Ich habe ihm ein gutes Stichwort hingeworfen. Er kannte Ronowskij von der Militärakademie her; er war Pjetkins Lehrer in Strategie gewesen. Ein guter Mensch, wie ein Vater zu seinen Schülern. Pjetkin hatte er besonders in sein Herz geschlossen, was dieser nicht verstand, denn er war durchaus nicht der beste Schüler der Akademie gewesen. Ronowskij aber war da anderer Ansicht. Zu seinen Lehrerkollegen sagte er einmal: »Natürlich ist Anton Wassiljewitsch kein Mustersoldat. Er schwebt so in der oberen Hälfte, nicht mehr. Aber statt den Arsch zusammenzukneifen, daß die Backen krachen, klopft ein Herz in seiner Brust. Das ist nicht unbedingt förderlich für eine große militärische Laufbahn, aber es beruhigt mich, daß nicht alle, die wir hier entlassen, menschliche Traktoren geworden sind ...« Ronowskij stand mit dieser Meinung allein da, aber er war schon immer ein Sonderling gewesen, zudem war er der einzige sowjetische General, der einen Vollbart trug wie ein Pope. Bis sie an die Grenze Deutschlands kamen. Da rasierte er sich kahl wie ein Milchgesicht und schwor vor seinen versammelten Offizieren, erst nach der Eroberung Berlins wieder seine Manneszierde wachsen zu lassen. Seitdem stand er jeden Morgen traurig vor seinem Spiegel, betrachtete und betastete sein leeres Kinn und gab dann seinen Tagesbefehl heraus: »Es muß der Ehrgeiz unserer Division sein, als erste in Berlin zu sein und die ruhmreiche rote Fahne auf dem höchsten Punkt Berlins zu hissen!«

»Kinder?« sagte jetzt Kapitän Pjetkin gedehnt. »Natürlich sind Kinder hier, Genosse General. Die Keller sind voll von Zivilisten.«

»Kommen Sie her!« antwortete General Ronowskij kurz. »Bringen Sie das Knäblein mit.«

Der Befehlsstand der Division lag im Keller einer Bäckerei. Der Gasbackofen war noch intakt, aber da es kein Gas mehr gab, heizten die Bäcker der Division ihn mit Holz und backten das Brot nach guter alter Bauernart zwischen glühheißen Steinen. General Ronowskij hauste zwischen den Backtrögen und Knetmaschinen wie ein Meisterbäcker, hatte über dem Rolltisch seine Landkarten ausgebreitet und die sich zusammenrollenden Ecken mit Kuchenformen beschwert. Seine Uniform war mehlbestäubt, denn neben ihm werkelten die Divisionsbäcker in den Trögen und formten riesige runde Brote.

Pjetkin und Igor mußten oben im zerstörten Haus warten, bis Ronowskij sie durch einen Adjutanten herunterholen ließ. Der Boden zitterte unter ihren Füßen, die Luft war erfüllt von Detonationen und schwarzen Qualmwolken. An der Spree gingen sowjetische Stoßtrupps im Schutze von Panzern gegen die letzten deutschen Widerstandsgruppen vor. Auch der Ring um die Reichskanzlei zog sich immer enger. Bald würde der Krieg zu Ende sein . . . jeder spürte es. Eine noch unterdrückte Freude lag in den Augen. Es war wie im Frühling, wenn das Eis auf den Flüssen kracht und alles nach Süden schielt und auf den warmen Wind wartet.

General Ronowskij empfing Pjetkin mit einem großen Stück ofenheißen Brotes in der Hand. Es duftete köstlich im ganzen Keller, die ausgehungerten Magenwände zogen sich bei diesem Geruch krampfhaft zusammen und zuckten wie ein getretener Wurm. Auch in Pjetkins Mund lief das Wasser zusammen.

»Anton Wassiljewitsch . . .«, sagte Ronowskij gedehnt und betrachtete dabei den Jungen in seinem Anzug aus Uniformstoff. »Habe ich Sie schon einmal angebrüllt?«

»Nein, Genosse General.« Pjetkin stand in strammer Haltung zwischen Backtrog und Knettisch. Dabei hatte er aber seinen rechten Arm um Igors Schulter gelegt, und diese Geste war es, die Ronowskij unsicher werden ließ.

»Habe ich Sie jemals ein Rindvieh genannt?«

»Nein.«

»Aber beides werde ich jetzt müssen.« Ronowskij zog die buschigen Brauen zusammen und musterte den Jungen wie ein Pferdekäufer. Dann biß er wieder in das frische, dampfende Brot, ging um Igor herum und stutzte, als er den Blutfleck sah. Aber er fragte nicht, setzte seinen Rundgang fort, umkreiste sogar den Kartentisch und starrte dann wieder in die großen, blauen, treuherzigen Kinderaugen. »Er hat keine Angst«, sagte Ronowskij plötzlich verblüfft.

»Warum auch?« Pjetkin blickte an seinem General vorbei.

»Ich habe zu ihm gesagt: Hab' keine Angst, Igoruschka. Wir gehen zu einem guten Menschen. Er wird dir nicht ein Haar krümmen.«

»Ihr verdammtes weiches Herz, Anton Wassiljewitsch! Es wird Sie eines Tages noch umbringen, warten Sie es ab. Erobert in Stalingrad ein ganzes Stadtviertel und wird weich wie Butter in der Sonne, wenn er ein Kind findet. Wer ist das da?«

»Igor Antonowitsch, mein Sohn, Genosse General.«

»Hat man jemals so einen Blödsinn gehört? Sein Sohn! Ein deutscher Bastard!«

»Er *wird* nach dem Krieg mein Sohn sein. Irena Iwanowna bekommt keine Kinder ... wir wissen das jetzt. Aber wir wünschen uns seit Jahren einen Sohn.«

»Und dann muß es ein Deutscher sein? Läuft ihm da etwas zu wie ein Straßenköter, und der gute Anton Wassiljewitsch mit seinem blöden guten Herzen küßt und streichelt es und bekommt selbst triefende Hundeaugen! Gibt es nicht kräftige russische Jungen genug? Waisen von tapferen Vätern, die ihr Leben für unser Vaterland ließen? Wo haben Sie ihn gefunden?«

»Auf einem Friedhof in Königsberg, Andreij Iwanowitsch.« Pjetkin drückte Igor an sich und legte beide Arme um ihn. »Er kniete hinter einem Grabstein, weinte, zitterte und hielt einen Totenschädel in der Hand, als sei's ein Apfel, in den er hineinbeißen wollte –«

General Ronowskij blähte die Nasenflügel und blickte auf seinen großen Klumpen Brot. Der Duft aus dem frischen Laib war berauschend ... er war wie ein Hauch tiefsten Friedens.

General Ronowskij sah sich um. Die Bäcker standen abseits und kneteten die runden Laibe, zwei Offiziere seines Stabes hockten vor dem Feldtelefon und schrieben neue Meldungen mit. Nur Pjetkin blickte ihn an, und ihm winkte er jetzt zu.

»Machen Sie die Augen zu, Anton Wassiljewitsch«, sagte Ronowskij. »Sofort!« Dann beugte er sich vor, brach ein großes Stück Brot ab und gab es dem Jungen.

»Das hat nichts zu sagen«, stellte Ronowskij später fest, als er mit Kapitän Pjetkin allein in einem Nebenraum war, wo früher das Mehl gelagert hatte. »Wie denken Sie sich das alles? Adoptieren! Ein deutsches Kind! Mitnehmen an die Front! Ein Kind! Leben wir im Zeitalter der Tataren? Sagen Sie nichts, Pjetkin, ich befehle Ihnen, sich aller Äußerungen zu enthalten. Es ist ein lieber Junge, so scheint's, ein wenig schmächtig, und wenn Sie Pech haben, stirbt er an Schwindsucht, oder eine Kugel trifft ihn, eine Granate, eine Mine, was weiß ich. Adoptieren! Wissen Sie, was für ein krummer Weg das ist? Ein Gardeoffizier mit einem deutschen Kind! Die Beamten werden sich die Köpfe an den Wänden einrennen, wenn Sie mit diesem Antrag vorstellig werden. Sehen Sie es doch ein: Es ist unmöglich!«

Pjetkin schüttelte den Kopf. Ronowskij seufzte tief. »Ich bin das einzige auf der Welt, was Igor noch hat«, sagte Pjetkin. »Er hat sich an mich geklammert wie eine junge Katze.«

»Tausende Kinder haben jetzt nichts mehr auf der Welt als ihren eigenen Atem!« schrie Ronowskij. »In der Sowjetunion gibt es über vier Millionen Kriegswaisen ... und Sie kommen daher mit einem Bastard. Pjetkin ... denken Sie mit: Was soll geschehen? Ich muß Ihnen befehlen, das Kind wegzugeben! Sofort!«

»Und was soll mit Igor geschehen?«

»Darum sind wir jetzt hier allein, Anton Wassiljewitsch. Ich will Ihnen einige Vorschläge machen.« Ronowskij setzte sich auf eine Kiste, dachte an die dankenden blauen Augen des Jungen, als er in das heiße Brot biß, und seufzte wieder. »Seien wir tolerant, warten wir ab, wie sich die Welt dreht, wenn wir den Großen Krieg gewonnen haben, betrachten wir Ihren Igor einfach als einen unserer Waisen. Was macht man mit ihnen? Man sammelt sie und bringt sie in ein Kinderlager, wo man sie zu guten Kommunisten erzieht. Ist das eine Idee, Pjetkin? Sie können Ihren Igor wieder holen, wenn wir ihn umerzogen haben. Die Sowjetunion wird für ihn Vater und Mutter sein. Wenn er später zu Ihnen zurück will ... man kann versuchen, mit den Beamten zu reden.« Ronowskij hob beide Hände, als müsse er zeigen, daß sie sauber seien. »Es ist der einzige Weg, den Jungen zu retten. Lehnen Sie jetzt ab, muß ich Igor aussetzen wie einen überzähligen Hund.«

Pjetkin schwieg. Er überdachte seine Situation, und er sah ein, daß ein einzelner Mensch nichts ist als eine Schneeflocke, die auf einen heißen Ofen fällt.

»Wie sieht das alles technisch aus?« fragte er mit zusammengepreßter Kehle. »Wo kommt er hin, und wie kommt er hin?«

Ronowskij räusperte sich und suchte in seiner Uniform nach einer Packung Zigaretten. Da er keine fand, griff Pjetkin in seine Tasche und holte seine Papyrossi heraus. Nach drei tiefen Zügen sprach der General weiter.

»Ich werde mich selbst um ihn kümmern, Anton Wassiljewitsch, das verspreche ich Ihnen. Mit dem nächsten Lazarettzug reist er nach Moskau, und einen Brief von mir an das Waisenkomitee bekommt er mit, der wird Wunder wirken. Wir werden seinen Lebensweg genau verfolgen, haben Sie gar keine Sorge, und wenn er ein guter Russe wird, können Sie stolz auf ihn sein. Nur jetzt muß er weg, sehen Sie das doch ein. Unmöglich, wenn jeder im Krieg eine Liebhaberei mit sich herumschleppt. Der eine ein Kind, der andere eine Hure, der nächste kommt mit einem Papagei auf der Schulter an.«

»Man sollte Burmin den Schädel einschlagen«, sagte Pjetkin dumpf. Dann stand er auf und zertrat seine halb gerauchte Zigarette. »Wann muß ich Igor abgeben?«

»Morgen früh bringen Sie ihn zum Sanitätsplatz. Ich werde Mühe haben, bis dahin alle maßgebenden Leute zu unterrichten.«

In der Nacht lagen sie noch lange wach, unten in dem feuchten Keller der Ruine. Über ihnen orgelten die schweren Granaten in das Regierungsviertel von Berlin. Die dumpfen Einschläge zitterten in den Mauern wider. Igor hatte sich eng an Pjetkin gedrückt und zerrupfte mit seinen kleinen, dürren Fingern einen Fetzen Stoff, den er gefunden hatte. Er schwieg lange, während Pjetkin ihm zu erklären versuchte, wie schön das Erziehungsheim sei, in das er morgen kommen sollte, wie alle Not ein Ende habe und er später, wenn der Krieg gewonnen sei, abgeholt würde nach Kischinew, der schönen Stadt am Bakul, dessen Wasser sich in den riesigen Dnjestr ergossen und hineinflossen in das Schwarze Meer.

Pjetkin redete und redete, und dabei blickte er auf die Finger des Jungen, die den Stoff zerrissen. Lautlos, mit einem armseligen Zittern, in dem die ganze Angst sich verbarg, die Einsamkeit, das Grauen vor dem Morgen, die die kleine Seele zerstörten.

»Du holst mich ab?« fragte Igor, als Pjetkin schwieg. Er war erschöpft. Nichts fiel ihm mehr ein, denn alle Erklärungen waren lahm wie ein blindes Brunnenpferd, das zwanzig Jahre immer im Kreise geht.

»So wahr meine Augen sehen . . .«, sagte Pjetkin mit müder Stimme. »So schnell wie möglich.«

»Und die anderen Leute werden mich nicht als Feind behandeln?«

»Sie sollen es wagen! Du bist Igor Antonowitsch, und bist nichts anderes gewesen.«

»Aber ich kann kein Wort Russisch.«

»Du wirst es schnell lernen, mein Wölfchen.« Pjetkin schob eine alte Decke über ihn. Es war eine kalte, regnerische Nacht. Irgendwo im Keller tropfte das Wasser durch die Risse der Decke. Er hätte weinen können und war selbst erstaunt über sein Seelenleben. Wie man sich an ein Kind gewöhnt, dachte er.

»Erzähl mir mehr von Kischinew«, sagte Igor. Pjetkin schrak zusammen, sammelte seine Gedanken und erzählte von seiner Frau Irena Iwanowna, den Weinbergen und Obstplantagen auf den grünen Hügeln im Nordwesten und Süden der Stadt, dem schwarzen fruchtbaren Boden, den Wäldern von Kodry und den malerischen Tälern und Schluchten der Moldawa.

»Ein schönes Land, nicht wahr?« fragte Igor und spielte nervös mit dem zerfetzten Stoff. »Ich werde alles tun, was man mir sagt, um bald zu dir zu kommen.«

»Das willst du wirklich, Igoruschka?«

»Ja.« Der Junge drehte sich auf die Seite und starrte gegen die nasse Kellerwand. »Wo ... wo soll ich denn hin? Ich bin doch jetzt ganz allein.« Dann drückte er das Gesicht auf den rechten Unterarm und begann, lautlos zu weinen.

Am frühen Morgen wickelte Pjetkin den schlafenden Igor in eine Decke, trug ihn zu seinem Jeep und fuhr mit ihm zum großen Hauptverbandsplatz. Dort gab er den Schlafenden ab wie ein Paket und sah ihm nach, wie ein Sanitäter ihn wegtrug in eines der Zelte. Der Chefchirurg, ein Kapitänarzt, war bereits unterrichtet und wartete, bis Pjetkin seinen stillen Schmerz überwunden hatte. »Wollen Sie nicht mitgehen und sich überzeugen, daß er in besten Händen ist?« fragte er.

»Nein.« Pjetkin schüttelte den Kopf. »Wenn ich ihm jetzt nachlaufe, hole ich ihn zurück, und selbst Stalin wird ihn mir nicht aus den Händen reißen —.« Er drehte sich brüsk um und stapfte zu seinem Wagen.

War es Gottes Fügung oder der Sadismus des Teufels, daß auf dem Rückweg ihm Leutnant Burmin über den Weg lief? Wie's auch sei ... Pjetkin hielt sofort den Wagen an, sprang hinaus und rannte auf Burmin zu, der mit einem Feldstecher die Ruinen abtastete und nach versteckten deutschen Scharfschützen suchte.

Er holte aus, schlug Burmin gegen das Kinn, genau auf die Spitze, wo es laut krachte. Burmin starrte Pjetkin verblüfft an, verdrehte dann die Augen und fiel um. Mit dem Kopf streifte er auch noch eine Mauerkante, aber das war in seinem Zustand ohne Bedeutung.

Zufrieden ging Pjetkin zurück zu seinem Jeep. Burmin wird von heute an mein Feind sein, dachte er. Es wäre gut, wenn ihn bald eine deutsche Kugel trifft.

Das war kein christlicher Gedanke, aber Pjetkin war schon 1930 aus der Kirche ausgetreten. Und außerdem dachte mancher so wie er.

DRITTES KAPITEL

Der Lazarettzug ratterte durch das zerstörte, verbrannte, einsame, regengraue Land. Tag und Nacht, nur unterbrochen durch kurze Aufenthalte, wenn die Lokomotiven Wasser und Kohlen aufnahmen oder gewechselt wurden. Dann wurden auch die Leichen ausgeladen, durchhängende Zeltbahnen, die auf die Bahnsteige klatschten wie Säcke nassen Mehls. Frankfurt/Oder ... Posen ... Kutno ... Warschau ... Bialystok ... Baranowitschi ... Minsk ... Borissow ... Orscha ... Smolensk ... Moskau ... Tag und Nacht, Nacht und Tag ... zwei Wochen lang das Rattern der Räder, das Knirschen der Schienen, das Schwanken der Waggons auf den ausgeleierten Federn, das Wimmern der Verwundeten, das Röcheln der Sterbenden ... und draußen die Unendlichkeit des Landes.

Igor Antonowitsch, wie er jetzt nur noch gerufen wurde, lebte in diesem Zug voller Sterbender wie eine Hauskatze. Er konnte sich zum Schlafen hinlegen, wo er wollte, und meistens kroch er unter das Bett eines Schwerverwundeten und ließ sich von dem gleichförmigen Stöhnen in den Schlaf wiegen, bekam sein Essen vorn beim Sanitäter oder bei der Ärztin im Wagen III, man fragte ihn nicht aus, man behandelte ihn aber auch nicht wie einen Menschen. Da kommt ein lebendes Wesen und will essen und schlafen und man gibt es ihm – mein Gott, man hat genug zu tun im Zug, vierhundertneunundzwanzig Verwundete wollen gepflegt werden, schreien nach neuen Verbänden, nach Wasser, nach schmerzstillenden Spritzen, fluchen und spucken Blut, machen unter sich und beten, weinen und sterben dahin.

Igor Antonowitsch gewöhnte sich schnell an seine Reisegefährten. Als der Kapitänarzt ihn beim Lazarettzug ablieferte, band man Igor einen Zettel um den Hals. Was auf dem Papier stand, wußte er nicht ... aber er ahnte, daß es etwas sehr Wichtiges für sein ferneres Leben war. Ein Reisebillett in die Zukunft. Was die Ärztin und die Sanitäter zu ihm sagten, verstand er auch nicht ... er zuckte nur mit den Schultern, antwortete mit dem einzigen Satz, den er richtig konnte: »Nje panimatj« und versuchte, zu lächeln und etwas Freundschaft aus den fremden Gesichtern zu locken. Aber das gelang ihm nicht. Da flüchtete er sich zu den Verwundeten, hielt ihnen die Blechbecher mit Wasser an die heißen Lippen, legte nasse Lappen auf die fiebrigen Stirnen und trug dem Sanitäter Lalikow die Verbandstasche nach, wenn dieser am Morgen seine Runde durch die ihm unterstellten Wagen machte. Dabei lernte er auch, daß man den Toten die Lider herunterzieht und die starren Augen damit bedeckt.

Sogar die Liebe zwischen Mann und Frau wurde ihm, wenn auch unfreiwillig, demonstriert. Am frühen Morgen war's, er strich wieder durch die Abteile, um zu sehen, wieviel in der Nacht gestorben waren, als er am Abteil der Ärztin vorbeikam und sie durch das halbverhängte Fenster auf einer Pritsche liegen sah, nackt bis zum Hals, und ein Männerkörper, schweißglänzend und zuckend, lag auf ihr und hob und senkte sich. Ihr schien es zu gefallen, ihr breites Gesicht glänzte vor Freude, und sie schlug mit den Beinen um sich. Das alles war so neu, unheimlich und rätselhaft, daß Igor schnell weiterlief und die Zählung der Toten fortsetzte.

Es war eine schöne Zeit unter den Kranken und Sterbenden, fand Igor, als sich der Zug den Vororten Moskaus näherte und damit einem neuen Abschnitt seines ungewissen Schicksals. Neben Lalikow saß er und starrte aus dem Abteilfenster, als der Lazarettzug in einen Güterbahnhof einlief und dort endlich nach vierzehn Tagen stehenblieb. Lastwagen rumpelten an die Waggons heran, die Verwundeten wurden umgeladen, die Ärztin übergab die Transportpapiere an zwei Offiziere. Auch Igor wurde übergeben wie ein Karton Verbandmull . . . einer der Offiziere las den Zettel, den der Junge um den Hals trug, betrachtete Igor nachdenklich, sagte etwas, was Igor noch nicht verstand, und war verblüfft, als der Kleine antwortete, was ihn der Korporal aus Riga gelehrt hatte:

»Gott verfluche dich! Du hast schon besser auf die Stiefel gepißt!«

Der Offizier stutzte, zog die Augenbrauen zusammen und überlegte, ob er diesem Bündel von Verwahrlosung eine kräftige Ohrfeige verabreichen sollte. Er entschied sich dafür, daß ein Offizier so etwas nicht tut, gab statt dessen Igor einen Stoß vor die Brust, daß der Kleine fast einen Purzelbaum schlug und sich auf das Hinterteil setzte, und sagte laut:

»Man wird dir die Haare schon noch scheren, du warziges Teufelchen!« Dann machte er auf dem Zettel, den Igor an einem Bindfaden um den Hals trug, ein Kreuz und unterstrich den Namen. Jeder wußte jetzt: Achtung! Hier kommt ein Satanchen! Haltet die Augen offen! Gebt ihm mehr Schläge als zu essen, das wird ihm guttun!

Stundenlang hockte dann Igor Antonowitsch in der Ecke eines Büros auf einem Schemel, und keiner kümmerte sich mehr um ihn. Einmal blickte der Sanitäter Lalikow hinein, grinste, warf ihm einen Apfel zu und verschwand wieder. Auch die Ärztin erschien kurz, packte drei dicke Akten auf den Tisch und ging.

Igor wagte nicht, sich zu rühren. Er aß den Apfel samt dem Kerngehäuse, lehnte sich dann an die Wand und schlief ein.

Ein Rütteln weckte ihn. Vor ihm stand ein fremder Mann mit einer blaugrau gestreiften Mütze und einem langen Lodenmantel, riß ihm das so wichtige Schild vom Hals und las es sehr bedächtig durch.

»Ein Fliegenschiß und dann die Protektion eines Generals«, sagte der Mann wie angewidert. »Aber was kann man dagegen tun? Man muß dich aufnehmen in den Kreis der tapferen Kriegswaisen. Igor Antonowitsch, erhebe dich und höre zu, was ich sage: Wir verlangen Gehorsam, weiter nichts. Alles andere kommt dann von allein. Hast du's verstanden?«

Igor sah den großen Mann in dem langen Mantel verständnislos an. Er hatte nichts begriffen, aber er dachte an den Korporal, der gesagt hatte: »Wenn du nicht aus und ein weißt, dann sage diesen Satz . . .« Und Igor sagte:

»Es ist alles Scheiße auf der Welt!«

Der Mann verzog schmerzhaft das Gesicht. Er legte seine breite Hand auf Igors Schädel und drückte zu. Wie in einem Schraubstock war's, Igor schrie auf und ließ sich vom Schemel fallen.

»Nur zur Warnung!« brüllte der große Mann. »Steh auf, Eselsdreck! Wir werden dich im Lager an einen Haken hängen, als Mahnung für alle. Zum Teufel, erhebe dich!« Er riß Igor vom Boden, stieß ihn vor sich her aus dem Gebäude, über den Bahnsteig und in einen alten Wagen, in dem es nach Sauerkohl und Schweiß stank. »Wir werden dich kleinkriegen«, schrie der Mann wieder. »So klein wie eine plattgedrückte Wanze! In eine Dielenritze wirst du noch kriechen und heulen!«

Er gab Gas, der alte Wagen machte einen mörderischen Satz in die Luft, fiel auf alle vier Räder, ächzte in allen Fugen und zockelte dann prustend wie ein darmkranker Gaul über die Straße.

Igor preßte das Gesicht gegen die schmutzige Scheibe und starrte in die Abenddämmerung.

Moskau. Das war Moskau.

Er sah keinen Unterschied zu Königsberg, nur waren alle Häuser ganz, in den Fensterscheiben leuchtete orangen die Abendsonne, und die Doppelkreuze glänzten golden von den Zwiebeltürmen der Kirchen. Ich habe mir Moskau ganz anders vorgestellt, dachte er. Bunter, schöner, wie auf den Bildern der Sagenbücher. Aber die Häuser sind alt und grau, und die Straßen wie bei uns ... nur die Kirchen sind wie auf den Bildern.

VIERTES KAPITEL

Das »Staatsheim für Kriegswaisen« war in einem alten Kloster südlich von Moskau untergebracht und machte von außen einen so ehrwürdigen Eindruck, daß man versucht war, beim Betreten des Vorbaues die Mütze vom Kopf zu reißen, als beträte man eine Kirche. Dieser Eindruck änderte sich sofort, wenn man in den Innenhof blickte, wo einmal ehrbare Mönche betend und singend gewandelt waren, bis die Revolution sie verjagte und der Bezirkskommissar die Klosterzellen in Gefängniszellen umfunktionierte und politisch Unzuverlässige einsperrte. Später stand das Kloster leer und galt als Geheimtip für Liebespaare. Hier konnte man sich lieben, ohne jemals gestört zu werden.

Als der Staat wieder Besitz von dem Kloster ergriff, richtete er ein Waisenhaus ein.

Igor Antonowitsch hatte das Glück, daß der Chef der Anstalt – er nannte sich friedlich Heimleiter – die deutsche Sprache halbwegs beherrschte. Er hieß Boris Igorowitsch Komorow, war ein dicker Mensch, der seinen Bauch vor sich herschob wie eine Lokomotive einen Waggon, und er schnaufte sogar wie ein defekter Dampfkessel, wenn er sich schneller bewegte als in vorsichtiger Zeitlupe. Er war Junggeselle und stellte den Küchenmädchen des Heims nach, allerdings mit mäßigem Erfolg, denn sein Leibesumfang machte eine zärtliche Annäherung zu einem kritischen Problem und einer wahren artistischen Leistung.

»Ist er das?« fragte Komorow, als Igor vor ihm im Büro stand und ihn stumm mit seinen großen blauen Augen anblickte.

»Er ist's«, knurrte der lange Mann aus dem Auto. »Eine Mißgeburt, sage ich Ihnen, Genosse Heimleiter. Ein Mundwerk wie ein Fischweib mit verdorbenen Fischen. Man sollte ihn scheuern wie einen Eisenkessel.«

»So sieht er gar nicht aus, Pjotr Schmeljoff.« Komorow beugte sich zu Igor vor und blinzelte ihm zu. »Du wirst es gut bei uns haben, mein Söhnchen.«

Und Igor – immer an den alten Korporal denkend, der ihm gesagt hatte: »Wenn einer freundlich zu dir ist, dann sage diesen Satz: ›Gott verfluche dich! Du bist ein schielender Bock!‹« – antwortete entsprechend.

»Was sage ich?« schrie der lange Mann. »Hören Sie es, hören Sie es, Genosse Komorow? Man sollte ihm gleich das Gesicht auf den Rücken drehen! Er wird unsere Anstaltsordnung untergraben.«

Komorow hob die Augenbrauen und kratzte sich die Nase. Dann las er die Begleitpapiere des Jungen, kam um seinen Tisch herum, und anstatt dem Bürschchen aufs Haupt zu schlagen und es an die Wand zu werfen, wie man mit Recht erwarten durfte, streckte er ihm die Hand entgegen und sagte auf deutsch:

»Guten Tag.«

»Guten Tag«, antwortete Igor hell. Seine Augen glänzten. Er legte seine schmächtige Hand in die dicke von Komorow und machte einen kleinen Diener. Schmeljoff, der Lange, fuhr sich mit beiden Händen durch die Haare.

»So ein Luder!« schrie er. »So ein Galgenstrick! Verstehen Sie dieses Wesen, Boris Igorowitsch?«

»Bis auf seinen Grund. Irgendein Saukerl hat ihm diese Worte und Sätze eingetrichtert. Er weiß gar nicht, was sie bedeuten. Igor spricht gar kein Russisch ... er ist ein Deutscher!«

»Ein was?« Schmeljoff drückte das Kinn an den Kragen. »Das ist doch unmöglich!«

»Lesen Sie die Begleitpapiere!« Komorow warf Schmeljoff die dünne Akte zu ... das Leben des Igor Antonowitsch auf zwei Seiten. »Wir wollen ein Musterexemplar von einem Russen aus ihm machen. Das wird mein persönlicher Ehrgeiz sein. Denken Sie an das Sprichwort der Tataren: Aus Milch wird durch Stampfen Butter.«

»Es gibt aber auch noch ein anderes Sprichwort«, sagte Schmeljoff und schielte auf Igor hinunter. »Auch ein dressierter Bär bleibt immer ein Bär ...«

Igor Antonowitsch erhielt einen Schlafplatz im Block III, Zimmer 67 der Abteilung »Junge Adler«. Er teilte die ehemalige Klosterzelle mit noch drei Kriegswaisen, drei kräftigen, um einen Kopf größeren Jungen als er, die schon seit zwei Jahren im Heim lebten und deren Vater und Mutter der fortschrittliche sozialistische Staat waren. Von ihren wirklichen Eltern wußten sie wenig oder gar nichts ... als sie zu Waisen wurden, gleich zum Beginn des Großen Vaterländischen Krieges, spielten sie, vom Grauen unberührt, im Garten hinter dem Flechtzaun, bis die Nachbarin sie einfing wie junge Hunde und ihnen weinend erzählte, Väterchen hätten die Deutschen im Wald umgebracht und Mamuschka hätte man abtransportiert, irgendwohin nach Westen. Die Deutschen gaben darüber keine Auskunft, und wer intensiv fragte, wurde aus der Kommandantur geprügelt.

So oder ähnlich war es fast allen Kindern ergangen, die hier zu Männern erzogen werden sollten, zu echten Kommunisten, zu Sturmtruppen der neuen Generation. Deshalb lehrte man in den oberen Klassen auch die deutsche Sprache, denn der bewundernde Blick nach Westen war nach der Eroberung Sibiriens für den Russen ebenso zu faszinierend wie der Deutschen Blick nach Osten. Der eine sah in ein haßgeliebtes Wunderland, der andere träumte von den Weiten des Landes, vom jungfräulichen Boden, vom neuen Lebensraum unendlichen Ausmaßes.

Igor blickte sich vorsichtig um, nachdem ihm Komorow das Bett gezeigt hatte und ihn allein ließ. Die drei Zimmergenossen – »Dolgoruki«, der Langhändige, »Njelep«, der Häßliche, und »Schwaßtun«, das Großmaul – saßen auf ihren Matratzen, stumm wie Tonfiguren, und warteten. Ihr Blick war voll kindlicher Gnadenlosigkeit, denn niemand ist kompromißloser als Kinder unter sich.

Igor schwieg. Er war vorsichtig geworden, denn Komorow hatte ihm gesagt, daß die Sätze des alten Korporals eine Schweinerei seien und jeden anständigen Genossen beleidigen würden. Igor wurde jetzt vieles klar, und er war traurig, daß alle Welt ihm nur übelwollte, sogar der Korporal, zu dem er ein so großes Vertrauen gehabt hatte.

Zaghaft setzte er sich auf seine Matratze und legte seinen russischen Militärbrotbeutel neben sich. Es war seine einzige Habe ... ein Stück Seife, ein Taschenmesser, ein Wollschal, den er in den Trümmern Berlins gefunden hatte, zwei dicke Zwiebeln, die ihm der Sanitäter Lalikow zum Abschied geschenkt hatte, drei Verbandspäckchen und eine Spiegelscherbe. Ja, und ein Foto lag zwischen diesen Kostbarkeiten, ein Bild des Gardekapitäns Pjetkin, aufgenommen bei einem Urlaub zu Hause in Kischinew. Ein stolzer Mann in einer Paradeuniform.

»Was hast du da?« fragte Dolgoruki und zeigte mit seinen abnormen Händen auf den Brotbeutel. Igor verstand ihn nicht, aber die Bewegung war klar. Er drückte seinen Schatz an sich und schob die rechte Hand unter die Klappe des Beutels.

Njelep lachte. Sein Fischmund klappte dabei auf und zu. »Ein Idiot scheint er zu sein, meine Lieben!« rief er mit heller Stimme. »Scheint nicht zu wissen, daß wir hier alles teilen, daß wir eine Gemeinschaft echter Brüder sind!« Es waren Komorows Worte, nur wurden sie immer wieder anders ausgelegt. Auch jetzt, als sich die beiden Jungen an Igor heranschoben und Schwaßtun von seinem Bett aus meisterhaft Igor an die Brust spuckte.

»Zeig, was du mitgebracht hast!« knurrte Dolgoruki. »Es ist unsozialistisch, alles allein zu fressen und die anderen hungern zu lassen. Bist wohl ein Kapitalist gewesen, he?«

Dolgoruki griff nach dem Brotbeutel. Mit einem Ruck riß ihn Igor zur Seite, die langen Finger griffen ins Leere. Njelep lachte meckernd und massierte seine dicke, krumme Nase.

»Er wehrt sich!« rief er fröhlich. »Er will eine Tracht Prügel haben! Freunde, schmückt ihm seinen Körper mit blauen Tupfen! Was ist mit dir, Schwaßtun? Machst du mit?«

»Ich warte ab«, sagte das Großmaul und kaute an seinen Sonnenblumenkernen. »Wenn ich mich an ihm vergreife, fällt er doch in Stücke.« Er spuckte Igor an die Stirn und rief sich selbst »Bravo!« zu.

Igor Antonowitsch dachte in dieser gefährlichen Situation an Kapitän Pjetkin. »Gib nie nach, Söhnchen«, hatte er in der letzten Nacht vor dem Abtransport gesagt. »Wehre dich, auch wenn du am Boden liegst und man dich in die Erde stampft. Sei nie ein Feigling. Denk daran, wo immer du auch sein wirst, daß ich stolz auf dich bin.«

Mit einem Ruck riß Igor seine rechte Hand aus dem Brotbeutel, warf ihn nach hinten an die Wand und klappte das Taschenmesser auf. Blank und gefährlich, mit der Spitze nach oben, bereit, zuzustoßen, blinkte die Klinge aus seiner Faust.

Dolgoruki und Njelep blieben stehen. Ihre Augen verengten sich. »Du Hundesohn!« sagte Dolgoruki leise. »Du warziger Frosch! Stechen willst du uns also? Na warte, wir werden es nicht vergessen! Es kommen noch viele Tage und Nächte. Rosten wird es, dein Messerchen, rosten, so laut und viel wirst du heulen!« Er winkte mit seinen riesigen Händen, und Njelep und Schwaßtun nickten. Dann quiekten sie wie auf ein Kommando los, schrien, als seien sie Schweine vor dem Abstechen, wichen vor Igor zu ihren Betten zurück und hoben wie in Todesnot beide Arme über den Kopf.

Nach wenigen Minuten stürzte Schmeljoff ins Zimmer. Er erfaßte die Situation so, wie sie sich ihm bot, gab Igor eine schallende Ohrfeige, packte ihn am Kragen und schleifte ihn hinaus in den Flur. »Sag ich's nicht?« schrie er dabei. »Er zerstört unsere ganze Ordnung! Ein Teufel ist er, ein Teufel!« Dann trat er Igor in den Hintern und trieb ihn vor sich her zum Büro des Genossen Heimleiter.

Komorow schickte Schmeljoff hinaus und sprach allein mit Igor Antonowitsch. Dann ging er mit ihm zum Zimmer 67, schloß hinter sich die Tür und schnallte gemächlich seinen Bauchriemen von der Hose. Zehn Minuten drosch Komorow auf Dolgoruki, Njelep und Schwaßtun ein, und er tat es wie ein Bauer, der einen störrischen Ochsen vor dem Pflug übers Feld treibt. Njelep gab als erster auf ... er fiel aufs Bett und begann zu betteln. Dann folgte Dolgoruki ... mit seinen Riesenhänden bedeckte er sein Gesicht und schrie dahinter hervor: »Igor ist unser Freund! Ich schwöre es, daß wir gute Kameraden sind ...« Mit Schwaßtun, dem Großmaul, war das anders ... stumm, verbissen, mit verdunkelten Augen und halbgeschlossenen Lidern ließ er den Lederriemen auf sich herunterklatschen. Am Bettpfosten hielt er sich fest und rührte sich nicht, bis der dicke Komorow außer Atem kam, sich ächzend auf Igors Bett setzte und nach Luft rang wie ein aufs Trockene geworfener Fisch. Da erst regte sich Schwaßtun und sagte mit einem Knirschen, das wie Sand in einer Mühle klang: »Genosse Komorow, es waren neununddreißig Schläge. Ich werde neununddreißig Jahre brauchen, um sie zu vergessen.«

»Irrtum!« brüllte Komorow. »Vierzig Jahre!« Er sprang noch einmal auf, gab dem Großmaul eine gewaltige Ohrfeige und schleuderte ihn damit seitlich auf die Matratze. Dort blieb Schwaßtun ruhig liegen. Er erstickte fast an seiner Wut.

Von da an ließ man Igor in Ruhe. Ungestört konnte er am Abend einen Brief an Kapitän Pjetkin schreiben. Es wurde ein langer Brief voll großer, ungelenker Buchstaben, voll Fehlern, wie eben ein Siebenjähriger schreibt. Komorow nahm das Schreiben persönlich an. Es erreichte Anton Wassiljewitsch Pjetkin nie ... es wanderte am gleichen Abend in den großen Papierkorb und wurde am nächsten Morgen im Heizungsofen mit anderem Müll verbrannt.

Fünf Jahre blieb Igor Antonowitsch im Heim der Kriegswaisen. Er wurde so vollkommen ein Russe, als sei er in einer Ackerfurche bei Nagutskoje geboren worden.

Am 1. Mai 1950 holte Anton Wassiljewitsch Pjetkin – mittlerweile war er Oberstleutnant geworden – seinen »Sohn« Igor aus der strengen Schule Komorows heraus.

Er erschien in der Anstalt, als die Schüler gerade vom großen Vorbeimarsch am Kreml zurückkamen, eine kleine, straff marschierende Truppe mit einer eigenen kleinen Musikkapelle. Zehn große rote Fahnen flatterten über den bloßen Köpfen, und ein Transparent, getragen von sechs Jungen, knatterte ihnen voraus. »Wir danken unserem Vater Stalin«, stand darauf.

»Wo ist er?« fragte Pjetkin, als Komorow schwieg und ihn suchen ließ. »Hat er sich so verändert?«

»Igor Antonowitsch trägt die erste Fahne vorne rechts . . .«

»Dieser große Kerl da . . .?« Pjetkin betrachtete den hochaufgeschossenen Jungen, der mit beiden Händen den Fahnenschaft umklammerte und sich gegen den Widerstand des im Winde wehenden Fahnentuchs stemmte. Dabei kam er nicht aus dem Gleichschritt, obwohl es eine ungeheure Anstrengung sein mußte.

»Ja«, antwortete Komorow. »Das ist er. Der Drittbeste seiner Klasse. Wir sind stolz auf ihn. Sie können es auch sein, Anton Wassiljewitsch.«

Pjetkin nickte. Er kämpfte mit einem Kloß in der Kehle. Das ist Ergriffenheit, sagte er sich. Das ist Vaterglück. Fünf Jahre habe ich um ihn gekämpft, mit hundert Behörden, mit hundert Anträgen, mit sturen Beamten und übereifrigen Ideologen. Bis zum Kriegsministerium bin ich vorgedrungen, mit meinem Abschied aus der Armee habe ich gedroht, General Ronowskij, heute ist er Marschall der Sowjetunion, hat bei einem privaten Essen mit Stalin diesem selbst meine Wünsche vorgetragen, sogar zu Berija, dem menschlichen Teufel, dem das Innenministerium und die Geheimpolizei unterstehen, habe ich mich gewagt.

Jetzt endlich war Pjetkin mit seinen Anträgen durchgekommen. Er hatte in Moskau die Adoptionsurkunde unterzeichnet, und Irena Iwanowna, seine Frau, hatte Tränen des Glücks vergossen, denn nun hatte sie einen Sohn.

»Weiß er, daß ich komme, um ihn abzuholen?« fragte Pjetkin jetzt. Auf dem Innenhof hielt die kleine Truppe an, militärische Kommandos ertönten, die Fahnen wurden abgesetzt und eingerollt. Igor trat aus der Reihe heraus, ließ die anderen Fahnenträger strammstehen und marschierte dann mit ihnen und den Fahnen zum Magazin.

»Er ist seit drei Monaten Kommandeur der ›Kleinen Falken‹«, erklärte Komorow, bevor Pjetkin seine Frage stellen konnte. »Und er weiß, daß Sie kommen, Genosse.«

»Wie nimmt er es auf?«

»So, wie wir es erwartet haben nach unserer fünfjährigen Erziehung. Er betrachtet es als eine äußerst ehrenvolle Abkommandierung.«

»Er kommt zu seinem Vater«, sagte Pjetkin betroffen. »Nicht zu einem Kommando.«

»Dieses Gefühl wird schwer in ihm zu entdecken sein.« Komorow hob bedauernd die Schultern. »Der Vater aller Kriegswaisen ist der Genosse Stalin, ihre Mutter das ewige Rußland.«

Pjetkin verzichtete darauf, Komorow zu bitten, ihn nicht mit Phrasen zu belästigen.

»Gehen wir?« fragte Komorow.

»Ja, gehen wir«, sagte Pjetkin wie betäubt. Er riß sich zusammen, steckte die Hände in die Rocktaschen, ballte die Fäuste und atmete tief durch. Dann folgte er Komorow hinaus auf den Innenhof, der nun leer war bis auf das Transparent, das an der Hauswand lehnte.

»Wir danken unserem Vater Stalin.«

Pjetkin hatte den Drang, es zu bespucken.

Ich bin sein Vater, schrie es in ihm. *Ich*, Genosse Stalin! Auf dem Friedhof von Königsberg habe ich ihn geboren. Nennen Sie das keine Idiotie ... es ist bloß ein seltenes Wunder ...

Dann stand er Igor gegenüber. Der Junge war aus dem Magazin gekommen, in der Uniform der Komsomolzen, der Schweiß stand noch auf seiner Stirn.

Komorow trat zur Seite. Pjetkin streckte beide Hände aus, und auch Igor begann die letzten Meter über den Hof zu laufen, als er Anton Wassiljewitsch erkannte. Sie fielen sich in die Arme wie ein Liebespaar.

»Igor, mein Wölfchen!« rief Pjetkin und drückte ihn an sich. »Mein großes starkes Wölfchen ...«

Und Igor sagte leise in seiner Umarmung: »Endlich bist du gekommen, Papuschka –«

Väterchen ... er hat Väterchen zu mir gesagt, durchrann es Pjetkin heiß. Ich bin sein Väterchen ... O Gott, o ihr Heiligen alle ...

In diesem Augenblick hätte er die Sonne umarmen können.

FÜNFTES KAPITEL

Igors Leben wurde breit und schön wie ein sibirischer Strom.

Im Hause Pjetkins, in der weinbergumkränzten Stadt Kischinew, gab es einen kleinen Luxus gegenüber der sonstigen Menschenmasse. Pjetkin war stellvertretender Stadtkommandant geworden, Ehrenmitglied der Kommunistischen Partei, Träger der Tapferkeitsmedaille und »Held von Stalingrad«. Er saß in vielen Komitees als Vorsitzender oder stimmentscheidender Beirat, kannte die maßgebenden Persönlichkeiten der weiten Umgebung und genoß alle Vorzüge und

Vergünstigungen, soweit so etwas in einer klassenlosen Gesellschaft möglich war.

Igor wuchs in dieses Leben hinein mit einer verblüffenden Selbstverständlichkeit. Er nannte Irena Iwanowna Mutter, was sie die ersten sechs Wochen jedesmal zu Tränen rührte; er wurde auch bei den Komsomolzen von Kischinew sofort Abteilungsführer und hielt Vorträge mit den wortreichen Phrasen, die er fünf Jahre lang von Komorow in Moskau aufgesaugt hatte. Das brachte ihm den Ruf ein, ein äußerst kluger Bursche zu sein und zudem noch so etwas wie eine Laus, die Moskau in den Pelz von Kischinew setzte. Überall behandelte man ihn höflich und fast unterwürfig, denn man wußte ja nie, welchen Auftrag der Kerl erhalten hatte, welche Verbindungen bestanden und was er heimlich nach Moskau meldete.

Igor besuchte das Gymnasium, machte seine Reifeprüfung mit sehr gut, obgleich er sich nicht sonderlich dafür anstrengte, und begann dann, an der Universität von Kischinew Medizin zu studieren. Es war ein Feiertag bei den Pjetkins, als er mit dem Immatrikulationsbescheid nach Hause kam und sagte: »Nun bin ich Student der Medizin.« Irena Iwanowna küßte ihr kluges Söhnchen, und Pjetkin ließ den Korken einer Flasche Krimsekt an die Decke knallen.

Schon am zweiten Tag des ersten Semesters griff das Schicksal tief in die Seele Igor Antonowitschs.

Auf dem Flur vor dem Hörsaal der medizinischen Fakultät fiel ihm ein Mädchen auf, das über die Fliesen des Bodens rutschte und seine Bücher zusammensuchte, die ihm unter dem Arm weggeglitten waren. Niemand kümmerte sich darum ... im Gegenteil, man machte einen Bogen um das Mädchen und ging weiter. Igor bückte sich und half dem Täubchen, die Bücher zusammenzuschieben. Bis jetzt sah er nur den Glanz von blonden Haaren, die in der Sonne wie goldene Fäden glitzerten. Dann hob es den Kopf und sah ihn an.

»Danke ...«, sagte es kurz, drückte das Bücherpaket gegen seine runde Brust und ging ohne ein Wort weiter.

Igor folgte dem Mädchen, mit einem ganz fremden Gefühl im Herzen.

Er war wie betäubt und spürte unter seinen Füßen die Erde nicht mehr.

Das Mittagessen war im Hause Pjetkin vergleichbar mit einem geheimen Gottesdienst. Irena Iwanowna, wie wir wissen eine stolze, schöne, hochgewachsene Frau mit dem edlen Gesicht einer Grusinierin, verwandte viel Zeit und Mühe auf das Einkaufen der Gemüse und

Fleischsorten, Pilze und Gewürze, Süßigkeiten wie kandierte Beeren und gesäuerte Früchte und kochte selbst in der großen Küche. Oberstleutnant Pjetkin war ein Feinschmecker, und er begründete es so: »Wenn man, wie ich im Krieg, jahrelang nur fauligen Kohl und matschiges Brot gefressen hat, erwirbt man sich das Recht, im Frieden an den Schmalztöpfen zu sitzen.«

Anton Wassiljewitsch konnte sich solche Reden leisten. In Kischinew gab es eigentlich nur zehn hochgestellte Persönlichkeiten, die sich gegenseitig nicht weh taten und im trauten Kreise beschlossen hatten, sich auch nicht zu bespitzeln, wie es sonst üblich war, denn schließlich hatte man eine Revolution gewonnen, den Zaren weggejagt und die Deutschen besiegt, um einen vollkommenen Sozialismus zu praktizieren. Sie konnten es sich leisten, ein großes Haus zu führen, sogar Personal zu beschäftigen und für das Essen so viel Zeit aufzuwenden wie andere fürs Bohnenpflücken. Daß Oberstleutnant Pjetkin dazu gehörte, verdankte er dem Privatvermögen seiner Frau, seiner ordenglänzenden Uniform und seiner Verbindung zu Moskau. Sein alter Armee-General Ronowskij war Marschall geworden und baute eine neue Raketentruppe auf, etwas ganz Geheimnisvolles und Gefährliches. Das wirkte sich auch auf Pjetkin aus ... man betrachtete ihn als eine Art Militärgouverneur und umschwänzelte ihn wie ein Rüde eine heiße Hündin.

Das Mittagessen. Es begann mit militärischer Pünktlichkeit und einem erhobenen Glas auf das Wohl von Irena Iwanowna, dem sorgenden Mütterchen. An diesem Tage aber mußte man warten. Igor Antonowitsch, der Student der Medizin, verspätete sich. Pjetkin sah mehrmals mißbilligend auf seine Uhr, legte die flache Hand über das Glas mit grusinischem Wein und ließ es zu, daß Irena die Vorspeise – Blini (das sind dünne Pfannkuchen mit geräuchertem Fisch) und warme Sahne – zurücktrug in die Küche und wieder auf die Ofenplatte stellte.

Endlich klappte die Tür, Igor kam herein und setzte sich an den Tisch. Seine Augen glänzten, er streckte die Beine von sich und starrte gegen die Wand.

»Mein Sohn benimmt sich wie ein Halbidiot«, sagte Pjetkin düster. »Kommt zu spät, entschuldigt sich nicht und grinst wie eine geplatzte Rübe. Deine Mutter hat das Essen schon zweimal aufgewärmt.«

»Ich bin verliebt, Vater«, sagte Igor und faltete die Hände über dem Tisch. Irena Iwanowna, die gerade zum drittenmal die Blinis auftrug, ließ den großen Teller fast auf den Tisch fallen.

»Er ... er ist verliebt ...«, stotterte sie. »Mein kleiner Igor ist verliebt. Mein Söhnchen, mein liebes ...« Sie rannte um den Tisch herum, drückte den Kopf Igors an ihre Brust und weinte. Pjetkin betrachtete mißmutig dieses Bild einer aus den Fugen geratenen Mutter und schüttelte den Kopf.

»Was soll's?« sagte er laut. »Igor ist zwanzig Jahre ... wir sollten das nicht vergessen! Er ist ein Mann, Irena.«

»Wer ist sie?« fragte Irena und streichelte Igors blonde Haare. Es war, als habe er ihr gestanden, seine Lunge sei geplatzt und nun liege er im Sterben. »Woher kommt sie? Wie hast du sie kennengelernt? An dich herangemacht hat sie sich, nicht wahr? An den Sohn des Pjetkin ... das könnte ihr so passen! Erzähle, Liebling, erzähle! Kam daher wie eine Stelze, wippte mit den Schenkelchen und drückte die Brüste durch das Kleid. Und dir gutem Jugen fielen die Augen aus dem Kopf.«

»Es war ganz anders.« Igor befreite sich aus den mütterlichen Händen und beugte sich zu Pjetkin vor über den Tisch. »Blond ist sie. Ihre Haare leuchten wie gesponnene Sonnenstrahlen. Ihr Gehen ist ein Schweben. Ich habe sie verfolgt und spürte selbst nicht, daß ich die Füße bewegte.«

»O Gott. Er hat Fieber!« rief Irena Iwanowna entsetzt.

»Im Gewühl verlor ich sie dann. Bis jetzt habe ich sie gesucht. Ich bin von Hörsaal zu Hörsaal gerannt, von Institut zu Institut ... wie vom Erdboden verschluckt ist sie. Aber ich werde sie wiedersehen. Ich werde morgen der erste sein, der vor der Universität steht.«

»Ausdauer hatte er schon immer«, sagte Pjetkin trocken, indem er den flehenden Blick seiner Frau aufnahm. Dann stand er auf, setzte sich vor Igor auf die Tischkante und tippte seinem Sohn an die Stirn. »Söhnchen, es ist deine erste Liebe ...?«

»Die erste wirkliche, Väterchen.«

»Und du weißt nicht einmal, wie das Mädchen heißt?«

»Nein.«

»Woher sie kommt?«

»Nein.«

»Ob sie dich überhaupt will?«

»Nichts weiß ich. Ich spüre nur, daß sich mein Leben verändert ...«

»Natürlich verändert es sich. Du studierst, du wirst einmal ein Arzt sein, der Tausenden Menschen hilft, du hast eine Aufgabe übernommen, die deine ganze Kraft braucht. Stolz werden wir eines Tages sein auf dich, wenn die Leute sagen: Ja, der Igor Antonowitsch, das ist ein Doktor! Der besiegt die Krankheiten wie ein Specht die Rindenwürmer.«

»Ich verspreche euch, ein großer Arzt zu werden!« Igor sprang auf und umarmte Irena. Er gab ihr einen Kuß, was sie zu neuen Tränen hinriß. Wo gibt es schon eine Mutter, die ihre Liebe teilen will, und dann auch noch mit einem jungen Mädchen, dessen Haare wie gesponnene Sonne sein sollen?

»Er sollte sich ins Bett legen und ausruhen!« rief Irena. »Er ist krank! Ich könnte sie umbringen, diese blonde Hexe!«

»Igoruschka ist normal, wie nur ein Mann normal sein kann.« Pjetkin wedelte mit der Hand durch die Luft. Irena verschluckte ihre Antwort. Aber sie legte demonstrativ die Hände auf Igors Schulter und kraulte seinen Hals. Er ließ sie gewähren. »Wenn du sie wiedersiehst, geh hin und lade sie zu uns ein.«

»Du bist ein fabelhafter Vater«, sagte Igor glücklich. Er nahm Irenas Hände, küßte sie nach alter russischer Art und setzte sich dann wieder an den Tisch. »Jetzt habe ich Hunger wie ein Wolf im Frost.« Er schob zwei Blinis auf seinen Teller, übergoß sie mit warmer Sahne und begann zu essen. »Soll ich euch erzählen, was sie zu mir gesagt hat? ›Danke!‹ hat sie gesagt. Weiter nichts. Nur dieses eine Wort. Danke ... Aber es war wie eine ganze Sinfonie von Tschaikowskij. Und dann drückte sie die Bücher an ihre Brust und ging. Volle, runde Brüste hat sie ...«

»O Gott!« stammelte Irena Iwanowna. »So hat er noch nie gesprochen.«

Es wurde ein stilles Mittagessen. Pjetkin beobachtete über den Teller hinweg seinen erwachsenen Sohn. Welch ein Weg vom Friedhof in Königsberg bis zur Universität von Kischinew! Ob er noch daran denkt, daß seine wirkliche Mutter unter den Trümmern der Stadt lag, irgendwo, in einem Keller, einem Granatloch, einem Bombentrichter? Sein Vater fiel vielleicht auf dem Haff oder in einer der Straßen, als wir die Stadt eroberten ... ob er manchmal, ganz tief im Inneren, diese Tage noch einmal nacherlebt? Nie hat er darüber gesprochen, nie mehr eine Frage gestellt ... Im Waisenhaus von Moskau wurde er ein Russe und entwickelte sich wie andere Jungen seines Alters. Er ist ein Pjetkin geworden, Irenas und mein Sohn, ein vollgültiges Kind meiner Familie, ein wirklicher Russe.

Pjetkin wußte nur eins: Wenn es Vaterliebe gab, so war seine Liebe zu Igor ein Höhepunkt seiner Seele, und Irena Iwanowna würde sich für ihren Sohn sogar zerreißen lassen.

»Was machst du am Nachmittag?« fragte Pjetkin, als sie den Nachtisch, frische Erdbeeren, gegessen hatten.

»Ich suche sie.« Igor sprang auf. Er federte in den Knien und lachte jungenhaft. Wie schön er ist, dachte Pjetkin. Groß und schlank. Und nicht nur Muskeln hat er, auch ein kluges Hirn. Ich bin stolz auf ihn, verdammt noch mal!

»Gehen wir!« Pjetkin erhob sich gleichfalls. »Suchen wir zusammen.«

Sie suchten acht Tage lang.

Jeden Morgen standen sie am Haupteingang der Universität und ließen die Studentinnen an sich vorbeilaufen, kämmten dann die Hörsäle durch und sahen in die Seminare hinein.

Auch die Berühmtheit des Kriegshelden Pjetkin half nicht weiter. Zwar sprach Anton Wassiljewitsch mit dem Rektor der Universität und einigen Professoren, aber überall hörte er dasselbe: »Ohne Namen, ohne Fakultät . . . wie soll das möglich sein? Wenn wir wenigstens ein Bild hätten, Genosse Oberstleutnant.«

»Wir machen uns lächerlich«, sagte Pjetkin am achten Tag. Sie saßen im Puschkin-Park unter dem Denkmal des Dichters, aßen von einem Pappteller gepreßte Früchte und tranken dazu Limonade, die man in gewachsten Bechern an einem Erfrischungsstand im Park holen konnte. »Die Universität hat fünfundsiebzig Institute und sechs Bibliotheken, dabei sind die Pädagogische Universität und das Konservatorium noch gar nicht mitgezählt. Bei Gott, wo sollen wir suchen? Die Professoren werden schon unruhig, weil sie glauben, ich müsse sie auf höheren Befehl beobachten. Das ist natürlich Unsinn, aber rede ihnen einmal so etwas aus! Wenn du das Täubchen wenigstens genau beschreiben könntest. Wie ein Bild . . .«

»Ein Bild!« Igor sprang auf und klatschte in die Hände. »Das ist es! Ein Bild zeichnen wir von ihr! Aus dem Gedächtnis heraus. Oh, ich sehe sie vor mir, mit allen Einzelheiten . . . ich habe diesen Anblick in mich hineingebrannt.«

Sie fuhren in die Stadt zurück, kauften in einem Kaufhaus einen billigen Zeichenblock und einen weichen Bleistift.

»Fangen wir also an«, sagte Igor Antonowitsch später, als sie auf einer Bank vor der Universität saßen. »Wundere dich nicht, Väterchen, wenn ich einen Engel zeichne.«

Staunend und mit leiser Ergriffenheit sah Pjetkin zu, wie sein Sohn den Kopf eines Mädchens zu zeichnen begann. Bis heute hatte er nicht gewußt, daß Igor eine solche Begabung in sich trug, und er fragte sich, ob nicht noch manches in dem Jungen schlief, was einmal ans Tageslicht kommen und allgemeines Erstaunen verbreiten würde. Mit so etwas muß man immer rechnen, dachte er. Nicht, weil er ein Deutscher ist und alles Russentum ihm nur aufgepfropft wurde wie einer wilden Rebe eine gute Traubensorte ... in jedem Menschen stecken verborgene Abgründe und Höhen. Gibt es einen Vater, der sich nicht mindestens einmal gründlich über seinen Nachwuchs wundern muß?

»Ihr Gesicht ist nicht rund, aber auch nicht schmal«, sagte Igor während des Zeichnens. Der Bleistift zauberte ein Gesicht auf das graue Papier, große, schöne Augen, einen kühn geschwungenen Mund, bis zu den Schultern reichende Haare, einen schmalen Hals, der den Kopf in stolzer Haltung trug.

Pjetkin nahm die Zeichnung aus Igors Händen und hielt sie von sich weg.

»Ein Mädchen aus dem Südosten«, sagte er dann.

»Wieso?«

»Ihre Augen stehen ein wenig schräg. Und die Jochbeine sind ausgeprägter.«

»Das stimmt. Genauso ist es, Väterchen.«

»Wir werden sie finden, mein Wölfchen.« Pjetkin erhob sich und klemmte die Zeichnung unter seine Achsel. »Wenn sie so aussieht wie dieses Bild, zieht sie immer ein Rudel Männer hinter sich her ...«

Es ist erstaunlich, wie gut reife Männer in solchen Dingen Bescheid wissen. Kaum hatte Igor seine Zeichnung in der medizinischen Fakultät herumgezeigt, als er auch schon einige Auskünfte erhielt. Es war ausgerechnet der Anatomiediener Marko Borissowitsch Godunow, ein zwergwüchsiger, schiefnasiger Mensch von erschreckender Häßlichkeit, der Igor auf die Spur half.

»Sie war hier. Aber nur zwei Tage«, sagte er. »Erzählte, sie sei zu Besuch bei einer Tante, wies einen Immatrikulationsschein vor und stellte sich hinten an, als Professor Salkin und seine Studenten einem alten Männchen den Bauch aufschnitten.«

»Hier also. Hier.« Igor blickte sich um. Ein kalter, kahler Raum mit langen Marmortischen und leeren Zinkwannen. Die Leichen lagen nebenan im Kühlkeller. Über den Seziertischen glänzten die schirmlosen Lampen. Gibt es etwas Trostloseres als einen Anatomieraum? »Sie studiert also Medizin?«

Der Zwerg Marko kratzte sich die schiefe Nase. Er lächelte jetzt, und das machte ihn so häßlich, daß man tief Luft holen mußte, um ihn mit Ruhe anzusehen.

»Sie ist wieder weg«, sagte er. »War nur Gast für zwei Tage.«

»Und wo ist sie hin?«

»Wer soll das wissen, mein Lieber?«

»Professor Salkin.«

»Hoffen Sie darauf nicht, Genosse. Bei so viel Studenten ... wer soll sie alle übersehen? Und sich auch noch Namen, Adresse und Aussehen merken? Außerdem lebt Salkin nur für seine Leichen.«

Igor bedankte sich für die Auskunft und nahm am nächsten Tag die Suche mit Hilfe seiner Zeichnung wieder auf. Pjetkin begleitete ihn diesesmal nicht, er mußte ein Bataillon besichtigen, das zu einer Übung in die Berge ausgerückt war.

Es war ein schlechter Tag für Igor. Er wurde gezwungen, sich zu prügeln, und das im Innenhof der Universität.

Folgendes war geschehen: Ein Student, ein Kaukasier mit einem flotten Bärtchen auf der Oberlippe, anmaßend und sich stark wie ein Bulle im Frühling fühlend, nahm Igor die Zeichnung aus der Hand, betrachtete sie mit schiefem Kopf, lachte und spuckte dann auf das Papier.

»Ein Kulakenweibchen sucht er, das feine Herrchen!« schrie er. »Ein Burjatenhürchen, das hinter jedem Pferdeschenkel die Röcke hochhebt und sich wie eine Eselin bespringen läßt! Wer kennt sie, he?« Er hob das Bild hoch über den Kopf und schwenkte es mit meckerndem Lachen. »Meldet euch, Brüderchen, ohne Scheu. Wer hat schon mit ihr geschlafen? Marschiert auf, ihr Kompanien!«

Igor Antonowitsch senkte den Kopf. Heiße Wut zerfraß ihn ... er seufzte tief, ballte die Fäuste und stürzte sich auf den Kaukasier. »Das Bild her!« keuchte er. »Du triefäugiger Teufel! Warum beleidigst du mein Mädchen?«

Er schlug drauflos, zuerst auf die Brust des langen Schnauzbartträgers, dann gegen dessen Kopf, dreimal kurz hintereinander, so schnell, daß der andere erst an Gegenwehr dachte, als er schon schwankte und rote Punkte vor seinen Augen tanzten. Er warf die Zeichnung im hohen Bogen weg, duckte sich und schlug zurück. Verflucht, er war ein kräftiger Kerl, der Schläge austeilte wie ein gereiztes Pferd Tritte. Um sie herum sammelte sich ein Haufen Studenten und feuerte sie an. »Warum immer an den Kopf?« schrie einer aus der Menge. »Tritt ihm in den Unterleib, Brüderchen! Habt ihr gesehen? Er hat das schöne Bild bespuckt! Los, gib es ihm, Genosse!«

Der Kampf dauerte eine halbe Stunde, dann schwankte der lange Kaukasier, seufzte ein paarmal tief und drehte sich um. Igor trat ihm zum Abschluß in den Hintern und sah ungerührt zu, wie der Mann nach vorn fiel und erschöpft liegenblieb. Mit seinem Hemd, das Igor aus der Hose zog, wischte er sich das Blut vom Gesicht, drückte die Zeichnung unter den Arm und ging davon.

Irena Iwanowna schrie auf, als sie Igor ins Zimmer kommen sah. Dann schickte sie nach dem Arzt, schob Igor vor sich her ins Schlafzimmer und flehte ihn an, sich auszuziehen.

»Mein Kleiner«, jammerte sie, als er endlich im Bett lag, einen nassen Essiglappen auf dem zerschundenen Kopf. »Mein Liebling, mein Schwänchen, mein Rosenblatt, wer hat's getan? Sag es, dein Vater wird ihn nach Sibirien schaffen lassen, jawohl, in ein Straflager, in die Bleibergwerke, verrecken wird er dort für seine Untat! O mein Söhnchen, er hat dir die Nase zermalmt, deine schöne, gerade Nase. Wo bleibt denn der Arzt? Warum kommt er nicht, dieser rostige Eisentopf?«

Sie rannte im Zimmer herum, lief dann in den Wohnraum, holte aus der unteren Schublade der Kommode eine kleine Handikone hervor, die dort versteckt war, unter Tischdecken und allerlei Krimskrams, setzte sich wieder ans Bett, schob den Essiglappen weg und legte die Ikone auf Igors Gesicht.

»Helft ihm, ihr Heiligen . . .«, stammelte sie dabei. »Steht ihm bei, meinem armen Söhnchen . . .«

Igor verzog etwas den Mund, aber er warf die Ikone nicht von seinem Gesicht. Tiefe Rührung überflutete ihn. Er tastete nach Irenas Hand und hielt sie fest.

»Mamuschka . . . .«, sagte er leise. »Ich mußte es tun! Er hat sie beleidigt. Ich hätte es auch getan, wenn sie dich bespuckten . . .«

Wenig später kam der Arzt, wusch die Wunden, verpflasterte sie und gab den Rat, es bei Igor so zu tun wie bei den Boxern, die mit zugeschwollenen Augen aus dem Ring taumeln.

»Rohes Fleisch auf die Augen«, sagte er. »Das zieht die Schwellung heraus. Und ruhig liegen.« Dann gab er Igor zwei Tabletten gegen die Schmerzen und verabschiedete sich.

»Ist es gefährlich?« fragte Irena an der Haustür. »Verschweigen Sie nichts, Doktor. Bleibt etwas zurück? Er ist mein einziges Söhnchen, mein Sonnenschein.«

»Er hat einen dicken Schädel.« Der Arzt drückte seine Kappe tiefer in die Stirn. »Ihm geht es besser als seinem Kontrahenten . . . von dem komme ich gerade. Eine commotio hat er. Steht gut im Futter,

Ihr Söhnchen. Passen Sie nur auf, daß es kein Nachspiel gibt in der Verwaltung. Da nutzt auch der härteste Hirnkasten nicht mehr.«

Am Abend kam Pjetkin von seiner militärischen Übung zurück. Schon in der Kommandantur hatte er von der Schlägerei im Universitätshof erfahren. Es hieß, der Rektor sei sehr erregt gewesen.

»Wo ist er?« schrie Pjetkin, als er ins Haus stürmte. Irena Iwanowna stellte sich ihm entgegen wie eine Tigerin.

»Im Bett.«

»Laß mich zu ihm!«

»Nein! Du zertrümmerst ihm die letzten Nerven!«

»So ein Blödsinn! Er ist mein Sohn. Aus dem Weg!« Er wollte Irena zur Seite schieben, aber sie stemmte sich ihm entgegen und fletschte mit den Zähnen wie ein Raubtier.

»Du müßtest mich schon erschlagen!« keuchte sie. »Du siehst Igor nicht, bevor du einen anderen Blick hast.«

»Soll ich um die Ecke schielen, he?« brüllte Pjetkin. »Ich will meinen Sohn in die Arme nehmen, weiter nichts. Mein tapferes Wölfchen! Habe ich als Vater kein Recht dazu?«

»Er schläft.«

»Ich kann ihn auch im Schlaf küssen.«

Igor schlief nicht, als Pjetkin endlich ins Zimmer durfte. Er sah wie ein geflickter Teppich aus ... neun Pflaster zählte Pjetkin. Das Gesicht war gelb von Jod.

»Ich nehme an«, sagte er, »die Schlägerei ließ sich nicht vermeiden.«

»Auf keinen Fall. Ich wäre sonst ein Lump gewesen.«

»Wer hat gesiegt?«

»Ich.«

»Das habe ich auch erwartet.« Pjetkin erhob sich stolz. »Alles andere werde ich regeln.« Er griff in die Uniformtasche und holte eine flache Flasche mit Wodka heraus. Unter Irenas mißbilligenden Blicken schraubte er den Verschluß los und reichte die Flasche an Igor weiter. »Zur Stärkung der Lebensgeister«, sagte er leichthin. »In einer Stunde essen wir wie gewohnt.«

Er ist ein guter Vater, dachte Igor. Er ist mein einziger Vater. Ich bin wirklich Igor Antonowitsch Pjetkin.

SECHSTES KAPITEL

Die Monate flossen dahin wie die blauen Wellen des Bakul. Die Sommer waren heiß, und der Duft von den Weinbergen, den Gärten und Obstplantagen strich betäubend süß über das Land bis in die Straßen der Vorstädte. Am Abend flammten die Hügel im Abendrot auf, als seien sie aus Kupfer getrieben, und die Weingärten bildeten goldene Ranken bis zum Himmel. Tausende zogen an diesen Abenden zum Flußufer oder in die Hügel; die Bandura, ein zitherartiges Saiteninstrument, erklang, oder man spielte lustige Tänzchen auf der Knopfharmonika, der Bajan. Es war ein herrliches Leben.

Im Winter lag Einsamkeit über dem Land. In den Hütten außerhalb der Stadt brannten die purpurnen Feuer auf den offenen Herden, und klagte das Vieh in den Ställen. Die Städter schimpften über die mangelnde Kohlenzuteilung, heizten nur ein Zimmer oder krochen ins Bett.

Igor Antonowitsch war ein fleißiger Student. Seine Zwischenprüfungen machte er mit Auszeichnung. »Wie wir es sehen«, sagte nach drei Jahren der Professor für Chirurgie zu dem stolzgeschwellten Pjetkin, »wird Ihr Sohn Igor einmal ein guter Chirurg werden.« Und der Professor für Innere Krankheiten prophezeite: »Er wird ein sicherer Diagnostiker werden.« Komischerweise beanspruchte jeder Fachprofessor den jungen Pjetkin für sich und weissagte ihm eine große Zukunft auf seinem Spezialgebiet. Sogar der alte Salkin, der seinen Leichen Witze erzählte und seine Anatomiestunden mit einem »Es muß nun einmal sein!« begann, behauptete, Igor habe die phänomenale Begabung eines ausgezeichneten Anatomen.

»Wofür wirst du dich entscheiden?« fragte Pjetkin einmal seinen Sohn. Und Igor antwortete ohne Zögern:

»Für die Chirurgie.«

»Und warum?«

»Sie steht an der vordersten Front der Medizin.«

Es war eine Antwort, die Pjetkin gefiel.

In diesen Jahren verliebte sich Igor mehrmals, lag mit den Mädchen im hohen Ufergras des Bakul, verführte sie in Weinhütten und lernte bei einer jungen Witwe die Techniken einer Liebeskunst, die er bald perfekt beherrschte wie ein Virtuose sein Instrument. Doch immer wieder brach er aus den Umarmungen aus und zog sich voll tiefer Gedanken in sein Zimmer zurück.

Dort hing an der Wand, in einem billigen, schmalen Holzrahmen, die Zeichnung des Mädchenkopfes. Über dem rechten Ohr war es ein bißchen verwischt ... dort hatte der Kaukasier hingespuckt. Igor hatte es nicht ausgebessert – der Fleck war eine Ehre wie eine Wunde aus einer Schlacht.

Eine große Freundschaft hatte sich in diesen Jahren entwickelt. Man glaubt es kaum, wenn man erfährt, wer dieser Freund geworden ist. Ausgerechnet Marko Borissowitsch Godunow war es, jawohl, der häßliche Zwerg, der Anatomiediener, diese nach Formalin und Desinfektion stinkende Wanze, die zwischen den Leichen hockte wie eine magere Made und über jeden Witz des alten Salkin meckerte wie ein kastrierter Bock.

Es war eine merkwürdige Freundschaft. Igor übte außerhalb der Anatomiestunden an den toten Körpern, schlich heimlich zu Marko in den kalten Keller, gab ihm drei Rubel und ließ sich die schönsten Toten hereinfahren. An ihnen lernte er das schnelle, sichere Operieren, das wieselartige Knoten der Fäden, die schweren Gefäßnähte und die gewagten Eingriffe, die große Chirurgen selbst nur in Notfällen anwenden.

Marko, der Zwerg, hockte bei diesen Übungen auf dem benachbarten Marmortisch, die Hände im Schoß, die triefenden Augen bewundernd auf die Hände Igors gerichtet. Wenn eine gute Naht gelang oder ein besonders kühner Schnitt, klatschte er Beifall wie im Theater und schmatzte mit den Lippen.

»Sie werden ein großer Arzt!« sagte er oft. »Gleich habe ich das erkannt! Glauben Sie, ich hätte Sie sonst heimlich in die Anatomie gelassen und schiebe Ihnen die besten Leichen unter? Für die Wissenschaft setze ich meinen Posten aufs Spiel, nur für die Wissenschaft. Ach, was man hier alles im Keller erlebt, wieviel Dummheit, man kann es gar nicht begreifen, Brüderchen. Da kommen die Dämchen daher, wollen einmal im weißen Kittel durch die Gänge schweben, aber wenn sie dann vor der Leiche stehen und der verdammte Salkin, dieser alte Teufel, sagt zu ihnen: ›Und nun, meine Liebe, schneiden Sie dem lieben, toten Opa den Penis ab ...‹, dann fallen sie in Ohnmacht, und ich muß sie wegtragen, hinaus ins Freie, und ihnen Luft zufächeln. Studenten gibt es! Studenten! ›Präparieren Sie den Nervus sympathicus heraus‹, sagte Salkin etwa. Und wo sucht der Kerl den Nerv? An der Wade! Man könnte sich die Haare raufen vor so viel Dummheit.«

Aus diesen anfänglichen Gesprächen wurde bei Marko Borissowitsch eine Art hündischer Ergebenheit. Was man nie für möglich gehalten hätte: Er verließ seinen Leichenkeller, ging in der Sonne und im Winter im Schnee spazieren, lauerte Igor auf dem Weg zur

Universität auf, trug ihm die Büchertasche, besorgte ihm zwischen den Vorlesungen Tee oder eiskalten Kwass, hörte ihn die Lektionen und Aufzeichnungen ab und paukte mit ihm die schwierigen Formeln der chemischen Physiologie.

Sogar Irena Iwanowna duldete ihn in ihrem Haus, und das will etwas heißen. Als Marko zum erstenmal auftauchte und an der Tür schellte, klein, krumm, eine rote Mütze auf dem dicken Schädel, einem Insekt ähnlicher als einem Menschen, schlug sie sofort die Tür wieder zu und rief Igor um Hilfe.

»Ein Untier steht draußen!« schrie sie, als Igor gelaufen kam. »Mutter Gottes, daß so ein Wesen lebt! Ich habe noch nie etwas Schrecklicheres gesehen.«

»Es ist Marko, ein lieber Mensch«, sagte Igor. Er brauchte die Tür nicht zu öffnen, um zu sehen, wer davor stand.

»Das soll ein Mensch sein?« Irena wich zurück, als Igor den kleinen Marko einließ und ihm die Mütze abnahm. Das verschlimmerte noch seinen Anblick. Irena wurde es übel wie nach dem Genuß von fauligem Fisch.

»Ein erstaunlicher Mensch, Mamuschka.« Igor lachte und klopfte Marko auf die breiten Schultern. »Und trägt den stolzen Namen eines Zaren. Godunow!«

Bald war Marko für Igor unentbehrlich. In der Universität gewöhnte man sich an den Anblick, wie der häßliche Zwerg dem großen, jungen Mann nachlief. Die Spötter redeten sich die Mäuler wund, dann war Ruhe. Es ist nutzlos, in die Gegend zu schreien und kein Echo zu hören.

»In einem Jahr sind Sie fertig«, sagte Marko Borissowitsch im Winter 1962. Sie gingen langsam durch den knirschenden Schnee. Marko hatte Igor wie immer vom Krankenhaus abgeholt, wo Igor in der Chirurgie sein Praktikum absolvierte. »Was werden Sie dann tun?«

»Ich weiß es noch nicht, Marko. Das Ministerium wird bestimmen.«

»Sie werden aus Kischinew weggehen, nicht wahr?«

»Wer kann das jetzt schon wissen? Man wird mich dort hinstecken, wo man einen Arzt dringend braucht. Ans Eismeer oder in ein Nest in Sibirien, in ein Steppenlager oder ein Kohlenbergwerk. Kranke Menschen gibt es überall.«

»Ob man Sie mit einem Gehilfen reisen läßt?« fragte Marko und blies in seine frostblauen Hände. »Ich meine, das ist nur eine theoretische Frage. Es wäre doch möglich, daß Sie sagen, zum Beispiel nur:

Genossen, ich nehme die Stelle in Nowo Petrowka an. Ein elendes Nest ist es, ich weiß, die Füchse sterben dort an Trostlosigkeit, und die Erdwürmer verdorren, weil sie sich trockengeweint haben. In Ordnung, liebe Genossen, ich ziehe dorthin und heile die Gebrechlichen. Aber gestattet, daß ich meinen Gehilfen mitnehme. Er soll mir die schwere Tasche tragen, die Spritzen reinigen, die Verbände waschen und wickeln, die Stiefel putzen, das Wägelchen schmieren und die Pferdchen füttern, er soll alles machen, damit der Arztbetrieb reibungslos abläuft. Genossen, schreiben Sie ein Reisepapierchen aus für Marko Borissowitsch Godunow.« Marko wischte sich über die Augen. »So könnte man sprechen, rein theoretisch.«

»Du willst deine Stellung in der Anatomie aufgeben?«

»Ja, Igor Antonowitsch.«

»Eine gute Lebensstellung?«

»Ich will in Ihrer Nähe sein, wenn ein großer Arzt entsteht.«

»Du phantasierst, Marko. Ich bin nichts Besonderes.«

»Sie sind von Gott begnadet, Herrchen.«

»Unsinn. Wer ist Gott?«

»Streiten wir nicht darüber.« Marko, der Zwerg, bückte sich beim Gehen, schaufelte Schnee in seine Spinnenfinger und drehte einen Schneeball. Er warf ihn weit weg, und Igor wunderte sich über die Kraft in den langen, wie Riesenwürmer aussehenden Armen. »Sie staunen?« fragte Marko. »Ich wollte Ihnen nur beweisen, wie kräftig ich bin. Ich kann überall dort leben, wo auch Sie sind.«

»Ich werde es mir überlegen.« Igor schlug den Mantelkragen hoch. Vom Fluß her wehte ein eisiger Wind. Die Pappeln am Ufer seufzten unter dem Frost. »In einem Jahr ... mein lieber Marko, wie wird die Welt dann aussehen?«

Sie sah leerer aus.

Im Hause der Pjetkins stand ein Sarg.

Marko war es, der die schreckliche Nachricht gebracht hatte, noch bevor die Behörden offiziell eingriffen und die Miliz einen Mann zu Anton Wassiljewitsch schickte.

An der Kreuzung der Pawlowskaja und der Puschkina waren bei Glatteis zwei Autos zusammengestoßen. Der Zufall wollte es, daß gerade in diesem Augenblick Irena Iwanowna aus einem Stoffgeschäft trat und die Pawlowskaja überqueren wollte. Nicht einmal schreien konnte sie, so schnell rutschte der eine Wagen auf sie zu und quetschte sie gegen die Hauswand. Als man sie befreite, tropfte Blut aus ihrem Mund, und wo früher ihre schöne gerundete Brust war, gähnte eine Einbuchtung, in die man zwei große Männerfäuste legen konnte.

Der Fahrer des Unglückswagens war unverletzt. Er tanzte auf der vereisten Straße herum wie ein Irrer, schrie, man solle ihn an der nächsten Laterne aufhängen, er habe zwar keine Schuld, der andere Genosse, dieses Mistvieh, sei ihm von der Seite hineingebraust, aber wenn er schon sterben solle, müsse auch der andere mit, diese Wildsau von einem Autofahrer.

Das waren dumme Wünsche, denn der andere Fahrer hing über seinem Lenkrad und hatte das Genick gebrochen. Niemand kümmerte sich um ihn, nur ein Metzger stampfte über die Straße und gab dem schreienden unverletzten Autofahrer eine gewaltige Ohrfeige, die den Mann in den Schnee fegte, wo er still liegenblieb und sich nicht mehr rührte. Unterdessen hatten andere gute Menschen Irena Iwanowna in den Laden zurückgetragen und auf eine Stofftheke gelegt. Jemand wischte ihr das Blut vom Mund. Ein Mann mit einem Kneifer auf der Nase beugte sich über sie und rief sie an.

»He! Genossin! Hören Sie mich? Haben Sie Schmerzen? Können Sie atmen? Sehen Sie mich? Hallo, hallo ... geben Sie ein Zeichen, Genossin ... Der Krankenwagen wird gleich hier sein ...«

Man kann über die Stadtverwaltung von Kischinew denken, was man will – und wer denkt schon über Verwaltungen und Beamte freundlich –, mit dem Krankenwagen klappte es vorzüglich. Schon nach zwanzig Minuten lud er Irena Iwanowna ein und fuhr sie zum Krankenhaus. Sie lebte noch, als die Sanitäter sie auf die Bahre schnallten ... als man sie in die Aufnahmestation schob, atmete sie nicht mehr. Ihre großen, braunen Augen starrten ins Leere.

Prof. Rellikow betrachtete den eingedrückten Brustkorb und zog dann ein Tuch über das starre Gesicht. Auf dem Transport in den Keller begegnete die traurige Fuhre Marko Borissowitsch, der von der Anatomie mit einem Lastwagen herübergekommen war, um drei neue Leichen abzuholen.

»Schon registriert?« fragte er den Sanitäter, der die Bahre schob. »Wenn sie in der Stadt keine Verwandten hat, nehme ich sie gleich mit. Uns fehlt noch ein Frauchen ...«

Er hob das Tuch vom Gesicht der Toten, stieß einen spitzen Schrei aus und machte einen Luftsprung. Dann wirbelte er herum und rannte mit einer Schnelligkeit, die man seinen krummen Beinen nie zugetraut hatte, den Flur entlang und aus dem Krankenhaus hinaus.

So erfuhr Igor zuerst vom Tod seiner Mutter und holte sie sofort nach Hause. Als Anton Wassiljewitsch Pjetkin eintraf, hatte der

Sargtischler sie gerade auf die seidenen Kissen gelegt und mit Blumen bedeckt. Hinter dem Sarg kniete Marko und weinte.

»Sie ist nicht tot!« schrie Pjetkin und fiel am Sarg nieder. »Irenuschka, mein Täubchen, du kannst nicht einfach tot sein. Wie kannst du uns verlassen? Irenuschka, wach doch auf ...« Dann schlug er mit der Stirn auf die Sargkante, sprang plötzlich hoch und starrte mit blutunterlaufenen Augen um sich. »Wo ist der Mörder?!« brüllte er. »Wo ist dieses Vieh? An die Wand schleudere ich ihn, bis ihm das Gehirn herausspritzt! Hat man ihn verhaftet? Ich werde seine Auslieferung verlangen! Die Fische werde ich mit ihm füttern! O Igor, Igor, mein Söhnchen ... wir haben keine Mutter mehr ...«

Er legte den Kopf auf Igors Schulter und weinte.

Das Begräbnis war ein Ereignis für Kischinew. Die wenigsten in der unübersehbaren Menge, die den Friedhof füllte, hatten Irena gekannt – aber der Name Pjetkin allein war ein Magnet.

Als der Fahrer des Unglückswagens erfuhr, wen er gegen die Hauswand gequetscht hatte, war er bleich wie Mehl geworden und hatte sich eine Stunde später aus dem Fenster des Milizhauptquartiers gestürzt.

Auch er wurde an diesem Tag begraben, ein paar Reihen weiter als Irena Iwanowna ... aber niemand nahm davon Notiz.

Nachdem das große Weinen und Klagen verstummt war und die neugierigen Menschen sich verlaufen hatten, standen nur noch Pjetkin, Igor und der Zwerg Marko zwischen den Kränzen und Sträußen.

»Ich habe Mutter obduziert, bevor sie in den Sarg gelegt wurde«, sagte Igor leise, als Pjetkin sich die Tränen aus den Augenwinkeln wischte. »Eine gebrochene Rippe hatte ihre Lunge durchstoßen. Sie starb an inneren Blutungen. Man hätte sie retten können ...«

»Und warum hat es keiner getan?« brüllte Pjetkin dumpf auf und ballte die Fäuste.

»Der Weg war zu lang. Vom Unfall bis zur Einlieferung bei Rellikow verging eine Stunde. Sie sagen: Es war das Glatteis. Die Stadtverwaltung hat mit dem Streumaterial gespart.«

Von diesem Tag an war Igor Antonowitsch einigen einflußreichen Leuten ein stechender Dorn im Auge.

Wie sagen die Usbeken in der turanischen Wüste?

»Ein Sandfloh ist eine Strafe Gottes, wenn er zwischen den Zehen sitzt ...«

SIEBENTES KAPITEL

Dimitri Ferapontowitsch Sadowjew lief herum wie ein Betrunkener, umarmte jeden, den er traf, drückte ihn an sich, schmatzte ihm einen Kuß auf die Wange und schrie: »Sie kommt! In einer halben Stunde kommt sie! O Freunde, das ist der schönste Tag in meinem Leben!«

Das ganze Dorf Issakowa litt seit Tagen unter dem Glück des alten Sadowjew. Es hatte sich darauf eingestellt, nicht weil Dimitri der Dorfsowjet war und einen roten Orden für vorbildliche Organisationsarbeit auf der Brust trug, sondern weil das Ereignis wirklich Anlaß war, auf Issakowa stolz zu sein.

Man stelle sich das vor: Da ist ein elendes Dorf am Rande der Taiga, direkt am riesigen Fluß Amur, ein Grenzdorf also, denn gegenüber, jenseits des Stromes, beginnt das weite chinesische Reich, ein unangenehmer Nachbar, von dem man nie weiß, ob er nicht eines Nachts sagt: Setzen wir über, liebe Brüder, erobern wir den Amur zurück und verbrennen bei den Russen alles.

Issakowa bestand aus einhundertneunundvierzig Häusern, einer verfallenen Kapelle, zwei langgestreckten Lagerhallen, einer Traktorenstation und einem Getreidesilo. Am Fluß hatte man eine Laderampe betoniert mit einem kleinen Kran, der versonnen vor sich hin rostete, denn nur sechsmal war Issakowa, nach seinem feierlichen Anschluß an das Transportnetz, von einem Lastkahn angelaufen worden. Dann entdeckte ein kleiner Beamter, daß eigentlich hinter Issakowa die Welt zu Ende war, und gab den Plan auf, das Dorf zu einer Handelsstation auszubauen. Dafür verlegte das Armee-Hauptquartier in die Nähe Militär . . . Panzertruppen, Pioniere und Raketeneinheiten. Sie hausten abseits in den Wäldern, in eigenen, abgesperrten Lagern. Nur sonntags bekamen die Leute von Issakowa etwas Kontakt mit den lieben Soldaten. Dann badeten diese im Amur, und manches Mädchen in Issakowa wurde schwanger.

Heute aber genoß Issakowa einen wahren Freudentag. Die Hauptstraße war mit Girlanden geschmückt, die Leute trugen ihre Sonntagskleidung, fegten den Staub vor ihren Türen, putzten den Kindern die Nase oder drängelten sich vor dem Haus Sadowjews, um Geschenke abzugeben.

Anna Sadowjewa, die Hausfrau, backte und briet in der großen Küche. Vier Nachbarinnen halfen ihr. Aus allen Ritzen und Fenstern quoll der Duft von Speck und Fleisch, Sauerkohl und Fisch, vermischt mit dem köstlichen Geruch von heißem Brot, das in runden Laiben auf einem gescheuerten Brett lag und auskühlte.

Sadowjew sattelte sein Pferd. Er legte unter den Sattel die goldgestickte mongolische Schabracke, putzte mit dem Jackenärmel noch einmal über alle blanken Teile des Geschirrs und polkte dem Gäulchen Häkselschnipsel aus den Augenwinkeln.

Dimitri Ferapontowitsch war kein schöner Mann, selbst ein Blinder hätte nicht gewagt, so etwas zu behaupten. Klein, säbelbeinig, mit seinem langen hängenden Schnurrbart und seinem bestickten Filzkäppchen auf dem kahlen Schädel, sah er nicht anders aus als die Chinesen oder Mongolen, die als Händler über den Fluß segelten und Seide, Glasperlen und Opium verkauften. In den ersten Jahren seiner Ehe mit Anna hatte er sich oft gefragt, wie es möglich sei, daß ein so schönes Mädchen einen Mann wie ihn lieben konnte. Wenn er in einen Spiegel blickte, verzog er angeekelt das Gesicht und wandte sich schnell wieder ab. Immer wartete er darauf, daß Anna ihm eines Nachts weglief.

Aber Anna blieb bei ihm, schenkte ihm sogar eine Tochter, die sie Dunja nannten, und es wurde ein Kind, so schön wie der Frühlingshimmel, mit Haaren, die goldener leuchteten als der reife Weizen.

Sadowjew seufzte gerührt, schwang sich auf sein Pferd und ritt aus seinem Hof. Er winkte den Frauen und Männern zu, die vor seinem Haus standen oder noch immer die Straße schmückten.

»Jetzt ist sie auf dem Weg!« rief er. »Vor einer halben Stunde ist sie mit dem Zug aus Chabarowsk in Blagowjeschtschensk angekommen! Ich reite ihr entgegen. Geht zu mir, Freunde, geht zu mir ... ihr seid alle meine Gäste!«

Er gab seinem Gäulchen die Sporen und sprengte aus dem Dorf hinaus in die Weite der Flußniederung.

Bis zur Dorfgrenze ritt er, stieg dann ab, setzte sich unter eine hohe Pappel und holte Tabakbeutel und einen Fetzen Zeitung aus der Tasche. Bedächtig drehte er sich eine dicke Zigarette, brannte sie an und grunzte wohlig. Der Rauch quoll ihm aus Mund und Nase.

Noch ein paar Minütchen, dachte er. Vielleicht auch eine halbe Stunde, wer weiß, wie die Pferdchen laufen. Aber was sind Minuten gegen die Jahre, die ich auf diesen Tag gewartet habe? Sadowjew lehnte sich gegen den Stamm der Pappel. Er streckte die Beine mit den Renlederstiefeln aus, wehrte eine Biene ab, die seinen Kopf umsurrte, und starrte in den blaßblauen, wolkenlosen Himmel.

Sechs Jahre. Man soll nicht sagen, das sei keine lange Zeit. Sechs Jahre Angst: Wird sie es schaffen? Hält sie es durch? Oder kommt so ein Kerl daher, nimmt sie um die Hüfte, und weg sind alle Zukunftspläne, werden im Bett weggeschwitzt, und alles Hoffen war umsonst? Sechs Jahre immer die gleichen Fragen. Aber jetzt ist sie fertig, hat ihre Prüfungen bestanden, ist auf dem Wege nach Issakowa.

Eine Ärztin ... Meine Dunja eine Ärztin ... Meine kleine Dunjuscha ein richtiger Doktor, der einen weißen Kittel tragen darf, sich zwei Gummischläuche in die Ohren klemmt und die Herzen abhört.

Meine Dunja.

Es ist kaum zu begreifen, auch für einen Vater nicht.

Sadowjew sprang hoch. In der Ferne quoll eine dünne Staubwolke auf. Er warf sich auf sein Pferd und jagte dem Punkt entgegen, der sich am Horizont bildete.

»Willkommen!« brüllte er, als die Troika mit dem Pferdezüchter Wassja hinter den Zügeln deutlich zu erkennen war. Er warf sein Filzkäppi in die Luft, fing es auf und vollführte mit seinem Gaul einen halsbrecherischen Galopp, umraste die Troika, daß man meinte, das Pferdchen fliege um sie herum wie ein riesiger Vogel, sprang dann in vollem Lauf aus dem Sattel, landete in der Troika neben Dunja und drückte sie in seine Arme.

»Mein Töchterchen!« schrie er. »Mein Augapfel! Mein Leben!« Dann verließ ihn der Atem, er hustete, sein Kopf schwoll hochrot an, er krümmte sich und verdrehte die Augen.

»Ab heute verbiete ich dir das Rauchen«, sagte Dunja. Sie küßte ihren nach Luft ringenden Vater auf die Stirn, holte aus seinem Rock Tabakbeutel und Zeitung und warf beides hinaus auf die Straße.

»Das fängt ja gut an!« keuchte Sadowjew und ließ sich neben Dunja auf den fellbespannten Sitz fallen. »Sehr gut fängt das an! Habe ich dich dafür sechs Jahre studieren lassen?«

In Issakowa fraß und soff man drei Tage lang. Ein Familienfest war's, denn irgendwie waren alle untereinander verwandt. Wen wundert's, daß jeder in Issakowa die Ärztin Dunja als sein Töchterchen betrachtete?

Auch Igor Antonowitsch hatte seine Examen bestanden, und alle mit Auszeichnung. »Der beste Medizinstudent seit Jahren in Kischinew«, lobte der Rektor der Universität und umarmte den stolzen Pjetkin. Und der Chirurg Rellikow fügte hinzu: »Man wird noch von Igor hören. In kurzer Zeit. Ich wette um jeden Preis, Anton Wassiljewitsch ...«

Pjetkin ließ ein Festessen anrichten, aber nur für zwei Personen.

Allein saßen sie dann im großen Wohnzimmer und aßen stumm. Ein drittes Gedeck stand zwischen ihnen auf dem Tisch ...

»Sie ist bei uns«, sagte Pjetkin, als er Igors verkrampfte Lippen sah. »Nicht daß ich an Gott glaube, an die unsterbliche Seele, an all diesen Blödsinn, den die Popen daherreden ... aber wir kennen doch unsere Mamuschka. Sie ist bei uns ... da bin ich ganz sicher.«

Später gingen sie in die Oper, sahen das Ballett »Schwanensee« und bummelten nach dem Theater noch eine Stunde am Ufer des Bakul entlang, saßen auf einer der weißen Bänke und erlebten, wie mit dem Abendwind der Duft von den Weinhügeln und Obstgärten über das Land wehte.

»Was sind deine Pläne, Igoruschka?« fragte Pjetkin. »Rellikow deutete an, daß er dich gern als Assistenten nimmt. Dann kannst du Oberarzt werden, Dozent, Professor, Klinikchef ... eine glatte, große Karriere ...«

»Man wird uns Schwierigkeiten machen, Väterchen.« Igor griff in die Brusttasche und holte ein zusammengefaltetes Papier hervor. Erstaunt betrachtete Pjetkin den Bogen.

»Was ist das?«

»Ein amtliches Schreiben. Ich bekam es vor der Abschlußfeier ausgehändigt. Ein Mensch vom Gesundheitsamt der Stadt. Er drückte es mir in die Finger und verschwand wieselschnell. Nicht einmal nach seinem Namen konnte ich fragen.«

»Und was wollte dieser Eisentopf?«

»Ich habe dir bis jetzt nichts davon erzählt. Jetzt aber ist das Feiern vorbei.« Er entfaltete das Papier und reichte es seinem Vater. Pjetkin überflog die wenigen Zeilen, schnaufte durch die Nase und ließ den Brief fallen, als gehe er plötzlich in Feuer auf.

»Unmöglich!« schrie er und schlug mit der Faust auf die Bank. »Das ist Schikane, reine Schikane! Diese Ratten in der Stadtverwaltung. Diese ausgeschabten Kürbisse! Aber sie kennen Pjetkin nicht! Meine Stimme dringt nicht nur von einer Wand zur anderen, sondern sie klingt bis nach Moskau. Ich werde Marschall Ronowskij anrufen, heute abend noch!« Er blickte auf seine Uhr, und Igor sah, wie sein Arm zitterte. »Nein, jetzt ist es zu spät. Aber morgen früh ... Nach Sibirien! Mein Sohn nach Sibirien! Als Assistent des Distriktarztes! Nach ... wie heißt dieses Nest noch mal –«

»Blagowjeschtschensk –«

»Niemand kennt diesen lausigen Flecken.«

»Es ist eine Stadt am Amur.«

»Eine Stadt sogar? Vier Häuser mit einem Scheißhaus dahinter ... weiter nichts.«

»Und einem Arbeitslager mit viertausend Sträflingen.« Igor hob das Papier vom sandigen Boden und faltete es wieder zusammen. »Ich habe mich erkundigt ... es gibt keine Möglichkeit, sich dagegen zu wehren. Der Befehl kommt aus Moskau. Als ich mit dem Leiter der medizinischen Planung sprach, sagte er mir: ›Was wollen Sie eigentlich, Genosse Pjetkin? Hat der Staat nicht Ihr Studium bezahlt? Hat der Staat nicht erst einen Menschen aus Ihnen gemacht? Und jetzt, wo Sie Arzt sind, wollen Sie diesen Staat in den Hintern treten? Ich warne Sie! Man gibt Ihnen eine ehrenvolle Stellung ... Arzt in einem jungfräulichen Land. Sibirien ist noch nicht erobert ... Sie sollen mithelfen, den Reichtum dieses Landes für unser Volk zu erschließen. Das ist eine Auszeichnung ... und Sie sehen es als eine Verbannung an? Lieber Genosse Doktor, es ist nie gut, wenn ein Name in einer Kartei rot unterstrichen wird ... und noch ist Ihr Name nicht unterstrichen ...‹«

Pjetkin preßte die Lippen zusammen und atmete stoßweise durch die Nase. Er kannte die Sprache Moskaus genau, er hatte sie selbst gebraucht, wenn es notwendig gewesen war ... aber ein Unterschied ist's, ob man selbst spricht oder angesprochen wird.

Igor erhob sich und ging vor der Bank hin und her. »Das ist die Quittung.«

»Wofür?«

»Für Mamuschkas Tod. Für meinen Zeitungsartikel gegen die Stadtverwaltung.« Er blieb vor Pjetkin stehen und hatte plötzlich Mitleid mit dem Mann, der seine grauen Haare durchwühlte und keinen Ausweg mehr wußte. »Aber ich bin kein Mensch, der einen Maulkorb trägt. Ich werde nach Sibirien, an den Amur fahren und dort meine Pflicht tun. Du wirst es nicht glauben ... aber ich freue mich auf die Taiga.«

Es stellte sich heraus, daß Igor den richtigen Geruch aufgenommen hatte. Pjetkin rief Marschall Ronowskij an, aber schon am Mittag wußte er, daß der Marschall gar nichts in dieser Sache unternehmen konnte. Auch einige Freunde in den verschiedenen Ministerien wichen aus. Sein letzter Versuch, mit dem Minister für Gesundheitswesen selbst zu sprechen, scheiterte schon am Vorzimmertelefon. Dort saß eine junge Genossin, hörte sich den Namen Pjetkin an, war überhaupt nicht ergriffen, daß ein Oberstleutnant mit ihr sprach, fragte nach den Wünschen, hörte, daß es eine Beschwerde sein sollte, und unterbrach wortlos die Leitung.

Pjetkin tobte, warf das unschuldige Telefon an die Wand und fuhr zum Bürgermeister von Kischinew. »Haben wir einen Krieg gewonnen, um uns jetzt dem Beamtenterror zu beugen?« brüllte er schon im Flur. »Sollen wir in der Willkür ersaufen?« Man hörte ihm geduldig zu, ließ ihn austoben und zuckte dann mit den Schultern. Pjetkin spürte, daß sein Ansehen gelitten hatte, daß man wußte, sein Draht nach Moskau verrostete.

Logisch handelte in diesen Tagen nur der Zwerg Marko Borissowitsch Godunow. Als die Versetzung Igors nach Sibirien amtlich und nicht mehr rückgängig zu machen war, ließ er sich in der Universitäts-Verwaltung melden und kündigte.

»Ich gehe«, sagte er, knallte die Schlüssel von Anatomiesaal und Leichenkeller dem Beamten auf den Tisch und spuckte gezielt an dessen Kopf vorbei gegen die Wand. »Dreißig Jahre lebe ich jetzt mit den Leichen, rolle sie sauber gewaschen in die Anatomie und bekomme sie zerschnitten wieder zurück. Jede Woche einmal verbrenne ich Leichenteile ... mal Arme und Beine, dann Eingeweide und Köpfe, Rümpfe und Knochen ... Dreißig Jahre lang, Genossen, für einen Lohn, der eine Schande für alle Werktätigen ist. Und nie ein Wort des Dankes, kein Händedruck, keine Anerkennung. Bin für euch wohl selbst eine Leiche, was? Warum rümpfen Sie die Nase, Genosse Beamter? Stinke ich nach Verwesung? Dreißig Jahre unter Toten ... da atmen die Poren Grabesluft. Da ist der Atem faul ...«

Er hauchte den Beamten an, was zur Folge hatte, daß dieser aufsprang und in die Ecke rannte.

»Lassen Sie das, Marko Borissowitsch!« kreischte der arme Mann. »Was wollen Sie eigentlich von mir?«

»Meine Kündigung!« Der insektenhafte Zwerg zeigte auf die Akten und Papiere. »Ich will eine richtige Kündigung, in einer Stunde hole ich sie ab. Ist sie nicht fertig, lege ich Ihnen einen aufgeschnittenen Unterbauch auf den Tisch!«

So kam Marko zu seiner Entlassung und erschien fröhlich mit einem Reisesack in der Wohnung Pjetkins. »Es ist alles geregelt«, sagte er. »Ich stehe zur Verfügung. Was kann ich tun? Wo kann ich anfangen?«

»Beruhige meinen Vater«, sagte Igor dumpf. »Er läßt sich von mir nicht helfen. Wenn es so weitergeht, lassen wir einen Irren zurück ...«

Man soll es nicht glauben ... aber Marko schaffte es. Als nach einer Stunde Igor ins Wohnzimmer blickte, saßen Pjetkin und der Zwerg einträchtig zusammen auf dem Sofa, und Marko erzählte Witze von Professor Salkin. Es waren bittere Witze, schaurige Pointen, wie sie nur ein Anatom erfinden kann, aber sie paßten zu Pjetkins Gemütszustand und beruhigten ihn.

Um sieben Uhr in der Frühe fauchte der Zug aus der Bahnhofshalle von Kischinew. Der weißgraue Qualm hüllte Pjetkin ein, ließ die Konturen seines Körpers zerfließen, zerhackte ihn in einzelne Stücke. Igor hing mit dem Oberkörper aus dem Fenster und winkte mit beiden Armen. Tränen standen ihm in den Augen, obwohl er sich gezwungen hatte, keine Trauer zu zeigen, sondern als fröhlicher Eroberer in das jungfräuliche Land zu fahren.

Nun war alles anders ... Er sah seinen Vater im Dampf der Lokomotive stehen, in Paradeuniform, mit allen blinkenden Orden, er sah, wie er die Hand an die Mütze hob und seinen wegfahrenden Sohn grüßte, als verabschiede er einen Katafalk zu einem Staatsbegräbnis. Wie aus Erz gegossen stand er da, ein Held, dem die Tränen aus den Augen tropften und über das kantige Gesicht in den Uniformkragen rannen, ein unbeugsamer Verlierer, der das Liebste, das er besaß, von sich gerissen sah und diesem verdammten Schicksal nichts mehr entgegenzusetzen hatte als sein eigenes Denkmal.

Igor winkte, bis eine Biegung der Schienen die Vergangenheit auslöschte. Unterdessen war Marko nicht untätig gewesen, das heißt, er tat eigentlich nichts, als sich in die Tür des Abteils zu stellen und alle, die hineindrängten, anzulächeln. Das wirkte so abschreckend und abscheulich, daß jeder sofort sein Gepäck wieder an sich riß und eilig den Gang hinunter lief. Nur eine wollte sich häuslich niederlassen. Aber Marko verjagte auch sie. Er grinste sie an und sagte mit sanfter Stimme: »Ich sehe nicht nur so aus ... ich stinke auch so ...«

Sekunden später war das Abteil geräumt.

Die grünen Hügel von Kischinew flogen vorüber, vergoldet in der Morgensonne und umweht von schleierhaftem Bodennebel.

»Wie lange werden wir fahren?«

»Wenn es gutgeht, eine Woche ... Es ist aber nicht sicher, ob wir die Anschlüsse bekommen. Schlimm soll es in Taschkent sein ...«

»Welche Entfernungen.« Igor Antonowitsch hielt den Becher fest, während Marko Tee eingoß. »Welch ein Weg dorthin ...«

»Und welch ein Weg zurück!« sagte Marko und winkte Igor, er solle trinken. »Auch daran muß man denken ...«

ACHTES KAPITEL

Niemand holte sie ab – niemand erwartete sie.

In Chabarowsk, wo sich Igor bei der Medizinverwaltung meldete, wußte man überhaupt nicht, daß ein junger Arzt zugewiesen worden war. »Sie haben den schriftlichen Befehl, Genosse«, sagte der Verwaltungsbeamte entgeistert und reichte den Brief zurück, »also muß es stimmen. Glauben Sie nicht, daß wir Sie jetzt in die Ecke stellen und warm halten ... es gibt genug bei uns zu tun. Die ärztliche Versorgung des Amurgebietes ist katastrophal. Ein Arzt kontrolliert ein Gebiet so groß wie eine ganze Provinz, und wenn in einer Ecke einer einen Magendurchbruch hat und in der anderen jemand eine geplatzte Gallenblase, dann wird todsicher einer sterben, denn man kann sich ja nicht zerreißen. Sie werden arbeiten müssen, Genosse, bis Ihnen die Zähne klappern.«

Er suchte in einer Kartei, zog ein großes Blatt heraus und las die Eintragungen durch.

»Blagowjeschtschensk«, murmelte er dabei. »Wenn es nicht zu dumm wäre, sollten wir jetzt zusammen weinen. Ein Straflager. Man braucht dort einen Assistenten, tatsächlich. Der letzte starb an Typhus, und auch nur deshalb, weil der dumme Mensch unbedingt das Wasser trinken wollte, das die Häftlinge saufen. Es gibt so fanatische Menschen, Genosse. Trinken Sie Wodka, der ist reiner.« Er warf die Karte auf den Tisch und betrachtete Igor, als wolle er ihn verkaufen. »Der Lagerarzt ist eine Frau«, sagte er dann. »Marianka Jefimowna Dussowa. Mein Beileid, Genosse.«

»Sie wird mich nicht fressen«, lachte Igor.

»Sie kennen Marianka noch nicht. Ihr Ruf fällt Bäume schneller als eine Axt. Wer nur noch mit dem Hintern zucken kann, ist bei ihr noch arbeitsfähig. Ihr Lager hat den geringsten Verbrauch an Verbänden und Medikamenten. Ich möchte Sie beweinen, Genosse ... ausgerechnet zu Marianka steckt man Sie!«

Igor erreichte bei der Verwaltung in Chabarowsk, daß Marko Godunow ebenfalls eine Arbeitserlaubnis erhielt. Als Anatomiediener mit dreißig Jahren Erfahrung konnte er nachweisen, daß er jeden operativen Handgriff ebenso gut kannte wie ein Arzt.

»Wird das eine Freude bei Marianka geben!« schrie der Beamte, nachdem er den ersten Schock beim Anblick Markos überwunden hatte. »Ein ganzes Team erscheint. Chirurg mit eigenem Leichenwärter ... verflucht, der Teufel hat sogar Humor!«

Sie bekamen ihre Papiere, Einweisungen, Ausweise, Identitätskarten eigens für Sibirien und das Amur-Gebiet, mußten sich gegen Sumpffieber, Typhus, Cholera und Pest impfen lassen und fuhren dann mit einem Materialzug den Amur entlang nach Blagowjeschtschensk.

Es war eine langweilige Fahrt . . . nur der breite, silbern leuchtende, herrliche Fluß entschädigte sie. Inseln lagen in seinem trägen Wasser; auf der chinesischen Seite zogen breite Dschunken am Ufer entlang, ihre ausgerissenen Segel glänzten gegen den Himmel wie riesige Fledermäuse.

In der zweiten Nacht verschliefen Igor und Marko ihre Ankunft in Blagowjeschtschensk. Man weckte sie nicht, denn niemand wußte, wohin sie wollten, koppelte den Wagen ab, rangierte ihn um und hängte ihn an die Kleinbahn mit Breitspur, die zweimal in der Woche Material nach Issakowa brachte und von dort Felle und Schnittholz mitnahm. Außerdem brachte sie die Post, Zeitungen und Parteipropagandamaterial. Sadowjew begann dann immer ein lautes Fluchen, denn das bedeutete, daß er die Genossen zusammenrufen und eine politische Schulung halten mußte.

Igor erwachte, weil neben ihm eine Herde Kühe dumpf und durchdringend brüllte und mit den Schädeln gegen den Waggon bumste. Er schrak hoch, rüttelte Marko aus dem Schlaf und schob die Tür zur Seite.

Vor ihnen lagen ebenes Land, ein großer Schuppen, dahinter die dunkelgrüne Wand der Wälder. Ein paar Menschen hockten auf alten Kisten im harten, gelben Gras, spielten Schach und rauchten. Irgendwo ratterte ein Gatter und fraß knirschend die Stämme in sich hinein. Die Sonne glänzte wie Messing.

Igor sprang aus dem Waggon und sah sich um. Auf der anderen Seite lag wieder der Amur, flach wie eine Scheibe, mit kaum sich kräuselnden Wellen . . . ein Strom aus flüssigem Gold. Ein einzelner Punkt stach auf ihm ab . . . weit draußen, korngroß, ein Boot, das sich unmerklich bewegte.

»Gleich um die Ecke beginnt das Paradies«, sagte Marko. Er war kurz auf Erkundung ausgegangen, hatte die schachspielenden Männer belästigt und erfahren, wo man gelandet war. »Sogar ein Dorf soll es hier geben. Issakowa. Man sollte es sich ansehen . . . vielleicht wohnen hier die ersten Menschen.«

»Wir haben unsere Station verschlafen.« Igor ging hinunter zum Fluß und legte die Hand über die Augen. Dann zog er sich bis auf die kurze Unterhose aus, wusch sich und schwamm ein wenig herum. Marko blieb am Ufer hocken und suchte auf einer Karte, die er in

Chabarowsk gekauft hatte, wohin ihr Schlaf sie verschlagen hatte. Issakowa stand ganz klein gedruckt am Amur.

»Ein Fliegenschiß!« murmelte Marko. »Ein richtiger Fliegenschiß!«

Igor kletterte aus dem Fluß und lief ein paarmal hin und her, um das Wasser von sich abtropfen zu lassen. Die Männer am Schachbrett kümmerten sich nicht um sie ... im engen Kreis hockten sie auf ihren Kisten und starrten auf das Spiel.

Einem Drang folgend – er konnte später nie erklären, wie es dazu kam –, band Igor ein kleines Boot von einem Steg, sprang hinein, tauchte die Ruder ins Wasser und ließ sich hinaus auf den Amur treiben. Marko lief wie ein Hündchen am Ufer hin und her, warf die Arme hoch und schrie.

»Lassen Sie den Blödsinn! Sie kennen den Fluß nicht! Er hat böse Strömungen, und nachher landen Sie in China! Hat man so einen Leichtsinn schon gesehen? Zurück, verdammtes Söhnchen, zurück! Nein, er rudert weiter, er hört nicht auf mich!«

Umsonst. Marko tobte am Ufer entlang, suchte ein anderes Boot, aber er fand keins mehr. Da rannte er in seiner größten Not zu den schachspielenden Menschen, warf die Arme empor, schrie sie an, und als sie keine Regung zeigten, stieß er mit kühnem Fußtritt das Schachbrett um.

Das war ein grober Fehler, denn nun wurden die Männer munter. Sie zuckten von den Kisten hoch, warfen sie auf den wegrennenden Zwerg, rissen Bretter vom Boden und schlugen auf ihn ein. Wie ein Wiesel flitzte Marko zwischen den abgestellten Wagen hindurch, versteckte sich hinter Holzstapeln und wartete, bis sich der Zorn der Schachspieler gelegt hatte. Vorsichtig lugte er zum Fluß. Igors Boot schwamm weit draußen und hielt auf den anderen Punkt zu, der auf dem goldenen Wasser tanzte. »Es wird Unannehmlichkeiten geben«, sagte Marko ahnungsvoll. »Große Unannehmlichkeiten. Schon angefangen hat's mit dem Verschlafen ... wir werden ein unruhiges Leben führen.«

Igor ruderte, was seine Muskeln hergaben.

Zuerst war es nur Spaß gewesen, ein Ausflug, eine Erinnerung an die Kinderzeit in Kischinew, wo er mit seinem Vater oft auf dem Bakul ruderte.

Er pfiff lustig vor sich hin, kam dem Punkt näher und erkannte, daß es auch ein Boot war. Aber dieses Boot bewegte sich nicht ... im Gegenteil, ein Mensch stand darin, winkte heftig mit beiden Armen, und wie es schien, war es kein fröhliches Zuwinken, sondern ein Notsignal, ein Hilferuf.

Igor legte sich in die Ruder, als kämpfe er um eine Meisterschaft. Sein kleines Boot glitt schwerelos über die Wellen ... eins-zwei, eins-zwei kommandierte er sich und zog kräftig durch. Ein paarmal sah er sich um, der Abstand verringerte sich schnell, und jetzt winkte die Gestalt mit einem Tuch, nein, mit einem Kopftuch, mit einem bunten Lappen. Er hörte ihre Stimme – in dieser Entfernung wie das Piepsen eines erschreckten Vogels.

»Keine Angst!« schrie er nach rückwärts. »Nicht heftig bewegen! Bleiben Sie ruhig stehen, sonst fallen Sie über Bord! Vorsicht!«

Die letzten Meter keuchte er wie ein defekter Blasebalg, zog dann die Ruder ein, ließ sich an das andere Boot treiben und wischte sich den Schweiß aus den Augen. Seine Arme zitterten, die Handflächen brannten, in den Oberschenkeln klopfte die Erschöpfung.

Als er die Hand von den Augen zog und die Sonnenreflexion des Wassers überwunden hatte, sah er zum erstenmal deutlich die Gestalt in dem anderen Boot.

Sie hockte auf der schmalen Sitzbank, unbeweglich, wie er es befohlen hatte, in einem durchschwitzten Kleid und mit nassen Füßen. Einen Ärmel hatte sie sich herausgerissen und damit das kleine Loch im Boden des Kahns verstopft. Zehn Meter von ihr trieb ihr Ruder träge im Wasser des Amur.

Sie lächelte ihn an, um Verzeihung bittend wie ein Kind, das seinen Ball jemandem an den Kopf geworfen hat. Auf ihrem Haar lag der Sonnenschein wie ein goldener Helm. Die ein wenig schräg gestellten Augen blinzelten gegen das gleißende Licht. »Du«, sagte Igor. Seine Stimme schwankte. Er umfaßte seinen Kopf mit beiden Händen, denn er hatte das Gefühl, jetzt müsse er auseinanderplatzen. Das Blut hämmerte durch seine Schläfen. Er versuchte noch ein Wort, aber seine Lippen waren spröde, und seine Kehle verdorrte wie Wermut im Sommerwind.

Er kletterte hinüber in ihr Boot, umarmte die vor Schreck Erstarrte, küßte sie und erhielt darauf eine so kräftige Ohrfeige, daß er über den Rand des Kahns ins Wasser plumpste.

Es ist schon ein wahres Kreuz, einer wütenden Frau ausgeliefert zu sein. Mit Männern kann man diskutieren. Aber eine Frau? Genossen, eher flechtet ihr einem Bullen rote Bänder um die Hörner, als einer Frau mit Argumenten zu kommen. Warum das so ist – wer kann's erklären? Auch Igor Antonowitsch erfaßte es nicht ... zweimal schwamm er um den Kahn, versuchte sich an der Bordwand hochzuziehen, und zweimal hieb ihm das blonde Teufelchen auf die Finger und stieß ihn in die Wellen des Amur zurück.

Sein Kahn trieb davon. Er hatte keine Möglichkeit, ihn festzuhalten. Kümmere sich einer um so ein verfluchtes Biest, wenn man selbst gegen die Strömung kämpfen muß!

Igor schwamm gut, aber mit Kleidern zu schwimmen, die sich vollsaugen wie ein Schwamm, ist etwas anderes, als in einer Badehose herumplätschern. Nach vier Runden um den fremden Kahn begann er zu keuchen, schluckte zweimal kräftig Wasser und verdrehte die Augen. Nach dem fünften Anlauf strampelte er das Wasser unter sich weg und lehnte den Kopf erschöpft an die Bootswand.

»Wollen Sie mich ersäufen?« röchelte er. »Gut denn ... machen Sie es kurz. Drücken Sie mich unter die Wellen! Es ist der Lohn für meine Idiotie, in Ihnen einen Engel zu sehen ...«

Das blonde Mädchen lachte hell. Sie kann noch lachen, die Teufelin, dachte Igor und holte tief Luft. Sie wird noch lachen oder sogar ein Lied singen, wenn ich absaufe. Und dabei sieht sie aus wie eine Madonna auf einer alten Ikone ...

»Leben Sie wohl«, keuchte Igor. »Wenn ich in Chabarowsk lande, wird keiner wissen, daß ich das Opfer meiner Liebe geworden bin.« Er verdrehte schauerlich die Augen, hob die Arme hoch über den Kopf und wollte sich versinken lassen, natürlich nur, um unter dem Boot wegzutauchen und auf der anderen Seite wieder hochzukommen. Das Mädchen aber schien ihm zu glauben. Blitzschnell packte es zu, zog ihn an den Haaren heraus, duldete, daß er erneut die Bordwand umkrallte, ja, sie half ihm jetzt sogar, in den Kahn zu klettern. Erschöpft ließ er sich auf den Boden rollen, faltete die Hände über der Brust, schloß die Augen und lag da wie tot.

Das Mädchen beugte sich über ihn, ergriff seinen Arm und fühlte den Puls. Dann warf es den Arm zurück auf die Planken und schnaufte verächtlich durch die schöne Nase.

»Stehen Sie auf!« sagte es laut und herrisch. »Ihr Puls ist nur etwas beschleunigt, aber sonst normal. Geben Sie das Theaterspielen auf ... ein Erschöpfter hat andere medizinische Erscheinungen.«

»Oha, Genossin, das klingt sehr wissenschaftlich.« Igor schlug die Augen auf. Das Mädchen saß am anderen Ende des Kahns und blickte ihn wütend an. »Sie verstehen etwas von Puls und Herzschlag?«

»Ich bin Ärztin.«

»Also sind Sie es doch! Als Sie mich ins Wasser stießen, glaubte ich an einen Irrtum. Igor, sagte ich zu mir, sie ist es nicht. So erbärmlich kann kein Engel handeln. Und als einen Engel hatte ich Sie in Erinnerung ...«

Igor Antonowitsch blieb auf den Planken liegen und zog sein nasses Hemd aus. Er stopfte es neben den abgerissenen Ärmel des Kleides in das Leck und begann dann, mit beiden Händen das eingedrungene Wasser hinauszuschöpfen. »Haben Sie Mitleid mit mir. Seit Jahren suche ich Sie ...«

»Verrückt sind Sie! Total verrückt!«

»Erinnern Sie sich an Kischinew?« Igor kniete im Wasser und strich sich die blonden Haare aus dem Gesicht. Das Mädchen starrte ihn böse an. »An die Universität? Zu Besuch bei einer Tante waren Sie, hörten als Gast einige Vorlesungen bei uns und verschwanden dann spurlos. Einmal fielen Ihnen die Bücher aus den Händen, und ich hob sie auf. ›Danke!‹ sagten Sie kurz und liefen weg.«

»Das waren *Sie?*« Ihre vollen Lippen lächelten zaghaft. »Ich erinnere mich jetzt.«

»Von dieser Minute an habe ich Sie gesucht. Gezeichnet habe ich Sie und Ihr Bild überall herumgezeigt. ›Wer hat sie gesehen?‹ habe ich tausendmal gefragt. ›Wer kann mir einen Hinweis geben? Wer kennt sie?‹ Geprügelt habe ich mich mit anderen, die mich verspotteten, und einen hätte ich fast totgeschlagen, weil er Sie beleidigte.«

»Er kannte mich bestimmt nicht! Nur eine Woche war ich in Kischinew und habe mich nie um einen Mann gekümmert.« Das Mädchen beugte sich vor. Ihre vollen, runden Brüste schwangen und drückten sich durch das verschwitzte Kleid. Keinen Halter trug sie, unbezwungen war die Natur. Man lebte hier am Amur, an der Grenze Chinas, und nicht in Moskau. Rümpft also nicht die Nase, Brüderchen. »Was sagte er von mir?«

»Er nannte Sie eine Burjatenhure ... andere hielten mich fest, sonst hätte sein Schädel an der Wand geklebt.«

Das Mädchen war rot geworden und blickte über den riesigen, in der Sonne goldenen Fluß. Am Ufer, zwischen den Holzstapeln, bewegte sich plötzlich etwas. Ein Fetzen Stoff wurde geschwenkt, hin und her, wie ein Signal.

»Ich danke Ihnen«, sagte das Mädchen, ohne Igor anzublicken. »Ich habe Sie ins Wasser gestoßen ... verzeihen Sie es mir.«

»Ich habe es sogar schon vergessen. Jede Welle des Amur könnte ich umarmen, weil ich Sie endlich gefunden habe.« Igor schöpfte weiter das Wasser aus dem Boot. Dann suchte er auf der Wasserfläche das Ruder und entdeckte es weit vom Kahn entfernt. »Wer sind Sie?«

»Dunja Dimitrowna Sadowjewa, Doktor der Medizin ...«, sagte sie und ließ die Hände ins Wasser hängen. »Und Sie?«

»Igor Antonowitsch Pjetkin, Doktor der Medizin ...«

Sie lachten und sahen sich zum erstenmal richtig an. Als ihre Blicke zusammentrafen, war es wie eine Explosion. Ein heißer Schmerz durchzog sie von den Zehen bis zu den Haarwurzeln, und ihre Herzen begannen, schweres heißes Blut zu pumpen.

Igor fuhr erschrocken zusammen, als Dunja nüchtern sagte:

»Da drüben am Ufer winkt jemand mit einem Fetzen Stoff.«

»Das ist Godunow.«

»Ach Gott, der große Zar?« Dunjas Gesicht verdunkelte sich sofort. »Warum müssen Sie mich immer wieder ärgern, Igor Antonowitsch?«

»Es ist wirklich Godunow. Marko Borissowitsch ... mein Begleiter. Ein ehemaliger Anatomiediener aus Kischinew. Er ist wie ein Hund ... wo ich bin, ist auch er. Aber erschrecken Sie nicht, Dunja. Er ist nicht nur ein Zwerg ... er ist das Häßlichste, was die Natur je erschaffen hat. Ein Alptraum auf zwei Beinen ... aber ein Herz wie ein Heiliger.« Er beugte sich über den Rand des Kahns und schüttelte den Kopf. »Das Ruder holen wir nie ein. Versuchen wir es mit den Händen. Eine schwere Arbeit wird's sein! Ich gebe den Rhythmus an, und dann stoßen wir im Fluß vorwärts. Sie drücken das Wasser links weg, ich rechts. Versuchen wir es?«

»Wenn wir nicht mitten auf dem Fluß austrocknen wollen, muß es sein.« Dunja beugte sich über die Bordwand und nickte Igor zu. »Fertig. Ihr Kommando, Kapitän.«

»Also ... los! Drücken – eintauchen – drücken – tauchen – drücken – tauchen ... Eins – zwei – eins – zwei ...«

Langsam glitt das Boot über den Amur zum Ufer. Eine mühselige Fahrt war das, eine Anstrengung, daß fast die Lungen platzten. Trotzdem war die Fahrt Igor noch viel zu schnell. Je näher das Ufer kam, um so wehmütiger wurde sein Herz. Sehe ich sie wieder, dachte er.

Er spürte in sich ganz gemeine Angst, als der Kahn über den Ufersand kratzte, er aus dem Boot springen mußte, und es vollends ans Ufer zog. Dann half er Dunja an Land und sah von weitem ein Rieseninsekt in einer Staubwolke auf sie zustürzen. »Da kommt er. Godunow. Wenn Sie es auch nicht glauben ... er ist wirklich ein Mensch ...« Igor zog sein Hemd aus dem Leck des Kahns, schlug es auseinander und sah, daß es zerfetzt war. Trotzdem zog er es an und sah verwegen wie ein Seeräuber aus.

»Wo leben Sie, Dunja?«

»In Issakowa. Dort bin ich geboren. Ich warte auf eine Stellung als Ärztin. Die Verwaltung in Chabarowsk weiß anscheinend nicht, wo sie mich einsetzen soll. Ich habe auch nicht gedrängt ... es ist zu schön in Issakowa.«

»Ich möchte es gerne kennenlernen.«

»Kommen Sie mit.« Dunja durchkämmte mit beiden Händen ihre Haare. Die blonde seidige Flut zerteilte sich im leichten Wind, der über den breiten Fluß wehte. Igor starrte sie bewundernd an. Unter dem Kleid schien sie nackt zu sein, es klebte an ihr wie eine zweite, geblümte Haut.

Igor wischte sich mit dem Handrücken den Schweiß von der Stirn. »Ich habe Gepäck bei mir. Viel Gepäck. Marko und ich haben den Bahnhof von Blagowjeschtschensk verschlafen und sind hier gelandet. Zuerst haben wir geflucht ... jetzt könnte ich den Schlaf vergolden. Ich habe Sie dadurch wiedergefunden, Dunja.«

»Hinter dem Sägewerk steht mein Wagen. Ein Bauernwägelchen mit einem alten müden Pferd ...«

Marko hatte sie jetzt erreicht. Im vollen Lauf warf er sich gegen Igor, umfaßte ihn mit seinen langen Armen, und da er ihm nur bis zur Brust reichte, drückte er sein Gesicht in die Brusthaare Igors und küßte sie mit zitternder Innigkeit. Dann ließ er Igor los, warf sich herum, fiel vor Dunja auf die Knie und ergriff ihre Hände, bevor sie diese schnell zurückziehen konnte. Der Anblick des häßlichen Zwerges entsetzte sie trotz Pjetkins Warnung. Gleichzeitig aber tauchte die Erinnerung an Marko auf ... Kischinew, der Präpariersaal der Anatomie, die Witze von Professor Salkin. Marko, der die Leichen herumtrug, wie Säuglinge von ihrer Mutter getragen wurden. Im weißen Kittel mit der über den Boden schleifenden Gummischürze hatte er zwar scheußlich, aber noch erträglich ausgesehen. Jetzt, ohne die verdeckenden, gnädigen Kleidungsstücke wurde er zu einer ausgewachsenen Mißgeburt.

»Sie haben ihn gerettet!« schrie Marko und küßte die Hände Dunjas. Sie versuchte, seiner Umklammerung zu entkommen, aber die Kraft in Markos Fingern war ungeheuer. Sie konnte sich nicht befreien und erduldete mit Schaudern seine Liebkosungen der Dankbarkeit. »Ertrunken wäre er, mein Söhnchen! Und ohne Ruder seid ihr gekommen ... nur mit den Händen? Wo ist das andere Boot?«

Igor blickte Dunja schnell an. Ihr schamhaftes Lächeln beglückte ihn.

»Als mich Dunja zu sich ins Boot zog, trieb es ab. Ein leichter Kahn, eine Nußschale, der Teufel soll sie holen!« log er.

»Fahren wir nach Issakowa.« Dunja holte ein Stück Bindfaden aus der Tasche ihres Kleides und band die langen blonden Haare im Nacken zusammen. »Kommt!«

Sie ging voraus und schlug die Richtung zum Holzplatz ein. Marko blieb stehen.

»Dorthin? Die Männer werden mich in Stücke reißen.«

»Nicht in meiner Gegenwart!« rief Dunja über die Schulter zurück. »Sie kennen mich alle.«

Sie ging voraus, und Igor bewunderte ihren Gang, das Federn der Beine, das sich über den ganzen Körper fortsetzte. Ihr Haar hing bis zu den Hüften herunter und pendelte bei jedem Schritt. Marko hielt Igor zurück. Sein schreckliches Fischmaul verzog sich zu einem schauerlichen Grinsen.

»Gleich hab ich's gesehen«, flüsterte er. »Sie ist's! Das Engelchen, das Sie suchten. Welch ein Zufall! Man sollte dem heiligen Afanasij eine Kerze weihen, wenn's nicht zu dumm und unmodern wäre.« Als sich Dunja beim Gehen umwandte und ihnen zuwinkte, als er ihr strahlendes Lachen sah, wurde ihm das Atmen schwer. Ich werde es sofort an Väterchen schreiben, sagte er sich. Ich werde ihn bitten, an den Amur zu kommen. Er soll sie sehen und mir recht geben, wenn ich sage: Nur dieses eine Mädchen auf der ganzen Welt kann mich glücklich machen. Es gibt kein anderes Wesen, das zu mir paßt. Väterchen, gib uns deinen Segen. Ich werde Dunja heiraten – aber erst muß ich sie erobern.

Das Wägelchen mit dem müden Pferd brachte sie unendlich langsam nach Issakowa. Kurz vor dem Ort hielt Dunja das Wägelchen an. Mit einer weiten Armbewegung umfaßte sie das Land – den Amur mit seinen goldenen Wassern, den von Wolkenstreifen verzierten blaßblauen Himmel voller Unendlichkeit, das eng zusammengebaute, in eine Mulde geduckte Dorf, den sandigen Strand, die Uferweiden und Äcker und im Hintergrund die blaugrüne, wogende Wand des Waldes.

»Hier bin ich geboren«, sagte sie stolz.

Und Igor nickte und sagte feierlich: »Nur hier war das möglich, Dunja . . .«

NEUNTES KAPITEL

Dimitri Ferapontowitsch Sadowjew war durchaus nicht glücklich, daß seine Tochter einen fremden Mann ins Haus brachte und neben ihm auch noch ein Wesen, das man eigentlich mit einer Schaufel hätte erschlagen müssen. Anna Sadowjewa, das sonst unerschrockene, ja mutige Mütterchen, vor dem jeder in Issakowa die Mütze zog und allem Streit aus dem Weg ging, ließ am Herd die Pfanne fallen, bedeckte ihr Gesicht mit der Schürze und lief hinaus. Marko verzog sein Gesicht zu einem verlegenen Grinsen.

»Ich kann nichts dafür, Genosse«, sagte er zu Sadowjew, der darüber grübelte, wie so etwas ein Mensch sein konnte und sogar verständliche Töne von sich gab. »Als Gott die Schönheit verteilte, putzte meine Mutter gerade das Scheißhaus des Teufels . . .«

»So ist es«, antwortete Sadowjew mit großer Überwindung. »Wir alle sind Produkte des Zufalls.«

Später stand er allein im Schlafzimmer vor dem Spiegel und betrachtete sich zufrieden. »Du bist häßlich, Dimitri Ferapontowitsch«, sagte er zu sich und freute sich, »aber gegen Marko Godunow bist du das wahre Ebenbild des Herrn. Irgendwie ist die Welt doch vollkommen.«

Nachdem man gemeinsam gegessen hatte, eine Kascha aus Maisbrei und Früchten, der zur Krönung gebackener Fisch mit viel Speck und Zwiebeln folgte und ein Gläschen selbst gekelterten Birkenweins, auf den Anna, das Mütterchen, besonders stolz war, erzählte Igor seine Geschichte.

»Das ist kein Problem«, sagte Sadowjew und goß allen noch einmal von Annas Birkenwein ein. »Ich bringe Sie morgen nach Blagowjeschtschensk. Etwas über dreißig Werst sind es, für zwei muntere Pferdchen eine gute Strecke. Nur heute ist es zu spät, das müssen Sie einsehen.« Er lehnte sich zurück und steckte die Hände in die Taschen seiner alten, geflickten Reithose. »Ein Doktor sind Sie. Wie meine Dunjuscha. Ist das ein Zufall! Wenn das so weitergeht, werden wir hier mit Ärzten überschwemmt, haha! Zuerst ist keiner da im Umkreis von 100 Werst, und dann sitzen gleich zwei bei mir am Tisch. Mütterchen, hol das frische Brot aus der Kammer. Mögen Sie Honig, Genosse Arzt? Ich habe ihn voriges Jahr selbst geschleudert.«

Igor nickte abwesend. Er sah Dunja zu. Sie stand neben dem Herd und wusch das Geschirr ab, in einem großen hölzernen Trog, aus dem das heiße Wasser dampfte. Sie war keine Ärztin mehr in diesen Minuten, sondern nichts weiter als ein Töchterchen vom großen

Strom Amur, ein Bauernmädchen aus Issakowa, aufgewachsen im heißen Steppenwind, der von Chinas rotgelben Weiten herüberwehte über den breiten Fluß, und stark geworden im eisigen Sturm, der aus der schneeerstarrten Taiga in den Dächern und um die Fensterläden von Issakowa heulte.

Sadowjew beobachtete ihn und verstand die Blicke, die Igor auf Dunja warf. Sein väterliches Herz wurde schwer, er seufzte und blickte trübsinnig in sein Glas. Es erging ihm so wie allen Vätern, die eine schöne, erwachsene Tochter haben.

»Ich zeige Ihnen das Dorf, Genosse Arzt«, sagte Sadowjew deshalb und sprang abrupt auf. »Kommen Sie. Auch das Ende der Welt ist interessant.«

Drei Stunden lang besichtigten sie Issakowa und seine verfallenden Schönheiten. Marko begleitete sie nicht ... er ließ sich von Anna in der Scheune die Plätze zeigen, wo sie übernachten sollten. Es war eine ehemalige Futterkammer, die Marko ausfegte und mit zwei Strohschütten wohnlich einrichtete. Dann setzte er sich in die Sonne, steckte die Pfeife wieder an und ließ sich von den Kindern bestaunen. Sie standen in respektvoller Entfernung hinter dem Flechtzaun und betrachteten ihn wie ein Fabeltier.

Nach dem Abendessen führte die Familie Sadowjew geschlossen ihre Gäste zur Scheune. »Eine große Freude war uns Ihr Besuch, Genosse Arzt«, sagte Sadowjew. »Schlafen Sie gut. Morgen früh um sieben wecke ich Sie –«

Anna, das Mütterchen, gab Igor die Hand und nickte ihm stumm zu. In ihren Augen lag eine unausgesprochene Frage, ein mütterliches Forschen. Es tat Igor weh, nichts antworten zu können. Zu früh, dachte er. Viel zu früh. Noch ist Dunja nur ein Traum.

Dann standen sie sich gegenüber, unter den wachsamen Augen des alten Sadowjew, drückten sich die Hand und lächelten sich zu.

»Gute Nacht, Dunja«, sagte Igor mit schwerer Zunge.

»Gute Nacht, Igor Antonowitsch. Wenn Sie Zeit haben, besuchen Sie uns wieder.«

Das war mehr, als Sadowjew wollte. Er schwenkte die Petroleumlampe, stellte sie auf die Erde und unterbrach so den Händedruck zwischen Igor und Dunja. »Die Nacht ist kurz«, brummte er. »Und wenn es irgendwo raschelt, ängstigen Sie sich nicht, Genosse. Es sind Mäuse oder harmlose Schlangen, die Wärme suchen. Laßt es euch gutgehen.«

Er drängte Anna und Dunja aus der Futterkammer und warf die Tür zu. Marko hockte auf seinem Strohbett. Aus ihren Mänteln knetete er eine lange Rolle. Ein gemeinsames Kopfkissen. Igor stand vor der geschlossenen Tür, mit hängenden Armen, als habe man ihn eingesperrt.

»Was ist?« fragte Marko und legte sich lang. »Wird sie unsere Hausfrau?«

»Ich liebe sie«, sagte Igor leise. »Oh, verdammt, ich liebe sie wie ein Wahnsinniger seine irre Welt. Aber sie weiß es nicht, und sie spürt es auch nicht.«

»Warten wir es ab.« Marko gähnte. Sein großes Fischmaul klaffte auf wie ein Hairachen. »Ein kantiger Stein braucht Millionen Jahre, bis er zum runden Kiesel wird ... aber in der Liebe sind tausend Jahre wie eine Sekunde.«

Er blies die Lampe aus, und Igor legte sich neben ihn ins Stroh.

Ganz anders war es bei Dunja und ihren Eltern, als sie zurück zum Haus gingen. Der alte Sadowjew hatte Mühe, mit seinen krummen Beinen der Tochter zu folgen, aber als er sie eingeholt hatte, hielt er sie am Ärmel fest.

»Liebst du ihn?« fragte er direkt. »Los, sag es frei heraus!«

»Ich weiß es nicht, Väterchen«, antwortete Dunja und lief weiter.

»Ein kluges Wort!« rief Sadowjew und raufte sich die wenigen Haare. »Ein verteufeltes Wort! Bei den Weibern heißt so etwas ja.«

Am Morgen fuhren Igor, Godunow und Sadowjew zurück nach Blagowjeschtschensk. Ein vierrädriges Wägelchen mit zwei feurigen Gäulchen schaukelte sie am Amur entlang. Glitzernder Tau hing in den Gräsern, der Fluß roch nach süßlicher Verwesung. Zwei riesige Adler kreisten über der Straße. Sie strichen von den Wäldern herüber und suchten Zieselmäuse, Hasen oder verirrte Lämmer.

Igor hatte Dunja nicht mehr gesehen. Er hatte auch nicht gesehen, wie sie hinter dem Fenster stand und ihnen nachblickte, bis das Wägelchen hinter der Wegbiegung verschwand. »Ob er wiederkommt?« fragte sie, als sie sich an den Tisch setzte. Mütterchen Anna kochte bereits eine Milchsuppe. Sadowjew liebte es, morgens die heiße, frisch gemolkene Milch zu schlürfen.

»Wenn er ein Mann ist – bestimmt«, sagte sie und rührte im Kessel.

»Väterchen mag ihn nicht.«

»Ein Mann kann auch das überwinden.« Anna lehnte sich gegen den gemauerten Herd. »Mein Vater hat Dimitri Ferapontowitsch viermal hinausgeworfen.«

»Und wenn Igor nicht wiederkommt?«

»Dann vergiß ihn, Töchterchen. Vergiß ihn schnell! Nur faule Äpfel fallen allein vom Baum ...«

Nach vier Stunden Fahrt erreichte die Fuhre die Wälder von Blagowjeschtschensk. Eine Querstraße führte in den Wald, staubig, ausgefahren, voller Löcher. Ein schiefes, verwittertes Schild hing an einem Baum, kaum noch lesbar, aber das war auch nicht nötig, jeder im Umkreis von fünfzig Werst kannte die Schrift auswendig und respektierte sie.

»Verbotener Weg. Betreten wird bestraft.«

»Stoj!« brüllte Sadowjew und zog den Pferden den Kopf in den Nacken. »Hier sind wir, Freunde. Macht's gut.«

»Das ist doch keine Stadt?« sagte Igor verwundert.

»Nein. Die Stadt liegt noch drei Werst weiter. Aber ihr wollt zum Lager, und das liegt am Ende dieses Weges.« Sadowjew faßte die Zügel fester, als müsse er gleich mit der Zunge schnalzen und im Galopp davonrasen. »Verlangt nicht, daß ich euch bis vors Tor fahre. Niemand bringt mich dazu, die verdammte Straße zu betreten. Zu Fuß sind es noch zwanzig Minuten. Lebt wohl, Genossen.«

Er blieb auf seinem Bock und sah zu, wie Igor und Marko ihr Gepäck über die Schultern warfen und die verbotene Straße hinabmarschierten. Erst als sie zwischen den Bäumen untertauchten, gab Sadowjew die Zügel frei, drehte den Wagen und klapperte schnell zurück nach Issakowa.

ZEHNTES KAPITEL

Der Weg war länger als zwanzig Minuten. Erst nach einer Stunde erreichten Igor und Marko den Lagerbereich. Plötzlich weitete sich die Straße zu einem riesigen Platz. Eine Welt lag vor ihnen, in der es alles gab, nur keine Hoffnung.

Nicht daß Sadowjew eine falsche Länge der verbotenen Straße angegeben hatte ... zwanzig Minuten stimmte. Aber Igor hatte seinen Marsch mehrmals unterbrochen. Am Wegrand lagen Dinge, mit denen man normalerweise nicht eine Straße einfaßt. Eine große Blutlache, ein abgesplitterter Gewehrkolben, eine Holzplatte mit einer klebrigen Flüssigkeit darauf, die Marko sachverständig als Gehirnmasse bezeichnete, ein geflochtener Schuh, die Innensohle voller Eiter.

»Eine besondere Straße«, sagte Marko und warf den Schuh weit weg in den Wald. »Doktor, Sie werden am Ende des Weges vergessen müssen, daß Sie ein Mensch sind.«

»Oder sie warten dort auf einen Menschen!«

Das Lager war so angelegt wie alle Besserungs-Arbeitslager, so heißen sie in der schönen sowjetischen Amtssprache. Ein über drei Meter hoher Holzzaun umgab das gesamte Areal. In ihm waren große hölzerne Tore eingelassen, überragt von ebenfalls hölzernen Wachtürmen. Zwischen dem Zaun und dem eigentlichen Lager breitete sich die verbotene Zone aus, ein Geländestreifen, mit Stacheldraht umzogen. Wer sich in dieser Zone befand, durfte von den Wachen ohne Anruf erschossen werden. Starke Scheinwerfer auf den Wachtürmen tasteten in der Nacht diesen Todesstreifen ab. Neben dem Haupttor standen das Wachhaus, ein langgestreckter Holzbau, mit Stacheldraht umgeben, ein Hundezwinger mit großen, doggenähnlichen, gelbfelligen und grünäugigen Bluthunden, und ein dicker Wasserturm. Im Innern des Lagers, rund um den großen Appellplatz und durch »Straßen« voneinander getrennt, lagen die Baracken der Häftlinge, die Wäscherei, die langgestreckte Küche, das Magazin, die Bäckerei, die Werkstatt, die »politische Baracke«, eine Art Versammlungssaal zur Schulung und Umerziehung, ein Badehaus – und als einziges aus gelben Ziegeln gebaut mit einem roten Schindeldach – das Krankenhaus und der Strafbunker. Man nannte ihn vornehm den »Isolierzellen-Block« ... eine Hölle innerhalb der Hölle. Ganz im Hintergrund des Lagers, getrennt von allen anderen Baulichkeiten, noch einmal besonders mit einem dichten Stacheldrahtzaun umgeben, standen die Quarantäne-Baracken. Hier wurden alle Neueinlieferungen einundzwanzig Tage lang festgehalten, gebadet, untersucht, entlaust, beobachtet auf ansteckende Krankheiten oder andere Gebrechen. In einundzwanzig Tagen zeigt jeder Körper, was er zu verbergen hat.

Igor entdeckte schon von weitem, daß in der Wachbaracke ihr Kommen signalisiert war. Sechs Wächter in erdbraunen Uniformen und schiefsitzenden Käppis auf den kurzgeschorenen Haaren liefen ein paar Meter vor dem Stacheldrahtzaun hin und her und hoben wie auf ein Kommando die Maschinenpistolen an die Brust. »Stoj!« schrien sie, als Igor und Marko ruhig weitergingen. »Stoj! Oder wir schießen!«

»Bleiben wir stehen«, sagte Marko und stellte das Gepäck auf den staubigen Boden. »Es ist nicht gut, sie zu reizen. Denken Sie an das Blut auf der Straße.«

Sie blieben stehen und die Soldaten liefen ihnen entgegen. In einem Kreis von drei Metern Durchmesser umringten sie Igor und Marko und starrten sie finster an.

»Ich bin Dr. Pjetkin«, sagte Igor laut. »Abkommandiert als neuer Arzt.«

Der Korporal war unbeeindruckt. Er schob nur seine breite Hand vor.

»Papiere? Marschbefehl? Einweisung?«

»Alles zur Stelle.« Igor reichte die Schriftstücke hinüber. Erst als der Korporal sie gewissenhaft studiert hatte, wurde er freundlicher. Er faltete sie zusammen, steckte sie in seine Uniformtasche und warf die Maschinenpistole an dem Lederriemen über die Schulter.

»Kommen Sie mit, Genosse«, sagte er in normalem Ton. »Ich werde Sie anmelden bei der Lagerleitung.«

Igor und Marko wurden in die Wachbaracke geführt, in ein leeres Zimmer ohne Fenster. Eine Glühbirne hing traurig von der Decke und erhellte spärlich den Raum. Bevor sie zu diesem Zimmer gelangten, kamen sie an den Mannschaftsräumen vorbei. Die Posten saßen an langen Tischen, rauchten, tranken Kwass, spielten Schach oder Karten, lasen Zeitungen und hörten Radiomusik.

»Warten Sie hier«, sagte der Korporal, verließ das Zimmer und schloß es ab.

»Sie trauen uns nicht«, sagte Marko und setzte sich auf Igors großen Kleidersack. »Ein bißchen idiotisch, meine ich. Wer kommt schon freiwillig hierher?«

Sie warteten eine halbe Stunde, rauchten eine Zigarette und schraken zusammen, als plötzlich die Tür aufgerissen wurde. Ein Offizier des KGB trat ein und musterte Igor unverhohlen. In den Händen hielt er die Papiere aus Chabarowsk.

»Wir haben keine Ahnung, daß Sie kommen, Igor Antonowitsch«, sagte der Offizier. »Eine Schweinerei ist das. Eine Schlamperei! Seit einem Jahr fordern wir nun einen Arzt an, um die Genossin Dussowa zu entlasten ... und jetzt kommt endlich einer, und niemand weiß etwas davon.

Natürlich, Genosse Pjetkin, sind wir glücklich, Sie endlich zu haben! Stellen Sie sich vor ... dreitausend Lagerinsassen, ohne die Wachmannschaften mitgezählt, davon eintausend Kriminelle und zweitausend 58er. Und nur ein Arzt! Man kann über die Halunken denken, wie man will ... ärztlich versorgt muß der größte Lump werden. Das ist Humanität.«

»Wer sind die 58er?« fragte Igor ratlos.

»Die Politischen, mein Lieber. Verurteilt nach Paragraph 58 des sowjetischen Strafgesetzbuches. Die Meckerer und Unzufriedenen, Konterrevolutionäre und Volksschädlinge, Spione und Saboteure, Terroristen und Konspiranten ... der ganze Abschaum also. Dabei intelligente Köpfe, man soll's nicht für möglich halten! Professoren, Offiziere, Akademiker ... und haben nichts im Sinn, als die gute Ordnung zu zerstören. Aber Sie werden sie ja kennenlernen.« Der KGB-Offizier zog das Kinn an und betrachtete Marko mit einem deutlichen Anflug von Ekel. »Himmel, wer ist da? Hat er sich verirrt? Der nächste zoologische Garten ist in Chabarowsk.«

Marko schnaufte durch die breite Nase, was wie ein Raubtierzischen klang. »Meine Papiere«, sagte er und reichte seine Ausweise hin. »Ich bin Fachmann für Leichen ...«

»Was ist er?« Der Offizier riß Marko die Papiere aus der Hand.

»Er ist mein Begleiter. Mein Gehilfe, wenn Sie so wollen, Genosse. Die Gesundheitsbehörde in Chabarowsk hat die Zuteilung des Genossen Godunow für meine Arbeit genehmigt. Er soll als Krankengehilfe arbeiten.«

»Ein Anatomiediener!« Der Offizier warf die Papiere Marko vor die krummen Spinnenbeine. »Sie haben Humor da oben. Er wird mehr Leichen herumschleppen, als ihm lieb ist. Er kann mit ihnen Türmchen bauen ...«

»Ist die Sterblichkeit hier so groß?« fragte Igor interessiert.

»Die Sterblichkeit ist normal ... nur, Sie kennen die Dussowa noch nicht.«

Der gleiche Satz wie in Chabarowsk. Igor schüttelte den Kopf. »Ich freue mich, sie gleich zu sehen.«

»Dann sind Sie der einzige, der sich freut. Kommen Sie mit.« Er ging zur Tür, und Marko hob das Gepäck auf. Aber der Offizier winkte ab.

»Lassen Sie das liegen! Sie sind jetzt Mitglied der Lagerverwaltung. Ein Heer von Trägern steht Ihnen zur Verfügung. Wache! Zwei Mann zum Gepäck.«

Über den langen Flur klapperten Schritte. Füße in Holzsandalen. Dann erschienen zwei Gestalten in der Tür und warteten auf dem Gang. Sie trugen Hosen aus Baumwolle, grau, farblos, vielfach geflickt, und ein bräunliches Hemd. Der Kopf war kahlgeschoren, klein wie bei einem Kind, zusammengeschrumpft. In tiefen, dunklen Höhlen lagen die matten Augen. Es waren zwei alte Männer, soweit man das Alter hier noch bestimmen konnte. Einer von ihnen sah Igor mit einem stummen Flehen an ... seine Lippen waren blau und zitterten.

»Gepäck zum Krankenhaus!« brüllte der Korporal, der von der

Seite auftauchte. »Und schnell, ihr Affen! Dawai, dawai, ihr Eierköpfe!«

Die Häftlinge stürzten sich wie hungrige Wölfe auf das Gepäck, rissen es an sich und verließen im Laufschritt das Zimmer. Das Keuchen ihrer Lungen war laut wie ein Auspuff.

Bei der Lagerleitung verließ der Offizier Igor und Marko. Er zeigte auf den langgestreckten Steinbau und sagte: »Dort ist es. Wir sehen uns nachher beim Essen. Viel Glück, Genossen.«

Langsam gingen sie über den gefegten Platz zum Krankenhaus. In den Lagerstraßen arbeiteten Sträflinge, die Innendienst hatten. Sie kehrten die Wege, strichen das Holzwerk mit grüner Farbe, flickten die Baracken. Aus der Küchenbaracke stieg steil fettiger Rauch. Es roch nach Sauerkohl. Im Todesstreifen arbeitete unter Aufsicht von zehn Posten ebenfalls ein Trupp ... er harkte den feinen Sand zwischen Stacheldraht und Holzzaun zu einer glatten Fläche. So konnte man am nächsten Morgen sehen, ob jemand versucht hatte, den Streifen zu überwinden.

Aus der Tür des Krankenhauses traten jetzt die beiden Gepäckträger. Der Mann mit den blauen Lippen zog sofort seine Mütze und blieb demütig vor Pjetkin stehen.

»Kann man mit Ihnen reden, Genosse?« sagte er leise, als Igor an ihm vorbeiging. »Bitte, nur ein paar Minuten. Haben Sie ein Herz ... Sie sehen so aus, als hätten Sie eins. Bitte ...«

»Wer sind Sie?« fragte Igor. Er blieb stehen. Der andere Häftling lief schnell weiter, mit eingezogenem Kopf, die Zentnerlast der Furcht im Nacken.

»Stepan Iwanowitsch Duschowskij. Professor der Physik in Charkow. Werden Sie mich anhören?«

»Ja, natürlich. Morgen früh. Kommen Sie ins Krankenhaus.«

»Dort ist die Dussowa ...«

»Und ich bin auch dort, Professor. Genügt Ihnen das?«

»Es ist schwer, noch an etwas zu glauben.«

»Warum sind Sie hier im BA?«

»Ich habe Berechnungen vorgelegt. Ich habe gesagt, daß wir in den nächsten zehn Jahren die Amerikaner in der Atomforschung nicht einholen können. Es war die Wahrheit ...«

»Morgen früh nach dem Appell. Ich nehme an, es werden hier Appelle gemacht?«

»Ja, natürlich.« Duschowskij strich mit der Handfläche über die blauen, trockenen Lippen. »Aber sie werden mich zum Außenkommando einteilen. Heute ist ein Glückstag ... ich habe Innendienst.«

»Sie melden sich krank.«

»Der Obmann wird mich auslachen und in den Hintern treten. Waren Sie schon einmal in einem Lager?«

»Nein. Ich sehe so etwas zum erstenmal.«

»Dann legen Sie einen Panzer um Herz und Hirn, sonst sitzen Sie eines Tages neben mir auf der Pritsche in Baracke 19. Denken Sie an meine Worte, junger Freund. Wie alt sind Sie?«

»Noch keine sechsundzwanzig.«

»Wie jung. Wie herrlich jung! Und dann in der Hölle!« Duschowskij setzte seine schmutzige Mütze wieder auf. »Ich will es versuchen, Doktor. Morgen früh. Wenn mich der Obmann nicht zusammentritt. Sie müssen wissen ... jede Baracke hat ihren Obmann, ein Oberteufelchen unter lauter Teufeln. Nur Kriminelle. Sie bilden die Oberschicht im Lager ... wir Politischen sind Abfall, Kloakeninhalt. Mein Obmann ist ein Straßenräuber gewesen. – Bis morgen, junger Freund. Ich will's versuchen ...«

In tiefen Gedanken ging Igor weiter. So also ist das hier, dachte er. Brauchen sie einen Arzt für die Beschleunigung des Todes? Einen, der selektiert, statt zu heilen? Der die Baracken durchkämmt und die Kranken zu Arbeitsfähigen stempelt?! Und dafür habt ihr einen Pjetkin ausgesucht? Welch ein Fehlgriff, Genossen!

Sie betraten das Krankenhaus und prallten gleich in der Eingangsdiele auf einen Häftling, der einen anderen vor sich hertrieb und ihm eine mit Kot beschmutzte Unterhose um den Kopf schlug. Der Geschlagene wimmerte und rannte im Kreis herum. Igor hielt den Mann mit der Unterhose fest und schleuderte ihn gegen die Wand. Der Häftling machte große Augen und wollte sich abstoßen, aber Marko war schon bei ihm und stieß ihm seine Faust blitzschnell in den Magen.

»Sei ganz friedlich, Brüderchen«, sagte er danach. »Willst du, daß meine Faust hinten wieder rauskommt?«

»Er hat die Hose vollgeschissen!« keuchte der Häftling. »Das drittemal. Ein Schwein ist er, eine stinkende Sau!«

»Brechdurchfall habe ich!« schrie der Geschlagene. Er fiel auf die Knie und weinte plötzlich. »Was kann ich dafür? Warum bestraft man mich? Ich will es doch nicht, aber es kommt eben ...«

»Leg dich ins Bett«, sagte Igor und hob den Weinenden vom Boden auf. »Wo liegst du?«

»Zimmer vier. Aber sie lassen mich ja nicht liegen. Sie jagen mich immer wieder hinaus. Weil ich stinke! Kann ich denn dafür? Kann ich es ändern?«

»Gehen wir.« Igor packte den einen Häftling am Kragen und sah erst jetzt, daß er eine weiße Leinenjacke trug, zwar voller Flecken, aber doch weiß und ein deutlicher Unterschied zu den anderen Sträflingskleidern.

»Ich bin der neue Arzt«, sagte er zu dem Mann, der ihn aus böse funkelnden Augen anstarrte. »Pjetkin heiße ich! Vergißt du's auch nicht? P-j-e-t-k-i-n . . .« und bei jedem Buchstaben gab er ihm eine kräftige Ohrfeige, daß der Kopf hin und her pendelte wie auf einer Spirale. Dann packte er ihn wieder am Kragen und schüttelte ihn. »Dr. Dussowa?« schrie Igor. »Wo ist sie?«

»Zimmer eins, links, Dr. Pjetkin«, stammelte der Sträfling.

Er wehrte sich nicht, als Igor ihn vor sich herschob und als ersten in Zimmer 1 stieß. Mit rotem, geschwollenem Gesicht taumelte der Häftling gegen einen Schrank und blieb dort mit hängendem Kopf stehen. Noch bevor Igor eintreten konnte, hörte er eine Stimme, die Stimme der Dussowa. Eine helle, schneidende Frauenstimme, ein Ton wie aus angeschlagenem Glas.

»Russlan! Bist du verrückt? Wie siehst du denn aus? Was ist draußen los?«

»Ich bin gekommen, Genossin –«, sagte Igor laut. Er stieß die Tür weit auf und trat ein. Marko folgte ihm, seiner Wirkung auf Frauen bewußt. Sie wird gleich stumm sein, frohlockte er, stumm wie ein Maulwurf. Aber er irrte sich.

Hinter dem Tisch, der mit Papieren übersät war, saß ein Weib von erschreckender animalischer Schönheit. Ein Wald pechschwarzer Haare umgab einen runden Kopf, in dem die Backenknochen weit vorstachen und die tatarischen Augen glühten. Als sie aufsprang, war sie mittelgroß, kräftig gebaut, mit vollen Brüsten über einer schlanken Taille. Sie trug eine dunkelblaue Bluse, zu eng für ihre Brust, und einen gelben Rock, der die Hüften umspannte wie eine Umarmung. An den Beinen glänzten schwarze, weiche Stiefel, die gefürchteten Stiefel der Dussowa, die geputzt wurden wie ein Juwel und deren kleinste Ritze sie nach Dreck kontrollierte, jeden Morgen, ehe sie sie anzog. Fand sie irgendwo einen Spritzer Schmutz, rief sie Russlan herbei und ließ den Häftling, der die Stiefel geputzt hatte, auspeitschen. Ihre Hände, erstaunlich lang und schmal, waren weiß wie ihre ganze Haut, jenes porzellanene Weiß, das man nur in Asien findet, Eine Haut, durchsichtig wie eine chinesische Tasse.

»Dr. Pjetkin . . .«, sagte die Dussowa. Mit Verblüffung hörte Igor, wie ihre schneidende Stimme dunkler wurde, tönender, voller.

»Wenigstens Sie kennen meinen Namen!«, sagte er. »Ich bin soeben eingetroffen und soll meine Stelle neben Ihnen antreten.«

»Die Lagerleitung rief an, deshalb kenne ich Ihren Namen.« Sie schielte zu dem Krankenpfleger Russlan, der noch immer keuchend am Schrank lehnte. Dann sah sie Marko. In ihre Augen sprang ein Funke. »Und ›neben Ihnen‹ ist ein falscher Ausdruck, lieber Kollege. *Unter* mir . . . Ich bin Kapitänarzt. Welchen Rang haben Sie?«

»Gar keinen, Genossin. Ich bin Arzt . . . das reicht vom Bettler bis zum Minister.«

»Sehr schön.« Die Dussowa lächelte verhalten. Ihr etwas breiter, schmallippiger Mund verzog sich. Weiße Zahnreihen lagen bloß. Das Gebiß einer Katze. »Ein Romantiker im Straflager. Etwas Neues, Kollege. Die propagierte weiche Welle? Worauf man nicht alles verfällt, wenn die Politik langweilig wird.« Sie warf den Kopf zur Seite und sah Russlan an. »Was haben Sie mit dem Genossen Kalakan gemacht?«

»Siebenmal geohrfeigt und an die Wand geworfen. Er mißhandelte in meiner Gegenwart einen Patienten. Ich war so romantisch, mich daran zu erinnern, daß ich Arzt bin.«

»Hinaus!« schrie die Dussowa, machte zwei Schritte vorwärts und trat dem Krankenpfleger Russlan mit der Stiefelspitze gegen das Schienbein. Der Mißhandelte knirschte auf, drehte sich um und schwankte aus dem Zimmer. »Er ist mein bester Mann«, sagte die Dussowa, als sich die Tür geschlossen hatte. »Ein Totschläger. Ein unberechenbarer Mensch. Aber er arbeitet wie ein Kuli. Ob er ein Herz hat, weiß ich nicht . . . aber er assistiert mir bei Operationen wie eine Maschine. So etwas brauche ich.«

»Jetzt werde ich assistieren. Ich bin Chirurg.«

»Welch ein Glück!« Die Dussowa klatschte in die Hände. Ihr tatarisches, teuflisch schönes Gesicht glänzte wie mit Speck gerieben. »Ich habe es nie gelernt.«

»Und haben trotzdem . . .« Igor versagten die Worte.

»Was sollte ich machen? Daneben stehen und sagen: Ich kann es nicht? Trauen Sie mir das zu? Ich habe das Skalpell genommen und geschnitten. Es haben sogar einige überlebt . . . ich bewundere ihre Konstitution.« Sie sah um Igor herum und betrachtete Marko, der schweigend neben dem Schrank stand. »Und wer ist das?«

»Unser neuer Krankenpfleger.«

»Wollen Sie nur noch Schockkranke auf den Stationen haben?«

»Marko Borrisowitsch Godunow ist der beste Anatomiediener der Welt.«

»Welch ein Witz! Welch ein köstlicher Witz!« Die Dussowa lachte. Wirklich, sie konnte lachen, sie bog sich in den Hüften, und ihre Brüste schwollen in der Bluse. Es war ein gurrendes, viel zu tiefes Lachen, das nicht zu ihrer Stimme paßte.

»Ein Chirurg bringt seinen Leichendiener mit!« rief sie und stützte sich lachend auf die Tischplatte. »Und das in einem Straflager! O Pjetkin, Pjetkin, ich habe Sie verkannt ... Sie sind kein Romantiker, Sie sind ein Narr, ein liebenswerter Narr, ein heiliger Idiot! Marko, du Kröte, voran ... wir zeigen dem Herrn seine neue Heimat ...«

Sie ging voraus, lautlos wie eine anschleichende Raubkatze. Der Rock wippte um ihre Kniekehlen, und die Hüften schwangen bei jedem Schritt zur Seite. Am Ende des Flures der Krankenhausverwaltung stieß sie ein Zimmer auf und ließ Igor an sich vorbei eintreten. Er streifte ungewollt ihre Brust und fand sie hart wie aus Stein. Ein Geruch von Rosenöl stieg ihm in die Nase, süß und schwer wie ein ganzes blühendes Feld.

Das Zimmer war wie alle Zimmer in diesem Haus ... viermal vier Meter groß, getünchte Wände, eine nackte Lampe an der Decke. Es war leer und deshalb doppelt trostlos. Der Boden, gehobelte Dielen, war sauber, gescheuert von schwitzenden, hungernden, keuchenden Häftlingen.

»Bis zum Abend ist es eingerichtet«, sagte die Dussowa. »Ich werde sofort anordnen, es wohnlich zu machen. Haben Sie Wünsche, Kollege?«

»Wo schläft Marko?«

»Das weiß ich noch nicht.«

»Dann lassen Sie zwei Betten ins Zimmer stellen.«

»Unmöglich, Sie sind Arzt, er ist Pfleger. Auch in einem Arbeitslager herrscht eine Hierarchie. Sie wohnen allein ... Marko wird ein Bett auf einer der Stationen finden. Es gibt da eine Kammer, in der die Geschirre stehen. Enten, Bettpfannen, Klistiere. Dort paßt noch ein Bett hinein. Oder leiden Ihre Nerven darunter, Godunow?«

Marko grinste sie an und faltete die Hände. »Genossin, ich habe mein Mittagsschläfchen immer neben den Leichen gehalten. Wie werde ich mich stoßen an Bettpfannen? Ein froher Mensch findet überall Schlaf.«

Die Dussowa starrte den Zwerg an, als spräche er eine andere Sprache. In ihren schwarzen Augen breitete sich Erstaunen aus. Dann wandte sie sich ab und verließ das Zimmer. Igor und Marko folgten ihr.

»Sie können sich den Reisestaub abwaschen«, sagte sie und blieb vor einer Tür stehen. *Eintritt verboten*, stand auf dem Holz, mit roter Schrift. »Ich habe mir eine Dusche einbauen lassen . . . Sie dürfen Sie benutzen. Handtuch und Seife finden Sie auf einem Tisch neben der Brause.«

»Und wohin ist mein Gepäck gekommen?«

»Zunächst in mein Schlafzimmer. Eine Tür von der Dusche führt hinein.« Sie drehte sich um und lächelte Igor an. Die Tatarenaugen glitzerten. »Niemand wird Sie stören, Pjetkin . . . ich mache jetzt Visite.«

ELFTES KAPITEL

Zum Mittagessen waren Igor und Marko gewaschen, rasiert und mit ihren besten Anzügen bekleidet. Sogar Marko sah menschlicher aus. Sie lernten den Lagerleiter kennen, den Kommandanten der KGB-Soldaten, die die Bewachung stellten, die Natschalniks der einzelnen Magazine und Werkstätten, die Offiziere der Wachmannschaften, den Verwalter, Bürovorsteher und den technischen Leiter des Lagers.

»Wir sind froh, daß man Sie geschickt hat«, sagte der Verwalter, ein fetter Mensch mit Hängebacken und Tränensäcken. »Erheben wir das Glas auf unseren lieben Dr. Pjetkin.«

Am Nachmittag operierte Igor Antonowitsch zum erstenmal. Ein Unfall. Im Sägewerk hatte sich ein Häftling die Hand abgeschnitten. An zwei Sehnen nur noch hing sie, und Igor mußte sie amputieren.

Marko assistierte. Schweigend, schnell, jeden Griff vorausahnend. Marianka Dussowa stand hinter Pjetkin und sah ihm zu. Seine Hände faszinierten sie, die Sicherheit seiner Operationstechnik begeisterte sie. Der Lappenschnitt, die Unterbindung der Arterien, die Korrektur des Stumpfes, die säuberliche Umnähung, selbst der Verband . . . alles war gekonnt, von einer erstaunlichen Perfektion.

»Bravo!« rief sie, als der Patient weggeschafft wurde. »Es war ein Genuß, Ihnen zuzusehen. Ich frage mich nur, warum Sie sich solche Mühe machen. Er ist ein Sträfling . . .«

»Er ist ein Mensch!« sagte Igor. »Und nicht nur in der überholten Religion, auch im Kommunismus sind wir alle Brüder –«

Die Dussowa schwieg. In ihren schwarzen Augen schwamm Bewunderung. Ohne ein weiteres Wort drehte sie sich um und verließ den Operationssaal.

Am Abend ging Igor früh zu Bett. Das Zimmer war einfach, aber wohnlich eingerichtet worden. Ein Bett, ein Tisch, zwei Stühle, ein Schrank, ein Strohmattenteppich, Gardinen aus gefärbtem Leinen, ein Spiegel und ein Bild ohne Rahmen. Kischinew. Igor stand lange davor und dachte an seinen Vater. Dann erst kam ihm der Gedanke, daß die Dussowa das Bild irgendwo aufgetrieben hatte. Ein buntes Illustriertenfoto.

Er legte sich ins Bett, knipste das Licht aus und starrte in die Dunkelheit. Der erste Tag im Lager. Noch hatte er nicht viel gesehen ...

Ein Klopfen an der Tür weckte ihn. Er setzte sich im Bett auf und starrte verworren um sich. Die Klinke bewegte sich langsam nach unten, der Widerschein der Scheinwerfer auf den Wachtürmen erhellte das Zimmer mit Dämmerlicht. Noch einmal das Klopfen, mit spitzem Knöchel.

»Marko?« fragte Igor und schlug die Decke zurück. »Was ist los, zum Teufel? Laß einen armen Doktor schlafen!«

»Machen Sie auf ...« Die Stimme der Dussowa. Dunkel wie die Nacht, ein Hauch von seufzendem Wind. »Igor Antonowitsch, ich habe Ihnen etwas zu sagen. Machen Sie auf ...«

Das Licht von den Wachtürmen glitt weg, zur anderen Seite. Es wurde dunkel im Zimmer.

Pjetkin erhob sich, knüpfte die Jacke seines Schlafanzuges zu und ging zur Tür.

Kaum hatte Igor die Tür geöffnet, schlüpfte die Dussowa ins Zimmer, drückte die Tür wieder zu und drehte den Schlüssel herum. Igor vernahm das heisere Knirschen im Schloß. Die völlige Dunkelheit hinderte ihn, etwas zu unternehmen ... die Scheinwerfer auf den Wachtürmen beleuchteten jetzt den Todesstreifen an der langen Seitenmauer und glitten über die Lagergassen. Igor blieb deshalb steif neben der Tür stehen und wartete.

»Wo sind Sie?« Eine Stimme wie Samt, in den man Metall gewickelt hat. Noch in der Verkleidung klirrte es.

Igor schlich zwei Schritte von der Stimme weg nach hinten und räusperte sich. »Warten Sie, Marianka Jefimowna, ich mache Licht«, sagte er.

»Lassen Sie das!« Ein Befehl war das, lauter, aber voll geheimnisvoller Schwingungen. »Ich kenne mich in dem Zimmer aus. Dort hinten steht Ihr Bett ... ich gehe jetzt zu ihm und setze mich. Und Sie kommen nach.«

Er hörte das Tappen von Füßen, leise klatschend über die Holzdielen. Nackte Füße. Jetzt zog ihm auch der Rosenduft in die Nase, das starke, süße Parfüm, das sie wie eine unsichtbare Wolke umwallte.

»Wo bleiben Sie, Igor Antonowitsch?« Ein Lachen, tief und gurrend wie bei einer satten Taube. »Haben Sie Angst, junges Adlerchen?«

Das letzte Wort machte Igor vorsichtig. Langsam tastete er sich bis zu seinem Bett und stieß mit den Knien plötzlich gegen etwas Weiches. Er zuckte zurück, aber zwei gierige Hände griffen nach ihm und hielten ihn fest. Die Finger krallten sich in seine Hüfte und ließen ihn aufknirschen. Er spürte ihre langen Nägel durch die Haut dringen wie Nadelspitzen.

Der Geisterfinger des Scheinwerfers kehrte zurück. Milde Dämmerung füllte das Zimmer, hob Konturen hervor, schälte Formen aus der Schwärze. Die Dussowa saß auf der Bettkante. Eine Art Schlafanzug trug sie, aus dunkelroter chinesischer Seide, bestickt mit Fabeltieren, deren goldene Augen schimmerten. Die lange Jacke mit den weiten Ärmeln war vorne offen. Weiß und schwer quollen ihre Brüste hervor. Das schwarze Haar hatte sie mit einem seidenen Schal zusammengebunden – jetzt lag ihr tatarisches Gesicht frei, eine Scheibe wilder Leidenschaft, auf den Kuppen der Backenknochen die Flecken der Erregung. Sie hatte den Kopf weit in den Nacken geworfen und starrte Igor an. Das Licht des Scheinwerfers wanderte langsam ... nun war es fast hell im Zimmer.

Pjetkin zuckte zusammen, als gerade in diesem Augenblick ein Schuß fiel. Der peitschende Laut zerriß die vollkommene Stille. Ihm folgte ein zweiter Schuß, ein dritter. Pjetkin zerrte an den Fingern der Dussowa, wollte zum Fenster laufen und sehen, was draußen auf dem Todesstreifen geschah.

»Wenn er nur verwundet ist, muß ich ihm helfen!« rief er. »Lassen Sie mich los, Marianka!«

»Wer ist verwundet?«

»Man hat doch geschossen. Haben Sie das nicht gehört?«

»Nach Hasen jagen sie, die Idioten. Daran muß man sich gewöhnen. Zu langweilig ist's ihnen auf den Türmen, und wenn sie irgendeine Bewegung sehen, drücken sie die Finger durch. Meistens sind es Hasen, die am Morgen an der Mauer liegen, manchmal auch ein Mensch ...«

»Und woher wollen Sie wissen, daß es jetzt kein Mensch ist?«

»Die Sirene heult nicht.« Die Dussowa lächelte breit. Ihr herrliches Gesicht erschreckte ihn, ihre Augen lähmten ihn fast. »Bei einem Menschen gibt man Alarm. Warum, weiß ich nicht. Einen Hasen kann man braten, einen Menschen nicht. Man sollte bei Hasen Alarm geben.«

»Warum sind Sie so schrecklich, Marianka?«

»Bin ich das? Oh, mein Wölfchen, du bist jung, kräftig, gesund, ein Mann voll Saft ... wie sollte ich schrecklich gegen dich sein?« Sie reckte sich. Ihre Brüste, weiße, schimmernde Kugeln, sprengten die Jacke und schoben sie auseinander. »Haben alle gesagt: Die Dussowa ist ein Satan, was? Ein Teufelsdreck! Gewarnt hat man dich? Ich weiß es, ich weiß es ... Sie hassen mich alle hier, alle, ohne Ausnahme. Die Sträflinge, die Soldaten, die Kommandeure, der Lagerverwalter, die Offiziere, die Natschalniks, die Obmänner. Sogar die Hunde hassen mich ... das will etwas heißen. Und du fragst nicht warum? Du hörst dir das an, mein Wölfchen, und hast vielleicht Angst vor mir? Sieh mich an – los –, betrachte mich genau! Bin ich ein Kloß Dreck? Habe ich das Gesicht eines Schweins, oder hängen mir Kuheuter von den Rippen? Sind meine Beine krumm wie ein Sarazenensäbel? Sind das die Hüften eines Hammels oder einer Frau? Habe ich einen Hintern wie eine Kalmückenstute? Nun, sag es schon, bleib nicht stumm!«

»Sie sind eine Frau, Marianka Jefimowna, bei deren Schöpfung die Natur von vollkommener Schönheit träumte.«

»Das hast du wundervoll gesagt, mein Kerlchen«, sagte die Dussowa dunkel.

»Und doch sind Sie eine Frau, bei der man an das Spinnenweibchen denkt, das nach der Liebesnacht ihr Männchen tötet und auffrißt.«

»So bin ich?« Sie lehnte den Kopf an Igors Hüfte, ihre Finger krallten sich noch immer in sein Fleisch. Wenn er sich bewegte, ganz vorsichtig, verstärkte sie den Druck, und ihre Nägel drangen wieder in seine Muskeln. »Niemand weiß, wie ich bin. Niemand.« Der Scheinwerfer wanderte weiter, Dunkelheit glitt schwer ins Zimmer zurück. Vom Haupttor schallten laute Stimmen.

»Sie haben doch einen Menschen erschossen!« sagte Igor heiser.

»Einen Hasen. Sie streiten sich, wem er gehört.«

»Wir sollten nachsehen.«

»Nein!« Fast ein Aufschrei war das. Sie warf den Kopf in den Nacken, stemmte die Beine gegen die Dielen und starrte Igor an. Ihre Brüste zwischen der gespreizten chinesischen Jacke schienen zu wachsen. »Kein Lager ... keine Gedanken an die Kerle da draußen ... Ich will nichts hören von diesen Ratten, nichts hören und sehen ... Igor, Igoruschka, verstehst du das nicht? Eine halbe Nacht lang will ich eine Frau sein, einfach eine Frau. Oh, wie ich sie beneide, die Bauerntröpfe, diese breithüftigen Kühe, die nichts im Kopf haben, sich ins Bett legen oder auf den Ofen und die Beine spreizen. Was bin ich gegen sie? Bin ich überhaupt noch eine Frau? Wann war das letztemal ein Mann bei mir? Vor Monaten oder vor Jahren? Ja – ich bin die gefürchtete Dussowa – aber ich will endlich auch eine Frau sein! Verstehst du das?«

Igor schwieg. Was ist das für eine Frau, dachte er erschrocken. Ihre Leidenschaft macht sie unberechenbar. Wer in ihre Hände kommt, zerbricht.

Mit einem Ruck riß sie ihm die Schlafanzughose herunter. Vom Nabel abwärts stand er nackt vor ihr, und ihre Hände glitten an seinen Schenkeln hoch und tasteten sich nach den Innenseiten. Pjetkin machte einen Sprung zurück, bevor sich ihre Nägel wieder in sein Fleisch schlagen konnten. Er taumelte gegen den Bettpfosten und zog schnell die Hose wieder hoch.

»Sind Sie verrückt, Marianka?« rief er. »Eine herrliche Frau sind Sie, man braucht das Ihnen nicht zu sagen ... aber wir sollten Kollegen sein, weiter nichts.«

»Schämst du dich, weil ich dich jetzt nackt gesehen habe? O mein junges Wölfchen!« Sie lachte dunkel, warf sich rücklings auf das Bett und zog die Beine an. Ihre schweren Brüste rutschten zur Seite, ein Anblick, der das Blut in die Schläfen trieb. »Was ist ein nackter Mann? Jeden Morgen sehe ich sie ... einen ganzen Haufen ... da stehen sie herum, in langer Reihe, eine weiße, nach Schweiß stinkende, verkrümmte, knochige, schafsäugige Mauer, und ich gehe vorbei, tippe jeder dieser Riesenwanzen gegen die blöde Stirn und schreie sie an: Arbeitsfähig! Arbeitsfähig! Arbeitsfähig! Dann heulen sie wie junge Hunde, und man treibt sie in den Wald, zum Sägewerk, an den Fluß zum Dammbau. Damit ist meine Hauptarbeit beendet ... und ich habe Zeit, viel Zeit, über mich selbst nachzudenken. Das ist widerlich, denn ich bin ein widerlicher Mensch. Aber eine Frau bin ich! Reicht das nicht?«

Sie streckte die Arme nach Igor aus. Ihr Gesicht zerfloß in der Dämmerung und wurde weich und von unbegreiflicher Zärtlichkeit.

»Bei allen Problemen sollten wir nicht den Kopf verlieren, Marianka Jefimowna«, sagte Igor. Er suchte einen Ausweg. Um irgend etwas zu tun, ging er zur Tür und knipste das Licht an. Die Dussowa schloß nicht ihre Jacke, ungeniert lag sie weiter auf dem Bett und blinzelte nur in das plötzliche Licht.

»Willst du flüchten, mein Schwänchen?« Sie hob die Hand, nachdem sie in die Jackentasche gegriffen hatte, und hielt den Schlüssel hoch. »Erobere ihn dir! Eine heiße Schlacht kannst du schlagen.«

»Ich bin nicht in Kämpferlaune, Marianka Jefimowna.« Vom Eingang der langen Steinbaracke hörte man Schritte und Stimmen. Stiefel hallten durch den Gang. Türen klappten. Die Dussowa rührte sich nicht. Für Geräusche dieser Art war sie taub. Igor legte das Ohr an die Tür.

»Sie haben doch einen Menschen erschossen.« Er fuhr zurück und streckte die Hand aus. »Geben Sie den Schlüssel her, Marianka! Ich muß den Mann untersuchen.«

»Er ist tot. Sie können gut schießen, die Brüderchen auf den Türmen. Jeden Tag üben sie es, und einmal im Monat ist Preisschießen. Harte Kämpfe sind das – sie zielen alle gleich vorzüglich.«

»Den Schlüssel, bitte.« Igors Stimme wurde hart. Er trat ans Bett und blickte auf die Dussowa hinunter. Sie ließ die Füße kreisen, ihr Lächeln war unergründlich und voll Gefahr. »Ich muß den Tod feststellen.«

»Das macht schon Russlan. Er hat Erfahrung darin.« Sie warf den Schlüssel in die Luft, fing ihn auf, küßte ihn und legte ihn zwischen ihre Brüste. Ein dunkler, häßlicher Fleck auf einer Haut aus Perlmutt.

Igor streifte seinen Schlafanzug ab, ohne die Dussowa dabei anzusehen. Ebenso schnell aber fuhr er in seine Hose, zog das Hemd und die Schuhe an. Er wunderte sich selbst, daß er sich dieser Lage gewachsen zeigte, daß ihn der Anblick Mariankas nicht um den Verstand brachte. Ein Liebhaber der Dussowa zu sein hieß, in Himmel und Hölle gleichzeitig zu wohnen. Wem wird dieses Glück schon geboten?

»Zwingen Sie mich nicht, die Tür einzuschlagen«, sagte Igor energisch und griff nach einem Stuhl. »Es ist eine leichte Tür, Genossin. Mit dem Stuhl zertrümmere ich die Füllung, und wenn ich mich dagegen werfe, bricht das Schloß heraus. Man wird das ungewöhnlich finden und Sie bei mir in dieser Situation im Bett entdecken. Könnte darunter nicht die Autorität der Dussowa leiden?«

Die Augen Mariankas verengten sich. Sie warf den Schlüssel neben das Bett, richtete sich auf und zog die Jacke über den Brüsten zu. Aber sie blieb im Bett sitzen und schwang nur die Beine auf den Boden.

»Igor Antonowitsch«, sagte sie gefährlich ruhig. »Sie wissen nicht, was Sie jetzt tun. Überdenken Sie genau die Situation.«

»Draußen haben sie einen Mann erschossen.«

»Und drinnen wartet eine Frau auf Sie. Wofür entscheiden Sie sich?«

»Ich bin Arzt – ist das eine Antwort?«

»Ich bin krank . . . krank nach Liebe, Umarmung, Erfüllung, Seligkeit, Hingabe, Vergessen . . . Dort der Tod, hier das Leben . . . Was ist die Pflicht des Arztes? Was hast du gelernt? Tote beweinen . . . oder Kranke zu heilen? Igor, du bist dabei, den Himmel zu schwärzen . . .«

»Verzeihen Sie, Marianka.« Igor stellte den Stuhl zurück auf den Boden. »Aber ich kann nicht anders.« Er dachte an Dunja, an ihre wehenden blonden Haare, ihre roten Lippen und den letzten Blick, als sie aus der Scheune ging. Ein Versprechen für das ganze Leben war das, eine stumme Hochzeit, ein Verflechten ihrer Seelen. Wie könnte ich sie betrügen, dachte er.

»Ich liebe ein Mädchen«, sagte er und wußte im gleichen Augenblick, daß er Marianka zu einer Bestie machte. »Ich liebe es wie eine Rose den Tau, wie das Korn Sonne und Wind, wie die Erde den Regen. – Und jetzt geben Sie mir endlich den Schlüssel.«

»Du läßt die Dussowa sitzen wie eine alte, stinkende Hure?« Sie bückte sich, nahm den Schlüssel vom Boden und schleuderte ihn Igor vor die Füße. Ihre Stimme klang nach Rost. »Wenn du ihn aufhebst, hasse ich dich! Ahnst du, was das bedeutet? Die Dussowa haßt dich!«

Igor Antonowitsch zögerte nicht einen Augenblick. Kaum lag der Schlüssel vor ihm, bückte er sich.

»Igor!« schrie sie hell. Sie war aufgesprungen und stand breitbeinig vor dem Bett. Er zuckte zusammen und starrte von unten zu ihr hoch. »Laß ihn liegen! Ich bitte dich, ich flehe zu dir . . . rühr ihn nicht an!« Mit einer Wildheit, wie der Sturm aus der Taiga sonst die Dächer abdeckt und die Läden aus den Angeln reißt, die Bäume abdreht und die wogenden Kronen zerfetzt, riß sie ihre Jacke vom Körper, zerrte die Hose herunter und stand in völliger Nacktheit vor ihm. Alles an ihr bebte; die unterdrückte vulkanische Glut ihres Körpers sprang ihn an wie ein Feuerstrahl.

»Ist sie schöner als ich? Gibt es einen festeren Körper als mich? Ist sie nicht ein gerupftes, dürres Vögelchen?«

»Eine Göttin könnten Sie sein, Marianka Jefimowna«, sagte Igor mit schwerer Zunge. Wie Blei bewegte sie sich in seinem Gaumen. Schweiß brach aus seinen Poren und klebte das Hemd an den Rücken. »Aber der Mensch ist ein Wunderding – er verehrt die Göttin und liebt das gerupfte Vögelchen. Wer will's ändern?«

Er hob den Schlüssel auf, öffnete die Tür und ließ Marianka Jefimowna allein.

Vor Zimmer 20, einem Sammelraum, standen vier Wachsoldaten mit blutigen Händen. Russlan kam gerade aus der Kammer und verzog das Gesicht, als er den neuen Arzt bemerkte.

»Was ist hier los?« schrie Igor Antonowitsch. Er war froh, schreien zu können. Der Druck in seinem Innern war unerträglich geworden. Einer der Soldaten trat vor und nahm Haltung an.

»Ein Ausbruchsversuch, Genosse Doktor«, sagte der Junge militärisch knapp. »Laut Befehl wurde Feuer eröffnet. Der Mann ist tot.«

»Und wie tot er ist«, grinste Russlan an der Tür.

Pjetkin betrat die Kammer. Auf dem Boden lag eine verkrümmte Gestalt, knochig, ausgezehrt, weggeworfen wie ein Stück Aas. Aus dem Kopf tropfte noch immer Blut und floß über das Gesicht. Die Augen aber und der Mund lächelten. Welch ein Frieden, dachte Igor, welch ein Glück. Wie schrecklich muß das Leben hier sein, wenn der Tod ein Geschenk ist!

Er verließ die Kammer, blickte Russlan kurz an und zeigte nach hinten.

»Der Mann wird gewaschen, sauber angezogen und aufgebahrt«, sagte er. »Und zwar sofort! Los! Glotz nicht wie ein Frosch – an die Arbeit!«

»Das ist ja etwas ganz Neues.« Russlan, der Sträfling, Straßenräuber und Krankenpfleger, steckte die Hände in die Taschen seiner Hose. »Das ist ja Blödsinn.«

»Du sollst ihn waschen!« brüllte Igor. Er packte Russlan am Kragen, schleuderte ihn in die Kammer und gab ihm noch einen Tritt hinterher. Russlan krachte gegen die Wand und klammerte sich an der Fensternische fest.

»Im Eingang bahrt ihn auf! Damit ihn jeder sieht! Und der Kopf wird nicht verbunden! Er war kein Ausbrecher –«, sagte Igor mit schwankender Stimme. »Er wollte sterben.«

Von ihrem Zimmer kam die Dussowa den Gang entlang. Unbemerkt mußte sie bei dem Durcheinander aus Pjetkins Zimmer geflohen sein. Nun war sie angezogen wie beim morgendlichen Rapport. Stiefel, die blaue Pumphose, ein schwarzes Hemd, die Haare streng nach hinten gekämmt. Ausdruckslos, erstarrt das flächige Gesicht mit den breiten Backenknochen. Ein Todesbote. »Wo ist der Tote?« Ihre Stimme klirrte metallisch. Es war der Ton, vor dem sich jeder verkroch wie vor dem Heulen des Eiswindes. Nur nützte es nichts ... vor einer Dussowa aber lief man nicht davon. Wo sie war, erstarb jeder Widerstand.

»Wo er hingehört laut Anweisung«, antwortete Igor furchtlos. »Man hat ihn weggeworfen wie einen geplatzten Sack. Russlan ist dabei, ihn als Menschen zu behandeln.«

»Russlan! Hierher!« schrie die Dussowa.

»Bleib in der Kammer oder ich schlage dir den Schädel ein!« schrie Igor zurück.

Was soll man tun? Russlan entschied sich, taub zu sein. Er setzte sich neben den Erschossenen auf den Boden und hielt sich die Ohren zu. Sollen sie sich zerreißen, dachte er. Stückweise.

»Er bleibt, wo er ist, der gute Russlan«, sagte Igor und baute sich vor der Tür von Zimmer 20 auf. »Ein dummer Mensch wäre er, wenn er's nicht täte.«

»Gehen Sie weg!« Marianka senkte den Kopf. Ihre schwarzen Augen schleuderten Feuer über ihn. »Geben Sie die Tür frei, Dr. Pjetkin! Ich brauche jetzt den Anblick eines Toten wie drei große Gläser Wodka.«

»Sie werden sich eine Stunde später satt sehen können, Marianka Jefimowna. Ich lasse ihn aufbahren.«

»Eine Wanze? Ein Dreckstück? Einen Hautsack voll Knochen und Eingeweiden?«

»Es war Professor Stepan Iwanowitsch Duschowskij. Er sollte sich morgen früh krank melden und zu mir kommen. Aber er hatte Angst. Angst vor dem Obmann, Angst vor einer Ärztin, Angst vor allem, was ihn umgab. Da rannte er in den Todesstreifen, um endlich Ruhe zu haben.«

Die Dussowa schwieg verbissen. Mit einem Kopfnicken jagte sie die Wachsoldaten weg ... sie wendeten zackig und marschierten ab. Mit jedem Schritt wuchs ihre Erleichterung. Igor Antonowitsch gab die Tür frei. Er trat zur Seite.

»Sehen Sie sich Ihren Toten an«, sagte er verächtlich. »Wenn er Sie beruhigt, hat wenigstens sein Sterben noch einen Sinn gehabt.«

Die Dussowa hob die Schultern. Auf den Absätzen ihrer blanken Stiefel wirbelte sie herum und stampfte davon. Eine Wolke von Rosenduft blieb zurück, und an den Wänden klebte Blut.

Aus der Kammer humpelte Russlan. Er hatte einen Eimer in der Hand und drückte mit der anderen eine mächtige Beule unter die Haut zurück.

»Ich hole Wasser und wasche ihn«, sagte er demütig. »Auch rasieren werde ich ihn. Sie werden zufrieden sein, Genosse.«

Niemand im Lager sprach über diesen Vorfall. Es war, als sei nie etwas Ungewöhnliches geschehen. Zwar lag der tote Professor Duschowskij den ganzen Tag im Eingang des Krankenhauses, aufgebahrt auf drei Brettern, die man auf zwei Kisten gelegt hatte, aber man beachtete ihn nicht. Nicht offiziell. Um so verwunderlicher war es, daß die Blumen um ihn herum immer mehr wurden. Auch war der Publikumsverkehr im Krankenhaus stärker als sonst . . . Russlan und zwei andere Sanitäter, später auch Marko, der Zwerg, hörten sich viele dämliche Klagen an, warfen die meisten Bittsteller hinaus, aber das wollten sie ja bloß. Während sie an dem aufgebahrten Professor vorbeigingen, schoben sie schnell ein Blümchen aus der Tasche und ließen es fallen. Blitzschnell geschah das.

Marianka Dussowa kam nicht aus ihrem Zimmer. Die morgendliche Untersuchung übernahm zum erstenmal Dr. Pjetkin, und zum erstenmal waren 70 Prozent aller Krankmeldungen auch wirklich krank. Marko verteilte die Glücklichen auf die Zimmer und Säle, und es zeigte sich, daß das Krankenhaus zu klein war. Die Kranken lagen auf dem Boden zwischen den Betten, im Gang, auf und unter den Tischen.

»Das gibt Ärger«, prophezeite Godunow. »Soll ich unser Gepäck zusammensuchen? Wir werden hier nicht alt werden, Söhnchen.«

Am Abend wurde Professor Duschowskij begraben. Bis dahin kannte ihn jeder im Lager. Die Offiziere, die Verwaltungsbeamten, die Wachsoldaten, die Bäcker, Schneider, Köche, Wäscher, die Natschalniks, die Obmänner und eine Abordnung der Kriminellen im Lager. Sie kamen als Spähtrupp. Bisher, unter der Leitung der Dussowa, waren die Kriminellen die Herrschenden im Lager gewesen. Sie besetzten die Schlüsselpositionen, leckten den Speichel der Vorgesetzten und schlugen die Politischen, als seien sie reifes Korn. Sollte das jetzt anders werden? Woher wehte der neue Wind? Duschowskij war ein Politiker gewesen, ein Kontrik. Lösten die Kontriks jetzt die Blatnyje, die Verbrecher, ab? Das würde etwas völlig Ungewohntes in einem russischen Lager sein. Seit Jahrhunderten war es Tradition, daß die Kriminellen die bevorzugte Oberschicht in den Lagern spielte, bei den Zaren wie bei den Bolschewisten.

Die Abordnung der Blatnyje besichtigte den aufgebahrten Toten, geriet beim Anblick der vielen Blumen und der damit bekundeten Sympathie in Panik und ließ sich bei der Dussowa melden. Aber die empfing sie nicht. Dafür bespuckte Marko die beiden Blatnyje, die keine Ruhe gaben und immer wieder nach der Dussowa fragten, schlug ihre Köpfe gegeneinander, als sie frech wurden und ihn einen lahmen Krebs nannten, zwang sie, vor dem Toten strammzustehen und jagte sie dann mit einem Lederriemen aus dem Krankenhaus.

In der Verwaltungsbaracke, in der Küche, der Bäckerei und im Offizierskasino wurden Wetten abgeschlossen.

Wie lange bleibt Dr. Pjetkin im Lager? Wann wird die Dussowa ihn fressen? Wann holt man ihn ab, wird er selbst ein Sträfling?

Wie's auch sei ... welches Ansehen er im Lager verbreitet hatte, merkte Pjetkin, als er seine erste Inspektion unternahm. Er besichtigte die Wohnbaracken, Werkstätten, Küche und Bäckerei, das Magazin, die Stolowaja, die Zentralbanja, das Gefängnis und zuletzt die Quarantänestation. Mit bleichem Gesicht kehrte er zum Krankenhaus zurück. Er hatte mit über hundert Häftlingen gesprochen, sie waren ihm nachgeschlichen, hatten ihm aufgelauert, seine Beine umklammert und seine Stiefel geküßt. »Helfen Sie uns!« hörte er hundertmal. »Sie betrügen uns alle. Mit dem Essen, dem Wasser, der Festsetzung des Arbeitssolls, mit allem. Seien Sie ein Mensch, Genosse Doktor. Nur ein Mensch. Wir glauben an Sie!« Und in der engen Zelle des Strafbunkers, in völliger Dunkelheit sitzend, eingekreist von seinen eigenen Exkrementen, umarmte ihn ein Priester und segnete ihn. Pjetkin ordnete seine sofortige Überführung in das Krankenhaus an.

Die Dussowa, auch an diesem zweiten Tag unsichtbar, verzog spöttisch den Mund, als Pjetkin am Nachmittag zu ihr ins Zimmer kam. Er hatte kurz angeklopft, und, als er keine Antwort erhielt, war er einfach eingetreten. Marianka saß in ihrem Flechtsessel, die Beine mit den langen, blanken Stiefeln auf dem Schreibtisch. Sie las in einer Illustrierten und rauchte eine Papyrossa. Die beiden oberen Knöpfe der gespannten Bluse hatte sie geöffnet. Der weiße Brustansatz quoll hervor.

»Das Lager ist in einem erbärmlichen Zustand.«

»Ich weiß das. Jeder weiß das. Ein Sanatorium auf der Krim ist besser eingerichtet. Sie sollten Badearzt werden, Pjetkin.«

»Die hgyienischen Verhältnisse sind katastrophal. Zwei Paraschas – (das sind Abortkübel aus Blech) – für 130 Personen! Die Brühe läuft durch die Gänge. Warum baut man nicht an jede Baracke einen Abort? Platz genug ist da, das Holz wächst vor der Tür.«

»Fragen Sie in Moskau an, Pjetkin. Wenn Sie eine Antwort erhalten, rufe ich Sie zum Heiligen aus.«

»Ich *werde* an die Zentralverwaltung schreiben.«

»Es ist bereits geschehen.« Die Dussowa schob mit der Stiefelspitze ein Blatt Papier über die Tischplatte. Vorsichtig, als könne das

Papier mit einer ätzenden Säure getränkt sein, nahm Pjetkin das Schreiben und überflog den Text. Als er den Brief auf den Tisch zurückwarf, leuchtete ihr Gesicht.

»Na, mein Freund? Zufrieden?«

»Sie haben alles geschrieben, was ich auch melden wollte.«

»Sogar unter Ihrem Namen. Sie brauchen nur zu unterschreiben, und mit der nächsten Post geht es ab nach Moskau. Aber was dann? Willst du es genau wissen, mein schöner Junge? Schweigen. Unendliches Schweigen wie die trostlose Weite der Tundra.«

Igor Antonowitsch setzte sich ihr gegenüber an den Tisch, holte den Bleistift aus der Holzschale – ein Sträfling hatte sie geschnitzt und der Dussowa geschenkt, voll Hoffnung und Verzweiflung, damit ihr Herz zu rühren –, zog den Brief an sich und unterschrieb ihn. Während der Bleistift über das Papier schabte, rutschte sie vor, schob das Gesäß über die Platte und legte ihre Beine über seine Schulter. Die Absätze drückte sie hinter seinem Nacken zusammen und zwang so seinen Kopf nach vorn.

»Wie heißt sie?« fragte sie mit schwerer Stimme.

Pjetkin schielte an ihren Beinen und Schenkeln vorbei, aber ihr Kopf war nicht zu sehen. Sie hatte sich zurückgelehnt, starrte gegen die Decke, und ihre Brust verdeckte das Gesicht vor ihm.

»Wer?«

»Wer? Das kleine, schmächtige Vögelchen!«

»Dunja.«

»Dunja! Der Name eines Bauerntrampels. Ich hasse sie!«

»Ihr Haar ist wie goldener Weizen.«

»Ich vernichte sie! Einen Schal werde ich mir aus ihren Haaren stricken lassen. Und er wird zwischen uns liegen, wenn wir uns lieben. Naß von unserem Schweiß soll er sein, vollgesogen von Lust, und ich werde ihn über dir auswringen und du wirst es trinken ... Ich hasse sie!«

Sie zog plötzlich die Beine zurück, ließ sie wieder vorschnellen und trat Pjetkin gegen die Stirn. Rücklings stürzte er vom Stuhl, kugelte über den Boden und blieb einen Augenblick benommen liegen. Seine Stirn brannte, als läge sie im Feuer. Er hörte das Lachen der Dussowa, ein triumphierendes Gelächter, schaurig wie das Gekreische eines Irren.

Taumelnd zog er sich an der Wand hoch und schwankte hinaus.

»Ich schicke den Brief ab!« schrie ihm die Dussowa nach. »Blödheit hat keine Existenzberechtigung in unserer Welt!«

Pjetkin warf die Tür zu und rannte in sein Zimmer.

An diesem Abend schrieb er einen Brief an seinen Vater. Zum erstenmal belog er ihn. Es zerbricht ihm das Herz, wußte Igor, wenn er die Wahrheit erfährt.

»Ich habe hier viele neue Projekte in Angriff genommen –«, schrieb er und schämte sich für jedes Wort. »Hier, im jungfräulichen Land, ist man für jede praktische und durchführbare Idee aufgeschlossen. Vor allem der Ausbau der medizinischen Versorgung wird mit Elan vorangetrieben. Ich habe hier viele liebe Menschen gefunden, die mir den Abschied von Dir leichter, aber nicht vergessen machen. Mein Herz ist voll Glück. Warum lachst Du, Väterchen? Ich habe sie gefunden ... du wirst es nicht glauben ... in einem Boot auf dem Amur. Das Mädchen, das wir damals suchten. Dunja heißt sie. Dunja. Ein Laut von einem Zaubervogel ...«

Dann berichtete er alles von Dunja und versteckte hinter ihr sein ganzes Elend. Am Ende des Briefes war er erschöpft. Seine Stirn, wo ihn die Dussowa getroffen hatte, war angeschwollen und brannte höllisch. Er stand auf, tauchte ein Handtuch in kaltes Wasser und wickelte es sich um den Kopf. Als er sich wieder über den Brief beugte, tropfte Nässe auf das Papier und verwischte die Schrift.

Pjetkin sah unschlüssig den Brief an. Es könnten Tränen sein, wird Väterchen denken, durchfuhr es ihn. Mein Igoruschka hat geweint. Das soll er nicht denken. Ich werde ihm morgen einen anderen Brief schreiben. Morgen, wenn ein besserer Tag als heute gewesen ist.

Er zerknüllte den Brief zwischen der Faust, zerriß ihn dann in kleine Fetzen, warf sie in einen metallenen Aschenbecher und zündete sie an. Dann starrte er dumpf in die Flammen und stützte den Kopf in beide Hände. Das Wasser aus dem nassen Handtuch rann über seinen Nacken den Rücken hinunter.

Fünf Tage verlief der Dienst normal, wenn man so viel Galgenhumor besitzt, das Leben in einem Straflager normal zu nennen. Die Arbeitskommandos zogen jeden Morgen in den Wald und zum Sägewerk, Bautrupps vergrößerten die Quarantänestation, der Innendienst schrubbte die Baracken, trug die stinkenden Paraschas zur Zentrallatrine, kehrte die Lagergassen, harkte den feinen Sand im Todesstreifen. Am vierten Tag meldete sich ein neuer Arzt bei der Dussowa. Der Gesundheitskommissar in Chabarowsk, ein Mann mit bissigem Humor, das muß man sagen, hatte sich die Klagen notiert, die Dr. Pjetkin am Telefon vorgetragen hatte. Vor allem der Mangel an Ärzten bedrückte sein Gemüt, und nun hatte er einen neuen überwiesen, der auf die Dussowa prallte wie ein Stein auf die Oberfläche eines Ozeans.

Pjetkin operierte gerade ... einen Blasenstein, so groß wie ein Hühnerei. Der Kranke hatte so lange in seiner Baracke gebrüllt, bis der Obmann sich erweichen ließ und an die Blasenkolik glaubte. Pjetkin hatte sofort eine Spiegelung vorgenommen und sich zur Operation entschlossen.

Er öffnete gerade die Blase und griff den Stein mit der Pinzette, als die Dussowa in den OP platzte und an den Tisch trat.

»Zurück!« fauchte Pjetkin sie an. »Sie sind nicht steril.«

»Und wie steril ich bin! Kennen Sie etwas Sterileres als mich?« schrie die Dussowa heiser. »Einen neuen Kollegen haben wir bekommen! Brille und sonst nichts! Wenn ich tief atme, hängt er mir als Tropfen unter der Nase! So etwas wagt man uns zu schicken! Wissen Sie, was er im Gepäck mit sich herumschleppt? Fünf Bände ›Sagen der Völker‹! Ich habe ihn zum Leiter der Quarantänestation ernannt. Dort kann er auf den Paraschas sitzen und den Verlausten seine Märchen vorlesen.« Sie beugte sich vor, blickte in die geöffnete Blase und auf den großen grün-weißen Stein. Der Operierte schnarchte. Marko kontrollierte die Narkose und den Puls. Sogar Russlan war da, stand in einem weißen Kittel neben Igor und assistierte. Er lächelte verlegen, als er einen bösen Blick der Dussowa auffing. Er kam sich abtrünnig, aber klug vor. »Wie in einer Universitätsklinik«, sagte sie rauh. »Man wird es Ihnen kaum danken.«

»Das weiß ich nicht.«

»... so sprach das Schaf und der Hammer fiel ihm auf den Kopf.« Sie trat zurück, lehnte sich an die Wand und beobachtete den Fortgang der Operation. Keinen Blick ließ sie von Pjetkin.

Am Abend lieh sich Pjetkin von der Wache vor dem Tor ein Motorrad und fuhr nach Issakowa. Man gab ihm das Fahrzeug ohne Zögern, blinzelte ihm kameradschaftlich zu und sagte verschmitzt: »Seien Sie nicht zu wild zu ihr, Genosse Doktor ...« So war es überall, wo Pjetkin sich sehen ließ ... der Feind der Dussowa war der Freund aller.

Eine Stunde später war das Unglück da. Die Dussowa suchte Dr. Pjetkin. Sie trug einen gelben mongolischen Morgenmantel und darunter, an ihren nackten Beinen sah man es und an den sich durch die Seide drückenden Formen, nichts. Schamlos lief sie im Krankenhaus herum, ohrfeigte die glotzenden Kranken, jagte die Sanitäter durch alle Stationen und schrie mit ihrer metallenen Stimme: »Wo ist Pjetkin? Sucht ihn, los, sucht ihn! Ein wichtiger Anruf für ihn ist gekommen!«

Das war zwar eine Lüge, aber wer forscht so etwas in dieser Stunde nach? Es war Marko, der Klarheit in die Dinge brachte. Auch bei ihm erschien die Dussowa wie ein gelber Wüstensturm. Marko lag bereits im Bett und las ein Buch. Es behandelte sein Lieblingsthema: Anatomie.

»Das Doktorchen ist fortgefahren«, sagte Marko und klappte den Band zu.

»Was heißt fortgefahren?« schrie der schwarze Satan.

»Da gibt es verschiedene Auslegungen, Schwesterchen. Der eine fährt zu Großmütterchen, um ein Täßchen Tee zu schlürfen, der andere rund um die Welt. Dieser fährt zur Hölle, jener ins Glück. Das Doktorchen, so scheint's mir, ist geradewegs ins Glück gefahren.«

Die Dussowa verzog den Mund, als schmerze etwas in ihrem Leib, und setzte sich auf das Bett. »Zu seinem Hürchen ist er, was?« fragte sie dumpf grollend.

»Ein goldenes Täubchen ist's fürwahr.« Marko rollte schwärmerisch die Augen. »Man kann ihn beglückwünschen.« Er blinzelte die Dussowa an, ließ seinen frechen Blick über ihren Morgenmantel streifen, betrachtete eingehend die verführerische Wölbung ihrer Brüste, die nackten Beine und dann ihr in Wut zerflossenes, vulkanisches Gesicht. »Ich liebe Igor wie mein Söhnchen«, sagte er danach. In seiner Stimme klang Warnung auf. »Ein kluger Mensch ist er, begabt, ein Genie, möchte man fast sagen. Ein paar hundert junge Ärzte habe ich schon operieren sehen ... man guckt ihnen über die Schulter in der Anatomie und bekommt einen Blick dafür ... Igor Antonowitsch war immer der beste. Und nun versauert er in einem Arbeitslager! Mitleid sollten Sie haben, Schwesterchen.«

»Nenn mich nicht immer Schwesterchen, du schielender Bock!« schrie die Dussowa. Sie schlug mit den Fäusten auf die Bettkante und zermarterte sich in Eifersucht.

»Was hast du da gelesen?«

»Anatomie. Die Lehre, wie man Menschen zerteilt.« Marko lachte verhalten. Er griff hinter seinen Kopf, holte das Buch hervor und schlug es in der Mitte auf. »Da ist das Kapitel von den Eingeweiden, Schwesterchen. Ein höchst interessantes Gebiet. Wenn man bedenkt, daß der Darm nicht bloß ein Schlauch ist, der Exkremente zum After drückt, sondern ...«

»Halt das Maul, aufgeblasener Frosch!« zischte die Dussowa. Sie schlug Marko das Buch aus der Hand. Es flog mitten ins Zimmer und blieb mit den Seiten nach unten liegen. Godunow strich sich mit beiden Händen über den riesigen kahlen Schädel.

»Ein unfeiner Vergleich, Schwesterchen«, sagte er wie beleidigt. »Ein Frosch hat Ihnen nicht solche Dinge anzubieten wie ich.« Und ehe die Dussowa ihm eine neue Beleidigung an den Kopf werfen konnte, schlug er flugs seine Decke zurück und präsentierte sich ihr, wie man sonst nur einen Säugling sieht, bevor er gewickelt wird.

»Hat man schon solch ein Schwein gesehen?« Die Dussowa sprang auf, aber der Kleine war schneller, griff nach ihrem gelbseidenen Morgenrock und hielt sich daran fest, als sei's eine Rettungsleine. Er zog und die Dussowa zog, hin und her ging das, stumm, verbissen.

Wen wundert's, daß der Morgenrock das stumme Ringen nicht überstand und mit einem häßlichen knirschenden Laut zerriß? Plötzlich stand die Dussowa entblößt da, in herrlicher Schönheit, ein weißes Gebirge der Lust, so schien es Godunow, der über die Dielen kugelte und einen Fetzen gelber Seide wie eine eroberte Fahne schwenkte. Einem jagenden Wolf gleich sprang er blitzschnell wieder auf die Beine, senkte den Kopf und stieß in das weiße Fleisch hinein. Er traf die Dussowa genau in den Magen, sie schwankte, fiel über das Bett, rang nach Luft und zerkratzte Marko die Glatze, als er über sie hüpfte wie ein Hund über die Hündin.

Marianka Jefimowna wehrte sich, wie eine Frau sich wehren kann, mit Beißen, Stoßen, Tritten, Faustschlägen, aber sie verlor kaum ein Wort dabei. Eine Dussowa schreit nicht um Hilfe.

»Du ekelhafte Qualle!« keuchte sie später und hieb ihm zwischen die Augen. Marko grunzte wie ein Eber, wälzte sich über ihren Leib und umklammerte ihre linke Brust. »Du Stinktier! Schieläugiger Teufel! Wanze ...« Sie versuchte, ihn mit einer Schwingung ihres Leibes abzuwerfen, aber man glaubt es nicht: Marko war ein guter Reiter, beherrschte den Schenkeldruck wie ein Kosak und lachte nur in das verzerrte Gesicht unter sich. Er hockte wie auf einer Stute, die wütend wiehert, mit allen vieren ausschlägt und buckelt.

Mit einem ächzenden Laut, so voll und dröhnend aus der Tiefe, daß selbst Marko für ein Wimpernzucken innehielt, streckte sich die Dussowa endlich und schlang die Arme um den Körper des Zwerges.

»Das ist dein Tod«, stammelte sie, während er sich wie toll auf ihrem weißen Fleisch benahm. »Das wirst du nicht überleben ...«

Erst beim Morgendämmern verließ sie ihn, huschte in ihr Zimmer, schleuderte den zerfetzten Morgenrock in die Ecke und stellte sich vor den Spiegel. Noch bebte ihr Körper, die Kratzspuren auf ihrer Haut begannen sich aufzuwölben und brannten wie mit Pfeffer bestreut.

»Es hat dir sogar Spaß gemacht«, sagte die Dussowa mit schrecklicher Dumpfheit. »Was ist aus dir geworden . . .« Und sie bespuckte ihr Spiegelbild.

ZWÖLFTES KAPITEL

Sadowjew hatte sich in seiner Eigenschaft als Vorsitzender der Dorfproduktionsgenossenschaft den ganzen Tag geärgert über die Uneinsichtigkeit seiner Genossen. Es ging darum, eine Neuordnung der Feldbestellung durchzusetzen, weil die alte unproduktiv gewesen war, und das seit zehn Jahren, aber die Tonköpfe von Bauern begriffen es nicht und bestellten ihre Felder wie ihre Urgroßväter. Sadowjew hatte einige Stunden herumgeschrien, ein Feuerwerk von Flüchen abgebrannt und war nun müde. Und gerade jetzt, als sich Sadowjew ausstreckte, die Beine unter den Tisch reckte und den ruhigen warmen Abend genoß, ratterte es draußen auf der Straße wie ein verrostetes Maschinengewehr und knallten schaurig einige Fehlzündungen.

Sadowjew sprang auf und rannte ans Fenster. »Wer hat hier ein Motorrad?« schrie er, als wenn die Frauen darauf eine Antwort geben könnten. »Nur der Bezirkssekretär. Er fehlt mir noch zu meinem Glück!«

Er zog seine gestickte Jacke an, setzte das runde Käppchen auf den Schädel und zog die Spitzen des langen Schnurrbartes durch die Finger. Sadowjew seufzte, blickte seine Frau Anna traurig an und schlich wie ein geprügelter Hund vors Haus.

Dort stieß er auf dem Weg zum Flechtzaun auf Dr. Pjetkin, der seine Maschine angebunden hatte wie ein Pferd. Sadowjews Miene verfinsterte sich noch mehr. »Sie sind mit dem knatternden Ungeheuer gekommen?« fragte er. Breitbeinig stellte er sich Pjetkin in den Weg. »Was wollen Sie, Genosse?«

»Ich hatte versprochen, wiederzukommen«, sagte Pjetkin fröhlich.

»Ach so. Ja.« Sadowjew rührte sich nicht vom Fleck. »An eingehaltene Versprechungen haben wir uns noch nicht gewöhnt.«

»Wenn es möglich ist, möchte ich Dunja sprechen.«

»Wir essen gerade. Haben Sie Hunger, Genosse? Dürfen wir Sie einladen? Hirsebrei mit Gurken.«

Er drehte sich um, stampfte auf seinen krummen Reiterbeinen zum Haus, stellte sich in den Vorraum und brüllte: »Besuch! Igor Antonowitsch!« Dann half er Pjetkin aus dem Mantel und ärgerte sich, daß Dunja die Tür aufriß und aus der Stube stürzte, als sei der Ofen explodiert. Hinter ihr erschien Anna, sein Weib, und auch sie hatte glänzende Augen. Kühe alles, dachte Sadowjew empört. Wackeln mit dem Euter, als wenn sie Klee sehen. Er schob sich zwischen Dunja und Pjetkin, aber da beide größer waren als er, blickten sie sich über seinen Kopf hinweg an.

Sie schwiegen beide, nur ihre Augen sprachen alles aus. Welche Qual des Wartens ist nun vorbei. Warum ist das so, Igoruschka? Ein Baum darf mit seiner Krone im Winde rauschen, die Wellen des Stromes dürfen sich aufwerfen und an den Ufern reißen, der Sand wirbelt vor dem Sturm dahin, und der Schnee darf alles Lebende umarmen. Nur wir verstecken uns, verkriechen uns wie ein Hamster in seinen Winterbau und träumen vom tauenden Kuß des Frühlingswindes. Oh, Igoruschka – ich liebe dich ...

Sie gaben einander die Hand, und Pjetkin hielt sie fest, als sie ihm die Finger wieder entziehen wollte. Anna Sadowjewa war zurück ins Zimmer gerannt und schob eine große Pfanne auf das Feuer. Sie schlug vier Eier hinein und schnitt lange Streifen Speck dazu.

»Sie machen aus einem gewöhnlichen Abend einen Feiertag, Igor Antonowitsch«, sagte Sadowjew steif und hob schnuppernd die Nase. »Mütterchen backt Speck mit Eiern, das ist eine Auszeichnung, eine große Auszeichnung, glauben Sie's mir ...« Sie gingen in die Stube, noch immer Hand in Hand wie zwei schüchterne Kinder, und Dunja drängte Pjetkin auf den Eckplatz der Bank. Über ihm hing eine alte Ikone mit einem Brett darunter, auf dem das ewige Licht flackerte. Eine dicke runde Kerze in einem roten Glas.

»Ich hatte versprochen, zu kommen«, sagte Igor noch einmal, als müsse er sich entschuldigen. Er blickte Sadowjew an, der sich eine selbstgeschnitzte Pfeife stopfte, einen riesigen Kolben, in dem ein Berg Tabak verschwand. »Viermal habe ich versucht, mich anzumelden. Aber im Parteihaus meldete sich keiner.«

»Wie soll's auch klappen?« Sadowjew zündete die Pfeife an. Gelblicher Qualm entwich dem Kolben wie bei einer Schwefelkocherei. »Nur zwei Stunden am Tag kann ich mich um das Schriftliche kümmern. Haben Sie schon ein Pferd, ein Rind oder ein Schwein gesehen, das zu Ihnen sagt: ›Lieber Dimitri, wir haben Hunger, aber unterschreib erst die Briefchen im Büro?‹ So aber denkt man sich das in den übergeordneten Verwaltungen. Also, am Telefon sitzt dann den ganzen Tag allein der alte Simeon. Und der hat Angst vor dem Telefon. Wenn's läutet, bekreuzigt er sich und rennt nebenan ins andere Zimmer. Ein Jammer ist das mit dem Mann! Ich habe ihm erklärt: Das ist ein Apparat, der weder schießt noch elektrisiert. Und die

Stimme, die du hörst, ist weit weg. Er begreift das einfach nicht. Er glaubt immer noch, ein kleines Männlein sitzt in dem verfluchten Hörer. Das ist für ihn Zauberei, und er läuft weg.«

Sie aßen Eier mit Speckstreifen, Hirsebrei und herrlich duftende Gurken. Dunja blickte Pjetkin öfter an. Ihre großen blauen Augen leuchteten. Er beobachtete, wie sie aß ... mit Messer und Gabel, so wie man in den Städten ißt, und nicht wie Sadowjew, der die Gurke in ihrer ganzen Größe auf seine Gabel spießte und stückweise von ihr abbiß, schmatzend und mit triefendem Schnurrbart.

Später, nachdem Pjetkin stockend von seiner Arbeit im Lager berichtet hatte, denn Sadowjew lenkte ihn mit Fragen ab, tranken sie wieder den süßherben Birkenwein und Pjetkin rauchte eine Zigarette. Dunja war aus dem Zimmer verschwunden, mit Anna, dem Mütterchen, tuschelnd, was Sadowjew unruhig werden ließ.

Der Dampf aus Sadowjews Pfeife wallte schwer unter der Zimmerdecke.

Der größte Teil unseres Lebens ist Gewohnheit, Gleichmaß, Ähnlichkeit. Man ißt, trinkt und verdaut, schläft und arbeitet, liebt und stirbt, geht zum Herd und zum Tisch, vors Haus und in die Scheune, die Straße hinunter und die Straße hinauf, wäscht sich und rasiert sich, wechselt die Socken und kämmt sich die Haare, sitzt auf seinem Stuhl im Büro und ärgert sich über den Vorgesetzten, beschimpft seine Frau und liest die Zeitung, und immer, immer ist es das gleiche, tagaus, tagein ... Aber einmal, Freunde, einmal in diesem grauen Leben fällt ein Blitzstrahl hell und alles verwandelnd in die Seele, und genau das geschah jetzt mit Pjetkin.

Dunja war zurückgekommen. Sie hatte sich umgezogen, und eine Märchenprinzessin konnte nicht schöner sein. Ein mongolisches Gewand trug sie, kobaltblau und mit Blüten bestickt, Pumphosen, die in weichen, weißen Stiefelchen steckten, und ein Jäckchen, das die Brust umspannte und durch eine goldene Kette vorn zusammengehalten wurde. Die Fülle der blonden Haare hatte sie hochgesteckt und unter einer runden, seidenen Kappe verborgen. Sogar die Lippen hatte sie rot nachgezogen, was Sadowjew mißbilligend bemerkte. Und doch war er stolz auf seine Tochter, welcher Vater wäre es nicht? Wo gab es eine größere Schönheit als sie? Und eine Ärztin war sie, eine Akademikerin, ein unbegreiflich kluges Köpfchen ...

Und er behielt sie im Auge, wohin sie auch ging, vor allem, wenn die Soldaten und Offiziere des nahen Militärlagers Ausgang hatten und den Mädchen von Issakowa nachstellten wie Hähne den Hennen. Dann wich er nicht von Dunjas Seite, trug zwei Pistolen im Gürtel und eine Jagdflinte über dem Rücken und zog ein so kriegerisches Gesicht, daß man nur einen scheuen Blick auf Dunja wagte.

Das war heute alles anders. Hilflos hockte Sadowjew auf seinem Schemel und hielt sich an seiner Pfeife fest, als Dunja leichthin sagte: »Wir gehen hinunter zum Fluß, Väterchen. Eine warme Nacht ist's.«

Und wie warm sie ist, dachte Sadowjew wütend und konnte sich doch nicht rühren, denn das verletzte das Gastrecht. So warm, daß die Stuten verhalten wiehern und die Hengste mit dem Kopf gegen die Stallwand donnern. Selbst die Zieselmäuse pfeifen und locken ihre Weibchen, und die Frösche grunzen wie geile Greise.

Hilfesuchend blickte Sadowjew zu seiner Frau. Aber Anna Sadowjewa war verrückter als alle anderen. Sie strahlte wie ein blanker Eisentopf und hatte die Hände über der Schürze gefaltet, als warte sie auf den Segen des Popen.

Sadowjew seufzte laut und erhob sich. Er reckte sich wie ein erwachender Hund, rollte mit den Armmuskeln und drückte seine Kappe fest auf den Kopf. Weiter kam er nicht. Vom Herd ließ sich Anna vernehmen.

»Du hast etwas vor, Dimitri Ferapontowitsch!«

»Wie wahr!« knurrte er und blieb an der Tür stehen. »Ich habe etwas Wichtiges vor.«

»Etwas Schlechtes . . .«

»Das ist Ansichtssache. Ich werde ihnen nachschleichen und aufpassen, daß Dunja nichts geschieht! Legt er sie ins Gras, drehe ich ihm den Hals rum wie einer Taube.«

»Du wirst hier sitzen bleiben und deine Pfeife rauchen«, sagte Anna bestimmt. »Dunja liebt ihn.«

»Und wenn sie unterm Rock was heimbringt?« schrie Sadowjew. »Soll ich vor Schande blind werden?«

»Wer ist uns nachgeschlichen, als wir zum Fluß gingen, he? Erinnerst du dich noch, Dimitri?« Anna, das Mütterchen, setzte sich in die Schöne Ecke und lächelte verträumt. Erinnerungen mit Sadowjew waren immer wie das Rauschen der Taigawälder. »Es war an einem Sonntag. Ich trug ein gelbes weites Kleid, und es war einfach für dich, es mir über den Kopf zu schlagen . . .«

»Immer diese alten Sachen!« Sadowjew tappte zurück ins Zimmer und setzte sich an den Tisch. »Ich könnte ihn anspucken, diesen Pjetkin!« sagte er und knirschte schaurig mit den Zähnen. »Ein Lagerarzt! Und so etwas kommt in unsere Familie. Die Haare sollte man sich ausraufen! Und wir sitzen hier herum, als klebten wir wie Fliegen am Leim.«

Der Mond zog breite silberne Streifen über den Fluß, als Dunja und Igor sich im Ufersand niederließen und die Arme um sich legten.

Auf dem Weg durch das Dorf hatten sie kaum miteinander gesprochen. Issakowa schlief. Nur hinter ein paar Fensterläden schimmerte Licht, mattes Leben unter tief heruntergezogenen, mit dicken Holzschindeln gedeckten Dächern. Dunja zeigte auf den Lichtschimmer und wußte von allen eine Geschichte.

»Das ist Prokewnow«, sagte sie. »Er lebt in der Nacht und schläft am Tag. Ein verrückter Mensch. Er schnitzt Figuren aus Beinknochen und webt auf einem alten Rahmen unnütze Stoffe, die niemand kauft. In seiner Hütte stapeln sich die Ballen. Er wartet, wie er sagt, auf eine Zeit, wo man für einen Meter Stoff 10 Rubel bezahlt.«

Ein anderes Licht. »Hier wohnt Marija Klatowna. Asthma hat die Arme. Sitzt im Bett und keucht und verdreht die Augen. Ich behandle sie, so gut es geht. Man kann ihr nicht mehr helfen. Jeden Morgen, wenn die Sonne aufsteigt, ist das Asthma wie weggeblasen – dann steht sie vor der Tür und singt einen Choral.« Sie lachte leise und hakte sich bei Igor unter. »Es gibt schon wunderliche Menschen, selbst in Issakowa.«

»Das größte Wunder bist du«, sagte Igor. »Unbegreiflich, unerschöpflich . . .«

Es war das erstemal, daß sie sich küßten, ohne daß hinterher der Zauber durch einen Schlag vertrieben wurde. Sie umfaßte seinen Nacken und drängte sich an ihn, und er legte die Arme um Schulter und Hüften, preßte sie an sich, so fest, daß sie einen piepsenden Laut von sich gab wie ein erschrockenes Vögelchen.

Man soll aus Igor keinen Heiligen machen – er war es nicht, Brüderchen. Natürlich hatte er schon seine Erlebnisse gehabt, schließlich war er sechsundzwanzig Jahre alt, und man hätte sich mit Recht gewundert, wenn er ein Weibchen nur in der Anatomie oder auf dem Untersuchungstisch gekannt hätte. Da waren in Kischinew vier Mädchen gewesen, nacheinander, Freunde, nicht zusammen, die vor Igor die Röckchen fallen ließen. Eine Ljuba war auch gewesen, eine stramme Witwe, glatthäutig und aufglühend, wenn man ihr über die Schenkel strich, die Igor in eine anstrengende Schule nahm und ein wüstes Examen der Liebe abhielt. Aber immer war das Erlebnis nur bis an seine Haut gekommen, nie tief in sein Herz . . .

Jetzt, in dieser warmen Nacht am Amur, erlebte er die sinnbetörende wirkliche Liebe. Nichts Wildes war an ihr, nicht der animalische Drang zur Vereinigung ... ein Glücksgefühl war es, ein Taumeln, ein seliger Schmerz.

Umschlungen gingen sie weiter zum Fluß, blieben in kleinen Etappen stehen und küßten sich. Es war das Trinken von Seligkeit, und ihr Durst wuchs, je öfter sie ihn stillten.

Auf der flachen Uferböschung legten sie sich in den von Grasbüscheln durchsetzten Sand und schwiegen ergriffen. Die majestätische Schönheit des silberüberhauchten Flusses, dessen anderes Ufer in der Nacht versank, das leise Gluckern der Wellen, das Flüstern des warmen Windes, der über ihre langgestreckten Körper glitt, und die verschwommenen Laute, die von überall aus der Dunkelheit zusammenstießen, waren wie zärtliche Musik.

Igor drehte sich zu Dunja und legte seine Hände über ihre Brüste. Sie dehnte sich unter seinem Griff und schloß die Augen. Mit beiden Armen umschlang sie ihn, zog ihn über sich und genoß die Schwere seines Körpers. Als er begann, ihre Bluse aufzuknöpfen, zitterten ihre Lider und verkrampfte sich ihr Mund. Die Muskeln ihrer langen Beine spannten sich und drückten ihren Schoß zu. Zum erstenmal war's, daß ein Mann sie berührte, und es war ein wundersames und doch schrecklich ängstliches Gefühl. Von den Brüsten lief das heiße Zittern über Leib und Schenkel, und als die Brüste frei lagen und Igor sie küßte, war sie einer Ohnmacht nahe.

»Wie schön du bist«, flüsterte Igor. »Wie unbegreiflich schön. Einen Engel habe ich erobert ...«

Er kniete über ihr, zog die mongolischen Hosen von den Beinen, tastete ihren Körper mit den Lippen ab, verfolgte jede Rundung, jede Vertiefung, jedes Geheimnis dieses perlmuttenen Leibes, legte sein Ohr an ihr Herz und atmete den Duft aus ihren Poren, ein Geruch wie sonnendurchglühte Orangen.

»O Igor ...«, sagte sie, und ihr Stimmchen war klein und demütig. »O Igor ... was ist das mit uns ... ich verbrenne und erfriere ...«

Dunja hielt ihn fest, in einer letzten, zitternden Abwehr. Weit aufgerissen schrien ihn ihre Augen an, explodierende Sterne an der Grenze des Verlöschens.

So bemerkten sie nicht, denn die Welt um sie herum bestand nicht mehr, wie ein Schatten vom Dorf zum Fluß glitt. Ein langer, dünner Streifen Dunkelheit in der Nacht, lautlos, wie auf Katzenpfoten federnd. Ein flacher, grünbrauner Fleck, der sich streckte, Arme und Beine bekam und einen Kopf mit kurzgeschnittenen Haaren.

Dann erhob er sich zu voller Größe, machte zwei lange Schritte und lachte rauh und herausfordernd. »So ist's gut, Brüderchen!« schrie der Schatten. »Die Arbeit hast du mir abgenommen. Nun wälz dich weg, Idiot, oder ich zertrümmere dir den Schädel wie ein gekapptes Ei!«

Breitbeinig stand er da, gegen den Nachthimmel, von drohender Größe. Mit einem Schrei warf sich Dunja auf den Bauch, ebenso gewandt schnellte sich Igor von ihr fort, federte auf die Beine und stürzte sich zwischen den Schatten und sie.

Igor erkannte sofort die Uniform, die breiten Schulterstücke, die silbernen Sterne. Ein Offizier vom Lager in den Wäldern. Ein einsamer reißender Wolf in dieser Nacht.

»Nimm die Beine in die Hand, du Kulakenlümmel, und verkrieche dich. Du hast das Vögelchen gefangen und gerupft, aber braten werde ich es mir!« sagte er heiser. Er warf einen Blick auf Dunja. Sie hatte das Gewand über sich gerissen, stieß sich plötzlich mit den Füßen ab und rollte den sanften Hang hinunter zum Ufer des Stromes.

»Es flattert noch, das Vögelchen!« schrie der Offizier. »Brechen wir ihm schnell die schönen Flügelchen.«

Er wollte ihr nachspringen, aber Igor stand ihm im Weg, packte ihn an der Brust und schleuderte ihn zurück.

»Lauf ins Dorf, Dunja!« rief er dabei. »Ich habe noch nie ein Schwein geschlachtet, aber es wird keine Mühe machen!«

Aber Dunja blieb. Am Ufer hockte sie, in jeder Hand einen großen Stein. Es waren armselige Waffen, doch in der Verzweiflung wird ein Grashalm zum Schwert.

»Du wagst es?« knirschte der Offizier dunkel. »Du wagst es wirklich, du lallender Idiot? Hast du schon gesehen, wie man einer Taube das Köpfchen abdreht?«

Sie standen voreinander, nur zwei Schritte getrennt, duckten sich und warteten darauf, daß der andere zuerst sprang.

»Du Hund!« sagte Igor voll Verachtung. »Du räudiger, stinkender, geschwüriger Hund!«

Fast gleichzeitig schnellten sie vor, trafen sich voll noch in der Luft und prallten vom Zusammenstoß zurück. Wie das Aufeinanderschlagen zweier Bretter klang das. Dann holten sie tief Luft, zogen die Köpfe in die Schultern und stürmten erneut aufeinander los.

Obwohl es schon fast Mitternacht war, saß Sadowjew noch immer am blankgescheuerten Tisch und rauchte seine vierte Pfeife. Hüstelnd, mit roten Augen lehnte Anna am Ofen und war nicht zu bewegen, das Zimmer zu verlassen. Sadowjew schielte über den dicken Pfeifenkopf zu ihr hinüber.

»Nicht müde, Mütterchen?« fragte er beiläufig.

»Nicht mehr als du, Väterchen.«

»Sonst liegst du um diese Stunde im Bett und seufzt im Traum.«

»Und du reißt das Maul auf und bläst Töne von dir wie ein Sägegatter.« Anna, das streitbare Frauchen, putzte mit einem Lappen über die eiserne Abstellplatte und zupfte hier und dort, aber rührte sich nicht vom Fleck.

»Eine warme Nacht«, murmelte Sadowjew und drückte den Daumen in die Pfeife. »Man kann einfach nicht im Bett liegen. Ich werde nach den Schafen sehen.« Er wollte sich erheben, aber Anna warf sofort den Lappen weg und griff nach dem Kopftuch, das neben ihr an einem Nagel hing. Sadowjew ließ sich wieder zurück auf die Bank fallen und stieß wütend eine Wolke Rauch aus.

Er trug ein Gefühl mit sich herum, das er nicht erklären konnte. Bevor ein Gewitter den Himmel mit Blitzen zerreißt, drängen die Kühe zusammen und bilden einen Haufen, der Hund winselt und die Schafe benehmen sich wie hirnlos. Die Pferde tänzeln und rumoren in ihrem Stall, und selbst die Hühner verkriechen sich. Nicht anders war es bei Sadowjew. Ihm zuckte etwas unter der Haut, er wurde unruhig, blickte mit flackernden Augen um sich und bezwang sich, nicht überall an seinem Körper zu kratzen, als leide er unter dem Überfall einer Hundertschaft Flöhe.

»Gehen wir in den Stall«, sagte er und sprang auf. »Mir fällt ein, daß der Pferdemist noch im Gang liegt.«

»Ihn wird niemand stehlen«, antwortete Anna. »Aber du bist unruhig wie ein Bock im Frühling, also gehen wir.«

Sie verließen das Haus, überquerten den Hof und stießen die in den Angeln quietschende Tür der Scheune auf. Schwere, warme, dunstige Dunkelheit schlug ihnen entgegen.

»Ha, das ist Baba!« rief Sadowjew, als ein Pferd in der Dunkelheit hell aufwieherte und gegen die Holzwand donnerte. »Sieh nach, was sie hat. Meine Ahnung! Heute mittag habe ich sie beobachtet, wie ein Gespenst schlich sie herum, mit triefenden Augen und wackelnden Beinen.«

Er nahm die Laterne vom Nagel, zündete sie an, stellte sie auf eine Futterkiste und dankte Gott, daß Baba gerade jetzt gewiehert hatte und ihm dieser gute Gedanke eingefallen war. Er wartete, bis Anna sich unter das Pferdchen bückte und mit beiden Händen den Leib abtastete, drehte sich dann schnell herum, machte zwei Sätze zur Tür, sprang hinaus und verriegelte sie hinter sich. Er hörte, wie Anna aufschrie, einen harten Gegenstand gegen die Tür schleuderte und dann fluchte.

»Ein Mann hat doch mehr Intelligenz«, sagte Sadowjew halblaut, legte die Pfeife auf einen Baumstumpf, auf dem er sonst Holzscheite spaltete, rückte das bestickte Käppchen in die Stirn und lief zum Fluß.

Wohin geht ein Pärchen, wenn es allein sein will, sagte er sich und schlug zunächst die Richtung zu dem alten, verrosteten Kran ein. Dimitri, frage dich ehrlich: Wärest du dreißig Jahre jünger, und die warme Nacht läge dir in den Knochen, was würdest du unternehmen? Da gibt es drei Wege: Der Holzplatz hinter dem Sägewerk. Aber es ist nicht jedermanns Sache, mit Sägemehl im Haar nach Hause zu kommen und sich mühsam abzubürsten. Der Schuppen neben dem Kran. Aber hier hausten Mäuse und Ratten, und wenn es auch heißt, für die Liebenden versinkt die Welt – an einer Ratte sollte man nicht sein Vergessen prüfen. Es könnte elend danebengehen, Brüderchen. Aber da sind noch die kleinen Dünen am Fluß, weiche, grasgepolsterte Mulden, in denen die Grillen zirpen. Sadowjew entschloß sich, das Flußufer zu kontrollieren und leise zu sein wie ein anschleichender Fuchs.

Aber das war nicht nötig. Kaum war er vom Wege abgebogen und tappte durch eine lichte Buschgruppe, als er Stimmen hörte, die vom Fluß her klangen. Laute Stimmen, die eigentlich nicht in eine solche Nacht paßten.

Oho, sagte sich Sadowjew. Sie streiten sich bereits. Das ist ein guter Anfang, der ein schnelles Ende findet.

Aber die Lage wurde anders, als Sadowjew lautlos aus den Büschen stürmte. Er sah zwei Männer, die miteinander rangen, mit den Fäusten aufeinander losschlugen und ganz so taten, als wollten sie sich umbringen. Ihr Keuchen und die Schimpfworte, mit denen sie sich anfeuerten, erregten auch Sadowjew in doppelter Hinsicht. Einmal war er ein Mann, der in seiner Jugend als großer Raufbold galt, so klein und krummbeinig er auch war, aber sein Mut hatte ihn stets zum Riesen gemacht, zum anderen war er als Dorfsowjet verantwortlich für die Ruhe von Issakowa. Was da vor seinen Augen abrollte, war eine Schlägerei auf dem Gebiet des Dorfes.

Die beiden Kämpfenden waren so ineinander verbissen, daß sie das Auftauchen eines dritten Mannes gar nicht merkten.

Sadowjew kam näher und rückte das Käppchen weit in den Nacken. Sieh an, der Doktor! Und der andere ist sogar ein Offizier! Was soll das? Sadowjew wollte gerade eingreifen und die Kämpfenden trennen, als Dunja ihn erkannte und mit heller Stimme schrie: »Er tötet ihn! Er ist stärker als er! Hilf ihm, Väterchen!«

Sadowjew zuckte zusammen wie nach einem Ochsentritt, rannte zunächst ans Ufer und schämte sich maßlos, als er Dunja nackt und zerzaust am Wasser stehen sah, zwei große Flußsteine in den Händen.

»Er hat uns überfallen!« schrie Dunja ihn an, als er um sie herumlief und ihre Kleidung suchte. Sie lag zerknüllt im Sand, wie ein erwürgtes buntes Vögelchen. »Soll er ihn umbringen? Warum hilfst du ihm nicht? Warst du ein Kriegsheld oder nur ein armseliger Aufschneider? Da siehst du es ... da ... Igor schwankt ... er fällt ...«

Sadowjew kam nicht mehr dazu, nach Schuld und Sühne zu fragen, wer Dunja, sein Mädchen, ausgezogen hatte, woher der Offizier kam ... die Ereignisse zwangen ihn, einzugreifen und zunächst den Stärkeren abzuhalten, noch mehr Unheil anzurichten. Er lief zum Kampfplatz zurück, riß eine dicke Holzlatte, die herumlag, aus dem Sand, schwang sie über seinem Kopf und schrie: »Genug! Treten Sie zurück, Genosse!«

»Noch eine Ratte!« brüllte der Offizier ihn an. »Wieviel Ungeziefer rennt denn hier herum?«

Von jeher war Sadowjew ein stolzer Mensch gewesen. Da er keinen Grund hatte, seine Schönheit, die – wir wissen es – sehr umstritten war, zur Schau zu stellen, begnügte er sich mit seiner Mannesehre und putzte sie wie die Silberbeschläge der Fest-Kummets, die die Pferdchen trugen, wenn sie zu Weihnachten die Troika zogen. Als Sadowjew Dorfsowjet wurde und alle Neuerungen in Issakowa einführte – wozu gab es kluge Bücher, in denen stand, wie die moderne Zeit auszusehen habe? –, wurde es ganz schlimm mit seiner Ehre, denn Widerspruch war bereits eine grobe Beschmutzung. Ein halbes Jahr lang prügelte sich Sadowjew durch sein Dorf, bis auch der Dümmste begriff – es war Plonkin, der Schmied, ein einfältiger Mann mit dem Körper eines Walrosses –, daß Reformen notwendig sind und man dabei nur gewinnen kann.

Nun, in dieser warmen Nacht, gab es da einen Menschen, der Sadowjew Ungeziefer nannte. Unter normalen Umständen hätte man mit gleicher Phantasie geantwortet, aber hier war die Lage verworren, ein nacktes Töchterchen kauerte am Amur und schrie immerzu: »Überfallen hat er uns! Hilf uns, Väterchen!«, und der gewalttätige Mensch warf sich jetzt sogar auf die Knie, schlang die Hände um Igors Hals und begann, ihn zu erwürgen. »Zuerst er!« brüllte der Widerwärtige dabei. »Bleib stehen, du säbelbeiniger Frosch! Auf den kleinen Finger spieße ich dich!«

Sadowjew holte tief Luft. Dann schwang er die Holzlatte mehrmals um seinen Kopf, um einen gehörigen Schwung zu bekommen, knirschte vor Wut mit den Zähnen und hüpfte vom Boden, als er die Latte auf den Kopf des Offiziers niedersausen ließ. Sie traf genau die Schädelmitte, und zwar nicht mit der flachen, sondern mit der kantigen Seite, und das ist genauso, als wenn man mit einem stumpfen Beil einen Klotz spalten will. Während Sadowjew durch den eigenen Schwung über den Sand kugelte, brüllte der Offizier heiser auf, umfaßte mit beiden Händen seinen Kopf und sah die Welt in Blut untergehen. Er sank nach hinten und war bereits tot, als sein Schädel die Grasbüschel zerdrückte.

Sadowjew sprang auf die Füße, schulterte seine tödliche Zaunlatte und betrachtete den toten Menschen. Neben ihm lag Dunja halb über Pjetkin, rief seinen Namen, küßte ihn, massierte seinen geschwollenen Hals und warf seinen Kopf in den Händen hin und her. Das hatte Erfolg. Igor gab einen lauten Seufzer von sich, schlug die Augen auf und wollte um sich schlagen, warf Dunja von sich und stürzte sich, so wie ein Lachs aus dem Wasser schnellt, auf den Toten.

»Laß ihn liegen, Igor« sagte Sadowjew ungerührt. »Er spürt's nicht mehr. Wer hätte das gedacht . . . ein so großer Kopf, und läßt sich einbeulen wie ein Pappkarton.« Dann wandte er sich zu Dunja, betrachtete mit verkniffenen Augen ihre Nacktheit, erinnerte sich daran, daß er der Vater dieses schönen Wesens war, ließ die Latte von der Schulter wieder in seine Hände gleiten und gab Dunja einen kräftigen Schlag über das blanke Gesäß. »Wo sind wir hier, he?« schrie er, bereute bereits den Schlag und hätte am liebsten sein Töchterchen ans Herz gedrückt. »Hast du das in Chabarowsk studiert? Lernt man da, mit nackten Brüsten schaukeln? Schamrot kann man werden, so etwas in die Welt gesetzt zu haben!«

»Er hat uns überfallen!« rief Dunja und faßte nach der Zaunlatte, zog an ihr und riß Sadowjew dadurch von den Füßen. Er stolperte, fing sich wieder und ließ die Latte fahren. Pjetkin stand und taumelte noch benommen. Luft, schrie es in ihm. Luft! Bei Gott, köstliche Luft! Laß mich erst Luft trinken, Alterchen, dann schlagen wir uns weiter .. .

»Nicht mehr zum Ansehen ist's!« fuhr Sadowjew in seiner lauten Klage fort. Er riß sein gesticktes Käppchen vom Kopf, zog die geflickte Jacke aus und warf sie Dunja zu. »Halt!« donnerte er. »Bleib stehen, du schamlose Stute! Willst du dich wohl bekleiden?!« Dann fuhr er wieder herum, daß die Absätze den Sand aufwirbelten, und starrte Pjetkin aus kampfeslustigen Augen an. »Er wollte Dunja schänden?« schrie er.

»So ist es«, antwortete Igor matt. In seinem Kopf summte ein ganzes Bienenvolk. Noch ein paar Sekunden, und es wäre zu Ende gewesen.

»Und du hast sie beschützt?«

»Wer hätte das nicht getan?«

»Das sagt er so daher, als wenn er gegen einen Baum pißt!« rief Sadowjew. »Ein Offizier war's! Weißt du, was das bedeutet? Morgen früh vermissen sie ihn, suchen überall, kehren das Unterste nach oben, werden jeden von uns verhören, kriechen in die Keller und Scheunen, Mieten und Strohballen, daß sie den Weibern nicht unter die Röcke gucken, wird ein Glücksfall sein . . . und er steht da, wackelt mit der Nase und nimmt das als selbstverständlich hin. Wer greift schon einen Offizier an? Aber du hast es getan, mein tapferes Brüderchen. Du hast Dunja beschützt. Keiner weiß, wie schwer mir's fällt, aber nun muß es sein.«

Er umfaßte Pjetkin, drückte ihn an sich, zog seinen Nacken herunter, denn er war ja zwei Köpfe kleiner, und küßte ihn auf beide Wangen. Ebenso plötzlich ließ er ihn los, steckte die Hände in die Taschen und zog ein böses Gesicht.

»Da liegt er nun. Ein schwerer Mensch. Wir müssen ihn wegschaffen. Diese Kanaille wird uns noch viel Arbeit machen! Fangen wir also an.«

Sadowjew erwog mehrere Möglichkeiten, die Leiche verschwinden zu lassen. Wie man auch alles drehte und wendete – am sichersten war der Fluß.

»Die Natur ist barmherzig«, sagte er und packte den eingeschlagenen Schädel des Offiziers. »In ein paar Wochen haben ihn die Fische gefressen.«

Sie schleppten den Toten bis zu dem Boot, das Sadowjew in der Nähe des Kranes angebunden hatte. Siebenmal mußten Sadowjew und Pjetkin den schweren Körper des Offiziers absetzen und ins Gras legen, bis sie den Kran und das Boot erreicht hatten. Dunjas Arbeit war es, die Spuren hinter ihnen zu verwischen. Über den Platz, wo die Schädeldecke des Offiziers zerplatzt war und wo das Blut in einer großen Lache versickerte, streute sie sauberen Sand, verteilte Flußkiesel darüber und pflanzte sogar einige Grasbüschel um. Sadowjew, der nach der dritten Rast zurücklief und das Werk begutachtete, streckte den Arm gebieterisch aus und sagte: »Tritt abseits, Töchterchen. Geh ein paar Meter weiter. Was jetzt kommt, ist nicht für Kinderaugen.«

Er wartete, bis Dunja ein paar Schritte weggegangen war, knöpfte dann seine Hose auf und urinierte über den präparierten Boden. Kein Hund wird jetzt mehr eine Witterung nehmen, dachte er zufrieden. Man muß sich zu helfen wissen, und die alten Hausmittel sind immer noch die besten.

Es dauerte zwei Stunden, bis Sadowjew mitten auf dem Fluß die Stelle erreicht hatte, an der man den Toten versenken wollte. Um ihn für immer in der Tiefe zu halten, hatte man ihn mit drei schweren Steinen verbunden. Sie staken in einem Sack, zusammen mit dem Körper, der von den Hüften an herausragte.

»Schiebt den Oberkörper über den Rand und drückt an den Füßen nach. Aufgepaßt, ihr Lieben ... gleich haben wir ihn im Wasser. Kopfüber in die Ewigkeit«, kommandierte Sadowjew.

Aber irgendein Kommando mußte falsch verstanden worden sein. Sadowjew, an dem vorbei der Tote in den Amur rutschte, erhielt plötzlich einen Schlag gegen den Bauch – es war der Arm des Offiziers, als er über Bord fiel –, es gab kein Halten mehr, er stieß einen Schrei aus wie der Steinadler, der ein Kaninchen sieht, und neben dem Leichnam plumpste Sadowjew in die Fluten und versank ebenso schnell wie der Tote.

Nur einen Unterschied gab es ... während der Mann in dem steingefüllten Sack schnell weiter abwärts glitt, hinunter in die Tiefe des Stromes, strampelte Sadowjew wie ein Hund und tauchte wieder auf.

»Hilfe!« brüllte er. »Soll ich ertrinken?«

Pjetkin und Dunja griffen gleichzeitig nach ihm. Igor erwischte ihn am Kopf, Dunja zerrte an seinem Hemd. So zogen sie ihn ins Boot zurück – er fiel auf die Planken, streckte sich und verdrehte schauerlich die Augen.

»Ich verwünsche euch in die siebte Hölle, wenn ihr das erzählt«, sagte er mit brechender Stimme. »Niemand weiß, daß ich nicht schwimmen kann. Erspart mir diese Schande.«

Im Morgengrauen kehrten sie nach Issakowa zurück. Anna Sadowjewa erwartete sie vor dem Haus ... sie saß auf der Treppe und kaute an einem Apfel. Die Scheunentür war aus den Angeln gerissen, außerdem hatte sie mit einem Beil Sadowjews ganzen Stolz zertrümmert: einen handgeschnitzten und mit mongolischen Motiven bemalten Buttertrog.

»Ich bringe dir einen Sohn, Mütterchen!« rief Sadowjew schon vom Flechtzaun her. »Breite die Arme aus und drück ihn ans Herz.«

Anna Sadowjewa rannte ihnen entgegen, fiel Pjetkin um den Hals und weinte, wie nur Mütter weinen können, wenn sie glücklich sind.

Eine Stunde später fuhr Pjetkin auf seinem knatternden Motorrad zurück nach Sergejewka. In einem Leinensack hatte er Speck und Blutwurst, Eier und Schinken, ein Glas Gurken und zwei Pfund Zwiebeln um den Hals hängen.

Kurz hinter Issakowa, auf der Straße nach Blagowjeschtschensk, begegnete er zwei grünen Jeeps, die mit kriegsmäßig bewaffneten Soldaten besetzt waren. Ihnen folgten drei Mannschaftswagen und ein Schützenpanzer.

Die Suche hatte begonnen. Kapitän Kasankow war von einem Spaziergang nicht zurückgekehrt.

DREIZEHNTES KAPITEL

Im Lager wartete man bereits auf Dr. Pjetkin und warf den ganzen Arbeitsplan durcheinander. Die Brigaden der Holzfäller, Straßenbauer und Sägewerkarbeiter waren wie jeden Morgen abgerückt, aber der Innendienst brach völlig zusammen. Die armseligen Gestalten, die sich krank gemeldet hatten und die normalerweise von der Dussowa mit Schimpfkanonaden wieder weggejagt wurden und dann als Lagerdienst einen halbwegs ruhigen Tag hatten, standen vor dem Krankenhaus, warteten und ballten sich zusammen wie eine Hammelherde, um die der Hund kreist. Die Natschalniks von Barackenaufsicht, Küche, Werkstatt, Magazin und Bäckerei brüllten herum. Die Hilfskräfte, eben die gewaltsam zu Gesunden umfunktionierten Kranken, fehlten. Der Lagerleiter, der fette Mensch mit dem Doppelkinn, der gegen Pjetkin gewettet hatte, erhöhte seinen Einsatz und sagte: »Fünfzig Rubel, Freunde. Ich setze fünfzig Rubel dagegen, daß Pjetkin keinen Monat länger im Lager bleibt.«

Marianka ließ sich nicht blicken. Sie lag im Bett, las eine Zeitung, rauchte und warf Russlan, der verzweifelt in ihr Zimmer drang, kopflos vor so viel Durcheinander und Herumschreien, eine alte Weckuhr an den Kopf.

»Selbst bin ich krank!« schrie sie und zerwühlte sich die Haare. »Igor Antonowitsch soll kommen.«

»Wie kann er das?« brüllte Russlan mit flackernden Augen. »Er ist noch nicht zurück von seinem nächtlichen Ausflug!«

»Dann warten wir!« Sie schob die Hände unter den Nacken und lächelte böse. »Die Verantwortung trägt er! Wer wollte die morgendlichen Selektionen machen? Wer drängte sich dazu, ein Wohltäter zu sein? Laß mich allein, du Idiot!«

Pjetkin lieferte sein Motorrad draußen bei der Wache ab, erfuhr, daß im Lager der Teufel los sei, traf auf den Kommandeur der Truppen und las aus seinem Blick, daß man ihn jetzt für einen toten Mann hielt.

Die Menge vor dem Krankenhaus teilte sich, als Pjetkin durchs Tor kam. Es wurde still wie bei einer Leichenprozession. Russlan, auf den Stufen der Treppe, verschwand sofort im Inneren der Baracke, rannte zur Tür der Dussowa, klopfte von draußen und rief: »Er kommt!«

»Zu mir! Sofort zu mir!« schrie die Dussowa zurück.

Pjetkin nickte nach allen Seiten, schritt aufrecht durch die Gasse der schweigenden Menschen und ging in sein Zimmer. Dort traf er Marko, der auf dem Bett saß. Der Zwerg war körperlich zerknittert, aber fröhlich im Herzen. Zum erstenmal hatte er ein Weib gehabt, das seinem Ansturm standgehalten hatte. Bis zum Morgen hatte der Kampf getobt, dann war die Dussowa aus dem Bett gefallen, lag da wie ein geplatzter Frosch, mit gespreizten Gliedern und aufgerissenem Maul, und Marko goß eine Kanne kalten Wassers über ihren Körper und nahm sie dann ein letztes Mal wie ein Riesenkäfer. Das Wasser auf ihrer weißen Haut dampfte, und sie stöhnte: »Du Vieh! Du mistiges Vieh! Du verfluchte Sau!«

Eine Nacht war das! Entschädigung für zwanzig Jahre laue Wärme. Rache für das brettartige Daliegen der Huren von Kischinew, und dabei waren es die billigsten, für fünf Rubel taten sie es mit dem häßlichen Zwerg, die anderen jagten ihn weg, spuckten ihm zwischen die Augen, lachten ihn aus und riefen ihm nach: »Lieb deine Hand, Väterchen. Sie ist blind und wird's aushalten ...«

Pjetkin zog seinen weißen Kittel an. Auch das war etwas Neues im Lager, denn die Dussowa untersuchte in Zivil, manchmal sogar in ihrer Kapitänsuniform. Er tauchte den Kopf in das blecherne Waschbecken und rieb sich die Müdigkeit aus den Augen. »Warum sagst du nichts?« fragte er dabei. »Ich weiß, es war ein Fehler, wegzubleiben ... aber es ergab sich so.« Marko folgte ihm schweigsam. Im Untersuchungsraum wartete Russlan und hatte die erste Abteilung der Kranken bereits antreten lassen. Fünfzehn ausgemergelte Gestalten standen an der Wand, nackt, in strammer Haltung, eine Ausstellung knochiger Körper mit ledernen Häuten.

Bei der Dussowa war solch eine Untersuchung einfach. Sie überflog mit einem langen Blick die Reihe der Nackten, und wer nicht gleich zu Boden fiel, irgendworaus blutete, ein schwellendes Geschwür vorwies, nach Eiter stank, in einer Lache aus Kot oder Urin stand oder sich vor Schmerzen krümmte, duckte sich unter dem schnellen Hieb ihrer langen Reitgerte und rannte sofort wieder hinaus: »Arbeitsfähig! Arbeitsfähig! Arbeitsfähig!« Was übrigblieb, wurde von ihr flüchtig untersucht und dann gleichfalls hinausgejagt. Vielleicht blieben zwei Glückliche zurück, die im Krankenhaus ein Bett bekamen. Aber das war ein kurzes Glück ... wenn die Dussowa sortierte und es blieb doch einer hängen, dann war ihm der Tod näher, als er ahnte.

Russlan trat an Pjetkin heran. Er senkte die Stimme und grinste unverschämt. »Die Genossin Dussowa will, daß Sie sofort zu ihr kommen, Genosse Arzt. Sofort!«

»Meine Arbeitszeit bestimme ich.« Pjetkin schritt die Reihe der Nackten ab. Zum erstenmal durften sie von ihrem Leid erzählen. Knochenschmerzen. Brennen im Leib. Geschwollene Füße. Gedunsene Bäuche. Hunger, immer wieder Hunger. Totale Erschöpfung. Dystrophie. Furunkulose. Lungenödeme. Schwärende Wunden.

Pjetkin schickte sie alle in die Baracken zurück auf ihre Holzpritschen. Nur die schweren Fälle behielt er im Krankenhaus, bis Russlan nach der vierten Abteilung sagte: »Wir sind belegt, Genosse. Man müßte sie jetzt schon aufeinanderlegen, aber das ist keine gute Lösung.«

»Wir werden es anders machen, mein Lieber.« Pjetkin wusch sich die Hände. Noch eine Gruppe, dann war die Untersuchung beendet. Im Lager verbreitete sich unterdessen die sagenhafte Kunde: Der neue Doktor ist ein Mensch! Ein Engel in Menschengestalt. Wir sollten für ihn beten, damit der Teufel von Dussowa ihn nicht verschlingt. Brüderchen, seid klug, unterstützt ihn, meldet euch nur krank, wenn ihr es wirklich seid.

Nach der Visite in den Krankenzimmern packte Pjetkin im Raum der Apotheke Marko an dem Kragen und schüttelte ihn wie einen leeren Sack, aus dem noch Körner fallen sollen. »Warum redest du nicht?« fauchte er ihn an. »Hat man dir die Zunge herausgerissen?«

»Fast, Söhnchen, fast! Ich mußte sie mit beiden Händen festhalten.« Godunow setzte sich auf eine Kiste mit Verbandsmull. Sie war eines der kleinen Wunder gewesen, die jetzt laufend geschahen. Von Chabarowsk wurde Apothekenmaterial geschickt ... Verbände, Penicillin, schmerzstillende Mittel, Medikamente gegen die verschiedenen internen Krankheiten, Narkosematerial, chirurgische Bestecke. Pjetkin rief zweimal täglich in Chabarowsk an, beschimpfte die einzelnen zuständigen Beamten im Gesundheitskommissariat, machte sich damit überall unbeliebt, aber er erreichte, daß seine Forderungen erfüllt wurden und mit den Materialzügen auch Kisten für das Lagerkrankenhaus Sergejewka eintrafen.

»Marianka war wie eine Furie!« sagte Marko und seufzte. Er war leergepumpt, aber wer erträgt nicht gern diese gewisse Schlaffheit? »Zuerst suchte sie ihr Wölfchen, dann tobte sie, am Ende legte sie sich ins Bett und schrie, sie sei krank. Und da liegt sie noch, das schwarze Teufelchen.«

Mehr erzählte er nicht. Wozu auch? Wen interessierte es? Seid ehrlich, Freunde ... es gibt Dinge, die man selbst bei größter Gläubigkeit dem Popen nicht ins Ohr flüstert ...

Marianka lag flach in ihrem Bett und blickte aus halbgeschlossenen Augen zur Tür. Pjetkin hatte höflich angeklopft und war eingetreten, ganz Arzt in seinem weißen Kittel, nach Desinfektion riechend.

»Guten Morgen, Professor!« sagte die Dussowa gefährlich sanft. »Fühlen sich die Patienten wohl? Ist ihnen Ei mit Rotwein serviert worden?

»Noch nicht. Sie bekommen zunächst Antibiotika gegen ihre Furunkulose. Das ist besser, als wenn sie sich die Geschwüre an den Baumrinden aufreißen.« Pjetkin blieb an der Tür stehen und musterte die Dussowa. »Welche Beschwerden haben Sie, Genossin?«

»Ich bin krank.«

»Erklären Sie das näher.«

»Überall bin ich krank. Durch den ganzen Körper zieht es. Schmerzen und Taubheit, dann ein Zucken wie elektrische Ströme und hinterher wie Lähmung. Ein Gefühl des Erstickens. Die Muskeln krampfen sich zusammen ... Sie sollten mich massieren, Igor Antonowitsch.«

Die Dussowa dehnte sich unter der dünnen Decke. Dann warf sie mit einem wilden Tritt alles von sich und lag nackt in der Sonne. Pjetkin senkte den Kopf. Sein Blick glitt über den stämmigen Körper, die fleischigen Schenkel, den leicht bebenden Leib, die mächtigen Brüste. Darüber glänzte ihr Gesicht, eingebettet in blauschwarze Haare. Aus den Augen brannten höllische Feuer. Pjetkin setzte sich auf die Bettkante, drückte die Stethoskopschläuche in die Ohren und hörte Marianka ab. Ihr Herz schlug rasend, ihre Atemzüge schnellten vor wie Rammstöße. Als er zum besseren Abhören ihre linke Brust höher schob, seufzte sie laut, griff nach seiner Hand und preßte sie auf die Brust. Er ließ sie dort liegen, während er weiter auf ihren Herzschlag lauschte. »Hat das Vögelchen gepiepst?« fragte sie.

Pjetkin wußte, wen sie meinte. Welch ein Unterschied zwischen diesen Frauen. Dunja, ein Tropfen der Sonne, der auf die Erde geregnet war, zärtlich wie eine junge Katze und dann wieder heiß wie der Steppenwind. Marianka, ein betäubender Duft wie aus aufgebrochener Erde, verschwenderische Fülle eines Sommers, die Reife eines neuen, noch nicht entdeckten Landes.

»Wir waren glücklich«, sagte Pjetkin einfach.

Ihr Leib bäumte sich auf, ein wilder Protest war's, lautlos, aber doch ein Schrei.

»Massiere mich!« sagte sie dumpf. »Sofort!«

»Es wäre besser, Ihnen eine Beruhigungsinjektion zu geben.«

Sie warf den Kopf zurück und blies mit geschlossenen Augen zischend Luft durch die Nase. Die Nasenflügel blähten sich weit. Ihre wilde, dargebotene Schönheit machte Pjetkin fast traurig. Ein armes Tierchen war sie doch, bei all ihrer Grausamkeit. Da tobte das ungestüme Blut durch die Adern, ihr Körper war prall gefüllt mit Leidenschaft, und niemand war da, der sie erlöste von dieser süßen Schwere. Jeder lief davon, verkroch sich wie die Wölfe vor jener einsam streunenden Wölfin, die allen Rüden die Kehle zerriß, wenn sie sie besprungen hatten.

»Ich habe einen Bericht geschrieben«, sagte die Dussowa leise und heiser. »Über dich, mein Doktorchen. Einen Bericht für Moskau. Weißt du, daß ich in Moskau ein großes Ohr habe? Ich brauche ihm nur zuzuflüstern, und es läßt die Erde beben, als habe man in einen Vulkan geblasen. Soll er Feuer speien, der Vulkan? Willst du in glühender Asche umkommen?«

»Es wird Ihnen nicht gelingen, einem Pjetkin Angst einzujagen, Marianka.«

»Auch Helden und Heilige empfinden Schmerzen.«

»Sie werden Dunja und mich nie trennen können, Marianka«, sagte Pjetkin und steckte das Stethoskop ein. »Im übrigen weiß ich mich meiner Haut zu wehren.«

»Ist es so furchtbar, mit den Fingern über meine Haut zu streicheln?« schrie die Dussowa. Sie stützte sich auf die Ellenbogen und preßte die Schenkel zusammen. Die Sonne lag auf ihrem glänzenden Körper. »Willst du, daß ich dir die Hände küsse und die Stiefel lecke wie die Leibeigenen? Verdammt, ich will es tun, vor dir herumkriechen wie ein getretener Hund!«

Sie wollte aus dem Bett springen, aber Pjetkin hielt sie fest, drückte sie zurück und warf sich über sie. Mein Gott, bloß das nicht! Welch eine Frau könnte das verzeihen? Er wehrte sich nicht mehr, als Marianka seinen Kopf zwischen ihre Brüste zog, hinab in dieses schwellende Polster aus festem Fleisch, aus dem ihm der süßliche Geruch ihres Schweißes entgegenströmte.

Es war in diesem Augenblick nur zu natürlich, daß die Erinnerung an die Nacht mit Marko in Marianka hochstieg. Sie knirschte mit den Zähnen, dachte an den rasenden Zwerg, an dieses widerliche Insekt, das über sie gekrochen war, und sie biß sich auf die Lippen, um nicht zu schreien, empfand sich schmutzig und besudelt. Riecht er es nicht? Versteinert er nicht vor diesem Gestank? Betäubt ihn der Aasatem des Zwerges? Spürt er die Eindrücke seiner Krallen? Sieht er die Flecken, die seine Zähne auf meiner Haut hinterlassen haben?

Sie schlug die Schenkel zusammen, und ebenso plötzlich, wie sie Pjetkin an sich gezogen hatte, stieß sie ihn weg. Er schlug mit dem Kopf gegen die Bettkante und blieb auf den Knien liegen.

»Abreiben sollst du mich!« knirschte sie zwischen den aufeinandergepreßten Zähnen. »O Gott, fang an! Ich will dich doch nicht umbringen.«

Und Pjetkin massierte sie.

Er strich über ihren Körper, drückte die Schultern, die Brüste, den sich wölbenden Leib, die Schenkel und die festen Beine, sie warf sich mit einem hellen Stöhnen herum und er streichelte den zuckenden Rücken, die runden Hüften, das von Krämpfen durchschüttelte Gesäß. Er rieb sie mit den flachen Händen vom Nacken bis zu den Fersen, bis sie bei jedem Strich aufschnellte, die Finger unter sich in die Strohmatratze krallte und helle, spitze Schreie ausstieß.

Als er aufhörte, warf sie den Kopf in den Nacken und schrie gegen die Wand.

»Mach weiter, du Engel! Hör nicht auf ... ich steinige dich, wenn du weggehst ... Wie weich deine Hände sind ... wie biegsam deine Finger ... wie mit Strom sind sie geladen ... Verbrenne mich, Igoruschka ... zieh mir die Haut ab ... Magnete sind deine Hände, glühende Magnete ... sie reißen mir das Herz aus der Brust ...«

Dann biß sie in das Kissen, zerfetzte es, warf die Federn in die Luft und ließ sie auf sich und Pjetkin niederregnen wie Schnee. Er war überwältigt von so viel Leidenschaft und gleichzeitig abgestoßen, erinnerte sich an Dunjas sanfte Zärtlichkeit, ihren ertrinkenden Kuß am Ufer des Amur und an ihre erschrockene Starrheit, als er sie auszog. Er empfand es deshalb nicht als Betrug, daß er die Dussowa jetzt mit seinen Händen bearbeitete ... ein armer, seelisch kranker Mensch ist sie, dachte er, und ich bin ihr Arzt, ich helfe ihr, ohne etwas zu geben als ein bißchen Muskelkraft und die Ausdauer meiner Finger. Es wird sie befriedigen, aber nicht heilen. Doch wie wird es weitergehen?

Das war seine einzige Angst. Heftig schrak er zusammen, als sie sich wieder auf den Rücken warf, die Beine anzog, mit beiden Händen ihren Kopf umklammerte und sich dann mit einem dumpfen, unmenschlichen Schrei streckte, als sei das ihr letzter Atemzug gewesen. Pjetkin strich noch einmal über ihre harten Brüste. Dann erhob er sich, ging zum Waschbecken, wusch seine Hände und blickte in den Spiegel. Ein schweißüberströmtes Gesicht, fremd und zerflossen, starrte ihn an. Mit dem Handtuch rieb er seinen Schädel trocken und setzte sich ermattet auf den Stuhl neben dem Fenster.

Der Lagerdienst kehrte die Gassen zwischen den Baracken. Das Kommando I harkte wieder den feinen Sand im Todesstreifen. Zehn Häftlinge jäteten Unkraut aus dem Denkmalsgarten. Diese kleine blühende Oase war ein Witz des ersten Kommandanten des Lagers. Ein blutiger Witz, denn im Sommer verdorrten die Blumen unter gnadenloser Sonne, und im Winter lag Eis und Schnee darüber. Beides aber durfte nicht sein. Auf einem Sockel aus Flußsteinen stand mitten in den Blumen eine Statue Lenins, gefürchtet und gehaßt, denn ständig hieß es: Warum welken die Blumen? Sauft wohl das Wasser allein, ihr Halunken? Und im Winter mußte der Platz um das Denkmal frei von Schnee und Eis gehalten werden, Tag und Nacht paßten die Abkommandierten auf, daß nicht ein Flöckchen auf diese geheiligte Erde fiel. Das ging so vier Jahre lang, bis eines Tages der Hund des Kommandanten ehrfurchtslos durch die Blumen lief, am Sockel das Bein hob und Lenin benäßte. Das Gartenkommando stand unschlüssig herum und tat nichts. Den Hund des Kommandanten totschlagen ob dieses Frevels ... wer weiß, wie der Mann darauf reagiert? Lenin bepinkeln lassen, das war auch ein Verbrechen. Was also tun? Man beschloß, den Hund an einem Strick zum Kommandanten zu führen und die verzwickte Lage zu erklären.

Von diesem Tag an – der Hund lebte weiter, das Blumenkommando wurde nicht bestraft, der Sockel lediglich nur geschrubbt, was die große Tierliebe der Russen beweist – verlor der Kommandant das Interesse an dem kleinen Denkmalgarten. Drei Monate später wurde er versetzt, und das Theater ging von neuem los. So war es geblieben bis heute ... Lenin stand zwischen blühenden Blumen, und jeder neue Kommandant übernahm diese lausigen Beete, als handele es sich um die Schatzkammer des Kreml.

»Geh hinaus!« sagte die Dussowa schwer atmend. »Geh mir aus den Augen.« Und als Pjetkin wirklich ging, auf Zehenspitzen, als verlasse er eine Schwerkranke, schleuderte sie sich wieder herum, drückte das Gesicht in die verstreuten Federn und weinte laut, mit langgezogenen, heulenden Tönen.

Den ganzen Tag, auch den nächsten und den dritten Tag, blieb Marianka im Bett und ließ sich von Pjetkin pflegen. Er tat es für Dunja. Er dachte ständig an sie und rief sie am dritten Tag an.

An Issakowa waren schwere Tage vorübergezogen. Sadowjews Parteihaus wurde zum Hauptquartier der Suchtrupps, jeder im Dorf – man hatte es geahnt und sich darauf vorbereitet – wurde verhört, aber was sollte schon dabei herauskommen? Niemand log, was äußerst selten war, aber hier gab es wirklich nichts zu lügen ... von einem Offizier hatte keiner etwas gesehen. Das war wahr, so sicher, wie ein Stein im Fluß versinkt.

Sadowjew fragte merkwürdigerweise niemand. Als Dorfsowjet schien er über jedem Verdacht zu stehen, außerdem ließ er den Offizieren keine Zeit, sich um ihn zu kümmern. Der Fleißige ist immer angesehen – nach diesem Spruch entfachte er einen Wirbelwind in Issakowa.

»Ein Offizier ist in unserer Gegend verschwunden!« sagte er und blinzelte über die Köpfe seiner versammelten Dorfbewohner. »Ein guter, fleißiger, tapferer Offizier. Ich frage euch: Kann ein Mensch einfach verschwinden? Ist er ein Furz, der unsichtbar aus der Hose fährt? So etwas gibt es nicht. Und weil es so etwas nicht gibt, suchen wir. Laßt keinen Winkel aus, Genossen! Es muß uns eine Ehre sein, den Offizier zu finden!«

Ganz natürlich, daß kein Soldat den fleißigen Sadowjew verhörte. Mit drei anderen Offizieren und vier Suchhunden – Gott verfluche sie, sie schnupperten an einem Handschuh des Toten, bellten, wedelten mit den Schwänzen und jaulten wie vor einem geschossenen Hasen – suchte er das Flußufer ab und erstarrte, als die Hunde an seinen Kahn liefen und ihn unruhig umkreisten. Ich habe ihn ausgewaschen, dachte Sadowjew. Sie können ihn nicht riechen. Kuhmist habe ich über die Bordwand geschmiert. Riecht ein sowjetischer Offizier nach Mist?

Die Hunde rannten weiter, am Amur entlang, mit hechelndem Atem und lang heraushängender Zunge. »Dumme Viecher sind sie!« schrie einer der Führsoldaten, als sie statt des Verschwundenen die Spur eines harmlosen Igels aufnahmen und davonsausten, bis sie ihn unter einem Holzstapel entdeckt hatten.

»Man sollte sie kastrieren, diese vierbeinigen Idioten!« Er schlug auf die heulenden Hunde ein, und Sadowjew brach die Suche am Ufer ab.

»Nichts«, sagte er mit großem Bedauern. »Ist es möglich, daß der Genosse hinüber nach China gerudert ist?«

»Ein Kapitän der Armee?« fragte ein Major konsterniert zurück.

»Es gibt Ausnahmen, Genosse. Der eine brät das Fleisch überm Feuer, der andere legt's unter den Sattel und reitet es gar. Die Ausnahme dagegen ißt nur rohe Gurken. Wer kennt die Menschen genau?«

Und siehe da ... es geschehen wirklich noch große Dinge. Nach der Mittagspause, in der Sadowjew im Parteihaus beraten hatte und alle um einen Kessel voll Kascha saßen, den Anna und drei andere Frauen gekocht hatten, meldete sich ausgerechnet Schmulnoff, der Schieler, und brüllte schon von weitem: »Mein Boot ist weg! Mein schönes Boot! Genossen, ihr habt es gekannt! Es war das schönste Boot! Gelb und grün war's gestrichen ... und nun fehlt es. Der Strick ist durchgeschnitten. Der Satan drehe dem Dieb den Hals auf den Rücken!«

Die Lage bedurfte keiner weiteren Erklärungen ... die Offiziere untersuchten peinlich genau den Strick und kamen zu keinem anderen Ergebnis als der wütend herumtanzende Schmulnoff.

»Mit meinem Boot nach China!« schrie Schmulnoff und schwankte vor Erschütterung. »Mit dem grün-gelb gestrichenen Boot eines guten Kommunisten und Patrioten nach China! Mein Herz, Freunde, mein Herz zerbricht!« Er fiel in die Arme seiner Nachbarn, sie trugen ihn weg außer Sichtweite, setzten ihn hinter einen Karren und lachten. »Wie habe ich das gespielt?« fragte Schmulnoff stolz. »Oh, ich war immer ein helles Köpfchen!« Dann trank er eine Flasche Birkenwein und rülpste zufrieden.

Die Suche wurde eingestellt, ein Bericht nach Chabarowsk zum Generalkommando geschrieben. Eine ungeheuerliche Sache: Kapitän Kasankow desertierte nach China. Der schöne Kasankow. »Wir werden ihn für geisteskrank erklären«, sagte der General in Chabarowsk. Der Oberarzt und zwei andere Militärärzte standen ihm gegenüber und nickten im gleichen Rhythmus. »Das ist die einzige Entschuldigung, die Moskau annimmt. Ein Irrer! Ich erwarte von Ihnen eine genaue medizinische Diagnose.«

So wurde Kapitän Kasankow zum Idioten erklärt. Zu einem Schwermütigen, den man schon seit langem beobachtet hatte.

Die Akten wurden geschlossen.

Das alles erzählte Dunja am Telefon, und Pjetkin lauschte ihrer hellen Stimme mit der Verzückung aller Verliebten.

»Wann sehe ich dich wieder?« fragte sie. Ihre Stimme klang, als wenn sie sich dabei entkleidete. Über Pjetkins Rücken lief ein Schauer.

»So schnell ich kann, Dunjuschka. Jede Nacht ist ein Traum von dir.«

Am fünften Tag lag die Dussowa noch immer im Bett und kümmerte sich nur darum, daß Pjetkin sie pflegte wie ein krankes Kind. Massiert wollte sie nicht mehr werden, im Gegenteil, sie zog die Decke bis zum Hals, wenn Pjetkin ihr alles heranschleppte, was sie verlangte. Und das hatte seinen Grund.

Ihr Körper bedeckte sich immer mehr mit Bißwunden und Striemen, mit blauen Flecken und Kratzern, Nageleindrücken und Schrunden. Jede Nacht, wenn im Krankenhaus alles schlief, trottete Marko in einem Bademantel, der über den Boden schleifte, hinunter zum Zimmer der Dussowa, klinkte die unverschlossene Tür auf, schlüpfte herein, ließ den Bademantel von seinem Spinnenkörper fallen, reckte sich und sagte: »Mein Teufelchen, der liebe Marko ist da!«

Es waren Nächte, in denen das Bett ächzte wie Zedern im Herbststurm. Man sieht daraus, Genossen, wie gut sibirisches Holz ist.

Jeden Morgen, wenn Marko wieder davontrottete, stellte sich die Dussowa unter die Brause, wusch den Zwerg von sich ab, strich Salben über die neuen Wunden, spuckte ihr Spiegelbild an, nahm eine Peitsche und ließ sie auf sich niederklatschen.

»Du Hure!« fauchte sie sich an. »Du Stück Dreck! Ich kotze, wenn ich dich sehe!«

Ihr Körper zuckte unter den Schlägen, sie fiel auf die Knie, kroch durch das kleine Badezimmer, preßte das Gesicht an die Wand und weinte.

»Warum stirbst du nicht?« stammelte sie. »Bring dich doch um ... warum lebst du noch ...? Du feiges, geiles Luder ... mach ein Ende ... mach ein Ende ...«

Nach der Visite lag sie wieder in ihrem Bett. Wenn Pjetkin den Morgentee brachte, beobachtete sie ihn und vergewaltigte ihre Seele, indem sie sagte: Nicht Godunow war bei mir in der Nacht, sondern er ... Igor, mein strahlender Liebling, mein Traum, mein Herz, meine Sehnsucht, mein Himmel, mein Gott.

Aber Pjetkin verstand nicht ihre Blicke, das stumme Flehen. Er wollte es nicht sehen, in der dumpfen Ahnung, daß sein Untergang in den Armen der Dussowa lag. Ging er dann aus dem Zimmer, weinte sie lautlos, krank vor Liebe, randvoll mit Ekel vor sich selbst. Und schon wieder schellte sie. Eine große, blanke Glocke aus Messing schwang sie in der Hand, und irgend jemand war immer auf dem

Gang, der sie hörte und ehrfürchtig in das Zimmer der Dussowa blickte.

»Pjetkin soll mir ein Buch bringen!« schrie sie dann. Oder:

»Die Krankenberichte von heute!«

»Wo bleibt die Zeitung?«

»Ein Glas Wasser! Soll ich verdursten?«

Am fünften Tag brachte Marko den Tee und das Brot mit Streichkäse. Marianka schrie leise auf und bedeckte mit beiden Händen die Augen.

»Muß ich dich auch noch am Tag sehen?« schrie sie.

»Das Doktorchen operiert, mein Teufelchen.« Marko stellte das Frühstück auf den Tisch. »Ich darf nicht assistieren, weil meine Hände zittern. Zum erstenmal zittern sie, seit dreißig Jahren. Ich werde dich eines Nachts umbringen müssen, meine Liebe. Du zehrst mich aus.«

Er grinste sie grausam an, ließ seine faden Augenbrauen hüpfen, strich sich über die riesige Glatze und schlurfte hinaus. Marianka sprang aus dem Bett, rannte an das Becken und erbrach sich.

Solange die Dussowa im Bett blieb – und dreitausend Häftlinge beteten jede Nacht, daß es noch lange so bliebe –, war es Pjetkin unmöglich, nach Issakowa zu fahren und Dunja zu besuchen. Die Arbeit überwältigte ihn wie der Eissturm die Wälder: das vollbelegte Krankenhaus, die Kranken in den Baracken, die er jeden Vormittag besuchte, die Quarantänestation, wo der neue, kleine Arzt aus Chabarowsk unterging wie in einem wütenden Meer, die Operationen und schließlich sein aussichtsloser Kampf gegen den Schmutz und für die Hygiene. Er verlangte mehr Paraschas – das sind Abortkübel – und ließ eine große Zentrallatrine bauen. Er versuchte, die Macht der Blatnyje, der Verbrecher, im Lager zu brechen und die wichtigsten Stellen mit den Kontriks, den Politischen, zu besetzen. Seinen aussichtslosesten Kampf führte er gegen die »Ssuki«, die »Hündinnen«, wie man die Vertrauensmänner des KGB nennt. Spione innerhalb der Sträflinge, Spitzel, die Ohren der Polizei.

Pjetkin fand sie überall, wo es niedrige Posten zu besetzen gab: Aufseher des Innendienstes, Türschließer und Kalfaktor im Gefängnis, Schreiber in der Kommandantur, Brigadeführer bei den Arbeitskommandos im Wald. Mit einem Knüppel und sogar einem Hammer liefen die »Hündinnen« herum, gehaßt von allen, und trieben die anderen zur Arbeit an. Pjetkin warf drei von ihnen aus der Schreibstube und ersetzte sie durch Politische. Er wußte nicht, daß an diesem Tag im Zimmer 2 des Gefängnisses beschlossen wurde, ihn der Einfachheit halber umzubringen, ehe neues Unglück über die Kriminellen kam. Der Straßenräuber Andrej Wissarinowitsch Kulkow wurde bestimmt, Dr. Pjetkin bei nächster Gelegenheit mit einem Hanfseil zu erwürgen. Am sichersten gelang das, wenn Pjetkin von der Quarantänestation zurückkam. Er mußte dann durch einen unbewohnten Teil gehen, wo Holz lagerte und sich Abfall türmte.

»Vergraben wir ihn im Komposthaufen«, schlug der Sprecher der »Hündinnen« vor. Er erntete viel Beifall für diese Idee ... man nannte ihn nicht umsonst den »Hohlkopf«, der Spitzname aller Intellektuellen im Lager.

Am zehnten Tag – die Dussowa war aus dem Bett gekommen, gesund wie eh und je, nachdem sie mit einer fast unirdischen Willenskraft den in der Nacht wieder heranschleichenden Marko mit der Peitsche aus ihrem Zimmer gedroschen hatte, eine lautlose Schlacht, denn weder Godunow heulte unter den brutalen Schlägen, noch brüllte die Dussowa, nur das Klatschen des Riemens zerriß die nächtliche Stille – rief man Pjetkin wieder ans Telefon der Verwaltung. In der Leitung war das Parteihaus von Issakowa. Dunjas Stimme klang fern und bedrückt.

»Ein Brief ist gekommen, Igoruschka«, sagte sie. »Man weist mir eine Stelle als Ärztin zu. Im Krankenhaus von Irkutsk. Ich muß sie annehmen, ich kann mich nicht weigern. Das sowjetische Volk hat mein Studium bezahlt. Ich muß gehorchen.«

»Und wann ... wann mußt du in Irkutsk sein?«

»In drei Wochen.«

»Wollen wir heiraten?« fragte er ohne Zögern.

»Oh, ich liebe dich, Igoruschka. Aber es ändert nichts. Ich muß nach Irkutsk.«

»Ich werde einen Antrag auf Versetzung stellen, und wir ziehen beide in die Stadt. Was sagt Väterchen?«

»Er rennt herum und verflucht die Beamten. In Charbarowsk hat er schon angerufen und den Distriktsekretär der Partei so beleidigt, daß dieser ihm Schläge angedroht hat bei der nächsten Kontrolle. Man kann nicht mehr mit ihm reden.« Pjetkin hörte, wie sie sich die Nase putzte. Sie weint, dachte er und spürte einen stechenden Schmerz in der Brust.

»Ich fahre morgen nach Blagowjeschtschensk«, rief er ins Telefon. »Weine nicht, Dunja. In einer Woche werden wir heiraten. Ich bespreche alles mit den Beamten. Sei ruhig, sei ganz ruhig, mein Vögelchen ... drei Wochen sind eine lange Zeit.«

Nach diesem Gespräch rannte er zurück zur Krankenbaracke und zog seinen weißen Kittel aus. Die Dussowa, die herumlungerte und ihm ins Zimmer folgte, sah ihn erstaunt an.

»Was ist los, Wölfchen?«

»Ich fahre in die Stadt«, sagte Pjetkin. »Eine dringende Angelegenheit. Darf ich Sie bitten, die Nachmittagsvisite zu übernehmen?«

Sie zog die dunklen Augenbrauen hoch und legte die Hände zwischen ihre gespreizten Schenkel. Sie trug eine enge Hose und hohe weiche Stiefel, die zwei Innendienstler mit Spucke geputzt hatten. Eine dunkelrote Seidenbluse mit großen goldenen Knöpfen umspannte die Brust. Erregend sah sie aus, gefährlich schön. »Wieder eine massive Beschwerde, Igor Antonowitsch? Sie werden alle Beamten zu einem feindlichen Heer gegen sich vereinigen.«

»Dieses Mal nicht, Marianka.« Pjetkin zog sich um. Er streifte ein hellblaues Hemd über, schlüpfte in seinen Sonntagsanzug, den Vater Pjetkin in Kischinew nach langen Verhandlungen mit dem Kaufhausdirektor ergattert hatte. Er knotete die Bänder seiner Halbschuhe und sah jetzt aus wie ein reiches Herrchen aus der Stadt. Marianka betrachtete ihn mit Mißtrauen.

»Du triffst dich mit dem blonden Hürchen?« fragte sie gepreßt.

»Nein, Genossin. Ich fahre zum Heiratspalast, um meine Hochzeit anzumelden.«

Wenn man einem Menschen mit einer Nadel in den Hintern sticht, dann zuckt er hoch und flucht. Das ist sein gutes Recht. Wer aber einer Frau mit beiden Füßen ins Herz tritt, der darf erwarten, daß zumindest der Vorhof der Hölle Feuer spuckt. Wie auf einem Flammenstrahl fuhr die Dussowa vom Stuhl und stürzte an die Tür. Sie baute sich an ihr auf und hieb mit den Fäusten gegen den Rahmen.

»Du bleibst!« sagte sie schwer atmend. »Bei Gott, du bleibst, Igor. Ich lasse dich nicht heraus! Heiraten willst du sie? Das blasse Täubchen mit dem blöden Blick? Du kannst sie lieben, du hast es ja schon getan – wer sollte dich daran hindern, nicht wahr? Du kannst sie in dein Bett nehmen, sooft du willst, ich will euch das Tuch glattziehen und die Kissen schütteln, und wenn du Durst hast, ich bringe dir Wasser . . . aber heiraten? Nie! Vergiß nicht, wo du bist, Wölfchen, und wer ich bin! Vergiß das nicht!«

»Warum kämpfen Sie gegen Blitze, Marianka?« Pjetkin packte sie an den Schultern und schob sie von der Tür. Sie trat nach seinen Schienbeinen und hieb mit den Fäusten nach seinem Kopf. Er wehrte sie ab, stieß sie zurück und verließ sein Zimmer.

Mit einem Jeep der Kommandantur fuhr er nach Blagowjeschtschensk. Es war ein Wagen der amerikanischen Kriegshilfe, ein uralter, klappriger Karren, aber er brachte Pjetkin tatsächlich in die Stadt, ohne unterwegs zusammenzubrechen.

Im Lager aber herrschte das Grauen.

Die Dussowa machte, wie gewünscht, die Nachmittagsvisite.

Sie räumte alle Krankenzimmer. Sie warf die Männer aus ihren Betten. Mit der Peitsche rannte sie von Zimmer zu Zimmer, riß die Decken von den Körpern, schlug einmal quer über die Leiber und schrie: »Arbeitsfähig! Hinaus!« In kurzen Hemden, nackt, so, wie sie gerade waren, schwankten die Kranken hinaus und standen an der Wand der Steinbaracke in der roten Sonne. Selbst die Frischoperierten ließ die Dussowa hinausbringen, stellte die Tragen in den Sand und kämmte dann die Baracken durch, wo die Ambulanten auf den Holzpritschen hockten.

»Sammeln auf dem Appellplatz! Alle dorthin! Hurensöhne ihr alle!«

Nach ihrem Rundlauf durch das Lager kehrte sie zum Krankenhaus zurück und stampfte mit knarrenden Stiefeln durch die leeren Zimmer. Und dann lachte sie, ließ die Peitsche auf die leeren Betten klatschen, zerschlug die Glühbirnen in den einfachen Schirmlampen, und lachte, lachte mit einem so metallischen Ton, daß Russlan seine Abneigung gegen Marko überwand, zu ihm rannte und sich zitternd neben ihn setzte.

VIERZEHNTES KAPITEL

Ein Heiratspalast ist etwas Schönes, Freunde. Da hat man ein großes, festliches Haus gebaut, mit einem prunkvollen Saal und vielen Nebenzimmern, ein großer Schreibtisch steht auf dem funkelnden Marmorboden, wertvolle Lampen glitzern an den Decken, an den Wänden hängen Lenin und Marx und an einem dritten Nagel der Genosse, der gegenwärtig im Kreml den Kurs des Volkes bestimmt, mal war es Stalin, dann Malenkow, dann Chruschtschow, es ändert sich immer und der Nagel ist schon ganz blank gewetzt vom vielen Bilderschieben, Kübel mit Lorbeerbäumen stehen neben dem Schreibtisch, und der Beamte, der an der Reihe ist, junge Paare zu trauen, hat seine Rede vorzuglich eingeübt und beherrscht sie im Schlaf.

So ein Heiratspalast ist eine wunderbare Einrichtung, dem Volke aus der Seele geschaffen. Feierlich, mit Musik sogar. Man kann sie sich wünschen. Schwanensee. Oder Eugen Onegin. Wie auf Wolken schwebt man durch den Saal vor den Schreibtisch, wo Fjodor Iwanowitsch, der Beamte, feierlich sagt: ›Ich verbinde euch zu Mann und Frau. Die Familie ist eines der Fundamente des großen sowjetischen Volkes. Schon Lenin sagte ...‹

Pjetkin ließ sich bei dem Leiter des Heiratspalastes melden, einem Genossen Sulukow. Der war sehr erstaunt, daß ein Arzt ihn sprechen wollte, denn er fühlte sich nicht krank. Als man ihm sagte, es sei sogar ein Arzt vom Straflager Sergejewka, wurde er unruhig und begann leicht zu schwitzen. Er empfing Pjetkin besonders höflich, trug ein Gläschen georgischen Kognaks auf und beruhigte sich schnell, als er erfuhr, daß der Arzt nur heiraten wollte.

»Sie tun recht, zu mir zu kommen und nicht zu einem meiner untergeordneten Beamten«, sagte Sulukow geschäftig und schlug ein Notizbuch auf. »Sie sind als Lagerarzt Staatsbeamter. Und dazu noch im Rechtsstatus eines Offiziers. Wenn sie heiraten wollen, genügt also nicht eine einfache Willenserklärung, sondern das Einverständnis Ihrer vorgesetzten Behörde. Eine Formsache, weiter nichts. Währen Sie Eisendreher, wäre das einfacher. Aber ein Arzt im Offiziersrang ... ich bitte Sie!

»Im Bolschewismus sind alle Menschen gleich«, sagte Pjetkin leichthin.

Sulukow sah ihn verblüfft an, schluckte und senkte die Augen. So einer ist er, dachte er enttäuscht. Man muß ihn anfassen mit Handschuhen und jedem seiner klugen Sätze Beifall klatschen. Das ist die sicherste Methode, ihn schnell abzuwimmeln. Er setzte sich zurecht und lächelte Pjetkin familiär an.

»Sie haben Ihren Paß bei sich, Genosse?«

»Bitte.« Pjetkin legte ihn auf den Tisch, Sulukow studierte ihn und stutzte verhalten.

Geburtsort Königsberg? Liegt das nicht in Deutschland? Früher, Brüderchen, vor dem großen Sieg der Roten Armeen? Heute heißt es Kaliningrad und ist das ersehnte Tor Rußlands in die Ostsee. Ein eisfreier Hafen. Schon Peter der Große träumte von ihm.

»Und die Braut, die Glückliche?« fragte Sulukow und klappte den Paß zu.

»Dunja Dimitrowna Sadowjewa. Ärztin.«

»Welch eine vorzügliche Wahl!« rief Sulukow.

»Tochter des Dorfsowjets Dimitri Feraponotowitsch Sadowjew in Issakowa. Wir möchten so schnell wie möglich heiraten, Genosse. Eine Versetzung nach Irkutsk treibt zur Eile. Können Sie den Vorgang beschleunigen?«

»Wie der Wind ins Kornfeld werde ich blasen, verlassen Sie sich auf mich, Genosse.« Sulukow steckte den Paß in die Schreibtischschublade. Das war ungewöhnlich, aber Pjetkin dachte, es müßte so sein.

»Ich rufe Sie im Lager an. Morgen schon, oder übermorgen. Bestellen Sie der Genossin Dunja, sie soll schon ihren Schleier säumen. Und wenn Sie ein Kinderbettchen brauchen – der Tischler Malinowskij in der Pratoskaja ist bekannt für seine Möbel, haha . . .« Sulukow war in bester Laune, begleitete Pjetkin zur Tür, wartete, bis er die Treppe hinuntergegangen war und sich durch die Eingangshalle entfernte. Dann rief er bei der Medizinverwaltung in Chabarowsk an und las vor, was er notiert hatte: »Der Genosse Pjetkin, geboren in Königsberg – wie ist das zu erklären? – beabsichtigt, die sowjetische Ärztin Dunja Sadowjewa zu heiraten. So schnell wie möglich. Was haltet ihr davon, Genossen?«

»Das ist unmöglich!« sagte eine Stimme im fernen Chabarowsk. »Völlig ausgeschlossen. Wir werden das regeln.«

»Die Braut ist eine achtbare Person«, sagte Sulukow hellhörig. »Ärztin wie Dr. Pjetkin. Welcher Hinderungsgrund liegt eigentlich vor?«

»Ein ganz einfacher. Sie haben es schon mit Zögern im Paß gelesen, Genosse.« Die Stimme in Chabarowsk, sie gehörte dem Chef der Medizinverwaltung, einem Oberstarzt Abranskij, wurde unpersönlicher, kälter. »Pjetkin ist ein Deutscher . . .«

Sulukow holte tief Atem, es röchelte in seiner Brust vor Erregung. »Aber Pjetkin ist doch Russe! Lagerarzt! Wie ist das nur zu begreifen?«

»Das sind Fragen, die in Moskau beantwortet werden. Wenden Sie sich dorthin, wenn Sie neugierig sind, Genosse«, sagte die kalte Stimme in Chabarowsk. Sulukow verdrehte die Augen und schüttelte den Kopf. Die Neugier hat schon merklich nachgelassen, Genosse, dachte er. Wer wird schon in Moskau nachfragen? In drei Jahren werde ich pensioniert; ein Idiot wäre ich, mich weiter um ferne Probleme zu kümmern.

»Was soll ich also Pjetkin sagen?« fragte er. »Ich muß ihn anrufen.«

»Nichts. Schweigen Sie. Den Paß holen wir morgen ab. Noch Fragen, Genosse?«

»Keine.« Sulukow knickte in der Magengegend ein. Die Kälte der Stimme war greifbar . . . Er nickte schwach und ließ den Hörer auf die Gabel fallen.

Pjetkin kehrte ins Lager Sergejewka zurück, glücklich und ahnungslos. Er hatte vom Bahnhof aus sofort Dunja angerufen und ihr geschildert, welch höflicher und hilfreicher Mensch der Leiter des Heiratspalastes sei und daß man sicherlich schon nächste Woche heiraten könne.

Bis zur Abfahrt des Zuges war Pjetkin durch Blagowjeschtschensk gerannt, vom Kaufhaus bis zu dem Spezialgeschäft für Brautausstattungen, das ihm der Schreiber des Hochzeitspalastes empfahl, denn wo soll ein Mann einen Schleier kaufen, und so holte er sich Rat bei denen, die täglich damit zu tun hatten. Es war erstaunlich, wie viele Menschen heiraten, denn Pjetkin mußte sich vor dem Spezialgeschäft anstellen, war der neunzehnte in der Reihe und stand dann ratlos vor der jungen Verkäuferin, die ihm drei Muster vorlegte.

»Meistens suchen die Bräute selbst ihren Schleier aus«, sagte die Verkäuferin, als Pjetkin unschlüssig die Stoffe miteinander verglich. Er wurde rot, blieb mit dem Nagel in einem der Gewebe hängen und entschuldigte sich.

»Welchen Schleier würden Sie nehmen, Genossin?« fragte er.

»Ist Ihre Braut blond oder dunkelhaarig?«

»Spielt das eine Rolle beim Schleier?«

»Es gibt zarte Typen und massive, helle und dunkle. Nicht alle können alles tragen. Es muß zueinander passen. Wie ist sie nun?«

»Blond und zart.«

»Dann nehmen Sie den.« Die Verkäuferin warf einen Schleier über ihre Hände und Arme. Wie gesponnener Schnee rieselte er herunter. Weiße Rosenblüten, die im Winde schaukeln. »Er ist unser bester. Zehn Rubel das Meter. Soll es ein langer Schleier werden?«

»Ganz lang, Genossin.«

»Es sieht auch am schönsten aus. Aber wir können Ihnen nur einen Meter geben, Genosse.«

Mit seinem kleinen Paket unterm Arm kam Pjetkin ins Lager zurück. Den alten amerikanischen Kriegshilfe-Jeep hatte er in einer Werkstatt abgegeben. Bis zum Heiratspalast war er noch gekommen, beim Starten zur Rückfahrt brach irgend etwas in seinem Inneren auseinander, es dampfte aus dem Kühler, roch nach heißem Eisen und klapperte abscheulich unter der Haube.

Bereits draußen bei den Wachbaracken und der Kommandantur überfiel Pjetkin ein unruhiges Gefühl. Der stellvertretende Kommandeur, ein Kapitän, der an der Hauswand saß und sich mit nacktem Oberkörper sonnte, fettglänzend und wohlgenährt, sprang sofort auf, als er Pjetkin sah, und eilte auf ihn zu. »Endlich, Doktor!« rief er schon von weitem. »Keiner wagt sich mehr durchs Tor. So schlimm war's noch nie. Wissen Sie, was eine rasende Megäre ist? Denken Sie nicht an die griechischen Sagen ... gehen Sie ins Lager und erleben Sie, wozu ein Weib, ein verdammtes Teufelsweib, fähig ist!«

Auf dem Appellplatz standen in Dreierreihen alle Kranken. Nicht nur die Ambulanten aus den Baracken, auch die schweren Fälle aus dem Krankenhaus. Vor ihnen lagen auf Strohhaufen die Bettlägerigen, die Operierten, die Sterbenden und Hoffnungslosen, die Glücklichen, die ein Bett mit dem Einsatz ihres Lebens erobert hatten, die Seligen, die warm und weich diese Erde verlassen durften. Sie alle standen oder lagen in der prallen Sonne, die jetzt röter und dicker in den Strahlen wurde, fettgefressen an einem glutenden Tag.

Um nicht umzufallen, hatten sich die Kranken untergefaßt, als wollten sie Ringelreihen tanzen. So bildeten sie eine in sich verkrallte Mauer, die leicht schwankte wie Gras im aufkommenden Wind. Aber sie stürzte nicht um. Vier Obmänner, Kriminelle aus dem Gefängnistrakt, umkreisten die Elenden und warteten nur darauf, daß jemand aus der Reihe brach. Sie hielten dafür dicke Knüppel bereit.

Pjetkin trieb es Tränen in die Augen, als er langsam seine Kranken abschritt, eine schreckliche Parade, das elendeste Spalier dieser Welt. Domskaneff war gestorben, er hatte Gallensteine gehabt und hoffte, nach der Operation zu seiner Frau und seinen fünf Kindern entlassen zu werden. Man hatte ihm zehn Jahre Zwangsarbeit und Deportation verpaßt, weil er mit einem Leserbrief in seiner Zeitung angefragt hatte, ob es nicht möglich sei, daß sowjetische Strumpfwirker einen Lehrgang im Westen mitmachen könnten. Vielleicht gäbe es dann Socken, wo der linke Strumpf die gleiche Größe habe wie der rechte. Das hatte man ihm übelgenommen. Nun lag er auf einem Flecken ausgebreiteten Strohs im Sand, und die Abendsonne leuchtete rot in seine gebrochenen Augen.

»Meine Kinder ...«, sagte Pjetkin. Wut und Ergriffenheit schnürten ihm die Kehle zu. »Ich verspreche euch, daß ihr wie Menschen behandelt werdet.«

Die Arbeitsbrigaden der Holzfäller, Sägewerkarbeiter und Straßenbauer waren noch nicht ins Lager eingerückt – bis auf den Innendienst waren die Baracken leer. Pjetkin sammelte die Abkommandierten, zeigte auf Baracke Nr. 4, die am nächsten stand, und befahl:

»Umräumen! Alles raus! Zehn Freiwillige zum Schrubben! Man muß von der Erde essen können, Brüder!«

Die Innendienstler standen wie ein Block vor Pjetkin und rührten sich nicht. Sie begriffen nicht, was hier vorging, und sie besaßen nicht mehr so viel Phantasie, um seine Gedanken zu erraten. Sie wußten nur eins, und das ließ sie mit dem Boden unter sich verwachsen: Hier geschieht Ungeheures. Auf unseren Rücken. Die Kosten werden wir bezahlen, mit Schmerzen und Erniedrigungen. Die immer aktuelle Frage in allen Lagern: Wer ist hier der Stärkere? war noch nicht gelöst. Die Macht der Dussowa war ungebrochen, das hatte man gesehen. Im Abendrot standen zweiundneunzig Kranke, lagen siebenundzwanzig Operierte, Aufgegebene, Sterbende, Hoffende, Gutgläubige, Stumpfsinnige, heimlich Betende. Sie lagen und standen dort in der Lagermitte seit neun Stunden. Wißt ihr, was neun Stunden Sonnenglut sind? Neun Stunden im Staub? Wer sich rührt, wer um Wasser bettelt, wer es in seiner Verzweiflung wagt, auszubrechen aus dieser schrecklichen untergehakten Mauer, den greifen sich die Obmänner, diese Hunde, und schlagen ihn mit Knüppeln zusammen. Weißt du, daß neun Stunden deinem Körper und deiner Seele neun Jahre kosten?

»Ihr habt Angst«, sagte Pjetkin, als sich keiner rührte. »In euren Augen liegt sie, ihr könnt keinen Vorhang darüberziehen. Habt ihr kein Vertrauen zu mir?«

»Was nützt es, Genosse?« Ein alter Mann schob sich aus der Reihe vor. Er war kurzsichtig, blinzelte mit zusammengekniffenen Augen und sprach das gepflegte Russisch der Leningrader. »Sie bleiben vielleicht ein Jahr, wir aber zehn oder zwanzig, auf jeden Fall so lange, bis wir verrecken.«

»Wenn ihr Angst habt, verliert ihr auch eure Ehre«, sagte Pjetkin eindringlich. Er verstand die Männer, denn man hatte sie ja deportiert und in das Lager gepfercht, weil sie einmal, irgendwo in einem anderen Leben, Widerstand geleistet hatten. Bei der Festsetzung der Milchablieferungsnorm, bei intellektueller Kritik an irgendwelchen Maximen, vielleicht hatte man auch nur ein Gedicht geschrieben.

»Unsere Ehre haben wir in der Entlausung abgegeben«, sagte der alte Mann bitter. »Und im übrigen ... wo sollen wir die Sachen aus Nr. 4 denn hintragen? Alle Hotelzimmer sind belegt.«

»Wir verteilen Sie auf das Magazin, die Küchenbaracke und die Bäckerei. Ist es nötig, daß die Köche und Bäcker jeder ein Einzelzimmer bewohnen? Zimmer, in die man zehn Menschen stecken kann? Und das Magazin ... eine ganze Halle steht da leer, nur ein paar Kisten liegen herum!« Pjetkin redete sich in eine furchtbare Begeisterung. Sein Kopf glühte. Was er sagte, war normalerweise zwanzig Jahre Deportation wert, war eine zersetzende Kritik an staatlichen

Einrichtungen, war Auflehnung gegen eine Ordnung, die durch ein Heer von Beamten geschützt wurde. »Ihr seid hier in diesem Lager, um umerzogen zu werden. Recht sollt ihr lernen, gesundes Volksempfinden, Selbstreinigung!« Pjetkin war wie von Sinnen.

Er rannte als erster in die Baracke Nr. 4, ergriff ein Bündel Kleider, preßte es an die Brust und lief hinüber zur Bäckerei. Es war, als bräche ein Damm. Mit wildem Geschrei stürmten die Sträflinge die Baracke, rissen die Sachen der Arbeitskommandos an sich und stürmten das Magazin, die Küche und die Bäckerei. Andere trugen die Schwerkranken zurück ins Lazarett und legten sie wieder in ihre alten Betten.

Von den Wachtürmen schrillten die Alarmglocken. Die beiden Tore wurden besetzt, die Patronengurte durch die Maschinengewehre gezogen.

Aufstand im Lager. Die Kerle gebärdeten sich wie Verrückte. Die Natschalniks flüchteten zum Tor, die Obmänner drückten sich flach an die Wände und verhielten sich still, die »Hündinnen« hielten die Augen offen, merkten sich Namen und was diese Namen taten. Sie waren die lebenden Protokolle, Strafakten auf zwei Beinen.

Marianka Jefimowna stand am Fenster ihres Zimmers und betrachtete mit starrem Gesicht Pjetkins wahnwitziges Werk. Noch hätte sie eingreifen können, zum erstenmal mit Vernunft, aber sie rührte sich nicht aus dem Zimmer. Igor Antonowitsch hatte das Heiratsaufgebot bestellt ... das war ein Graben, den sie nicht mehr überspringen konnte. Und wenn die Welt untergeht, dachte sie jetzt, ich rühre keinen Finger. Es war ihr klar, daß man auch sie zur Verantwortung ziehen würde, sie war die Leiterin des Krankenhauses und Pjetkin nur ihr Stellvertreter, aber das schreckte sie nicht. Sie war an der Grenze ihrer Lebensfähigkeit angelangt ... sie gab sich auf und wollte ihre Umwelt mitreißen.

Marko, der Zwerg, hatte mehr zu tun, als er leisten konnte. Er verteilte die Bettlägerigen nicht nur wieder auf ihre Zimmer, er trieb auch Russlan und einen anderen Kriminellen, einen Kinderschänder, den Krankenpfleger Nummer 2, mit einer kleinen Peitsche vor sich her. Zuerst versuchten sie Gegenwehr, aber wer Marko kannte, ließ diese Sinnlosigkeit schnell fallen.

Die Umräumung dauerte keine Stunde. Baracke Nr. 4 wurde das neue Durchgangslazarett. Ein großes, schnell auf Pappe gemaltes Schild hing bereits über der Tür: *Krankenstation II.* In der Halle des Magazins baute der Innendienst neue Pritschen auf. Die Zimmer der

Bäcker und Köche wurden umfunktioniert. Jetzt wohnten sechs Köche in einem Raum und hatten noch immer Platz genug.

Währenddessen hatte der Kommandant eine außerordentliche Sitzung einberufen. Der zivile Lagerleiter, die Köche und Bäcker, der Magazinverwalter, der Werkstattleiter und der Vorsteher des Zentralbüros drängten sich in dem kleinen Büro und brüllten auf wie ein klassischer Chor, wenn von draußen neue Meldungen durchs Fenster geschrien wurden.

»Sie räumen die Bäckerei um. In der Küchenbaracke liegen bereits zwanzig Kranke. Irrtum ... es sind zwanzig Betten für die Kerle aus der Baracke vier. Im Magazin bauen sie neue Pritschenreihen.«

»Das ist Revolution!« brüllte der Küchenchef. »Ein Aufstand! Genosse Major, wozu haben Sie Maschinengewehre? Dieser Pjetkin zerstört die ganze Ordnung!«

»Ich kann gar nichts tun ohne einen Befehl aus Chabarowsk. Solange es keine Toten gibt, sollen sie sich austoben. Wenn sie müde sind, kassieren wir sie ein.« Der Major war ein kluger Mann. Er setzte das Militär nicht ein. Schon ein blinkendes Bajonett konnte der Funken in einem Pulverfaß sein. Es war nicht nötig, das Lager Sergejewka in eine Hölle zu verwandeln. Dagegen entschloß er sich, mit Dr. Pjetkin selbst zu sprechen.

Allein, ohne Waffen – man weiß, wie empfindlich die Verbannten sind –, ging der Kommandant durch das Lager, ignorierte die bösen Zurufe und suchte Pjetkin. Er fand ihn in der Baracke Nr. 4. Pjetkin saß an einem Bett und gab einem Kranken eine Spritze.

»War das nötig, Doktor?« fragte der Major vorsichtig. Pjetkin legte die leere Spritze auf ein Tablett, das mit einem Mulltuch abgedeckt war. Peinliche Sauberkeit in einer Kloake.

»War das, was die Genossin Dussowa tat, notwendig?« fragte er zurück.

»Wir konnten sie nicht daran hindern.«

»Sehen Sie, und mich kann auch niemand hindern.«

»Sollte das nicht ein Irrtum sein, Genosse Pjetkin?« Der Major setzte sich auf die gegenüberliegende Seite des Bettes. »Die Genossin Dussowa tut ihre Pflicht ... Sie stiften nur Unruhe im Lager.«

»Ich brauche Krankenbetten. Bekomme ich sie nicht, nehme ich sie mir«, sagte Pjetkin hart. »Seit vier Wochen laufen meine Anträge.«

»Vier Wochen! Ist das eine Zeit? Sie können ungeduldig werden, ach was, ungeduldig, Sie können einmal höflich nachfragen nach vier Jahren. In welcher Welt leben Sie eigentlich?«

»In der Welt eines freien Arbeiter- und Bauernstaates. In der Welt des Menschenrechts.«

»Und diese Ordnung zerstören Sie.«

»Wo war hier Ordnung? Nennen Sie es Ordnung, wenn die Kranken neun Stunden in der Sonne liegen oder stehen? Neun Stunden Parade stehen vor einem hysterischen Weib?«

»Vielleicht war es eine Spezialtherapie von Dr. Dussowa?« Der Major legte die Hände auf den Rücken. Seine Haltung versteifte sich ... er war gekommen, um zu befehlen, nicht um zu diskutieren. In einem Straflager diskutiert man nicht, das hat man vorher getan, und deshalb kam man ins Lager. »In einer halben Stunde rücken die Außenkommandos ein. Es wird ein Chaos geben! Stellen Sie die früheren Zustände wieder her, Genosse Pjetkin.«

»Nein!« Eine klare Antwort, gegen die es keine weiteren Fragen gab.

»Sie wissen, daß ich Sie in Chabarowsk melden muß?«

»Tun Sie Ihre Pflicht, Genosse Major. Ich werde meinerseits einen Bericht nach Moskau schicken.«

Der Major war nicht beeindruckt. So erdrückend eine Drohung mit Moskau ist, in diesem Falle stand das Recht auf seiner Seite.

Bis tief in die Nacht suchten die Sträflinge ihre neuen Schlafstellen, ihre Kleider, Eßgeschirre, selbstgebastelten Schachbretter, Spielkarten aus Zuckersackpapier und die kleinen, nichtigen Dinge, die in dieser Welt der menschlichen Auflösung so wertvoll wurden. Viele schlichen in die Baracke Nummer 4 zurück, lösten Dielenbretter, schraubten an den Pritschen herum und holten aus den Verstecken ihre Wertsachen: Tabak, ein scharfes Messer, eine Feile, einen Sack mit Mais, eine Dose ausgelassenes Fett, das Foto einer nackten Frau, eine zerlesene Bibel. Die Diamanten der Deportierten.

Aber das befürchtete Chaos blieb aus. Nur schadenfreudiges Lachen tönte durch das Lager, als die Funktionäre, die Bäcker, Köche und Schreiber, zu sechsen oder zehn in einem Zimmer hockten, bleich vor Wut, und Pjetkin in die Hölle wünschten.

Erst als im Lager wieder Ruhe herrschte, als die Scheinwerfer ihr bleiches Licht über die Baracken und Lagerstraßen gossen, aus den Wäldern das Heulen wilder Hunde wehte und der gnädige Schlaf selbst ein Menschenwrack verschönte, kümmerte sich Pjetkin um die Dussowa.

Marianka Jefimowna saß an ihrem Tisch und legte Patience. Sie blickte kurz auf, als Pjetkin eintrat, und legte neue Karten an.

»Welch ein strahlender Sieger!« sagte sie dunkel, als Pjetkin schwieg. »Übermorgen spätestens holt man Sie ab.«

»Das glaube ich nicht.«

»Seien Sie kein Narr, Igor Antonowitsch! Was bilden Sie sich eigentlich ein? Sind Sie ein Stück Gottes? Weil Sie begnadete Hände haben? Man wird auf diese Hände scheißen. Man wird diese Hände im Bergwerk zerfetzen. Sie werden mit diesen Händen Bäume fällen und zu den Wagen schleifen. Mit diesen Händen werden Sie die Erde aufkratzen, um Schienen zu legen! Glauben Sie, Sie seien etwas Besonderes? Was wissen Sie vom Leben, Igorenka? Sie haben ja noch gar nicht gelebt. Sie fangen doch erst an. Ein Säugling auf dieser schrecklichen Welt sind Sie. Aber auch Sie werden noch lernen und begreifen: Überleben kann nur der, der ein Meister ist im Halsumdrehen.«

»Was sind Sie bloß für eine Frau ...«, sagte Pjetkin leise. Seine Betroffenheit war ehrlich. »Treten Sie ans Fenster, Marianka Jefimowna ... sehen Sie hinaus ...«

Sie stand auf, ging zum Fenster, schob die Gardine zurück und blickte über den Lagerplatz. Er war leer bis auf den toten Domskaneff. Er lag noch immer auf seiner Strohschütte, lang ausgestreckt, einsam vom Mond beschienen und von den gleitenden Strahlfingern des Scheinwerfers von Turm 2. Er lag mit dem Blick auf das Lenin-Denkmal, unberührt, so wie er dort auf der staubigen Erde Sibiriens gestorben war. Pjetkin hatte es so befohlen, und die Verbannten hatten ihn verstanden. An den Märtyrern wächst der Glaube.

»Da liegt Domskaneff«, sagte die Dussowa ruhig.

»Und das rührt Sie nicht, Marianka Jefimowna?«

»Ich bin mit Toten aufgewachsen.« Sie ließ die Gardine fallen, ging zum Tisch zurück und legte weiter ihre Patience. »Sie wissen eins nicht, Igorenka ... ich bin ein Deportiertenkind! Mein Vater war ein Blatnyje, ein notorischer Dieb ... seine Kameraden im Lager haben ihn erschlagen, weil er ein Stück Brot stahl. Es lag unter dem Strohsack seines Nebenmannes. Von da an sorgte der Staat für mich. Und jetzt verschwinden Sie, Sie unheilbarer Phantast! Wenn Ihre Mutter eine gute Frau war, hat sie Ihnen das Beten beigebracht. Beten Sie ... spätestens übermorgen sind die Henker aus Chabarowsk hier.«

Pjetkin preßte die Lippen zusammen und ging. Er spürte keine Angst, nur Leere war in ihm, und er dachte an Dunja.

FÜNFZEHNTES KAPITEL

Die Kommission aus Chabarowsk ließ nicht lange auf sich warten. Sie beschäftigte sich allerdings nicht mit den Ereignissen im Lager Sergejewka, sondern vielmehr mit der Person Igor Antonowitsch Pjetkins selbst. Was Pjetkin im Lager angestellt hatte, wurde zu den Akten genommen, mit Rotstift kommentiert und zur Seite gelegt. Viel wichtiger erschien der Bezirksstelle des KGB der Wunsch nach einer Heirat mit der Ärztin Dunja Dimitrowna.

Ein Beamter des KGB fuhr nach Issakowa und hatte das unverschämte Glück, Dimitri Ferapontowitsch Sadowjew im Parteihaus anzutreffen. Sadowjew stellte Listen für die Ausgabe der Wintersaat zusammen, entdeckte, wie jedes Jahr, daß die Vorräte in den Silos nicht reichten und die lieben Genossen das Saatgut zum Teil heimlich aufgefressen hatten, statt es zu lagern. Sie hatten ihre kleinen, aber fleischreichen Schweine damit gemästet.

»Sieh an, sieh an, wer kommt denn da?« sagte Sadowjew wütend, als der Mann vom KGB ohne anzuklopfen einfach in das Zimmer trat. »Ein Mensch, dem man die gute Erziehung in den Hintern gestopft hat statt ins Hirn. Kehrt marsch, Brüderchen, raus und angeklopft! Hier ist ein Parteihaus, kein Puff!«

Der Mann aus Chabarowsk setzte sich, warf seine Mütze auf den Tisch, genau auf die Berechnungen des Saatgutes, und streckte die Beine aus. Sadowjew überlegte, ob man ihn ohrfeigen oder anspucken sollte. Es war ein Fremder, und gerade gegen Fremde empfand Sadowjew eine große Abneigung.

»Genosse –«, sagte Sadowjew mit gesenkter Stimme, »wir sind hier zwar am äußersten Ende von Rußland, aber wir sind deshalb keine Idioten. Außerdem bin ich der Dorfsowjet, und wenn ich Ihnen aufs Haupt schlage, ist das amtlich. Von Moskau sanktioniert. Was wollen Sie?«

»Mit Ihnen sprechen, Dimitri Ferapontowitsch.«

»Er kennt mich!« Sadowjew wurde unsicher. »Woher die Ehre?«

Der Mann aus Chabarowsk schob einen kleinen Ausweis über den Tisch, Sadowjew warf einen Blick darauf und kroch in sich zusammen. KGB. Der Himmel bleibe hell!

»Sie haben ein Anliegen, Genosse Oberleutnant?« fragte Sadowjew mit plötzlich schwerer Zunge. »Hängt es mit dem Verschwinden des Kapitäns Kasankow zusammen? Ein tragischer Fall. Rudert über den Amur zu den Chinesen! Was ein krankes Gehirn alles ersinnen kann ...«

»Es geht um Dr. Pjetkin«, sagte der Mann aus Chabarowsk. Er hieß Plumow, aber man darf den Namen ruhig vergessen. »Sie kennen ihn?«

»Wie werde ich meinen Schwiegersohn nicht kennen?« Sadowjew spürte Unangenehmes. Hab' ich es nicht gesagt, dachte er im stillen. Es gibt Schwierigkeiten. Ein Lagerarzt! Vielleicht ist er selbst ein Deportierter und hat's bisher verschwiegen. »Was ist mit Igor Antonowitsch?«

»Er hat einen Heiratsantrag gestellt.«

»So ist es. Dunjenka näht schon am Brautkleid, und Annenka, das ist mein Weib, läuft herum wie ein verirrtes Huhn. Sie kennen das ja, Genosse Oberleutnant ... die Weiber verlieren den Verstand, wenn es gilt, einen Mann für immer einzufangen. Haha!« Es sollte lustig klingen, aber das Lachen stak Sadowjew im Hals wie eine Gräte. Außerdem schien der Mensch aus Chabarowsk keinen Humor zu haben.

»Wir haben ein Interesse daran, daß diese Ehe nicht zustande kommt«, sagte Plumow mit der Gleichgültigkeit eines Pferdekäufers, der den Preis drücken will.

»Aber sie lieben sich«, rief Sadowjew, baß erstaunt. »Was soll man machen? Als Vater ist man da machtlos, und auch die Behörde wird zwei Herzen nicht um hundertachtzig Grad drehen können.«

»Sie kann es«, sagte Plumow orakelhaft. »Sie kann alles, die Behörde. Liebe ist eine emotionale Angelegenheit. Staatsinteresse ist etwas Reales. Was, Genosse, ist stärker?«

»Das ist ein schweres Rätsel.« Sadowjew kratzte sich den Kopf und zog die Bartspitzen durch die Finger. »Fragen Sie ein Weib danach, ist die Antwort klar. Aber wir sind Männer. Also, Genosse, was liegt gegen Igor Antonowitsch vor?«

Plumow tippte mit dem Zeigefinger auf eines der Papiere. Sadowjew sah, daß es mit vielen Stempeln bedeckt war und daher einen langen Laufweg hinter sich hatte. »Er ist ein guter Kommunist, ein vorzüglicher Arzt, ein ehrlicher Mensch, ein vorbildlicher Organisator, er ist genau das, was wir hier in Sibirien, im Neuen Land, brauchen. Pjetkin hat einen kleinen, aber entscheidenden Fehler ... er ist Deutscher.«

Sadowjew zog den Kopf zwischen die Schultern, schloß die Augen bis auf einen Schlitz und legte beide Hände über den Kopf, als falle der Himmel auf ihn. »Ein Deutscher ...«, sagte er dumpf. »Ein ... Genosse Plumow, das muß ein Irrtum sein! Sein Vater ist der Kriegsheld Oberst Anton Wassiljewitsch Pjetkin, ich weiß das ganz genau. Träger der Tapferkeitsmedaille und des Ehrenzeichens der Partei. Sie müssen eine falsche Karteikarte herausgezogen haben. Igorenka ist Russe wie Sie und ich. Er ist sogar in einer Staatsschule erzogen worden.«

»Er ist Deutscher. Lesen Sie, Genosse Sadowjew. Es ist eine verworrene Geschichte. Man hat damals, 1945, eine Reihe von Fehlern gemacht und sie nicht berichtigt. Das Chaos des Krieges, vieles war da möglich. Heute aber leben wir in einer geordneten Zeit und haben die Pflicht, Überbleibsel aus diesen rechtlosen Tagen auszumerzen. Hier können wir es.«

Sadowjew vertiefte sich in die Papiere. Was er las, war schwer zu begreifen.

»Es ist nicht zu leugnen«, sagte er schließlich und schob die Papiere zu Plumow zurück. Sein gelbliches Gesicht war noch dunkler geworden. Er spürte sein Herz hämmern, dachte an seine Tochter und hätte heulen können wie ein getretener Hund.

»Weiß er das überhaupt selbst?«

»Mit sieben Jahren kann man sich erinnern«, sagte Plumow steif. »Er kann Königsberg nicht vergessen haben.«

»Er hat nie davon erzählt, nur von Kischinew, seinem Väterchen Anton Wassiljewitsch und seinem Mütterchen Irena Iwanowna, aber von Königsberg . . . nie!« Sadowjew zerrte an seinem dünnen Bart und zog damit die Oberlippe herab. Es sah aus, als schluchze er schauerlich. »Was soll nun werden?«

»Ihre Tochter Dunja muß auf Pjetkin verzichten.«

»Betrachten Sie mich nicht als Konterrevolutionär, Genosse«, sagte Sadowjew und wog jedes Wort ab. Schließlich hatte Pjetkin zweimal das Leben Dunjas gerettet, so etwas ist nicht nur des Lobes, sondern auch der Toleranz wert. »Aber warum ist es nicht möglich, daß ein Deutscher, der Russe geworden ist, ein russisches Mädchen heiratet?«

»Fragen Sie Moskau«, antwortete Plumow steif. »Wir haben in Chabarowsk die Gesetze nicht gemacht, und der Befehl kam aus dem Kreml. Wir sind nur ausführendes Organ.«

Sadowjew nickte schwer. Moskau, natürlich Moskau. Wer fragt schon in Moskau an? Jeder Mensch ist glücklich, wenn er in Ruhe gelassen wird, aber die hört sofort auf, wenn man die Beamten beschäftigt und ein zweites Leben als Aktenstück führt.

»Kennen Sie meine Tochter Dunja?« fragte Sadowjew vorsichtig.

»Nein.«

»Sie sollten sie kennenlernen, Genosse. Sie würden dann begreifen, daß es leichter ist, einen Walfisch zu dressieren, als Dunjenka einen anderen Willen aufzuzwingen. Gehen Sie zu ihr, sagen Sie ihr: ›Täubchen, aus der Heirat wird nichts! Such dir in Ruhe einen anderen Mann, der in Rußland geboren ist. Es gibt sechzig Millionen Männer in der Sowjetunion . . . einer wird darunter wohl zu finden sein, der dir die Kinderchen macht.‹ Wissen Sie, was passiert? Anna, mein Weib, wird den großen Rührlöffel nehmen und Sie aus der Stube prügeln, und Dunjenka wird Ihnen mit einem Lederriemen nachlaufen und Sie über die Straße treiben.« Sadowjew lehnte sich zurück, holte Pfeife und Tabaksbeutel aus der Schublade, stopfte sich den riesigen Kolben randvoll und begann, sich in seine berüchtigten gelben Wolken einzunebeln.

Plumow erhob sich. Weniger seine Pflicht, als der bestialische Gestank aus Sadowjews Pfeife vertrieb ihn. Wie kann ein Mensch so etwas rauchen, dachte er. Wenn er das übersteht, gibt es kaum noch ein Gift, das ihn umbringt.

»Sie begleiten mich, Genosse?« fragte er hustend.

»Bis vor den Zaun. Dann setze ich mich in den Stall und bekreuzige mich.«

»Gehen wir.«

Sadowjew grübelte den ganzen Weg darüber nach, wie ein Mensch Russe sein konnte, Lagerarzt sogar, und doch ein Deutscher. Die Gesetze sind verworren. Aber wenn Moskau ein Gesetz erläßt, muß es richtig sein. Moskau irrt nie . . . das ist das erste Gebot des kommunistischen Glaubensbekenntnisses.

Er drückte Plumow am Flechtzaun die Hand, blickte ihn lange an, als ginge der andere zum Schafott, und verschwand dann in der Scheune.

Nach einer halben Stunde erschien Plumow bei Sadowjew im Stall. Dimitri Ferapontowitsch unterhielt sich mit seiner Lieblingskuh und fragte sie, was er machen solle, wenn Anna dem guten, gesetzestreuen Plumow den Schädel einschlug.

»Sie leben und gehen noch, Genosse«, rief Sadowjew bewundernd. »Wie haben Sie das angestellt?«

»Kümmern Sie sich um Ihre Familie«, sagte Plumow ernst. »Sie braucht Beistand.«

»Und Dunjenka?«

»Sie ist ein kluges Mädchen. Sie verzichtet.«

»Unmöglich! Haben Sie sie hypnotisiert?«

»Der Staat hat ihre Ausbildung als Ärztin bezahlt, der Staat ist also ihr zweiter Vater. Vätern gehorcht man . . . oder man wird verstoßen.«

Sadowjew fühlte es kalt über seinen Rücken laufen. Das KGB ... der Himmel verhindere einen Zusammenstoß mit diesen Menschen. Sie haben immer recht, denn hinter ihnen steht eine einsame Macht.

»Ich danke Ihnen, Genosse«, sagte Sadowjew höflich. »Und wie geht es jetzt weiter?«

»Ich fahre ins Lager und spreche mit Pjetkin. Dann ist das Problem gelöst.« Plumow gab Sadowjew die Hand. Er drückte ein schlaffes Fetzchen Fleisch.

Im Haus lag unheimliche Stille. Sadowjew rückte das bestickte Käppchen tief in die Augen, schnaufte laut durch die Nase, steckte die Hände in die Taschen und stieß mit dem Fuß die Zimmertür auf.

Anna und Dunja saßen am Ofen und weinten lautlos. Sie starrten Sadowjew aus verquollenen Augen an, und diese Blicke waren so schmerzlich, daß Sadowjew die Mütze vom Kopf riß, auf den Boden schleuderte und darauf herumtrampelte.

»Ich bringe diesen Plumow um!« brüllte er. »Ich ersäufe ihn im Fluß! Aber was nützt es? Es wird ein anderer kommen. Die Gesetze kann man nicht ersäufen.«

»Ich liebe ihn ...«, sagte Dunja und faltete die Hände. »Und wenn es Gesetze regnet ... mich kann niemand von Igor trennen. Ich kämpfe auch gegen Moskau, wenn es sein muß!«

Der KGB-Oberleutnant Plumow erschien im Lager Sergejewka, als Dr. Pjetkin gerade einen Blinddarm herausnahm. Die Kommandantur, wo er sich melden mußte, hatte sein Kommen schon signalisiert. Die Dussowa fing ihn im Flur des Krankenhauses ab und schob ihn in ihr Zimmer.

»Bevor Sie Igor Antonowitsch Vorwürfe machen oder sogar verhaften«, sagte sie und ihr Gesicht war voller Kampfeslust, »hören Sie mich an. Was er getan hat, war eine Verzweiflungstat. Die Zustände im Lager sind menschenunwürdig, und keiner kümmert sich darum, trotz vieler Eingaben. Wenn Pjetkin zur Selbsthilfe greift, handelt er nach dem Wort Lenins, der sagte ...«

»Lassen wir Lenin weg, Genossin Kapitän.« Plumow winkte gestenreich ab. »Diese Lagerrevolution – sie ist uns bekannt – gehört in eine andere Dienststelle. Wir haben uns um den Menschen Pjetkin zu kümmern, um sein Privatleben. Er beginnt, peinlich politisch zu werden.«

»Igor Antonowitsch? Daß ich nicht lache.«

»Er will heiraten.«

»Allerdings.« Die Dussowa bekam kleine böse Augen. »Bringt das

KGB jetzt auch schon die Heiratspapiere? Welche Ehre! Er muß große Gönner an höchsten Stellen haben.«

»Die hat er!« Plumow lächelte schief. »Sie beschützen ihn wie ein Altarbild. Wo ist der Genosse?«

»Er operiert. Eine Appendektomie.«

»Das geht schnell. Führen Sie mich zu ihm.«

»Sie verstehen auch was von Medizin?«

»Das KGB versteht von allem etwas.« Plumow warf es lässig hin, aber die Dussowa verstand die versteckte Warnung.

Pjetkin zog sich nicht um. In der blutbespritzten Gummischürze kam er aus dem OP ins Zimmer, seine Haare klebten an der Stirn. Es war heute die dritte Operation, eine Fließbandarbeit. Er winkte Plumow zu, der allein auf dem Stuhl saß. Die Dussowa war schnell wieder gegangen. Plumow blätterte in einem dünnen Schnellhefter mit einigen schreibmaschinenbeschriebenen Seiten, der auf dem Tisch gelegen hatte.

»Das ist noch nicht endgültig«, sagte Pjetkin. »Nur ein Entwurf.«

»Ich sehe es. Ein Lagebericht. Einige Genossen werden dabei rote Ohren bekommen. Ich heiße Iwan Ignatiewitsch Plumow. KGB. II. Büro.«

»Ich habe Sie erwartet.«

»Sie verfallen einem Irrtum. Ihr Lagerrummel geht mich nichts an. Ich will mit Ihnen über Ihre Hochzeit sprechen.«

»Sie bringen mir den Paß und die Papiere? Das KGB selbst?«

»Ihr Paß, Igor Antonowitsch, ist eingezogen.«

»Eingezogen?« Pjetkin lehnte sich an die Wand. Auf einmal begriff er, daß er ein programmierter Mensch war. Er atmete, aß und trank, urinierte und schiß, dachte und handelte, arbeitete und schlief, und doch war alles vorherbestimmt, wurde kontrolliert, in präzise geplante Bahnen gelenkt, eingefügt in das riesige Räderwerk, das man Gemeinschaft nennt. Kollektiv.

»Erklären Sie mir das, Iwan Ignatiewitsch.«

»Die Ärztin Dunja Dimitrowna, die Sie heiraten wollen, ist in eine Planung eingegliedert worden, die es verbietet, sich fest zu binden.«

»Das ist doch Quatsch«, sagte Pjetkin grob. »Das ist billige Rhetorik. Sie tritt eine Stelle in Irkutsk an. Gut. Ich habe einen Antrag auf Versetzung nach Irkutsk eingereicht, überall braucht man Ärzte. Ich bin Chirurg, Mangelware also . . .«

»Wir brauchen Sie hier in Sergejewka, die Genossin Dunja aber in Irkutsk. Ein Hin- und Herschieben wäre planlos. Wir besetzen die Plätze nach höheren Gesichtspunkten, die der Mensch unten auf dem

Boden nicht begreift. Er blickt nur bis zur nächsten Ecke, wir aber übersehen das ganze Land.« Plumow warf den Schnellhefter auf das Bett und betrachtete Pjetkin kritisch.

»Seien Sie glücklich, daß Sie wie ein Adler über dem Land schweben«, sagte Pjetkin. Es war ein Sarkasmus, den Plumow für unangebracht hielt und der ihn persönlich traf. »Ich habe meinen Antrag direkt nach Moskau geschickt und hoffe auf eine zustimmende Antwort.«

»Die Antwort bin ich!« Plumow tippte auf seine Brust. »Aus Moskau ist ein Fernschreiben eingetroffen. Wir handeln also auf allerhöchste Initiative. Und die lautet: Wir verbieten Ihnen, Dunja Dimitrowna zu heiraten!«

»Sie sind verrückt!« Pjetkin lächelte schief. Aber dieses Lächeln war bereits Ausdruck eines Schmerzes, der sein Herz in Stücke riß. »Wie kann man mir befehlen, wen ich liebe?«

»Wir können es, Igor Antonowitsch! Nicht, weil wir etwas gegen Dunja Dimitrowna haben, schon gar nicht gegen Sie persönlich. Sie sind ein Arzt, in dessen Papieren man nur Lob vermerkt hat, wir haben Großes mit Ihnen vor, Versetzungen an berühmte Kliniken, eine Dozentur, sogar Professor sollen Sie einmal werden, man hat Ihre Arbeit über neue Methoden der Gastroenterostomie sehr aufmerksam gelesen ... aber Ihre Heirat ist unmöglich.«

»Begründung!« sagte Pjetkin knapp. Der Lobgesang ließ ihn kalt.

»Begründung?« Plumow streckte die Beine vor. »Sie sind ein Deutscher.«

»Was bin ich?« Pjetkin hatte vieles erwartet ... doch das machte ihn konzeptlos. Ein Deutscher? Dreht sich der Zeitenlauf zurück? Königsberg, der Friedhof, das Trommelfeuer auf den Gräbern, die Vernichtung der Stadt, der Sturm der Roten Armee, der Kapitän Pjetkin, der einen kleinen, weinenden, verängstigten Jungen hinter einem Grabstein findet ... Wer denkt noch daran?

»Wo sind Sie geboren?« fragte Plumow ungerührt.

»In Königsberg. Aber ...«

»Wie hießen Ihre leiblichen Eltern?«

»Peter Kramer und Elisabeth Kramer, geborene Reiners.«

»Und da fragen Sie: Ich bin ein Deutscher?«

»Oberst Pjetkin hat mich adoptiert. Ich bin in Rußland aufgewachsen, habe sowjetische Schulen besucht, die Universität, habe meinen Doktor gemacht, bin Lagerarzt im Vorhof der Hölle ... und keiner hat bisher gefragt: Wo sind Sie geboren?«

»Aber die Akten haben es nicht vergessen. Sie sind Pjetkin, dem

Namen nach, aber Sie sind Hans Kramer von Geburt. Wenn man ein Schaf schert und in eine Kalbshaut näht, was wird es dann?«

»Ich bin kein Schaf! Nie hat man mir gesagt, daß ich kein Russe bin! Ich fühle als Russe, ich denke als Russe, ich lebe als Russe, ich liebe dieses Land mit einem glühenden Patriotismus, wie es wenige Bürger tun, ich wäre bereit, für dieses Land zu sterben ... warum soll ich Deutscher sein? Ich kenne Deutschland nicht, ich habe keine seelische Verbindung zu diesem Land, es ist mir fern wie der Mond, es kümmert mich gar nicht, ich wäre ein Fremder auf seinem Boden ... warum will man mich zu etwas machen, was ich nicht sein kann?«

»Weil Sie dort geboren sind. Sie sind in unser Land integriert ... aber es ist völlig ausgeschlossen, daß wir die Ehe mit einer echten Russin genehmigen.«

»Und das sagt Moskau?«

»Sie können es schriftlich haben, Igor Antonowitsch, wenn Sie wollen.«

»Und Sie glauben, ich beuge mich diesem Irrsinn der Behörden?«

»Da haben wir es. Die deutsche Eigenschaft der Kritik! Ein echter Russe beugt sich fragenlos dem Befehl aus Moskau.« Plumow erhob sich mit einem Ruck. »Ich war bereits in Issakowa. Dunja Dimitrowna ist vernünftiger als Sie, Pjetkin. Sie verzichtet ...«

»Das ist nicht wahr!« schrie Pjetkin. »Da lügen Sie!« Er riß die blutbespritzte Schürze ab und warf sie gegen die Wand.

»Ich weiß, daß Sie ein Revolutionär sind. Aber die Mauern um Sie herum sind dick. Meterdick. Kein Kopf hält das aus. Hirnschalen sind wie Glas. Seien Sie vernünftig, Pjetkin. Sie können Professor in Charkow oder Kiew werden. Sie sind ein Genie ... man weiß das in Moskau.«

»Ich war noch nie so vernünftig wie jetzt«, sagte Pjetkin mit bebender Stimme. »Sie haben Ihren Auftrag an den Mann gebracht, Genosse Plumow, und ich sage Ihnen offiziell, daß ich Ihren Befehl mißachte. Und nun gehen Sie aus dem Weg. Ich fahre zu Dunja, und wir werden heiraten.«

»Ohne Paß traut Sie nicht einmal ein Blinder. Sie können Dunja ein Kind machen, das ist alles.« Plumow trat aus dem Weg und gab die Tür frei. »Rennen Sie los, Igor Antonowitsch ... Moskau ist siebentausend Kilometer entfernt ...«

In dieser Nacht kehrte Pjetkin nicht ins Lager zurück, aber auch die Dussowa wurde nicht tätig, jagte keine Kranken auf den Appellplatz oder betätigte sich als Teufelchen. Auch für sie war die Welt aus den Fugen geraten. Sie saß in ihrem Zimmer, wartete auf einen Rückruf aus Moskau und betrank sich mit billigem Knollenschnaps, als Moskau schwieg. Ihre einzige Verbindung versagte ... Timofeij Alexandrowitsch, der Onkel, der Bruder ihrer Mutter, ein Mitglied des Obersten Sowjets, zog die Decke über den Kopf. Protektion macht das halbe Leben in Rußland aus ... aber auch sie hat ihre Grenzen in den Grundsätzlichkeiten.

Pjetkin, Dunja, Anna und Sadowjew saßen die ganze Nacht auf und berieten. Sie beschlossen, das Wahnwitzigste zu unternehmen: den Kampf gegen das Gesetz.

In den nächsten Tagen entwickelte sich eine rege Tätigkeit. Das KGB in Chabarowsk schickte einen Bericht nach Moskau, daß der Genosse Pjetkin aufsässig sei und trotz eingehender Ermahnungen doch die Ärztin Dunja Dimitrowna heiraten wolle. Die Distriktverwaltung der Straflager legte einen Tatbericht vor über eine revolutionäre Bewegung, die der Arzt Dr. Pjetkin in Sergejewka angezettelt habe. Die Lagerärztin, Kapitän Dussowa, beschwerte sich über Mißstände, die schon seit zwanzig Jahren bekannt seien, die aber keiner bisher angeprangert hatte. Der Lagerarzt Dr. Pjetkin bombardierte gleich mehrmals die Behörden: mit Berichten über die miserable ärztliche Versorgung des Lagers (siehe Dussowa), seine Gegenmaßnahmen (siehe Bericht der Lagerleitung) und über die Unfreiheit, nicht heiraten zu dürfen, wen er wolle. Und das in einem »angeblich freien« Staat.

Solange es Briefe waren, konnte man sie wegwerfen und sich um anderes kümmern ... aber die Lage wurde kritisch, als der Oberst Anton Wassiljewitsch Pjetkin, der Held des Großen Vaterländischen Krieges, Stalingradkämpfer und Berlineroberer, in Moskau auftauchte und durch die Dienstzimmer fegte wie ein Sandsturm. Er brüllte in guter alter Militärart, nannte die verschreckten Beamten Hohlköpfe und Eckenscheißer, bedrohte sie mit der Feststellung: »Ein neuer Krieg fehlt euch! In Stalingrad hätte man eure fetten Ärsche abgeschnitten und Suppe daraus gekocht!«

Anton Wassiljewitsch, der Kriegsheld, hatte keine Stunde gezögert, als ihm sein Söhnchen aus dem fernen Sibirien sein Schicksal schilderte. Es war ein langer Brief, per Eilboten geschickt. Er hielt sich in Moskau nicht mit der Suche nach einem Hotelzimmer auf, zur Not konnte er im Offiziersheim der Militärakademie schlafen, sondern fuhr vom Bahnhof direkt in die Dienststelle des Marschalls Ronowskij.

Ronowskij war ein Greis geworden, still, von einer fremden Aristokratie. Er trug die Uniform mehr aus Tradition denn aus Notwendigkeit, denn seine Funktionen in der Roten Armee waren mehr repräsentativer Art, er wurde ausgestellt bei Paraden, seine von Orden glänzende Brust war ein Prachtstück bei Staatsempfängen, und damit er nicht ganz in der Ecke saß und auf einen Auftritt wartete, hatte man ihm das Amt der Schulungskontrolle gegeben. Es bestand darin, daß er ab und zu in der Akademie erschien, die Lehrgänge kontrollierte, hier und da sagte, man hätte dies und jenes anders ausdrücken können, und dann zurückfuhr in seine Dienststelle, Zeitungen las und Riesenportionen von Kaffee trank.

Ronowskij empfing Pjetkin wie einen Sohn, küßte ihn auf beide Wangen, ließ Wodka kommen und freute sich wie ein Kind, daß es seinem Lieblingsschüler so gut ging. Pjetkin hatte für diesen Besuch seine Uniform angezogen ... sie war ihm ein wenig eng geworden um Bauch und Brust.

»Antonenka, mein Kleiner ...«, sagte Ronowskij zärtlich. Für ihn blieb Pjetkin immer noch der Kleine, obwohl er fünfundfünfzig war und weiße Haare hatte wie Ronowskij. »Daß du endlich den Weg nach Moskau gefunden hast! Morgen stelle ich dich dem Generalstab vor. Wie oft habe ich von dir gesprochen. Der Pjetkin, habe ich gesagt, und seine Kompanie von Scharfschützen und Nahkämpfern, das war eine Truppe, die man heute gar nicht mehr kennt. Die rupften dem Teufel die Schwanzhaare aus und steckten sie sich an die Mütze! Sag, Söhnchen, was machst du in Moskau?«

»Ich führe einen neuen Nahkampf, Genosse Marschall!« Anton Wassiljewitsch entfaltete den Brief Igors. Ronowskij setzte eine dicke Brille auf und blinzelte Pjetkin über den Rand zu.

»Man ist dabei, meinen Igor wie eine Wanze zu behandeln.«

»Igor. Das ist der Junge vom Friedhof? Dein Adoptivsohn? Er ist doch Arzt geworden.«

»Ein vorzüglicher Arzt. Jetzt will er heiraten ... und plötzlich sagt man ihm, er sei nach wie vor Deutscher und dürfe nicht heiraten.« Pjetkin tippte gegen die Briefseite, die Ronowskij noch vor sich hielt, ohne zu lesen. »Lesen Sie, was er schreibt. Das Herz dreht sich einem um! Mein Sohn wird so behandelt!«

Marschall Ronowskij las den Brief gründlich. Dann legte er ihn weg, klappte seine Brille zusammen und blickte über den Kopf Pjetkins an die Wand. Dort hing Lenin in einem einfachen hellen Holzrahmen und hob die Hand.

»Die Behörden haben recht, Söhnchen«, sagte er langsam. »Spring mir nicht ins Gesicht, aber Gesetze sind logische Gedanken, seelenlos, aber unwiderlegbar. Er ist in Königsberg geboren, hieß Hans Kramer, und das ist nicht wegzuwischen.«

»Dann hätte ich ihn nicht zu adoptieren brauchen!« schrie Pjetkin.

»Es hat dich auch keiner dazu gezwungen. Erinnere dich, was ich dir damals sagte. War's nicht vor Berlin?«

»In der Backstube einer Bäckerei, Genosse Marschall.«

»Richtig. Was habe ich gesagt: Sie mit Ihrem weichen Herzen! Sie werden die Quittung bekommen! Hier ist sie nun, Anton Wassiljewitsch ... allerdings eine Rechnung des Gesetzes. Nun mußt du sie bezahlen. Igor Antonowitsch, dein Söhnchen, bleibt ein Deutscher. Du bist nur seine Amme gewesen. Willst du dagegen anstinken?«

»Eine Ausnahmegenehmigung, wenn es nicht anders geht.« Oberst Pjetkin trank den Wodka, als sei es Fruchtsaft. Ebensowenig wie Igor begriff er die Gesetze und wehrte sich dagegen, fast ein Vierteljahrhundert für eine Illusion gelebt zu haben. Was nur möglich gewesen war, hatte er Igor zukommen lassen: Wo gab es noch mehr Russen, die so vollkommen sowjetisch waren wie Igor Antonowitsch? Wenn noch etwas deutsch an ihm war, so das Geburtsdatum in den Akten. Ein paar Ziffern! Besteht der Mensch aus ein paar Ziffern?

»Versuchen wir es, Söhnchen«, sagte der alte Ronowskij. »Eine andere Generation regiert. Du hast es gesehen, als dein Igor nach Sibirien mußte. Nichts habe ich erreicht. Wir alten Frontkämpfer sind Fossile, weiter nichts. Die neue Generation weiß alles besser, stellt alles um, ändert, wo sie ändern kann. Aber bitte, versuchen wir es. Rennen wir herum. Zuerst zum Innenministerium. Das ist die wichtigste Stelle. Sie beharrt darauf, daß Igor ein Deutscher ist. Leider hat dieses Ministerium keinen Respekt vor einem Marschall!«

Ronowskijs dunkle Ahnung erfüllte sich ... Das Innenministerium bewies Pjetkin, daß Igor Antonowitsch zwar sowjetischer Staatsbürger, aber dennoch ein Deutscher sei.

»Das ist ja schizophren!« schrie Pjetkin außer sich. Seit zwei Jahren hatte er Herzbeschwerden, nahm Tabletten und ließ sich jeden Monat den Blutdruck messen. Der Arzt in Kischinew war immer unzufrieden. Auch jetzt zuckte Pjetkins Herz, er schluckte eine Tablette und atmete tief durch. »Heiraten darf er nicht ... aber sowjetische Bürger operieren, das darf er!«

Der Beamte, der Genosse Ministerialrat Scheremet, nickte zustimmend. »Das kann er. Vor einem Arzt ist jeder Mensch gleich. Das ist ja sein großer Vorteil, Genosse Oberst ... als Arzt ist er international. Den Beruf eines Lehrers hätte er zum Beispiel nie ergreifen können . . . das hätten wir sofort unterbunden. Aber Medizin, das ist die ganze Welt.«

»Große Worte! Phrasen!« brüllte Pjetkin. »Mein Sohn soll glücklich werden. In Rußland. Als Russe. Er liebt Dunja Dimitrowna, sie ist auch Ärztin, sie würden ein Team bilden, das dem sowjetischen Volke unendlichen Nutzen bringt. Genosse Scheremet . . . ein Federstrich nur, einmal kurz über das Papier gekratzt . . . machen Sie meinen Igor zu einem richtigen Russen!«

»Das haben wir sogar erwogen, Anton Wassiljewitsch.« Scheremet schlug ein Aktenstück auf, blätterte darin herum und fand die gesuchte Seite. Er räusperte sich. »Im Jahre 1953 waren wir bereit, Igor Antonowitsch in den Schoß unseres Volkes zu übernehmen. Da trafen bei uns die neuesten Suchlisten des Deutschen Roten Kreuzes ein. Unter dem Buchstaben K stand: Gesucht wird Hans Kramer. Jetzt 15 Jahre alt. Geboren in Königsberg. Seit der Eroberung der Stadt ist er verschollen. – Daneben war das Bild eines Jungen mit blonden Haaren.«

In Pjetkin breitete sich eisige Kälte aus. Er lauschte nach innen, aber er hörte seinen Herzschlag nicht mehr.

»Wer . . . wer hat die Anzeige aufgegeben?« fragte er tonlos.

»Seine Eltern. Peter Kramer und Elisabeth Kramer.«

»Sie haben überlebt?«

»Sie wohnen in Lemgo. Das liegt in Westfalen.«

»Man sollte Lemgo zerstören«, sagte Pjetkin dumpf. »Dem Erdboden gleichmachen. Warum haben Sie mir das nie mitgeteilt?«

»Wäre es Ihnen recht gewesen, Genosse?«

Pjetkin schüttelte müde den Kopf. Eine unendliche Traurigkeit saugte alle Kraft aus ihm. Er erhob sich, gab Scheremet die schlaffe Hand, sah Ronowskij an und ging hinaus, nach vorn gebeugt, ein uralter Mann, der die letzten Schritte zählt.

»Das hätten Sie sich sparen können«, sagte Ronowskij leise. »Ich wußte es seit Jahren und habe geschwiegen. Nun hat er seine Welt verloren. War das nötig?«

»Es schafft Klarheit, Genosse Marschall.« Scheremet klappte die Akte zu. »Es hat keinen Zweck mehr, auf dem Mond Wasser zu suchen . . .«

Ronowskij holte Pjetkin nicht mehr ein. Er war verschwunden, als der Marschall aus dem Zimmer kam.

Mit gesenktem Kopf ging Pjetkin durch die weiten Gartenanlagen, umkreiste die Mariä-Himmelfahrts-Kathedrale und die Blagowjeschtschenski-Kathedrale, blickte hinauf zu der goldenen Zwiebel des Glockenturms Iwan Weliki und setzte sich dann ermattet auf den Betonsockel, auf den man die riesige Kanone »Zar Puschka« montiert hatte.

Hier saß er, ruhig und bescheiden, mit gesenktem Kopf, ließ die Besucher an sich vorüberströmen, hörte die Worte der Fremdenführer. Aber das interessierte ihn alles nicht, es waren Worte, die an ihm abglitten wie Wasser an einem gewachsten Tuch.

Sie leben, seine richtigen Eltern, dachte er nur. Sie suchen ihn, und eines Tages werden sie ihn mir wegnehmen, meinen Igorenka, mein Söhnchen, mein Herz, mein Leben. Ich werde ihn zur Bahn bringen müssen und nie mehr wiedersehen. Wer kann das ertragen? Habe ich nicht nur für ihn gelebt? Werde ich nicht nur deshalb alt, um mich immer wieder an ihm zu erfreuen?

Er stützte den Kopf in beide Hände und starrte auf den Boden. Am Abend, als der Kreml geschlossen wurde, saß er immer noch da. Die Patrouille, ein Unteroffizier und zwei Mann, blieben stehen und zögerten, den Genossen Oberst anzusprechen. Dann wagten sie es doch und bekamen keine Antwort.

Er war schon steif, als sie ihn wegtrugen zur Wache.

Oberst Anton Wassiljewitsch Pjetkin wurde in Kischinew begraben, neben seiner Frau Irena Iwanowna. Es war ein Staatsbegräbnis mit Musik, Fahnen, einer Ehrenkompanie, Reden, Gewehrsalven und unzählbaren Kränzen und Blumengebinden. Igor küßte noch einmal seinen Vater und sagte: »Ich danke dir für alles, Väterchen«, ehe der Deckel zugeschraubt wurde. Dann sank der Sarg ins Grab, die Fahnen wehten über dem Erdloch, ein Stabstrompeter blies den alten Kosakengruß. Dunja und Sadowjew umarmten Igor und stützten ihn, als er ans Grab trat und die letzte Blume auf den Deckel war. Anna Sadowjewa saß auf einem wackeligen Stuhl, weinte laut und konnte vor Ergriffenheit keinen Schritt mehr gehen.

Die größte Überraschung geschah, als die meisten Trauergäste schon gegangen waren. In ihrer Kapitänsuniform, einen Trauerflor um den Ärmel, trat Marianka Dussowa ans Grab. Keiner hatte sie bis dahin gesehen – sie tauchte plötzlich auf, stand allein vor dem Sarg und warf einen großen Zweig sibirischer Lärche hinein. Dann wandte sie sich um, sah Dunja lange an, es war das erstemal, daß sie sich gegenüberstanden, ging weiter zu Igor, nahm seinen Kopf zwischen ihre Hände, küßte ihn auf die Stirn und verließ stumm den Friedhof.

»Hol sie zurück . . .«, sagte Dunja leise. »Lad sie zum Totenmahl ein. Wir werden uns nicht gegenseitig zerfleischen . . .«

Aber Marianka war schon wieder verschwunden. Igor suchte auf dem Friedhof, zwischen den Grabsteinen, vor der Mauer ... er fand sie nicht.

»Sie ist erschreckend schön«, sagte Dunja, als Igor allein zurückkam.

Nach vier Tagen kehrten sie alle nach Issakowa zurück, mit einem Flugzeug bis Chabarowsk. Es war Sadowjews erster Flug ... er kotzte vom Aufstieg bis zur Landung und wurde grün im Gesicht aus der Maschine geführt. »Lieber tausend Werst unter dem Bauch einer Kuh, als noch einmal in solch einem Ding!« sagte er matt und legte sich sofort ins Bett. »Der Mensch ist nicht für die Luft geboren ...«

Am fünften Tag nach der Beerdigung traf der erwartete Brief aus Moskau ein.

»Wir freuen uns, Sie zum Leitenden Chirurgen des Krankenhauses von Chelinograd zu ernennen. Sie haben Ihre Stelle innerhalb der nächsten vierzehn Tage anzutreten. Wir wünschen Ihnen viel Erfolg, Genosse ...«

Pjetkin schlug die Karte Rußlands auf und suchte. Sadowjew und Dunja schauten ihm über die Schulter. Anna, das Mütterchen, weinte wieder.

»Wo ist es, dieses Saunest Chelinograd?« fragte Sadowjew.

»Hier.« Pjetkin legte den Finger auf einen Fleck. »In Kasakstan. Mitten in der Steppe. Ich werde mit den Schakalen leben ...«

Sadowjew grunzte tief, nahm die Karte vom Tisch, zerriß sie in kleinste Teile und warf sie ins Feuer.

SECHZEHNTES KAPITEL

Nach einer Woche Urlaub, den sie sich für die Beerdigung und die Regelung der Hinterlassenschaft Anton Wassiljewitschs genommen hatten, kehrten Pjetkin und Godunow ins Lager Sergejewka zurück. Sadowjew fuhr sie mit seinem Wägelchen bis auf Sichtweite der ersten Sperre. Dort stiegen Igor und Marko aus, umarmten Sadowjew und gingen zu Fuß die letzten Meter.

Im Lager hatte sich auch etwas geändert ... Pjetkin erfuhr es bereits hinter dem Tor. Die Abkommandierten des Innendienstes, die wie immer die Lagergassen fegten und den Todesstreifen harkten, blickten nicht wie sonst auf, wenn der Arzt an ihnen vorbeikam, und grüßten ihn, sondern beschäftigten sich intensiver mit ihrer Arbeit als zuvor. Dafür waren die Aufseher frech, grinsten Pjetkin an, steckten provokativ die Hände in die Taschen und pfiffen laut die Internationale. Der Obmann von Baracke VI, ein wüster Bursche mit einem von Messerstichen vernarbten Gesicht, ein gefürchteter Straßenräuber, der im Lager nur mit einem kleinen Hammer herumlief und ihn mit den Worten »Flieg, Mensch, flieg!« auf die Rücken der anderen Häftlinge niedersausen ließ, lümmelte sich an die Barackenwand, nestelte an der Hose, als Pjetkin an ihm vorbeiging, rülpste laut und entblößte sein Geschlecht.

Pjetkin schwieg. Marko dagegen blieb stehen, sah kopfschüttelnd hin und sagte: »Du hast recht, Genosse. Er ist abscheulich. Morgen früh um acht im Krankenhaus! Wir amputieren ihn dir.« Dann bückte er sich blitzschnell, griff eine Handvoll Sand und warf sie gegen den entblößten Unterleib. Nur um Millimeter verfehlte der ihm nachgeschleuderte Hammer seinen Kopf.

»Sie wissen es bereits«, sagte Marko, als er Pjetkin, der weitergegangen war, eingeholt hatte. »Es hat sich herumgesprochen, daß Sie versetzt worden sind. Jetzt kommen die Ratten wieder aus ihren Löchern und tanzen im Kornfeld. Ich werde Russlan an die Wand werfen.«

Die Ahnung Markos bewahrheitete sich. Von Chabarowsk war die Nachricht von Pjetkins Beförderung zum Chefchirurgen und seine Versetzung nach Kasakstan zu Marianka Dussowa gelangt. Diese hatte getobt, den Brief mit ihren Stiefeln getreten und Russlan, der sie etwas fragen wollte, einen Stuhl an den Kopf geworfen. Einer Feuersbrunst gleich durchlief die Nachricht darauf das Lager, dafür sorgte Russlan. Der geheime Rat der Blatnyje, der die Ermordung Pjetkins bei nächster Gelegenheit beschlossen hatte, trat in aller Eile zusammen und strich diesen unschönen Punkt aus seinem Aktionsprogramm. Aber man beschloß, sofort nach der Abreise des »Reformators«, wie man Pjetkin heimlich nannte, die alten, guten Zustände im Lager wiederherzustellen: die Herrschaft der Kriminellen über die Politischen. Die Kontriks sahen diese Entwicklung voraus . . . sie duckten sich wieder, gingen Pjetkin aus dem Weg und erwarteten die Rache der Blatnyje. Im Krankenhaus war es seltsam leer. Russlan saß im Sanitäterzimmer, las in einer Zeitung und stand nicht auf, als Pjetkin und Godunow eintraten. Er tat, als sei er taub.

»Aha!« sagte Marko laut. »Ein Fall von Hirnlähmung. Genosse Doktor, wir hatten da in Kischinew auch so einen Fall. Völliger Stillstand der Denkfähigkeit. Da nahm der Professor seinen Hammer und klopfte aufs Hirn. Was soll man sagen? Der Patient machte einen Luftsprung und zitierte Puschkin.«

Russlan fuhr herum, ließ die Zeitung fallen und wollte etwas Unflätiges schreien, aber Godunow ließ es gar nicht dazu kommen. Mit beiden Händen packte er Russlans Kopf, drückte ihn zusammen, daß es zu knirschen begann, schüttelte ihn wie eine Kokosnuß, als ob man das Gluckern der Nußmilch hören wolle, und setzte dann den vor Entsetzen über so viel Kraft völlig Gelähmten auf den Stuhl zurück.

»Wo sind die Kranken?« fragte Marko sanft.

»Es haben sich kaum Kranke gemeldet«, antwortete Russlan mit vorquellenden Augen.

»Hat die Genossin Dussowa wieder scharf selektiert?« fragte Pjetkin.

»Nein.« Russlan schüttelte mühsam den Kopf. Ihm war, als sei sein Schädel um die Hälfte zusammengedrückt. »Es haben sich heute nur neun Kranke gemeldet.«

Pjetkin verließ das Zimmer und ging hinüber zu Marianka Dussowa. Es war alles so, wie Marko angedeutet hatte: Die Ordnung im Lager löste sich wieder auf. Das Regiment der Kriminellen festigte sich wieder. Sogar die Kranken wagten nicht mehr, sich krank zu melden.

Ein bittersalziger Geschmack bildete sich in Pjetkins Mund. Er schluckte ihn hinunter, aber es gelang ihm nicht. Kurz vor Mariankas Zimmertür blieb er stehen und war einen Augenblick überwältigt von dem Gedankenstrom, der ihn überspült hatte. Fünfzig Jahre Weltrevolution, fünfzig Jahre Vorbild einer neuen Welt, ein halbes Jahrhundert Umerziehung zu Menschenrecht und Menschenwürde ... und dann war so etwas möglich wie das Lager Sergejewka!

Er klopfte an die Tür, wartete auf ihr kräftiges »Eintreten!« und kam ins Zimmer. Marianka Jefimowna saß vor einem Gestell mit Reagenzgläsern und hatte einige Blutproben gemacht. Das war neu. Das Blut der Häftlinge hatte sie bisher nie gekümmert, nicht einmal, wenn es aus Wunden floß und über den Boden tropfte, während ihr Finger gegen die Brust des Verletzten stieß. Arbeitsfähig!

»Igor Antonowitsch ... da sind Sie wieder!« sagte sie mit ihrer merkwürdig modulationsfähigen Stimme. Jetzt war sie dunkel und weich, ein Rauschen des Windes im Herbstlaub. Ihre Hände schoben sich zusammen, und zum erstenmal sah Pjetkin, daß sie schöne Finger hatte, gepflegt, die Nägel diskret rot lackiert.

»Ich danke Ihnen, Marianka Jefimowna«, sagte Pjetkin und streckte ihr die Hand hin. Sie legte ihre Finger hinein, und sie waren kalt und glatt wie ein Fischleib. Betroffen sah er sie an.

»Wofür?« fragte sie. »Daß ich die Kranken nicht wieder auf den Platz gestellt habe? Es lohnte sich nicht – es waren zuwenig.«

»Sie standen am Grabe meines Vaters ... Warum waren Sie sofort wieder verschwunden? Ich wollte Sie zu einer kleinen Totenfeier einladen.«

»Die Zeit war zu knapp. Ich konnte mit einem Flugzeug unserer Luftwaffe fliegen. Mir blieben nur Minuten.« Ihre kalte Hand verkrampfte sich in seiner Hand. »Igorenka . . . ich habe die Versetzungspapiere . . .«

»Ich weiß es. Nach Chelinograd.«

»Du gehst nicht. Hörst du, du weigerst dich, dorthin zu gehen!« In ihrer Stimme klang die ergreifend animalische Angst aller Frauen vor dem Unabwendbaren. Sie zog Pjetkin an sich, bis er nahe vor ihr stand, umschlang dann mit dem anderen Arm seine Hüfte und drückte ihr Gesicht gegen seinen Leib. Obwohl er an Dunja dachte, legte er seine Hände auf ihre Haare und streichelte sie. »Du fährst nicht!« schrie sie in seinen Schoß hinein. »Ich habe in Moskau protestiert!«

»Es wird nichts nützen, Marianka Jefimowna.« Er drückte ihren Kopf von sich weg und hob ihr Gesicht empor. Sie weinte. Wirklich, das Wunder war geschehen . . . sie weinte dicke, runde, kindliche Tränen, die über ihre zuckenden Wangen zum Mund liefen. »Die einen befehlen, die anderen werden befohlen. Daran wird sich nie etwas ändern. Jeder von uns wird programmiert, ist Teil eines Produktionsvorganges, wird kontrolliert, eingestellt, ausgerichtet und berichtigt. Automaten aus Haut, Muskeln, Knochen und Blut. Und funktioniert dieser Automat nicht mehr, zeigt er Fehler, spuckt er statt Schrauben Muttern aus, kommt er in die Werkstatt, wird auseinandergenommen, geölt, gereinigt, neu eingestellt . . . bis er wieder der gute, alte, präzise arbeitende Automat ist. Sergejewka ist solch eine Werkstatt. Und wie in allen Werkstätten wirft man die total verschlissenen Automaten weg. Zum Müll, auf den Schrottplatz, zum Einschmelzen. Was wollen Sie daran ändern, Menschenmechanikerin Marianka Jefimowna?«

»Du haßt mich, nicht wahr, Pjetkin?«

»Nein. Sie sind mir nur ein Rätsel. Von Tag zu Tag mehr . . .«

»Ich liebe dich, Igorenka.« Wieder war ihre Stimme samtweich. Sie veränderte sich nicht, obwohl sie noch immer weinte und die Tränen unerschöpflich aus ihren Augenwinkeln tropften. »Ich habe dein Täubchen Dunja gesehen. Schön ist sie, wunderschön, eine blankgeputzte Sonne über einem ruhigen See. Du wirst mich nie lieben können, ich weiß es jetzt, aber es wird auch mich keiner hindern, dich zu lieben. Verstehst du das? Igoruschka, glaube es mir . . . ich habe nie geliebt. Ich bin erzogen worden, die Männer zu hassen. Als Lagerkind habe ich sie hinter den Waschkesseln in der Wäscherei liegen sehen, die Natschalniks und die Strafgefangenen, auch meine Mutter war darunter. Ich stand daneben, keiner kümmerte sich um mich, und als ich zwölf Jahre alt war, sagte der Leiter der Wäschereibrigade: ›Noch ein Jahr, und ich lege dich über den Bügeltisch, mein Schwänchen.‹ Dabei griff er mir unter den Rock, und ich spuckte ihn an und trat ihm gegen das Schienbein. Meine Mutter mußte es büßen. ›Du hast das Balg verzogen!‹ schrie man sie an. ›Soll wohl ein feines Dämchen werden, was? Aber merke dir eins: Säue gebären nur Ferkel, keine Rennpferdchen!‹ Und immer stand ich dabei, hörte und sah alles und schwor mir, die Männer zu hassen, wie man nur ein Ding hassen kann, dessen Anblick einen krank macht. Dann kamst du, Igorenka ... und als du ins Zimmer tratst, vom ersten Blick an, wußte ich: Du hast dich geirrt! Du hast dein Leben weggeworfen für einen billigen Haß. Es gibt nichts Schöneres auf der Welt als einen Mann. Genau das habe ich gedacht, Igorenka. Und ausgerechnet dieser Mann wird mir niemals gehören. Ich frage dich, Igorenka, und sei ehrlich zu mir, hörst du: Wenn Dunja nicht wäre ...«

»Aber sie ist da, Marianka.«

»Wenn es sie nicht gäbe?«

»Ich weiß es nicht.«

»Sie ist schöner als ich.«

»Sie ist anders.«

»Ihre Liebe ist heiß wie der Steppenwind ...«

»Marianka, warum quälen wir uns so?«

Sie fiel gegen Pjetkin, umklammerte ihn und heulte wie ein verhungernder Wolf. Unschlüssig stand er da, schlang die Arme um ihren kräftigen, zuckenden Körper, spürte den festen Druck ihrer starken Brüste und wurde unsicher. Langsam, Schritt um Schritt, führte er sie ins Nebenzimmer und drückte sie auf ihr Bett. Aber kaum spürte sie die Matratze, sprang sie auf und flüchtete mit drei großen Sätzen in die andere Zimmerecke.

»Ich bin nicht krank!« schrie sie. »Und ich spucke auf Ihr Mitleid, Pjetkin! Wenn einer Mitleid nötig hat, sind Sie es! Wissen Sie, wo Sie hinkommen? Kennen Sie Chelinograd? Chefchirurg des Kreiskrankenhauses! Ein Titel! Ebenso könnten Sie sich nennen: Chefwanze an der Kloakenwand Kasakstans! Das Neuland! Der noch jungfräuliche Schoß Rußlands, strotzend vor Fruchtbarkeit. Wissen Sie, was Sie dort erwartet?«

»Kranke ...«, sagte Pjetkin schlicht.

Plötzlich war sie still, sah ihn mit ihren großen, schwarzen Augen erstaunt an und veränderte sich wieder in der ihr eigenen unbegreiflichen Art.

»Du bist ein Engel, Igorenka ...« sagte sie leise. »Engel sind verdächtig für diese Welt. Man wird dich vernichten.«

»Ich kann es nicht aufhalten.«

»Dann mach Konzessionen. Zieh den Kopf in die Schultern und mach die Augen zu. Drück die Hände an die Ohren und bleib taub. Klebe dir Pflaster über das lose Maul und schweig. Und zieh hinter den anderen her, sing lauter als alle anderen, überhol sie, marschier an der Spitze, nimm die Fahne, übe dich im Kommandieren ... Heul mit den Wölfen, und sie werden dich füttern ...«

»Und genau das kann ich nicht, Marianka.«

»Dann wirst du elend zugrunde gehen! Hoffe nicht darauf, daß einer dir beisteht. Es gibt nur noch Feiglinge.«

»Und trotzdem haben Sie in Moskau protestiert?«

»Was habe ich zu verlieren?« Sie wischte sich die Tränen aus den Augenwinkeln. »Du wirst weggehen, Igorenka ... was bleibt dann noch?«

Dunjas Abreise nach Irkutsk war auf einen Freitag festgelegt. Sadowjew hatte sich nach den Zügen erkundigt, nach Abfahrtszeiten, Umsteigemöglichkeiten, Anschlüssen und hatte dabei entdeckt, daß im sowjetischen Eisenbahnnetz, vielleicht war's nur hier im Süden Sibiriens, der Teufel steckte.

»Fünfzig Jahre hat man Zeit gehabt, die zaristische Schlamperei auszumerzen!« brüllte Sadowjew den unschuldigen Beamten hinter dem Kartenschalter an. Er schlug dabei mit der Faust auf die Schalterplatte. »Was habt ihr die ganze Zeit getan? Auf dem Ofen gelegen, Kinder gemacht und an die Wand gespuckt, was? Warum muß meine Dunjenka in Tschita sechs Stunden warten und in Ulan-Ude noch mal fünf Stunden? Elf Stunden verschenkte Zeit ... ist das im Sinne einer fortschrittlichen, rationellen Planung? Äußert euch, Genossen! Seit dreißig Jahren bin ich Parteimitglied!«

Die Beamten äußerten sich durch Achselzucken. Sadowjew kaufte die Fahrkarte, knirschte schauerlich mit den Zähnen und fuhr zurück nach Issakowa.

Das große Packen hatte begonnen. Anna, das Mütterchen, lief wie ein geköpftes Huhn herum, drei Nachbarinnen saßen im Zimmer und weinten laut, als gelte es, einen lieben Toten einzusargen. Dunja machte zum letztenmal ihre Runde durch das Dorf, besuchte die Kranken und kam zurück mit einem Handwagen, den der kleine Iwan Pantalonowitsch zog. Ein Handwagen voll von Geschenken. Selbst ein langer Wolfspelzmantel war darunter. Der Jäger Ifan hatte ihn gestiftet. »In Irkutsk ist es kalt im Winter«, hatte er gesagt. »50 Grad Frost und darunter. Da soll ein Vögelchen wie du nicht frieren.«

Die letzte Fahrt zum Bahnhof Blagowjeschtschensk machten Dunja und Sadowjew allein. Mütterchen Anna blieb zurück, es wäre für ihr Herz zuviel gewesen. Sie segnete Dunja an der Schwelle des Elternhauses, küßte sie lange, drückte ihr ein kleines Säckchen mit Brot und Salz in die Hand und sagte: »Laß es nie leer werden, dann ist Gott bei dir.«

»Irkutsk ist nicht auf einem anderen Stern, Mütterchen«, sagte Dunja mit fester Stimme. »Wir werden uns bald wiedersehen. Ich lasse euch kommen ... ich werde von meinem Gehalt die Rubel sparen, um eure Reise zu bezahlen.«

»Wir sehen uns das alles an!« rief Sadowjew vom Bock des Wägelchens und knallte mit der langen Peitsche. »Und wenn wir nach Irkutsk reiten! Glaubst du, unsere Gäulchen schaffen das nicht? Du sollst sehen, Dunjenka, eines Tages stehen wir vor der Tür und rufen: ›Heu her für unsere Pferde! Und Wasser!‹ Die werden staunen, die Genossen in Irkutsk!«

Das alles sollte fröhlich klingen, aber wer kann schon lachen, wenn ihm die ganze Kehle voll Schluchzen sitzt? Sadowjew machte das einzig richtige: Er schnalzte mit der Zunge, hieb den Pferden über den Rücken und ließ sie aus Issakowa hinausgaloppieren, ehe das große Jammern begann und der Abschied zur Qual wurde. Erst außerhalb des Dorfes, auf der Straße am Amur, hielt er wieder an und wischte sich über die Augen.

»Väterchen ...«, sagte Dunja leise. »Bitte, weine nicht.«

»Wer weint denn?« schrie Sadowjew. »Der Sand, der verfluchte Sand weht einem in die Augen! So trocken war's noch in keinem Jahr. Alles ist voll Staub!« Er nestelte in seiner Jacke herum, hüstelte dabei, wandte den Blick zum Strom und tat so, als beobachte er die weit am Horizont träge durch das silberne Wasser ziehenden chinesischen Dschunken. »Ich will dir auch etwas geben, Dunjenka«, sagte er mit mühsam beherrschter Stimme. »Von deinem Großvater ist's, dem tapferen Gavrilow Romanowitsch. Er hat's 1914 in Ostpreußen gefunden, sagt er, auf der Straße, aber ich nehme an, er hat's geklaut. Glück soll es bringen, und solange es bei uns war, haben wir nie Elend gehabt, das stimmt. Nimm es mit, Töchterchen, hänge es um den Hals ...« Er öffnete die Hand. Ein aus Elfenbein geschnitztes Amulett mit einer kleinen Madonna aus goldenem, durchsichtigem Bernstein hielt er Dunja hin. Sie nahm es, küßte es und hängte es sich an der dünnen, silbernen Kette um den Hals. Sadowjew schluchzte auf, schrie zum Fluß hin: »Der verdammte Sand!«, gab den Pferden wieder die Peitsche und fuhr weiter.

Pjetkin wartete am Ende des Waldweges bereits auf sie. Er saß auf einem gefällten Baumstamm und rauchte nervös eine Papyrossi nach der anderen. Um ihn herum lag auf dem Boden eine Menge leerer Papphülsen. »Endlich!« rief er und lief dem Wagen entgegen. »Wir werden den Zug nicht erreichen.«

»Dann nimmt sie den nächsten!« rief Sadowjew. »Wo sie sowieso elf Stunden herumsitzen wird.«

Pjetkin kletterte neben Dunja in den Wagen, sie küßten sich, legten die Hände ineinander und schwiegen. Was bedeuten Worte in einer solchen Stunde?

Es war vorauszusehen: Sie kamen zu spät in Blagowjeschtschensk an. Als sie vor dem Bahnhof hielten, dampfte der Zug aus der Halle. Sadowjew machte einen hohen Luftsprung und rannte zu den Schaltern. Die Beamten, die ihn kommen sahen, zogen die Köpfe ein. Sie erkannten ihn sofort wieder ... wer einmal mit Sadowjew zu tun hatte, vergaß ihn nie.

»Was soll das?« brüllte Dimitri Ferapontowitsch und schüttelte drohend die Fäuste. »Da fährt der Zug, pünktlich auf die Minute! Jeden Tag fährt er später ab, nie werden die Fahrpläne eingehalten, aber ausgerechnet heute dampft er davon! Wann geht der nächste Zug nach Tschita?«

»Morgen früh um sieben, Genosse«, sagte der Beamte hinter dem Schalter. »Dort an der Wand steht's, auf dem Plan.«

»Morgen früh ...« Sadowjew griff sich ans Herz, holte tief Luft und bespuckte dann den aushängenden Fahrplan.

Sie fuhren kreuz und quer durch Blagowjeschtschensk und suchten zwei Hotelzimmer, aber auch das ist gar nicht so einfach.

Auch Sadowjew spürte das, als er sein Wägelchen vor dem besten Hotel anhielt, vom Bock kletterte und zunächst den finster blickenden Türsteher zur Seite drückte, der ihn aufhalten wollte. Nach zwei Minuten war er wieder auf der Straße, rot vor Wut und bebend wie ein elektrisches Schüttelsieb.

»Sie weigern sich, uns Zimmer zu geben!« sagte er, heiser vor verschluckter Galle. »Sehen mich an wie einen Bettnässer und sagen doch frech in mein Gesicht: ›Wir haben hier keine Heuhaufen!‹ Und als ich sage: ›Ich bin seit dreißig Jahren Parteigenosse!‹, antworten sie frech: ›Viel Glück, Genosse. Welche Ehre für die Partei!‹, doch ein Zimmer bekomme ich trotzdem nicht. Aber ich habe ihnen gezeigt, wer Sadowjew ist. Das Gästebuch habe ich der schielenden Laus von Portier um die Ohren geschlagen. Jetzt sitzt er in der Ecke und weint.«

»Wir müssen hinein«, sagte Pjetkin leise zu Dunja. »Er entfacht sonst noch eine Revolution.«

Es zeigte sich, daß das Hotel wirklich besetzt war. Dunja und Pjetkin wurden höflich behandelt, und als man erfuhr, daß sie Ärzte seien, hob der geohrfeigte Portier sogar das Telefon ab und telefonierte mit anderen Herbergen. »Gehen Sie ins ›Nowo Sibirska‹«, sagte er dann. »Man hat ein Zimmer für Sie reserviert. Aber nur für Sie . . . Ihr Fahrer, dieser widerliche Hundesohn, kann in der Gosse schlafen.«

Pjetkin verzichtete auf eine Diskussion, hielt draußen Sadowjew fest, der wieder ins Hotel stürzen wollte, um den Portier zu erwürgen, und nach langem Fragen gelangten sie zum Hotel »Nowo Sibirska«, einer alten Herberge, die man nur neu gestrichen hatte, um den Namen zu rechtfertigen. Das Zimmer war bereitgestellt, ein Doppelzimmer mit einem riesigen Bett aus geschnitztem Holz.

Dunja und Pjetkin verloren kein Wort darüber, daß es nur ein Bett war. Sie gehörten zusammen, und es war ihre letzte Nacht für eine lange Zeit. Sadowjew verabschiedete sich von ihnen, mit einem wehen Blick auf seine Tochter. Er zockelte dann mit seinem Wagen durch die Stadt bis in die Vororte, wo unvermittelt die Taiga wieder begann, fand am Fluß Seja ein sauber aussehendes Bauernhaus und erhielt für 3 Rubel – Halsabschneider sind sie alle! – ein Lager im Strohschuppen. Es war noch nicht Abend, aber Dunja und Igor sehnten sich nach dem Bett. Sie aßen unten im kleinen Speisesaal einen Teller dünner Schtschi, eine Suppe aus gesäuertem Kohl, und eine Kulibjaka, ein Blätterteigkuchen mit Hühnerleberfüllung, tranken ein Glas süßen, dunkelgelben Weines und gingen dann hinauf aufs Zimmer.

»Sie müssen uns heiraten lassen, wenn wir ein Kind bekommen«, sagte Dunja später. Sie lagen nebeneinander, beide nackt, und die Wärme ihrer Körper floß ineinander. Zum erstenmal gehörte ihnen die Welt allein . . . ein altes, muffiges Zimmer mit verstaubten Gardinen, ein Riesenbett, in dem man versank wie in einem Sumpf, eine Nacht, in der niemand sie störte als der Wind, der gegen die Fensterrahmen drückte.

Ihre Zärtlichkeiten waren wie das Brotessen eines Ausgehungerten. Der Abschied, der mit dem dämmernden Morgen heraufzog, überschattete ihre Glückseligkeit nur, wenn sie auseinanderfielen, nach Luft rangen und ihre erhitzten Körper sich streckten.

»Es muß ein Kind werden!« sagte Dunja dann. »Es muß! Das Kind einer Russin!«

»Auch ich bin Russe!« sagte Pjetkin und rauchte eine Papyrossa. »Ich werde es ihnen beweisen.«

Er wußte ja nicht, daß in Lemgo, 9000 km weit in einer anderen Welt, das Ehepaar Peter und Elisabeth Kramer wohnte und immer noch hoffte, seinen verschollenen Sohn irgendwo zu finden. Oberst Pjetkin hatte es gewußt, aber er war an dieser Nachricht unter der Kanone »Zar Puschka« im Kreml gestorben. Und das Innenministerium in Moskau wußte es, aber es schwieg.

Um halb sieben holte Sadowjew mit großem Geschrei Dunja und Pjetkin vom Hotel ab. Er wollte nicht wieder zu spät kommen, aber er brauchte zehn Minuten, um überhaupt die Hotelhalle zu stürmen und seinen Wunsch vernünftig auszudrücken. Auf seinem Weg blieben ein stöhnender Türsteher und ein heulender Page zurück, die ihn vergeblich am Betreten des Hauses hindern wollten. »Mich will man festhalten?« brüllte Sadowjew. »Mich? In Stalingrad habe ich ganze Häuserblocks gestürmt!« Der Geschäftsführer des Hotels »Nowo Sibirska« faltete andächtig die Hände, als Sadowjew endlich mit Dunja und Pjetkin wieder auf der Straße stand, das Gepäck verlud und abfuhr zum Bahnhof.

Man soll es nicht glauben ... der Zug stand wirklich da, wartete auf dem vorgeschriebenen Gleis, war bereits überfüllt, die ersten Gurkengläser wurden aufgemacht, es roch nach Zwiebeln und Sauerkohl, irgendwo gackerten Hühner in einem Spankorb und ein Mann brüllte: »Wem gehört das Ferkel? Es pißt mir in den Kragen!«

Sadowjew lief den langen Zug entlang, suchte ein freies Plätzchen, sprang an den Fenstern empor und schrie immer wieder: »Wo kann mein Töchterchen sitzen? Könnt ihr nicht zusammenrücken, ihr dickärschigen Kühe? Meine Tochter ist eine Ärztin! Bedenkt, die Fahrt ist lang ... vielleicht kann man medizinischen Beistand gebrauchen! Wer macht Platz?«

Jeder Russe ist ein vorsichtiger Mensch; am meisten fürchtet er die Krankheit. Und so fand sich tatsächlich in dem überfüllten Zug ein Platz neben einem Mann, der an Asthma litt und die Nähe einer Ärztin sehr beruhigend fand.

Irgendwo pfiff jemand grell und durchdringend. »Sie fahren schon ab!« schrie Sadowjew. »Diese Pünktlichkeit! Als ob man den Beamten neuerdings die Vorschriften ins Süppchen kocht. Dunja, Dunjenka, mein Täubchen, schreib sofort, wie es in Irkutsk ist, ob sie dich gut behandeln, wie das Krankenhaus aussieht, ob du ein schönes Zimmer bekommst.«

Der Zug ruckte an. Von der Lok wallten weiße, dicke Qualmwolken durch die Halle und krochen träge über die Winkenden und Rufenden. Dunja lehnte sich aus dem Fenster und hielt die Hände Pjetkins fest. Er lief neben dem Waggon her, und Sadowjew folgte ihm mit seinen krummen Beinen wie ein keuchender Dackel.

»In vier Wochen wissen wir mehr, mein Liebling«, sagte Dunja und küßte Igors Hände. »Ich liebe dich, meine Sonne, ich liebe dich ...«

Pjetkin schnürte es die Kehle zu. Er nickte nur, lief neben dem Fenster her, blickte Dunja in die schimmernden großen blauen Augen und wunderte sich, daß sein Herz nicht zerbarst. Als der Zug immer schneller wurde, mußten sie die Hände loslassen, Pjetkin blieb zurück, so gut er auch laufen konnte, schließlich blieb er stehen und winkte mit beiden Armen und verschwamm in den weißen Qualmwolken der Lokomotive wie damals sein Vater auf dem Bahnhof von Kischinew.

Keuchend erreichte ihn Sadowjew und fiel gegen ihn, so schlapp war er vom Rennen. »Da fährt sie weg«, weinte er und klammerte sich an ihn. »Wie tapfer sie ist. Wie tapfer. Was heißt das überhaupt: In vier Wochen wissen wir mehr?«

»Dann hat sie sich eingelebt und kann über alles berichten«, sagte Pjetkin ausweichend. »Und unsere Anträge werden in Moskau vorliegen. Wir schicken sie in vier Tagen gemeinsam ab.«

Sadowjew war beruhigt. Er starrte dem Zug nach, bis er um eine Kurve verschwand, weinte dann noch ein wenig an Pjetkins Brust, klagte, sein Leben habe keinen Sinn mehr, putzte sich die Nase und sagte: »Jetzt haben wir einen Wodka nötig, Söhnchen. Anna wird mir verzeihen, daß ich in dieser Stunde meinen Kummer ertränke.«

Die Tage bis zu Pjetkins Abreise nach Chelinograd wurden zu einer Qual. Die Ordnung im Lager war nur noch eine dünne Decke, unter der bereits die Kämpfe um die neue Macht stattfanden. Die Kriminellen hatten Aktionsgruppen gebildet; sie sollten in Tätigkeit treten von der Stunde an, in der Pjetkin das Lager verließ. In der Kommandantur wußte man das, stellte sich darauf ein, entwickelte einen Einsatzplan für die Stunde X, forderte in Chabarowsk mehr Truppen an und lagerte Tränengasbomben griffbereit auf den Wachtürmen.

Die Blatnyje schickten auch eine Abordnung zu Marianka. Sie kamen als Kranke und sagten dann: »Genossin Ärztin, wenn das Gastspiel dieses Idioten Pjetkin vorbei ist, können Sie wieder mit uns rechnen.« Die Dussowa nickte zustimmend, sagte knapp: »Ausziehen!« und »Bücken!« und jagte jedem der Kriminellen eine Spritze mit einer besonders dicken Nadel in den Hintern. Sie hielten mit knirschenden Zähnen still und wußten nicht, was ihnen da ins Fleisch gedrückt wurde. Erst am Abend merkten sie es ... die Hinterbacken schwollen an wie ein Ballon, sie mußten auf dem Bauch liegen und jammerten vor Schmerzen in die Strohsäcke. Am nächsten Morgen aber schrie die Dussowa sie an, tippte mit ihrem berühmten langen Zeigefinger gegen die Brüste und befahl: »Arbeitsfähig!«

In Sergejewka drehte sich auf einmal die Welt andersherum.

Aus Chabarowsk kam eine neue schlechte Nachricht: Für Marko Borissowitsch Godunow gab es keine Stelle in Chelinograd. Das Krankenhaus war gut besetzt, es gab Schwestern und Pfleger genug. Sogar zwei Leichenwäscher standen zur Verfügung.

»Ich fahre mit dir und bleibe in deiner Nähe«, sagte Marko unbeeindruckt von dem Schreiben. »Irgend etwas wird sich finden lassen. Vielleicht brauchen sie einen Straßenfeger, und einen Garten haben sie auch, es gehört zum guten Ton einer jeden Stadt, einen Park zu besitzen. Da kann man Laub aufsammeln, das Gras schneiden, die Blumen pflegen.«

In der Nacht vor der Abreise schlich Godunow noch einmal zu Marianka Dussowa. Sie lag nackt auf dem Bett und schlief fest. Ohne ein Wort besprang sie der Zwerg, und als sie mit einem Schrei aufwachte und sich wehren wollte, drückte er seine große Hand auf ihren Mund und flüsterte:

»Sei still, Mütterchen! Aus der Fremde werde ich kaum schreiben können – laß uns also jetzt die Postkarten vorwegnehmen.«

Godunow schrieb lange und gründlich, und am Morgen, nach dem Duschbad, spuckte sich die Dussowa vor dem Spiegel wieder an.

Der Weggang aus dem Lager war von trostloser Einsamkeit. Niemand verabschiedete sich von Pjetkin ... der Kommandant schlief noch, die Dussowa hatte sich eingeschlossen, der Lagerverwalter war besoffen, die Obmänner übersahen ihn, die Verwalter von Küche, Bäckerei, Werkstatt und Magazin verkrochen sich hinter ihre Arbeit. Nur der kleine Arzt aus der Quarantänestation kam schnell herüber, wünschte viel Glück und verschwand wieder. Auch er war bereits vom Lager aufgesaugt.

Pjetkin sah sich nicht um, als sie in einem Jeep davonfuhren. Für ihn gab es Sergejewka nicht mehr. Er konzentrierte sich auf das Kommende, auf Chelinograd.

Und der Antrag nach Moskau war unterwegs ...

SIEBZEHNTES KAPITEL

Das Kreiskrankenhaus von Chelinograd war ein langgestreckter, zweistöckiger Ziegelbau aus den Tagen, als man in Kasakstan begann, sich darauf zu besinnen, daß die Krankheit keine Strafe Gottes, sondern eine durchaus weltliche und heilbare Angelegenheit sei. Nach dem Großen Vaterländischen Krieg begann dann ein Aufbau ohne Beispiel, Geologen und Physiker, Chemiker und Agrarwissenschaftler reisten kreuz und quer durch das riesige Steppenland, vermaßen und steckten ab, gruben und bohrten, legten neue Karten an, entdeckten Bodenschätze von unmeßbarem Wert und verunsicherten die Nomaden und kasakischen Bauern, die Pferdezüchter und Steppenreiter mit der Parole, dieses Land sei eine Wiege des Wohlstandes für ganz Rußland.

Auch das Krankenhaus von Chelinograd profitierte davon, als die Technik sich breitmachte, den Zauber der Steppe mit Fördertürmen und mächtigen Fabrikanlagen immer weiter nach Süden drückte und aus Chelinograd eine schmutzige, wenn auch reich gewordene Industriestadt machte. Das Krankenhaus erhielt die neuesten Geräte, einen Operationssaal wie die großen Kliniken in Alma-Ata, der kasachischen Hauptstadt, ein vorzügliches Labor für alle Arten der chemischen Physiologie, ein Bestrahlungszentrum und eine Spezialabteilung für Kinderkrankheiten.

Der schönheitsbegabte Stadtsowjet baute um das Krankenhaus herum einen Park mit Pappeln, Birken, Eichen, sibirischen Ulmen, Maulbeerbäumen und weißen Akazien. Rasenflächen und Blumenbeete beruhigten das Auge, wenn man aus den Fenstern des Krankenhauses blickte ... man vergaß dann, daß es nur eine Gemeinschaftstoilette für jede Station gab, sieben Becken nebeneinander, ohne Trennwände, eine Demonstration der Bruderschaft und des Gleichheitssinns. Meistens waren die Becken besetzt, hier saß man herum, rauchte die verbotenen Zigaretten, las Zeitungen, diskutierte über Politik, beklagte seine Krankheit. Man soll kein falsches Bild bekommen: Es war ein gutes Krankenhaus. Die Ärzte in Chelinograd waren berühmt, fleißig, arbeiteten bis zum Umfallen, galten als unbestechlich und zum größten Teil grob.

Pjetkin nahm sich am Bahnhof von Chelinograd eine Taxe und fuhr zum Krankenhaus. Der Fahrer, ein kleiner, graugelber Bursche mit schrägen Augen, schielte während der Fahrt immerfort zur Seite und fragte schließlich:

»Krank, Genosse?« Und als Pjetkin nicht sofort antwortete, fuhr er fort: »Das Krankenhaus ist gut. Sie haben die modernsten Geräte. Mir haben sie einen Gallenstein herausgenommen, so groß wie eine Walnuß. ... Ich habe mich auf die Erde geworfen und mich herumgewälzt, das hat Eindruck auf sie gemacht. Es ist nämlich eine Kunst, aufgenommen zu werden. Immer ist das Krankenhaus überfüllt. Und Ausnahmen gibt es nicht. Die Entscheidung trifft allein Dr. Trebjoff. Hoffentlich sind Sie angemeldet, Genosse, sonst sitzen Sie noch nach einer Woche im Warteraum.«

»Ich bin der neue Chefchirurg«, sagte Pjetkin. Der Fahrer stammelte ein paar unverständliche Worte, drückte aufs Gas und fuhr schneller.

Das Leben in einem Krankenhaus ist überall gleich ... ob in einer Universitätsklinik oder im Kreiskrankenhaus Chelinograd. Es ändern sich nur die Größenordnungen, die Kranken bleiben dieselben. Wenn man die Tür öffnet, ist man in einer anderen Welt. Sie ist leiser, sauberer, geschwängert vom Atem verborgener Schmerzen, durchschwebt von Mädchen in weißen Kitteln und gestärkten Häubchen, von Männern in weißen Mänteln und Ärztinnen mit dem Blick von Staatsanwälten. Man schrumpft zusammen in dieser merkwürdigen Luft und begreift plötzlich, wie klein und armselig man doch in Wahrheit ist. Hier schiebt man das ganze Elend dieser Welt auf den Bahren herein und verteilt es auf die einzelnen Säle.

Pjetkin und Godunow gingen den Weg aller Neuankommenden ... sie nannten nicht den Zweck ihres Kommens, sondern ließen sich bei der Aufnahmeschwester in eine Liste eintragen. Wer sie waren, interessierte niemanden, die Schwester blickte nicht einmal auf.

Im Aufnahmesaal sahen sich Pjetkin und Godunow um, zählten die Wartenden und hörten sich eine Weile die Klagen ihrer Leiden an. Dann verließen sie das Zimmer, gingen an der gelangweilten Schwester vorbei und schlugen die Richtung zu den Stationen ein. Gleich hinter der Pendeltür trafen sie auf eine junge Ärztin, die mit zusammengezogenen Brauen Pjetkin und dann den häßlichen Godunow musterte. Der Anblick Markos schien sie zu erschüttern.

»Hier geht es zur Chirurgie«, sagte sie im Befehlston. »Liefern Sie die arme Mißgeburt in der Inneren Abteilung, erster Stock, linker Flur, ab.«

Godunow hob die Schultern, ließ die Koffer auf den Boden fallen und gab Pjetkin die Hand. »Ich bleibe in Ihrer Nähe«, sagte er. »Hier aber muß ich schnell weg, sonst vergewaltige ich auf der Stelle das hübsche Zicklein.«

Er rannte weg, flitzte durch die Pendeltür und ließ Pjetkin allein. Die Ärztin machte Anstalten, ihm nachzulaufen, aber Pjetkin hielt sie am Arm fest.

»Holen Sie ihn zurück!« rief sie aufgeregt. »Er ist doch irr! Was kann er alles anrichten, wenn er frei herumläuft?« Und als Pjetkin ihren Arm nicht losließ, funkelte sie ihn an und wurde rot im Gesicht. »Wer sind Sie überhaupt?«

»Dr. Pjetkin, der neue Chefchirurg. Führen Sie mich zu Dr. Trebjoff. Und wer sind Sie?«

»Sinaida Nikolajewna Swesda.« Sie wehrte sich nicht mehr gegen seinen Griff, blickte ihn groß und staunend an und sagte dann gedehnt: »*Sie* sind Dr. Pjetkin? Wir erwarten Sie schon. Kommen Sie mit. Dr. Trebjoff operiert gerade, aber er wird Sie bestimmt sofort begrüßen.«

Mit der freien linken Hand strich sie sich über das schwarze Haar, das unter der weißen runden Haube, die ihrem Gesicht etwas Kindliches verlieh, hervorquoll, dann setzte sie sich in Bewegung und zuckte leicht zusammen, als Pjetkin ihren Arm losließ. Ihr weißer Kittel war kurz, noch kürzer als das Kleid, das eine Handbreit überm Knie begann. Ein sonnengelbes Kleid, aus dem lange, schlanke Beine hervorwuchsen mit Fesseln von rehhafter Feingliedrigkeit.

Dr. Trebjoff unterbrach seine Operation nicht, sondern führte sie erst zu Ende. Das war etwas, was Pjetkin gefiel, und er faßte zu Trebjoff bereits Sympathie, ohne ihn zu kennen. Sinaida Nikolajewna trippelte unruhig vor Pjetkin herum, bemühte sich, seine Blicke auf sich zu ziehen, und sagte dann etwas enttäuscht über die mangelnde Reaktion: »Ich stehe der Wachstation vor, Dr. Pjetkin. Wir haben zweiundzwanzig Frischoperierte . . .«

»Dann wäre es gut, Genossin, wenn Sie sich um die Patienten kümmerten«, antwortete Pjetkin freundlich. »Auf Dr. Trebjoff kann ich allein warten.«

Mit einem Blick, der mehr Erstaunen als Beleidigung ausdrückte, verließ Sinaida den Vorraum der Operationsabteilung.

Pjetkin ging unterdessen herum, betrachtete die moderne Einrichtung, begrüßte einige Schwestern und junge Ärzte, die sich für die nächsten Operationen bereitstellten und vorbereiteten.

Die schalldichten Türen des Operationssaales öffneten sich, das fahrbare Bett mit dem noch in Narkose liegenden Patienten wurde herausgerollt. Ihm folgte, noch in Gummischürze, mit heruntergezogenem Mundschutz und in den Nacken geschobener Operationskappe, ein breiter, großer Mensch. Noch bevor er sich vorstellte, wußte Pjetkin: Das ist Trebjoff. Ein Mann, der Sicherheit ausstrahlte wie ein Leuchtturm.

»Willkommen, Igor Antonowitsch«, sagte er mit einer herrlichen Baßstimme.

Sie gaben sich die Hand und faßten vom ersten Blick an Zuneigung zueinander.

»Ich heiße Awdeij Romanowitsch.« Trebjoff faßte Pjetkin unter und verließ mit ihm den Operationstrakt. »Gehen wir zuerst ins Dienstzimmer. Es ist manches zu erklären, bevor Sie hier Ihre Arbeit aufnehmen.«

Der Dienstraum Trebjoffs entpuppte sich als ein dunkles, kleines Zimmer am Ende des Ganges, spärlich eingerichtet mit drei Stühlen, einem Tisch, auf dem Krankenpapiere, Röntgenplatten und Fieberkurven in einem verwirrenden Durcheinander lagen, einem Holzschrank voller Bücher und Akten und einem großen Leninbild an der Längswand. Der einzige Luxus war ein kasakischer Hirtenteppich vor dem Tisch.

Trebjoff setzte sich, schob Pjetkin einen Kasten mit Papyrossi hin und lehnte sich zurück, indem er den Stuhl nach hinten kippte und hin und her wippte.

»Die oberste Krankenhausverwaltung hat Sie als Chefchirurg nach Chelinograd versetzt«, sagte er langsam und blies den Rauch seiner Zigarette gegen die niedrige Holzdecke. »Sehen wir ganz klar, Igor Antonowitsch: Dieser Auftrag hat zwei Seiten, eine polierte und eine beschlagene. Sie werden ab sofort die Chirurgie übernehmen, während ich als Chefarzt das gesamte Haus leite. Wir werden gut zusammenarbeiten, ich mag Sie, Genosse, Ihre Personalakte ist voller Lob, ich weiß, welch ein hervorragender Chirurg Sie sind und was man mit Ihnen für Pläne verfolgt. Das ist aber alles nur eine fachliche Hymne, die polierte Seite. Dreht man die Medaille herum, liest sich das anders. Sie sind ein Feuerkopf, revoltieren gern, kümmern sich einen Dreck um höchste Anordnungen, beleidigen laufend die Beamten, versuchen Reformen einzuführen, stiften Unruhe durch einen geradezu sittenwidrigen Rechtsfanatismus, kurzum, Sie sind politisch ein Fragezeichen. Man hat deshalb auch Ihren Paß von Chabarowsk direkt zur hiesigen Bezirksregierung geschickt, wo er im Panzerschrank aufbewahrt wird. Sie bekommen nur eine Identitätskarte, auf der bescheinigt wird, daß Sie Pjetkin heißen.«

»Das bedeutet, daß ich wie ein Deportierter behandelt werde.« Pjetkin hatte so etwas geahnt. Jetzt aber, wo ihm seine Befürchtungen in höflichen Worten bestätigt wurden, ergriff ihn das Gefühl eines verbissenen Widerstandes. Ich werde kämpfen, dachte er. . . ich werde mich dagegen stemmen und mein Recht als Mensch in einer freien Gesellschaft verteidigen.

Trebjoff schüttelte den Kopf, griff unter den Tisch in einen Kasten, der zunächst aussah wie ein Papierkorb, holte eine Flasche Alma-Ata-Wodka hervor, entkorkte sie, setzte sie an die Lippen, nahm einen tiefen Schluck und reichte sie Pjetkin über den Tisch.

»Man hat einen Zwitter aus Ihnen gemacht, Igor Antonowitsch. Einen freien Chirurgen, der nur einen begrenzten Ausgang hat. Ganz Kasakstan gehört Ihnen, aber nach Omsk dürfen Sie zum Beispiel nicht, und schon gar nicht nach Irkutsk . . .«

»Sie wissen also, Awdeij Romanowitsch?«

»Ich bin über alles informiert. Auch daß Sie ein Deutscher sein sollen. Das ist natürlich Quatsch, aber überzeugen Sie einmal die Genossen im Kreml. Ich wollte Sie nur über Ihre Lage unterrichten. Sie sind ein freier Mensch ohne Paß. Darin liegt eine Chance für Sie, Pjetkin: arbeiten und die Karriere erklettern, die man mit Ihnen plant. Und nur medizinisch denken, nur absolut medizinisch . . . verstehen wir uns?«

Pjetkin nickte. Sein Weg, wie ihn Moskau vorgezeichnet hatte, lag klar vor ihm: eine Präzisionsmaschine, programmiert zu operieren. Dafür ernährte und kleidete man ihn, gab ihm 500 Rubel Gehalt, eine freie Wohnung und die Großzügigkeit, sich in Kasakstan unbehindert bewegen zu können.

»Ich werde ein unbequemer Mensch sein«, sagte Pjetkin und gab die Wodkaflasche an Trebjoff zurück. »Ich habe einen anderen Begriff von Freiheit.«

»Lassen wir die Zeit sprechen, Igor Antonowitsch.« Trebjoff sprang auf und reckte sich, daß die Gelenke laut knackten. »Zunächst werden Sie operieren, daß Ihnen die Mulltupfer aus den Ohren herauskommen! Auf der Warteliste stehen neununddreißig Krebsfälle, sieben Nieren, zwölf Gallen, fünf Magengeschwüre, zehn Zysten und Myome und dreizehn Struma. Die täglichen Unfälle rechnen wir gar nicht mit. Für diesen Berg an Operationen stehen Ihnen zur Verfügung: vier Assistenzärzte, zwei Anästhesisten, zwei Instrumentenschwestern und ein Oberarzt. Den nenne ich zuletzt, weil er ein

Rindvieh ist. Aber sein Vater bekleidet einen Posten in der Akademie der Wissenschaften von Kasakstan in Alma-Ata. Sie brauchen ihn nicht besonders zu behandeln . . . er hat gar nicht den Ehrgeiz zu operieren. Er trinkt und hurt lieber. So, und jetzt zeige ich Ihnen Ihr Zimmer, Igor Antonowitsch . . .«

Irgend jemand hatte das Gepäck, das Marko im Flur hatte stehenlassen, schon ins Zimmer gebracht. Auch eine Überraschung erwartete Pjetkin: Auf dem Tisch neben dem Bett standen in einer Vase drei dicke rote Rosen. Trebjoff betrachtete sie verblüfft, roch an ihnen, als könne er nicht glauben, daß sie echt seien, und schüttelte dann den Kopf.

Am nächsten Morgen um acht Uhr versammelte Pjetkin alle Ärzte der chirurgischen Abteilung um sich. Trebjoff stellte ihn vor als den neuen Chef, Pjetkin hielt eine kurze Ansprache über gute Zusammenarbeit, begrüßte den nach Alkohol duftenden Oberarzt besonders freundlich, was dieser wohlwollend vermerkte, und übernahm dann die erste Operation des Tagesplanes, eine Nierenresektion.

Obwohl es eine Routineoperation war, sprach es sich im Krankenhaus sofort herum: Dieser Dr. Pjetkin hat gesegnete Hände. Bei der ersten Visite starrten ihn die Kranken an wie einen Heiligen.

ACHTZEHNTES KAPITEL

Eine Woche lang hörte und sah Pjetkin nichts von Marko Borissowitsch Godunow. Er schien verschollen, und Pjetkin machte sich Sorgen um ihn. Aber plötzlich war Marko da, lauerte ihm am Nachmittag im Garten des Krankenhauses auf, weil keiner auf normalem Weg ihn zu dem Chefchirurgen vorließ und niemand glaubte, daß er mit Pjetkin befreundet war. So wartete Marko also hinter breiten Rotdornbüschen, bis Pjetkin im Garten spazierenging. Er tat das jeden Mittag nach dem Essen . . . für einen wertvollen Rubel Bestechungsgeld hatte Marko das vom Gärtner erfahren.

»Mein Marko!« rief Pjetkin und breitete die Arme aus, als Godunow aus seinem Versteck hüpfte und über den Rasen lief. »Noch ein paar Tage und ich hätte die Miliz gebeten, dich zu suchen. Wo steckst du? Was hast du bisher gemacht?«

Sie setzten sich auf eine Bank, und Marko ergriff Pjetkins Hand und streichelte sie, als habe er einen Sohn wiedergefunden.

Die Geschichte Markos ist schnell erzählt.

Nachdem er Pjetkin im Krankenhaus abgeliefert hatte, war er sofort zur Stadtverwaltung gegangen und hatte sich bei den zuständigen Beamten vorgestellt. Er fing ganz unten bei der Müllabfuhr an, dann beim Gartenbauamt, beim Elektrizitätswerk, bei der Friedhofsverwaltung und schließlich beim Bauamt. Aber wohin er auch kam . . . die Beamten wurden blaß, als sei ein monströser Geist ins Zimmer geschwebt, rangen nach Worten und sagten dann: »Genosse, bei der Müllabfuhr sind Sie fehl am Platze. Man könnte sie mit in die Wagen schaufeln.« Oder: »Totengräber, Genosse? Die Hinterbliebenen würden sich beleidigt fühlen, wenn sie Sie sehen.« Oder: »Gärtner? Sollen die Blumen vor Schreck welken?« Es war nichts zu machen. Godunow verließ jedes Zimmer mit einer feuchten Antwort, denn er spuckte die Beamten wortlos an, und nach zwei Tagen verbot man ihm das Betreten des Stadthauses und drohte mit der Miliz. Godunow wandte sich der Umgebung von Chelinograd zu. Und hier, in der Steppe am Fluß Ischim, glückte es. Eine staatliche Hühnerzucht suchte noch einen Betreuer für 7000 Hennen. Das war – wenn man es als Laie betrachtete – eine schöne Aufgabe. Futter streuen, warten, bis die Eier gelegt sind, die Eier einsammeln, nach Größe ordnen, und schon hat man Feierabend, kann in der Sonne liegen und sich pflegen.

Aber ein Haken war doch dabei, Genossen. Da es eine staatliche Anstalt war, hatte jemand in der Verwaltung – vom grünen Tisch aus natürlich, denn Idioten findet man selten in der Praxis – eine Norm festgelegt, die unbedingt erfüllt werden mußte. Pro Tag soundso viel Eierchen, das war Pflicht. Wurde das Soll nicht erfüllt, verlangte man einen Bericht und zog dem armen Hühnerbetreuer einige Prozente vom Lohn ab.

Marko erlebte es gleich in der ersten Woche . . . er fütterte die Hühner genau nach Plan, hielt den Stall sauber, kümmerte sich um die neueste Erkenntnis der Tierpsychologie, daß Musik anregend wirkt, und spielte deshalb die bereitliegenden Tonbänder ab. Wirklich, er tat alles, was möglich war . . . aber die Norm erfüllte er nicht.

»Wie kann ich das auch?« klagte er, als ein Kontrolleur erschien und Auskunft heischte. »An den Hähnen liegt es. Faul sind sie, verfressen und dick, liegen in der Sonne und kümmern sich einen Dreck um die Hennen.«

Der Kontrolleur verschwand schnell wieder, nachdem er Marko ein Schwein genannt hatte. Aber man zog ihm nichts vom ersten Wochenlohn ab. Das war ein voller Erfolg.

»Ich überlege, wie man die Hähne zum Fleiß anregen kann«, sagte Marko jetzt zu Pjetkin. »Ein großes Problem. Gehen wir vom Menschen aus. Was unternimmt man, wenn ein Mann beim Anblick eines hübschen Mädchens nicht zur Hose greift? Hormone bekommt er. Er schluckt ein paar Tablettchen und siehe da, er hüpft wieder herum wie ein munteres Böckchen. Warum sollen Hähne keine Hormone bekommen? Bedenken Sie die ungeheure Arbeitsleistung, die man von ihnen verlangt!«

Pjetkin lachte. Er legte den Arm um die breite Schulter des Zwerges und fühlte sich irgendwie zu Hause. »Komm mich jede Woche besuchen, Marko«, sagte er. »Ich werde dafür sorgen, daß sie dich zu mir durchlassen. Hast du von Dunja etwas gehört?«

»Nichts, mein Söhnchen.«

Das war merkwürdig und doch erklärbar. Gleich nach seiner Ankunft hatte Pjetkin aus Chelinograd an Dunja geschrieben. Und auch Dunja hatte einen langen Brief nach Chelinograd geschickt. Aber die Post zwischen Irkutsk und Kasakstan schien nicht durchorganisiert zu sein . . . die Briefe gingen verloren. Offiziell. In Wirklichkeit landeten sie in der KGB-Zentrale von Irkutsk und wurden dort zu den Akten gelegt. Nur Sadowjews Post kam an . . . von ihr machte man eine Fotokopie und verschloß dann die Umschläge so gut, daß niemand die Kontrolle erkennen konnte. Es sind eben Fachleute, Genossen, Künstler auf ihrem Gebiet.

»Man müßte sie hervorlocken«, sagte Pjetkin mit finsterem Blick. »Man sollte einen Brief schreiben und Dunja mitteilen, daß ich die Deutsche Botschaft in Moskau über alles unterrichtet habe. Wenn sie dann kommen, um mich zu verhören, wissen wir, wo meine Briefe bleiben.«

»Wir wissen es auch so, Söhnchen. Wozu provozieren?« Marko schüttelte den Kopf. »Lock nicht die Wölfe aus den Wäldern . . . du bist allein, aber sie kommen in Rudeln. Eine alte Hirtenweisheit ist's . . . schreib sie dir ins Herz, Igorenka. Man kann einen Baum nicht mit einem einzigen Axthieb fällen.«

An diesem Abend schrieb Pjetkin aber doch einen Brief an Dunja. Er teilte ihr mit, daß ein Freund in Moskau mit einem wichtigen, hohen Funktionär im Obersten Sowjet sprechen wolle. Eine Lüge war das, aber sie sollte Unruhe stiften.

Mit der jungen Ärztin Sinaida Nikolajewna Swesda kam Pjetkin zweimal am Tag zusammen, wenn er die Wachstation, die Frischoperierten, kontrollierte. Sie verrichtete ihre Arbeit genau und gewissenhaft, mit einem Gespür für kommende Komplikationen und mit dem Mut für schnelles Handeln. Ein paarmal lobte Pjetkin sie . . . Sinaida dankte es ihm mit einem strahlenden Lächeln und einer Lockung ihrer dunkelbraunen Augen. Es geschah auch, daß sie ihn wie unbeabsichtigt berührte, einmal mit ihrer Hand, einmal mit den Spitzen ihrer Brüste, als sie sich über seine Schulter beugte, um ein Röntgenbild zu betrachten; einmal glitt sie auf dem gewachsten Boden aus und fiel in seine Arme und umklammerte ihn aus Angst, wie es schien, nicht nur mit den Händen, sondern auch mit den Beinen. So spürte er ihre Schenkel und die zwingende Kraft, die in ihnen verborgen lag. Pjetkin aber schien aus Stein zu sein.

Nach zehn Tagen klingelte bei Sinaida das Telefon. Sie zögerte, den Hörer abzunehmen, aber der Anrufer war hartnäckig und schellte so lange, bis ihr Widerstand zusammenbrach.

»Schlafen Sie schon?« fragte eine männliche Stimme.

»Ich war gerade eingeschlafen, ja.«

»Wie geht es unserem Pjetkin, Sinaida Nikolajewna?«

»Er ist hart wie ein Fels, Genosse.«

»Felsen kann man sprengen. Sie haben Dynamit genug in sich. Versagen Sie nicht, Sinaida! Sie wissen, daß es Ihre Aufgabe ist, Pjetkin diese Dunja Dimitrowna vergessen zu lassen. Ist er ein so häßlicher Mensch, daß Sie so zögernd vorgehen?«

»Er ist ein wunderbarer Mann«, sagte Sinaida. Die Ehrlichkeit ihrer Begeisterung schwang in ihren Worten. »Ich habe mich in ihn verliebt, Genosse.«

»Und trotzdem liegen Sie noch nicht in seinem Bett?« Die Stimme des Mannes klang kalt und zerhackte die Worte. »Was hindert Sie daran?«

»Die Gelegenheit.« Sinaida kroch auf ihrem Bett an die Wand und lehnte sich an. »Ich hatte den Auftrag, Dr. Pjetkin auf mich aufmerksam zu machen und eine natürliche Entwicklung zu unterstützen. Das bedeutet, daß er nicht das Gefühl haben soll, überrumpelt zu werden. Er ist ein sehr kritischer Mensch.«

»Machen Sie sich nicht lächerlich, Sinaida Nikolajewna. Ausreden, nichts als Ausreden! Wir erwarten von Ihnen, daß Sie in spätestens zehn Tagen – das ist der letzte Termin – den Vollzug melden und die Geliebte Igor Antonowitschs sind.« Die Stimme bekam einen weicheren Klang, und Sinaida lauschte mit angehaltenem Atem. »Sie lieben ihn wirklich?«

»Ja, Genosse.«

»Wir gestatten Ihnen, Pjetkin in Ihr Privatleben aufzunehmen.«

»Ich danke Ihnen, Genosse.«

»Aber verhindern Sie, daß Sie schwanger werden. Sie kennen die Folgen?«

»Ja, Genosse. Es wird nicht geschehen.«

»Viel Glück, Sinaida Nikolajewna.«

»Ich bedanke mich, Genosse.«

Sie warf den Hörer weg, als glühe er in ihrer Hand, zog die Beine bis ans Kinn und starrte in die Dämmerung des Zimmers. Vor ihrer Tür knirschten die Räder der fahrbaren Betten. Rufe der Pfleger, das Trippeln der Schwestern. Plötzlich das laute, tiefe Organ von Dr. Trebjoff. »Alles in OP II. So wie sie sind. Schnell!«

Ein Unfall. Kranke, Operierte, Sterbende, Tote. Ein nie abreißender Strom des Leides. Und dazwischen die Liebe, die Sehnsucht nach Pjetkins gesegneten Händen, der Traum, von ihm geküßt zu werden, die Seligkeit, in seinem Leib aufzugehen.

Sie schob sich vom Bett, zog sich um, knöpfte den kurzen weißen Kittel zu und drückte die runde, weiße Arztkappe auf das schwarze Haar. Dann drehte sie sich vor dem Spiegel und stellte mit Stolz fest, daß man durch den Kittel das Fehlen des Büstenhalters bemerken mußte.

Als sie später über den Flur ging, starrten die an den Wänden wartenden Kranken ihr nach.

Igor Antonowitsch operierte noch immer. Zehn Stunden bereits, mit einer Stunde Pause für ein Kännchen Tee und eine Schüssel Borschtsch.

Sinaida Nikolajewna seifte Hände und Arme, tauchte sie in sterile Lösungen, ließ sich Schürze und Mundtuch umbinden und löste schweigend einen der übermüdeten Assistenzärzte ab. Pjetkin blickte kurz hoch und sah in ihre großen, strahlenden Augen. Ein Blitz, der aus der Sonne zuckt.

Die Jakuten – man soll nicht denken, weil sie klein, krummbeinig, schlitzäugig und gerbhäutig sind, seien sie auch dumme Menschen – kennen ein gutes Sprichwort: Wenn eine Füchsin dem Fuchs nachläuft, sieht sie den Adler nicht.

Genauso blind war Sinaida Nikolajewna, als sie jetzt neben Pjetkin stand und mit dem Sauger und einigen langen Stieltupfern die Bauchhöhle säuberte. Statt in die große Wunde zu sehen, blickte sie ihn an, bewunderte seine Geschicklichkeit, die Sicherheit seiner Hände, das lautlose, schnelle Operieren. Bei Dr. Trebjoff war es anders ... da wurde am OP-Tisch gebrüllt, Scheren und Klemmen flogen durch die Luft. Die Schwestern und Ärzte hatten wenig zu lachen, bei Gott nicht, und als Trebjoff einmal eine Arterie anstach und das Blut bis zur Decke spritzte, hatte sich um den Tisch ein Haufen Irre versammelt, der sich gegenseitig anschrie und eine Fülle von Beleidigungen durch die Luft schleuderte.

Igor Antonowitsch operierte leise. Nur das Klirren der Instrumente unterbrach die Stille, das leise, saugende Pumpen des Narkosegerätes mit dem sich blähenden und wieder zusammenfallenden Atemsack, ein paar kurze Worte oder Anleitungen, bei Verzögerungen nur ein langer, strafender Blick.

In dieser Verzückung geschah es ... Sinaida half Pjetkin, das Geschwür herauszuschälen und schnitt sich dabei mit der Spitze des Skalpells in den Finger. Nur ein winziger Riß war es, im sich sofort zusammenziehenden Gummihandschuh nicht sichtbar, nicht einmal schmerzhaft, und es blutete auch nicht. Ohne etwas zu sagen, operierte Sinaida weiter. Das oberste Gesetz des Chirurgen, bei eigenen Verletzungen während der Operation sofort die Wunde antiseptisch zu behandeln, mißachtete sie. Für sie war Pjetkins Nähe wichtiger.

»Fertig«, sagte Pjetkin, als die Bauchhöhle gesäubert und das große Geschwür entfernt war. »Nähen Sie zu, Sinaida Nikolajewna. Und reichlich Penicillin. Wir können nicht in jeden Winkel blicken ...«

Sie nickte und sah ihm nach, wie er vom Tisch wegtrat, die Handschuhe auszog und in einen Eimer warf, an das Waschbecken ging und sich die Arme wusch. Eine Schwester band ihm die Schürze ab, löste das Mundtuch und wischte ihm mit einem Lappen den Schweiß von der Stirn.

Sinaida beugte sich über den offenen Bauch und begann mit dem Nähen. Ein junger Assistenzarzt, gerade erst mit einem noch feuchten Examen von der Universität Alma-Ata gekommen, half ihr, reichte die Nadeln an, nahm die Klemmen weg, tupfte und zog die Wundränder zusammen.

Auf dem Flur trafen Pjetkin und Dr. Trebjoff zusammen. Trebjoff hatte sich in Gala geworfen. Er wirkte in dem dunkelblauen Anzug mit weißem Hemd und einer diskret gestreiften Krawatte fremd, fast westlich, wie ein Besucher aus einem fernen Land, der einen Hauch Luxus in das sozialistische Gleichmaß sprüht. Er blieb stehen, steckte die Hände in die Hosentaschen und betrachtete Pjetkin von oben bis unten.

»Ich habe es geahnt«, sagte er. »Sie sind ein Wasserbüffel! Sie schuften bis in die Nacht. Denken Sie nie an sich?«

»Nachts, Awdeij Romanowitsch. Nachts liege ich auf dem Rücken und denke: Warum ist das alles so? Dunja in Irkutsk, ich in Chelinograd, auseinandergerissen, weil wir uns lieben. Ist das Gerechtigkeit?«

»Es gäbe gar keine Probleme, wenn Sie ein Russe wären.«

»Verdammt noch mal, ich bin ein Russe!« rief Pjetkin.

»Das sagen Sie.« Trebjoff hakte Pjetkin unter und zog ihn mit sich den Flur entlang. »Darum fragte ich Sie: Warum arbeiten Sie wie ein Wasserradochse und denken nicht an sich? Heute ist ein Konzert des Pianisten Remnoff im Kulturpalast. Ein brillanter Spieler, ein Techniker mit Gefühl. Heute spielt er Beethoven und Brahms. Beethoven . . . da schließe ich die Augen und beginne zu träumen. Und was machen Sie? Sie räumen einen jauchigen Tumor aus, der gut bis morgen früh hätte warten können. Wer dankt es Ihnen?«

»Der Kranke«, sagte Pjetkin verhalten.

»Solange er im Krankenhaus ist. Wenn er es verlassen hat, wird er höchstens schimpfen, daß er jetzt eine Narbe auf dem Bauch hat.« Trebjoff blieb stehen. »Igor Antonowitsch, ich mag Sie gern . . . vom ersten Tag an.«

»Danke, Awdeij Romanowitsch. Es beruht auf Gegenseitigkeit.«

»Darum sollten wir uns auch nicht anlügen.« Trebjoff beugte sich an das rechte Ohr Pjetkins. »Sie haben Feinde, junger Freund.«

»Das weiß ich.« Pjetkins Gesicht verkrampfte sich. »Man sollte wissen, wo sie sitzen und wer sie sind.«

»Das werden Sie nie erfahren. Weiß man, wo die Stürme entstehen? Plötzlich sind sie da und biegen die Bäume. Einige knicken sie um. Darauf sollten Sie achten, Pjetkin . . . biegen Sie sich, aber lassen Sie sich nicht mit der Wurzel ausreißen. Noch ein Rat unter Freunden: Lösen Sie sich von Dunja.«

»Darüber brauchen wir gar nicht zu diskutieren«, sagte Pjetkin abweisend.

»Das ist auch nicht nötig. Ich appelliere nur an Ihre Logik, Igor Antonowitsch. Was hat diese himmeleinreißende Liebe noch für einen Sinn? Dunja lebt in Irkutsk . . . Sie stecken in Chelinograd, und Sie werden es ohne obersten Befehl nicht mehr verlassen. Sie haben keinen Paß. Sie werden Dunja nie wiedersehen! Ist das ein Grund, sofort ein Mönch zu werden?«

»Es ist ein Grund, gegen dieses System der Menschenkollektivierung Sturm zu laufen.«

»Sie Narr!« Trebjoff stieß die Tür zur Eingangshalle auf. »Warum gehen Sie nicht Ihren Weg zur Sonne, Pjetkin? Eine glänzende Karriere steht Ihnen offen, wenn Sie kollektiv denken. Lernen Sie, in die Breite zu leben! Zum Beispiel Sinaida . . . Ist Sinaida nicht ein Täubchen, das man dauernd streicheln könnte?«

»Sie kennen Dunja nicht«, sagte Pjetkin versonnen. »Ich soll meinen Weg zur Sonne gehen, sagten Sie. Dunja ist meine Sonne.«

»Kommen Sie morgen zu mir.« Trebjoff blickte auf seine Armbanduhr. »Ich werde Sie untersuchen, Igor Antonowitsch. Irgendwo hat Ihr Hirn einen Knick. In zehn Minuten beginnt das Beethoven-Konzert. Ich muß mich beeilen.«

Er lief aus dem Krankenhaus, als habe man Alarm wegen eines Großunfalls gegeben. Pjetkin sah ihm nach. Die kurzen Bemerkungen Trebjoffs hatten ihm gezeigt, wie weit sein Leben bereits mit den Plänen ihm unbekannter, mächtiger Behörden verstrickt war. Langsam folgte er Trebjoff nach draußen, blieb vor dem Haus stehen und atmete tief die klare Nachtluft ein. Die Kronen der Bäume im neu angelegten Park wogten im Wind.

In dieser Nacht verwandelte sich Igor Antonowisch Pjetkin.

Er wollte ein Deutscher sein.

Schon bald überfiel sie das Fieber. Der Gaumen wurde trocken, die Schläfen klopften, Schüttelfröste durchjagten den Körper, die Haut wurde wie Leder und glühte. Vom Finger aus zog sich die Schwellung bereits bis zum Ellenbogen.

Sinaida saß im Bett und lehnte den Kopf benommen an die Wand. Der Schmerz hatte sie geweckt, und als sie aufspringen wollte, war sie schlaff zurückgefallen und hatte nur noch die Kraft besessen, sich an der Wand hochzuschieben. Alle Geräusche versanken wie in Watte ... sie kratzte an die Wand und hörte es kaum, sie rief, wie sie meinte, so laut sie konnte und vernahm ihre eigene Stimme wie ein ganz weites Echo. »Igor!« schrie sie. »Igor, hilf mir! Mein Arm! Rette meinen Arm! Igor ...« Aber es war, als fände die Stimme nicht mehr den Ausgang durch den Mund, sondern verklinge in ihrem Inneren.

Sie wußte, was jetzt in rasender Eile ihren Körper zerstörte, und die Angst sammelte alle Kräfte in ihr. Sie ließ sich aus dem Bett fallen und kroch, den angeschwollenen, zuckenden, brennenden Arm über den Boden schleifend, zur Tür, drückte sie auf und fiel hinaus auf den Flur. Dort blieb sie liegen.

So fand Pjetkin sie, als er vom Park zurückkam. Mit ein paar Schritten war er bei ihr, hob sie auf und erschrak vor der Fieberglut ihrer Haut. Sinaida wie ein Kind auf den Armen tragend, rannte er zum Untersuchungszimmer und gab durch die verschreckt aus ihren Zimmern stürzenden Nachtschwestern Alarm für alle Ärzte der chirurgischen Abteilung.

»Holen Sie Dr. Trebjoff aus dem Konzert!« schrie er, als er den Arm untersucht hatte. »Im Kulturpalast! Sofort! Was stehen Sie hier herum und glotzen mich an? Rufen Sie an!« Der junge Arzt zögerte noch. Zum erstenmal sah er Pjetkin aufgeregt und außer Fassung, und das verwirrte ihn. Die anderen Ärzte hatten Sinaida ausgezogen und auf den Untersuchungstisch gelegt. Pjetkin fühlte den Puls. Er war klein, weich und stark beschleunigt.

»Temperatur einundvierzig sechs«, sagte ein junger Chirurg aus Alma-Ata. Pjetkin drückte den Bauch ab. Die Milz war riesig vergrößert. Ein anderer Arzt entnahm Sinaida Blut aus der Armvene und aus dem Handrücken und rannte mit den Proben zum Labor. Sinaidas Atem wurde schnell und oberflächlich. Neue Schüttelfröste durchrüttelten ihren Körper und warfen ihn hin und her. Die Haut wurde spröde, trocknete aus.

»Sofort zum septischen OP!« schrie Pjetkin. »Welch eine Schweinerei! Hat Sinaida mit keinem darüber gesprochen, daß sie sich verletzt hat? Schnell, schnell . . . das ist ein Wettlauf, Genossen!«

Es dauerte keine Viertelstunde, da war auch Dr. Trebjoff wieder im Krankenhaus. Ein Saaldiener hatte ihn diskret aus dem Konzert geholt, gerade an einer Stelle des Klavierkonzertes, die Trebjoff so liebte.

Am Telefon hatte man Trebjoff nicht gesagt, was im Krankenhaus vorgefallen war, nur, daß es eilig sei. Nun, schon unten am Eingang, schrie man ihm zu: »Sinaida Nikolajewna hat eine Sepsis!«

Trebjoff warf den Hut durch die Gegend, brüllte zwei Ärzte, die aus dem Labor rannten und gegen ihn stießen, wie ein gestochener Stier an und riß fast die Tür zum OP aus den Angeln.

Pjetkin, bereit zur Operation, nickte ihm zu.

»Wundinfektion. Eine Staphylokokken-Sepsis. Infektion durch Schnitt in den Finger. Ich wollte nichts tun ohne Ihren Rat, Awdeij Romanowitsch.«

Dr. Trebjoff beugte sich über die besinnungslose Sinaida Nikolajewna. Ihr Zustand war erschreckend, die Prognose wagte er nicht auszusprechen.

»Sie sind der Chefchirurg, Pjetkin«, sagte er heiser. »Tun Sie, was Sie müssen . . .« Dann betrachtete er Sinaida, schüttelte den Kopf und gab der Ohnmächtigen eine Ohrfeige. »Du dämliches Weibsbild!« schrie er. »Wolltest die Heilige spielen, was? Und jetzt, na, was jetzt? Jetzt wird man dich verstümmeln! Diesen herrlichen Körper verstümmeln. Pjetkin, worauf warten Sie?«

Es war eine grausame Operation. Zuerst schnitt Pjetkin ihr den Arm bis unter die Achsel auf und ließ das Blut aus der langen Wunde strömen. Aber bis zum Ellenbogen war das Gewebe bereits entzündet und geschwollen und schickte immer neue Staphylokokkenkulturen über die Blutbahnen in den Körper. Gleichzeitig injizierten ihr andere

Ärzte hohe Dosen von Tetracyclinen und setzten einen Dauertropf an den gesunden Arm.

»Amputieren Sie!« sagte Trebjoff durch die zusammengebissenen Zähne. »Igor Antonowitsch . . . überwinden Sie sich: Exartikulation Oberarmgelenk. Sehen Sie mich nicht an wie ein kleiner Hund! Ich weiß es auch. Sie ist nicht mehr zu retten. Aber wir wollen nicht dabei stehen und die Arme hängen lassen. Es ist eine Chance, eine winzige Chance . . . ein Tropfen in der Wüste . . .«

»Nein!« Pjetkin legte das große Amputationsmesser wieder weg. »Ich versuche das letzte. Lassen Sie feststellen, wer von uns allen Blutgruppe 0 Rhesus-positiv besitzt. Sie sollen sich bereithalten.«

Trebjoff warf die Arme hoch und legte dann die Hände flach auf den Kopf. »Wir haben hier noch nie einen großen Blutaustausch gemacht«, sagte er. »Aber wie Sie wollen, Pjetkin. Ich bin der erste. Ich habe 0 positiv.« Er riß sich die blaue Jacke und das Hemd vom Leib und begann zu brüllen. »Holt die Ärzte der anderen Abteilungen aus den Betten! Alle Blutgruppen 0 Rhesus-positiv in den OP! Los, los! Ich will Sturm unter den Hintern sehen!«

Die Schwestern rannten hinaus. Pjetkin vernähte den großen Armschnitt und setzte dann den Dreiwegehahn in die Vene. Ein junger Arzt schob ein Rollbett neben den Operationstisch und Trebjoff wälzte sich hinauf, legte sich bequem und schrie: »Schneller! Schneller! Sind hier nur Kerle, die die Geschwindigkeit der Schnecke studiert haben?«

Es half alles nichts. Mit der Verzweiflung des Hoffenden spülte Pjetkin mit frischem Blut Sinaidas Körper durch . . . er durchsetzte es mit so hohen Gaben von Antibiotika, wie es gerade noch vertretbar war, und gab dann den Kampf gegen den übermächtigen Feind auf.

»Wir müssen warten . . .«, sagte er völlig erschöpft. »Wir haben alles getan . . . Wer beten will, soll es tun . . .«

Um die Mittagszeit des übernächsten Tages starb Sinaida Nikolajewna Swesda. Sie erwachte noch einmal aus ihrer Besinnungslosigkeit. Mit einem traurigen Blick sah sie um sich. Pjetkin und Trebjoff saßen an ihrem Bett.

»Ich laß Sie allein«, sagte Trebjoff und stand auf.

»Warum? Bleiben Sie doch.«

»Wie kann man nur ein solcher Idiot sein!« Trebjoff streichelte Sinaida über das heiße, trockene Gesicht und lächelte sie verzerrt an. »Töchterchen, nur Mut . . .«, sagte er mit einer merkwürdig flimmernden Stimme. »Jetzt kannst du ihm alles beichten. Er läuft nicht weg . . . und du hast keine Zeit mehr, dich zu schämen . . .«

Pjetkin wartete, bis Trebjoff aus dem Zimmer gegangen war. Dann beugte er sich über Sinaidas Mund und legte sein Ohr auf die aufgesprungenen Lippen.

»Igoruschka, ich liebe dich . . .«, flüsterte sie. Es war ein Hauch, der über die lederne, aufgequollene Zunge glitt. »Bleib bei mir . . . bleib . . . bleib . . .«

Er nickte, nahm ihre glühenden Hände und drückte sie an seinen Mund. Wie grausam das alles ist, dachte er. Eine Lüge verwandelt ihr Sterben in Glück.

»Sinaida . . .«, sagte er und beugte sich wieder über sie. Ihr Atem roch bereits nach Verwesung, aber die Augen rangen noch nach Leben und waren voll Hoffnung. »Ich bleibe bei dir bis ans Lebensende.«

Es war ein billiges Versprechen . . . ein Geschenk von Minuten nur. Aber sie begriff es nicht . . . für sie gab es keine Zeiträume mehr, sondern nur das Glück der Gegenwart. Sie lächelte, während ein neuer Schüttelfrost durch ihren Körper jagte und der Atem schneller und immer schneller wurde.

Das glückliche Lächeln blieb, als der Atem so abrupt aussetzte, daß selbst Pjetkin erschrak. Es war, als hätte jemand ein Licht ausgeknipst . . . der Kontakt zum Leben war getrennt.

Pjetkin stand auf und verließ das Zimmer. Im Flur wartete Trebjoff an der Wand und rauchte nervös. Er war, das wissen wir, ein großer, starker Mensch, und so waren auch die Tränen, die ihm in den Augenwinkeln standen, groß und dick.

»Vorbei?« fragte er tonlos. Pjetkin nickte.

»Ja. Ganz plötzlich.«

»War sie glücklich?«

»Ich glaube, ja.«

»Sie war ein geheimnisvolles Weibchen.« Trebjoff wischte sich mit dem Handrücken die Tränen aus den Augen. »Seit zwei Jahren ist sie hier in Chelinograd. Ein Engel von Gestalt, aber ein Fels an Härte. Wenn jemand zu mir sagen würde, er hätte sie im Bett gehabt, dem würde ich den Schädel spalten, denn er wäre der infamste Lügner. Und da kommen Sie . . . und vom ersten Tag an ist sie wie verwandelt. Sehen Sie mich an, Igor Antonowitsch – was ist eigentlich so Unwiderstehliches an Ihnen dran? Ich kann nichts finden.« Trebjoff bemühte sich um eine erzwungene Fröhlichkeit, aber er war nicht stark genug, seinen Augen das Weinen zu verbieten. »Ich will Ihnen etwas verraten, mein Junge. Ich habe Sie beneidet. Ihnen ist etwas von selbst in den Schoß gefallen, wie ein Apfel, den der Wind abschüttelt, worum ich mich seit zwei Jahren bemühte. Wie ein Pfau bin ich um

Sinaida herumgehüpft – sie hat mich angelächelt, wie man einen harmlosen Irren anlächelt.«

Er ließ Pjetkin stehen und ging gesenkten Hauptes in das Totenzimmer.

Eine Stunde später stand Sinaida Nikolajewna aufgebahrt im Speisesaal der Ärzte. Trebjoff hatte einen geschnitzten Sarg kommen lassen, alte mongolische und kasakische Ornamente, in denen die Herbheit der Steppe und die Liebe zu den Pferden wiederkehrten. Unter einer mit Gold bestickten Decke lag sie, die lackschwarzen Haare mit bunten Bändern durchflochten. Trebjoff weinte wie ein Kind, setzte sich an das Fußende des Sarges und sprach mit niemandem mehr. Nur als Pjetkin noch einmal an den Sarg trat und rote Rosen auf Sinaidas Hände legte, blickte er ihn traurig an.

Am Abend rief die Aufnahmeärztin verzweifelt nach Dr. Pjetkin. Ein Mann sei da, der wälze sich vor Schmerzen über den Boden, bespucke die Wände und Krankenpfleger und schreie immer nach Dr. Pjetkin. Dabei sehe jeder, daß er nur simuliere. Und ein häßlicher Zwerg sei er ...

Pjetkin lief hinunter zur Aufnahme. Wirklich, es war Marko.

»Söhnchen!« schrie er. »Sie glauben mir nicht die Krankheit! Nichtskönner sind sie alle. Ich habe sie Ihnen erklärt – sie kennen sie einfach nicht. Lesen sie denn keine medizinischen Bücher? Aber du kennst sie, nicht wahr? Wir haben schon zusammen einen Mann seziert, der an dieser schrecklichen Geißel gestorben ist. Nur Männer befällt sie, nur Männer .. die Genossinnen Ärztinnen weigern sich, das zu glauben.«

Pjetkin wandte sich ab. »Auf Zimmer 19«, sagte er zu dem wartenden Krankenpfleger, der sich bereithielt, Godunow mit Schwung aus dem Krankenhaus zu werfen. »Und sagen Sie im OP Bescheid. Alles vorbereiten für eine Amputation des Hirns ...«

»Söhnchen!« schrie Godunow auf. Er rannte Pjetkin nach, hängte sich an seinen Arm und lief neben ihm her. »Hab Erbarmen. Die Hühner machen mich fertig, die Hähne sind faul, die Eier werden immer weniger. Ich bin krank an Leib und Seele ... gib mir ein Bett bei dir, ohne mein Gehirn herauszunehmen.«

Pjetkin blieb stehen. »Der wahre Grund?« fragte er drohend.

»Ich habe es dir versprochen.« Marko wischte sich über das Gesicht und zitterte vor Freude. »Ich komme zurück. Als Angestellten wollten sie mich nicht ... also komme ich als Patient.«

Es war ein Augenblick, in dem Pjetkin den häßlichen Zwerg hätte küssen können.

Wer zum erstenmal aus den riesigen Wäldern der Taiga herauskommt und die Stadt Irkutsk betritt, setzt sich still auf eine der Bänke in den vielen Parks und Gärten und schweigt. Er glaubt, in einem Märchenland zu sein, und braucht eine ganze Zeit, um sich zu sagen: Väterchen, auch das ist Sibirien. Auch das ist Rußland. Diese moderne Stadt mit den breiten Avenuen und Grünanlagen, die großen weißen Schiffe auf der Angara, die hinunter zum Baikalsee fahren, diesem kleinen Meer inmitten der Urwälder, die kühnen Bauten der Idanow-Universität, die säulen- und giebelreichen Theater im klassischen Stil wie das Opernhaus und das Schauspielhaus, das Weiße Haus mit seinen korinthischen Säulen, in dem die Universitäts-Bibliothek untergebracht ist, die mächtige Eisenbetonbrücke über die Angara, die Bilderbuchkirchen Spasskaja und Kretowskaja, das Wunder des Stauwerks von Bratsk, das mit 4,5 Millionen Kilowatt Elektrizität den Weltrekord aller Elektrizitätswerke hält, der Palast des Bahnhofs in der Vorstadt Glaskowskoje und das größte Sportstadion des ganzen Fernen Ostens ... das alles, Brüderchen, ist Sibirien, auch wenn du's nicht glauben kannst.

Im Sommer sind die Ufer der Angara und des Baikalsees gesprenkelt mit den Leibern der schwitzenden und Kühle suchenden Menschen ... im Winter wird auf dem Markt die Milch in gefrorenen Blöcken verkauft, denn bei fünfzig Grad Frost ist kein Ding mehr beweglich, außer Mensch und Tier. Über hundert Industriebetriebe ziehen sich um die Stadt, in den Gerbereien werden Bisam, Zobel, Hermelin, Marder, Weißfüchse und Nerze verarbeitet, in 72 Schulen, 19 technischen Lehranstalten und 8 Hochschulen wird der Geist einer neuen sibirischen Generation gefördert, 10 000 Studenten leben ständig in der Stadt, die neue Elite eines jungfräulichen Landes, dessen Erschließung einmal die Welt verändern kann ... o Freunde, es ist schon ein Geschenk, in Irkutsk zu leben.

Die Universitätsklinik ist – wie alles in Irkutsk – der modernste Krankenhauskomplex im ganzen Osten. Hier fehlt es an nichts ... und ob man in Paris, London oder Berlin, New York, Tokio oder Rom im Krankenhaus liegt, man findet keinen Unterschied zu diesem sibirischen Klinikum, es sei denn, man ist ehrlich genug, zu gestehen: Irkutsk ist *noch* moderner, *noch* besser, *noch* umfangreicher als jede andere Krankenanstalt irgendwo auf der Welt.

Dunja Dimitrowna hatte im Krankenhaus ein schönes, helles Zimmer zum Innengarten hinaus bekommen. Chefarzt Prof. Dr. Bulak begrüßte sie eine Stunde nach ihrer Ankunft persönlich in seinem Büro, hielt ihr einen Vortrag über Kameradengeist und die Ehre, in Irkutsk Ärztin zu sein, stellte sie dann dem Ärztekollegium vor und übergab Dunja eine Station auf der Männerabteilung der chirurgischen Klinik. Unfallstation III. Eine Durchgangsabteilung.

Oberarzt dieser Abteilung III war ein Dr. Juri Dimitriwitsch Tschepka, ein hochmütiger, langer, dürrer Mensch mit dem Gesicht eines Hammels. Er begrüßte Dunja mit einem fetten Grinsen, betastete mit Blicken ihre Brüste und Hüften, schnalzte mit der Zunge und sagte: »Wir werden uns gut verstehen, Dunja Dimitrowna. Sie sind ganz allein in Irkutsk?«

»Ich komme vom Amur, Genosse.« Dunja sagte es wie eine Abweisung. »Wir sind Einsamkeit gewöhnt.«

»Wer wird in Irkutsk einsam sein?« Tschepka lachte und wollte Dunja um die Hüfte fassen. Aber sie war schneller, wich ihm aus und schlug ihm auf die Finger. »Aha! Ein eisernes Frauchen!« rief Tschepka und bog sich vor Lachen.

Wie gesagt, er war ein mieser Mensch, dieser Juri Dimitriwitsch Tschepka. Man hätte ihm dauernd in die Fresse schlagen können, und das wäre ein Genuß gewesen. Er nutzte seine Stellung als Oberarzt schamlos aus, schlich den jungen Ärztinnen und Schwestern nach, sobald es dunkel wurde, und berichtete bei Chefarzt Prof. Dr. Bulak Schlechtes über alle, die nicht nach seinem Willen waren.

Dunja schrieb gleich nach ihrer Ankunft einen Brief an Igor, aber sie gab ihn zur Weiterleitung an die Post bei der Verwaltung ab, und das war ein Fehler. Der Brief wurde zur Seite gelegt, ein Mann in einem kleinen, abgesonderten Büro entschied, daß er vernichtet werden sollte, und so verschwand der Brief in einer Papierzerkleinerungsmaschine.

Was soll man sagen, wie Dunja lebte? Sie war Ärztin, und der Lebensrhythmus einer Klinikärztin ist eintönig, von den Kranken vorgeschrieben. Das Leid überspült einen, bis man die Schreie und das Stöhnen nicht mehr hört, bis man selbst den armen Menschen nicht mehr sieht, sondern nur noch die Krankheit, bis alles zusammenschrumpft auf den Teil des Körpers, den man behandelt. Eine Armquetschung, eine Handamputation, ein Oberschenkelbruch, ein offener Schädel, ein eingedrückter Brustkorb, eine geknickte Wirbelsäule, ein Gesicht voller Glassplitter, ein weggerissenes Bein. Tag um Tag, und oft auch in der Nacht, nur blutende, verstümmelte Leiber ... Unfälle in den Werken, Unfälle auf den Straßen ... es war erstaunlich, wie gründlich sich die Menschen durch eigene Schuld dezimierten.

Dreimal rief Dunja in Issakowa an und sprach mit Vater Sadowjew. Dimitri Ferapontowitsch saß dann immer im Parteihaus zitternd hinter seinem Tisch und brüllte in die Sprechmuschel: »Täubchen, wie geht es dir? Bist du gesund? Sind sie alle nett zu dir? Ich komme sonst sofort! Das ganze Dorf wird sammeln, daß ich zu dir fliegen kann! Und ich werde jeden, der dich beleidigt, an die Wand nageln!« An dieser Stelle versagte ihm meistens die Stimme, und Dunja konnte endlich fragen:

»Was hast du von Igor gehört, Väterchen?«

»Nichts. Gar nichts! Er schweigt sich aus. Kein Brief, kein Telefonanruf. Zweimal habe ich ihm geschrieben, und zweimal habe ich in Chelinograd angerufen. Weißt du, was sie mir sagen: ›Der Herr Doktor hat keine Zeit!‹ Zu mir sagen sie das. Keine Zeit! ›Ha!‹ habe ich da gebrüllt, ›ich bin der Schwiegervater! Holt ihn her, mein Schwiegersöhnchen! Für mich hat er immer Zeit. Ich bin Sadowjew, seit dreißig Jahren Parteigenosse . . .‹ Und was tun sie? Sie hängen einfach ein.«

»Sie werden uns überwachen«, sagte Dunja, und es gehörte Mut dazu, so etwas in ein Telefon zu sagen. Und siehe da . . . es machte knack in der Leitung, und die Verbindung nach Issakowa war unterbrochen. Für Dunja war diese Situation verständlich, aber Sadowjew begann zu toben, bis er sich schließlich erschöpft damit abfand, daß die Macht des Staates anerkannt werden mußte.

Im Krankenhaus Irkutsk aber legte der geheimnisvolle Mann in dem kleinen Büro eine neue Seite in die Akte Sadowjewa/Pjetkin und verschloß dann die Papiere in seinem Schreibtisch. Und wie Sinaida in Chelinograd wurde eines Abends auch der Arzt Dr. Tschepka angerufen:

»Genosse Juri Dimitriwitsch, wie steht's? Wie weit sind Ihre Bemühungen um Dunja?«

»Ich werde es mit schönen Worten nicht schaffen«, antwortete Dr. Tschepka und blies den Rauch seiner Zigarette in das Telefon. Er saß in seinem Zimmer auf dem Sofa und trank Grusinischen Kognak. »Sie ist ein wildes Tierchen, das man einfangen muß mit Netzen und Stricken.«

»Dann stellen Sie die Fallen, Genosse. Enttäuschen Sie nicht die Zentrale. Sie haben etwas zu verlieren . . .«

Tschepka nickte schweigend und legte auf. Er trank noch vier Gläser Kognak, badete sich dann, zog über den nackten, mit einem herben Parfüm besprengten Körper nur seinen weißen Bademantel, schlüpfte in bestickte jakutische Pantoffeln und schlürfte den Gang hinunter zum

Zimmer Dunjas. Die Tür war unverschlossen, als er die Klinke drückte, das Zimmer leer, eine Flasche mit Limonade stand auf dem Tisch, ein halb leer getrunkenes Glas daneben. Der Duft süßer chinesischer Zigaretten schwebte noch in der Luft.

Ein Notfall, dachte Tschepka. Unfallstation. Ein miserabler Dienst. Nicht einmal diese schreckliche Limonade konnte sie austrinken.

Er sah sich um, entschloß sich, Dunja einen kleinen Schock zu versetzen, zog den Bademantel aus und legte sich nackt in ihr Bett.

Er wartete eine Stunde, rauchte sechs Zigaretten, trank sogar die süße Limonade aus, was ihm ein störendes Sodbrennen einbrachte, und löschte dann das Licht, als er auf dem Gang schnelle, trippelnde Schritte hörte.

Zunächst war es der fremde Tabakgeruch, der Dunja vorsichtig werden ließ, als sie die Tür öffnete. Dann knipste sie das Licht an, blieb in der offenen Tür stehen und sah sich um. Auf den ersten Blick war das Zimmer leer. Sie schloß die Tür, drehte den Schlüssel herum und zog den weißen Arztkittel aus. Darunter trug sie nur ein spitzenbesetztes Höschen und einen knappen Büstenhalter, der die volle Brust kaum zu bändigen vermochte.

»So viel Entgegenkommen hätte ich nie erwartet«, sagte Tschepka, dieser Teufelssohn, aus dem Bett. Dunja fuhr herum und ergriff mit einer bewundernswerten Reaktionsschnelle die leere Limonadenflasche. »Zuerst die Tür verriegeln, dann das Entblößen eines Körpers, von dem die Dichter unsterbliche Verse singen würden ... Dunja Dimitrowna, Sie überfallen mich mit Ihrer Wildheit ...«

»Stehen Sie auf!« sagte Dunja mit kalter Stimme. »Ich habe gewußt, daß es einmal so kommen würde. Seit drei Wochen schleichen Sie mir nach.«

»Sie haben es bemerkt? Das ist der Funke, der zünden kann, Dunjenka. Ich verzehre mich vor Sehnsucht.«

»Erwarten Sie nicht, daß ich um Hilfe rufe.« Dunja umfaßte die Flasche und wog sie in der Hand. Ganz ruhig sprach sie. »Wir haben es am Amur gelernt, mit den Gefahren zu leben. Ich habe die Wölfe mit einem Knüppel weggejagt, und einem Bären habe ich einen Hammer an den Kopf geworfen. Jetzt habe ich eine Flasche, um ein Schwein zu vertreiben. Das genügt mir. Stehen Sie sofort auf!«

»Sie werden sich wundern, wenn ich aufstehe.«

Tschepka lachte gemein. Er schlug die Bettdecke zurück und bot sich Dunja in voller Nacktheit dar. Seine Erregung war deutlich. »Was nun?« fragte er und kreuzte die Arme hinter dem Nacken. »Wollen Sie mich aus dem Bett reißen? Ich wiege 189 Pfund, und die sind schwer zu bewegen. Überlegen wir gemeinsam, Dunjenka: Mit Worten werden Sie mich nicht von der Matratze bringen, Gewalt würde Gegendruck erzeugen, und da ist eine Frau immer im Nachteil; rufen Sie um Hilfe, wird man Sie auslachen, denn ich werde so liegenbleiben und sagen: ›Genossen, geht wieder hinaus! Sie hat nur aufgeschrien, weil sie auf so viel Männlichkeit nicht vorbereitet war.‹«

»Sie unterschätzen mich, Juri Dimitriwitsch«, sagte Dunja ruhig. »Wo sind Sie geboren?«

»In Kiew.« Tschepka sah Dunja verblüfft an.

»Dann wird Ihnen niemand übelnehmen, daß Sie die Mädchen vom Amur nicht kennen. Stehen Sie jetzt auf und verlassen Sie das Zimmer?«

»Morgen, wenn die Sonne sich in der Angara spiegelt ... eher nicht.«

»Sie sind ein dämlicher Mensch, Tschepka. Auf diese Art haben Sie alle Ihre Frauen erobert?«

»Ja. In jeder Frau versteckt sich ein ungeheuerlicher Paarungstrieb. Sie umkleiden ihn nur mit dem Mäntelchen der Scham. Aber das ist ein dünner Stoff ... er zerreißt beim ersten festen Griff und zerfällt zu Staub. Dunjenka, befreien Sie sich vom Moder der Moral ...«

»Ich werde mich vom Gestank eines Bockes befreien. Am Amur genügt eine einfache Peitsche, und er läuft, als brenne ein Büschel Stroh auf seinem Rücken. Welch ein hirnloser Mensch sind Sie doch, Juri Dimitriwitsch!«

Sie machte vier Schritte vorwärts, stand vor dem Bett und blickte mit kalten Augen auf Tschepka und seine Erregung. Dann hob sie die Limonadenflasche, und ehe Tschepka sich wegrollen konnte, schlug sie ihm damit über den Kopf, das Glas zersplitterte und der Boden der Flasche stak plötzlich wie eine Krone in der Schädeldecke und leuchtete wie ein riesiger Diamant. Ein Blutschwall überflutete den nackten Körper. Tschepka streckte sich, stöhnte leise und verlor die Besinnung.

Ohne Hast zog Dunja ihren Arztmantel wieder an, verließ ihr Zimmer und gab vom Flurtelefon aus Alarm für das Notoperations-Team, das immer bereitstand, in einem Raum neben den Operationssälen.

»Eine Kopfverletzung«, sagte sie mit der unpersönlichen Stimme aller Klinikärzte. »Glassplitter in der Schädeldecke. Ein Rollbett soll zu mir kommen ... ja, Sie hören richtig, Genosse: zu mir. Der Unfall liegt in meinem Bett. Dr. Tschepka, Sie vermuten richtig. Hat er auch mit Ihnen eine Wette abgeschlossen? Beeilen Sie sich, sonst verblutet er.«

Am nächsten Morgen saß Dunja Dimitrowna zum erstenmal dem geheimnisvollen Mann in dem kleinen, unbekannten Büro gegenüber. Ein freundlicher, dicklicher Mensch mit schwarzen Locken und einer fleischigen Nase, auf der drei Pickel glänzten. Er zeigte auf einen Stuhl vor dem Tisch, sagte: »Sie können rauchen, Genossin«, und blätterte in einem Schriftstück. »Der Genosse Tschepka wird linksseitig gelähmt bleiben«, sagte er gleichgültig. »Wissen Sie das?«

»Nein. Ich bedauere das. Aber ich habe Tschepka gewarnt.«

»Müssen Sie ihn dann gleich zum Krüppel schlagen? Ein nackter Mann, das ist doch kein Grund, sein Leben zu vernichten. Wissen Sie, daß ich Anklage wegen Mordes erheben kann?«

»Und ich werde mit einer Anzeige wegen Vergewaltigung antworten.«

»Wo sind die Beweise?« Der dicke Mensch sah Dunja freundlich an. Aber in dieser Väterlichkeit steckte die ganze, unberechenbare Macht des KGB. »Beweise! Wer soll Ihnen das jemals glauben?« Der freundliche Mensch wedelte mit beiden Händen, als Dunja erneut antworten wollte. »Sparen wir uns alle unnützen Worte. Das einzige, was gilt, ist mein Bericht, sind meine Ermittlungen, ist die Ansicht, die ich über den Fall Tschepka vertrete.« Er hielt ein Papier hoch und ließ es dann auf die Tischplatte zurückflattern. »Auf dem steht, was Sie getan haben, Dunja. Mordversuch an Dr. Tschepka mit einer Flasche. Unweiblich, brutal, abscheulich und unästhetisch. Wenn ich es abgebe, dieses Papierchen, wird man Sie verhaften und verurteilen ... das ist so sicher, wie die Angara im Winter vereist. Aber was soll's, Genossin? Sie sind eine gute Ärztin, Sie können dem sowjetischen Staat noch lange nützen. Also bleibt uns ein anderer Weg.« Er hob ein zweites Schriftstück hoch, wedelte damit durch die Luft und ließ es dem anderen nachflattern. »Ein einziges Wort genügt, Genossin ... Ihre Unterschrift. Weiter nichts. Dann wird Tschepka in eine Anstalt gebracht, wir sorgen für den Armen, und zu Ihnen wird nicht mehr davon gesprochen. Sie haben richtig gehandelt, sich dieses wilden Ebers zu erwehren. Sie haben Ihre Ehre geschützt, das fordert Anerkennung. Sollte man diese beiden Wege nicht genau überlegen? Bitte ...«

Er schob Dunja das letzte Papier zu. Sie warf einen Blick über die wenigen Zeilen und schob es energisch zurück. Ein Verzicht auf Pjetkin.

»Nein«, sagte sie hart und stand auf. »Ich werde Igor Antonowitsch wiedersehen. Der Preis ist mir zu hoch.«

»Auf der anderen Seite Zuchthaus und Verbannung.« Der freundliche Mensch schabte über die Pickel seiner dicken Nase. Er war auch nur ein Mann, und der Anblick Dunjas war erfreulich und herzstärkend. Er dachte an die Lager in der Steppe, in den Wäldern und oben am Eismeer, an dieses andere Sibirien, in dem sich das Grauen von Jahrhunderten aufgehäuft hatte, und er versuchte es noch einmal, entgegen seinen Vorschriften, nur an das Gesetz zu denken, nicht an den Menschen. »Dunja Dimitrowna . . . seien Sie nicht blind! Eine Formsache ist diese Unterschrift. Nur der Abschluß eines schon gelaufenen Verfahrens. Sie werden mit Pjetkin nicht mehr zusammentreffen.«

»Das glauben Sie . . .«, sagte Dunja leise. Die Erkenntnis der Wahrheit machte sie leer wie einen riesigen Raum, in dem sie ihre eigene Stimme nicht mehr hörte.

»Ich weiß es. Wir haben den Befehl von oberster Stelle. So verwirrend die Wahrheit auch ist . . . Pjetkin ist Deutscher. Ihre Unterschrift, Genossin, und alle Probleme werden in einem Panzerschrank verstauben. Ist es so schwer, unter Millionen Männern einen einzigen zu vergessen?«

»Das ist es, Genosse.« Dunja ging zur Tür. Ein stolzes Hühnchen, dachte der dicke, freundliche Mensch, aber man wird ihr trotzdem das Hälschen umdrehen. Schade ist's, aber die Gesetze machen nicht vor schönen Körpern und strahlenden Augen halt.

In ihrem Zimmer schrieb Dunja eine Anzeige gegen Tschepka. Es war die gleiche Zeit, in der der kleine, dicke Mensch mit Moskau telefonierte, bei jedem zweiten Wort nach vorne knickte und ehrfürchtig sagte: »So wird es gemacht, Genosse. Jawohl, so wird es gemacht.«

ZWANZIGSTES KAPITEL

Die Dienststelle des KGB von Chelinograd – auch die gab es dort, denn wo der Fortschritt wächst, gedeiht auch das Mißtrauen des Staates gegenüber seinen Bürgern – lag in einer engen Seitenstraße, unauffällig, ein Haus wie tausend andere. Man wußte in Chelinograd auch kaum etwas von diesen Genossen, die für den Russen dem lieben Gott am nächsten stehen, denn Gott schuf Himmel und Erde, schickt Wind und Regen, läßt die Sonne scheinen und die Nacht dunkeln, bestimmt Frühling, Sommer, Herbst und Winter . . . aber die Genossen vom KGB bestimmen, ob jemand geruhsam sein Pfeifchen rauchen und 100 Gramm Wodka trinken darf, oder ob er am Kap Deschnew in einem Bergwerk mit hundert anderen Sträflingen seinen wertlos gewordenen Geist aufgibt.

Pjetkin ahnte gar nichts, als ihm die Post einen Brief brachte. Er wurde gebeten – man höre es sich an: gebeten! –, am Donnerstag in die Schabarowskaja zu kommen. Um 10 Uhr vormittags. Zu einer Besprechung. Der Absender war noch geheimnisvoller: Büro für technische Zusammenarbeit. Ein Name, der Pjetkin gar nichts sagte, aber für einen Russen ist Technik ein Zauberwort. Der Technik verdankte er das neue Rußland.

»Eine merkwürdige Sache«, sagte Godunow, als er den Brief gelesen hatte. Er lebte als Patient im Krankenhaus, wurde von Pjetkin persönlich behandelt, und wenn er auch keinerlei Krankheit hatte, so mußte er es doch über sich ergehen lassen, daß man ihm Spritzen gab und bittere Säfte und Tabletten.

»Technische Zusammenarbeit«, sagte Pjetkin und drehte den Brief zwischen den Fingern. »Im Prinzip klingt das gut. Vielleicht erproben sie einen neuen Bestrahlungsapparat? Ich werde hingehen, Marko.«

Die Schabarowskaja ist, wie gesagt, eine Nebenstraße, und das Haus ein gelbgestrichener häßlicher Bau. Aber innen war es sauber, merkwürdig still und von einer fast kalten Einsamkeit. Zimmer 6. Pjetkin klopfte an, jemand rief: »Herein!«, und dann war er in einem der typischen Büros mit der trostlosen Einrichtung aus einem Tisch, drei Stühlen, einem Aktenschrank, einem Leninbild an der Wand und einem verwelkten Blumenstock auf der Fensterbank. Der Mann, der hinter dem Tisch saß, winkte Pjetkin lächelnd zu, zeigte auf den Stuhl und rief: »Nehmen Sie Platz, Igor Antonowitsch. Wir kommen gleich zur Sache.« Er selbst stand nicht auf, was ein höflicher Mensch sonst tut, und er nannte Pjetkin sofort beim Namen, ohne daß dieser sich vorgestellt hatte. Zwei Dinge, die Pjetkin auffielen und ihn vorsichtig werden ließen.

»Sie kennen mich, Genosse?« fragte er und setzte sich.

»Wer kennt nicht den Arzt Pjetkin?« Der Mann lehnte sich zurück. Das war die dritte Unkorrektheit, denn ein guter Mensch stellt sich vor, mit Vornamen, Vatersnamen und Nachnamen, damit man weiß, wen man vor sich hat und wie man ihn anreden soll. »Das medizinische Genie. Damit sind wir beim Thema! Sie haben einen offiziellen Antrag gestellt, als Deutscher betrachtet zu werden und in Ihre Heimat Deutschland ausreisen zu dürfen.«

In diesem Augenblick wußte auch Pjetkin, was das »Büro für technische Zusammenarbeit« wirklich war. Er wurde ruhig, nahm sein Herz fest in die Hand und bereitete sich auf einen Kampf um sein weiteres Schicksal vor.

»Man hat mir mehrfach gesagt, ich sei, obwohl ich als Russe erzogen und von Oberst Pjetkin adoptiert worden bin, ein Deutscher geblieben. Man sagte sogar sehr plastisch: Wenn man einen Ochsen in eine Kamelhaut näht, bleibt er doch ein Ochse.«

»Von dem Ochsen Pjetkin sprechen wir später.« Der Mann hinter dem Tisch sah an die hölzerne Decke. »Bleiben wir bei Ihrem Antrag . . . er ist doch ein Witz, Igor Antonowitsch.«

»Er ist so wahr, wie ich ein Deutscher sein soll. Die Entscheidung liegt nun bei Ihnen. Verweigert man mir die Rückkehr nach Deutschland, muß ich wohl ein Russe sein.«

»Das nennen Sie Logik?« Der Mann, ein gepflegter, schlanker Mensch mit angegrauten, braunen Haaren, der eher ein Wissenschaftler als ein Beamter des Geheimdienstes sein konnte, schüttelte wie verwirrt den Kopf. »Das sowjetische Volk erwartet von Ihnen den Einsatz Ihrer Arbeitskraft und Ihres ganzen Könnens.«

»Und ich erwarte vom sowjetischen Staat, daß er mich als einen Mann aus seiner Mitte betrachtet und mich nicht hindert, eine Frau zu heiraten, die ich liebe.«

»Ach ja, Dunja Nikolajewna. In Ihrem Antrag steht wörtlich: ›Rückführung nach Deutschland mit Dunja Nikolajewna als meiner Frau . . .‹ Pjetkin, Sie hatten eine unkontrollierte Stunde, als Sie das schrieben. Wir überlesen es.«

»Sie sollten es in sich hineinbrennen, Genosse! Ich bestehe darauf, zusammen mit Dunja nach Deutschland auswandern zu können!«

Der Mann hinter dem Schreibtisch blickte Pjetkin eine Weile schweigend an. Es war das Schweigen vor dem Fallen der Maske. Zwölf Uhr. Demaskierung. Die wahren Gesichter kommen hervor. Und sie kamen . . .

»Igor Antonowitsch Pjetkin«, sagte der Mann fast feierlich, »ich werde es nicht verhindern können, daß man Sie eingehend verhört. Bleiben Sie ruhig . . . vor der Tür steht bereits eine Wache.«

»Was soll das heißen?« Pjetkin sprang auf. Er war sich seiner Ohnmacht bewußt, aber er wollte nicht ohne Widerstand aus diesem Zimmer gehen. »Ich protestiere! Ich habe meinen Antrag an das Innenministerium in Moskau gestellt, und von dort erwarte ich eine Antwort!«

»Wer denkt denn an Ihren verrückten Antrag, Pjetkin?« Der Mann hinter dem Tisch lächelte elegant. »Wir bemühen uns gerade, ihn aus der Welt zu schaffen. Mein lieber Igor Antonowitsch, ich verhafte Sie wegen Mordes an der Ärztin Sinaida Nikolajewna Swesda . . .«

Marko Borissowitsch Godunow saß auf dem Lokus, las die Zeitung und rauchte genußvoll eine Zigarette, die er sich selbst gedreht hatte und die in seinem Zimmer berüchtigt war. Der Gute hockte zufrieden auf der Holzbrille und genoß ein ungestörtes Viertelstündchen, als der Stationspfleger Jermal hereinstürzte. Man muß die Verhältnisse kennen, Freunde, um sich nicht zu wundern. Es gab natürlich keine einzelne Abortzellen, keine durch Wände und Türen abgetrennte Kämmerchen, in die man sich verkriechen konnte, allein mit sich und seinen Ausscheidungen, sondern in einem großen Raum standen sieben Klosettschüsseln nebeneinander, in einer Reihe ausgerichtet, wie zur Parade, und wenn sie alle besetzt waren, ergab sich ein fast militanter Anblick von martialisch blickenden Männern mit heruntergezogenen Hosen. Gegenüber an der anderen Wand waren sieben Waschbecken eingelassen, allerdings ohne Seife und Handtuch, denn damit hatte man schlechte Erfahrungen gemacht.

Es kam selten vor, daß dieser schöne Raum – er war sogar weiß gekachelt und mit einem Steinboden versehen – leer war, so wie jetzt, wo Marko allein auf seinem Klosettbecken saß und die Welt völlig in Ordnung fand. Daß der Krankenpfleger Jermal hereinstürzte, störte ihn nicht ... auch Angestellte haben Bedürfnisse, und wenn sie es so eilig haben, beweist das nur, daß sie fetter fressen.

»Hier ist er!« schrie Jermal und blieb vor Marko stehen. »Hockt da wie ein Äffchen und bläst Gestank in die reine Luft. Aufstehen! Dr. Trebjoff sucht dich, die Spritze ist fällig!«

Marko blieb sitzen und ließ die Beine baumeln. Er faltete nur die Zeitung sorgfältig zusammen und klemmte sie unter die linke Achsel. »Wieso Trebjoff?« fragte er. »Ich liege auf der Station von Dr. Pjetkin. Und Igor Antonowitsch hat mir versprochen, daß ich keine dieser widerlichen Spritzen mehr bekomme.«

»Er wird keine Zeit mehr haben, gegen etwas zu sein«, schrie der Krankenpfleger Jermal. Er war ein Mensch, den Godunow von allen Angestellten des Krankenhauses Chelinograd am wenigsten mochte. Ein herrischer Mann, der immer recht haben wollte und nie einen Fehler zugab, auch wenn ihm das Hemd aus der Hose guckte. »Steh auf und komm mit! Dr. Trebjoff sitzt auf deinem Bett und wartet ...«

»Was heißt das ... Pjetkin hat keine Zeit mehr?« fragte Godunow gedehnt.

»Verhaftet hat man ihn.«

»Verhaftet? Pjetkin?« Godunow sprang von der Brille, warf die Zeitung auf den Boden und zog die Hose hoch. »Das kann doch nur ein Irrtum sein!«

»Keiner weiß etwas Genaues. Nur angerufen haben sie, die scharfen Genossen vom KGB. Jetzt ist ein großes Rätselraten überall im Krankenhaus. Die einen sagen, er habe die Verwaltung mehr als nützlich beleidigt, die anderen behaupten, er sei schon immer ein halber Sträfling gewesen, bereits, als er nach Chelinograd gekommen ist.«

Marko weigerte sich nicht mehr, die Spritze zu empfangen. Er legte sich auf sein Bett, hob das Gesäß an, und Trebjoff jagte ihm eine Injektion in den Muskel, daß Godunow mit den Zähnen knirschte. Dann beugte er sich über ihn, als wolle er ihm die Mandeln untersuchen, und fragte: »Sind Sie nicht mit Pjetkin nach Chelinograd gekommen, Genosse?«

»So war es. Aber man brauchte hier meine Dienste nicht, und ich verpflichtete mich, einige tausend verfluchte Hennen an die Norm der staatlichen Eiermarktwirtschaft zu gewöhnen. Diese Aufgabe zerstörte meine Nerven. Was ist mit Pjetkin?«

»Sie werden ihn nicht wiedersehen«, sagte Trebjoff dunkel und leise. »Wir alle werden ihn nicht wiedersehen. Fragen Sie nicht weiter, Marko . . . bleiben Sie bei Ihren Eierchen, das ist ein reeller, zukunftssicherer und unpolitischer Beruf.«

Trebjoff richtete sich wieder auf und ging, ohne sich umzublicken. Godunow wußte genug. Er faltete die Hände über der Brust und schloß die Augen. Er hat es also in die Tat umgesetzt, dachte er. Auf keine Warnung hat er gehört. Immer mit dem Kopf gegen die Wand. Es gibt auf der ganzen Welt keinen Kopf, der so etwas aushält.

Marko drehte sich auf die Seite und starrte auf den gescheuerten Linoleumboden, der dreimal in der Woche gewachst und gebohnert wurde. Die Geräusche und Gesichter um ihn verblaßten . . . alles verlor sich aus dem Ohr und dem Auge Godunows, und es blieb nur ein Gedanke übrig: Kann man Pjetkin noch helfen? Wie kann man in seiner Nähe bleiben? Und Dunja, mein Gott, Dunja . . . sie muß benachrichtigt werden. Sie anzurufen hatte keinen Sinn, denn alle Gespräche wurden abgehört, dessen war Marko gewiß. Einen Brief zu schreiben hatte noch weniger Sinn, denn er würde nie ankommen. Also blieb nur eines übrig: nach Irkutsk fahren und sie selbst sprechen. Dann aber verlor er Pjetkin aus den Augen.

Es war ein Problem, das Godunow fast zu Boden drückte.

Nach dem Mittagessen ging Marko – ein gewohntes Bild – mit seinem Stock hinaus, um im Garten frische Luft zu schöpfen. Meistens saß er dann auf einer Bank unter einer Trauerbirke. Diesmal aber schlug er einen Bogen um die vertraute Bank, sah sich blitzschnell ein paarmal um und verschwand zwischen den Büschen. Weg war er, und daß er nicht wiederkam, merkte man erst beim Abendessen, das auf dem Tisch neben seinem Bett stand und kalt wurde.

Da war es schon zu spät, ihn zu suchen. Der Stationsarzt, der sofort Dr. Trebjoff benachrichtigte, wunderte sich, wie gelassen der Chefarzt das Verschwinden eines Patienten aufnahm.

»Seien wir froh, daß er weg ist«, sagte Trebjoff leichthin. »Er war ein Simulant. Pjetkin und ich haben ihn nur aus Mitleid behandelt. Jetzt fällt er wenigstens nicht mehr dem Staat zur Last.«

Den Nachmittag verbrachte Godunow so unruhig wie nie. Zunächst machte er ausfindig, wo sich das Büro des KGB befand. Er sprach dazu einen Polizisten an, einfach auf der Straße, so wie man ein Dirnchen anredet, und fragte: »Genosse, ich habe da einen Fall, der wäre der Geheimpolizei sehr wertvoll. Wenn man nur die Adresse wüßte.«

»Gehen Sie zur Kommandantur«, riet der Polizist. »Ich habe ein Aufgabengebiet, wo man solche Adressen nicht kennt.«

Marko lief herum, als suche er einen entflogenen Vogel. In der Kommandantur schickte man ihn durch sieben verschiedene Zimmer, überall erzählte er das gleiche, von einem Verdacht, daß in der Kolchose »Nowo Gorkij« ein als Traktorist verkleideter Priester heimliche Andachten halte und sogar taufe. Das war etwas, was ihm sofort Gehör verschaffte, aber erst nach zwei Stunden erfuhr er die Anschrift des KGB-Büros.

In der Schabarowskaja – Godunow machte einen Luftsprung, als er das hörte und erinnerte sich an den Brief des Büros für technische Zusammenarbeit, den Pjetkin bekommen hatte – verzichtete er auf den heimlichen Popen in der Kolchose, sondern nannte keck den Namen Pjetkin. So wurde er auch sofort an die richtige Stelle geführt, in das Zimmer des freundlichen, gut gekleideten, so gebildet aussehenden KGB-Offiziers.

»Sie haben etwas gegen Pjetkin vorzubringen?« fragte der elegante Mensch und trank aus einer kleinen, dünnen Tasse duftenden grünen Tee. »Wer sind Sie, was wissen Sie?«

»Zunächst das eine.« Marko holte tief Luft. »Ich nehme an, Dr. Pjetkin ist bei Ihnen gut aufgehoben, denn er ist ein Lump.«

»Warum ist Pjetkin ein Lump?« fragte der Mann zurück.

»Das ist so: Da kommt er eines Tages hinaus auf die Kolchose, in meine Hühnerfarm, besieht sich die Hühnerchen, bestaunt die Hähne, wie sie ihre fleißige männliche Arbeit verrichten, und sagt zu mir: ›Brüderchen, ich bin Arzt im Krankenhaus. Ich esse gern ganz frische Eier und ab und zu ein gebratenes, saftiges, junges Hühnchen. Ist es möglich, daß ich von Ihnen Eier und Huhn bekomme?‹ Ich sage: ›Lieber Genosse Arzt, wir sind eine Kolchose, wir haben Normen zu erfüllen, es gibt hier keinen Direktbezug. Aber jeder von uns hat ein Deputat. Von dem kann ich Ihnen etwas abzweigen.‹ Und ich habe ihm im Laufe der Zeit neunundsechzig Eier und vier knusprige Hühnchen gegeben. Glauben Sie, er hat sie bis heute bezahlt? Keine Kopeke! Nur Luft habe ich in der Hand. Und so gehe ich heute ins Krankenhaus, um ein paar Rubelchen aus diesem Dr. Pjetkin herauszulocken, und was höre ich? Er ist weg! Ich schnell zur Polizei . . . und die schickt mich zu Ihnen, Genosse. Was ist nun? Wie kann ich Dr. Pjetkin sprechen?«

»Reichen Sie Ihre Forderung schriftlich ein, Genosse.« Der elegante Mensch machte sich ein paar Notizen und warf dann den Bleistift weg. »Sie hören dann von uns.«

»Dr. Pjetkin ist also wirklich bei Ihnen?« fragte Godunow hartnäckig. »Welch ein scheinheiliger Mensch! Wem kann man noch trauen, Genosse, sagen Sie es mir? Wird er deportiert?«

»Achten Sie darauf, daß Ihre Hähne springen«, sagte der vornehme Mann hinter dem Tisch. Er betrachtete Marko wie ein seltenes Fossil und spülte dann seinen Ekel mit einem großen Schluck Tee hinunter. »Aber fragen Sie nicht so viel. Sie sind sehr geschwätzig.«

»Muß man das nicht werden unter lauter Hühnern?« klagte Godunow. Er rollte mit seinen Fischaugen, griff sich an den kahlen Riesenschädel, seufzte zum Herzerbarmen und verließ das Büro.

Auf der Straße veränderte er sich völlig. Er winkte eine Taxe heran, und nur aus Neugier hielt der Fahrer, denn so etwas wie Godunow hatte er noch nicht befördert, wie er ehrlich gestand. »Zur Kolchose ›Nowo Gorkij‹«, rief Marko. »Flieg, mein Brüderchen, flieg mit deiner Mistkarre . . . ich weise dich ein. Wir haben noch manchen Weg zu machen.«

Nach einer Stunde erreichten sie die Hühnerfarm.

Der neue Verwalter, ein alter Mann mit Rheuma und einer unanständig dicken, roten und pickligen Nase, der hilflos herumsaß und Hühner und Hähne ganz ihrer Natur überließ, was einmal zur Katastrophe ausarten konnte, denn alles muß ja geplant und gelenkt sein, empfing Marko mit roten Triefaugen, rülpste ihn an und legte sich wieder auf die Pritsche. In der Luft schwamm fett der Dunst von Alkohol.

Marko war das recht. Er ging in den Zentralstall, drehte fünf Hühnern den Hals herum, packte hundert Eier in einen Spankorb und ließ sich zurück nach Chelinograd fahren, nachdem er den Alten dankbar geküßt hatte.

Mit diesen fünf Hühnern und hundert Eiern öffnete Marko die Schleusen der Beredsamkeit. Er verteilte seine Schätze unter die niedrigen Beamten.

»Man wird ihn in ein Lager stecken«, sagte etwa der Beamte in der Registratur. Er hatte einen Überblick, denn er führte die Listen. »Die Verurteilung wird nach § 58 erfolgen«, sagte er und betrachtete wohlwollend das Huhn unter seinem Tisch. »Das macht keine Schwierigkeiten und geht schnell. Aber in welches Lager Pjetkin verlegt werden wird, das kann man nie voraussagen.«

»Aber Sie werden es erfahren, Brüderchen?« fragte Marko und holte noch fünf Eier aus der Tasche.

»Wer anders als ich?« Der Beamte deckte einen Aktendeckel über die Eier. »Durch meine Hände gehen alle Schriftstücke.«

»Dann erlauben Sie, daß ich mich in Abständen melde.« Godunow zwinkerte ihm mit einem Auge zu, aber das ging zu weit. Der Beamte nickte stumm und steif, schob die Eier in die Schublade und blickte zur Tür. Marko verstand. Man soll das Wohlwollen seiner Mitmenschen nicht strapazieren. Er verbeugte sich wie ein in den Hintern getretenes Bäuerlein, machte einen Kulakenkratzfuß und verschwand. Er war zufrieden.

Ich lasse dich nicht allein, mein Söhnchen, dachte Godunow glücklich. Wohin man dich auch bringt, und sei's in den Vorhof der Hölle ... Marko Borissowitsch wird in der Nähe sein. Der Teufel, der mich fernhalten könnte, ist noch nicht gezeugt ...

Am Abend, mit dem letzten Zug, fuhr Godunow nach Semipalatinsk und von dort, mit vielem Umsteigen, weiter nach Irkutsk.

Er war die letzte Verbindung zwischen Igor und Dunja geworden.

Viermal wurde Igor Antonowitsch Pjetkin verhört. Es waren kurze Befragungen, ganz im Gegensatz zu den sonstigen Methoden des KGB, die Inhaftierten durch stundenlange und die Nächte durchgehende Verhöre zu zermürben. Auch waren es immer andere Offiziere, die Pjetkin befragten, und Igor schien es, daß die Dienstränge immer höher kletterten, obgleich sie alle Zivil trugen.

Die Fragen waren immer die gleichen: »Haben Sie alles getan, um Sinaida Nikolajewna Swesda zu retten?«

»Wie hat sie sich infizieren können?«

»Haben Sie zufällig oder absichtlich Ihr Skalpell ausrutschen lassen und Sinaida damit verletzt?«

»Warum haben Sie nicht amputiert?«

»Hätten Sie nicht einen Spezialisten aus Alma-Ata anfordern können?«

Und schließlich die Frage, die Pjetkin schlagartig bewies, daß er nie ein freier Mensch gewesen war, seit man ihn von Sergejewka versetzt hatte: »Sie wußten natürlich, daß Sinaida den Auftrag hatte, Sie zu lieben?! Deshalb haben Sie sie auch getötet ...«

»Ich habe von allen diesen Umständen nichts gewußt«, antwortete Pjetkin mit fester Stimme. »Und daß ich Sinaida getötet haben soll, ist so absurd, daß ich auf diesen Fragenkomplex keine Antwort mehr gebe. Nennen Sie mir den wirklichen Grund meiner Verhaftung, Genosse.«

Der Offizier, ein grauhaariger Mann mit der Haltung eines Gardesoldaten, lehnte sich zurück und umfaßte mit beiden Händen die Tischkante. Eine Weile sah er Pjetkin schweigend an und nickte dann leicht.

»Sie haben recht, Igor Antonowitsch. Es ist unwürdig. Schließlich war Ihr Ziehvater ein hochdekorierter Offizier, Stalingradkämpfer, Held des Volkes und Vorbild der Jugend. Sie tragen seinen Namen, und Sie haben sich dieser Ehre auch bewußt zu sein.«

»Ich habe sie nie in den Dreck getreten, Genosse.« Pjetkin zerdrückte seine Zigarette im Aschenbecher. »Ich habe studiert, meine Examina mit Auszeichnung gemacht, ich habe mich bemüht, ein guter Arzt zu sein. Arzt sein heißt aber zu helfen. Jedem zu helfen, der krank ist. Ohne Unterschiede.«

»Das ist eine große ethische Auffassung.« Der grauhaarige Offizier betrachtete seine Hände. »Sie darf aber nicht zur Politik werden. In Kischinew haben Sie schon in jungen Jahren die Genossen der Stadtverwaltung beleidigt – Sie sehen, in Ihren Akten steht alles –, indem Sie ihnen vorwarfen, sie hätten das Geld für den Streusand versoffen. Ihre Mutter Irena Iwanowna starb durch einen Unfall bei Glatteis ... so etwas soll es in der Sowjetunion im Winter ein paar tausendmal geben. Dann stellten Sie das Lager Sergejewka auf den Kopf und wollen nun auch noch die Ärztin Dunja Dimitrowna heiraten. Als man Ihnen in höflicher Form erklärt, daß dies unmöglich ist, weil Sie ein Deutscher sind, verlieren Sie alle Zurückhaltung und stellen einen Antrag auf Rückführung nach Deutschland ...«

»Einschließlich Dunja«, sagte Pjetkin laut.

»Das ist der Gipfel der Blödheit, Pjetkin. Und Sie bleiben dabei?«

»Ja.«

»Und erwarten, daß wir Sie dann an die Brust drücken?«

»Die Revolution hat die Menschen befreit. Ich frage Sie, Genosse: Erlaubt diese Freiheit nicht auch, den zu heiraten, den man liebt?«

Das war das bisher längste Verhör gewesen. Pjetkin wurde zurück in seine Zelle geführt, einen dunklen, fensterlosen Raum im Keller. Der Wärter sah ihn fragend an und schüttelte den Kopf. Er war vor drei Wochen von Pjetkin operiert worden. Er hatte sich hingelegt, jemand hatte ihm eine Spritze gegeben, dann war er aufgewacht, lag in seinem Bett und schrie: »Warum hat man mich wieder weggeschoben? Was ist los, Genossen? Bin ich ein unheilbarer Fall? Seid ehrlich, belügt mich nicht. Ruft meine Frau und die Kinder, damit ich Abschied nehmen kann . . .« Es dauerte lange, bis er begriff, daß schon alles vorbei war, daß sein Blinddarm heraus war und daß Dr. Pjetkin ihn in acht Tagen gesund entlassen würde. Seitdem bewunderte er den Arzt und war völlig aus der Fassung, als er plötzlich unten im Zellentrakt auftauchte als Gefangener des KGB.

»Warum sind Sie, verzeihen Sie, Genosse Arzt, bloß ein so dummer Mensch?« sagte er, bevor er die Zellentür wieder abschloß. »Hängt die Seligkeit von einem einzigen Weibchen ab?«

»Ja, Stepan.« Pjetkin setzte sich auf die harte Holzpritsche. Sie hatte keine Matratze, aber wer müde ist, kann auch im Stehen an der Wand schlafen. »Denk an deine Frau. Würdest du sie verlassen?«

»Das ist eine heikle Frage, Genosse«, antwortete Stepan und klirrte mit den Schlüsseln. »Sie kennen meine Frau nicht . . .« Um weitere Fragen zu vermeiden, ließ er Pjetkin allein.

Wie man Marko Borissowitsch Godunow verraten hatte, erfolgte die Verurteilung ohne große Formalitäten und mit auffälliger Schnelligkeit. Eines Morgens wurde Pjetkin ans Licht geholt, durfte sich rasieren unter der Aufsicht Stepans, wurde gebadet und erschien, nach Seife und heißem Wasser duftend, wieder im Vernehmungszimmer. Jetzt saßen drei Offiziere hinter dem Tisch, und sie trugen zum erstenmal auch eine Uniform. Der weißhaarige Mann, ein Oberst, wie sich jetzt herausstellte, klappte eine Mappe auf und sah Pjetkin freundlich, wenn auch mit dienstlicher Distanz an.

»Ich habe die Ehre«, sagte er mit militärisch forscher Stimme, »Ihnen Ihr Urteil mitzuteilen. Setzen Sie sich, Genosse, und hören Sie genau zu:

Der Große Rat des Komitet gossudarstwennoi besopassnosti (KGB) hat auf seiner Sitzung den Fall des Angeklagten Igor Antonowitsch Pjetkin, geboren als Hans Kramer am 5. 5. 1938 in Königsberg, Staatsangehörigkeit deutsch, verhandelt. Er ist angeklagt des

Verbrechens nach Artikel 58, Absatz 4 und 11, des Strafgesetzbuches der UdSSR. Der Besondere Rat hat entschieden:

Der Angeklagte Igor Antonowitsch Pjetkin wird schuldig befunden nach § 4, Artikel 58, die bestehende Ordnung in der UdSSR mit den Mitteln bourgeoiser Denkweise gestört und den Versuch unternommen zu haben, diese Ordnung zu untergraben und zu stürzen.

Der Angeklagte wird nach § 11 des Artikels 58 für schuldig befunden, den durch einen glorreichen Sieg beendeten Großen Vaterländischen Krieg im stillen weitergeführt und damit die aufrührerischen Elemente in unserem Land unterstützt zu haben. Im Namen der Sowjetischen Sozialistischen Republiken und auf Grund der Verbrechen wird Igor Antonowitsch Pjetkin hierfür zu zehn Jahren Besserungs-Arbeitslager verurteilt. Als Gnadenerweis ist anzusehen, daß ihm die bürgerlichen Rechte nach beendeter Strafzeit nicht entzogen werden.«

Der Oberst ließ das Blatt sinken und räusperte sich. Über Pjetkin ergoß sich eine heiße Welle des Schmerzes. Es war kein Zusammenbruch vor diesem Urteil, sondern mehr die alle Ideale in ihm wegbrennende Erkenntnis: Ich bin aufgewachsen in einer Lüge, ich bin erzogen mit einer Lüge, ich habe geglaubt an eine Lüge. Die Welt, in der ich glücklich bin, gibt es gar nicht.

»Das Urteil ist unterzeichnet mit den Namen der Mitglieder des Besonderen Rates«, sagte der grauhaarige Oberst. »Sie haben alles genau verstanden, Pjetkin? Bitte – unterschreiben Sie.«

Er legte das Blatt vor Pjetkin auf den Tisch und schob ihm einen Füllfederhalter zu. Pjetkin stand von seinem Stuhl auf und trat einen Schritt zurück.

»Ich unterschreibe nicht«, sagte er laut. »Ich protestiere gegen das Urteil! Die Anklagen sind idiotisch, und die Gerichtsverhandlung, in der ich mich hätte verteidigen können, hat nie stattgefunden. Ich habe meine Pflicht als Arzt getan, weiter nichts. Und ich liebe ein Mädchen. Wenn das ein Verbrechen ist, gibt es kein Recht mehr. Nein, ich unterschreibe nicht.«

»Wie Sie wollen, Pjetkin.« Der Oberst schob das Papier wieder in die Mappe. »Das Urteil ist mit oder ohne Unterschrift rechtskräftig. Ich wünsche Ihnen viel Glück, Genosse Pjetkin.«

Ehe Igor antworten konnte, ergriffen ihn zwei KGB-Beamte und führten ihn aus dem Zimmer. Mit leeren Augen, mechanisch die Füße setzend, ging Pjetkin hinunter in den Keller und wurde dort Stepan übergeben.

»Ich weiß es schon. Zehn Jahre«, sagte Stepan. »War das nötig?« Er setzte sich neben Pjetkin auf die Pritsche und holte ein Stück Hartwurst aus der Tasche. Er gab sie Pjetkin und blickte schamhaft zur Seite, als dieser gierig hineinbiß. Seit acht Tagen hatte es als Essen nur einen Liter heißes Wasser, zweihundert Gramm Brot und eine dünne Hirsekascha gegeben.

»Weißt du, wohin man mich bringen wird?« fragte er endlich.

»Keine Ahnung. Aber die letzten Transporte gingen alle nach Workuta. Man muß sich das vorstellen ... von Chelinograd zum Eismeer! Ach Gott, wenn man heißes Wasser auf Vorrat trinken könnte ...«

Pjetkin legte sich zurück, als Stepan gegangen war, und dachte an Dunja. Es waren blutende Gedanken, nur noch Erinnerungen ohne die Hoffnung auf eine Zukunft.

Ich sehe sie nie wieder, dachte er, aber ich vergesse sie nicht. Zehn Jahre Zwangsarbeit, ich werde sie durchstehen. Ich werde mir die Kraft in den Gedanken an Dunja holen. Und nach zehn Jahren werde ich sie wieder suchen ... Genossen, ihr könnt mir den Rücken beugen, aber nicht das Rückgrat brechen! Ein Pjetkin kapituliert nicht. Auch nicht vor dem Eismeer, nicht vor Workuta.

Solange ich atme und krieche, rufe ich nach der Freiheit ...

EINUNDZWANZIGSTES KAPITEL

Sadowjew, der Dorfsowjet von Issakowa, holte in seinen alten Tagen alles nach, was er bisher in seinem geruhsamen Leben versäumt hatte. Er packte einen Reisesack aus besticktem Leinen, hängte ihn um den Hals, küßte sein Weibchen Anna, gab allen Dorfbewohnern die Hand, ernannte den Schmied Jakob Iwanowitsch Schiskij zu seinem Stellvertreter und Wahrer der Rechte, stellte sich vor das Parteihaus und schrie: »Brüder und Schwestern, ich ziehe in die Welt, um mich um Dunjenka, mein Töchterchen, zu kümmern! Das Unrecht stinkt zum Himmel, und ich werde den Saustall ausmisten! Dreißig Jahre bin ich in der Partei – ich werde mir Gehör verschaffen, und wenn ich nach Moskau reise! Sorgt für Anna, benehmt euch wie gesittete Menschen und denkt daran, daß ich zurückkomme und jedem, über den Klagen vorliegen, die Rechnung mit dem Knüppel begleiche. Lebt wohl, Genossen!«

Die Leute von Issakowa schrien »Hoch, hoch!«, halfen Sadowjew in die Kutsche des vornehmen Pferdehändlers Wassja und winkten ihm nach, als er davonpreschte. Anna weinte laut, denn sie kannte Sadowjew gut genug und ahnte, daß sich der Alte in böse Situationen bringen würde.

Sadowjews Rundreise begann in Chabarowsk. Er schrie die Beamten der Medizinalverwaltung an, drohte mit der Parteileitung in Moskau und dem Delegierten der Amurprovinz im Obersten Sowjet. Man war gnädig mit ihm, warf ihn nur hinaus und nannte ihn einen krummbeinigen, nach Pferdeurin stinkenden Kulaken.

Sadowjew hatte sich vorgenommen, Beleidigungen zu überhören, denn wer sich jetzt um sein Zartgefühl kümmerte, kam nicht weiter. Die Unbillen wuchsen, je weiter er sich in die Hierarchie der Beamten hineinwühlte, eine Made, die entgegen anderen Maden nicht stillvergnügt ihre Löcher bohrt, sondern dazu auch noch laute und unüberhörbare Töne von sich gibt. Vor allem lernte Sadowjew eine neue Seite der Verwaltung kennen: Niemand war mehr zuständig.

Sadowjew begriff das nur sehr langsam. »Wie ist das?« brüllte er herum, wenn man ihn überhaupt zu Wort kommen ließ. »Jemand muß doch angeordnet haben, daß mein Töchterchen nach Irkutsk kommt. Oder gibt es hier Geister, die Transportzettel schreiben, he? Wer hat meinen Schwiegersohn nach Chelinograd geschaukelt, ich frage Sie, Genossen? Ein Männlein, das nachts heimlich in den Akten schmiert? Ich will den sprechen, der den Befehl gegeben hat, zum Teufel! Reizen Sie mich nicht, Brüderchen! Sie können einen uralten Parteigenossen nicht belügen.«

Was half's? Man reichte Sadowjew weiter, bis alle es leid waren, ihn anzuhören. Da drohte man ihm offen, ihn festzunehmen, weil er die Beamten belästige.

Sadowjew verzichtete darauf, in Chabarowsk weiter nach dem Recht zu suchen. Er übernachtete noch einmal am Rande der Stadt in einer Scheune und zählte sein Geld. Es reichte für eine Bahnfahrt nach Irkutsk, aber dann begann das Problem, mit leeren Taschen weiterzukommen.

In Irkutsk hatte er Mühe, sein Töchterchen Dunja aufzuspüren. Zunächst sagte man ihm in der Universitätsklinik, eine Dunja Dimitrowna gäbe es gar nicht.

»Ich bin ihr Vater!« schrie Sadowjew außer sich und hüpfte herum, als plagten ihn tausend Flöhe. »Ich habe sie gezeugt, das muß ich doch wissen. Wer will das bezweifeln, he? Und sie ist Ärztin an dieser Mistklinik. Neunmal habe ich mit ihr telefoniert, vier Briefe hat sie geschrieben ... dann hörte es plötzlich auf. Soll ich das geträumt haben? Hier!« Er schlug einem der Verwaltungsbeamten einen Brief Dunjas ins Gesicht.

Es war verständlich, daß ein solches Benehmen keine Freundschaft erzeugte. Die Verwaltung schob Sadowjew deshalb an Professor Dr. Bulak, den Chefchirurgen, weiter.

Prof. Bulak nahm es seufzend auf sich, ein wenig Licht in Sadowjews verdunkelte Welt zu bringen. Er bot ihm eine Zigarre an, die Sadowjew zwischen den Fingern zerbröselte und in seine riesige Pfeife stopfte. Dann durfte er zwei Gläser goldbraunen Kognaks trinken, schnalzte mit der Zunge und blies den duftenden Rauch der Zigarre von sich.

»Sie sind endlich ein guter Mensch inmitten dieser ganzen Brut von Teufelsmist«, sagte er. »Man merkt, daß Sie ein gelehrter Mann sind, ein Kollege meiner kleinen Dunjuscha. Wie ist es nun: ich möchte meine Tochter sehen.«

»Das wird einige Schwierigkeiten geben, mein lieber Sadowjew.« Prof. Bulak drehte die Zigarre zwischen seinen Fingern. »Dunja Dimitrowna, wir alle mochten sie gern, aber sie ist nicht mehr in der Klinik. Sadowjew, Sie sind ein harter Mann, ein alter Kosak, an der Grenze geboren und groß geworden und allen Stürmen gewachsen: Dunja wurde verhaftet.«

Sadowjews Augen fielen zu. Aber nicht nur sie ... es war, als schrumpfe er zusammen. Er wurde kleiner und hockte geradezu elend auf seinem Stuhl.

»Verhaftet ...«, sagte er leise.

»Sie hat einen Kollegen, den Arzt Dr. Tschepka, zum unheilbaren Krüppel geschlagen.«

»Mein Täubchen?« stotterte Sadowjew. »Mein blondes Schwänchen? Sie hatte sicherlich Grund dazu?«

»Dr. Tschepka wollte sie küssen. Wie eine Furie ist sie auf ihn los und hat ihm fast den Schädel gespalten.«

»Das ist gut«, sagte Sadowjew und wuchs wieder aus sich heraus. »Das ist meine Erziehung. Wer dich angreift, habe ich gesagt, ist immer ein Schuft. Schufte muß man auf den Schädel dreschen ... Dunjenka hat es getan. Ich bin stolz auf sie.«

»Aber man hat sie verhaftet.« Prof. Bulak zerdrückte seine Zigarre. »Und man wird sie strafversetzen, irgendwohin nach Sibirien, wo die Wölfe vor Einsamkeit jammern. Ich habe alles versucht, was in meinen Kräften steht ... die Autorität der anderen Seite ist stärker. Glauben Sie mir, Sadowjew, daß ich Ihre Dunja sehr geschätzt habe. Aber was kann ich machen?«

Prof. Bulak hob beide Arme und ließ sie wieder fallen. Sadowjew verstand seine Ohnmacht. Er stand auf, lief um den Tisch herum, umarmte und küßte den verblüfften Professor und rannte aus dem Zimmer.

Wir alle haben einen Vater, und sie werden alle zu Helden, wenn ihren Kindern ein Leid geschieht. Warum sollte Sadowjew anders sein? Er nahm allen Mut zusammen, fragte sich bei der Miliz durch, bis er die Adresse des KGB von Irkutsk wußte, und dann ging er hocherhobenen Hauptes in das Gebäude, wie einer, der nichts zu fürchten hat, weil er schon alles verlor.

Seien wir ehrlich, Genossen: Sadowjew wurde von den Beamten des KGB höflich behandelt, denn auch er war höflich. Hier half kein Brüllen, hier kämpfte man mit dem Eishauch der Macht.

»Dunja Dimitrowna ist bereits verurteilt«, sagte der Mann vom KGB zuvorkommend. »Als ihr Vater dürfen Sie es wissen. Sie wird nicht als Verbannte, sondern als strafversetzte Ärztin in ein Lager kommen. Das ist eine Auszeichnung, eine Bewährung. Führt sie sich gut, kann sie in zwei Jahren wieder in einem großen Krankenhaus arbeiten.«

Sadowjew war mit dem, was er wußte, zufrieden. Er hatte Dunja, sein Töchterchen, aufgestöbert. Und es gab keinen Grund, jetzt zu klagen und zu jammern, sich die Haare zu raufen und das Unrecht in alle Welt hinauszuschreien. Nein, er schwieg verbissen, setzte sich vor dem KGB-Gebäude auf die Straße, zählte seine Rubel und überlegte, wie man zu Geld kommt. Es gab Arbeit genug, aber das Problem war, Geld zu verdienen und am Tage doch frei zu sein. Denn Sadowjew hatte sich vorgenommen, vom Sonnenaufgang bis zum Sonnenuntergang das KGB-Gebäude zu beobachten. Einmal wird Dunja herauskommen, dachte er. Einmal transportiert man sie ab. Da will ich zur Stelle sein. Und er nahm sich weiter vor, immer in ihrer Nähe zu bleiben, ganz gleich, wohin die Reise führte. Wo Dunja lebt, ist auch ein Platz für mich, sagte er sich.

Er saß noch auf der Straße und dachte an die Zukunft, als ihm jemand die Hand auf die Schulter legte und ausrief:

»Welch ein Glück! Ist das nicht Dimitri Ferapontowitsch aus Issakowa? An meine Brust, Brüderchen!«

Sadowjew schnellte herum und sah einen Zwerg vor sich stehen, dessen Häßlichkeit ihn schon immer abgestoßen hatte. Jetzt aber war er der schönste Mensch weit und breit, und seine Küsse waren Balsam auf Sadowjews zerrissene Seele.

»Marko Borissowitsch!« schrie er. »Du hier? Suchst du auch meine Dunja?«

»Ich habe sie noch gesprochen, ehe man sie wegführte. Sie weiß, daß Igor Antonowitsch auch verhaftet wurde.«

»Auch er? Hat er auch seine Unschuld verteidigt?«

»Er wollte nach Deutschland. Ein dämlicher Mensch. Aber was soll man machen? Sie sind beide zu jung, um nüchtern zu denken. Nun sitzen sie im Loch, und wir müssen uns um sie kümmern, wir beiden Alten.«

Marko hatte bereits in Irkutsk ein Netz von Bekanntschaften geknüpft. Jeden Tag rief er in Chelinograd an, versprach ein Hühnchen und fragte nach Pjetkin.

»Noch kein Transport«, hieß es immer. »Aber man stellt einen zusammen. Rufen Sie morgen wieder an.«

Sadowjew bekam eine gute Arbeit durch Markos Bekannte: Er mußte in der Nacht Kisten und Körbe in die Markthalle schleppen. Der Lohn reichte zum Leben ... und am Tage hatte er frei. Unbeirrt saß er dann vor dem KGB-Gebäude und ließ das Leben an sich vorbeifließen.

»Wir bleiben miteinander in Verbindung«, sagte Marko, als er wieder zurück nach Chelinograd fuhr. »Die Idioten denken, sie könnten Dunja und Igor trennen. Wir sind zur Stelle, mein Lieber, damit rechnen sie nicht. Hast du schon eine Idee, wie du Dunja begleiten kannst?«

»Ich werde mich als Hilfsheizer bei dem Lokführer melden«, sagte Sadowjew stolz. »Und du, mein Brüderchen?«

»Ich werde den Zug als Monteur begleiten.«

»Ohne Papiere?«

»Wer wird mich kontrollieren? Dem Lokpersonal sage ich: Mich haben die Soldaten angestellt. Den Soldaten sage ich: Ich komme von der Eisenbahnverwaltung. Keiner wird den anderen meinetwegen fragen. Ist das eine Idee?«

»Du bist ein Schuft, Marko Borissowitsch«, lachte Sadowjew. »Laß dich umarmen.«

Godunow küßte Sadowjew und verließ ihn dann schnell.

ZWEIUNDZWANZIGSTES KAPITEL

Die Novemberstürme heulten über die Steppe und trieben den Schnee in den letzten Winkel. Wenn der Winter einbricht, die Flüsse träger werden, der Himmel wie unter ein Bettuch kriecht und auf dem Land die Fensterritzen mit Papier verklebt werden, wenn in den Städten die

Pelzmäntel ausgeschüttelt werden und die Bauern das Holz unter das schräge Scheunendach stapeln, beginnt auch in Chelinograd die lange Zeit der Kälte.

An einem dieser Novembertage war es endlich soweit: Der Transport der zum Lager Verurteilten wurde zusammengestellt und zum Bahnhof gebracht. Marko erfuhr es sofort, klaute im Krankenhaus einen Pelzmantel, was überhaupt keine Schwierigkeiten machte, denn überall hingen in den Zimmern leichtsinnig die Ausrüstungsgegenstände herum, und fragte sich dann durch bis zu dem abgestellten, von Miliz bewachten Zug der Deportierten.

In einem Lastwagen, unter geschlossenen Planen, saß Pjetkin mit vierzig anderen Verurteilten auf einer Holzbank und fuhr quer durch die Stadt zum Güterbahnhof. Er hatte in diesen Wochen abgenommen, der gute Igor Antonowitsch, er war bleich geworden, dürr am Körper und trug einen wilden, blonden Bart. Seit seiner Verurteilung war das Rasieren verboten ... bis zu dem Tag der Urteilsverkündung war er noch Dr. Pjetkin gewesen. Jetzt hieß er Nummer 187. Vor der Abfahrt hatte ihm ein Mann aus der Kleiderkammer eine alte Steppjacke, Mütze und Hose gegeben, vielfach geflickt und an den Nähten ausgefranst.

»Du hast noch das beste bekommen, Doktor«, sagte der Magazinverwalter, als sich Pjetkin die Sachen überzog. »Und das nur, weil ich ein Freund von Stepan bin.«

Auf dem Güterbahnhof warteten die Waggons. Von allen Seiten waren die Verurteilten herangebracht worden ... es standen vierhundertzwanzig elende Gestalten vor den Schienen, in Fünferreihen, wurden durchgezählt wie Rinder und mußten im Schnee warten. Elf Waggons bildeten den Zug ... drei hinter der Lok, Güterwagen mit zugenagelten Lichtklappen, dann folgte der Salonwagen der Offiziere – ein normaler Personenwagen – ihm schlossen sich der Wagen der Begleitmannschaften, der Küchenwagen für Gefangene und Soldaten und der Proviantwaggon an. Den Schluß bildeten wieder vier geschlossene Viehtransporter mit Schiebetüren, in denen jetzt je ein junger Soldat stand und wartete.

»Abzählen bis sechzig!« schrie ein Offizier. »In diesen Gruppen an die Wagen treten. Dawai!«

Die Zahlen flogen von Mann zu Mann. Dann rannten die Elendsgestalten zu den Waggons und drängelten sich unten vor die Tür. Wer zuerst in den Wagen kletterte, hatte den besten Platz.

Über die Schienen trieb der Schnee. Pjetkin stand in der vierten Reihe, er kämpfte nicht um die ersten Plätze, ihm war es gleichgültig, wo er im Waggon ein Stückchen bekam, um sich hinzuhocken. Geduldig ließ er die anderen an sich vorbeidrängeln, ließ sich wegstoßen und zur Seite schieben.

»Macht Platz« schrie jemand hinter ihm. »Ich muß die Bremsen kontrollieren! Zum Teufel, sie stehen vor der Tür wie die Hammel!«

Pjektin drehte sich nicht um, obgleich er die Stimme erkannt hatte. Aber ein Gefühl tiefer Freude durchrann ihn und verscheuchte alle Trostlosigkeit. Jemand stieß ihn von hinten an und drängte ihn weg.

»Ich werde dich begleiten, Söhnchen«, sagte Godunow leise hinter Pjetkins Rücken. »Ich bin Monteur der Eisenbahn. Deinen Waggon werde ich besonders oft kontrollieren. Ein Mistding haben sie da angekoppelt. Wenn du Sorgen hast, sag sie mir. Ich wohne im Küchenwagen. Jewseij, der Koch, ist mir dankbar. Ich habe ihm ein Pulver gegen Harnbrennen besorgt. Sei mutig, Söhnchen, und schwing dich jetzt in den Wagen. Nimm ein Bett an der Schmalwand. Und wenn es schon belegt ist, ohrfeige ihn herunter. Noch bist du kräftig, und nur dem Starken gehört die Welt im Viehwagen.«

Pjetkin nickte. Er zog sich an der Tür empor, bekam von dem jungen Soldaten mit einem kleinen Hammer einen Schlag auf den Rücken: »Dreiundvierzig!« und stolperte in den Waggon. Die »Betten« an den Schmalwänden waren belegt ... Bretter in drei Etagen übereinander. Nur an der anderen Längswand waren noch Plätze frei ... hier lagen bereits die Alten und Schwachen, die das Kämpfen aufgegeben hatten. Pjetkin sah sofort, warum diese Bretter noch leer waren ... im Wagenboden vor ihnen war ein Loch gebohrt und darin steckte ein enges verzinktes Rohr. Die Latrine. Es würde sich als Kunststück herausstellen, immer dieses Rohr zu treffen, und es war abzusehen, wann der widerlich stinkende Brei aus Urin und Kot durch den Wagen floß.

Ein Loch im Boden für sechzig Mann. Und nicht weit davon der runde, eiserne Ofen. Requisit seit hundert Jahren Fahrt in die sibirische Verbannung. Der kleine, glühende Ofen ... der winzige Funken Leben ... wenn er erlosch, starb alles.

Igor legte sich auf ein Brett in der zweiten Etage und schloß die Augen. Marko fährt mit, er ist ein Teufelskerl, der Kleine, dachte er. Aber in die Hölle wird man ihn nicht hineinlassen ... da werde ich allein sein.

In der Nacht fuhren sie ab. Der Waggon, nun verschlossen und von außen verriegelt, dampfte vor Hitze. Noch hatte man Holzscheite genug. Irgendwo betete einer laut, zwei andere lachten gemein. In der linken Ecke tauschte jemand Sandalen gegen Tabak.

Pjetkin legte sein Ohr gegen das Holz. Er hörte das Pfeifen des Windes und spürte die Kälte des Schnees, der an den Wagenwänden festklebte.

Fast um die gleiche Zeit stand Sadowjew im Kohlenbunker eines Zuges, der von Irkutsk nach Westen fuhr, und schaufelte und schaufelte, schwitzte und ächzte und versorgte die Lokomotive mit Fraß.

Sadowjew hatte Dunja nicht gesehen. Aber er war zur Stelle, als der gedeckte Lastwagen aus dem KGB-Hof fuhr. Sadowjew schwang sich auf ein Fahrrad, das er sich von seinem sauer erarbeiteten Lohn gekauft hatte, ein uraltes Rad, das überall klapperte, machte vor dem Güterbahnhof kehrt und kümmerte sich um seine Anstellung als Hilfsheizer. Dazu schlich er erst von einem abgestellten Zug zum anderen, bis er den entdeckte, an dem zwei Waggons mit neunundsiebzig Frauen angekoppelt waren. Es war ein reiner Güterzug, der mit Maschinen nach Nordwestsibirien fuhr, um dafür andere Waren abzuholen. Vor die beiden Gefangenenwaggons waren ein Bewacherwagen und die Küche gesetzt worden. Den Schluß des Zuges bildete ein Transport mit blökenden Kühen.

Sadowjew umkreiste ein paarmal die verschlossenen Wagen, knirschte mit den Zähnen und konzentrierte sich dann darauf, den Heizer und den Lokführer zu überreden, ihn ohne Bezahlung als Kohlenschipper mitzunehmen.

Es gelang. Jeder Mensch ist von Natur aus faul, auch ein Heizer der sowjetischen Bahnen. Er verpflichtete Sadowjew, seine Arbeit zu tun, bemerkte zum Lokführer: »Es gibt doch noch Hohlköpfe auf der Welt!« und ging weg, hundert Gramm Wodka trinken.

Für Sadowjew aber war der Himmel nicht mehr schneeschwer und die Luft nicht mehr dreißig Grad unter Null. Er schwitzte vor Aufregung und wirklicher Hitze aus dem Dampfkessel.

Wann werde ich Dunjenka sehen, dachte er und beugte sich aus der Lok heraus. Er sah die verriegelten Wagen und die Wache der Soldaten, die unten im Schnee stand. Mein kleines, armes Vögelchen.

Er lehnte sich gegen den fetten Kohlenhaufen, senkte den Kopf und weinte.

Irgendwie muß die Organisation versagt haben, Genossen. Irgend jemand hatte da einen Fehler fabriziert, der nicht mehr gutzumachen war.

Denn es geschah in Semipalatinsk, daß sich von Westen ein Güterzug näherte und von Osten auch einer. Und auf dem Güterbahnhof auf einem weit abgelegenen Nebengleis, standen sie plötzlich nebeneinander, die Soldaten aus Irkutsk begrüßten die Soldaten aus Chelinograd und man rief sich zu, daß man in diesem Semipalatinsk vier Tage Aufenthalt habe.

Zusammenstellung des großen Transportes in den Norden. Eine Schlange aus hundert Güterwagen. Eine schreckliche Schlange, denn in den Bäuchen ihrer hundert Glieder lagen sechstausend Deportierte. Männer und Frauen, halbe Kinder noch und Greise am Rande des Grabes.

Eine Schlange voll toter Seelen.

Und hier, auf dem Güterbahnhof von Semipalatinsk, an einem Morgen, der so kalt war, daß die Luft zu knacken begann, hier, zwischen den Schienen und auf festgestampftem Schnee, vermummt bis zur Unkenntlichkeit und mit Eiszapfen an den Wimpern und vor den Lippen, sahen sich Dunja und Igor wieder.

DREIUNDZWANZIGSTES KAPITEL

Igor Antonowitsch Pjetkin hatte sich in das Leben als Reisender durch Sibirien eingewöhnt. Die ersten Tage waren furchtbar gewesen. Sie fuhren der unerbittlichen Winterkälte entgegen, den eisigen Schneestürmen und den klirrenden Frostnächten, in denen alles Leben erstarrte. Nur die sechzig Männer in dem Viehwagen kämpften verbissen um ihr bißchen Leben, und wie in Pjetkins Wagen war es in allen anderen Tepluschkas, alten Güterwagen aus der Zarenzeit. Nur nicht erfrieren, nicht als Eisblock aus dem Zug geworfen werden, beim nächsten Halt, an der nächsten Station, beim nächsten Essenfassen. Nutzt jede Wärme aus, Genossen, kriecht zusammen, wärmt euch gegenseitig, rollt euch zu Knäueln, haltet die Wärme in euch ... Leben ist nichts als Wärme, wißt ihr es jetzt? Früher dachtet ihr immer, essen und trinken sei das Wichtigste ... welch ein Irrtum! Ein Grad Celsius ... ein einziges Grad mehr als der Punkt, wo alles erstarrt – das ist Leben!

So gut alles bei der Abfahrt in Chelinograd organisiert war, so völlig brach die Organisation bereits auf der Fahrt nach Semipalatinsk zusammen. Wie überall, wo politische und kriminelle Häftlinge zusammen leben mußten, übernahmen die Blatnyje die Herrschaft und drängten die Kontriks, die armen Schwachköpfe, die ihr Leben für eine politische Idee opferten, in die Rolle der Befehlsempfänger oder gar der nur Geduldeten. In Pjetkins Wagen herrschte Kolka Iwanowitsch Rassimow, ein dreifacher Mörder. Er griff sich einen der schwachen Politischen, einen alten Mann mit weißem Bart, packte ihn am Nacken und hob ihn einen halben Meter vom Wagenboden. Dann schüttelte er ihn und warf ihn in die Ecke. »Versteht ihr, was ich meine? Einer muß eine Bande wie euch zusammenhalten, sonst überlebt keiner von uns. Und wer ist der Stärkste, he?«

Es gab keinen Protest, als jemand schüchtern sagte: »Natürlich du, Kolka, das ist erwiesen.«

»Dann macht Platz, ihr stinkenden Rüden!« Kolka Iwanowitsch suchte sich den besten Platz im Waggon, und der, der ihn vorher belegt hatte, nahm seine Sachen unter den Arm und zog schweigend auf ein anderes Brett. Da nur noch in der Nähe des Klosettloches etwas frei war – und hier lag Pjetkin – zog sich der Mann an seine Seite auf die Pritsche und hockte sich hin.

»Ich bin Gymnasiallehrer«, sagte er leise. »Serge heiße ich. Und du?«

»Ich bin Arzt«, sagte Pjetkin und nickte ihm zu.

»Was sich hier so alles trifft: Mörder, Zuhälter, Straßenräuber, Diebe, Einbrecher, Totschläger, Professoren, Lehrer, Ingenieure, Architekten, Betriebsleiter und Ärzte. Die Welt ist bunt, Brüderchen.«

»Sie ist erstaunlich bunt.« Pjetkin gab Serge die Hand. »Auf gute Nachbarschaft.«

»Wenn uns Kolka in Ruhe läßt . . .«

»Er wird es. Auch er braucht einmal einen Arzt . . . ich fürchte, wir haben einen langen Weg vor uns.«

»Zehn Jahre . . .« Serge, der Lehrer, blickte an die Decke. Dort tropfte es durch eine schadhafte Stelle. »Davon habe ich schon drei herum. Ich kenne das hier alles. Bin siebenmal verlegt worden. Du bist ein Neuzugang?«

»Ja.«

»Halte dich an mich, Doktor. Das beste ist, nicht aufzufallen.«

Die Herrschaft Kolkas erwies sich zunächst als Fehlschlag. Die ersten Tage feuerte er in den Ofen, daß er glühte und es mollig warm im Wagen wurde. Aber als dann die Scheite ausgingen und nur noch zwei armselige Knüppel neben dem runden Eisending lagen, wurden zum erstenmal Zweifel an der Intelligenz des starken Mannes wach.

»Was nun?« fragte ein anderer Krimineller, ein Frauenschänder, wie sich herausstellte. »Bisher ist uns die Brühe den Arsch hinabgelaufen . . . sollen wir jetzt mit dem Hintern Schlittschuh fahren? Man hätte das Holz auch rationieren können.«

»Wer reißt hier die Schnauze auf?« brüllte Kolka und ließ die Muskeln rollen. »Natürlich werde ich für neues Holz sorgen.« Das Versprechen war leichter gesagt, als ausgeführt. Beim nächsten Halt auf einem armseligen Bahnhof irgendwo zwischen Petropawlowsk und Omsk erfuhr Kolka, daß die Holzstapel um den Ofen berechnet gewesen seien bis Omsk. Erst dort sollte es neues Brennmaterial geben.

»Glaubt ihr, wir wollten euch wie Hähnchen rösten?« brüllte ein Offizier des Begleitkommandos. »Wer so blöd ist wie ihr, soll zittern vor Frost! Das hält das Gehirn frei.«

Kolka Iwanowitsch kehrte zu seinem Wagen zurück und war sehr einsilbig. »Aha!« schrie der Frauenschänder, »jetzt pinkelt er sich selbst in die Stiefel, um die Zehen warm zu halten.«

Kolka schwieg. Doch er sah den Großmäuligen von unten her lange und düster an. Ein Blick, der Furcht verbreitete, denn so rollt nur ein Mann mit den Augen, dem ein Mord mehr oder weniger nichts mehr am eigenen Dasein ändert.

Von da ab begann der Waggon langsam zu vereisen. Ein Gefrierschrank auf vier Rädern. Aus der Ritze in der Decke hing ein Eiszapfen, und was zuerst zufror, war die Röhre im Wagenboden. Das einzige Klosett für sechzig Mann. Verzweifelt bemühte sich jeder, wenigstens das eisfrei zu halten. Jeder, der nur irgendwie dazu in der Lage war, urinierte gezielt in das Rohr, hockte sich darüber und versuchte, die sich bildende und immer dicker werdende Eiskruste zu lösen. Aber was ist ein blutwarmer Urin gegen vierzig Grad Frost, den der Fahrtwind noch verstärkt und unter den Waggonboden peitscht? Nach zwei Tagen gaben die Männer den Kampf auf ... das Rohr war durch Eis verschlossen. Mit der letzten Holzstange stocherte Kolka noch einmal die Röhre frei, ehe er sie ins Feuer warf.

»Noch einmal alle auf das Loch!« kommandierte er. »Von jetzt an wird nur im äußersten Notfall geschissen!«

Das ist so leicht dahergesagt, aber wer kann das regulieren, wenn man nur heißes Wasser, eine dünne Kascha aus Haferflockenbrei oder eine noch dünnere Balanda, das ist eine aus Kohl und Kartoffeln gemischte Suppe, aus dem Küchenwagen bekommt? Da kümmert man sich nicht mehr um zugefrorene Röhren, da rumort es im Leib, zerreißt die Gedärme und muß heraus.

Als der erste Kotbrei über den Wagenboden floß und einen bestialischen Gestank verbreitete, kam es zu einer Schlacht im Waggon. Die Kriminellen zwangen alle Politischen, die guten oberen Pritschen zu räumen, und stießen sie nach unten in die Reihe knapp über den Dielen, wo der Gestank am fürchterlichsten war. Das ging nicht kampflos, einige wehrten sich und bekamen Schläge, bis ihnen das Blut aus

Mund und Nase floß. Zum erstenmal brauchte man Pjetkin ... er ruschte von seinem Brett und verband mit herausgerissenen Hemdfetzen die größten Wunden. Kolka schaute ihm mit schiefem Kopf zu.

»Sanitäter, he?« fragte er und stieß Pjetkin die Schuhspitze in die Seite.

»Nein, Arzt.«

»Oho!« Kolka musterte Pjetkin mit einer Mischung aus Ablehnung und Achtung. Ein Arzt ist in Rußland immer etwas Verehrenswertes, vor ihm zog man den Hut, wenn man auch sonst noch so stolz war. Ein Arzt war die Barriere zwischen Leben und Tod, und man soll nicht Mauern einreißen, hinter die man sich noch einmal flüchten konnte. Ähnlich schien auch Kolka zu denken. Er sah sich um, bestimmte mit Blicken einen schönen Platz unten links neben der Tür und winkte dem Besitzer dieses Fleckchens zu.

»Tauschen!« sagte er knapp. Der Mann auf der Pritsche zog die Beine an.

»Ich bin ein Straßenräuber, Kolka ... das da ist nur ein Hohlkopf!«

»Ein Arzt ist er!« schrie Kolka. »Fliege in die andere Ecke, Spätzchen, sonst bringe ich dich selbst dorthin.« Und zu Pjetkin sagte er: »Sie haben alle keine Manieren, Brüderchen. Sieh, jetzt ist das Plätzchen frei. Belege es!«

»Ich möchte keine Sonderstellung«, sagte Pjetkin laut, damit ihn auch alle hörten. »Ich bin gut aufgehoben auf meinem Brett da oben.«

»Aber du bist ein Arzt. Einige von uns hier werden die Fahrt nicht überleben, die anderen wird man vielleicht wie Säcke ausladen, wer weiß denn, wohin man uns bringt? Du wirst noch Arbeit genug bekommen, und das erfordert Kraft.« Kolka blickte sich herausfordernd um. »Wer ist dagegen, daß unser Doktor diesen Platz bekommt?«

Welch eine Frage! Natürlich waren sie alle voll Zustimmung, Serge warf Pjetkin den Reisesack zu und Kolka geleitete ihn zu der Pritsche, als führe er ihn in einem Palast spazieren.

»Damit Klarheit herrscht«, sagte Kolka, als Pjetkin das Brett in Besitz genommen hatte, »du bist Arzt, und ich bin der Vormann dieses Wagens. Du liegst besser als ich, aber das ist kein Grund, die Schnauze aufzumachen. Ich bin ein Mörder, und ich bin sogar stolz darauf.«

Um seine Macht zu demonstrieren, beugte er sich vor und schlug Pjetkin schallend ins Gesicht. Ein leises Stöhnen lief durch die sechzig Männer, aber keiner rührte sich. Auch Pjetkin schlug nicht sofort zurück ... er verstand sogar die Angst Kolkas, sein Gesicht zu verlieren.

»Du hast einen voraus«, sagte er nur ganz ruhig. »Und die Fahrt ist lang, mein Freund ...«

Kolkas Kampf gegen den Kot war zum Scheitern verurteilt, noch bevor er begonnen hatte. Am Tage wagte keiner, die zugefrorene Röhre zu behocken, aber in der Nacht saßen sie über ihr und entleerten sich. Kolka stellte Wachen auf ... aber auch die Wachen waren nur Menschen, hatten Balanda gegessen und hundert Gramm glitschiges Brot.

Nach vier Tagen türmte sich der Kot von sechzig Menschen, gefror auf dem Holzboden, über den draußen der Zugwind mit siebzig Grad Frost heulte, wuchs in Schichten höher, floß auseinander und verbreitete einen Gestank, der einem den Atem zerfraß. Der Dunst des Urins beizte in den Augen, sie begannen zu tränen und brannten rotumrändert.

Die Erlösung kam immer, wenn das Essen geholt wurde. Dann wehte eisige Luft in die Wagen; es war frische, reine Luft, eine Köstlichkeit, die man einsog, bis die Lungen schmerzten.

Viermal gelang es Marko, bis zu Pjetkins Waggon zu kommen. Mit den Essenträgern – natürlich Kriminellen, die Kolka bestimmt hatte – lief er die lange Wagenreihe entlang, kontrollierte die Bremsen und blickte dann in das Innere der Tepluschkas.

»He, ich habe gehört, ihr habt einen Arzt bei euch?« rief er, als Kolka an die Tür trat und ihn mißtrauisch musterte. »Er soll nach vorn kommen.«

»Warum?«

»Ich habe Leibschmerzen.«

»Geh zum Sanitätswagen, du Beamtenfurz!« schrie Kolka zurück. »Der Arzt bleibt bei uns!«

»Wenn du nicht das Maul hältst, bezeichne ich die Bremsen an diesem Wagen als schadhaft, und du bleibst hier solange liegen, bis neue Wagen kommen. Weißt du, wie lange das dauern kann? Bis dahin bist du ein Eisklotz, den sie aufrecht an die Wand stellen, um das Grab zu sparen. Also sei friedlich, Bürschchen, und schick den Arzt an die Tür.«

Kolka knirschte mit den Zähnen, spuckte Marko ins Gesicht und winkte Pjetkin zu. »Wir machen einen Aufstand, wenn sie dich wegholen«, flüsterte er ihm zu, als Pjetkin sich anschickte, hinaus in den Schnee zu springen. Sie hielten auf freier Strecke, von den Mannschaftswagen schwärmten die Soldaten aus und umstellten die Waggons. Die Offiziere stapften von ihrem Salonwagen herab.

Zählung. Appell mit den toten Seelen. Ausladen der Toten. Berichtigung der Transportlisten. Dicke Striche durch Namen, deren Träger jetzt steif und bleich vor den zur Seite geschobenen Türen lagen.

Marko zeigte auf seinen Bauch, als Pjetkin vor ihm stand und ging dann mit ihm ein paar Schritte abseits. Sie taten so, als seien sie Arzt und Patient, aber Godunow berichtete über alles andere als über Magenschmerzen.

»Wir haben jetzt zehn Küchenwagen, zwei Sanitätswagen, zehn Mannschaftswagen, zwei Offizierswagen und vier Magazinwagen im Zug«, sagte er. »Noch weiß keiner genau, wo's hingeht. Alle vermuten, nach Norden. Das wäre schlecht, Igorenka, denn in der Taiga kann man sich besser verstecken als in der Tundra. Dieses Land da oben ist wie ein glatter Tisch mit einem ewig weißen Tuch. Jedes Fleckchen siehst du.«

Pjetkin tastete Marko ab. Dabei schob ihm Godunow ein Stück Brot, eine kleine Dauerwurst, ein Beutelchen groben Zucker und eine Platte gepreßten Tees in die Hände.

»Du denkst doch nicht an Flucht?« fragte Pjetkin und guckte Marko in den Mund.

»Willst du zehn Jahre durchhalten, Igor? Am Eismeer vielleicht? Beim Straßenbau? Hast du schon bei fünfzig Grad Eiswind Bahngeleise gelegt? Wir müssen weg, bevor der Zug aus dem Wald kommt. Der Wald ist unser Verbündeter.«

Die Untersuchung Markos brachte für alle etwas Gutes ... der Wagen bekam eine Sonderzuteilung Holz. Fünf Scheite! Kolka holte sie selbst beim Holzwagen ab und war guter Stimmung. »Ich habe einen Freund getroffen«, verkündete er. »Aus einem anderen Lager. Er gibt den Brennstoff aus. Wir werden jeden Tag fünf Scheite bekommen.«

Fünf Scheite für vierundzwanzig Stunden Kälte.

Am Abend saßen Kolka und Pjetkin zusammen auf Pjetkins Pritsche. Die meisten schliefen schon, ein paar träumten laut, Schnarchen und Röcheln, Husten und Gemurmel füllten die stinkende Dunkelheit. Pjetkin griff in die Taschen seiner Steppjacke und holte das Beutelchen mit Zucker und Wurst heraus. Er stieß Kolka an und führte dessen Hand an den Zucker.

»Woher?« schnaufte Kolka leise.

»Frag nicht und friß.«

»Was hast du noch?«

»Wurst, einen Kanten Brot und Preßtee.«

»Heb den Tee auf. Wir kochen uns morgen ein Kännchen davon. Die Wurst ...«

»Hier.«

Kolka biß ab und reichte sie Pjetkin zurück. Schweigend aßen sie die Wurst und das Brot. Dann faßte Kolka Pjetkin an der Schulter.

»Frierst du?«

»Erbärmlich.«

»Dreh dich um.« Er setzte sich hinter Pjetkin, drückte dessen Kopf nach vorn und begann, nachdem er tief Luft geholt hatte, den Nacken Pjetkins zu behauchen. Immer und immer wieder, bis Igor die schüchterne Wärme spürte.

»Hast du zwei Hosen?« fragte Kolka leise.

»Ja.«

»Wickle dir eine um die Beine. Roll dich zusammen. Wir werden es diesen Lumpen zeigen ... wir werden nicht verhungern und nicht erfrieren.« Er wälzte sich über Pjetkin und lag halb über ihm. »Ich wärme dich. Wenn ich zu schwer bin, mußt du's sagen ...«

»Nein, es ist zu ertragen. Und es wärmt.«

So lagen sie neben- und aufeinander ... ein Arzt und ein Mörder, wärmten sich wie Tiere im Wald und hatten nur einen Gedanken: Leben! Leben! Leben!

»Warum hast du drei Menschen umgebracht?« fragte Pjetkin nach langer Zeit. Kolka räusperte sich.

»Eine Frau und zwei Männer. Die Frau war mein Weibchen, und der eine war ihr Liebhaber. Ich habe sie im Bett überrascht, wo sie sich auf die Schnelle vergnügen wollten. Flugs habe ich zugepackt und sie erdrosselt.«

»Und der andere Mann?«

»Er kam zufällig daher und wollte mich zurückreißen. Es war der Lichtableser, ein guter, einfältiger, braver Mensch. Aber mein Zorn war zu groß ... ich erwürgte ihn gleich mit. Darum haben sie mich auch verurteilt ... So, und nun schlaf, Doktorchen. Ich brauche wenig Ruhe.«

Und Pjetkin schlief ein. Er fühlte sich wie in den Armen einer Mutter geborgen, warm und sicher.

Nun standen sie in Semipalatinsk auf einem Nebengleis des Güterbahnhofes, die Toten wurden noch einmal gezählt, die Lebenden, die Kranken, die Halbtoten. Die Waggons wurden ausgemistet, die Böden geschrubbt, der zentimeterdicke Kot herausgeschoben und die Klosettröhren aufgetaut. Zum erstenmal gab es auch ein vollständiges Essen: Kascha, Kipjatok, wie das heiße Wasser zum Trinken so poetisch heißt, 650 Gramm Brot – Brüderchen, man könnte einen Luftsprung machen – einen ganzen Hering, steif gefroren, aber im Mund taut alles auf, wenn man es im Speichel rollt, ein Klümpchen Steinsalz für den ganzen Waggon, das Kolka als Obmann in Verwahrung nahm, ein Säckchen groben Zucker, von der gleichen Art, wie Marko ihn gebracht hatte (auch ihn beschlagnahmte Kolka und versprach eine gerechte Verteilung, woran niemand glaubte), und als sei es ein Fest, brachten die Essenträger vom Küchenwagen eine Balanda aus Bohnen, Kartoffeln und Maisgries.

Marko hatte Pjetkin bereits abgeholt, sehr zum Leidwesen Kolkas, der heftig protestierte, Marko eine aufgeblähte Wanze nannte und mit einem Aufstand des ganzen Zuges drohte, wenn man Pjetkin nicht wieder abliefere.

»Wir gehen zum Magazinwagen«, sagte Godunow und tastete nach Igors Hand. »Wir sind in Semipalatinsk. Von jetzt an geht's nach Norden, nach Workuta, sagen sie. Aber so weit bringen sie uns nicht ... wir kommen noch durch die Taiga.«

»Und wo wollen wir dann hin?« Pjetkin blieb stehen. »Wir können nicht wie Wölfe leben.«

»Warum nicht?« Marko zerrte an Pjetkins Hand. »Die Welt ist so groß, daß sie zwei Menschen verschlucken kann.«

»Und alles zu Fuß?«

»Zu Fuß haben die Russen Sibirien erobert.«

»Und Dunja?«

»Das ist allerdings ein Problem.« Godunow schielte zu Pjetkin hinauf. »Sie müssen wir vergessen ...«

»Für diesen Satz müßtest du geschlagen werden!« sagte Pjetkin finster.

»Du kannst sie nur vergessen, Söhnchen.« Godunow holte tief Luft. Bisher war er der Wahrheit immer ausgewichen, hatte vermieden, von Dunja zu sprechen, hatte einen weiten Bogen um alles gemacht, was ihn zum Berichten zwang. Jetzt gab es kein Wegrennen mehr. »Du wirst sie nie wiedersehen. Man hat sie wie dich verhaftet und deportiert ...«

Pjetkin war es, als senke sich der Himmel auf ihn wie eine Presse und drücke ihn in den Boden. Er schloß die Augen und legte beide Hände auf die Schultern des Zwerges. So stützte er sich ab und fing das Gefühl auf, in grenzenlose Tiefen zu stürzen.

»Woher... woher weißt du das, Marko?« fragte er kaum hörbar.

»Ich war dabei, als man sie abholte. Und ich habe in Irkutsk Sadowjew getroffen, der sein Töchterchen suchte. Hätte er zehn Bomben bei sich gehabt – es gäbe keine Behörde mehr in Irkutsk. Wer weiß, wo Dunjenka jetzt schon ist? Sie haben eine große Auswahl an politischen Lagern, ich habe sie auswendig gelernt. Da ist Peschlag bei Karaganda, Inta im Norden Zentralrußlands, Workuta an der Koma, wo man das Eismeer riecht, Kamyschlag im Kemerowschen Gebiet bei

Omsk, Norilsk oben im Norden, Magadan an der Kolyma und Taischet in der Umgebung von Irkutsk. Und das sind nur die größten.« Er legte seine Hände auf die Finger Pjetkins und streichelte sie. »So ist das, Igoruschka. Die Welt bricht zusammen und doch atmet sie weiter. Mach die Augen auf ... die Sonne scheint, der Schnee glitzert.Und hörst du sie singen ... die Toten singen ... das ist ein Wunder des Lebens, verstehst du das? Die niedergebrannten Dochte flackern noch ... und solange das ist, Igorenka, lebt die Hoffnung. Willst du sie wegwerfen, das einzige Gut der Gefangenen? Mach die Augen auf ... wir leben!«

Pjetkin nickte stumm. Er warf den Kopf in den Nacken und starrte in den trüben Schneehimmel.

»Wir müssen Dunja suchen.«

»Nein, wir müssen uns selbst retten.«

»Was bin ich ohne Dunja, Marko? Kannst du mir darauf eine Antwort geben?«

Godunow sah Pjetkin entsetzt an, dann schüttelte er langsam den Kopf. »Ich sehe es ein«, sagte er bedrückt. »Du bist ein doppelter Gefangener. Verdammt schwer wird es sein, da eine vernünftige Freiheit zu finden.«

Sie gingen zum Magazinwagen, stiegen die kleine Holztreppe, die man an die Schiebetür gelehnt hatte, hinauf und wurden dort von dem Konvoibegleiter, dem Genossen Sekretär Ulanow, empfangen. Er war ein feister Mensch, der nur von Weibern träumte und auch davon erzählte, aber das waren alle seine Heldentaten, denn in Wirklichkeit war er impotent und ergötzte sich nur an den geträumten Möglichkeiten.

»Das also ist er, Marko Borissowitsch«, sagte er mit einer hellen Stimme. »Der Wunderarzt! Setz dich hin, Genosse, und friß. Und dann erklär mir mal, wieso ein so starker Mann wie ich in der Mitte so schlaff ist. Ich kann das nicht begreifen . . .«

Gegen Mittag durchlief große Aufregung die Kolonnen. Von Osten her dampfte ein kleinerer Güterzug an und hielt auf dem Nebengleis. Die Soldaten winkten, die Häftlinge aus Chelinograd wurden zu ihren Waggons getrieben und in die Wagen gejagt.

Über der eisernen Wand des Kohlentenders hing Sadowjew, schwarz wie der Teufel, schwitzend und einer verbrannten Brezel ähnlicher als einem Menschen.

VIERUNDZWANZIGSTES KAPITEL

Zuerst entdeckte es der Vormann im Küchenwagen II, ein Krimineller, hundertfacher Taschendieb und zum Stammpersonal der Deportiertenzüge gehörend. Er schüttete gerade schmutziges Wasser aus dem Fenster, als ihm gegenüber einer der neuen, aus Irkutsk eingetroffenen Waggons hielt und durch die Bretter helle Stimmen und rhythmisches Rufen tönte.

»Tür auf! Tür auf! Tür auf!«

Prokow, der Küchenhelfer, ließ den Eimer fallen, warf die Arme hoch in die Luft und brüllte begeistert: »Weiber! Genossen, Weiber sind gekommen!«

Ein solcher Ruf pflanzt sich schneller fort, als ein Telegraf ticken kann. Von Wagen zu Wagen lief die Kunde, an den aufgeschobenen Türen ballten sich die Männer und starrten hinüber zu den noch verschlossenen Tepluschkas der Frauen. Die Begleitsoldaten des Irkutsker Zuges schwärmten aus, kaum daß er gehalten hatte, sperrten die Umgebung ab und ließen sogar ihre Kameraden aus Chelinograd nicht näher als zehn Meter an die Waggons heran.

»Sie haben einen scharfen Hund als Kommandeur!« rief einer der Häftlinge zu ihnen hinüber. »Wollt sie wohl alle allein haben, die weißen Schenkelchen, was?«

»Weiber –« Ein Mann lehnte an der Tür und preßte die Beine zusammen. »Seit einem Jahr habe ich kein Weib mehr gesehen. Weiber ... wie sehen die überhaupt aus?«

»Tür auf! Tür auf!« tönte der Chor hell hinter den Brettern. Dann donnerten Fäuste gegen die Waggonwände.

Aus dem Wagen der Offiziere kletterte ein Mädchen mit langen blonden Haaren. Es trug Stepphosen in dicken Fellstiefeln, eine Fofaika – das ist die berühmte sibirische Steppjacke mit einem Wolfspelzkragen – und einen roten Schal um den Hals. Als es in den Schnee sprang, pfiffen einige hundert Männer und schwenkten die Arme.

»Ein Engelchen!« schrie jemand. »Wahrhaftig, ein Engelchen! Schenk jedem von uns ein blondes Haar von dir, dann schlafen wir wie im Paradies!«

Dunja beachtete die Rufe nicht. Sie verhandelte mit einem der Offiziere und zeigte auf die verschlossenen Frauenwagen. Der Offizier schüttelte den Kopf, Dunja stampfte auf und ging zurück zum Magazinwaggon, an dessen Seite mit weißer Ölfarbe das Wort »gospidal« gemalt war. Hunderte von Rufen folgten ihr, es war ein Tumult wie bei einer kleinen Revolution. In dem allgemeinen Geschrei ging deshalb auch das Gebrüll unter, das Sadowjew auf seinem Kohlentender ausstieß, als er Dunja erkannte. Ein Glück war das, denn hätte man gewußt, warum der Alte sich so außer Rand und Band benahm, er wäre seine Arbeit als Hilfsheizer losgeworden. So aber schüttelte der Oberheizer nur den Kopf, stieß Sadowjew lachend in die Seite und sagte: »Benimm dich nicht wie ein ausgehungerter Bock, Brüderchen. Du könntest ihr Väterchen sein. Für uns ist dieses Weibsstück nur ein Plakat, das wir anstarren dürfen. Da haben die Genossen Offiziere längst ihre Hand draufgelegt.«

»Wahr ist es, ich könnte ihr Vater sein!« schrie Sadowjew und tanzte vor seinem staubenden Kohlenberg auf und ab wie ein munteres Zicklein. »Wie wahr das ist! Aber erfreuen kann man sich doch an ihrem Anblick . . . das werdet ihr dem Alter doch wohl gönnen.«

Er hing aus dem Tender und sah mit glühenden Augen zu, wie Dunja einer Frau mit einem dicken Kopfverband aus dem Wagen half und mit ihr im Schnee hin und her ging. Er wagte nicht, sich bemerkbar zu machen. Warten wir bis zum Abend, dachte er, und sein Herz verkrampfte sich, denn die Zeit zu überstehen bis zur Dunkelheit war eine fast unermeßliche Qual.

Es dämmerte bereits, als ein kleiner, krummbeiniger, zwergenhafter Bahnbeamter mit einem langstieligen Hammer von Wagen zu Wagen ging, sich bückte und mit dem Hammer völlig sinnlos gegen die Bremsen schlug. Er trug eine viel zu große Mütze, die ihm über die Stirn bis auf die Augen rutschte, und der Mantel war so lang, daß er im Schnee eine Schleifspur hinterließ. Sadowjew beobachtete ihn schon eine ganze Weile voll Mißtrauen, denn solange dieser widerliche Mensch mit seinem Hammer herumschlich, war es unmöglich, Dunja aus ihrem Wagen zu rufen.

»Was soll das, he?« rief Sadowjew, als der Kleine stehenblieb, genau vor dem Lazarettwagen, und sich mit einer teuflischen Ruhe eine Papyrossa ansteckte. »Verrichte deine Arbeit, klopf die Bremsen ab und leg dich auf den Arsch! Oder sind die Hammerschläge auch in einem Soll eingeplant?«

Marko Borissowitsch grinste breit. Er schob die Mütze in den Nacken und winkte Sadowjew fröhlich zu.

»Zum Gruße, Dimitri Ferapontowitsch! Hab ich's doch richtig geahnt. Es ist der Zug mit Dunja. Komm herunter, du Kohlenfresser, und laß dich umarmen!«

War das ein Wiedersehen! Sie küßten sich mehrmals, drückten einander, klopften sich auf die Schulter und schrien sich an, als hätten sie beide kein Trommelfell mehr. Dann stellten sie sich in den

Windschatten des Zuges und rauchten. Sadowjew hatte seine Pfeife gestopft, und Marko ertrug den Gestank des geheimnisvollen Krautes, das Dimitri seit Jahren rauchte.

»Diesen Fehler werden sie nie wieder auswetzen können«, sagte Marko und rieb sich die Hände. »Man wollte sie für immer trennen, und nun fahren sie gemeinsam in die Verbannung. Wenn sie es klug anstellen, wird niemand erfahren, daß sie zusammen sind. Aber wozu haben sie uns, was, Dimitri Ferapontowitsch? Gebe Gott, daß wir noch zehn Jahre leben, dann überstehen es auch unsere Kinderchen ...«

Als es völlig dunkel war, trennten sich Marko und Sadowjew und hatten einen guten Plan besprochen. Godunow ging zunächst zurück in seinen Materialwagen, legte dem Genossen Sekretär von der Konvoileitung zwanzig Rubel auf den Tisch und sagte: »Mein lieber, guter Freund Ulanow, du bist ein großer Fresser und ein gewaltiger Frauenverschlinger, auch wenn du impotent bist. Mein Arzt, Dr. Pjetkin, hat mir berichtet, daß er dich vielleicht heilen könnte. Vielleicht ...«

»Was heißt vielleicht?« rief der feiste Ulanow. »Er soll damit sofort beginnen! Was hindert ihn?«

»Dein Wohlwollen und deine Blindheit.«

»Wie soll man das verstehen, Genosse?«

»Wohlwollen bedeutet, daß du ein Herz für ihn hast, und Blindheit bedeutet, daß du alles, was in dieser Nacht geschieht, nicht siehst und nicht hörst.«

»Sind es illegale Dinge, Godunow? Ich bin Beamter!«

»Ich etwa nicht? Ulanow ... du bist ein Riese als Mensch, aber in der Mitte ein lächerlicher Zwerg. Soll das so bleiben?«

»Welch eine Frage! Ich werde blind und taub sein.«

»Du bist ein kluges Brüderchen.« Marko machte eine kreisende Handbewegung. »Ich brauche deinen Salon, mein Freund ... zieh für heute um und schlafe nebenan im Magazin.«

Unterdessen hatte sich Sadowjew dem Wagen Dunjas genähert. Er klopfte an das Holz, und es war ein gewisser Rhythmus dabei. So hatte er immer an die Tür von Dunjas Zimmer geklopft, wenn er sie morgens weckte. Mit diesem Zeichen war sie groß geworden, genauso wie mit dem auf- und abschwellenden Pfiff, den Sadowjew jetzt ausstieß.

Im Inneren des Lazarettwagens rührte sich nichts. Sadowjew wiederholte Klopfen und grelles Pfeifen, und plötzlich stieg Angst in ihm hoch. Hatten die Offiziere Dunja zu sich geholt?

Sadowjew durchlief es heiß, er schlug die Fäuste gegeneinander und knirschte mit den Zähnen wie ein gereizter Tiger.

Er wollte zum drittenmal klopfen und pfeifen, als die Schiebetür knirschte und einen Spalt breit aufglitt. Dunjas Kopf kam hervor, eingebettet in den hochgeschlagenen Wolfskragen. Ihr blondes Haar floß über die Schulter.

In Sadowjew tobte ein Höllensturm. Die Gedanken überschlugen sich und schrien ihn an. Dunja ist keine Verbannte, nur eine Strafversetzte. Dunja war da ... sie lebte, sie war gesund – das war genug für den Rest seines Lebens.

»Dunjenka –«, sagte Sadowjew leise. »Mein Schwänchen ...«

Er breitete die Arme aus und schwankte vor Glück.

Dunja sprang aus dem Wagen in seine Arme, sie taumelten in den Schatten und prallten gegen einen Waggon. Sadowjew weinte laut, er küßte Dunja immer und immer wieder, streichelte über ihr Gesicht und tastete sie ab, als müsse er gebrochene Knochen oder Überreste von Mißhandlungen entdecken.

»Mein Töchterchen«, schluchzte er. »Mein Engelchen! Ich habe dich wieder ...«

Später saßen sie auf einer Kiste in der durch einen bleichen Mond hinter ziehenden Wolken kaum erhellten Nacht, merkten die klirrende Kälte nicht und das Eis, mit dem sich ihre Gesichter überzogen, denn jeder Atemzug, der den anderen traf, schlug sich auf dessen Haut wie ein weißer, glitzernder Puder nieder. Niemand störte sie ... sie saßen unten in einer Baugrube zwischen den Schienen, wo sonst die Monteure stehen und schadhafte Stellen unter den Eisenbahnwagen schweißen.

»Ich bleibe bei dir, Dunjenka«, sagte Sadowjew. »Ich habe meinem Leben eine andere Richtung gegeben. Ich weiß, du wirst mich oft brauchen.«

»Und Mamuschka?«

»Ich habe ihr von Irkutsk geschrieben. Sie wird allein zurechtkommen, ganz Issakowa hilft ihr dabei.«

»Hast du von Igor etwas gehört, Väterchen?«

Sadowjew blickte hinauf in den Himmel. »Nein«, antwortete er. »Er soll verurteilt sein. Zehn Jahre. Weil er ein Idiot ist und zurück nach Deutschland wollte. Vergiß ihn, Töchterchen.«

»Nie, Vater, nie!« Sie lehnte den Kopf an seine Schulter und bedeckte mit beiden Händen ihre Augen.

»Es ist möglich, daß ich etwas erfahre«, sagte Sadowjew geheimnisvoll. »Der Männerzug ist aus dem Süden gekommen.«

Dunja umarmte ihren Vater, und er legte die Arme um sie und verging vor Seligkeit. »Nur eine Nachricht ... ein Zeichen ... ein einziges Wort über ihn ... Ich werde mich an ihm wärmen können oben in Workuta.«

Sadowjew versprach, sich sofort umzuhören. Er brachte Dunja zu ihrem Lazarettwagen zurück und rannte dann durch die Dunkelheit davon.

Bei Marko verlief dieser Anbruch der Nacht etwas komplizierter. Er holte Pjetkin aus seiner Tepluschka und stieß prompt mit Kolka, dem Mörder, zusammen. »Habt ihr ihn schon beschlagnahmt, he?« brüllte der Vormann. »Zu uns gehört er! Warum verurteilt ihr ihn erst, wenn ihr ihn dann später in die Sahnetöpfe tunkt?« Er baute sich in der Tür auf, und auch die zwei Soldaten, die Marko mitgebracht hatte, denn das Herausholen Pjetkins veranstaltete Godunow ganz offiziell, beeindruckten ihn nicht.

»Sei friedlich, Freundchen«, sagte Marko gelassen. »Er soll nur eine Diagnose stellen, dann ist er wieder bei euch. Im übrigen werdet ihr euch doch trennen ... der Konvoi wird umgruppiert. Die Politischen für sich und die Kriminellen für sich.«

»Unmöglich!« brüllte Kolka. »Das ist eine Lüge! Das hat es noch nie gegeben!«

»Alles Neue ist einmal zum erstenmal. Befehl aus Moskau.« Marko winkte, die beiden jungen Soldaten traten an die Schiebetür, hieben mit dem Gewehrkolben Kolka gegen die Brust und schrien: »Pjetkin, heraustreten!«

Mit unbeweglichem Gesicht sprang Pjetkin aus dem Wagen in den Schnee. Er war von seinen Kameraden präpariert worden. In den Taschen seiner Steppjacke trug er vier aus Hemden genähte Säcke und auf der Brust einen langen Lederbeutel. Sogar eine Wunschliste hatte er mitbekommen: Brot, Zucker, Salz, Tee, Heringe, Tabak, Mehl, Maiskörner, Gries und Nachrichten, wohin die Fahrt geht und was so draußen in der fernen Welt alles bisher geschehen war.

»Wir reden noch darüber!« schrie Kolka aus der Dunkelheit des Waggons. »Wir lassen uns unseren Doktor nicht nehmen!« Mit schnellen Schritten entfernten sich Pjetkin und Marko. Sie hörten noch, wie knirschend die Tür wieder zurollte und der große eiserne Riegel in die Halterung fiel.

»Genossen, herhören!« sagte Kolka in der stinkenden Dunkelheit. »Es muß etwas geschehen. Wir werden uns eine ansteckende Krankheit zulegen. Dann wird man Pjetkin abkommandieren, uns zu pflegen. Wer weiß eine gute Krankheit? Ich erwarte Vorschläge, Brüder . . .«

Es war eine gute Idee, die Kolka da hatte, denn nichts auf der Welt fürchtet ein Russe mehr als eine ansteckende Krankheit. Wo ein Schild steht mit dem Wort »Sarasa« (Ansteckung), da herrscht ewiger Friede. Der größte Teufel macht einen weiten Bogen darum.

»Komm mit«, sagte Marko, als sie an dem Magazinwagen vorbeigingen und Pjetkin stehenblieb. »Weiter . . .«

»Ich denke nicht daran!« Pjetkin riß sich los. »Soll die Flucht schon hier beginnen?«

»Wer weiß es?« Marko kicherte meckernd. Er rieb sich die Hände und tanzte vor Freude von einem Bein auf das andere. Ein schauerlicher Anblick für den, der Marko zum erstenmal begegnete. »Die Äpfel des Paradieses duften auch im Winter.«

Marko drückte mit beiden Händen Pjetkin gegen den Rücken und schob ihn vorwärts. »Welch ein starrköpfiger Mensch«, keuchte er dabei. »Da steht er vor dem Paradies und zittert –«

Langsam ging Pjetkin weiter. Er bog um den Wagen herum und sah im Schatten undeutlich eine Gestalt in einer pelzbesetzten Fofaika stehen. Ein schmaler Fleck, der sich nicht bewegte. Der Schnee glitzerte im Widerschein des fahlen Mondes, und der Frost fraß sich durch die Stiefel und die Wollappen zu den Füßen und drang in die Zehen. Und trotzdem begann Pjetkin jetzt zu schwitzen. Er räusperte sich und wartete darauf, was der Schatten vor ihm unternehmen würde.

»Sie haben etwas von Igor Antonowitsch Pjetkin gehört?« fragte die reglose Gestalt an der Wagenwand. Ihre Stimme war hell und voll Melodie.

Pjetkin war es, als stoße ihn eine Faust zurück und reiße ihn gleichzeitig vorwärts. Er machte ein paar taumelnde Schritte, die Gestalt hob beide Arme und streckte sie ihm als Fäuste entgegen. »Bleiben Sie stehen!« sagte die helle Stimme plötzlich scharf. »Ich habe ein Messer in der Hand. Ich schlitze Ihnen das Gesicht auf, wenn Sie näher kommen.«

»Dunja . . .«, stammelte Pjetkin. »Dunjuscha . . . Dunja!«

Das letzte Wort war ein Aufschrei. Dann stürzten sie aufeinander zu, prallten zusammen wie zwei wilde Wogen, fielen von dem Zusammenstoß zu Boden, umklammerten sich noch im Fallen und rollten durch den Schnee.

»Igoruschka! Mein Igoruschka! O Gott, ich sterbe . . .«

Aber sie starben nicht . . . sie lagen im Schnee und küßten sich und ertranken in ihren Augen und stammelten wirre Worte und fühlten sich und rangen nach Atem.

Auf der anderen Seite des Waggons wischte sich Marko über die Augen, brach die zu Eiskugeln gefrorenen Tränen von seinen Lidern und kniete sich in den Schnee. Er bekreuzigte sich und betete.

Wißt ihr, Genossen, daß Marko schon vor vierzig Jahren aus der Kirche ausgetreten war? Er hatte bis zu dieser Stunde auf dem Güterbahnhof von Semipalatinsk immer behauptet, nie etwas von Gott gespürt zu haben. Aber jetzt sagte er: »Gott, ich danke dir . . . und segne sie . . .«

FÜNFUNDZWANZIGSTES KAPITEL

Erst am Morgen kehrte Pjetkin in seine Tepluschka zurück.

Die Stunden mit Dunja waren weniger ein Rausch, als vielmehr ein wehmütiges Vergessen der sie umgebenden Wahrheit gewesen. Marko hatte sie zum Magazinwagen geführt, wo Ulanow gerade sein Zimmerchen geräumt hatte und es sich auf vier langen Kisten mit Konserven so bequem wie möglich machte. Als Herr über das gesamte Material verfügte er über Decken und Matratzen, Kissen und wärmende Fußsäcke. Als Marko nach ihm sah, lag er fett auf dem Rücken und kaute an einer Blutwurst.

»Du bist ein verteufelter Hund!« sagte Ulanow zu Godunow. »In meinem Bett zeugen sie jetzt ein Kind. In meinem Bett! Wird das qualvolle Träume geben.«

»Vielleicht gehört es zur Therapie?« antwortete Marko listig. »Es kann sein, daß etwas von der Wildheit meines Doktors für dich in den Kissen zurückbleibt.«

»Hinaus!« schrie Ulanow. »Wenn ich dich länger ansehe, erinnere ich mich, Sekretär der sowjetischen Polizei zu sein. Provoziere das nicht, du Mücke! Hinaus!«

So blieben Dunja und Igor ungestört bis zum Morgengrauen. Im Abteil des »technischen Begleiters«, das Marko so benannt hatte und zum Materialwagen Nr. II gehörte, saßen die ganze Nacht über Sadowjew und Godunow zusammen, spielten Schach und hielten Wache.

Keiner weiß, was Dunja und Igor in dieser Nacht miteinander sprachen, und seien wir auch nicht so neugierig, uns darum zu kümmern. Jeder von uns kann es sich denken, kann es mitempfinden, wenn er ein nur halbwegs liebendes Herz besitzt und weiß, was wirkliche Liebe ist. Es sind immer wieder die uralten Worte, die gleichen Seufzer, die stammelnden Beteuerungen, und alles mündet in dem himmlischen Du, einem Wort, das unmittelbar aus Gottes Sprachschatz stammt. Man kann das altmodisch finden, und wenn sie Lippe an Lippe liegen und Körper an Körper, und ihr Schweiß dampft über ihre Haut und sie zittern von innen heraus und können sich nicht mehr voneinander lösen, und sie seufzen sich dann zu und geben es von Mund zu Mund weiter – »ich liebe dich, Igorenka« und »ich liebe dich, Dunjuscha« –, dann gibt es keine Zeit mehr und keinen Ort und keine Begrenzung, dann ist man Mensch, und mehr will man nicht sein . . .

Am Morgen also ging Pjetkin zurück zu seinem Waggon. Sadowjew begleitete seine Tochter zum Lazarett des Frauenkonvois und sonnte sich in Dunjas glücklichen Augen. »Wir werden uns bei jedem Aufenthalt sehen, Väterchen«, sagte sie und breitete die Arme aus, als wolle sie den Himmel umarmen. »Und wenn Workuta die Hölle ist . . . wir finden eine Ecke für unser eigenes Paradies.«

Sadowjew nickte. Die Kehle war ihm wie eingefroren. Der Wind zerrte an Dunjas Haaren und trieb sie wie goldene Schleier über ihr Gesicht.

Pjetkin brachte fünf prall gefüllte Säckchen in seinen Waggon. Kolka schob sie sofort hinter sich wie eine Glucke die Eier und stellte sich mit erhobenen Fäusten in Positur. Von allen Seiten drängten die Häftlinge heran – der stumme Schrei des Hungers lag in ihren Blicken wie Mordgier.

»Wir verteilen gerecht«, sagte Kolka drohend. »Die eine Hälfte für Pjetkin und mich, die andere Hälfte für euch.«

»Du Scheißkerl!« brüllte jemand aus dem Hintergrund. »Schlagt ihm den Schädel ein!«

Sofort bildeten sich zwei Parteien, die uralte Klassifizierung des Lagers. Hier Kriminelle, dort Politische . . . und da es mehr Verbrecher waren als »Hohlköpfe«, zogen sich die Politischen zurück und krochen in dumpfer Wut auf ihre Pritschen. Kolka grinste. Er fegte sein Brett sauber und schüttete die Schätze, die Pjetkin mitgebracht hatte, in kleine Häufchen nebeneinander. Drei kräftige Kriminelle hielten Wache . . . man hatte schon viel erlebt, denn der Anblick von Eßbarem verwirrt dem Hungernden oft das Gehirn.

»Zuerst der Zucker«, sagte Kolka laut. »Für jeden einen halben Löffel . . . Einzeln vortreten.«

Im Wagen begann ein langer Rundlauf. Eine Schlange ausgezehrter Leiber, die umeinander kreiste, die Hände offenhielt, die Köstlichkeiten in Hemdfetzen, Papierstücken und sogar Schuhen in Empfang nahm.

Zucker, Mehl, Gries, Tee, Salz, Brot und sogar gefrorenes Fleisch. Kolka zerhackte es in kleine Stücke, indem er einen Fuß vom Ofen abbrach und ihn als Messer benutzte.

Dann zog selige Stille über die sechzig lebenden Toten. Sie lagen auf ihren Pritschen und kauten. Sie zelebrierten das Essen wie eine heilige Handlung.

Ab zehn Uhr morgens begann die Umgruppierung der Verurteilten. Mit großen Listen marschierten die Offiziere auf, wieder wurde das ganze Bahngelände von Militär abgeriegelt, Befehle dröhnten durch die Wagenreihen.

»Alles aus den Wagen! Antreten! Abzählen! Wer aufgerufen wird, links raus! Alles zum Appell!«

Der Zug leerte sich. Haufen von Schädeln staken im Schnee wie Pflastersteine. Nur die Tepluschka Kolkas stieg nicht aus ... hier lagen plötzlich sechzig Männer auf den Brettern und stöhnten, verdrehten die Augen und trugen rote kleine Pickel im Gesicht. Es war alles sehr gut organisiert.

Zwei Offiziere blickten in den Waggon, stutzten und sprangen sofort zurück, als Kolka zur Tür schwankte, übersät mit Flecken.

»Eine Epidemie!« lallte Kolka und stützte sich auf Pjetkin, der als einziger – er mußte ja gesund sein, um als Arzt helfen zu können – von der Krankheit nicht gezeichnet war. »Der Bruder Doktor hat sie erkannt. Was ist es ... sag es schon?!«

»Eine akute Scarlatina«, rief Pjetkin. »Vorsicht, Genossen! Es ist eine schwere Scarlatina fulminans. Eine Infektion kann zum Tode führen.«

»Wir brauchen Hilfe!« brüllte Kolka heiser. »Gebt unserem Doktor die nötige Medizin. Hilfe! Habt ihr's gehört, ihr Bogenpisser? Wir haben eine Bumsifans ... Nicht näher kommen, Brüder, wenn euch euer Leben lieb ist!«

Die Offiziere wichen zurück, und als Pjetkin in den Schnee sprang, wagte keiner, ihn anzufassen. Die Nachricht lief sofort von Mund zu Mund ... vom Sanitätswagen I näherte sich ein Trupp anderer Offiziere. Drei Ärzte, die mit ihnen kamen, grüßten Pjetkin sogar wie einen Kollegen.

»Stimmt es?« fragte ein Kapitänarzt knapp. »Scharlach?«

»Einwandfrei. Der ganze Wagen.«

»Danke.« Der Kapitänarzt winkte. »Türen schließen und isolieren!«

»Wollen Sie sich die Kranken nicht ansehen?« fragte Pjetkin verblüfft.

»Ihr Wort genügt. Kommen Sie mit, wir geben Ihnen reichlich Penicillin. Noch hat es Sie nicht gepackt.«

Pjetkin blickte zurück zu seinem Wagen. Die Tür wurde zugeschoben ... das letzte, was er sah, war Kolka. Er grinste und winkte ihm zu.

Stundenlang warteten die neunundfünfzig Mann im Wagen 34 auf die Rückkehr ihres Doktors. Sie hörten, wie draußen der Riegel mit einem Schloß gesichert wurde, wie etwas an der Wand kratzte, dann war wieder Stille.

Am Abend ging ein Rucken durch den Wagen. Dann rollten langsam die Räder. »Aha!« rief Kolka. »Jetzt klappt die Organisation. Wir werden nach hinten umrangiert. Und gleich kommt Pjetkin zurück, ich wette mit euch.«

Aber Kolka irrte. Nach ein paar Minuten hörte das Räderrollen auf, es gab keinen Aufschlag wie beim Ankoppeln, wo die Puffer gegeneinanderstoßen ... der Wagen rumpelte noch eine kurze Zeit über die Gleise und stand dann, vom Eigengewicht gebremst. Kolka zog die Schultern hoch. Er fror plötzlich trotz der Hitze aus dem Öfchen. Im Widerschein des flackernden Feuers schienen die verzerrten Gesichter der anderen auf ihn zuzuschweben. »Die hängen uns ab ...«, sagte einer von der oberen Bank. »Sie lassen uns einfach stehen. Großer Gott, sie schieben uns weg zum Verfaulen!«

Das wirkte wie ein Signal. Eine Flut von Leibern prallte gegen die Tür und hieb mit Fäusten und Füßen gegen das Holz. Mit aufgerissenen Mündern, nacktes Entsetzen in den Augen, brüllten sie gegen die Bretter.

»Aufmachen! Wir sind nicht krank! Aufmachen! Hilfe! Hilfe! Erbarmen, Brüderchen. Wir sind alle gesund ... gesund ... gesund ...«

Es wurde ein Sprechchor, der schaurig und dumpf durch die Waggonwand in die eisige Nacht dröhnte.

»Gesund ... gesund ... gesund ...«

Niemand kümmerte sich darum. Allein, weit weg von dem Zug, stand der Wagen auf einem einsamen Nebengleis. An seiner Tür klebte ein großes, schnell gemaltes Plakat.

»Vorsicht Infektionsgefahr!«

Ein Schild, so sicher schließend wie ein Sargdeckel.

Bis zehn Uhr abends trommelten sie mit Fäusten und Knien gegen die Tür, rannten in Gruppen dagegen und versuchten, sie mit ihren

Schultern aufzusprengen. In ihrer Verzweiflung leerten sie den Ofen und legten das Feuer an die Wagenwand. Aber der Eismantel von draußen war stärker als von innen die zaghafte Flamme ... sie kohlte nur das Holz an und verpestete die Luft mit ätzendem Rauch.

Um elf Uhr töteten sie Kolka, den Mörder. Vier Kriminelle und ein Politischer – um den Proporz zu wahren – griffen gleichzeitig zu, würgten ihn, schlugen ihm die Fäuste gegen die Schläfen und traten ihm in den Unterleib. Kolka brüllte fürchterlich, bis der Schmerz zu stark wurde und seine Stimme sich überschlug. Dann starb er zwischen zehn Händen, und man hieb ihm zur Sicherheit noch den Schädel viermal auf den eisernen Ofen.

Um drei Uhr gab sich ein heimlicher Priester zu erkennen. Plötzlich stand er mitten im Wagen, legte eine Stola aus Kreppapier um den Hals und segnete die vom Schreien und Toben Ermatteten.

Durch die Ritzen zog der tötende Frost. Der Ofen war zertrümmert, das Feuer verglommen, und sie wußten, daß sich keiner mehr um den weggeschobenen Wagen kümmern würde. Heute nicht, morgen nicht ... dann war es auch nicht mehr nötig, denn Eisblöcke infizieren nicht mehr ...

Gegen Morgen hörten sie das Pfeifsignal der Lokomotiven, die Schienen zitterten. Der Zug der Verbannten fuhr weiter.

Der heimliche Pfarrer kniete in der Mitte des Wagens. Um ihn herum lagen siebenundfünfzig Menschen, die langsam zu Eis erstarrten. Vier Mann arbeiteten mit Stücken des zerschlagenen eisernen Ofens und versuchten, den Wagenboden zu durchstoßen. Es war gutes, altes zaristisches Holz, dicke Bohlen aus den Wäldern der Taiga, gefällt von Verbannten, zu Brettern geschnitten von Verbannten, zusammengebaut von Verbannten. Wagen für die Ewigkeit, die man in Sibirien kennenlernt.

»Gott sei uns gnädig –«, sagte der Priester leise mit bebender Stimme. »Und vergib uns unsere Sünden, so schwer sie auch waren ... wir haben sie gesühnt, Herr im Himmel –«

Erst nach vier Tagen wurde der Waggon geöffnet ...

SECHSUNDZWANZIGSTES KAPITEL

Wer die Weite der Taiga erkennen will, der fahre einmal von Kasakstan bis zum Eismeer. Oder vom Ural bis zum Kap Deschnew. Wenn er dann noch sagt, er habe irgendwo Gewaltigeres erlebt, den darf man ohne Reue einen Lügner nennen, ihn ohrfeigen und vor die Tür werfen.

Vier Wochen ratterte der lange Güterzug durch die Taiga. Oft hielt er zwei Tage oder drei Tage, oder sogar fünf Tage irgendwo an einer einsamen Station, die Wagen wurden gesäubert, die Abflußröhrchen enteist, neues Holz in die Wagen geworfen, die Toten gezählt und in einen Sonderwagen umgeladen. Man mußte sie mitnehmen, damit die Transportlisten stimmten. Es mußten in Workuta soviel Menschen abgeliefert werden, wie man übernommen hatte. Ob Lebende oder Tote, das war nicht wichtig. Nur die Zahl mußte stimmen.

Auf jeder Station sahen sich Dunja und Igor, warfen sich heimliche Blicke zu und kamen im Wagen des Sekretärs Ulanow zusammen, wenn der Zug wieder für zwei Tage verschnaufte.

In der dritten Woche gab es einen Achsenbruch, und vier Wagen sprangen aus den Schienen. Das Geschrei war groß. Es wurde ein Aufenthalt von vier Tagen – der Vorsteher der nächsten Station, der Flecken Marlinkowka war vierzig Werst entfernt, sollte einen Reparaturwagen schicken, was ihn zur Verzweiflung brachte, denn auch dieser Wagen war nicht einsatzfähig, weil ihn seit zehn Jahren keiner angefordert hatte – in diesen vier Tagen zog Sadowjew auf die Jagd und erkundete Marko die Möglichkeiten einer Flucht.

Und plötzlich war Sadowjew verschwunden.

Die Idee, auf die Jagd zu gehen, war Sadowjew schon lange gekommen. Spätestens an dem Tag, an dem er zum fünftenmal einen wässrigen Gerstenbrei als Mittagessen vom Küchenwagen erhielt, einen Brei, den man für die Begleitmannschaften sogar noch durch ein bißchen ausgelassenes Schmalz gewürzt hatte, während die Häftlinge ihn unveredelt herunterschlangen, war seine Geduld zu Ende. »Welch ein Fraß!« schrie er auf seinem Kohlenwagen herum. »Schluß, Brüder! Ich gehe auf die Jagd und hole uns einen Fetzen Fleisch!«

»Auf die Jagd will er gehen!« brüllte der Heizer und lachte dröhnend. »Womit denn? Glaubst du, ein Soldat leiht dir sein Gewehr? Hast du den Kommandanten gesehen? Das ist ein Eisenfresser. Der hat die Patronen abgezählt und macht jeden dritten Tag einen Appell. Willst du mit den Händen jagen, he?«

»Wir haben am Amur Erfahrung darin.« Sadowjew winkte stolz ab. »Wenn ihr mir etwas Draht besorgt und wenn wir irgendwo zwei Tage Aufenthalt haben, dann lege ich euch einen Braten vor die Füße.«

Der Draht war schnell beschafft, und wenn er die Lok satt gefüttert hatte, setzte sich Sadowjew neben seine Kohlen auf eine Kiste und begann, Schlingen zu knüpfen. Das ist zwar nicht die feinste Art zu jagen, aber wir sind in Sibirien, Genossen, vergeßt das nicht, und Sadowjew war ein Mensch, dem die Eingeweide vor Hunger brannten. Da ist eine Schlinge so etwas wie eine Lebensversicherung, und überhaupt ist das Verhältnis von Mensch zum Wild in Sibirien ein anderes als in Europa. Hier kämpft jeder gegen jeden um sein Leben mit allen Mitteln, und ein Wolf, der dich von hinten anspringt und in den Nacken beißt, hat auch keine Manieren, sag ich.

Aber wo hat man zwei Tage Zeit, um die Schlingen auszulegen? Überall, wo der lange Gefangenenzug hielt, um Wasser aufzutanken, Kohlen zu erneuern, Proviant zu fassen, die Toten zu zählen, die Sträflinge zum Appell antreten zu lassen, die Waggons zu säubern, überall, wo man einige Tage stand, gab es kein Wild, denn diese Aufenthalte fanden in Güter- oder Verschiebebahnhöfen statt.

Nun endlich hatte man Aufenthalt auf freier Strecke. Der Reparaturwagen aus Marlinkowka traf erst in zwei Tagen ein, und es war fraglich, ob man die gebrochene Achse überhaupt reparieren konnte. Ein Vorschlag wurde heftig diskutiert: Kippt den defekten Wagen in den Schnee und richtet einen Waggon aus Marlinkowka als neuen Transporter her. Auch das dauert zwei Tage und ist außerdem sicherer.

Nach langem Schreien einigte man sich, diesen Vorschlag zu akzeptieren. Der Vorsteher von Marlinkowka fuhr mit seiner Draisine – einem Elektrokarren, mit dem er den Streckenabschnitt kontrollierte – zurück zu seiner Station, fröhlich, den völlig verwahrlosten Werkstattwagen nicht in den Einsatz bringen zu müssen.

Um die Zeit auszufüllen, begann auf freier Strecke ein zackiges Exerzieren. Der Kommandant des Zuges ordnete an, daß die Verurteilten zum vielleicht zehntenmal gezählt werden müßten. Das bedeutete: Hinaus aus den Wagen, Niedersetzen in den Schnee, Hammerschläge auf Nacken und Rücken, wenn es zu langsam ging, Geschrei und Tritte, Beleidigungen und Schikanen, wie etwa das »Entfrosten des Holzes«. Zwei Verurteilte mußten dann ein langes Holzscheit so lange mit den Händen reiben, bis alles Eis auf der Oberfläche geschmolzen war. Marko benutzte diesen Aufenthalt, um die Gegend anzusehen. Er hatte Pjetkin und Dunja wieder zum Wagen des fetten Ulanow gebracht. Dort hockten sie zusammen wie die Turteltäubchen.

»Es ist sicher, wir kommen nach Workuta«, sagte Dunja. »Die

Offiziere haben aus Swerdlowsk ihre Order bekommen. Das Frauenlager ist ganz in der Nähe der Männerlager. Wir werden uns sehen können, Igoruschka ...«

»Das ist ungewiß, Dunjenka.« Er zog sie an sich und atmete den Duft ihres Leibes. »*Jetzt* sehen wir uns, und wir müssen diese Stunden zu Ewigkeiten machen ...«

Nebenan, auf seinen Kisten, saß Ulanow und lauschte. Zu den Essenspausen kam er dann in das Zimmerchen, und Dunja und Pjetkin schämten sich nicht, nackt vor ihm zu sitzen. Sie lebten jetzt außerhalb der normalen Welt, sie waren auf dem Weg in die Hölle, sie waren »Tote Seelen« ... wer schämt sich da noch?

»Haben Sie Hoffnung, mich zu heilen, Genosse Doktor?« fragte Ulanow immer und schielte auf Dunjas volle Brüste. »Gibt es Medikamente dafür?«

»Ich werde es versuchen, Ulanow.« Pjetkin zeigte auf das Holztablett, das Ulanow hereingebracht hatte. Sein Magazinwagen war eine unerschöpfliche Quelle von Köstlichkeiten ... Butter, Speck, Eier, Fleisch, Gurken, Zwiebeln, Kartoffeln, kandierte Früchte, weißes Mehl, Fisch, Marmelade ... alles, wovon die Verurteilten bei ihrer dünnen Kascha oder dem Eimer Kipjatok, dem heißen Wasser, träumten. »Zunächst eine strenge Diät, Brüderchen. Weg mit allem Fett! Deine Drüsen sind zu bequem geworden ...«

»Die Drüsen, ja, sie sind es.« Ulanow stellte das Tablett auf den Tisch. »Tun Sie was dagegen, Genosse Doktor.«

Pjetkin lebte seit dem Abkoppeln seines Wagens in Semipalatinsk in einem anderen Waggon, in dem nur Politische hausten. Hier herrschte eine strenge Ordnung und eine peinliche Sauberkeit. Das Kommando führte ein ehemaliger General. Man hatte ihn wegen »zersetzender Reden« zu zehn Jahren verurteilt.

Der Wagen lebte von Pjetkins Ausflügen in Ulanows Bett. Wenn er zu den täglichen Zählappellen zurückkehrte, hatte er alle Taschen voll Zucker und Brot, Wurst und Margarine, Salz und Trockenkartoffeln.

Jeden Abend verteilte der General die Rationen. Zwei andere Verurteilte kontrollierten die Ausgabe und wogen jede Ration nach. Ein Feinmechaniker im Waggon hatte dazu aus Draht und zwei kleinen Steinen eine Waage konstruiert ... sie gab zwar keine Gewichte an, aber die Gleichheit der Portionen.

Marko kehrte nach zwei Tagen zurück, zusammen mit dem neuen Wagen aus Marlinkowka. Er war eisverkrustet und knackte vor Frost in den Gelenken.

»Unmöglich, hier wegzukommen«, sagte er und setzte sich neben den glutausströmenden Ofen. »Wir sind zwischen Swerdlowsk und Perm, in der Nähe ist der Fluß Tschussowaja. Hügelland, Ausläufer des Ural, Wälder und Felsschluchten. Wenn wir hier flüchten, werden wir nach ein paar Tagen in die Zivilisation kommen. Das ist schlecht, denn da fallen wir auf. Es ist leichter, mitten in den Wäldern der Taiga zu flüchten, denn dort werden uns die Jäger weiterreichen. Sie haben ein Herz für Verbannte ... die Städter nicht. Warten wir ab, meine Lieben ... es geht nach Norden, immer am Rande des Urals entlang. Wo die Einsamkeit alles Leben auffrißt ... da steigen wir aus. Wo niemand ist, kann auch niemand suchen ... ist das Logik?«

»Und wo nichts ist, werden auch wir umkommen«, sagte Pjetkin zweifelnd.

»Überall leben Tiere, Söhnchen.« Marko taute langsam auf ... aus seinem Anzug floß ein Bach Schmelzwasser und lief über den Boden. »Wir werden von den Tieren lernen, die Natur als Mutter anzusehen. Man kann es, Igorenka ... ein Russe kann alles ...«

Sadowjew legte unterdessen seine Schlingen. Er war einen Tag herumgestrolcht. Nach alter sibirischer Art hatte er den Zug umkreist, erst eng, dann immer weiter in die Wälder und Schluchten hinein. Seine Kreise weiteten sich schließlich so aus, daß er am zweiten Tag Mühe hatte, den Weg zurückzufinden, denn der Wind wehte die Spuren schnell und gründlich zu. Nur weil die Lok ein paarmal pfiff, um Dampf abzulassen, erkannte er die Richtung.

»Wo ist der Braten?« schrie der Heizer lachend, als Sadowjew müde zurückkam. Und der Lokführer brüllte: »Er ist einem Kaninchen nachgejagt, man sieht es! Verdammt schwer ist es wirklich, Brüderchen, ihm Salz auf den Schwanz zu streuen.«

»Wartet es ab«, sagte Sadowjew und wärmte sich an dem Lokkessel. »Morgen bruzzelt es über dem Feuer. Sucht schon trockenes Holz zusammen und überlegt, wie man den Bratenduft geruchlos machen kann. Man wird uns erschlagen wegen des Fleisches. Ich habe die Falle gelegt ... morgen räume ich sie aus.«

»Und was wird drin sein, he?« lachte der Heizer. »Eine magere Maus, mit der ich mir die Zahnlücke stopfe.«

Am dritten Tag zog Sadowjew schon früh los. Mit einem Sack einem dicken Knüppel, breiten geflochtenen Schneeschuhen, die ihm ein Bahnarbeiter aus Marlinkowka geliehen hatte, einem breiten Messer und viel Vertrauen auf seine Schlingen. Der Lokführer und der Heizer winkten ihm nach, ehe er im Wald neben den Gleisen ver-

schwand. Ein dunkler Punkt im flimmernden Weiß des Schnees.
»Sechsunddreißig Grad Kälte«, sagte der Lokführer. »Wenn er auch ein Idiot ist ... die Natur hat er von einem Ochsen. Ich bin froh, daß ich hinter meinem Dampfkessel sitze.«

Sadowjew hatte vor seinem Abmarsch zu seinen Schlingen noch ein paar Worte mit Dunja und Pjetkin gewechselt. Da es noch früher Tag war, lagen sie im Bett des dicken Ulanow und schliefen, als Sadowjew in den Materialwagen kletterte. Er seufzte, beugte sich über Dunja, küßte sie auf die Augen und rüttelte sie dann. Sie erwachte mit einem Ruck und starrte ihn erschrocken an, bis sie ihn erkannte.

»Väterchen ...«

»Psst ... laß Igor schlafen. Ich gehe auf Jagd, Töchterchen. Bereite eine Pfanne vor ... ich bringe dir das beste Stück. Wir werden noch mindestens drei Tage hier festliegen, sagt der Vorsteher von Marlinkowka. Bis dahin sammle ich ein. Ich habe schöne Fallen gelegt, wie in alten Zeiten ...«

Er kniff listig die Augen zusammen, gab Dunja noch einen Kuß und verließ dann schnell den Wagen. Draußen schnallte er sich die breiten, geflochtenen Schneeschuhe unter, wie sie die sibirischen Jäger tragen und damit den meterhohen Schnee überwinden, und tappte glücklich in den Wald.

Am Abend war er noch nicht zurück.

In der Nacht heulte ein Schneesturm über das Land. Wie ein niederbrechender Himmel stürzten die Schneemassen auf den Zug. Die Bäume ächzten, in den Bergschluchten jammerte der Wind. Die Nacht war ein weißer, quirlender Brei.

Und Sadowjew war noch immer nicht zurückgekommen.

Die ersten Schlingen waren leer. Im jungfräulichen Schnee lagen sie so, wie er sie gestellt hatte. Kein Tier hatte sich hierher verirrt, und Sadowjew hätte geschworen, daß hier mehr herumkroch, als man ahnte. Er fluchte, ließ die Schlingen liegen und tappte weiter. Er kam in das Gebiet der Felsenschluchten und der hohen, zum Himmel und zum Licht strebenden Kiefern und Lärchen. Hier war Wild ... er hatte gestern die Spuren gesehen. Schneehasen, Rentiere und kleine Rehe. Auch Wölfe waren hier, und obgleich ein Mensch den Wolf haßt, waren sie jetzt Fleisch, weiter nichts. Ob es schmeckte oder nicht, wer fragt danach, wenn es nur etwas ist, was man zwischen die Zähne nehmen kann, was man kauen und schlucken kann und das den Magen füllt.

Sadowjew jubelte, als er die fünfte Schlinge sah. Ein Hase hatte sich in ihr erwürgt, ein magerer Bursche, aber er reichte für ein gutes Essen. Sadowjew löste ihn aus dem Draht, stopfte ihn in den Sack und stapfte weiter. Den Weg hatte er sich gestern vorgezeichnet ... mit dem Messer hatte er die Rinde abgeschlagen, und nun ging er an den gezeichneten Bäumen entlang, in einem großen Kreis um den haltenden Zug.

Gegen Mittag hörte Sadowjew seitlich von sich das leise Klirren von Hufen auf gefrorenem Schnee. Er blieb stehen, seine Jägeraugen glänzten, er legte die Handschuhe über das von kleinen Eiszapfen behangene Gesicht und lauschte.

Rehe. In der Nähe seiner beiden letzten Schlingen.

Sadowjew stand wie eine Eissäule. Dann hörte er irgendwo einen warnenden Laut und das Davonhetzen des Rudels.

Zur Schlinge! Warum flüchten sie? Eines muß sich gefangen haben. Ihr werdet staunen, Brüderchen, wenn ich nachher meinen Sack aufmache. Einen Hasen und ein Reh ... was sagst du nun, du Großschnauze von Heizer, he?

Sadowjew lief, so schnell ihn die breiten Schneeschuhe über den Boden trugen. Ein paarmal stolperte er, fiel sogar hin, fluchte mit Ausdrücken, die eigentlich den Schnee hätten schmelzen müssen, orientierte sich kurz an den eingehackten Rinden und erreichte die Lichtung, in der er die Schlingen gelegt hatte.

Aber er kam seitlich auf sie zu, und das war ein Fehler. Von weitem schon sah er, daß sie leer waren, er ballte die Fäuste und brüllte in die froststarrende Einsamkeit: »Wer hat sie gewarnt? Ist der Teufel hier? Komm hervor aus deinem Versteck ... ich habe einen Hunger, daß ich selbst dich fresse!« Dann rannte er weiter, verließ seinen gezeichneten Weg und schnürte durch den Wald. Der Zorn machte ihn blind.

Mit einem Aufschrei trat er auf etwas Hartes, dann schlug etwas gegen sein linkes Bein, biß sich durch die Stiefel fest, spitze Zähne gruben sich in die Knochen und jagten den Schmerz wie eine Rakete bis ins Hirn.

Sadowjew wurde es einen Augenblick dunkel vor den Augen. Sein Mund riß auf, er stöhnte laut, schwankend umfaßte er mit beiden Händen seinen Kopf.

Als die kreisende Schwärze von seinen Augen wich, als er die Welt wiedererkannte ... vereiste Bäume mit schweren Schneelasten, die Lichtung, die Felsenhänge, den blauen, frostigen Himmel ... spürte er die eiserne Umklammerung seines linken Beines. Er brauchte gar nicht hinzusehen ... er wußte, daß er in eine stählerne Klappfalle getreten war, daß sich die spitzen Dornen in sein Fleisch gegraben hatten und daß er gefangen war wie ein großes Wild, festgehalten von eisernen Krallen, bis jemand kam, um ihn zu töten.

Sadowjew tastete an seinem Bein hinunter. Das Blut sickerte durch die Stepphose; wenn er sich leicht bewegte, knirschten die Stahlzähne auf seinem Knochen, und jagte der Schmerz wie Explosionen durch seinen Körper.

Sadowjew versuchte, sich etwas umzudrehen, um mit beiden Händen die eisernen Backen auseinanderzudrücken. Aber schon beim ersten Versuch gab er es auf . . . jede Bewegung im Eisen war wie ein Schlag mit einem Feuerstrahl. Er ächzte, biß sich vor Schmerzen in die Handschuhe und blieb auf den Knien liegen.

Sie werden die Falle nachsehen, dachte er und tröstete sich damit. Die Jäger, die hier ihr Revier haben, werden bis zum Abend kommen und den Fang einsammeln. Es sind Menschen in der Nähe, das ist eine Beruhigung. Man muß nur darauf achten, daß der Frost sich nicht durch die zerrissene Hose frißt.

Er leerte den Sack, warf den toten Hasen in den Schnee und wickelte den Sack um seinen gefangenen Unterschenkel. Auch das jagte wahnwitzige Schmerzen durch seinen ganzen Körper . . . er biß sich die Lippen blutig, brüllte einmal auf, um dem Druck in seiner Lunge Luft zu machen, und erschrak vor seiner eigenen, unmenschlichen Stimme.

Am Abend wehte der Wind stärker, der Frost kroch durch Jacke und Hose, das Gesicht vereiste. Er legte beide Hände vor Nase und Mund, hauchte unentwegt dagegen und spürte, wie sein linkes Bein taub wurde, tot, gefühllose Masse. Nur wenn er sich bewegte, stieß er einen Feuerofen auf, der über seine ganze Haut glühte und das Gehirn zum Sieden brachte.

Die Dunkelheit brach herein, und noch immer waren die Jäger nicht gekommen. Sadowjew atmete schneller, die Angst kroch mit der Nacht über ihn. Wenn sie morgen erst kommen, werde ich ein Eisklotz sein, dachte er. Der Frost wird sich bis zum Knochen gefressen haben. Brüderchen, warum seht ihr die Fallen nicht nach?

Sadowjew zerrte an seinem Bein. Er schrie dabei, umklammerte die Eisenbacken und wollte sie auseinanderdrücken. Aber nach dreimaligem Versuch fiel er zurück in den Schnee, wimmerte und sah ein, daß seine Kräfte nicht mehr ausreichten. Ein paar Minuten badete er sich wie in glühendem Pech, der Schmerz war so groß, daß er das Gesicht in den Schnee hieb und in die weißen Kristalle biß. Dann ebbte die Glut ab, er starrte kniend in den Nachthimmel und hörte von weitem das Heranbrausen des Sturmes. »Hilfe!« brüllte er da. Es war völlig sinnlos, seine Stimme drang nur bis zu den nächsten Bäumen, aber er schrie, um sich in diesen Laut einzuhüllen wie in einen wärmenden Pelz. »Hilfe! Hilfe! Hilfe!« Dann war der Sturm über ihm, schüttete ihn mit Schnee zu, er kroch in sich zusammen, rollte sich um sein festgeklammertes Bein und begann zu weinen. Die Todesangst ergriff ihn, er schluchzte in seine Hände hinein, rief nach Dunja und nach Anna, seinem Weibchen im fernen Issakowa, er betete sogar und erinnerte sich plötzlich der Gebete, die seine Mutter gesprochen hatte, bis ihr Sohn Dimitri Ferapontowitsch ein Kommunist wurde und keinen Gott mehr in seiner Nähe duldete.

Nach drei Stunden war der Sturm weitergezogen, der Himmel wurde seltsam weit, sternenklar und von einer bedrückenden Schönheit ... Sadowjew lag auf der Seite, starrte hinauf in die Unendlichkeit und wartete fast mit Spannung darauf, wie sein Körper sich in den nächsten Stunden verhalten würde, wie ein Mensch stirbt, wenn er bei vollem Bewußtsein ist, wie dieses Leben zu Ende gehen kann mit einem Herzen, das kräftig in der Brust schlug.

Die Frage wurde bald beantwortet.

Zuerst war es ein einzelner Schatten, der durch die Baumreihen huschte und in sicherer Entfernung stehenblieb. Ein stummer, runder Schatten. Dann lief er weg und kam mit zwei anderen Schatten wieder. Sie bildeten einen Halbkreis um Sadowjew, duckten sich und krochen über den Schnee. Dann, wie auf ein Zeichen, platzten die Schatten auf, weit aufgerissene Mäuler mit spitzen Zahnreihen entstanden, und aus diesen Rachen quoll ein schauerliches, auf- und abschwellendes Geheul.

Sadowjew richtete sich wieder auf den Knien auf. Alle Angst war verflogen. Der Kampf zwischen Mensch und Wolf, dieser uralte Haß, der nur einen Überlebenden kennt, dieses gegenseitige Töten, solange es ein Sibirien gibt und in ihm Mensch und Wolf, dieser Wille der Vernichtung überdeckte alles.

Sadowjew riß sein breites Messer aus dem Rock. Er umklammerte es, zog den Sack von seinem umkrallten Bein, wickelte ihn um die linke Hand und starrte die Wölfe an. Der große Leitwolf erhob sich als erster, kroch näher, heulte den Menschen an und hob witternd die Nase.

Blut! Das Signal zum Töten. Der Geruch des Sieges. Blut ... »Komm!« knirschte Sadowjew und schob die breite Klinge vor. »Setz dich in Bewegung, du schielender Satan! Den Bauch schlitze ich dir auf bis zum Kinn. Komm näher, du Gottverfluchter ... komm schon ... komm ...«

Der Wolf pendelte mit dem Kopf. Er betrachtete den Menschen, roch wieder das Blut und knurrte dumpf. Seine Läufe stemmten sich in den Schnee, er bleckte die Zähne, und Sadowjew spürte die Hitze seines Atems. Dann sprang der Wolf, lautlos, geschmeidig, hing eine Sekunde lang gestreckt in der Nachtluft und fiel dann auf Sadowjew herunter. Gleichzeitig zuckte das Messer hoch, traf das Tier in die Brust und riß sie auf.

Der Wolf heulte schauerlich, rollte zur Seite in den Schnee und winselte.

»Hab ich dich?!« schrie Sadowjew hell vor Triumph. »Ihr anderen, nur heran! Heran! Ihr habt Dimitri Ferapontowitsch vor euch ... er hat schon mit sieben Jahren Wölfe gejagt! Heran, ziert euch nicht ... ich hole euch die Eingeweide heraus!« Der Leitwolf schwankte etwas, aber er stand wieder auf. Die beiden anderen Wölfe verteilten sich und schlichen jetzt von der Seite heran. Sadowjew spürte sein Blut in den Schläfen pochen. Das zerrissene Bein kümmerte ihn nicht ... er hatte keine Zeit mehr, auf Schmerzen zu achten.

»Ihr Feiglinge«, knurrte Sadowjew. »Von drei Seiten ... o ihr hinterhältige Brut!«

Er riß sein Messer hoch, als sie alle zur gleichen Zeit sprangen. Wen er traf, wußte er nicht ... er wurde von drei wolligen Leibern in den Schnee gedrückt, spürte die Bisse in Schulter und Schenkel, spitze Zähne, die Stoff und Wattefüllung zerfetzten und dann in sein Fleisch drangen.

Sadowjew kämpfte bis zum letzten Atemzug. Er stieß sein Messer in die keuchenden, grunzenden, heulenden Leiber, rammte seine sackumwickelte Hand in die heißen aufgerissenen Rachen, Blut lief ihm über das Gesicht, und er wußte nicht, war es Wolfsblut oder sein eigenes ... überall hackten die Zähne in ihn hinein, rissen Stücke aus ihm heraus, und er kämpfte weiter, wurde blind von dem Blut, das ihm in die Augen floß, hieb mit dem Messer um sich, krallte sich in das wollige Fell, das überall war, und schrie noch einmal hell auf, als er sekundenschnell einen heißen Atem über sich spürte und spitze, nach Aas stinkende Zähne, die sich in seine Kehle gruben.

Den Biß erlebte er noch, diesen Schmerz, der unter seiner Hirnschale explodierte ... und mit diesem Blitz wurde sein Leben zerschnitten. Als die Wölfe sein Gesicht zerrissen, war Sadowjew schon tot.

Einen ganzen Tag lang suchte man ihn. Das Militär schwärmte aus, aber nicht weit genug. Dann stellte man die Suche ein. Es lohnte sich nicht, und außerdem stand er nicht auf der Transportliste, die in Workuta auf den Mann genau stimmen mußte. Und wer nicht auf einer Liste steht oder registriert ist, den kann man ohne Gewissen verlieren. Er ist einfach nicht gewesen.

Fünf Tage später dampfte der Zug weiter.

Der Waggon war ausgetauscht, zurechtgezimmert für den Sträflingstransport und sah nicht anders aus als die anderen Viehwagen. Dunja hatte sich erst gewehrt, abzufahren. Als ihr Vater im Wald verschwunden blieb, hatte sie den Kommandanten angefleht, ihn zu suchen und nicht eher das Signal zur Weiterfahrt zu geben, bis man ihn gefunden habe. Als dann die Suchtrupps zurückkehrten und die Lok neuen Dampf bekam, legte sich Dunja vor den Zug auf die Schienen.

»Sie hat den Verstand verloren«, sagte der Zugkommandant. »Was geht sie der Hilfsheizer an? Der Kerl will im Wald leben ... was kümmert es die Genossin Sadowjewa? Seht nur, wie sie daliegt. Verdammt, und wenn hundert schöne Leiber auf den Schienen liegen ... wir fahren! Räumt sie weg!«

Fünf Soldaten waren nötig, um die um sich schlagende und beißende Dunja von den Schienen zu heben. Man warf sie in Ulanows Wagen, wo Pjetkin, zur Tatenlosigkeit verurteilt, sie auffing und aufs Bett zerrte.

»Väterchen!« schrie Dunja und war wie irr vor Kummer. »Sie lassen Väterchen in der Wildnis zurück! Verlaufen hat er sich, weiter nichts ... wenn sie richtig suchen, finden sie ihn! Igorenka, Igorenka ... sie lassen meinen Vater in der Wildnis umkommen!«

Sie schlug um sich, als Pjetkin und Marko sie aufs Bett drückten, und sie wehrte sich mit Beißen und Treten, als Pjetkin ihr eine Spritze zur Beruhigung gab.

Es war eine traurige Zeit, diese letzte Woche der Fahrt in den Norden. Dunja war verwandelt, saß schweigend in ihrem Lazarettwagen, tat ihre Arbeit mit starrem Gesicht und sprach mit keinem mehr. Sie gab keine Antwort, und als der Kommandant sie etwas fragte, sah sie ihn mit starren Augen an und spuckte ihm mitten ins Gesicht.

»Ob Akademiker oder nicht«, sagte der Kommandant später im Offizierswagen und rang mit seinem Stolz. »Sie bleibt eine dreckige Bauerntochter vom Amur. Ich möchte wissen, welche Rolle dieser krummbeinige Hilfsheizer in ihrem Leben spielt. War er ihr Geliebter? Lachen Sie nicht, Genossen, bei Weibern ist alles möglich. Denken Sie an Rasputin. Die feinsten Weiber standen Schlange bei diesem stinkenden Kulaken. Na ja, im Lager wird ihr dieser Überdruck vergehen.«

Noch einen Aufenthalt gab es ... kurz vor Workuta. Die Wagen wurden wieder gesäubert, man wollte halbwegs kultiviert in die Hölle einrücken. Zum letztenmal schlich sich Dunja zu Igor in Ulanows Materialwagen.

Sie wußten, daß es ein Abschied für lange Zeit, vielleicht für immer war. Ihre Liebe verbrannte sie bis zum nächsten Morgen, dann brachte Pjetkin sie zurück zum Lazarettwagen.

»Ich werde dich immer lieben«, sagte er und hielt ihre Hände fest. »Und ich werde zehn Jahre warten können. Wenn sie glauben, Stacheldraht könne uns trennen, dann sind es dumme Menschen.«

»Ich werde dir Nachricht geben, Igorenka. Wer weiß, was alles geschieht. Und wenn wir uns nie wiedersehen ... ich bleibe deine Frau. Ich schwöre es dir. Leb wohl, mein Liebling.«

»Leb wohl, Dunjuscha ...«

Sein Hals schnürte sich zu, als sie in den Wagen kletterte und die Tür hinter sich zuzog, ohne sich noch einmal umzudrehen. Dann wandte er sich ab und ging langsam durch den verharschten Schnee zu seinem Wagen zurück. Marko hielt ihn an. Der Kleine hatte neue Nachrichten.

»Ich habe gehört, daß schon jetzt vom Zentralkrankenhaus der Lager in Workuta eine Anforderung vorliegt, dich als Arzt einzusetzen«, sagte er. »Die Offiziere sprachen darüber. Du wirst gleich vom Zug aus abgeholt. Das ist gut, Söhnchen. Ein Arzt hat mehr Freiheiten – ich werde mich um dich kümmern können. Von Workuta ist noch keine Flucht gelungen ... aber sie kennen alle nicht das Organisationstalent eines Godunow!«

»Kümmere dich um Dunja, Marko.« Pjetkin legte den Arm um die Schulter des Zwerges. »Versprich mir ... bleib in ihrer Nähe. Keine Flucht, Marko ... sorge dafür, daß die Verbindung zwischen mir und Dunja nicht abreißt. Damit haben wir schon die halbe Freiheit gewonnen. Du bist jetzt unser einziger Lebensfaden.«

»Ihr werdet leben«, sagte Marko ernst und feierlich. »Verlaß dich auf mich wie ein Reiter auf sein Pferd.«

In der Nacht fuhr der Zug weiter, und am Morgen, bei einer kalten, trüben, durch Eiswolken gefilterten Sonne, erreichten sie Workuta.

SIEBENUNDZWANZIGSTES KAPITEL

Wer Workuta kennt, macht drei Kreuze, wenn er das Wort ausgesprochen hat. Wer Workuta überlebte, hat Grund, jeden Tag zu beten und eine Kerze zu stiften. Wer Workuta gesund verlassen hat, ist ein Kind Gottes oder ein ganz raffinierter Speichellecker. Nur wer Workuta nicht kennt, fragt: Na und? Ein Lager wie alle anderen. Hohe Zäune, Barackenreihen, ein Lazarett, ein Strafbunker, Magazine, Werkstätten, eine Banja, die Stolowaja, Militärhäuser, Garagen, Magazine, die Quarantänestation, ein Friedhof, die Küche, die Wäscherei, die Bäckerei, die Metzgerei ... eine Stadt für sich, dieses Workuta, straff geleitet, eines der größten Besserungslager der Sowjetunion, ein Schmelztiegel, in dem die Meinungen und Eigenarten, Individualitäten und Ansichten zu einheitlichen Ziegeln gebacken werden, aus denen man dann den neuen Staat baut.

Leute, so kann nur einer reden, der mit trockenem Hals rülpst. Schickt ihn nach Workuta, laßt ihn im Wind zittern, der vom Westsibirischen Meer herüberpfeift, spannt ihn vor die Schlitten, mit denen man das Holz aus den Bergwäldern von Tschernyschew holt, gebt ihm die Hacke in die Hand, damit er sich in den Berg Pae-Jer wühlt, diesen nördlichen Eckpfeiler des Ural mit 1500 Meter Höhe, laßt ihn über die Bolschesemelskaja Tundra kriechen oder Felsblöcke aus den vereisten Steinbrüchen von Paj-Choj brechen, stellt ihn an die Straße zur Bajdarazkaja-Bay, an diese millionenfach verfluchte Straße durch den ewig gefrorenen Boden von Workuta, an der Usswa vorbei bis nach Torowej am Meer, diese Straße, die mit Knochen gepflastert werden kann ... stellt ihn einfach mitten in das Lager I, das Zentrallager, das noch das beste ist, und laßt ihn dann allein. Er wird Workuta aussprechen, als habe er Sand zwischen den Zähnen, Eis im Herzen und Felsen im Gehirn.

Workuta.

Hier hört der Mensch auf, ein Mensch zu sein.

Der Zug hielt auf einem Gleis zwischen Lager I und Lager V. Hier bildeten Schuppen so etwas wie eine Station. Ein Funkturm ragte in den bleiernen Himmel. Verstreut standen wie verschneite Riesen Silos im Schnee. Eine Straße aus Drähten durchzog die Luft, von Stahlmast zu Stahlmast, bis zu dem eigenen Kraftwerk. Neben diesen Giganten nahmen sich die hölzernen Wachttürme fast schmächtig und schüchtern aus.

»Alles aussteigen und setzen!« brüllten die Soldaten den Zug entlang. Die Riegel knirschten zur Seite, die Verbannten sprangen in den

Schnee und hockten sich hin. Jetzt hatten sie Übung darin. Teilnahmslos sahen sie zu, wie die Toten ausgeladen wurden. Steife Körper, wie gefrorene Tierhälften. Man hatte sie in drei ungeheizten Wagen transportiert, in einem natürlichen Kühlschrank, Konservierung durch sibirische Kälte. Sie wurden nebeneinander vor die Wagen gelegt, in einer Reihe, fertig zur Übergabe.

Die Transportlisten stimmten peinlich genau. Bis auf die neunundfünfzig Mann in dem zurückgelassenen Seuchenwagen in Semipalatinsk – man hatte diesen Wagen abgezogen – fehlte niemand. Der übernehmende Offizier aus dem Lager zählte die Toten und schrieb dann die Meldungen der einzelnen Konvoigruppenführer auf. Unterdessen wurden die Wagen mit den weiblichen Verurteilten abgekoppelt und wegrangiert.

Pjetkin blickte den wenigen vereisten Waggons nach. Er sah Dunja noch einmal ... sie stand am Fenster des Lazarettwagens und suchte ihn in der Masse der im Schnee sitzenden Männer. Pjetkin hob die Hand und winkte.

»He, aufstehen!« schrie ihn ein Offizier an. Er trat nach Pjetkin, traf ihn in die Seite und grinste. »Bist du der Arzt Pjetkin?«

»Das bin ich«, antwortete Pjetkin.

»Spring hoch, du Hund, wenn du mit einem Offizier sprichst!« brüllte der Leutnant. Er schlug Pjetkin, noch bevor dieser aufspringen konnte, mit einem Holzscheit auf den Kopf. Benommen taumelte Pjetkin auf die Beine und blinzelte den Offizier an. »Man ist dabei, dir eine besondere Wurst zu braten! Warum eigentlich?«

»Ich weiß es nicht, Genosse«, sagte Pjetkin. Das Schwindelgefühl verließ ihn. »Ich habe Freunde in Moskau.«

»In Moskau? Freunde?« Der Leutnant schielte ihn nachdenklich an. »Mitkommen! Wenn du Freunde hättest, wärest du jetzt nicht in Workuta.«

»Auch Freunde passen manchmal nicht auf, Genosse.«

Sie gingen an den Wachen vorbei zu den Baracken, stiegen dort in einen geschlossenen Jeep und fuhren über die vereiste Straße zum Lager I. Marko folgte ihnen bis zum Auto, blieb dann stehen und schob die Eisenbahnermütze in den Nacken.

»Was soll das?« fragte er einen der frierenden Posten. »Wird er gleich liquidiert, das politische Schwein?«

»Wer weiß es?« Der Posten grinste. »Kümmere dich um deine Wagen, Zwerg, sonst lassen sie dich in der Lagerküche in der Suppe schwimmen, damit du sie umrührst ...«

Er lachte laut und drehte Marko den Rücken zu.

Pjetkin durchlief alle Kontrollen ohne Zwischenfall. Sein Begleiter sagte nur das Wort »Krankenhaus«, und schon winkten die Posten. Erst vor dem Lagertor hielten sie richtig an und stiegen aus. Die Kommandantur war aus Stein gebaut, sah wie eine Festung aus und wurde von einer im Wind knatternden, großen, roten Fahne gekrönt. Pjetkin wurde durch einige Gänge geführt, bis sie ein Zimmer erreichten, in dem Oberst Baranurian hinter einem breiten Tisch saß, die Moskauer Prawda las und ein Bier trank. Er blickte auf, als der Leutnant sich meldete, knickte die Zeitung zusammen und lehnte sich zurück. Erst das Zufallen der Tür erklärte Pjetkin, daß er jetzt allein war.

»Sie sind Igor Antonowitsch Pjetkin?« fragte Baranurian und musterte Pjetkin wie einen lahmen Gaul, den man ihm für ein Rassepferd verkauft hatte. »Der Arzt mit dem großen Maul. Warum bloß, mein Junge? Ich kannte Ihren Vater, den herrlichen Anton Wassiljewitsch. Wir haben Stalingrad gestürmt und die Deutschen von der Wolga gehauen. Die Deutschen, mein Junge, und da geht der Sohn des Helden Pjetkin hin und behauptet, er sei ein Deutscher! Siehst du diese Schande ein, du Rindvieh?«

»Nicht ich habe es getan, sondern Moskau. Ich habe mich immer als Russe gefühlt, ich habe als Russe gelebt, ich bin ein Sohn Pjetkins. Aber Moskau ist anderer Ansicht. Ich bin hier in Workuta, weil ich ein Russe sein will ... weil ich als Russe ein russisches Mädchen heiraten will. Das verbietet man mir ... mir, dem Deutschen.«

»Eine verworrene Welt, Igor Antonowitsch.« Baranurian schüttelte den Kopf. »Wir sollten nicht darüber nachdenken. Und dieses Mädchen solltest du vergessen. Keine Widerrede. Du *wirst* sie vergessen, denn du weißt nicht, was dich erwartet! Man hat dich gleich, als die Transportlisten bekannt wuden, vom Zentralkrankenhaus Workuta angefordert. Du bist der einzige Vollhäftling, der dort arbeiten darf ... als Chirurg. Aber die Sache hat einen Haken, Junge. Du wirst unter einem Chefarzt arbeiten, der dich erst in die Knie wirft, dich durch das ganze Lager rutschen läßt und dir dann das Skalpell in die Hand drückt. Ein Dreck bist du in seinen Augen. Das sage ich dir, bevor du das Krankenhaus betrittst. Wir haben noch nie solch einen Chefarzt gehabt. Und trotzdem stehen meine Offiziere Schlange, um sich untersuchen zu lassen. Gehen wir.«

Das Krankenhaus lag nahe dem Zaun. Es war ein großer steinerner Komplex mit einem freien Platz davor, auf dem die Krankmeldungen sich aufstellten. Pjetkin betrat das Haus mit Vorsicht. Die Warnungen des Obersten lagen auf seinem Herzen wie Blei.

»Warten wir hier«, sagte der Oberst. »Ich signalisiere dich dem Chef.«

Pjetkin nickte. Dann war er allein, stand am Fenster und starrte hinaus auf das Lager.

Workuta.

Endstation.

Es schneite wieder.

Eine Tür klappte hinter ihm. Er drehte sich nicht um. Man kann auch einen Satan ignorieren.

»Endlich! Da bist du ja, Igorenka . . .«, sagte eine dunkle, schwingende Stimme.

Pjetkin wirbelte herum. Das Blut schoß in seinen Kopf und zerriß fast die Adern.

Vor ihm stand im weißen Kittel Marianka Jefimowna Dussowa.

In Sibirien gibt es einen Spruch: Er ist wie ein Fuchs, der seinem Schwanz nachrennt.

Nicht anders erging es Pjetkin, als er jetzt Marianka Dussowa gegenüberstand und sich eigentlich nichts geändert hatte als der Name des Lagers. Selbst der Schrecken, den die Dussowa verbreitete, war der gleiche, und es spielte dabei keine Rolle, wie lange sie in Workuta war . . . ein Tag genügte, um in ihrer Nähe zu begreifen, daß die Hölle nicht erst noch komme, sondern schon gegenwärtig war.

»Wie kommen Sie hierher?« fragte Pjetkin und sank auf einen Stuhl, der an der Bretterwand der Stube lehnte. Er fühlte sich wahrhaftig überwältigt und schwach in den Beinen.

»Das ist eine kurze Geschichte, Igorenka.« Marianka lehnte sich neben Pjetkin an die Wand.

Pjetkin wehrte sich innerlich gegen den wohltuenden, bis in sein Herz saugenden Druck von Mariankas Körper. »Du bist schuld, mein Wölfchen . . .«

»Ich? Ich bin eine ›Tote Seele‹.«

»Aber vorher hast du ein Gift hinterlassen. Das verfluchte Gift der Wahrheit. Sofort nach deiner Versetzung nach Chelinograd habe ich deine Forderungen an die Zentralstelle für medizinische Versorgung wiederholt. Mehr Medikamente, Hygiene im Lagerlazarett, ein menschenwürdiges Unterbringen der Kranken, eine den Tatsachen entsprechende Soll-Festsetzung der Arbeitsbrigaden . . . eine lange, eine irre Liste, Igorenka. Nach zwei Tagen schon – oh, sie können schnell arbeiten, wenn man ihnen Feuer unter den feisten Hintern schürt – erschien eine Kommission. Wer kennt sie nicht, die Kommissionen?

Sie gehen herum, gucken in die Töpfe, befühlen die Betten, schnuppern an den Latrinen, schnüffeln in der Küche, fragen diesen und jenen. Und dann kehrt die Kommission in die Kommandantur zurück, legt die Gesichter in Hundefalten und fragt: ›Was haben Sie eigentlich geschrieben, Genossin Dussowa? Dieses Lager ist ja eine Sommerfrische! Wir glauben, Ihnen fehlen die Vergleiche. Immer nur dasselbe Lager, das trübt den Blick. Wir können für eine Erweiterung Ihrer Kenntnisse sorgen.‹ Und ich habe geantwortet, und dabei an dich gedacht: ›Dr. Pjetkin hat diese Mängel festgestellt – ich pflichte ihm nur bei. Der Genosse Pjetkin kam hierher aus einer Welt, wo Menschenwürde zum Parteiprogramm gehört –‹«

»Mein Gott, Marianka, das haben Sie gesagt?«

»Was hatte ich zu verlieren? Du kennst mein Leben, Igoruschka: Ich bin im Schatten geboren, im Schatten aufgewachsen, im Schatten geblieben ... wer kann mich da noch mit einem Schatten erschrecken?« Marianka Dussowa legte beide Hände auf Igors blonde Haare. Ihre Finger bewegten sich kreisförmig auf seiner Kopfhaut, als wolle sie ihn massieren. Ein Gefühl, das Pjetkin bis in die Zehen fuhr. »Ich habe noch dreimal nach Chabarowsk geschrieben, und dreimal rief mich der Genosse Sektionsleiter an und fragte, ob ich krank sei. Das war genau die Frage, die ich mir damals selbst stellte. Ja, ich war krank ... Mit offenen Augen träumte ich, daß du vor mir stehst, und dann hörte ich deine Stimme: ›Ich bin Arzt. Nicht nur die Kranken muß ich heilen, sondern auch eintreten für die Würde des Menschen.‹ – Ich habe das nachgesprochen ... es war mein einziges Argument ... und drei Wochen später versetzten sie mich nach Workuta. Daraufhin bin ich nach Moskau gefahren. Der Chef des Gesundheitswesens im Innenministerium umarmte mich, zog mich an seine Brust, drückte mich und nannte mich ein glückliches Töchterchen. ›Vierundzwanzig Ärzte haben Sie unter sich, Marianka Jefimowna‹, sagte er und strahlte, als habe man ihn wie einen Pfannkuchen in Fett gebacken. ›Chefärztin in Workuta, Sektion I ... das ist eine Auszeichnung. Nur die besten erreichen das. Ich weiß, daß wir uns nicht irren mit dieser Wahl.‹ – Ich bin abgereist, ohne mich zu wehren. Ob im dritten, fünften oder neunten Zimmer der Hölle ... überall sind die gleichen Teufel!«

»Und kaum sind Sie hier, verbreiten Sie Entsetzen«, sagte Pjetkin voll Bitterkeit. »Warum, Marianka, Jefimowna?«

»Hat man dich gewarnt?« Sie lachte dunkel und voll, als läge sie in seinen Armen. »Der Oberst? Ein alter Bock, der neidisch auf die jungen Offiziere schielt, die jeden Abend vor meinem Fenster stehen und wie die Kater jaulen.«

»Er war ein Freund meines Vaters.« Pjetkin erhob sich von seinem Stuhl und trat ans Fenster. Der Blick über den Appellplatz jagte ihm neue Schauer über den Rücken. Eine Kolonne Strafgefangene war damit beschäftigt, den Platz vom Eis zu säubern. Mit scharfkantigen, stahlbeschlagenen Brettern an langen Stielen kratzten die Männer das Eis locker, eine furchtbare Arbeit für den Körper, dem man am Tage 200 Gramm Brot und einen halben Liter Suppe zuteilte. Eine tödliche Arbeit für Menschen, die keine Muskeln mehr hatten, sondern nur noch mit bleicher Haut überspannte Knochen.

Pjetkin zuckte zusammen. Mariankas Arme legten sich um seinen Hals. Er spürte das Kitzeln ihrer schwarzen Haare in seinem Nacken und roch ihr süßliches Rosenparfüm. Der Geruch der Tataren, von dem man sagt, er würde einen Hengst zu einem Lamm machen.

»Ich weiß, was du denkst«, sagte sie leise. Ihre Lippen küßten seine linke Schläfe. »Aber ich selektiere nicht mehr. Dazu habe ich neun Ärzte. Der zehnte wirst du sein.«

»Nie!«

»Willst du im Steinbruch von Pae-Jer arbeiten? An der Straße zur Bajdarazkaja-Bay? Im Holzwerk von Jewssjawan?«

»Überall, wo ich meine Ehre nicht verkaufe.«

»In vier Wochen lägst du vor mir auf dem Sektionstisch.«

»Fragen Sie danach bei den anderen?«

»Du bist nicht ein ›anderer‹. Du bist Igorenka . . .« Sie küßte wieder seinen Nacken und fuhr mit beiden Händen über seine Brust. Das rauhe Hemd knöpfte sie ihm auf, legte ihre Finger flach gegen seinen knochigen Brustkorb und tastete ab, wie elend er geworden war. Dann drückte sie den Kopf an seine Schulter und blieb so hinter ihm stehen, eng an ihn geschmiegt. »Ich habe dich angefordert als meinen chirurgischen Assistenten.«

»Sie wußten also, daß ich nach Workuta komme?«

»Ich habe mich darum gekümmert.« Wieder ihr dunkles, bis in die Seele gleitendes Lachen. Ein unerklärbarer Ton, urweltlich, erschreckend. »Die Verwaltung ist ein Wasserkopf mit tausend Gehirnen, und jedes denkt für sich. Von Moskau habe ich mir die Listen der neuen Verurteilten und Verbannten geben lassen, und siehe da . . . dein Name war dabei. Aber dahinter stand: Ust-Bereneck. ›Was soll Dr. Pjetkin in diesem lausigen Ust-Bereneck, Genossen?‹ habe ich die Verwaltung in Moskau gefragt. ›*Ich* brauche ihn hier in Workuta!‹ So einfach war das, dich endgültig von deiner kleinen blonden Hure wegzuholen ... Zwischen Workuta und Irkutsk liegen Sonne, Mond und Sterne ...«

»Welch ein Irrtum, Marianka Jefimowna!« Pjetkin hielt ihre Hände fest, die unter dem Hemd abwärts zu seinen Hüften glitten. »Dunja ist in Workuta. Mit dem gleichen Transport sind wir gekommen.«

Ihre Hände zuckten zurück, krallten sich scharf in seine Schultern und rissen ihn herum. Welche Augen, durchfuhr es Pjetkin. Welcher irre Glanz des Hasses! Sie ist ein Wunder an Zerstörung.

»Lüge«, sagte sie mit ihrer gefährlichen Sanftmut.

»Dunja ist die zweite stellvertretende Chef-Ärztin der Inneren Abteilung im Frauenlager.«

»Diese Idioten!« Mit einem plötzlichen Ruck zog sie ihn an sich, er verlor das Gleichgewicht, taumelte gegen sie, ihre Arme umfingen ihn, hielten ihn fest wie mit Klammern, und ehe er den Kopf wegdrehen konnte, küßte sie ihn auf den Mund. Verwundert stellte er fest, daß Mariankas Stimme so nüchtern klang, als habe sie bisher nichts anderes getan, als Kritik geübt. »Man sollte den Planungsabteilungen neue Hirne einsetzen dürfen. Aber was nützt es dir, Igorenka ... du wirst dieses blonde Zicklein nie wiedersehen. Nie mehr! Das Frauenlager ist für dich so fern wie der Mond.«

Pjetkin lächelte bitter.

»Ein fataler Vergleich, Marianka Jefimowna, wo wir gerade dabei sind, den Mond zu erobern –«

Marianka Dussowa, das zeigte sich schnell, war im Zentrallager von Workuta gefürchteter als Typhus und Cholera zusammen. Obgleich sie nichts tat als Listen ausfüllen und Meldungen schreiben und hier und da einmal eine Untersuchung vornahm, schob man ihr alles zu, was ihre vierundzwanzig Ärzte taten.

Eigentlich hatte sich nichts geändert seit dem Auftauchen der Dussowa. Der Tod war Bettgenosse in den Baracken seit Bestehen des Lagerkomplexes – der größte vielleicht in der Sowjetunion und sicherlich auch der berüchtigste – aber bisher hatte es hier einen alten, immer besoffenen Chefarzt gegeben, dem man nichts übelnahm, weil er selbst ein Idiot war. Nun aber war eine Frau für alles Medizinische verantwortlich, eine schöne, wilde, gefährliche Frau, von der man sich hätte peitschen lassen für den Preis, einmal nur ihre Brüste umfassen zu dürfen. Eine Frau, die man bewunderte, wenn sie in langen, weichen Juchtenstiefeln und engen Hosen durchs Lager ging, dann aber hinter ihr ausspuckte, als wolle man damit den Teufel bannen. Jetzt hatte man seinen Satan, den man verfluchen konnte. Ein Weib, das süßlich nach Grab roch. Welche »Tote Seele« dachte noch an Rosenöl?

Marianka hatte Pjetkin sein Zimmer gezeigt. Es lag nicht wie die Zimmer der anderen als Sträflinge arbeitenden Ärzte – neunzehn waren es – in einer Baracke neben dem Lazarett, das schon mehr einem großen Krankenhaus glich, sondern im Krankenhaus selbst. Auf dem gleichen Flur wie das Zimmer der Dussowa.

Einen Kampf wird es wieder geben, dachte Pjetkin, als die Dussowa ihm den kargen Raum zeigte.

Ein weißes Bett ... Luxus in der Hölle. Pjetkin lächelte schief.

»Der Kommandant wohnt nicht besser«, sagte Marianka stolz und setzte sich auf die Bettkante. Sein Reisebündel schleuderte sie in die Ecke. »Vielleicht begnadigt man dich nach sechs Jahren ... dann wirst du ein kräftiger Kerl sein, überlaß das mir. Ich werde dich der sozialistischen Medizin erhalten.«

»Sie sind mächtig, Marianka Jefimowna.« Pjetkin ging zum Spiegel und erschrak vor seinem Bild. Ein Gespenst starrte ihn an ... hohlwangig, ein Gestrüpp von Stoppelhaaren, tiefe, gerötete Augen, ein Mund, von Furchen umgeben ... die Maske der Erniedrigung. »Aber Sie rennen gegen ein Schicksal an! Wer kann das schon? Ich verlange meine Ausreise nach Deutschland.«

»Ohne Dunja?«

»Mit Dunja!«

»Man sollte dir den Kopf abschlagen.«

Marianka sprang auf und bewegte sich auf die Tür zu. Sie drückte die Klinke herunter und öffnete und schloß sie schnell. »Sie hat kein Schloß. Sie wird immer offen sein.«

»Man kann den Schrank davorschieben.«

»Dann werde ich dich ausprügeln lassen, bis du bewegungslos bist, und dann deine Wunden küssen, bis sie sich schließen ...« Sie starrten sich an, beide plötzlich stumm geworden vor der Tragödie, die sie spielen mußten, ob sie es wollten oder nicht.

»Mein Wölfchen, ich liebe dich ...«, sagte Marianka dunkel und schwer.

»Wir werden das nicht überleben«, antwortete Pjetkin heiser.

Es war ein Augenblick, in dem sie sich ohne Einschränkung einig waren.

Später zeigte die Dussowa dem neuen Arzt Dr. Pjetkin das Lager, als sei dieser kein Sträfling, sondern ein hoher, inspizierender Beamter.

Er begrüßte seine Kollegen im Krankenhaus, in der Poliklinik, der Unfallstation, der geschlossenen Abteilung für Infektionskrankheiten und der Quarantänestation bei der Arbeit, und manch scheeler Blick flog hinter ihnen her.

So wurde es Nacht.

Die erste Nacht Pjetkins in Workuta.

Pjetkin lag lange wach in seinem Bett. Angezogen, die Ohren gespitzt, auf jeden Laut lauschend, bereit, aufzuspringen, wartete er auf Marianka Jefimowna. Er hatte sich auf den Kampf vorbereitet. Wie man den Satan verjagt, indem man den Namen der Mutter Maria ruft, war er bereit, gegen Marianka den Namen Dunja wie eine Keule zu benutzen. Das schlug tödlicher zu als jede Faust.

Aber die Dussowa kam nicht.

Sie stand in ihrem Zimmer vor einem Spiegel, strich über ihre schönen, großen Brüste und stammelte dabei Igorenkas Namen. Aus halb geschlossenen Augen und mit zurückgeworfenem Kopf beobachtete sie sich, und als ihr Mund aufriß und dunkles Stöhnen sie überflutete, spuckte sie ihr Spiegelbild an und ließ sich nach hinten auf das Bett fallen.

Warten, dachte sie, schwer atmend. Zeit haben. Die höchste Tugend des Russen wird auch Pjetkin besiegen: Warten können.

ACHTUNDZWANZIGSTES KAPITEL

Die Ankunft Dunjas im Frauenlager vollzog sich weniger dramatisch, aber darum nicht weniger interessant.

Nachdem sie Igor aus den Augen verloren hatte, stand sie am Fenster des Lazarettwagens und starrte dem langgezogenen Komplex des Frauenlagers entgegen.

Er lag erstaunlich nahe dem Männerlager . . . und doch so fern wie ein Stern am Himmel. Das markanteste Zeichen bildeten die beiden hohen Schornsteine der Wäscherei . . ein kleines Dorf für sich mit Steinhäuschen um das massige Waschgebäude. Eine Fabrik der Sauberkeit. Außerhalb des eigentlichen Lagers, aber noch im Lagerbereich, standen die beiden Steinklötze des Krankenhauses, an die sich die Wohngebäude der Wachsoldaten und Offiziere schlossen. Im fahlen Winterlicht und unter einem bleiernen Himmel war der Anblick trostlos.

Die Waggons rollten an die Rampe. Die Schiebetüren rasselten zur

Seite, in einer Woge von weißen Atemwolken quollen die Frauenköpfe, von Tüchern umhüllt, in die eisige Luft.

Der erste Blick auf die Endstation des Lebens. Der letzte Blick mit einem Funken Hoffnung. Er erlosch endgültig unter dem Gebrüll der Befehle: »Aussteigen! Auf die Erde hocken! Hände in den Nacken! Ruhe! Jede bleibt vor ihrem Wagen sitzen!«

Die Frauen hockten sich in den zertretenen Schnee, zogen die Kopftücher weit über die Gesichter und senkten den Kopf.

Laß uns überleben, Mutter Maria im Himmel. Laß uns hier nicht verrecken in der Einöde aus Schnee, Eis und einem milchigen Himmel.

Dunja hatte in diesen Minuten viel zu tun. Sie überwachte den Abtransport der Kranken, die während der Fahrt keinerlei Pflege erhalten hatten als ein paar aufmunternde Worte.

Mit dem letzten Krankenwagen fuhr auch Dunja ins Lager. Der Fahrer des Wagens fragte nicht, wo sie hin wollte ... er ließ sie in der Eingangshalle des Krankenhauses stehen.

Dunja wartete. Niemand kümmerte sich um sie. Irgendwo in der Verwaltung wurden jetzt ihre Transportpapiere abgegeben, trug ein Beamter des KGB ihren Namen in eine Liste ein und suchte sie vielleicht schon.

Die anderen Frauen wurden durch das Reglement jeder Lageraufnahme geschleust: Namenaufruf, Führung zum Bad, heißes Baden und Entlausen, Empfang der Lagerwäsche, Haarescheren, Anstellen, Warten, Abmarsch zu den Baracken, Begrüßung durch die Barackenältesten: »Aha! Frische Luft aus der weiten Welt! Kommt her, laßt euch beschnuppern, riecht ihr noch nach Männern ...?«, Einrichten des Bettes, Auspacken, Verteilen der letzten Habe (–), denn in der Hölle braucht man kein Privateigentum mehr, ein paar Worte, Weinen ... Und dann, an diesem ersten schrecklichen Tag, immer wieder das stumpfsinnige Warten: Was machen sie mit dir? Wo kommst du hin? Straßenbau? Holzfällerbrigade? Steinbruch? Wäscherei? Näherei? Küche? Wieviel leben hier? Einige Tausend. Wenn sie leben, warum soll man dann nicht auch überleben? Laß erst die Nacht vorbei sein, die Nacht, die das stille Weinen zudeckt ... Mein Gott, man hat die Seele doch noch nicht verloren ...

Dunja fragte sich durch bis zum Zimmer des Chefarztes.

Sie hielt Pflegerinnen an – darunter drei Strafgefangene –, sprach mit zwei Ärztinnen, die weiße Häubchen auf dem Kopf trugen, als seien sie in einer Universitätsklinik, und kam durch einen langen Gang, auf dem zu beiden Seiten auf rohen Holzbänken, aufgereiht wie Hühner, aber farbloser und stiller, in sackartigen grauen Leinenkitteln Frau neben Frau saß. Die einen stöhnten leise und schnitten gräßliche Grimassen vor Schmerzen, andere hockten reglos da, erstarrt im Leid, bleich, hohlwangig, triefäugig, ausgezehrt, mit Geschwüren übersät, nach Eiter stinkend ... ein Bataillon der Verfaulenden.

Die Poliklinik. Ambulante Behandlung. Oder Aufnahmeuntersuchung für die stationäre Pflege. In vier Zimmern wurde untersucht und behandelt.

Dunja fragte sich weiter. Ein junger Arzt mit einer Knollennase war so höflich, sie bis zur Tür des Chefs zu bringen. Er trug einen blutbefleckten Kittel und war kahlgeschoren. Das gab ihm das Aussehen eines riesigen Vogelkindes.

»Haben Sie noch ärztliche Ideale?« fragte er, bevor sie das Chefzimmer erreicht hatten.

Dunja nickte heftig. »Ja.«

»Immer diese Schwierigkeiten mit den Neuen. Genossin ... wenn Sie in dieses Zimmer dort treten, legen Sie alles ab, was Sie bisher dachten, glaubten, hofften. Das hier ist keine Menschenwelt mehr –«

Anatol Stepanowitsch Dobronin, der Chefarzt des Frauenlagers Workuta und gleichzeitig Regierungskommissar für das Gesundheitswesen der Nordlager, rauchte eine Papyrossa und trank grünen, parfümierten Tee, las in einem Buch und vertrieb sich offensichtlich mühsam die Zeit, als Dunja ins Zimmer trat. Auf das Anklopfen war keine Antwort gekommen, und so hatte Dunja nach kurzem Zögern einfach die Tür aufgestoßen.

Dobronin runzelte die Stirn. Er musterte Dunja wie ein Bordellbesucher, der die Vorzüge seines Stundenkaufes schon durch das Kleid taxieren will, legte dann die Zigarette weg in einen tönernen Aschenbecher und klappte das Buch zusammen.

»Was ist?« fragte er.

Dobronin hatte eine helle Stimme. Er litt sehr darunter; denn sein Stolz war seine ausgeprägte Männlichkeit, nur die Stimme war irgendwie hängengeblieben und klang weibisch. »Wer bist du? Wer hat dich überhaupt hierhergeschickt? Kommt so allein daher, als sei sie eine Privatpatientin aus vornehmem Haus in Leningrad. Wollen Madame das Pelzchen ablegen? Was willst du?«

»Ich bin Dr. Dunja Dimitrowna Sadowjewa«, sagte Dunja. »Und wenn Sie mich fragen, Genosse Chefarzt, was ich hier will ... ich weiß es selbst nicht. Ich denke, Sie können mich darüber informieren.

Auf meine Anfragen in Moskau habe ich keine Antwort bekommen.«

»Sie hat in Moskau angefragt! Sie hat es wirklich! Und keine Antwort? Armes Vögelchen ... Sie haben sicherlich das Rückporto vergessen.« Dobronin lachte hell, lehnte sich zurück und streckte die Beine unter den Tisch. »Dr. Sadowjewa. Man hat Sie mir empfohlen als eine unerbittliche Kämpferin – nun stellt sich heraus, daß Sie auch noch eine Komikerin sind.« Dobronin steckte die Hände in die Taschen seines weißen Kittels.

»Sie haben einen Arzt, den Kollegen Tschepka, zum Krüppel geschlagen, stimmt das?«

»Er wollte mich in sein Bett ziehen.«

»Ein Junge mit Geschmack. Und deshalb vernichten Sie ein Menschenleben? Wie hoch schätzen Sie Ihren Unterleib ein?«

»Er ist für mich ein Heiligtum, Genosse.« Sie sagte es so stolz, daß Dobronin zunächst schwieg. Verblüfft starrte er sie an, sog an seiner Papyrossa, setzte sich gerade, wies auf einen Stuhl vor seinem Tisch und legte die Hände auf das Buch.

Dunja setzte sich.

»Wir haben im Frauenlager neun Ärzte«, sagte Dobronin langsam. »Mit mir sind es zehn. Wie lange wird es dauern, bis man Sie des zehnfachen Totschlags anklagt?«

Dunja verzog die Lippen. Das Gespräch mißfiel ihr. Kampfbereit zog sie das Kinn an. »Welch eine Frage«, antwortete sie. »Wenn sie hintereinander kommen, dauert es zehn Schläge lang. Wollten sie das hören, Genosse?«

Dobronin sah an die Decke. Ein mutiges Schwälbchen, das da zwitscherte, dachte er. Aber man wird es zerrupfen. Es ist fast ein Verbrechen, so schön in ein Straflager zu kommen.

»Sie haben noch Kolleginnen im Lager«, sagte er und vermied es dabei, Dunja anzusehen. »Auch strafversetzt wie Sie. Mit ihnen veranstalten wir ein lustiges Spielchen. Jeden Abend werfen wir drei Zettel mit ihren Namen in einen Hut und würfeln dann drei Mann aus, die diese Zettel ziehen dürfen. Geben Sie zu, das ist eine gerechte Verteilung, und ein amüsantes Spielchen dazu. Noch nie wurde so intensiv mit Würfeln gespielt. Das kennen Sie alles noch nicht, Dr. Sadowjewa.«

»Sind das die einzigen Instruktionen, die ich von Ihnen bekommen kann, Genosse Chefarzt?« sagte Dunja verschlossen. Ihr Gesicht war hochmütig, aus dem blonden Haar tropfte Schneewasser und rann über ihre Schulter.

Dobronin seufzte. »Sie kommen in die Selektion«, sagte er und grinste böse. »Ihre Kollegin Anna Stepanowna wird Ihnen zeigen, wie man das macht. Höchste Krankheitsquote 3 Prozent. Gibt es mehr Kranke, ist das die Schuld der Ärzte. Verstehen wir uns, Dunja Dimitrowna? Ich habe hier schon ein Mitglied der Akademie der Wissenschaften gesehen, das Steine für den Straßenbau schleppte ... sagt Ihnen das etwas? Wir haben keine Angst vor Namen und Beziehungen ... in Workuta sind alle gleich. Wir tragen alle das gleiche Hemd. Gehen Sie hinaus, melden Sie sich bei Anna Stepanowna und sagen Sie in der Verwaltung, daß Sie sich bei mir bereits vorgestellt haben. Man wird Ihnen dann die Kleidung ausgeben, Sie ins Bad führen ... na, Sie kennen das ja.«

»Ich kenne es, Genosse Chefarzt.« Dunja erhob sich, klemmte ihr Gepäck unter die Arme und verließ ohne Gruß das Zimmer. Dobronin sah ihr die kurze Strecke bis zur Tür nach. Er war ein Kenner weiblicher Formen und kräuselte die Nase, als sauge er den Duft von Dunjas Körper ein.

Eine schöne Akte ist mit ihr gekommen, dachte er, ein Bericht, der von Verwunderlichem wimmelt. Liebt einen russischen Arzt, der in Wirklichkeit ein Deutscher ist. Kaum zu begreifen ist es, daß es so viel Durcheinander gibt. Ein geheimnisvolles Weib mit dem Körper einer Elfe. Aber im Hirn, leider, leider die blaue Wolke der Phantasten.

Doch Workuta wird sie heilen.

Workuta hat bisher alle Idioten bekehrt.

Das Zimmer, das Anna Stepanowna nach einer herzlichen Begrüßung Dunja gegeben hatte, lag zur Wäscherei hin.

Anna Stepanowna war ein dralles Mädchen aus Kiew, Spezialistin für Urologie, eine Ärztin am Anfang ihrer Karriere, aber bereits schon zerbrochen am System. »Man rutscht schnell hinunter«, sagte sie, als Dunja im Ärztebad heiß geduscht und den Schicht auf Schicht liegenden Schmutz der wochenlangen Eisenbahnfahrt abgelaugt hatte. Eine Strafgefangene schnitt ihr das zu lang gewachsene Haar etwas kürzer, eine andere, ein schweres Weib mit Riesenbrüsten, die aus dem offenen grauen Kittel hervorquollen, rieb Dunjas nackten Körper mit einem stinkenden, desinfizierenden Öl ein. »Eine einzige Studentendemonstration habe ich mitgemacht, bin unter einem Transparent hermarschiert und habe ›Mehr Freiheit für die Wissenschaft‹ gebrüllt, ich Idiotin ... nun habe ich sie, die Freiheit. Zehn Jahre wegen Zersetzung. Im zweiten Jahr bin ich jetzt hier. Aber ich werde begnadigt werden, das ist sicher. Ich lege mich zu jedem ins Bett, der wichtig ist. Was heißt hier Ehre? Bin ich hier heraus, wasche ich den ganzen Dreck von mir ab, werde mich stundenlang ins heiße Wasser setzen und alles reinigen, wonach sie jetzt so wild sind wie balzende Hähne.«

Später stand Dunja am Fenster ihres kleinen Zimmers. Gegenüber lag die Wäscherei. Hier gingen die großen Öfen nie aus, stieg der Rauch ohne Unterbrechung aus den beiden hohen Schornsteinen, marschierten die Wasch- und Bügelbrigaden in drei Schichten durch das breite Tor. Der Schmutz von Tausenden von Häftlingen wurde hier herausgekocht. Der Dreck und der Schweiß, die Tränen und das Blut.

Anna Stepanowna hatte Dunja dieses Zimmer bewußt gegeben. Der Ausblick auf diese Fabrik der Sauberkeit, in der wie zum Hohn Halbtote für zivilisierten Glanz sorgten, nagte an den Nerven. Außerdem gab es in diesem Zimmer keine Gardinen und keine Läden, und auch der Verschluß des Fensters war defekt. Man konnte es leicht von draußen aufstoßen . . . das war etwas wert, wenn das Zimmer von innen verschlossen war.

»Bis morgen früh hast du frei«, sagte Anna Stepanowna. »Für den Abend lade ich dich ein zu mir. Einen Begrüßungsschluck wollen wir trinken. Auch die anderen Kolleginnen sind nett. Was hat Dobronin gesagt?«

»Er ist ein Schwein«, sagte Dunja hart.

Anna Stepanowna lachte laut. Sie saß auf Dunjas Bett, und als sie sich jetzt lachend zurückwarf, sah Dunja, daß Anna unter dem Kleid keine Wäsche trug. Die Nacktheit ihrer Beine setzte sich zum Leib fort.

»Wir alle sind Schweine«, lachte die Stepanowna und zog die Beine an. »Das ist die neue Form des Überlebens. Begreifst du es noch nicht, bist du blind? Du bist nach Workuta versetzt worden, um stellvertretende Chefärztin zu werden. Das steht in deiner Akte. Was aber macht Dobronin mit dir? Wo steckt er dich hin, der große Dobronin, der König von Workuta? Zur Selektion. Zum mistigsten von allem Mist, zur gemeinsten aller Gemeinheit, wo du vergessen mußt, daß du Arzt bist. Du bist ein Schlächter, der statt des Beils ein Stethoskop benutzt. Aber das wird sich ändern, wenn du bei ihm im Bett gelegen hast.«

»Darauf kann er warten wie auf den Jüngsten Tag.«

»Der Jüngste Tag ist hier immer der nächste Tag, Schwesterchen.« Anna Stepanowna rieb ihre kräftigen Beine. Beine einer ukrainischen

Bauerntochter. »Sei keine Idiotin, Dunjuscha. Du kannst dir mit deinem verdammt schönen Körper das Leben erobern –«

In der Wäscherei war die zweite Schicht der Waschbrigade einmarschiert. Armselige Gestalten, in Wattejacken und Stepphosen vermummt, an den Füßen dicke, geflochtene Strohschuhe. Im Umkleidegebäude zogen sie sich aus, müde, obgleich sie acht Stunden geschlafen hatten, Frauenkörper ohne Alter, knochig, mit gelblicher Haut und hängenden Brüsten.

Sie streiften sich die weißen Kittel über, holten ihre Holzschuhe aus den Regalen und banden die Kopftücher um die kurz geschorenen Haare. Eine Uniform der Sauberkeit über zergehenden Leibern.

»Was ist?« fragte Marfa, ein noch verhältnismäßig dickes Weib. Sie band den Gürtel des Kittels unter ihren wie Säcke hervorquellenden Brüsten zusammen und schabte sich mit der linken Hand das Gesäß. »Sollen sie dich wieder prügeln?«

»Ich kann nicht mehr, Marfenka. Ich kann nicht mehr.« Die Frau, sie hieß Galina Pawlowna Korolenka, blieb auf der langen Holzbank sitzen und rührte sich nicht. Sie war ein zartes Frauchen mit großen blauen Augen.

»Was heißt, ich kann nicht mehr?« Marfa, robust, ein Weib aus Weißrußland, das man aus der Küche weggenommen hatte, weil es in unbewachten Augenblicken zwei Pfund Kartoffeln und eine Riesenschüssel mit Kascha so ganz nebenbei fraß und hinterher nicht einmal umfiel und Magenkrämpfe bekam, schlug die Holzschuhe zusammen. »Tu so, als wenn du kannst. Beim Satan, zieh dich um, sie werden es als Sabotage auslegen, wenn du hier herumhockst und die Augen verdrehst. Hilft es dir?« Sie zog Galina hoch, kleidete sie aus, als sei sie ein Kind, streifte ihr den Kittel über und legte ihr das Kopftuch um die Haare.

»Wieviel Kinder hast du?« fragte Marfa.

»Drei.«

»Mit diesen winzigen Brüsten? Sind verhungert, die Würmchen?«

»Damals waren sie straff und voll.« Galina band das Kopftuch fester. Etwas Schwebendes war in ihren Bewegungen, so, als stehe sie bereits nicht mehr unter den Lebenden. – »Kannst du das verstehen? Ich habe nichts getan als laut gesagt: Die Planwirtschaft ist ein Unglück! Wahr ist das. Alle arbeiten nur das, was ihnen ihr Soll diktiert. Aber nichts ist richtig im Schwung . . . soll gepflügt werden, kommen die Traktoren nicht von der Maschinenstation. Oder die Aussaat . . . ein Jammer ist das. Die zentrale Verteilung des Saatgutes klappt nie, man streitet sich um jedes Pud, und da man sich nicht einig wird, schließt man das Magazin zu. Bums, einfach zu. Kein Saatgut, Genossen, bis die richtige Berechnung eintrifft. Als wenn die Genossen von der Kolchose statt Köpfen verrostete Eisentöpfe auf den Schultern tragen.«

»Und das hast du gesagt?«

»Laut. Auf einer Parteiversammlung.«

»So zart und schön, und solch ein verrücktes Hirn.« Marfa schob Galina in die Reihe der anderen Frauen. Aus den Waschhallen kam die abgelöste Schicht zurück ... durchnäßt, von den Laugendämpfen aufgedunsen und gerötet, schweißige, in der Hitze gequollene Körper, Abfall wie aus den Sieben der brodelnden Kessel. Sie sanken auf die Holzbänke, wortlos, vernichtet von Seife und Dunst, ließen die nassen Kittel fallen und rangen nackt nach frischer Luft.

Die neue Schicht strömte in die Halle. Sie rannte gegen eine heiße, wogende Wand an, durchstieß sie und verteilte sich auf die Arbeitsplätze. Rollwagen mit Wäschebergen ratterten auf schmalen Schienen vom Sammellager zu den Kesseln. In riesigen Behältern brodelte die von einer Zentralschaltstelle gemischte und eingefüllte Lauge. Hinter Glaswänden, getrennt wie der Himmel von der Hölle, arbeitete an langen weißen Tischen und in sauberen weißen Kitteln die Bügelbrigade.

Das waren ausgewählte Frauen, wie in allen Lagern meistens Kriminelle. An ihren Mündern konnte man ahnen, daß sie sangen ... sie lachten, riefen sich Witze zu und schwangen die Bügeleisen im Takt der Musik über Hemden und Laken.

Auch im Waschhaus dröhnte Musik aus drei großen Lautsprechern. Musik, das hatte jemand entdeckt, fördert die Arbeitslust. Von morgens bis abends klatschte Musik auf die ausgehungerten Gestalten wie Wolkenbrüche ... man gewöhnte sich daran und hob nur den Kopf, wenn die Lautsprecher plötzlich schwiegen. Die Stille war dann erdrückend, fremd, gefährlich, grabesnah. Solange man Musik hörte, lebte man ... man lernte, die Stille zu fürchten.

Galina Pawlowna schlurfte zu ihrem Kessel. Die Tür stand offen, ein voller Wagen mit schmutziger Wäsche wartete daneben, der nächste Kessel war bereits gefüllt, dann kam die lange gemauerte Wanne der ersten Spülung, die zweite Spülung, der Wagen für die nasse gewaschene Wäsche, die zum Trockenraum gerollt wurde ... ein Straße der Qual. Sechs Waschöfen, gierige heiße Mäuler, die alles fraßen, auch die Menschen, die die Wäsche in sie hineinschaufelten.

Acht Stunden, dachte Galina Pawlowna. Acht Stunden Seifendunst. Selbst das Blut wird zu Seifenlauge. Sie füllte den leeren Kessel, warf den Hebelverschluß herum, drehte den Zulauf auf und starrte auf die kochende Lauge, die milchig vom Zentralmischer hineinschoß.

Weiter, Galina, weiter. Kessel Nr. 3 ist fertig. Heraus mit der Wäsche ... ja, nimm den Holzprügel und zerre sie aus den heißen Dunstwolken, trag sie zum Spülbecken ... immer hin und her ... Kessel – Becken, Kessel – Becken ... ein Hemd wiegt soviel wie ein Mehlsack, und ein Bettlaken ist zentnerschwer ... und immer schwerer wird's, von Weg zu Weg, Kessel – Becken ... Kessel – Becken ... Galina, Kessel drei wartet ... Kessel zwei auch ... Galina Pawlowna ... du bist ein faules Weib, schwankst da herum mit deinem Holzknüppel, an dem ein lächerliches Hemd hängt, und du schleppst es vor dir her, als sei es eine Parteifahne im Herbstwind ... Kessel vier ist gleich bereit ... Galina, nimm die Beine in die Hand ... man muß sich seinen Löffel Grütze verdienen ...

Galina Pawlowna ließ den Holzknüppel fallen und lehnte sich gegen das gemauerte Spülbecken. Mit beiden Händen preßte sie ihr Herz, rang nach Atem. Dann rutschte sie an der Beckenwand hinunter und setzte sich auf den heißen, nassen Boden.

Merkwürdigerweise war hier die Luft frischer ... ein kalter Windzug strich von den sich ständig öffnenden und schließenden Türen der Schmutzwäschesammelstelle herüber. Galina schloß die Augen.

Meinen Mann haben sie nicht verhaftet, dachte sie. Aber er hat seine Stellung als 1. Traktorist verloren. Wie er wohl heute aussieht? Und die Kinder? Michail müßte groß und stark geworden sein, und Stepan war bestimmt zierlich geblieben. Lehrer wollte er werden. Und Assja, die großäugige, kleine Assja, die damals gerade laufen konnte und an der Hand Stepans hinter mir hertorkelte, als die Miliz mich abholte. Damals ... vor fünf Jahren ...

Eine Stimme im Lautsprecher. Dröhnend wie ein zerberstender Himmel. Die Genossin Sachonowa, die Leiterin der Wäscherei. Galina hob den Kopf.

»Die Nr. 3169 ruht sich aus. Setzt sich einfach hin und hält ein Schläfchen. Ich bestrafe Nr. 3169 mit zwei Strafstunden.«

Galina blieb sitzen. Erst als sie die massige Gestalt Marfas im heißen Nebel auftauchen sah, begriff sie, was geschehen war.

3169 ... das war Galina Pawlowna Korolenka. Das war sie. Zwei Strafstunden. Zwei Stunden mehr an diesen kochenden, rumpelnden, Hitze ausspeienden, mitleidlosen Molochen. Zwei Stunden mehr in der Laugenluft, durchgeweicht, aufgequollen ... Zwei Stunden mehr hin und her ...

Marfa hatte Galina noch nicht erreicht, als diese plötzlich aufsprang. Mit einem spitzen Schrei, der unterging in der wieder einsetzenden Musik, riß Galina sich den Kittel vom Leib, hüpfte nackt durch den Dampf und warf sich mit ausgebreiteten Armen in ein Becken mit heißer Sodalauge. Die ölbefleckten Arbeitsanzüge der Maschinisten wurden hier vorgeweicht.

»Hilfe!« brüllte Marfa, glitt auf dem glatten Boden aus, warf die Arme hoch und schlug hin. »Zu Hilfe! Ins Becken ist sie gesprungen!« Und weil niemand sie hörte, begann sie zu kreischen wie eine Sirene und rutschte auf den Knien weiter.

Ein schrecklicher Anblick war's, als man Galina aus dem Sodabecken fischte. Man legte sie auf den Boden und stand hilflos herum. Zum Krankenhaus gab man telefonisch Unfall-Alarm. Dann wartete man ...

Über den Platz zwischen Wäscherei und Krankenhaus rannte Dunja gegen den Eiswind an. Sie hatte einen dicken Hundepelzmantel über ihr Kleid geworfen und über den Kopf eine mit Lammfell gefütterte Lederkappe gestülpt. Der Alarm hatte Anna Stepanowna und Dunja aufgeschreckt, als sie sich zu einer Tasse Tee niedergesetzt hatten.

»Die Wäscherei«, sagte die Stepanowna. »Verbrühung. Immer diese Unfälle. Geh hinüber und sieh dir das an. Der richtige Ort ist es gleich zum Anfang – dann weißt du, wo du gelandet bist, mein Seelchen.«

Galina Pawlowna schrie und wälzte sich auf dem Steinboden, als Dunja in die Waschhalle stürzte. Dann begann Galina laut zu beten und unterbrach die Litanei nur, um die Namen ihres Mannes und ihrer Kinder zu rufen.

»Awaduscha!« schrie sie. »Leb wohl, leb wohl! Stepan, mein Söhnchen, oh ... oh, ich verbrenne, ich verbrenne ... Michail, mein Liebling ... ich küsse dich, ich umarme dich ... Oh, schlagt mich doch tot. Warum schlägt mich keiner tot? Assja, mein Engel, mein kleines Kätzchen, du hast keine Mutter mehr ...«

Dunja stieß sich mit den Ellenbogen durch den Kreis der Frauen und kniete sich neben Galina auf den Boden. Der nackte Körper war zerstört, die Haut löste sich vom Fleisch.

»Sofort in die Chirurgie!« schrie Dunja und hielt Galinas hin und her schlagenden Kopf fest. »Was steht ihr herum wie die Schafe und glotzt? Ein Brett – legt sie auf ein Brett ... tragt sie weg ... schnell ... Deckt sie mit nassen Tüchern ab.«

Sie riß ihren Mantel ab und erstarrte in der Bewegung, als niemand sich rührte. Eine große, hagere Frau in einem weißen Kittel trat in den Kreis der Frauen. Die Genossin Sachonowa. Jeder fürchtete sie hier. Statt eines Herzens hatte sie ein Stück Kernseife in der Brust.

»Wer sind Sie?« fragte die Sachonowa.

»Die neue Oberärztin.« Dunja ließ ihren Pelz neben die nur noch wimmernde Galina fallen. »Sorgen Sie für den Abtransport der Verunglückten. Sofort!«

»Es hat doch keinen Zweck mehr. Wer in diese Lauge fällt, zerkocht mit.«

»Noch lebt sie!«

»Aber sterben kann sie auch auf dem Steinboden.« Die Stimme der Sachonowa war kalt und rauh. »Wir hatten neununddreißig Fälle von Verbrühungen, und keine überlebte.«

»Weil ihr sie habt verrecken lassen!« schrie Dunja. »Das da ist ein Mensch, kein Stück Seife! Wo bleibt das Brett?« Sie sah sich um. Ihre Augen sprühten. Die geballte Masse der weißbekittelten, schwitzenden, stummen Frauen zerfloß. Nur die dicke Marfa blieb, rannte zum Spülbecken, schleppte zwei große, kalte Laken heran und warf sie über den verbrannten Körper. Aus dem Dunst tauchten vier Frauen mit einem langen und breiten Bügelbrett auf.

»Sie werden einen Bericht schreiben, Genossin«, sagte Dunja zu Wjera Sachonowa. »Einen genauen Bericht des Unfalls.«

»Ich habe nichts gesehen. Gar nichts.«

»Das ist schlecht.« Dunja half den zuckenden Körper auf das Brett heben, wickelte die nassen kalten Laken darum und deckte dann den Pelz darüber. »Wozu sind Sie hier, Genossin? Um zu schlafen? Oder haben Sie schlechte Augen? Ich werde den Genossen Augenarzt auf Sie aufmerksam machen.«

Sie drehte sich um und lief dem schwankenden Bügelbrett voraus. Draußen ergriff sie der Eiswind und blies ihr den Frost bis auf die Knochen. Sie schlug die Arme um den Körper und rannte weiter, hinüber zur chirurgischen Station.

Die vier Frauen mit dem pelzbedeckten Bügelbrett rannten durch den Wind. Dunja winkte ihnen von der Tür der Chirurgie zu.

Schneller, schneller ...

In dem großen Tor der Wäscherei stand Wjera Sachonowa, hinter sich den heißen Dampf, vor sich den eisigen Wind, und beobachtete den Wettlauf mit dem Tod wie eine sportliche Auseinandersetzung.

Dr. Andron Fjodorowitsch Kutjukow, ein junger Arzt aus Perm, den ein unerfindliches Schicksal nach Workuta verschlagen hatte, damit er hier sein Praktikum absolviere, empfing Dunja mit der Hilflosigkeit eines notorischen Bettnässers. Er sah sich einem vom Frost blaurot gefärbten Mädchen gegenüber, dem vier Frauen in weißen Wäschereikitteln mit einem zugedeckten Bügelbrett folgten. Nur durch die flache Erhöhung ahnte er, daß unter dem Pelz auf dem Brett ein Mensch lag.

»Ein Unfall . . .«, sagte er ratlos.

»Ja, natürlich!« Dunja hob beide Arme. »Warum glotzen Sie mich so an? Wer sind Sie?«

»Andron Fjodorowitsch Kutjukow, der diensthabende Arzt.«

»Dann schnell, schnell. Ich brauche Brandbinden, einen Dauertropf mit Glukose, Sauerstoff mit einer Atemmaske und Haut, frische Haut. Benachrichtigen Sie den Kommandanten. Er soll im Lager einen Aufruf erlassen. Wer freiwillig Haut spendet, bekommt eine Woche lang eine Sonderration Essen.«

Dr. Kutjukow rührte sich nicht. Er starrte Dunja an und ließ dann seinen Blick zu dem Bügelbrett wandern. »Mehr nicht?« fragte er dann.

»Vorerst nicht.«

»Soll ich nicht auch den lieben Gott bestellen?«

Dunja, die schon ein paar Schritte in den Operationssaal gegangen war, drehte sich um. Das Gesicht Dr. Kutjukows war so entgeistert, daß jedes fühlende Herz Mitleid mit ihm haben mußte.

»Sind wir Ärzte?« fragte sie laut.

Kutjukow hob die Schultern, senkte den Blick und ging hinaus. Vom Flurtelefon rief er Chefarzt Dr. Dobronin an. Als er dessen Stimme hörte, stand er stramm wie auf dem Kasernenhof.

»Dr. Sadowjewa ist im OP I, Genosse Chefarzt«, sagte er. »Mit einem Unfall. Sie will einen Dauertropf, Atemmaske mit Sauerstoffflasche, Hauttransplantate. Nein, Genosse, ich bin nicht besoffen. Ich soll den Kommandanten benachrichtigen, daß er Freiwillige –«

»Gehen Sie auf Ihr Zimmer, Andron Fjodorowitsch«, antwortete Dobronin mit fast väterlicher Milde. »Wundern Sie sich nicht. Ich sehe mir die Sache selbst an.«

Und so war's. Dobronin erschien im OP I, als Dunja gerade die sich ablösenden Hautpartien entfernte und die andere versengte Haut mit kühlendem Puder abdeckte. Galina lag in tiefer Ohnmacht, das sparte die Narkose.

»Tapfer«, sagte Dobronin und blieb in einiger Entfernung vom OP-Tisch stehen. »Sehr tapfer.«

»Der liebe Gott.« Dunja winkte Dobronin zu. »Wo ist der Sauerstoff?«

»In der Luft, Genossin.«

»Sie haben keine Beatmungsgeräte?«

»Unsere Kranken liegen nicht erster Klasse, sondern Grabesklasse. Eine Universitätsklinik Workuta gibt es noch nicht, wird es auch in den nächsten dreihundert Jahren nicht geben.«

»Wie soll ich ohne Sauerstoff die Frau retten?«

»Das fragen Sie mich?« Dobronin steckte die Hände in die Hosentaschen. »Sagte ich eben nicht deutlich: Tapfer, tapfer? Glauben Sie wirklich, Sie könnten hier Hauttransplantationen vornehmen?«

»Ja.«

»Dunja Dimitrowna, wo Sie jetzt leben, ist alles zu Ende. Menschenwürde und Gottesfurcht, Vernunft und Logik. Lassen Sie diese arme, verbrannte Frau sterben ... Sie erweisen ihr damit einen großen Gefallen. Warum sie retten? Soll sie mit vernarbter, runzeliger Haut weiterleben, nur zu dem einen Zweck, zu atmen und das Leben zu verfluchen?«

Dunja antwortete nicht. Sie schnitt weiter die Hautlappen ab, verband, puderte, gab eine Herzinjektion und schätzte ab, wieviel Prozent Haut zerstört waren und ob es für einen Erstickungstod reichte.

Die Wahrheit war erdrückend.

Dobronin begleitete Dunja bis in das Zimmer, in dem man Galina Pawlowna in ein weißes Bett legte. Ein kleines Zimmer, überhitzt, mit zwei Betten. Im anderen Bett lag eine alte Frau, gelb im Gesicht, mit offenem Mund, aus dem stoßweise ein Stöhnen herausbrach.

»Brustkrebs«, sagte Dobronin. »Mamma–Amputation. Sehen Sie, auch das machen wir hier. Wir saufen und huren nicht nur. Wir kapitulieren auch nicht. Aber die Grenzen sind eng, Dunja Dimitrowna. Und Sie wollen immer über diese Grenzen hinaus. Das müssen Sie lernen: mit den Tatsachen leben.«

Am frühen Abend starb Galina Petrowna Korolenka. Dunja, die neben ihr saß und ihre Hand hielt, merkte es erst, als die Finger erschlafften. So leise, so unauffällig, so demütig starb sie.

Dobronin, der auf dem Wege zu Anna Stepanowna war, wo gleich das kleine Fest der Ankunft Dunjas beginnen sollte, blickte ins Zimmer, als Dunja das Laken über den starren, schmalen Körper zog.

»Kommen Sie mit, Dunjuscha«, rief er fröhlich. »Wir wollen ein Gläschen auf Ihre Ankunft in Workuta trinken.«

»Jetzt?«

»Es ist so üblich.«

»Und die Tote?«

»Dafür haben wir eigene Kommandos. Sollen wir uns auch noch um die leeren Leiber kümmern? Dunja, mein Gott, Sie haben ja Tränen in den Augen. Beweinen Sie jeden Patienten so intensiv?«

»Ich schäme mich.« Dunja wischte sich die Tropfen von den Lidern. Mit einer heftigen, ruckartigen Handbewegung. »In Irkutsk hätte Galina Petrowna überlebt.«

»In Irkutsk. Das liegt auf einem anderen Stern.«

Im Zimmer der Stepanowna saßen bereits die zwei anderen Ärztinnen und fünf Ärzte, rauchten selbstgedrehte Zigaretten, tranken Bier und Wodka und hatten die Beine auf den Tisch gelegt. Kutjukow hatte eine Balalaika mitgebracht.

»Es lebe die Schönheit«, rief Nikolai Michailowitsch Wyntok, ein großer Mensch mit dunklen, struppigen Haaren und einer gewaltigen Hakennase. Er besaß einen dröhnenden Baß, und wenn er lachte, klirrten die Scheiben. Von ihm sagte man, er habe beim Studium sicherlich geschlafen, und als es ins Examen ging, hatte er das Glück, von weiblichen Professoren geprüft zu werden. Das einzige, was er von Anatomie beherrschte, war die Sicherheit im Griff unter die Röcke. So soll er die Professorinnen geprüft haben und bestand sein Examen als Arzt. Er war in Workuta der Leiter der Selektions-Abteilung, ein gefürchteter Mann, denn sein »Arbeitsfähig!« bedeutete Qual vom Sonnenaufgang bis Sonnenuntergang. Bei den Weibern war er sehr beliebt, bei den jungen, versteht sich. Wer am besten mit dem Hintern wackeln konnte, wurde zu einer Untersuchung ins Krankenhaus bestellt. Dort blieb sie dann einige Tage, wurde gefüttert, von Wyntok wie eine wilde Stute beritten und kehrte mit der Hoffnung ins Lager zurück, nun ein Kind und damit leichtere Arbeit zu bekommen. Meistens brach diese Hoffnung zusammen ... aber dann stellten sich doch nach einiger Zeit drei Schwangere bei ihm vor und retteten Wyntoks Ruf als vollwertiger Mann.

So einer also war Nikolai Michailowitsch. Er sprang auf, breitete die Arme weit aus und machte Anstalten, Dunja an sich zu reißen.

»Welch ein Glanz!« schrie er, und der junge, verschämte Kutjukow schabte einige böse Dissonanzen auf seiner Balalaika. »Freunde, die

Genossen in Moskau haben doch ein Herz mit uns im After der Welt Vegetierenden: sie schicken uns ein Stückchen Sonne!«

»Beachten Sie ihn nicht, Dunja Dimitrowna«, sagte Dobronin und schob sich zwischen Wyntok und sie. »Er muß seinem Ruf als Frauenheld nachkommen, das ist alles.« Er hob die rechte Hand, als stehe er als Milizionär an einer Straßenecke und regele den Verkehr, und lachte jungenhaft. Mit seiner hellen Stimme klang das eher wie ein Kichern. »Begrüßen wir unsere neue Kollegin. Hoch die Gläser!« Und zu Dunja gewandt: »Meine Liebe, es ist ganz gleich, wo wir leben, wenn wir nur *leben!* Das ist ein einfacher Satz, aber er enthält die ganze Philosophie unseres verfluchten Daseins. Lassen Sie mich Sie umarmen.«

Er zog die verblüffte Dunja an sich, küßte sie auf beide Wangen und reichte sie an die anderen weiter. Zuerst küßten die Ärztinnen, dann stand Kutjukow vor ihr, machte eine leichte Verbeugung wie ein verschämter Jüngling in einer Tanzstunde, umfaßte fast scheu ihre Schultern und hauchte seine Begrüßung über ihre Wangen. Anders der große Wyntok. Er griff zu, mit der männlichen Brutalität, die Frauen – wer kann in sie hineinsehen? – seltsamerweise entzückt und mehr Erfolg sammelt als Zärtlichkeit, riß sie an sich, legte seine linke Hand breit über Dunjas Brust und ließ die rechte auf ihr Gesäß klatschen. Die anderen lachten, selbst Dobronin, denn man kannte ja Wyntoks Scherze.

»Sie haben kein Benehmen, Genosse«, sagte Dunja mit einer Kühle, die wie ein ernüchternder Wasserguß wirkte. Dann schlug sie zu, mitten in das etwas hochmütige Gesicht Wyntoks hinein. Ein verdammter Schlag, Freunde, und sofort quoll Blut aus den Löchern und rann Wyntok über den Mund. Erstaunt hüpfte er ein paar Schritte zurück, drückte den Kopf in den Nacken und lehnte sich gegen die Wand.

»So etwas«, sagte er überrascht. »Nein, so etwas! Haben Sie das gesehen, Dobronin? Jetzt fängt sie an, mich zu erschlagen. Man sollte sie außerhalb der Dienstzeit in Fesseln legen ...«

Die anderen Ärzte grinsten verlegen, hielten Abstand von Dunja, deuteten ihre Begrüßungsküsse nur an und hoben dann die Gläser mit dem wasserhellen Wodka.

»Willkommen!« rief Dobronin. Ein Unterton war in seiner Stimme, der nicht zu der gespielten Fröhlichkeit paßte.

Es wurde aber doch ein fröhlicher Abend, es wurde sogar ein tollwütiger Abend. Kutjukow spielte auf der Balalaika wilde Tänze, Anna Stepanowna tanzte mit dem Arzt Iwan Iwanowitsch Semjew, wie man sonst nur in verrufenen Hinterkneipen tanzt, fiel dann mit ihm auf ihr Bett und kreischte im Alkoholdunst wie eine Kreissäge, zog den Rock hoch und riß an Semjews Hose. Der große Wyntok hatte längst seine kleine, dickliche Kollegin, die ihm bis zum Stillstand der Blutung immer wieder die Nase abgeputzt hatte, auf seinen Schoß gezogen und knetete ihre Brüste wie ein Bäcker einen zähen Sauerteig. Sie seufzte dabei im Rhythmus, verdrehte die vorquellenden Augen und zuckte mit den Beinen. Und da war noch eine dritte Ärztin, eine zierliche Mongolin, die ihre ebenholzschwarzen Haare zu langen Zöpfen geflochten hatte und mit der sich Dobronin beschäftigte, als hole er sein Praktikum in Anatomie nach. Die anderen Ärzte tranken wie durchlöcherte Eimer. Einer nach dem anderen fiel nachher um, rutschte auf den Boden, streckte sich und schlief ein. Auch die kleine, pralle Ärztin versank in ihrer Trunkenheit ... Wyntok trug sie zum Bett, wo die Stepanowna mit dem gräßlich schnarchenden Semjew lag, warf sie einfach dem besinnungslosen Semjew aufs Kreuz und wandte sich dann Dunja zu.

»Da liegen sie herum«, sagte Nikolai Michailowitsch und schlug elegant die Beine übereinander. Er betrachtete Dunja aus gesenkten Augen. Sie hockte auf einem Schemel unter dem Fenster, mit klaren und wachen Augen, nüchtern wie ein gebügeltes Hemd. Ihr goldgelbes Haar schimmerte, als sei es aus Seide gewebt. »Das nennen sie nun Leben, Dunja Dimitrowna.«

»Sie nicht, Nikolai Michailowitsch?«

»Gelegentlich. Wenn man die Wahl hat zwischen Kotzen und Huren ... was wählt man dann?« Wyntok steckte sich eine Papyrossa an, trank einen Schluck Wodka und zeigte auf Dobronin, der mit Armen und Beinen verschlungen auf seiner bezopften Mongolin lag. »Ein armer Hund, unser Chefarzt. Gefürchtet wie ein König, der Teufel, aber wenn er allein ist, schreibt er Gedichte, spielt mit sich selbst Schach und weint einmal pro Woche über sein Schicksal. Hätte er Görjö, unser mongolisches Wieselchen, nicht, würde er sich längst aufgehängt haben. Sie werden das alles noch kennen und begreifen lernen, Dunja. Uns Russen umweht die Aura, wir seien duldsam wie die Schafe und leckten unseren Schlächtern noch dankbar die Hand, bevor sie uns abstechen ... so ist das nicht. Sehen Sie mich an. Ich leite die täglichen Selektionen. Ich bestimme, wer arbeitet, wer nicht. In meiner Hand liegen Elend und Ausruhen, ich kann tausend Menschen in den Eissturm jagen, wo sie Gleise bauen müssen, oder kann sie im Innendienst beschäftigen. Ganz, wie es mir gefällt. Ich habe Macht. Aber was ist Macht? Schmeckt sie süß wie Birkenwein? Berauscht sie? Macht sie höhenkrank? Befriedigt sie einen, ein seelischer Koitus gewissermaßen? Nichts von alledem. Ich stehe jeden Morgen vor den Krankgemeldeten, tippe sie an und sage: »Arbeitsfähig!« Und wenn sie wimmern, um Untersuchung betteln, auf die Knie fallen, meine Stiefel küssen, ihre Geschwüre zeigen, die Kleider aufreißen, mir ihre ausgehungerten Körper entgegenstrecken ... ich gehe weiter. Arbeitsfähig. Und die Flüche folgen mir wie der Nebel meines Atems. Glauben Sie, ich habe Freude daran? Merken Sie etwas, Dunja Dimitrowna? Angst ist es, Angst, die uns dazu treibt, Dinge zu tun, die keiner versteht, der auf dem warmen Ofen hockt und für den die Welt in Ordnung ist. Auch Sie werden diese Angst noch spüren.«

»Das System muß geändert werden.«

»Wie klug. Wie neunmal klug! Das System ist gut ... nur, was hat man daraus gemacht? Manchmal denke ich, wir Russen sind eine andere Art Mensch. Gibt man uns die Freiheit, werden wir sofort Anarchisten und schlagen alles kaputt. Also tritt man uns dauernd in den Hintern, und wir haben genug damit zu tun, uns selbst zu bemitleiden. Die große Frage: *Wie* kann ein Russe vernünftig leben? Wer erfindet endlich das richtige System?« Wyntok zertrat die Zigarette unter seinem Stiefelabsatz. Er trug kurze Fellstiefel aus Wolfspelz mit dicken Gummisohlen aus Autoreifen. Der Lagerschuster hatte sie ihm gemacht, es waren die besten Stiefel in ganz Workuta. »Dunja, das ist ein Gespräch für Phantasten. Seien wir real ... lieben wir uns.«

»Wyntok –«, sagte Dunja gedehnt und warnend. »Ihre Nase ...«

»Sie gefällt mir selbst nicht.« Er lachte rauh und erhob sich mit einem Ruck. Auch Dunja sprang von ihrem Hocker hoch und ballte die Fäuste.

»Sie sollten gehen, Wyntok –«, sagte Dunja laut.

Wyntok lachte dumpf. »Mir ist, als sei ich gerade erst gekommen.« Er machte zwei Schritte auf sie zu, und sie zog die Schultern hoch und griff nach hinten zum Schemel.

Plötzlich aber wuchs ein Schatten hinter Wyntok hoch, eine Hand erschien auf seiner Schulter und hielt ihn fest.

»Lassen Sie das!« sagte eine harte Stimme. »Nikolai Michailowitsch ... ich habe ein Messer in der Hand, und Ihr Rücken ist genau vor mir.«

Wyntok erstarrte in der Bewegung. Er stand steif da, mit gekrümmten Fingern.

»Kutjukow –« Wyntok schnaubte durch die Nase wie ein am Ring gezogener Stier. »Sie habe ich übersehen. Ich dachte, Sie schlafen wie die anderen? Warum sind Sie noch wach, Andron Fjodorowitsch?«

»Gehen Sie!«

»Ach nein! Eine Maus befiehlt dem Elefanten.«

»Ich halte das Messer in der Hand. Voran, Nikolai Michailowitsch ... zur Tür und nicht umsehen. Spüren Sie die Messerspitze?«

Dunja konnte nicht sehen, was Kutjukow hinter Wyntok tat. Aber der knurrende Bär setzte sich in Bewegung, tappte zur Tür und stieß sie auf. In der offenen Tür drehte sich Wyntok noch einmal um. Er grinste breit und höhnisch.

»Kutjukow hat noch mit keiner Frau geschlafen«, sagte er. »Ich glaube, er hat jetzt ein Recht, von Ihnen aufgeklärt zu werden. Machen Sie es schnell, Dunjuscha ... mir scheint, er hat nur ein kurzes Leben. Wie verliebt er ist, der gute Junge!« Wyntok lachte bissig und spuckte gegen die Wand. »Um sieben Uhr ist Selektion, Kollegin.«

Mit einem widerlichen Geschmack im Mund verließ Dunja das Zimmer. In ihrer eigenen Behausung, der armseligen Kammer mit dem Blick zu der ewig dampfenden Wäscherei, zerfiel ihr Mut. Sie sank auf ihr Bett und schlug beide Hände vors Gesicht. Trostlosigkeit überkroch sie wie Schleim. Sie schüttelte sich, krallte die Finger in ihre Haare und überließ sich ganz ihrem Schmerz.

NEUNUNDZWANZIGSTES KAPITEL

Sieh da ... auch Marko, der Zwerg, tauchte wieder auf.

Zwei Tage lang strich er um den großen Lagerkomplex, fragte die Natschalniks von Holzwerken und Steinbrüchen, Sägereien und Baufirmen nach Arbeit, bis er so unangenehm auffiel, daß man ihn mit zusammengekniffenen Augen musterte und fragte: »Wo kommst du überhaupt her, he? Was lungerst du hier herum? Schieläugiger Teufel! Hast wohl Sehnsucht, hinter die Palisaden zu kommen, was?«

Marko konnte sich Angenehmeres vorstellen, seufzte tief wie ein löchriger Blasebalg, nannte die Natschalniks vollgestopfte Säcke und versuchte sein Glück in der Stadt.

Nachts verkroch er sich in Schuppen, rollte sich unter Traktoren, deckte sich mit ölgetränkten Lappen und alten Zeitungen zu, aber schlafe einer bei 40 Grad Frost in solcher Lage! Zwei Nächte klapperte Marko mit den Zähnen wie ein gut geschmiertes Mühlwerk, dann beschloß er, seinem Leben nicht länger mehr solche Demütigungen zuzumuten.

Er wusch sich bei einem Traktoristen, der zuerst bei Markos Anblick einen Schrecken bekam und langsam davon überzeugt werden mußte, daß es wirklich Menschen gab, die so aussahen wie Marko, schnürte dann sein Bündel und wanderte auf der Straße nach Workuta.

Wer an Workuta denkt, sieht immer nur die Straflager. Die wenigsten kümmern sich darum, daß Workuta auch eine Stadt ist. In der Tat – eine richtige nordrussische Stadt mit festen Häusern und Gehsteigen, Straßen und Plätzen, einem Kulturpalast, einem Parteihaus und einem Heiratspalast. Ein Fußballstadion gibt es dort, einen Musiksaal, eine Eisbahn, ein riesiges Depot von Maschinen und Material für Straßenbau und Eisenbahn und eine Wetterstation. Die Menschen, die hier leben, sind es gewöhnt, bedauert zu werden, aber sie verstehen es nicht. Liegt Norilsk nicht noch nördlicher? Und Tala und Olenek oder gar Ambartschik? Haha, dann ist Workuta direkt südlich, ihr Lieben.

Marko hatte an diesem Tag Glück, wie überhaupt das Glück ein Ersatz für sein erschreckendes Äußere war. Wo er bisher aufgetaucht war, erzeugte er Abscheu oder Mitleid, wie ein Generator Strom erzeugt, aber beides führte dazu, daß man ihn anders behandelte als normale Menschen, nämlich besser.

Wir kennen das ja. In Rußland standen die Außenseiter immer in vorderster Front. Seit Jahrhunderten liebt Rußland seine Idioten, die heiligen Idioten, wie sie sogar genannt wurden.

Marko hatte eine gute Idee. Er marschierte zum Heiratspalast und ließ sich beim Genossen Direktor melden. Die Sekretärin, die ihn zunächst anhörte, betrachtete ihn mit Abscheu und fragte dann:

»Sicherlich wollen Sie fragen, ob Sie heiraten dürfen?«

»Warum sollte ich nicht?« fragte Marko zurück.

»Sie haben eine Braut?«

»Ich hatte nicht die Absicht, meine Matratze zu heiraten.«

Die Sekretärin verdrehte die Augen, sprang auf und meldete Marko dem Direktor. »Ein schrecklicher Mensch«, sagte sie und drückte ihr Taschentuch vor das Näschen. »Will heiraten und hat eine Braut.«

Der Direktor, ein langer, dürrer Mensch, der Ippolit Lukanowitsch Oblomow hieß, betrachtete seine Sekretärin mit wissenschaftlichem Interesse. »Was soll er anderes von uns wünschen?« fragte er. »Sind Sie krank, Nadesna?«

»Sie haben diesen Menschen noch nicht gesehen, Ippolit Lukanowitsch. Wie kann er eine Braut haben?«

Oblomows Neugier war erwacht. »Herein mit ihm«, rief er.

Marko kümmerte sich nicht um den Eindruck, den er zunächst hinterließ – er war damit groß geworden. Oblomow staunte ehrlich, daß so ein Exemplar heiraten wollte, und freute sich schon auf die Braut. Entweder ist sie blind oder pervers, dachte er vergnügt. Ein natürlich empfindender Mensch kann doch nicht solch ein Rieseninsekt lieben.

»Sie sind verliebt?« sagte Oblomow und rieb die Hände. »Sie wollen heiraten? Viele Kinderchen bekommen, die alle so aussehen wie Sie? Welch ein löbliches Vorhaben! Setzen Sie sich, Genosse. Wir tragen gleich Ihre Meldung ein.«

Marko blieb stehen und überlegte. Ich kann ihm die Gräten brechen, dachte er. Ein langes Gerippe ist er, und in der Anatomie von Kischinew hätten wir so etwas zur Seifenherstellung abgeschoben. Wo hätte man an ihm schneiden und lernen können?

»Ich will nicht heiraten«, sagte Marko höflich.

»Nicht? Dann sind Sie durch die falsche Tür gekommen.«

»Ich möchte eine Stellung.«

Oblomow schob die Unterlippe vor, dachte an seine Brautpaare und schloß entsetzt die Augen. Wie kann man am Tage der Schönheit ein Glanzbild der Häßlichkeit vorzeigen!

»Arbeit ...?« fragte er gedehnt. »Was denken Sie sich, Genosse?«

»Ich nehme jedes Ding in die Hand«, sagte Marko.

»Bloß das nicht.« Oblomow wehrte mit beiden Händen ab.

»Woher wissen Sie, daß Wassja erkrankt ist?«

»Ich kenne Ihren Wassja nicht, Genosse.«

»Ein fleißiger Mensch.« Oblomow lehnte sich zurück. Bei näherem Gespräch gewann der Zwerg. Seine Stimme war gut, und, beim Teufel, sie machte ihn interessant. »Heute plötzlich schickt er seinen ältesten Sohn und läßt sagen: ›Ich komme nicht.‹ Seit neun Jahren zum erstenmal: Ich komme nicht. Was hat er, der gute Wassja? Eine Darmgrippe! Nein, so etwas! Kommt ihm oben und unten heraus, die Flüssigkeit. Wer den Bund fürs Leben schließt, will Feierlichkeit, Musik und Blumen. Das war Wassjas Aufgabe, und nun liegt er herum und füllt Eimer ...«

»Ich könnte das auch, Genosse«, sagte Marko, nachdem Oblomow erschöpft nach unten gegriffen und aus einer kleinen Flasche mit 100 Gramm Wodka einen tiefen Schluck genommen hatte. »Probieren Sie es mit mir. Ich habe früher mit Leichen hantiert, warum soll ich jetzt nicht Schwiegermütter trösten?«

Es war eine Bemerkung, die Oblomow sehr gefiel. Er lachte laut und nickte mehrmals.

»Versuchen wir es probeweise, Genosse. Wie heißen Sie?«

»Marko Borissowitsch Godunow.«

Was soll man sagen – Marko bekam den Posten eines Arrangeurs im Heiratspalast von Workuta. Er bezog eine Dachkammer, die zwar nicht beheizbar war, aber Oblomow lieh ihm aus dem Magazin vier Wolldecken, unter denen Marko in der ersten Nacht schwitzte wie ein frischer Käse. Am Morgen erhielt er einen dunklen Anzug, der ihm zwar viel zu groß war, aber ihn erstaunlich in einen fast normalen Menschen umwandelte. Man bedeckte seinen Kopf mit einer Mütze, und Oblomow sagte zufrieden: »Die Fassade macht es aus! Legen Sie los, mein lieber Godunow. Wir haben heute neun Hochzeiten ...«

So rannte Marko also durch den Heiratspalast und betreute die Brautpaare. Am zweiten Tag waren es schon vierundzwanzig, denn die großen Feiern zum Tage von »Väterchen Frost« standen vor der Tür und erzeugten eine Welle von Heiratslust, ein brodelndes Liebesbegehren. Marko übertraf sich selbst. Er rückte Stühle, drapierte Papiergirlanden und garnierte die Tische mit künstlichen Blumen, bediente das Grammophon, auf dem sich die Platte mit dem Hochzeitsmarsch aus »Lohengrin« drehte (eine Musik, die immer wieder mitten ins Herz traf und vor allem die Mütter schluchzen ließ), reichte den ergriffenen Verwandten Wasser und erholsame Getränke wie Tee mit Wodka (vor allem von den Vätern und Onkels sehr geschätzt), unterhielt während der Trauung die draußen wartenden anderen Hochzeitsgesellschaften mit Geschichten aus Kischinew und Chelinograd und ermahnte die nervösen Bräute, später eine Tablette gegen die Nerven zu nehmen, denn kein Bräutigam hat es gern, wenn sein Frauchen im Bett plötzlich ohnmächtig wird.

Oblomow hörte nur Gutes über Marko. Alle lobten ihn, bis auf die riesenhafte Witwe Anastasia Blodwenowskija, die als Tante mitgekommen war und zu der Marko gesagt hatte: »Darf ich Ihrem Mann auch gratulieren?«

»Ich bin Witwe«, sagte der Turm von Frau.

»Gott war ihm gnädig.«

Diese Bemerkung mißfiel der Blodwenowskija, sie beschwerte sich, und Oblomow lachte später zusammen mit Marko eine ganze Minute lang.

Am vierten Tag heiratete ein Offizier des Straflagers I, ein Leutnant Zablinsky. Stolz führte er seine Braut, die Tochter eines Meteorologen von der Wetterstation Workuta, vor den Standesbeamten.

Für Marko schlug die große, ersehnte Stunde. Das Schicksal spielte ihm den Zufall zu.

Wie ein Staubkorn an einen Anzug hing sich Marko an diese Hochzeit. Er jonglierte mit Papierblumen, sang die Melodie des Hochzeitsmarsches mit, wobei sich herausstellte, daß seine Stimme sonor klang und sogar Timbre besaß, kurzum, Zablinsky nahm ihn mit zur Hochzeitsfeier, als ein Kuriosum, als Hofnarr, als sprechende Puppe, so wie – denken wir daran – in Rußland die Narren stets zum liebsten Spielzeug für die Normalen wurden.

Marko bot alles auf, was sein reiches Gehirn produzieren konnte. Er erzählte Witze, bis den Gästen das Zwerchfell dröhnte, tanzte einen Krakowiak auf seinen dünnen Spinnenbeinchen, daß allen vor Wonne die Tränen in die Augen schossen.

Er war der einzige, der noch auf den Beinen stehen konnte, als Zablinsky seine junge Frau zum Brautbett führte. Marko watschelte vor ihnen her, eine Kerze in der Hand, es war feierlich und romantisch, und an der Tür zum Schlafzimmer umarmte Zablinsky ihn und sagte: »Du bist ein echter Freund, Marko. Jetzt aber weg ... ich habe noch vieles vor.«

Am nächsten Tag zeichnete Zablinsky seinen neuen Freund aus – er nahm Marko mit in das Straflager.

Marko war zu Zablinsky gekommen, bevor dieser seinen Dienst antrat. Das junge Frauchen lag noch im Bett, aalte sich wohlig, trank Tee aus einer flachen chinesischen Porzellanschale, knabberte Gebäck, das von der Hochzeit übriggeblieben war, und schlug den Morgen damit tot, sich an die Nacht zu erinnern. Das waren gute Gedanken, sie rief mit süßem Stimmchen: »Antonuschka, mein Bärchen, komm zu mir, gib mir einen Kuß ... Komm doch, mein Wilder, ich liege da wie aus dem Himmel gefallen ...«, was Zablinsky zur fast panischen Eile trieb.

»Gehen wir!« sagte er leise zu Marko. »Wir sind eigentlich schon weg. Leise mit der Tür! Nicht zuklappen lassen! Vorsicht! Die Dielen knarren! Mein lieber Marko Borissowitsch, meine Röhrenknochen sind leer. Ich muß mich am Koppel meiner Uniform festhalten.«

Sie verließen auf Zehenspitzen die kleine Wohnung, zogen die Tür ganz vorsichtig ins Schloß und hörten noch auf dem Treppenflur die flötende Stimme der Sehnsucht.

»Sie Glücklicher«, sagte Marko und knipste mit spitzen Fingern einige Staubkörner von Zablinskys Uniform.

»Du hast recht, Marko Borissowitsch: Ich bin ein glücklicher Mensch. Darum zeige ich dir jetzt das Lager. Wir haben hier eine besondere Attraktion.«

»Ich bin gespannt, Genosse Leutnant.«

Sie gingen durch den Neuschnee hinüber zum großen Lagertor. Vom Meer her wehte ein Wind und trieb die leichte obere Schicht des Schnees wie Staub über das Land. Rechts von ihnen quoll aus drei hohen Schornsteinen dicker Qualm in den fahlen, farblosen Himmel. Die Wäscherei im Frauenlager.

Die Wache am Tor grüßte, musterte Marko kritisch, sagte aber nichts. Die Arbeitsbrigaden waren bereits abmarschiert ... breite festgetretene Schneestraßen bewiesen es. Ein Heer von namenlosen Riesenameisen war hier entlanggezogen. Zehn Stunden knochenbrechende Arbeit, zehn Stunden Herauskeuchen der Lungen, Zittern der Glieder, Aufwühlen der letzten Kraft.

Steinbruch.

Kohle.

Straßenbau.

Der Tod hat ganz normale Namen ...

Im Inneren des großen Lagerbereiches war der Innendienst voller Betriebsamkeit. Die Kapos schrien herum, schlugen mit Knüppeln auf geduckte Rücken und ließen die grauen, unförmigen Gestalten hin und her springen. Vor dem Krankenhaus standen im Schnee, mit bloßem Schädel, die Steppmützen in der Hand, den kahlgeschorenen Kopf schutzlos dem Schneewind ausgeliefert, die Kranken, die die morgendliche Selektion überstanden hatten und nun auf eine Behandlung warteten.

Überall das gleiche, dachte Marko, aber er tat so, als sei das alles neu. Mit großen Kinderaugen blickte er sich um, als sähe er in eine neue Welt. Zablinsky stieß ihn an.

»Verschluck dich nicht am Staunen«, raunte er. »Unsere Attraktion ist ein neuer Arzt.«

»Ach!« sagte Marko. Sein Herz machte einen schmerzhaften Sprung. »Was Sie nicht sagen, Genosse Leutnant. Ein Arzt? Wieso?«

»Er ist als Verurteilter hier, aber man packt ihn an, als bürste man Samt. Irgendwie reicht seine Antenne bis Moskau. Das macht uns alle vorsichtig, verstehst du? Außerdem hat ihn der Chefarzt sofort mit Beschlag belegt – was das heißt, wirst du gleich sehen.« Zablinsky lenkte seine Schritte hinüber zum Magazin. Marko folgte ihm zögernd, sie entfernten sich vom Krankenhaus. »Operiert wie in einer großen Klinik, der neue Arzt. Die anderen Ärzte stehen um ihn herum, bestaunen ihn wie ein Kalb mit drei Köpfen und begreifen die Welt nicht mehr. Macht er doch Krebsoperationen! In einem Besserungslager! Krebs! Schneidet die Tumore heraus und stellt Anträge, die Operierten in einem Strahleninstitut weiterzubehandeln.«

Mein Igorenka, dachte Marko fröhlich. Da haben sie es! In den Boden wollten sie dich stampfen, ans Ende der Welt versteckten sie dich, und was macht der verrückte Pjetkin? Er bläst ihnen in die Ohren, daß das Schmalz knirscht. Bravo, mein Wölfchen ... mein Herz schlägt Purzelbäume ...

Nur mit halbem Blick besichtigte Marko an der Seite Zablinskys die Werkstätten und das Magazin, Küche und Bäckerei, die Stolowaja und die große Zentral-Banja, die Quarantänestation und die Fleischerei. Hier, beim Anblick der zertrennten Ochsenhälften, der an den Haken pendelnden Fleischstücke, erinnerte sich Marko an die Anatomie von Kischinew.

Das wäre ein Weg, sagte er sich. Meine Beziehungen zum toten Fleisch sind mein Schicksal. Versuchen wir es nachher.

Er lief neben Zablinsky her wie ein Hündchen, ließ sich alles erklären, staunte mit verblüffender Natürlichkeit über Dinge, die ihm längst kein Augenzwinkern mehr abverlangten wie etwa die Arbeitskolonne, die den Vorplatz des Krankenhauses vom Schnee leerfegte, am Ende des Platzes kehrtmachte und dann wieder mit den Besen losmarschierte, weil der Wind erneut Schneedecken über den Platz legte, eine wahrhaftig sinnlose Arbeit von zehn tief vermummten Männern, aber sie wurde mit einem Ernst ausgeführt, als handele es sich um Diamantenschürferei. Zablinsky erklärte:

»Sie drängen sich zu dieser Arbeit. Die leichteste im Lager. Im Steinbruch singt keiner. So, und jetzt das Krankenhaus.«

Marko steckte die Hände in die Taschen. Sie zitterten so stark, daß er sich selbst davor fürchtete.

Im Flur standen wieder Verurteilte und warteten auf die Untersuchung. Ein Mann lag eng an der Wand und stöhnte. In einem großen Zimmer arbeiteten drei Ärzte, die Tür stand offen.

Marko suchte Igor unter den Ärzten, aber es waren fremde Gesichter. Zablinsky stieß Marko vorwärts.

»Nein, nein, da ist er nicht, der Spinner!« lachte er. »Der operiert bereits. Zuerst sollte er selektieren, aber dann hat der Chefarzt ...« Zablinsky wedelte mit beiden Händen, als verscheuche er einen

Mückenschwarm. »Wenn wir dem Chef begegnen ... weitergehen und grüßen. Gott möge das verhüten –«

Marko schob sich neben Zablinsky. Durch den Spalt spähte er in den Operationssaal. Das vertraute Bild ... weiße Kittel, ein schmaler Tisch mit einem abgedeckten Körper, darüber die Lampen, nicht, wie in einer richtigen Klinik, die in Spiegel eingebetteten, starkkerzigen Scheinwerfer, sondern hier waren es nur vier an langen Strippen baumelnde Birnen, ohne Schirm, trostlos wie alles hier oben im Norden.

Marko sah Igor Antonowitsch sofort ... er stand am Tisch, hatte die Gummischürze umgebunden, den Mundschutz, die Kappe auf dem Kopf und operierte eine große Oberschenkelverletzung. Ein jüngerer Arzt assistierte ihm, vier andere Ärzte standen wie neugierige Marktweiber herum, die Hände auf dem Rücken. Ihm gegenüber aber – Marko schlug erschrocken ein Kreuz, als er sie erkannte – stand ein kräftiges Weib, die Gummischürze eng um den schwungvollen Leib, und ihre schwarzen Haare quollen unter der OP-Kappe hervor.

Zablinsky zog schnell die Tür zu. »Gehen wir«, sagte er betroffen. »Wenn die Dussowa uns sieht, ist ein Schneesturm nur ein Sommerlüftchen. Du ahnst nicht, wie sie brüllen kann. Und so etwas ist nun ein Weib ...«

Marko nickte, als verstünde er es. Mit beiden Händen putzte er sich die Stirn. Sie waren klebrig von Schweiß, als er sie an der Hose abstreifte.

O Himmel hilf, dachte er. Marianka in Workuta! Ein wahres Teufelchen da, wo es hingehört: in die Hölle. Und Igorenka ist ihr wehrlos ausgeliefert.

Bedrückt watschelte er Zablinsky nach, der es jetzt sehr eilig hatte. Es war Zeit, den Wachtruppen-Appell abzunehmen. Die 2. Kompanie unterstand Zablinsky und wartete, schon eine halbe Stunde angetreten, vor dem Zaun.

»Sieh dich um, Marko Borrissowitsch«, sagte er hastig. »Nach dem Dienst hole ich dich wieder ab. Warte in der Wache auf mich. Sieh dir alles an ... heute ist für dich ein besonderer Tag.«

Das wird er sein, dachte Marko. Er lehnte sich an die Mauer des Krankenhauses, wartete ein paar Minuten, sah den Kranken zu, die sich zur Untersuchung langsam ins Haus schoben, schneebestäubt wie Brezelmännchen mit Zuckerguß, überlegte dabei, was man für Igor Antonowitsch tun könnte, und vertrödelte so die Zeit bis zum Mittagessen. Während der Mittagspause verschwand er in der Fleischerei.

»Wo ist der Natschalnik?« fragte Marko den ersten Schlachter. Der hockte auf dem Rand einer riesigen verzinkten Wanne voller Knochen und aß ein Stück Blutwurst aus der Faust. Er streckte die Hand aus, hielt Marko das köstliche Stück Wurst unter die schnuppernde Nase und sagte grob:

»Vierte Tür rechts.«

Er war ein unhöflicher Mensch. Marko bestrafte ihn, indem er schnell zugriff, ihm die Wurst entriß und sofort in den Mund stopfte. Bevor der Bestohlene noch einen Laut von sich geben konnte, hatte Marko die Blutwurst hinuntergewürgt.

Mit offenem Mund starrte der Schlachter dem Zwerg nach. Dann griff er in die Zinkwanne, holte einen dicken Beinknochen heraus und warf ihn Marko nach. An Godunows kahlem Schädel sauste er zentimeterbreit vorbei und schlitterte dann über den Flur.

Der Natschalnik der Lagerfleischerei, der Genosse Jewronek, ein dicker Mensch mit Tränensäcken, als schleppe er unter den Augen seinen Notproviant mit, senkte den Stierkopf, als Marko ins Zimmer kam. Jewronek lag auf seinem Bett, verdaute, las dabei die Prawda und puhlte mit dem Zeigefinger nach einer Fleischfaser, die sich irgendwo hinten zwischen den Zähnen verklemmt hatte. »Ein kurzes Gespräch nur, Genosse«, sagte Marko höflich. »Man hat mir berichtet, daß der Bürger Jewronek ein gutes Herz hat.«

Der Dicke richtete sich auf, betrachtete Marko eingehend, verzog dann sein Ochsengesicht, dann lachte er dröhnend, hieb sich auf die Oberschenkel und brüllte:

»Man soll es nicht für möglich halten ... jetzt bitten sogar die Kakerlaken um eine Audienz!« Jewronek knallte die Beine auf die Dielen und spuckte die herausgepolkte Fleischfaser aus.

Er war aufgesprungen, rollte die Muskeln und streckte Marko eine Faust entgegen, um die er herumgucken mußte, um Jewronek überhaupt wieder zu sehen.

»Man sollte sich einmal überlegen«, sagte Marko, »daß wir im Atomzeitalter leben ...«

Jewronek blieb mitten im Schritt stehen, als laufe er gegen eine Wand. Entgeistert starrte er den Zwerg an.

»Wieso?« murmelte er. »Wieso denn?«

»Benutzen wir Atomkraft oder nicht?«

»Ja, natürlich.«

»Fliegt man ins Weltall? Wollen Sie Gagarin verleugnen?«

»Um Himmels willen – nein. Gagarin, das ist die Krone sozialistischen Fortschritts! Aber was soll Gagarin zwischen uns?«

»Alles, Genosse! Das Symbol des Fortschritts! Der Triumph des Denkens! Die Verpflichtung, auf allen Gebieten durch Einsatz von Intelligenz das Optimale zu erreichen.«

Jewronek begann zu schwitzen. Er fühlte sich überfordert, zumal er nicht wußte, was dieses merkwürdige Wesen, das wie ein Mensch sprach, überhaupt von ihm wollte. Wo kam es her? Wie hatte er das Lagertor passiert?

»Intelligenz – das ist es«, sagte er laut. »Aber ich leite kein Rechenzentrum, sondern eine Fleischerei.«

»Welch ein Irrtum!« Marko riß beide Arme hoch. Das kam so plötzlich, daß Jewronek zurückschrak. »Ist eine Fleischerei nur ein Betrieb, wo man Tiere vor die Stirn schlägt, sie zerteilt und ihre Knochen zersägt? Sagen Sie, Genosse, haben Sie sich noch nie darüber Gedanken gemacht, daß im Atomzeitalter alles entbehrlich ist, nur nicht eine Schlachterei?!«

»Das ist ein verblüffender Gedanke«, stotterte Jewronek. »Wer sind Sie, Genosse?«

»Ich heiße Godunow. Marko Borissowitsch.«

Jewronek nickte, schon halb überwältigt. Wenn so etwas Godunow heißt, kann man nur noch zum Mond flüchten.

»Ihre Aufgabe bei mir, Genosse Godunow?«

»Genaues anatomisches Zerteilen des Fleisches! Wird das hier gehandhabt?«

»Welche Frage! Ich habe vierunddreißig Fleischer in meiner Brigade. Wir erfüllen das zweifache Soll! Wir zertrennen wie die Roboter.«

»*Das* ist es! Wie die Roboter! Roboter sind Maschinen, Computer, die programmiert werden. Wer programmiert sie? Der Genosse Jewronek! Aber – programmiert er richtig?! Das ist zu überprüfen. Ich möchte es sehen. Gehen wir in den Verarbeitungssaal, und ich beweise Ihnen, daß die nötige Intelligenz beim Fleischzerteilen fehlt. Mit einem Messerchen schneiden kann jeder Idiot ... aber mit dem Messer die Schönheit des Fleisches hervorzutrennen, *das* ist die Kunst. Wer beherrscht sie?«

Jewronek beschloß, sich still zu verhalten und abzuwarten.

Was weiß so ein unbekannter, plötzlich hereingeschneiter Bursche? Von welcher Dienststelle kommt er? Das ganze Gefasel von Atomzeitalter und Gagarin – was hat Gagarin mit Rindfleisch zu tun? – kann nur ein Trick sein, ein blödes Gerede, um abzulenken vom eigentlichen Auftrag.

Jewronek zog die Jacke über und rechnete schnell durch, wieviel

Schwund er in den Büchern verzeichnet hatte, wieviel heimlich zur Seite geschafft worden war, wieviel sein Schwiegervater mit einem Pferdekarren unterm Stroh abtransportiert hatte und wie hoch das Gewicht war, das Jakob Iljitsch Numunow mit seinem Lastwagen jede Woche abholte und gute Rubel dafür bezahlte. Dann rechnete er den Eigenverbrauch durch, die Geschenke aus Haxen und Filets, die er Marenka, einer Schneiderin in Workuta-Stadt, gemacht hatte, und wen wundert's, daß Jewronek trotz seiner Riesengröße ganz klein wurde und willig wie ein Tanzbär an der Leine dem winzigen Godunow folgte.

»Aha!« sagte Marko, als sie im Verarbeitungssaal standen. Auf langen Holztischen mit dicken Platten aus Massivholz stapelten sich die Ochsenhälften und geviertelten Rinder. Die Fleischer, meist Kriminelle, die in den verschiedenen Lagern vom Beruf eines Straßenräubers zum Metzger umgelernt hatten, genossen noch die Mittagspause und saßen auf Hockern vor ihren blutigen Fleischbergen. »Man sehe sich das an!« rief Marko so laut, daß es alle hören mußten. »Welch ein Barbarismus! Genosse Jewronek ... das hier ist ein Bugstück! Wenn Sie nun die Aufgabe hätten, einen saftigen Braten mit kurzer Faser herauszuschälen – was machen Sie dann?«

Jewronek ergriff das große Trennmesser, beugte sich über das Bugstück und – ritsch, ratsch – sicher und schnell lag ein saftiges Bratenstück vor Marko Borissowitsch.

Der drückte auf den Braten, sah Jewronek ernst an und schob das Stück weg. Jewronek erbleichte leicht.

»Sehr gut, Genosse«, sagte Marko mit tiefem Ernst. »Aber ich sehe, Ihnen fehlt die lateinisch-anatomische Kenntnis.« Die anderen Metzger drängten nun herbei, umringten Marko und den Natschalnik und starrten auf die Hände des Zwerges. »Jedes Zerteilen ist ein Sezieren. Man muß die Sehnen kennen, die Muskeln, die Blutgefäße, die Knochen, die Innenhäute, die geheimnisvollen inneren Zusammenhänge. Passen Sie auf.«

Was nun geschah, war eine Gipfelleistung an Beredsamkeit, von der Jewronek einfach überspült wurde wie von einer salzigen Meereswoge. Marko nahm das Messer, zog mit einer Kraft, die allein schon unverständlich war, ein Rinderviertel näher zu sich und wies mit der Messerspitze auf den blutigen Berg.

»Das hier ist der Muskulus transparentus Imperator«, sagte er todernst. »Er steht in Wechselwirkung mit dem Muskulus infernalis Hannibalis. Die Sehne Tarentium spezifikum verbindet beide. Wenn die Schnittführung so erfolgt, daß ich den Muskulus transparentus

Imperator vorsichtig trenne von dem unter ihm liegenden Muskulus appendarium Caesarum und dabei die Vena penisce'llum nicht verletze, bekomme ich ein Stück Braten wie auf dem Gemälde – erinnern Sie sich, Genossen? –, wo Iwan der Schreckliche einen Batzen Fleisch ißt.«

Die Metzger nickten andächtig. Jewronek starrte auf das Bratenstück, das Marko herausgeschnitten hatte. Ein so herrlicher Braten, daß er sich zu Marko hinunterbeugte und flüsterte: »Wenn Sie's erlauben, Genosse ... kein Stück für den Herrn Oberst ... das fressen wir selbst –«

Marko nickte würdig, zeigte auf eine Arterie und hinterließ mit seiner letzten Bemerkung offenes Staunen:

»Die Arteria subfelicitas hodenensis. Wenn sie verletzt wird, schmeckt das Fleisch bitter. Man sollte sie immer zuerst freipräparieren ...«

Jewronek klemmte den Braten unter den Arm und verließ mit Marko den Verarbeitungssaal. Er war erschüttert. Nun geht's richtig los, sagte er sich. Das war nur eine Demonstration seines Könnens. Wenn er jetzt die Bücher kontrolliert – Einkauf und Ausgabe –, lege ich mich auf den Tisch und bitte ihn, mich nach allen Regeln der Anatomie auseinanderzunehmen.

Aber die Befürchtung Jewroneks löste sich in maßloses Staunen auf. Marko erzählte ihm noch weitschweifig von Kischinew, vom Leichenkeller der Universität, von seinen geliebten Toten und ihren körperlichen Eigenheiten ... Nach allen diesen Erzählungen, bei denen sich sogar bei dem abgebrühten Jewronek Übelkeit einstellte und er an diesem Tag kein Fleisch mehr sehen konnte, erfuhr er, daß dieser häßliche und im Grunde gefährliche Mensch nichts weiter wollte als in der Fleischerei angestellt werden.

Jewronek erkannte sofort das Problem. Da setzt man uns eine Laus in den Pelz, und ich soll sie an die richtige Stelle plazieren. Ein Ohr, ein Auge, eine Stimme irgendeiner noch geheimen Überwachung. Genossen der Fleischerei – die fetten Zeiten sind vorbei. Freßt euch noch einmal richtig dick und rund ... ab morgen sitzt euch ein Auge im Nacken.

»Wie sollen wir das motivieren?« fragte Jewronek vorsichtig.

»Stellen Sie mich als Hilfsarbeiter ein.«

»Aber Genosse, bei Ihren Kenntnissen –«

»Ich werde auf die anderen befruchtend wirken.«

»Ohne Zweifel, oh, wer wollte das bezweifeln! Wir werden die beste Fleischerei im ganzen Norden sein.« Jewronek setzte sich auf sein Bett. »Wollen Sie das Zimmer mit mir teilen?«

»Ich bitte Sie! Nehmen Sie jeden Hilfsarbeiter zu sich ins Bett?«

Der Gedanke war so grausam, daß Jewronek wild mit dem Kopf schüttelte.

»Ich habe nur Platz in einem kleinen Geräteraum hinter dem Knochenlager. Aber das ist nicht zumutbar.«

»Alles ist zumutbar, wenn der Mensch es erträgt. Gut, ich schlafe dort.«

»Und die Bezahlung? Wer regelt die?«

»Ich arbeite ohne Lohn. Nur Essen und Trinken und dieses Bett im Knochenraum. Einfacher geht es nicht.«

»Das ist der Gipfelpunkt der Rationalisierung.« Jewronek war jetzt überzeugt: Er ist ein Spitzel.

»Wenn Sie es wünschen, geschieht alles so, wie Sie geplant haben. Bedenken Sie aber, Genosse Godunow: Wo Sie schlafen, lagern einige Tonnen Knochen. Sie stinken ...«

»Es stinkt so vieles auf der Welt«, sagte Marko weise und winkte ab, »daß der Gestank von Knochen fast legitim in unserer Gesellschaft ist.«

Jewronek verstand das nicht ... die Grenze seiner Intelligenz war überschritten. Aber er lächelte breit.

Jewronek hatte nicht übertrieben ... das Knochenlager stank schauerlich. Verwesung lag wie eine Wolke über den Abfallbergen, denn auch Kuhhäute, Köpfe, Hufe und alles, was unbrauchbar ist bei einem Tier und nicht mehr eßbar, lag aufgetürmt zu meterhohen glitschigen Massen. Dicke, fette, weiße Maden krochen über den Zementboden. Jewronek hielt sich die Nase zu und schielte hinunter zu Marko.

»Das Zimmer liegt dahinter, Genosse.«

»Hygienisch ist es wirklich nicht.«

»Tun Sie was dagegen! Nur jeden zweiten Monat holt man die Abfälle ab. Eine Leimfabrik in Workuta. Wir könnten die Knochen vergraben, aber nein ... sie müssen gelagert werden, bis die Leimkerle erscheinen.«

Marko überwand seinen Ekel, der selbst ihn, den nichts erschüttern konnte, in der Kehle würgte, er ging zu seiner Kammer, trat eine Armee von Maden platt und war erstaunt, daß der kleine Raum sauber war. Hacken, Beile, Sägen, Messer, Wannen hingen an Haken an der Wand, blitzend sauber, wie gestern gekauft.

»Bravo, Genosse«, sagte Marko und tippte den Riesen gegen den Bauch. »Das Werkzeug ist gepflegt. Ich freue mich.«

Glücklich verließ Jewronek den Knochenraum. Er glaubte, den unbekannten Genossen auf seiner Seite zu haben. Eigenhändig brachte er Marko Decken und zwei Kopfkissen mit Wattefüllung, eine Öllampe, einen Stuhl, einen Tisch, einen Spiegel, einen kleinen Eisenofen und fette Steinkohle. Er lief unermüdlich hin und her, bis der kleine Raum wohnlich war. Nur den Gestank konnte er nicht beseitigen.

Dann war Marko endlich allein. Er saß auf dem Eisenbett, der Ofen bullerte, es wurde warm im Zimmer, aber mit der Wärme zog auch der Gestank penetranter durch alle Ritzen. Aber es störte ihn nicht.

Er war im Lager ... er war bei Igor.

Mein Gott ... er konnte Igor wiedersehen.

Dafür hätte er auch unter den Hacktischen geschlafen, zwischen den Rinderhälften, in der Blutwanne, überall.

DREISSIGSTES KAPITEL

Erst gegen Mittag erschien Marko im Heiratspalast. Oblomow saß erschöpft in seinem Sessel, trank Tee mit Melissenextrakt und beklagte innerlich sein hartes Schicksal. Als er Marko sah, sprang er auf wie nach einem Stich.

»Godunow!« schrie er hell. »Marko Borissowitsch, Sie sind da! Welch ein Glück. Ich befürchtete schon, Sie hätten auch den Darm aus der Hose hängen!« Er rannte um den Tisch herum, drückte Marko an sich, gab ihm zwei Küsse und keuchte ergriffen. »War das ein Vormittag! Sieben Paare! Warum sind alle so wild auf das Heiraten?! Sehen Sie mich an, Marko Borissowitsch – ich bin unverheiratet, leide an keinem hohen Blutdruck, trage mein Gehalt voll in der Tasche und werde hundert Jahre alt werden. Aber nein, nein ... die jungen Kerle drängen zum Heiraten wie die Hammel zum Schlachthof. Was soll ich Ihnen sagen: Um zehn Uhr war ein Genosse hier, vierundsechzig Jahre alt, und meldete eine Heirat an. ›Was ist‹, frage ich. ›Sie wollen wirklich, Brüderchen? Machen Sie einen Umweg ... gehen Sie erst zu einem Arzt, und lassen Sie sich Luft in die Hirnkammern blasen.‹ Und was sagt der Kerl? ›Genosse Leiter ... es ist meine vierte Ehe!‹ – Die vierte! Und er lächelt noch dabei. Pervers, dieser Genosse, total pervers. Ich frage: ›Eine Auskunft, mein Lieber: Warum heiraten Sie?‹ Und was antwortet er? ›Brüderchen, ich habe eine Gerberei. Drei Frauen sind durch die Gerbdämpfe gestorben. Schauen Sie mich nicht so an ... natürlich müssen sie mitarbeiten! Und ich habe mir ausgerechnet: Ein Mitarbeiter kostet mich im Monat 120 Rubel. Eine Frau arbeitet für Essen und Trinken, und die Nächte habe ich sogar umsonst! Ein Idiot, wer da nicht heiratet! Unangenehm sind nur die Ausfälle durch die Gerbsäuren. Wahrscheinlich stehe ich bald wieder vor Ihnen.‹ Sagt es, unterschreibt den Heiratsantrag und geht pfeifend hinaus. Mein lieber Marko, wie froh bin ich, daß Sie wieder da sind.«

Marko betrachtete ihn traurig, ergriff seine Hand, drückte sie und sagte feierlich: »Mein lieber Ippolit Lukanowitsch ... mir bricht's das Herz, aber ich verlasse Sie.«

»Nein!« Oblomow schwankte und lehnte sich an die Tischkante. »Marko, Sie zerstören mich ...«

»Ich habe eine andere gute Stellung.«

»Sie zerstören die Ordnung des Staates! Sabotieren Sie nicht die kleinste Zelle unseres Gemeinwesens: die Familie.«

»Ich arbeite ab heute in einer Großschlachterei. Die Sicherstellung der Ernährung ist eine noch wichtigere Sozialaufgabe.«

»Marko – ich gebe Ihnen 3 Rubel pro Woche mehr. Ihr Geschick, erschütterte Verwandte zu trösten, ist genial!« Oblomow rang die Hände und fühlte, wie ihn ein Schwächeanfall überkam. »Sie können mich jetzt nicht allein lassen.«

»Ich war beim Genossen Parteisekretär und habe mich erkundigt. Und was sagt er zu mir? ›Mein lieber Godunow ... Ihr Arbeitseinsatz ist vortrefflich. Aber wichtiger als Heiraten ist Fressen! Ich setze Sie in der Schlachterei des Lagers ein. Da ist die vorderste Front des Sozialkampfes!‹ Ich habe mich von diesen patriotischen Worten überzeugen lassen, Oblomow.«

Oblomow setzte sich schwer, vergrub das Gesicht in beide Hände und rührte sich auch nicht, als Marko das Zimmer verließ. Später aber schickte er einen Boten zu dem darmerkrankten Wassja mit dem Befehl, den Grad des Durchfalls genau zu registrieren. Der Bote traf Wassja auf dem Eimer sitzend an, bleich und eingefallen, mit hohlen Augen und blauen Lippen.

Zwei Tage arbeitete Marko als Fleischzerkleinerer an den langen Holztischen. Es war eine verfluchte Arbeit, schwer, schweißtreibend und blutig. In der Halle nebenan wurden die Rinder und Schweine geschlachtet, ihr Gebrüll und Gequieke und ihre Todesschreie gellten in seinen Ohren. Das war etwas, an das sich Marko gewöhnen mußte ... Fleisch zerschneiden, ob von toten Ochsen oder toten Menschen, war ihm geläufig, nur lagen in der Anatomie die Körper still und bleich vor ihm und wurden nicht auf seinen Tisch geschoben, warm und dampfend von Blut, blitzende Haken durch die Fußsehnen, mit denen sie dann als Viertelstück an einer Laufkatze weitertransportiert wurden.

Jewronek, der Natschalnik, blickte an diesem Tag ein paarmal in den Verarbeitungsraum, winkte seinen Vertrauten Jewsej in eine dunkle Ecke und fragte leise: »Na, was macht er? Was sagt er? Fragt er euch aus?«

Jewsej schüttelte den Kopf. »Er zerteilt, weiter nichts. Er spricht keinen Ton. Als ob er keinen Mund hätte –«

»Ein ganz Gefährlicher, mein Lieber. Augen wie ein Wiesel. Behandelt ihn anständig, sag ich euch –«

So kam es, daß Marko von niemandem beobachtet oder belästigt wurde. Er zerkleinerte das Fleisch, sägte Knochen, schob Jewronek, der ihn leutselig mit einem nichtigen Gespräch belästigte, ein herrliches Bratenstück zu, was dieser nur zögernd annahm, denn Bestechung ist Sabotage am Volksvermögen und man weiß nie, wie die Gauner von Spitzel das nachher hindrehen, und er beobachtete auch, daß die Schlachterei jeden Tag einen Transport mit Frischfleisch und Wurst zum Frauenlager zusammenstellte.

Das war wichtig, Jewronek bestimmte jeden Tag andere Fleischer, selbstverständlich nur Kriminelle, und sagte mit Augenzwinkern: »Wenn man schon nicht anpacken darf ... der Blick auf eine richtige weibliche Brust kann wie ein Festtag sein ... Genossen, es gibt Übererregte, die klauen in der Fleischerei ein Kuheuter und nehmen es mit ins Bett –«

»Läßt es sich möglich machen«, fragte Marko schon am zweiten Tag, »daß ich einen Transport ins andere Lager begleite?«

Jewronek verstand sofort. Er grinste nicht, sondern wurde bleich. Solche Transporte waren auch immer die besten Gelegenheiten, heimliche Geschäfte abzuwickeln. Außerhalb der Lager, gewissermaßen im Niemandsland, trafen dann die guten Freunde Jewroneks zusammen, übernahmen das Fleisch, das im Schlachtbericht als Schwund aufgeführt wurde, und ließen die Rubel in schwielige Hände rollen.

»Morgen nachmittag liefern wir wieder. Blutwurst, Fleisch und Suppenknochen. Zwei Lastwagen. Wenn Sie den Konvoi begleiten wollen, Genosse Godunow ...«

»Sehr gern.« Marko wetzte sein langes Zerteilmesser. An einem Haken der Laufkatze schwebte ein halbes Rind über seinen Tisch. »Aus dem Weg, Brüderchen ... die Arbeit kennt keine Zeit für unnütze Worte.«

Jewronek kräuselte die dicke Nase, blähte seinen Stiernacken auf und verließ die Halle. Er hatte Angst. Da waren zwei Augen, die alles sahen, zwei Ohren, die alles hörten, ein Gehirn, das ihnen allen überlegen war. Genossen, wer hat so etwas in seiner Brigade gern?

Am späten Nachmittag, kurz vor Arbeitsschluß, erhob sich ein großes Geschrei im Schlachthaus. Jewsej, Jewroneks Vertrauter und ehemaliger Spezialist für Warenhauseinbrüche, stürzte atemlos in Jewroneks Zimmer.

»Er hat sich verletzt«, schrie er. »Er hat sich in den linken Daumen geschnitten. Nun sitzt er da und brüllt etwas von Blutvergiftung.«

Jewronek dachte an Moskau, an die geheimnisvolle Kontrollbehörde, an die Wichtigkeit dieses Zwerges und sprang hoch.

»Eine Katastrophe!« stammelte er. »Warum hat man nicht das Krankenhaus verständigt? Warum nicht?!«

»Weil sich einer in den Finger schneidet?« fragte Jewsej dämlich zurück.

»Einer?« schrie Jewronek. »Wenn ihr euch die Köpfe abschneidet, ist das nur ein Strich durch eure Namen in der Liste ... aber bei Godunow können wir alle in den Strafbunker wandern, wenn ihm etwas geschieht.«

Jewronek rannte hinaus. Im Schlachthaus traf er Marko an, bleich und mit weiten Augen. Er hatte einen Lappen um seinen blutenden Daumen gewickelt und erzählte mit dumpfer Stimme ein Erlebnis aus Kischinew.

»Wie gesagt ... das Skalpell rutschte aus und hinterließ einen kleinen Ritz im linken Daumen. Was macht der Trottel? Er lutscht ein paar Minuten daran und kümmert sich nicht mehr darum. Am Abend schon hatte er Fieber, in der Nacht war seine Hand dick wie eine Bärentatze, klopfte wie mit tausend Hämmern, am Ende versank er in dumpfes Brüten, weinte wie ein Säugling und starb im Morgengrauen. O Himmel, soll es mir auch so ergehen? Wißt ihr, wieviel Leichengift-Bakterien bereits in diesem Fleisch sind? Beim Satan, ich spüre ein Klopfen in meinem Arm –«

»Ein Brett!« brüllte Jewronek schon an der Tür. »Legt ihn auf ein Brett!« Er bremste vor Marko seinen Lauf, beugte sich über ihn, starrte ihm in die aufgerissenen Augen und nickte mit zugeschnürtem Hals, als Marko fragte: »Sehen Sie das Glänzen meiner Augen? Das Fieber ... das tödliche Fieber ...«

»Ruhe, Genosse«, flüsterte Jewronek heiser. »Behalten Sie bei Gott, wie man so sagt, Ruhe, Genosse. Nur keine Panik. Es geschieht alles, um Sie zu retten. Ich habe den besten Arzt alarmiert, den Genossen Pjetkin. Er wird Sie retten.«

Marko nickte dankbar, verdrehte die Augen und sank zusammen. Vier Fleischer in weißen, blutverschmierten Kitteln trugen Marko im Laufschritt durch die Kälte und den Schneewind hinüber zum Krankenhaus.

EINUNDDREISSIGSTES KAPITEL

Pjetkin hatte gerade die Visite beendet und mit dem Kapo des Reviers V gebrüllt, weil drei Patienten in ihrem Kot lagen – natürlich Politische, die man auf diese Weise diffamieren wollte –, als die Metzger mit ihrem zugedeckten Brett antrabten. Ein Vorbote hatte schon lauthals verkündet: »Eine Blutvergiftung, Genosse Doktor! Der ganze Arm –« Und bevor Pjetkin Näheres erfragen konnte, war der Fleischer schon wieder aus dem Haus.

»In Zimmer 4 –«, rief Pjetkin den Flur entlang, als die Bretträger erschienen. »Ich komme sofort!«

Zimmer 4 war ein neu eingerichteter OP für septische Operationen. Es war die erste Handlung Pjetkins nach seinem Wiedersehen mit der Dussowa. »Wollen wir uns die Sepsis züchten?« hatte er gesagt, als an einem Tag Fleischwunden, vereiterte Rücken, Riesenfurunkel und dann eine prall mit Steinen gefüllte Gallenblase auf den gleichen Tisch gehoben wurden.

Die Dussowa hatte darauf mit den schönen Zähnen geknirscht, aber zwei Tage später stand Zimmer 4 für alle Eiterfälle zur Verfügung.

Die vier Fleischer setzten Marko ab, ein Krankenwärter riß den Hundefellmantel weg, entdeckte darunter ein Gebilde, das wie ein Insekt mit Menschengesicht aussah, erschrak zutiefst und rannte hinaus. Die Fleischer folgten ihm.

Er wird kein Wort herausbringen vor Staunen, mein Igorenka, dachte Marko. Nun sind wir wieder zusammen. Als ob es jemals, außer dem Tod, eine Macht gäbe, die uns auseinanderbringt ...

Pjetkin kam ins Zimmer. Von unten her gesehen, wo Marko lag, riesengroß, ein Turm in Weiß.

»Wo ist die Blutvergiftung?« rief er an der Tür, dann erkannte er Marko, die Worte brachen ab, als hacke sie jemand durch, mit einem Tritt schloß er die Tür, stürzte zu Marko, der von seinem Brett hüpfte wie ein Frosch und die Arme ausbreitete, und dann lagen sie sich in den Armen, drückten sich aneinander und schwiegen erst einmal eine Weile voller Erschütterung.

»Du verdammter Kerl«, sagte Pjetkin und hob Marko auf den OP-Tisch. Dem Zwerg liefen die Tränen über die Wangen, er saß da, blickte unter dem wäßrigen Vorhang seinen Igorenka an und versuchte zu lächeln. »Du verfluchter, verdammter Kerl ... wo kommst du her? Warum liefert man dich zu mir ein? Und die Blutvergiftung?«

Marko hielt seinen Daumen hoch. Ein Schnitt, der sich schon wieder mit einer Blutkruste schloß. »Ich bin wieder bei dir«, sagte er mit schwankender Stimme. »Ich habe es erreicht. Ich arbeite im Lager als Fleischzertrenner. Mein schwerster Weg bisher ... selbst die Hühnerfarm in Chelinograd war ein Kinderspiel dagegen ... aber ich bin bei dir. Eins kannst du ab jetzt nicht mehr: verhungern!«

Pjetkin betrachtete den Schnitt im Daumen, holte ein Pflaster aus dem Schrank und klebte es drüber. Als ein Sanitäter die Tür öffnete, fuhr er herum und brüllte: »Hinaus! Für eine halbe Stunde keine Störung!« Der verstörte Mensch warf die Tür wieder zu.

»Hast du von Dunja etwas gehört?« fragte Pjetkin. »Ich habe alles versucht ... für uns hört diese Welt am Zaun auf. Was dahinter passiert, ist voller Rätsel.«

»Dunja ist Ärztin im Frauenlager. Ich werde sie morgen sehen.«

»Du? Sehen und sprechen?!« Pjetkin starrte an Marko vorbei aus dem Fenster. Schnee wirbelte herum.

»Sprechen ... das weiß ich nicht. Aber ich werde sie sehen, und wenn sie mich bemerkt, wird sie wissen, daß du in der Nähe bist.«

»Und wie kommst du ins Lager?«

»Mit zwei Lastwagen Fleisch. So einfach ist das! Ich werde plötzlich Schmerzen in meinem Daumen haben, und Dunja wird ihn untersuchen.«

»Eine andere Ärztin könnte dich untersuchen.«

»Dann wird es bei der nächsten Fleischlieferung gelingen.« Marko hüpfte vom OP-Tisch und klopfte die Arme um den dürren Leib. Trotz des Pelzes war die Kälte wie ein Messer in seinen Körper gefahren. »Es werden sich schon genug Möglichkeiten ergeben, je nachdem, wie gut man die Lage ausnutzen kann. Schreibe einen Brief.«

»Wenn sie ihn bei dir finden –«

»Wer soll mich untersuchen, he? Ich bin Fleischer, liefere ihnen etwas zwischen die Zähne, und wenn einer kommt und sagt: ›Bleib stehen, Kanaille. Heb die Arme hoch und laß dich abtasten!‹, dem werde ich antworten: ›Mach nur zu, Teufelchen. Aber dein Gesicht, deine platte Visage, werde ich mir merken. Bei der nächsten Lieferung bekommst du Gift in die Wurst! Wirst's erst merken, wenn du unterm Tisch liegst!‹« Marko lächelte breit. Er sonnte sich in der Macht, jetzt ein Fleischer zu sein. »Niemand wird mich anfassen, Igorenka. Schreib ein paar Zeilen –«

Pjetkin nickte. Er suchte Papier und Bleistift, und da beides nicht in einem septischen OP zu finden ist, glättete er zwei Lagen Zellstoff und schrieb mit einem dünnen Spachtel, den er in Jodtinktur tauchte.

»Mein Liebes. Mein Herz der Welt.

Ich lebe. Ich arbeite. Ich hoffe. Ich träume von Dir. Ich küsse Dich in Gedanken. Glaub an ein Überleben . . . Dein Igoruschka.«

Dann umwickelte Pjetkin die Hand Markos mit dem Zellstoff, legte den Arm in eine Schlinge und war atemlos vor Freude.

Es klopfte an die Tür. Pjetkin sah ein, daß er, ohne Mißtrauen zu erregen, nicht länger mehr allein mit Marko in Zimmer 4 sein durfte.

»Noch drei Minuten!« schrie er gegen die Tür. »Wer will etwas?«

»Dr. Kalanenkow muß einen Karbunkel schneiden.«

»Sofort!« Pjetkin umfaßte Marko an den Schultern. »Wenn du Dunja sprechen kannst, erzähle nichts von Marianka Jefimowna. Sie ist auch hier.«

»Ich weiß es. Ich habe sie gesehen. Sie haben die Hölle komplett ausgestattet. Man muß ihre Organisation bewundern.«

»Bis heute habe ich alles von ihr bekommen, was ich wollte. Sie ist zahm wie ein Kaninchen.«

»Und sie hat schon wieder an deiner Tür gerüttelt?«

»Noch nicht.«

»Warte es ab, Igorenka. Warte es ab. Dann verliert das Kaninchen seinen weichen Pelz . . .«

»Sie glüht, ich weiß es. Wenn sie neben mir steht, ganz gleich wo, am OP-Tisch, vor den Krankenbetten, irgendwo, wie's sich ergibt, weht es von ihr wie ein heißer Wind über mich hinweg . . .«

Marko sah Pjetkin nachdenklich an. Dann sagte er langsam:

»Du wirst ihr nicht entrinnen können, Igorenka. Man hat sie in dein Leben eingepflanzt, nun mußt du sie begießen. Willst du verdorren in ihrem Glutatem? Nimm sie ins Bett –«

»Und Dunja?!«

»Du betrügst sie nicht, mein Söhnchen. Alles, was zum Überleben nötig ist, wird dir verziehen. Marianka gehört dazu wie Essen und Trinken .. sie gehört zu deinem Nährboden, also pflüge sie um! Wehre dich nicht mehr, Igorenka.«

»Du siehst das alles so einfach, Marko.«

»Es *ist* auch einfach. Wir haben den Gipfel menschlicher Einfachheit erreicht. Uns gehört nur noch eins: das Leben. Dafür ist nichts zu teuer, zu gemein, zu gering und zu schrecklich. Was bedeutet da eine Marianka Dussowa –«

Jewronek atmete hörbar auf, als Godunow wieder in der Fleischerei erschien, dick verbunden, aber fröhlichen Gemüts. »Jetzt täte mir ein Schlückchen gut«, sagte er, und Jewronek betrachtete dies wieder als Hinweis, daß der ekelhafte Zwerg auch über Jewroneks Wodkabestände informiert war.

»Sie sind gerettet?« fragte er ausweichend, holte eine flache Flasche unter dem Bett hervor und goß zwei Wassergläser halb voll.

»Wie man's nimmt . . . die akute Gefahr ist vorbei. Aber gerettet? Wer kann solche Hoffnungen aussprechen? Ich habe bereits neun Millionen Bakterien im Daumen.«

»Neun Millionen! Und der Doktor hat sie gezählt?«

»Wüßte ich es sonst?«

»Welch ein genialer Arzt.« Jewronek stieß mit Marko an und trank. Er war tief beeindruckt.

»Wenn man bedenkt, daß eine einzige Bakterie genügt, einen Menschen zu töten. Und ich habe neun Millionen . . .«, sinnierte Marko laut.

Jewronek lief es eiskalt über den Rücken. Die Furcht aller Russen vor Infektionen schnürte sein Herz ein. Er atmete laut, trank das Glas leer und rückte von Marko ab.

»Sie sind natürlich nicht mehr arbeitsfähig?« fragte er vorsichtig.

»Nicht am offenen Fleisch.« Marko hob wie bedauernd seine breiten Schultern. »Ich werde mich um die Transporte kümmern, Genosse. Soll ich Ihnen einmal erzählen, wie vorzüglich ich Autos lenken kann?«

»Nein, danke. Ich glaube es Ihnen, Genosse.« Jewronek röchelte nach innen. Er wird alles entdecken, quälte es ihn. Er hat ein Gehirn aus Röntgenstrahlen. Er weiß alles! Der Himmel sei gnädig mit mir . . .

ZWEIUNDDREISSIGSTES KAPITEL

In der Nacht nach dem Wiedersehen zwischen Marko und Pjetkin öffnete sich leise die Tür von Igors Zimmer, und die Dussowa glitt wie ein Schatten hinein. Pjetkin drehte die Nachtlampe an, eine Art Notbeleuchtung, ein elendes trübes Licht, aber hell genug, um seine Kleidung zu finden.

Wie am Amur trug Marianka wieder ihren chinesischen Morgenrock. Die goldenen Drachen spien Feuer. Ein Flammenhauch, kunstvoll gestickt, blies über ihre vollen, sich durch den Seidenstoff drückenden Brüste.

Sie blieb an der Tür stehen, blickte Igor an, wartete auf irgend etwas, fuhr sich dann mit beiden Händen und gespreizten Fingern durch das herrliche, schwarzglänzende Haar und ließ die Hände auf dem Kopf, als sie sprach.

»Du bist so still – keine Frage, kein Hinauswurf? Du erschreckst mich. Bist du krank?«

»Haben Sie ein Problem, Marianka Jefimowna?«

»O Gott, er fragt, ob ich ein Problem habe! Igor, bist du wirklich so ein Kindskopf?« Sie lachte dunkel, eine Stimme, in der Totenglocken schwangen. »Allein die Liste meiner Probleme ist länger als ein Drama von Gorki.«

»Ich denke oft an Sie, Marianka Jefimowna.«

»Ist das wahr?«

»Ja.«

»Problem Nummer 7 gestrichen. Ich glaubte, du betrachtest mich nur mit Abscheu.«

»Warum sollte ich das? Ich kenne Ihr bisheriges Leben, Sie haben es mir erzählt.«

»Nur einen Stein aus diesem wilden Mosaik. Erwarte nicht, daß eine Frau so einfach, so unkompliziert ist. Nichts ist an ihr normal, vorherbestimmbar, berechenbar, einem logischen Aufbau folgend. Darf ich mich setzen?«

»Aber bitte, Marianka Jefimowna.«

»Auf dein Bett, an deine Seite –«

»Ja –« Er rückte zur Seite. Marianka setzte sich und schlug die beiden Mantelteile über ihre Knie zusammen. Sie war nackt darunter, Igor erkannte es an den harten Brustwarzen, die sich durch den leichten Stoff drückten. Das machte ihn wachsam. Nichts ist bei einer Frau vorauszusehen, sagte sie selbst.

»Hast du eine Papyrossa?« fragte Marianka.

»Ja, natürlich.« Er beugte sich vor und holte vom Nachttisch eine Schachtel. Über die Schulter hielt er sie ihr hin. Sie nahm eine Zigarette, er riß ein Streichholz an, und der Qualm des ersten Zuges strich an seiner Wange entlang.

Sie rauchte stumm ein paar Züge, spielte mit seinen Haaren und atmete hörbar, langgezogen und tief. »Igorenka –«

»Ja, Marianka Jefimowna?«

»Hast du schon einmal darüber nachgedacht, wie dein Leben weitergeht?«

»Ich habe mich damit abgefunden, daß es von Moskau reglementiert wird. Workuta ist Endstation ... was soll man da noch lange denken?«

»Workuta kann auch bloß eine Warnung sein, mein Kleiner. Was bist du für ein dummer Mensch!« Sie legte den Kopf gegen seinen Rücken, rauchte weiter und hüllte ihn mit dem herben Rauch ein. Es war kein guter Tabak, er roch hölzern und harzig, aber man konnte ihn rauchen, das war die Hauptsache. »Ich weiß mehr, Igoruschka.«

»Dann sagen Sie es, Marianka.«

»Man hat dich auf die Liste derer gesetzt, die einmal einen Ruf an die Akademie der Wissenschaften in Moskau erhalten sollen. Sogar in die Liste der zukünftigen Assistenten von Prof. Demichow hat man dich eingetragen ... du weißt, was das bedeutet? Internationaler Ruhm. Freiheit der Forschung. Sonderprämien. Ein Ausnahmegehalt. Vielleicht einmal der Lenin-Preis. Du stehst auf der Rampe, den sowjetischen Himmel zu erobern.«

»Als ein Deutscher?«

»Das werden sie vergessen.«

»Ich erinnere mich an den Genossen Plumow aus Chabarowsk. ›Wenn man ein Schaf schert und steckt es in eine Kalbshaut, was wird es dann?‹ fragte er mit dem ganzen Hochmut des Stärkeren. Ist man jetzt doch der Ansicht, daß aus gescherten Schafen Kälber werden?«

»Plumow ist ein kleiner Beamter, Igorenka. Ein Schweißtropfen auf einem Behördenstuhl. In Moskau wird man lächeln über solche Vergleiche.«

»Ein verrücktes Leben.« Pjetkin umfaßte seine Knie. Er hatte die Beine angezogen und starrte auf die Muster, die vom Scheinwerferlicht auf den Wachtürmen in das Dunkel seines Zimmers reflektiert wurden. »Was bin ich nun? Russe oder Deutscher?«

»Als was fühlst du dich selbst?«

»Diese Frage habe ich nie ohne Antwort gelassen: Ich bin ein Russe! Ich heiße Pjetkin. Ich bin Kommunist. Ich bin ein sowjetischer Arzt. Was will man noch mehr?«

»Gehorsam.«

Pjetkin schüttelte den Kopf. Marianka hatte ihn zwischen ihre Hände genommen, jetzt riß er sich los. »Die Natur hat mir ein Hirn mitgegeben, das denken kann! Sowjetische Lehrer haben es geschult, logisch zu denken.«

»Nun bist du groß, hast einen Beruf und mußt vergessen, daß du ein Individuum bist. Du bist ein Bestandteil des großen Volkes. Alles, was du tust, ist zum Nutzen dieses Volkes. Du lebst für dein Vaterland, nicht für dich. Für sein Land leben aber heißt: gehorchen! Alles andere ist bourgeois, kapitalistisch.«

»Und du glaubst wirklich an das, was du da sagst?«

»Danke –«

Pjetkin sah sich um. Mariankas Augen waren ganz nah. Groß, glänzend, in ihrer leichten Schräge raubtierhaft, bezwingend.

»Wofür danke?«

»Du hast mich zum erstenmal du genannt. Wir kommen uns näher, Igorenka, wir finden uns ... irgendwo ... noch suchen wir den Platz –«

Sie schlang die Arme von hinten um ihn und preßte sich an ihn. Ihre vollen harten Brüste drückten in seinen Rücken. Die Umarmung war so kräftig, daß sie ihm die Luft abpreßte und er tief und langgezogen atmen mußte.

»Gehorsam heißt: Dunja vergessen –«

»Zum Beispiel – ja. Aber das ist nur *eine* Masche, aus der man deinen Anzug webt.«

»Was weiter?«

»Tausende Dinge. Zurückziehung des dämlichen Antrages, nach Deutschland entlassen zu werden.«

»Weiter.«

»Ein guter Arzt sein.«

»Bin ich ein schlechter?«

»Du bist ein kritischer Arzt.«

»Gut und kritisch können nicht miteinander leben?«

»Kannst du ein Pferd mit einer Eule paaren?«

»Das ist doch dumme Rederei.«

»Schon wieder Kritik! Igorenka, wach auf, wach auf!« Sie schüttelte ihn, küßte seinen Nacken und zog ihn nach hinten. Er lag halb auf ihr, ihre Beine schoben sich an seinen Seiten vorbei, nackt, kräftig, mit einer glatten, glänzenden Haut. Er legte seine Hände darauf, das feste Fleisch war kalt, die Muskeln zuckten unter seinen Fingern. »Erinnerst du dich, was ich dir in Sergejewka sagte? Klebe dir ein Pflaster auf das Maul, nimm die Fahne und marschiere nach dem Takt, den sie dir vorschlagen. Du hast es nicht getan .. und wo bist du jetzt? Im Vorhof der Hölle.«

»Und wo bist du, mein kluges Mädchen?«

»Bei dir –« Ihre Stimme versank in Zärtlichkeit. »Gab es für mich Probleme? Ich habe mir nie den Kopf zerbrochen, was ein Leben ist und was man aus ihm machen könnte. Ein Mann, den ich nicht kenne, hat mich gezeugt, eine Frau, die sich Mutter nannte, hat mir den Atem gegeben und bei der Geburt acht Pfund von ihrem Fleisch. Damit lebte ich. Da jeder Mensch sich entwickelt, tat ich es auch. Ich besuchte Schulen, studierte, wurde Ärztin, alles ohne mein Zutun. Der Staat bezahlte alles, ich wurde gefahren, geschoben, gehoben, Funktionäre ließen sich die Großzügigkeit des Volksstaates bezahlen, indem sie meinen Körper als Abfalleimer ihrer Geilheit benutzten, ich wurde befördert, wie eine Stute belegt, in meinen Moskauer Akten steht Lob neben Lob ... und keiner begriff bis jetzt, daß sie nur eine leere Hülle großzogen, daß ich tot war, bevor ich zu leben begann. Bis zu einem Tag ... da zerriß in mir ein Damm, und Leben strömte in jeden Hohlraum. Leben voll Glück und Sehnsucht. Das war, als du nach Sergejewka kamst. Nun hatte ich endlich ein Ziel, das einzige meines Lebens überhaupt: dich! Und wenn man es so nimmt, habe ich zum erstenmal im Leben etwas erreicht: ich bin bei dir. In Workuta! Ich habe die Behörden gezwungen, mich nach Workuta zu versetzen. Ich habe dich wiedergesehen. Du bist wieder um mich. Mehr will ich vom Leben gar nicht.« Ihre Hände streichelten seine Brust, glitten hinunter zu seinem Leib, tasteten sich schlangengleich zu den Innenseiten seiner Schenkel. Er hielt diese Erkundungen nicht auf, noch kniff er abwehrend die Beine zusammen ... er lag wie gelähmt unter der Erkenntnis, daß Marianka Jefimowna recht hatte.

»Ich liebe dich, Igorenka ...«, sagte Marianka dunkel. Sie hatte den chinesischen Mantel ausgezogen, durch seinen Schlafanzug spürte er ihren nackten Körper. Es war die Verlockung und die Aufgabe seines Willens, von denen Marko gesprochen hatte.

Er warf den Kopf zurück und lag zwischen Mariankas Brüsten, ein schwellendes, duftendes, samtweiches Polster. Wohlige Geborgenheit durchströmte ihn, das Gefühl eines Kindes, das am Körper der Mutter Schutz sucht. Er drehte das Gesicht zur Seite, unter seinen Lippen glitt die glatte, warme Haut an ihm vorbei, bis die harte Warze an seinen Mund stieß. Sein Herz hämmerte schmerzhaft, ein Rauschen jagte durch seinen Kopf, als umschäumte ihn das Meer ... Erinnere dich an Dunja, schrie irgend etwas in ihm, aber es war eine schwindsüchtige Stimme, die im Rauschen unterging, wieder auftauchte, Wortfetzen von sich gab, die zuerst noch einen Sinn ergaben ... Dunja, sie liebt dich, Treue hast du geschworen, sie wartet auf dich ... kämpfe, kämpfe, sei ein Held, geh unter mit deinem Recht, aber behalte dein Recht .. Igor Pjetkin, Sohn eines Helden, sei selbst ein Held . . . aber dieses Irgendetwas in ihm wurde immer kläglicher und windiger, stammelnder und greinender, bis es ganz im Rauschen des Blutes starb. Selbst der letzte Gedanke – Dunja – zerplatzte wie Gischtschaum an einem Felsen, als Mariankas Hände seine Männlichkeit gefunden hatten.

»So hat Leben einen Sinn –«, flüsterte sie an seinem Hals.

Dann biß sie ihm in die Schulter, wälzte sich über ihn und war die alles überspülende Woge –

DREIUNDDREISSIGSTES KAPITEL

Der erste Fleischtransport ins Frauenlager nach Auftauchen des widerlichen, geheimnisvollen und sicherlich gefährlichen Zwerges Godunow zwang den dicken Jewronek zu einigen Umdisponierungen. Das »Schwundfleisch«, also das den Häftlingen entzogene und lebensnotwendige Fleisch, wanderte statt unter den Sitz des Lastwagenfahrers in die Küche, was dort ein sprachloses Staunen auslöste. Der Küchennatschalnik hängte sich sofort ans Lagertelefon und rief seinen Kollegen Jewronek an.

»Genosse, überlegen Sie, was Sie da angerichtet haben! Ich bin zur Buchführung verpflichtet, dem Himmel sei's geklagt! Wie sieht das aus, wenn plötzlich von einem Tag auf den anderen siebzehn Kilo Fleisch mehr auftauchen? Dabei haben wir im Lager keine Neueingänge, nur Abgänge. Aha, sie haben die Toten mitgezählt, werden die Kontrolleure sagen. Der alte Trick: Man schleppt eine Menge Abgänge listenmäßig mit sich herum und kassiert dafür doppelte Portionen. Nicht bei mir, Jewronek, nicht bei mir. Ich bin ein ehrlicher Mensch, ein guter Kommunist –«

Jewronek legte mit verzerrtem Gesicht auf und wischte sich über das riesige, flächige Gesicht.

»Ein Schwätzer, dieser Koch«, sagte er. »Kann wohl mit einem Holzlöffel in der Kascha rühren, aber rechnen kann er nicht. Jedem das Seine. Wenn hier eine Zahl steht, so sind wir peinlich genau und halten sie ein. Das können Sie doch bestätigen, Marko Borissowitsch.«

»Ein Problem bleibt immer der natürliche Schwund«, sagte Marko harmlos. Jewroneks Herz setzte aus, er wurde bleich und lehnte sich an die Wand. Die Schlinge, da ist sie! Wirft es so lässig durch die Gegend, das verdammte Wort Schwund, über das schon Generationen von Natschalniks gestolpert sind. Nun legt es sich mir um den Hals; Mutter Gottes, laß mich nicht von diesem Zwerg erwürgen.

»Mit dem Schwund ist das so eine Sache«, antwortete Jewronek und knetete die Worte durch seinen Gaumen. »Wir versuchen, ihn zu vermeiden.«

»Und es gelingt?«

»Nicht immer – geradezu geheimnisvolle Dinge tragen sich da zu, Genosse, Rinder- und Schweineseiten vermindern sich, bloß, daß sie am Haken hängen, man soll nicht glauben, wie schwer Blut ist, das da so langsam wegtropft, und wer's nicht glaubt, bitteschön, komme rein in die Fleischerei und erlebe selbst, wie Fleisch zusammenschrumpft. Du stehst davor und bist wehrlos. Aber die Bücher müssen nachher stimmen, und erkläre einmal einem Beamten aus Moskau, dessen Weibchen stillvergnügt ihren Braten an der Ecke kauft, beim Metzger Rollakow, daß die 200 Gramm Lende, die er frißt, vor zwei Tagen noch 210 Gramm wogen – was sage ich, er wird's nicht glauben. Schwund, das ist ein Hexensabbat.«

Marko nickte mehrmals bei diesem Vortrag. Als Jewronek der Atem ausging und der Wortschwall auch, sagte er mit einer umwerfenden Nüchternheit: »Begriffen, Genosse. Fällt bei diesem Phänomen nicht ein Kilo für mich ab?«

Jewronek glotzte den Zwerg sprachlos an, riß dann das Telefon vom Tisch und wählte die Lagerküche.

»Zurück mit den siebzehn Kilo!« brüllte er, ohne Erklärungen zu geben. »Sie gehören hierher! In zehn Minuten liegen sie vor mir auf dem Tisch!« Schweratmend legte er auf, senkte den Kopf, drückte das gewaltige Kinn an den Röhrenhals und versuchte mit der Zaghaftigkeit eines ängstlichen Kindes ein Lächeln. »Sprachen Sie von zwei Kilo, Genosse Marko?«

»Sie haben richtig gehört, Jewronek. Ich spreche manchmal wirklich undeutlich . . .«

Von diesem Tag an änderte sich das Verhältnis Markos zu Jewronek. Mochte er auch ein Spitzel sein, wie der Natschalnik noch heute vermutet, so war der Zwerg ein Spitzel mit Herz. Und was kann einem Russen Besseres passieren als ein Kontrolleur, der Mitwisser und

Mittäter ist? Hier erst beginnt das Leben erträglich und in gewisser Hinsicht frei zu werden . . .

Der Transport zum Frauenlager fuhr los. Drei Lastwagen, jeweils ein Fahrer und drei Begleiter. Fünfzehn Kilo Fleisch verschwanden unter dem Sitz des Fahrers Boris Issarowitsch Lupikow. Er musterte Marko unter buschigen Brauen, nachdem ihm Jewronek einige schnelle Worte ins Ohr geflüstert hatte.

»Soll ich das Insekt unterwegs verlieren?« brummte er zurück.

»Um aller Heiligen willen – nein! Er ist eine wichtige Persönlichkeit. Er hat drei Augen, sieht alles, aber kneift vier zu. So etwas verliert man doch nicht. Solange er unser Freund ist, wird auch unser Geschäft nicht beeinträchtigt. Was er auch sagt, stimme ihm zu. Und wenn er fragt, überleg jedes Wort.«

»Die Zunge werde ich mir festkleben. Wieviel bekommst du heute?«

»Fünfzig Rubel.«

»Das ist eine Unverschämtheit, Jewronek.«

»An diesen fünfzig Rubelchen hängen einige Liter Schweiß, Stunden mit Herzklopfen und Angst, Heiserheit vom Reden . . . du kannst das nicht begreifen, Boris Issarowitsch. Wenn man bedenkt, was die Richter sagen werden, wenn sie uns vor sich stehen haben –«

Der dunkle Lupikow bezahlte das Geld, stopfte den Sack weg und kletterte mürrisch in sein Fahrerhaus. Das Beladen war Sache der dafür abgestellten Häftlinge. Sie trugen die Schweinehälften und die Rinderviertel auf dem Rücken zu den Lastwagen, und ein Kapo lief neben ihnen her und paßte auf, daß sie während des Tragens nicht Fleisch abbissen und es roh fraßen.

Berge von Fleisch! Gebirge der Sehnsucht. Drei Lastwagen voll.

Marko stand zwischen den Autos und sah dem grausamen Spiel zu. Er war zum bloßen Zusehen verurteilt, und er hatte ja selbst in einer Art Brotbeutel aus Zeltstoff zwei Kilo besten Bratens um den Hals hängen . . . ein Kilo für Igor, ein Kilo für Dunja, wenn er sie sehen würde . . . er war jetzt mitschuldig geworden, bestahl diese Jammergestalten da um ihr Fleisch, um ihr Recht, zu essen und damit zu leben. Nur zwei Kilo . . . aber sie bedeuteten für zwanzig Menschen einen Tag lang das Gefühl des Sattseins.

Marko schluckte, dachte an seinen Igorenka und ertrug sein schlagendes Gewissen. Er beobachtete einen Träger, der nun schon zum viertenmal ein Rinderviertel heranschleppte, schwankend unter der Last, mit verdrehten Augen und einknickenden Beinen. Jetzt weinte er, als er den Brocken kalten Fleisches auf den Wagenboden abwarf und ihm nachblickte, wie er hineingezogen und gestapelt wurde. Die Wagen waren mit Blech ausgeschlagen, das Blut lief über den Boden und tropfte in den Schnee. Und der alte Mann – Marko schätzte ihn auf fast siebzig – blickte sich wieselschnell um, der Kapo stand abseits, die Gelegenheit war günstig wie nie, dieser alte Mann in seiner aufgerissenen, hundertfach geflickten Fofaika, bückte sich, fing mit hohlen Händen das Blut auf, saugte es in sich hinein, stürzte sich dann auf das Bodenblech des Wagens und leckte auch von dort das Blut ab. Dann warf er sich herum, seine Augen glänzten vor Wonne, sein schmächtiger Körper straffte sich, als habe man einen Pfahl in sein Rückgrat gerammt, er zwinkerte Marko zu, der verschämt die Augen niederschlug, und rannte zurück zur Fleischereibaracke.

Beim sechsten Rinderviertel hielt Marko den Alten an.

»Beiß hinein –«, sagte Marko schnell, als der Kapo mit dem Rücken zu ihnen stand. »Los, glotz mich nicht an . . . beiß ins Fleisch, reiß dir ein Stück ab und versteck es in der Backe. Mein Gott, sei nicht so blöde . . .«

Der Alte riß den Kopf zur Seite, schlug die Zähne in das blutige Fleisch und biß ein Stück ab. Es war nicht viel, die Zähne waren dem Reißen entwöhnt, und man glaubt gar nicht, wie schwer es ist, aus einem massiven Brocken Fleisch ein Stück abzubeißen . . . aber es war genug, um wie ein Kloß in der linken Backe zu liegen. Ein Kloß Leben.

»Gott segne dich«, stammelte der Alte. Aus seinen Augen stürzten Tränen. »Es gibt noch Menschen in Rußland.«

Dann stolperte er weiter, lud sein Rinderviertel am Wagen zwei ab und zerkaute beim Rücklauf den Fleischkloß in seinem Mund. Er war so fröhlich, daß er fast hüpfte.

Nachdenklich sah Jewronek den drei Lastwagen nach, als sie langsam die breite Lagerstraße hinunterrollten und durch das große Tor den äußeren Lagerbereich verließen. Man sollte den Kollegen vom Frauenlager warnen, dachte er. Auch er ist ein armer, geplagter Mensch, der sich mit dem Schwund herumschlagen muß. Nur hat er's schwerer. Sein Fleisch ist von uns knapp durchgewogen, und wenn es bei ihm weiterschrumpft, muß er an Erklärungen erfindungsreich sein. Weiß man, was der ekelhafte Zwerg mit ihm anstellt?

So kam es, daß Marko kein Unbekannter mehr war, als sie ins Frauenlager donnerten. Das heißt, das Lager war ihnen versperrt, man ahnte nur hinter den hohen Bretterpalisaden, daß einige hundert Frauen dort lebten. Alle Betriebe, und dazu gehörten Küche,

Werkstätten, Magazin und Bäckerei, in denen Männer beschäftigt waren, hatte man außerhalb des Lagers angesiedelt. Das war vernünftig, denn man stelle sich vor, wie fast tausend Frauen reagieren, wenn plötzlich ein paar Männer mitten unter ihnen herumlaufen.

Die einzigen Männer im Frauenlager hatten es schwer genug. Der Kommandant, die Wachsoldaten, die Ärzte ... wo sie auftauchten, wurden sie von Weiblichkeit überfallen. Sie schützten sich durch Brutalität. Mit kleinen Handpeitschen schlugen sie um sich und kamen sich oft vor, als seien sie dazu verurteilt, eine Herde Raubtiere zu dressieren.

Das war alles gar nicht oder selten sichtbar, meist liefen die Frauen geduckt herum, im Sommer in farblosen langen Kitteln, im Winter eingestopft in ihre Wattekleider und mit Stroh ausgepolsterten Stiefel. Hunger und Verzweiflung drückten sie nieder, aber die Natur in ihnen rumorte weiter, untergründig, urhaft, schlug sich nieder in den Gesprächen von Pritsche zu Pritsche, in stöhnenden Selbstbefriedigungen und heißen gegenseitigen Umarmungen.

Die langen Winterabende wurden zur Hölle der Sehnsüchte. Die ausgesperrte Liebe wuchs ins Gigantische. So kursierten seit Jahren kunstvoll geschnitzte, aus glattem Eschenholz geformte künstliche männliche Glieder, Wunderwerke anatomischer Genauigkeit, mit verzehrender Liebe ausgearbeitet bis ins kleinste Detail. Sie wurden verliehen für hohe Gebühren. Oft sparten sich die Frauen wochenlang Zucker, Salz, Kartoffeln, Brot, Mais, Gries, Mehl und gesalzenen Fisch zusammen, um für eine Nacht zahlen zu können. Eine Nacht mit offenen Schenkeln, in der man träumen durfte, die herrliche Härte im Leib sei Igor, Domja, Sergeij oder Oleg.

Seien wir ehrlich, Genossen ... es war schon klug, alle Männer dem Lager fernzuhalten. Marko allerdings war unglücklich über diese Situation. Bei der Anfahrt hatte er das Steingebäude des Krankenhauses gesehen – nun standen dazwischen die Holzwand, Stacheldraht, der Todesstreifen, die Maschinengewehre auf den Wachtürmen, die Alarmanlagen. Dafür begrüßte ihn der Magazinverwalter, der für den Fleischeinkauf verantwortlich war, wie einen alten Freund. Der Warnruf Jewroneks hatte ihn munter gemacht.

»Ich bin Wassilij Konstantinowitsch Skopeljeff, Genosse!« rief er, als Marko aus dem hohen Wagen kletterte. »Halt! Bleiben Sie oben. Sie sind blassiert, Genosse! Ich helfe Ihnen. Nur keine Anstrengung. Ich hebe Sie auf die Erde.« Und tatsächlich griff Skopeljeff zu, schnappte sich Marko und trug ihn vom Wagen ein paar Schritte weg, ehe er ihn in den Schnee stellte.

»Jewronek hat angerufen, nicht wahr?« fragte Marko. Skopeljeff gab es zu, denn so begrüßt man ja keinen Unbekannten, im Gegenteil, was da zum Ausladen mitfährt, sind Gefangene, und die tritt man in den Hintern, wenn man sie überhaupt wahrnimmt. »Was hat er gesagt?«

Das war wieder so eine Frage, die jeder haßte. Was soll man darauf antworten? Was will der andere hören? Auf keinen Fall die Wahrheit, denn die ist am unerträglichsten. Skopeljeff machte es wie jeder an seiner Stelle – er grinste erst einmal. Dann zwinkerte er mit den Augen, blickte sich nach allen Seiten um und fragte zurück: »Ein blondes Täubchen habe ich hier. Kräftig, Schenkel wie Schnee und Brüste wie Zuckerbirnen. Sie arbeitet in der Registratur, ist daher gut genährt und gepflegt. Vierundzwanzig Jahre alt, Genosse Godunow. Ich habe ihr ein Huhn versprochen. Wenn Sie die süße Jewsja einmal ansehen wollen –«

Marko überdachte die Situation. Von der Nützlichkeit abgesehen, das Angebot Skopeljeffs anzunehmen, was sicherlich sehr unterhaltend gewesen wäre und seinem Kreislauf gutgetan hätte, kam er dadurch kein Stückchen weiter ins Lager hinein. Die Zeit zerfloß nur im Liebesschweiß, man mußte ausgeleert und mit schmerzendem Rücken zurück zum Wagen und trug alles wieder ins Hauptlager: das Fleisch, die Grüße, den Brief Igors auf dem Verbandsstoff, die Brücke der Liebe und Hoffnung.

Skopeljeff zuckte zusammen, als Marko sich plötzlich krümmte, gegen die Barackenwand taumelte, den verletzten Arm an sich drückte und schauerlich mit verdrehten Augen stöhnte.

»Was ist mit Ihnen, Genosse?« stammelte Skopeljeff und sprang vor, um Marko zu stützen. Der röchelte auf, drückte die gesunde Hand auf den verbundenen Arm und klapperte mit den Zähnen wie ein Storch, wenn er einen Frosch sieht.

»Meine Hand«, ächzte Marko. »O Gott, meine Hand. Sie brennt und zuckt und löst sich auf. Bestimmt löst sie sich auf. Habe ich es nicht immer gesagt . . . es ist eine Sepsis! Nun werde ich sterben . . . o Himmel, o all ihr Heiligen, mir fällt die Hand vom Knöchel . . .«

Skopeljeff raufte sich die Haare, dachte an die Schreibereien, Berichte und Verhöre, wenn ein so wichtiger Mann wie dieser Godunow in seinen Armen verreckte.

»Was . . . was sagte denn der Arzt, der Sie verbunden hat, Genosse?« stotterte Skopeljeff. Er umarmte Marko wie ein Kind und hielt den leise Wimmernden aufrecht.

»Der Arzt! Ein Nichtskönner! Fachmann für Bäuche und Därme ... aber von Händen hat er keine Ahnung! Nur noch Spezialisten, das hat man davon. Früher wußte ein Arzt: wenn der Hintern brennt, hat man sich einen Wolf geritten ... heute muß man damit zum Dermatologen! Ich frage Sie, Genosse Skopeljeff: Wenn einer nur im Bauch herumwühlt, hat er dann Kenntnis von der Hand? Ich war bei Dr. Pjetkin, der guckt die Hand an, wickelt ein Tuch mit Salbe drum und diesen Verband. Ist das eine Behandlung, na? O nein, nein ... es ist alles vorbei. Nun sterbe ich. Eine Sepsis ... wissen Sie, was eine Sepsis ist?«

Skopeljeff hatte davon gehört, ganz vage, und nun ergriff ihn panische Angst. Er faßte Marko unter, schleifte ihn zum Haupttor, schrie den Posten an, der befahl zwei Soldaten der Wache herbei, und zu dritt trugen sie Marko ins Frauenlager und ins Lazarett. Die letzten Meter begann Marko wieder zu stöhnen, als stäke er auf einem Spieß, aber unter den halbgeschlossenen Lidern betrachtete er seine Umwelt sehr genau und wartete darauf, Dunja zu begegnen.

Im Lazarett des Frauenlagers fand gerade die große Morgenuntersuchung, die Auskämmung der Krankmeldungen, statt. Sämtliche Ärzte waren im Einsatz ... sogar Chefarzt Dobronin war beschäftigt, denn Dunja Dimitrowna hatte ihm einen Packen Röntgenbilder gegeben und um Stellungnahme gebeten. Das war neu ... bisher hatte sich niemand um die Innereien der Strafgefangenen gekümmert, und nun tauchte dieses herrliche blonde Luder auf und führte Klinikmanieren ein. Dobronin nahm die Röntgenplatten an sich, setzte sich vor den Lichtkasten und wunderte sich selbst, daß er diese Aufnahmen noch lesen konnte.

So lagen die Dinge, als Skopeljeff und die beiden Wachsoldaten den stöhnenden Marko ins Lazarett brachten. Dunja arbeitete im OP II und wechselte Verbände. Meist aufgeschnittene Furunkel, Verbrennungen oder Arbeitsverletzungen. Skopeljeff stürzte in das Zimmer, winkte mit beiden Armen, als Dunja ihn anschreien wollte, und keuchte in größter Verzweiflung.

»Genossin Doktor, ein Notfall! Ein wichtiger Mann vom Fleischtransport, eine Sepsis, wie er sagt, wurde schon behandelt im Männerlager, aber dort muß ein Idiot von Arzt sitzen. Ein Dr. Pjetkin .. hat nur Ahnung von Därmen, aber hier handelt es sich um eine Hand.«

Dunja hörte den Namen Pjetkin und war zu allem bereit. Und als die Soldaten Marko hereintrugen, wußte sie, daß über Workuta ein blauer Himmel aufgegangen war.

Sie beugte sich über den Zwerg, sah ihm kurz ins Gesicht und sagte ernst: »Tatsächlich, es ist kritisch. Sofort nebenan auf den Tisch! Und alles raus! Er ist im Augenblick sehr ansteckend.«

Skopeljeff prallte zurück und rannte aus dem OP. Die Soldaten folgten ihm. Ansteckung, Infektion!

Skolpeljeff rannte weiter, stürzte in seiner Baracke zum Telefon und rief die Zentralfleischerei an. Jewronek meldete sich sofort ... er hielt am Telefon Wache, denn irgend etwas mußte mit Godunow im Frauenlager passieren, das ahnte er. Dieser Zwerg war für Überraschungen immer gut.

»Wir haben ihn ins Lazarett gebracht«, brüllte Skopeljeff ohne Einleitung, als er den tiefen Baß hörte. »Eine Sepsis! Und so etwas schickst du mir herüber? Soll ich auch krepieren? Mir schwindelt schon, mein Kopf ist heiß wie ein gedünsteter Apfel, die Beine zittern ...«

»Keine Aufregung, Brüderchen.« Jewronek lachte dröhnend. »Du sollst sehen, in zwei Stunden steht der Genosse Godunow frisch verbunden wieder am Auto und ist wohlauf. So unmenschlich, wie er aussieht, ist auch seine Natur. Ihn muß der Teufel selber aufs Hirn schlagen! Na, was hat er gesagt?«

»Er scheint gut informiert zu sein.« Skopeljeff atmete auf. Die Sorglosigkeit Jewroneks steckte ihn an. »Er redet so gebildet, daß ich Mühe habe, ihn zu verstehen. Man muß ihn freundschaftlich behandeln.«

»Sage ich es nicht, war's nicht meine Rede? Gib ihm aus dem Magazin eine Pelzjoppe und eine gefütterte Mütze, das wird ihn milde stimmen. Solange er in Workuta ist, sollten wir lachen, wenn er rülpst.«

»Vielleicht krepiert er doch an seiner verdammten Sepsis«, sagte Skopeljeff freundlich. »Die Ärztin hier zog ein verzweifeltes Gesicht und kam mir sehr hilflos vor. O Himmel, wenn nur ich mich nicht angesteckt habe. Ich werde sofort ein heißes Bad nehmen und die Keime ausschwitzen.«

Skopeljeff tat es. Er setzte sich in die Banja, ließ sie tüchtig einheizen, holte sich aus der Verwaltung die zwanzigjährige Ljuba, sie schrubbte ihm den Körper ab, begleitete ihn in die Sauna, goß so kräftig auf die glühenden Steine, daß die Dampfwolken wallten und Skopeljeff japsend seinen Schweiß austrieb. Hinterher lag er auf seinem Bett, Ljuba massierte ihn, regte ihn mit ihren Händen und ihrem Körper auf, und als Skopeljeff nach dieser letzten Anstrengung ermattet zurücksank und wie auf Wolken schwebte, hatte er alles getan, die Bazillen aus seinem Körper zu vertreiben.

Im septischen Verbandsraum – den Dunja ebenso energisch eingeführt hatte wie Pjetkin im Männerlager – lag Marko auf dem Tisch und rollte so lange furchterregend mit den Augen, bis er mit Dunja allein war. Dann setzte er sich und strahlte Dunja an wie ein Väterchen, der sein Kind nach langen Irrungen wiedergefunden hat.

»Da sind wir wieder«, sagte er, nachdem Dunja ihm einen Kuß gegeben hatte. »Habe ich nicht immer gesagt: für Marko gibt es keine verschlossenen Türen?«

»Wie geht es Igorenka? Was macht er? Wie sieht er aus?« Sie umarmte Marko, ihre Stimme schwankte. Plötzlich weinte sie, lehnte sich gegen die Schulter des Zwerges und schluchzte laut. Die gesammelte Qual von Wochen brach aus ihr heraus wie eine Woge durch einen zerrissenen Damm.

Marko saß ganz still auf dem OP-Tisch, hatte Dunja umarmt und ließ sie ausweinen. Erst als das Schluchzen gar nicht aufhörte, streichelte er ihr über die Haare und sagte: »Es ist ein Luxus, Töchterchen, die beste Zeit zu verweinen. Ich muß in einer Stunde wieder weg, und bis dahin muß ich viel erzählt haben, und die Hand sollte auch verbunden werden.«

Dunja nickte. Sie warf den Kopf in den Nacken, streifte mit dem Handrücken die Tränen vom Gesicht und atmete tief auf. »Was ist mit Igorenka?«

»Ihm geht es gut. Was man so nennt, natürlich. Er leidet keine Not, ist dabei, das Krankenhaus auf den Kopf zu stellen – man kennt das ja –, schafft sich mehr Feinde als Freunde ... aber was macht das schon aus? Er hat dir einen Brief geschrieben, Täubchen ... wickele nur den Verband schnell ab – so eine Sepsis hat es in sich.«

Er kicherte, hielt seine Hand hin, und Dunja entfernte mit zitternden Fingern die Binden. Sie kam an den Zellstoff und las die wenigen Worte aus Jod.

»Welch eine Nachricht ...«, stammelte sie. »O Gott, wenn du nicht wärst, Marko Borissowitsch.« Sie faltete den Zellstoff zusammen, schob ihn unter den Kittel und setzte sich an einen kleinen Tisch. Auf ein Stück Notizpapier schrieb sie an Igor, und es waren Worte, so uralt wie die Menschheit selbst.

»Ich liebe Dich – Vergiß mich nicht – Warte auf mich – Sei stark – Einmal werden wir uns wiedersehen ...« Dann schilderte sie in kurzen Worten ihren Alltag, wie sie wohnte, wie sie arbeitete, wer um sie war. Aber immer wieder zerbrachen die Sätze, und es waren dann nur drei Worte, die sie schrieb, aneinandergereiht, monoton und doch voll Gesang: »Ich liebe Dich ... ich liebe Dich ... ich liebe Dich ...«

Den Brief rollte sie um Markos Hand und wickelte einen neuen Verband darum. »Wann kommst du wieder?« fragte sie dabei.

»In zwei Tagen. Bei jedem Fleischtransport werde ich jetzt dabeisein. Du mußt bei der Wache hinterlassen, daß ich zur Weiterbehandlung immer zu dir gebracht werde. Ich kann nicht jedesmal ohnmächtig dem widerlichen Skopeljeff um den Hals fallen.«

Eine Viertelstunde erzählte Marko noch vom Männerlager und Igor. Dann wurde es Zeit, ein Soldat kam ins Lazarett, um nach dem Genossen Godunow zu sehen.

»Behandelt ihn vorsorglich«, sagte Dunja zu dem Soldaten. »Der Genosse braucht Schonung. Ich habe ihm drei Injektionen gegeben – er ist im Augenblick außer Gefahr –«

VIERUNDDREISSIGSTES KAPITEL

Der Plan Godunows erwies sich als genial.

Jewronek war froh, wenn Marko mit den Fleischtransporten durch die Gegend schaukelte, Skopeljeff ertrug die Strafe Gottes mit Zerknitterung und heimlichem Zähneknirschen, die Verletzung der Hand wurde zu einem Problem, mit dem sich zwei Ärzte – nämlich Dr. Pjetkin im Männerlager und Dr. Sadowjewa im Frauenlager – beschäftigten, und da niemand ärztliche Anordnungen anzuzweifeln wagt, denn jeder kommt mal in die Lage, einen Arzt zu benötigen, fuhr Marko gelassen und sicher vor Nachforschungen hin und her und wurde der Briefträger zwischen Dunja und Igor. Er war die Brücke ihres Glücks, ihrer Stärke, ihrer Zuversicht, ihrer letzten Hoffnung.

Auf das Verstecken der Post in den Verbänden konnte bald verzichtet werden ... niemand kontrollierte Marko. Er war zu einer feststehenden Einrichtung geworden, an die sich die Wachen von beiden Lagern gewöhnten.

Auch die Verteilung von Markos Schwundanteil am Fleisch klappte vorzüglich. Ein Pfündchen für Dunja, ein Pfündchen für Igor, und das jeden zweiten Tag ... verlaßt euch darauf, Genossen, man kann dabei fett werden. Probleme warfen nur die Möglichkeiten auf, die Fleischstücke zu braten oder zu kochen, ohne daß es andere merkten oder hundert Menschen mit Wasser im Gaumen vor dem Fenster standen.

Aber auch hier fand Marko eine ebenso einfache wie geistvolle Lösung. Er hackte das Fleisch mit einem Beilchen, mischte Zwiebeln,

Salz, Pfeffer und ein paar Tröpfchen Öl darunter und servierte es als einen Klumpen Tatar.

Die Briefe, die er hin- und hertrug, waren rührend, zusammengeschrumpft auf das Wesentlichste, auf die Liebe. Wenn Igor und Dunja über den Umweg Marko miteinander sprachen, gab es die Hölle Workuta nicht mehr, keine Eisstürme, keinen täglichen Kampf gegen Schmutz, Gleichgültigkeit, Unmenschlichkeit, Krankheit und unnötigen Tod.

Dunja schrieb:

»Igoruschka, ich liebe Dich. Ich spüre Deine Nähe und breite die Arme aus. Du bist in mir und bleibst in mir, wir wachsen zusammen und sind ein Körper, ein Blut, ein Leben ...«

Und Pjetkin schrieb:

»Dunja, o mein Engel, meine Sehnsucht, mein ganzes Leben ... es geht Dir gut, wie Marko berichtet. Wie dumm die Menschen sind ... sie wollten uns trennen und haben uns doch nur nähergebracht. Ich habe die Kraft, zu warten, die ganze herrliche Kraft, die Deine Liebe schenkt. Die Unendlichkeit ist klein gegen meine Liebe ...«

Kaum hatten sie die Briefe gelesen, verbrannten sie die Papiere sofort. Aber sie waren damit nicht vergessen ... sie lernten die Worte auswendig, sprachen sie leise vor sich hin, beteten sie vor dem Schlafen in die Dunkelheit.

Niemand merkte es, nicht einmal die Dussowa, die jede Nacht in Pjetkins Bett lag, in praller, duftender, sinnlicher Nacktheit, ein Gebirge der Lust, und die zufrieden war, wenn er sie nur streichelte, küßte oder es duldete, daß sie sich an ihn drückte und in seiner Umarmung einschlief wie ein glückliches Kind. Manchmal liebten sie sich auch, aber es war für Pjetkin kein Betrug an Dunja, sondern nur das Untertauchen in einer Sturmflut, die ihn überspülte. Dann wurde die Dussowa ein Raubtier, biß sich in ihm fest, erstickte in den Kissen, die sie gegen den Mund drückte, ihr heißes Brüllen und glühte von den Zehen bis zu den flatternden schwarzen Haaren. Das waren die Stunden, die Pjetkin fürchtete ... in ihnen wurde er ein Mann, den die Gewalt von Marïankas herrlichem Körper mitriß. Es war nicht möglich, kalt zu bleiben ... wer einmal diese Brüste umfaßte, wer diesen flammenden Schoß erforschte, ging unter und versank in einem Vulkan. Hinterher lagen sie da wie ausgespiene Lava, hohl und kraftlos, rauchten eine Zigarette und tranken grusinischen Kognak, den die Dussowa von ihrem Onkel in Moskau geschickt bekam.

Und da geschah es – vier Wochen nach dem ersten Brief an

Dunja –, daß Marianka fragte: »Hast du etwas von dieser Dunja Dimitrowna gehört, Igorenka?«

Pjetkin blickte dem Rauch seiner Papyrossa nach. Er war leer wie eine ausgetrunkene Flasche. Daß Marianka jetzt nach Dunja fragte, empfand er als Provokation.

»Nein«, antwortete er. »Kein Wort. Es macht mich ganz krank ...«

»Du wirst auch nichts mehr von ihr hören. Man hat sie versetzt.« Marianka lachte dunkel. Ihre Zunge glitt über seine geschlossenen Augen. »Versetzt nach Omsk ... Dort läßt man sie verfaulen.«

Pjetkin nickte traurig. Er seufzte und fand, daß es sehr natürlich klang, überzeugend und schmerzvoll. Im Ofen lag die Asche von Dunjas letztem Brief, den Marko vor sechs Stunden aus dem Frauenlager mitgebracht hatte.

Und Pjetkin sagte mit bebender Stimme:

»Was macht es schon, Marianka Jefimowna? Ob in Omsk oder Jakutsk, Odessa oder Wladiwostok ... sie können Dunja um die halbe Welt jagen – sie ist immer bei mir. Wenn wir nachts in den Himmel blicken, treffen wir uns bei den Sternen. Diesen Platz kann uns niemand nehmen –«

»Oh, man kann es, man kann es!« schrie die Dussowa. Sie umklammerte Igors Kopf, riß ihn hoch und zwang ihn, sie anzusehen. Ihre Augen flammten, ein herrliches Gesicht voll Urgewalt. »Was siehst du? Ist da ein einziger Stern? Wo triffst du sie? In meinen Augen? Sag, was du siehst –«

»Vernichtung –«

Sie stöhnte laut auf, riß an Pjetkins Haaren, preßte seinen Kopf zwischen ihre duftenden Brüste, küßte ihn, bis er nach Atem rang, würgte ihn und biß mit kleinen Schreien in seinen regungslosen Körper, vom Hals bis zu den Zehen. Dann plötzlich sprang sie auf, warf den chinesischen Seidenmantel über sich und flüchtete aus dem Zimmer.

FÜNFUNDDREISSIGSTES KAPITEL

Kurz vor dem Fest von »Väterchen Frost«, mit dem die Russen ihr Jahr beenden, tauchte im Frauenlager ein Fotograf auf. Jeder wunderte sich darüber, aber es war eine Tatsache: Er besaß von der zentralen Lagerverwaltung in Moskau einen Berechtigungsschein, Portraitaufnahmen von »auserwählten Personen« zu machen.

Das war wieder so eine Schikane aus Moskau, an der sich die

Lagerleiter die Zähne ausbissen. Sie stöhnten, fluchten und wünschten den Fotografen in die Steinbrüche.

Da sitzt irgendwo in der Verwaltung in Moskau ein Beamter, dem schwillt der Arsch vor lauter Sitzen, seine Augen tränen vor Langeweile, und weil man etwas tun muß für seine Rubelchen, sinnt er sich etwas aus, irgend etwas, wie dieses Fotografieren, und reibt sich die Hände über diese Idee. Überlegt er nicht, daß er mit diesen Fotos Dokumente schafft, die einmal gegen den Staat verwendet werden könnten? Dokumente des Elends, von dem bisher kaum einer weiß, über das man nicht spricht, das man totschweigt, dementiert, revanchistisch nennt. Aber nein, nein, daran denkt man nicht.

Das »auserwählt« war dabei die Schikane. Auch Chefarzt Dobronin, der mit dem Lagerleiter zwei Stunden sinnierte, kam zu dem Entschluß: Zunächst sind meine Ärzte auserwählte Personen. Dann die Genossen Offiziere, die Natschalniks, die Genossinnen »Kommandierten«, worunter auch Wjera Sachonowa, die Leiterin der Wäscherei, gehörte, zum Schluß die prominenten Häftlinge, wie die Professorin für Mathematik aus Kiew, die Biologin aus Nowgorod, die Atomwissenschaftlerin aus Ulan Ude und drei Schriftstellerinnen, denen man die Wahl gelassen hatte: entweder verrückt und in eine Anstalt oder Workuta. Alle drei hatten Workuta gewählt.

Der Fotograf kümmerte sich einen Deut um die internen Auseinandersetzungen der Lagerleitung. Er baute seine Apparatur in der Magazinhalle auf. Skopeljeff strich um ihn herum wie ein Hund um eine Hündin, ließ einen Stuhl kommen und schüttelte den Kopf, als der Fotograf eine weiße Leinwand aufspannte.

»Ein anständiger Hintergrund ist wichtig«, sagte der Mann aus Moskau. »Ihre Halle, Genosse, ist ein Dreckstall. Mein ästhetisches Gefühl sträubt sich dagegen.«

Skopeljeff verkniff sich eine Antwort, freute sich, daß er Bohnen gegessen hatte, ließ einen krachenden Wind fahren und verließ die Halle.

Chefarzt Dobronin schickte zunächst seinen Oberarzt Wyntok, die Lage auszukundschaften. Nikolai Michailowitsch umkreiste den Fotografen, betrachtete die Apparatur und stellte sich dann vor die Leinwand.

»Fangen Sie an, Genosse«, sagte er. »Ich bin Dr. Wyntok. Für mein Gesicht interessiert sich niemand. Es hat auch nie eine Rolle gespielt. Mein fotogenster Körperteil ist mein Unterleib. Hoffentlich haben Sie eine Bildplatte, die groß genug ist. Und fünfzig Abzüge, mindestens. Ich werde die Fotos verteilen wie Medaillen –«

Er lachte dröhnend, aber er trieb es nicht so weit, daß er seine Hose fallen ließ. Der Fotograf schenkte ihm keinen Blick, löschte wieder die Scheinwerfer und starrte gegen die Decke der Halle. Dr. Wyntok verließ das improvisierte Atelier und berichtete Chefarzt Dobronin:

»Ein humorloser Knabe. Aber sonst ist alles in Ordnung. Ein Profi, gut ausgerüstet – einer jener Scherze, die Moskau auf uns abfeuert. Machen wir mit. Er verlangt für ein Foto fünfzig Kopeken ... das ist halsabschneiderisch, aber der Bursche kennt genau seinen Seltenheitswert.«

Eine halbe Stunde später arbeitete der Fotograf, daß ihm der Schweiß in den Kragen tropfte.

Zunächst alle Ärzte einzeln, dann Gruppenaufnahmen von den Männern, von den Frauen. Zuletzt gemischt, wobei Wyntok seine Hände auf die Brüste von Anna Stepanowna legte. »Sonst glaubt mir keiner, daß ich's bin!« rief er dabei.

Die zweite Gruppe bildeten die Offiziere und Unteroffiziere. Sie marschierten in die Halle wie zum Manöver, standen in strammer Haltung vor der Leinwand und zogen ein ernstes oder ein grinsendes Gesicht. Der Fotograf – er hieß übrigens Timbaski – bemühte sich, die Soldaten etwas aufzulockern. »Fotografiere ich Denkmäler?« stöhnte er. »Natürliche Haltung, Genossen. Locker, locker ... man sehe sich das bloß an. Habt ihr einen Stock gefressen? Zeigt euch menschlich ...«

Es ergab sich, daß gerade auch an diesem Tage ein Fleischtransport vom Männerlager eintraf und Skopeljeff, in dessen Lagerhaus das große Fotografieren stattfand, Marko Borissowitsch etwas besonders Gutes antun wollte.

»Genosse, kommen Sie mit!« rief er, als die kleine Wagenkolonne angehalten und das Ausladen begonnen hatte. »Etwas völlig Unerklärbares ist geschehen ... wir haben einen Fotografen im Lager. Mit Genehmigung des Innenministeriums. Er macht Bilder von allen, die ›auserwählt‹ sind. Da Sie unter diese Kategorie fallen ... schnell, schnell ... ehe er die Apparaturen wieder abbaut ... lassen Sie sich ablichten, Marko Borissowitsch.«

»Soll ihm die Linse platzen?« fragte Marko voll Eigenspott. »Wer bezahlt ihm den Verlust?«

Skopeljeff wußte nicht, wie er auf diesen Scherz antworten sollte, also half er sich mit einem Grinsen und nickte mehrmals.

»Probieren wir es, Brüderchen. Ein Fotograf ist vieles gewöhnt.«

Man soll nicht sagen, Fotograf sein ist ein leichter Beruf. Blickt durch den Sucher, drückt ein Knöpfchen, es macht klick ... und fertig ist die Arbeit. Fotografieren ist zunächst ein künstlerischer Beruf, dann braucht er Nerven, denn was so alles vor der Kamera erscheint, o Himmel, es ist zum Heulen! Jeder will nur schön sein auf einem Foto, eine Idealgestalt, ein Engelgesichtchen, aber wer ist schon schön, ich frage euch, Genossen?

Als Timbaski Marko in die Halle kommen sah, seufzte er tief, legte beide Hände auf die Augen und verfluchte seinen Beruf. Skopeljeff, froh, den Zwerg abgeliefert zu haben, empfahl sich mit einigen Entschuldigungen. Die Fleischlieferung, Genosse – so etwas muß man überwachen ...

»Sie wünschen ein Portrait, Genosse?« fragte Timbaski ergeben. Er zeigte auf den Stuhl vor der weißen Leinwand. »Nehmen Sie Platz, sehen Sie mich ganz natürlich an, gelockert, mit einem Lächeln ... o Gott ...« Timbaski rollte die Augen und hielt sich an seinem Stativ fest. »Legen Sie Wert auf Natürlichkeit?«

Marko setzte sich auf den Stuhl, schlug die Beine übereinander und faltete die Hände im Schoß. Gnadenlos hoben die beiden Scheinwerfer jede Falte seiner Häßlichkeit ins Licht. Timbaski suchte nach höflichen Worten, aber es verschlug ihm einfach die Sprache.

»Genosse«, sagte er heiser, »ein Foto ist mehr als ein Spiegel ... darf ich Sie darauf hinweisen, daß absolute Ähnlichkeit keine Beleidigung von seiten des Fotografen darstellt?«

»Sparen Sie Ihren Film, mein Lieber.« Marko winkte ab. Mit bebenden Händen drehte Timbaski die Scheinwerfer aus.

»Wieviel Fotos bekommt jeder Fotografierte?«

»Einen Abzug. Das Fotopapier ist knapp, Genosse. Nachbestellungen erst in einem halben Jahr.«

»Und wenn jemand zwei Abzüge verlangt?«

»Unmöglich.«

»Eine kleine Frage: Was ist seltener – ein Fotoabzug oder ein Pfund Fleisch?«

»Es würde sich die Waage halten, Brüderchen.« Timbaski wurde hellhörig. Wer Fleisch anbietet, hat noch mehr. Und ein Fotograf ist ein umworbener Mensch, das muß man wissen.

»Dazu zwei Rubelchen.«

»Zwei Pfund Fleisch sind besser.«

»Zwei Pfund, du Gauner«, sagte Marko und sprang vom Stuhl. »Für zwei Fotos der Ärztin Dunja Dimitrowna. Frage nicht ... willst du das Fleisch? Ein Foto bekommt sie selbst – das steht ihr zu –, das andere ich. Eingepackt in Schweigen, verstehst du? Wann sind sie fertig?«

»Morgen mittag.« Timbaski starrte den Zwerg verwirrt an. Wie sich die Natur verirren kann, dachte er. Dieses schöne, blonde Mädchen, und eine Kröte liebt sie. Aber zwei Pfund saftiges Fleisch sind genug, diese Gedanken abzustoppen.

Marko stand finster blickend neben der Kamera, kaute an der Unterlippe und suchte nach einem Ausweg. Der Fleischtransport fuhr nur alle zwei Tage zum Frauenlager, und eine andere Möglichkeit gab es für Marko nicht.

»Übermorgen, um diese Zeit«, sagte er.

»Da bin ich in Ust-Workuta. Bedaure, Genosse.«

»Beim Satan, du bist hier und gibst mir das Foto.«

»Ich habe einen festen Plan. Die Zentralstelle für kulturelle Fortschrittsarbeit hat eine Reiseroute entwickelt, an die ich mich zu halten habe. An jedem Ort muß ich mir einen amtlichen Stempel auf ein Papier drücken lassen. Zwei Tage Workuta Frauenlager, mehr nicht.«

»Sie haben ein Auto, Genosse?«

»Das erste Auto, das man hergestellt hat.« Timbaski seufzte.

»Dann schneien Sie hier ein, Genosse.« Marko nickte eifrig.

»Das ist es. Heute nacht wird es wieder schneien, das ist sicher. Keiner kann Ihnen zumuten, daß Sie Ihr Auto durch die Schneeverwehungen drücken. Gehört es zur Aufgabe eines Fotografen, zu erfrieren? Na, sehen Sie ... Ich komme übermorgen wieder und bringe Ihnen drei Pfund Fleisch mit. Dafür ein Foto in Postkartengröße.«

»Sie verlangen Grandioses, Genosse.« Timbaski lehnte die Stirn gegen seine Kamera. »Aber drei Pfund Fleisch sind ebenso grandios ... Ihr Rat ist gut – ich schneie ein ...«

Zufrieden verließ Marko die Halle. Man muß überzeugen können, dachte er stolz. Das ist das ganze Geheimnis, auch der Politiker: Unmögliches so zu sagen, daß es geglaubt und auch getan wird.

Der Himmel half.

Es schneite zwei Tage und zwei Nächte, Workuta ertrank im Schnee, die einzige Straße vom Ort zu den Lagern wurde durch Schneeräumer notdürftig befahrbar gehalten, alle Arbeitsfähigen im Lager standen in langen, grauen Reihen an der Straße und schaufelten gegen die weißen Berge an, die ununterbrochen lautlos vom Himmel schwebten.

Timbaski benötigte keine Tricks, um im Frauenlager zu bleiben. Vom Kommandanten ließ er sich bescheinigen, daß ein Wegfahren unmöglich sei und allein der Versuch einer Vernichtung von Volkseigentum gleichkomme.

Am zweiten Tag erschien Marko wieder mit den Fleischwagen. In der Tasche trug er einen Brief für Dunja, in einem umgehängten Sack drei Pfund Bratenfleisch. Jewronek hatte nicht gezögert, als Godunow diese Menge forderte. Sieh an, sieh an, hatte er nur gedacht, auch die Genossen aus Moskau rutschen aus. Wer hätte das geglaubt? Aber soll er nur herumschliddern ... solange er mit am Fleischberg nagt, bin ich sicher wie ein Känguruh im Beutel.

Timbaski begutachtete erst das Fleisch, drückte es, roch daran und schabte ein wenig mit dem Messer ab.

»Ich verkaufe dir keine rotgefärbte Scheiße«, sagte Marko mißmutig. »Das ist vom besten Stück des Hinterviertels.«

»Vorzüglich.« Timbaski schluckte es hinunter. »Der Mensch muß in der heutigen Zeit kritisch sein. Es wird so viel betrogen, daß ein normales Geschäft fast pervers ist.« Er lachte, griff in eine Mappe und holte das vergrößerte Foto Dunjas heraus. Eine Postkarte, etwas gebogen von der Trockenhitze ... er nahm sie, rollte sie über die Tischkante ab und zog sie damit wieder gerade. Marko beobachtete ihn mit verdunkeltem Blick.

»Wenn du das Bild zerstörst«, knurrte er dunkel, »erkennt dich selbst dein Mütterchen nicht mehr wieder.«

»Da ist es! Ein Meisterwerk! Sagen Sie selbst, Genosse ... das ist wert für eine Ausstellung im Moskauer Museum für zeitgemäße Kunst. Welch ein Kopf. Welche Abschattierungen. Diese zarten Zwischentöne ... Ein Engel!«

Marko riß ihm das Foto aus der Hand und starrte es an. Es war nicht übertrieben, was Timbaski von sich gab ... Dunja sah wirklich wie ein Engel aus. Ihr blondes Haar leuchtete im Scheinwerferlicht, ihre Augen lebten förmlich, ihr Mund lockte, die Haut schimmerte, als leuchte sie von innen heraus. Sie war so lebendig, daß Marko erschrak.

»Na?« Timbaski schabte sich wieder etwas vom Fleisch ab und schob es in den Mund. »Das verschlägt Ihnen die Sprache, Genosse! Wie werden Sie bloß die Nächte durchstehen? Dunja Dimitrowna selbst hat mich gelobt ... sie wollte auch noch einen Abzug mehr haben, aber leider hatte sie kein Fleisch anzubieten. Von Mullbinden werde ich nicht satt, auch nicht im Tauschverfahren.«

Es war ein Tag, an dem für Marko die Sonne schien, auch wenn es trübe schneite. Er ließ sich wieder bei Dunja melden, mit seiner blutvergifteten Hand war er im Krankenhaus schon bekannt.

Nach einer halben Stunde erst kam Dunja. Sie wirkte müde, an ihrem weißen Kittel, unten am Saum, klebten noch Blutspritzer. Sie hatte operiert.

»Marko –«, sagte sie und setzte sich müde auf den OP-Tisch. »Wie geht es Igorenka?«

»Er deklamiert nachts deine Worte.«

Das war eine Lüge, aber sollte Marko sagen: Er muß sich jede zweite Nacht mit der Dussowa herumschlagen? Noch wußte Dunja nicht, daß es Marianka überhaupt im Männerlager gab . . . die Nachrichten, die von Lager zu Lager auf vielen geheimnisvollen Kanälen hin und her wanderten, beschäftigten sich mit anderen Dingen. Außerdem waren es Nachrichten für Sträflinge, nicht für Ärzte und Wachpersonal. Persönliche Meldungen wurden ausgetauscht, Grüße bestellt, Neuankömmlinge berichteten von Bekannten in anderen Lagern, Frauen erfuhren, wo ihre Männer jetzt lebten, und Männer hörten nach Monaten zum erstenmal von ihren Frauen, den Kindern, den Eltern, ihrem Heimatdorf. Workuta lag am Ende der Welt, aber die Welt sickerte zu ihm durch.

»Ich habe einen Brief für ihn«, sagte Dunja. Sie griff zwischen ihre Brüste, das beste Versteck, wenn man vom Zwischenraum der Schenkel absieht, aber dort hindert es beim Gehen.

»Auch ich habe einen.« Marko gab ihn ihr, sie riß das Kuvert auf, überflog die Zeilen und weinte vor Freude.

»Wir sind fotografiert worden«, sagte sie darauf. »Leider gab es nur ein Bild. Ich wollte Igorenka eins zu Weihnachten schenken, aber der Fotograf blieb hart. Mein eigenes Bild kann ich nicht schicken . . . Dobronin verlangt, daß es jeder mit sich herumträgt in seiner Identitätskarte. Ich habe dem Fotografen alles geboten, was ich bekommen konnte. Ein frecher, arroganter Mensch. Weißt du, was er verlangte?«

»Drei Pfund Fleisch«, sagte Marko.

»Ja!« Dunjas Kopf zuckte hoch. Vor Erstaunen waren ihre blauen tränennassen Augen groß. »Woher weißt du das?«

Marko griff in die Tasche und zog die Postkarte heraus. »Hier ist es, Dunjuschka. Es gibt immer wieder Leute, die drei Pfund Fleisch besorgen können. Der Teufel hole diese verdammten Schieber –«

»O Marko, Marko.« Dunja drückte das Bild an sich, umarmte dann den Zwerg und küßte ihn. »Wenn es einen Gott in einem siebten Himmel gibt, darfst du einmal zu seinen Füßen sitzen.«

Mit einem neuen Brief, in dem das Bild stak, kehrte Marko ins Männerlager zurück.

»Jetzt bin ich bei dir . . .«, hatte Dunja hinter das Foto geschrieben . . . »immer, immer bei dir . . . Igorenka, es gibt keine Trennung mehr.«

Es war das erstemal, daß Godunow einen Brief unterschlug. Er gab ihn bei Pjetkin nicht ab. Er wartete damit bis Weihnachten . . . und das war in fünf Tagen.

SECHSUNDDREISSIGSTES KAPITEL

Jedes Jahr wiederholte sich das gleiche: In den Baracken brannten Kerzen, hingen geschmückte Tannenzweige, sangen die Häftlinge fromme Lieder.

Weihnachten.

Die Kommandanten wechselten, die Wachmannschaften, die Lagerleitung, die Kapos, die Natschalniks . . . das Unbegreifliche aber blieb und wurde letztlich geduldet, weil es keine Macht gab, es zu brechen: das Gefühl der Menschen, an einem einzigen Tag ganz im Frieden aufzugehen. Ganz gleich, wo man gerade war, in einem Dorf in der Ukraine, am vereisten Ob, in einer Berghütte in Grusinien, in den Sümpfen oder an den Ufern des Don, in einer Kohlengrube oder auf dem flachen Tisch der Steppe oder hier, in Workuta, dem Sammelplatz der toten Seelen – es gab einen Tag, der aus dem Urgrund auftauchte und herrlich in den Himmel wuchs als ein Wunder innerer Ruhe:

Weihnachten.

Es war erstaunlich, was im Laufe eines Jahres alles gesammelt worden war, um diesen Tag zu schmücken. Stanniolpapier, buntes Einwickelpapier, Farbreste, mit denen man Schnitzereien anmalte, bunte Bänder, Girlanden aus auseinandergerupften Papiersäcken, eingefärbte Lumpen, geflochtenes Stroh, getrocknete Sommerblumen . . . aus hundert Verstecken tauchten die Kostbarkeiten plötzlich auf, die kahlen, stinkenden Innenräume der Baracken verwandelten sich zu Festsälen, in den Augen der Sträflinge glühte eine gefährliche Freude auf, gefährlich deswegen, weil die Barackenkapos zunächst das Schmücken verboten, die ersten Girlanden herunterrissen und dann mit weichen Knien erleben mußten, daß selbst ihre Freunde, die Blatnyje, die Schwerverbrecher, Diebe, Sexualtäter, Räuber und Totschläger sich um die mit Bändern, Stanniolkugeln und Watte geschmückten Tannenzweige setzten und zu singen begannen. Auch die Ssuki, die »Hündinnen«, die Vertrauensmänner des KGB, hielten sich zurück, merkten sich aber die Eifrigsten unter den Feiernden und schrieben alles auf, was sie sahen.

Was nutzte es? Weihnachten war stärker als die Angst im Nacken. Am Heiligen Abend lag ein Frieden über dem Lager, der alle ergriff. Nur im Frauenlager arbeitete die Wäscherei weiter, mit halber Besetzung, aber die Laugen dampften und die Kessel brodelten. Ein Symbol der Macht.

Dunja und die anderen Ärztinnen und Ärzte saßen im Kasino zusammen mit den Offizieren und tranken Krimwein und Wodka. Von Weihnachten sprach keiner, dieses Wort war gestorben ... aber diesem unausweichlichen dunklen Drang folgend, waren sie alle zusammengekommen und hockten ziemlich versonnen vor ihren Gläsern. Dobronin nannte es »Kollektive Geselligkeit«, aber der einzige, der nicht ein heimliches feierliches Gefühl spürte, war Dr. Wyntok, dieser rohe, hemmungslose Mensch. Laut erzählte er Unterleibswitze, lachte am meisten darüber und schwieg erst, als Dobronin mit düsterer Miene sagte: »Nikolai Michailowitsch, halten Sie endlich das Maul. Sie bespritzen uns alle mit Ihrer geistigen Onanie ...«

Es war der junge Dr. Kutjukow, der seine Balalaika auf den Schoß nahm und die Sehnsucht greifbar in das Kasino und die Herzen holte. Er spielte längst vergessene Volkslieder, und plötzlich roch man die aufgebrochenen Felder, die Blüten der Birken, den süßen Duft des Steinklees, das Schilf am Flußufer ... man sah die wogenden Felder von Sonnenblumen und Mais, die unendlichen Wälder der Taiga, das wogende Blumenmeer der Steppe unter der Junisonne, die Schilfdächer der Häuser am Don, den violetten Dunst am Morgen, wenn die Sonne den glitzernden Tau aus den Steppengräsern trank, die brausende Weite der sibirischen Ströme und die felsige Einsamkeit des Ural ...

»Spielen Sie weiter, Andron Fjodorowitsch«, sagte Dobronin, als Dr. Kutjukow sich über die Balalaika beugte und schwer atmend aufhörte. Er kämpfte mit den Tränen und dachte an seine Mutter, die jetzt allein vor der »schönen Ecke« kniete, das ewige Licht und die Ikone anstarrte und für ihren fernen Jungen betete. »Verdammt, kennen Sie das Lied vom Einsamen Reiter?«

»Ja, Genosse Chefarzt.«

»Dann singen Sie es.«

Kutjukow griff in die Saiten. Dann sang er. Seine Stimme war jungenhaft hell, wie aus einem Knabenchor der Meßsänger entnommen, und sie ging so zu Herzen, wühlte so wild die Erinnerungen auf, daß Dobronin seine Haltung vergaß und beide Hände über sein Gesicht legte.

Wie weit lag das zurück, und was war in der Zwischenzeit aus einem geworden?

Kommandant in Workuta ... Arzt in Workuta ... Lagerverwalter in Workuta ...

Workuta!

Ein Wort, das sie alle an diesem Abend haßten, ohne Ausnahme ... selbst Dr. Wyntok kam sich elend vor und besoff sich.

In der Nacht stand Dunja wieder am Fenster ihres Zimmers und dachte an Pjetkin.

Igor hatte ihr durch Marko ein Geschenk geschickt: ein Herz aus der borkigen Rinde einer Birke. Er hatte es selbst geschnitzt, ungelenk, mit einem Skalpell, verunglückt in der Form, eine Mißgeburt von einem Herz ... aber für Dunja war es die schönste Schnitzerei, nicht vergleichbar mit allen Meisterwerken. Igor schrieb dazu: »Es ist ein Rindenstück von einer Birke. Erinnerst Du Dich an die Nacht, als wir am Amur in einer Birkengruppe lagen und voller Pläne steckten? – Daran soll Dich dieses Birkenherz erinnern ... Erinnerung, das ist das einzige, was ich Dir schenken kann ...«

Dunja stand in der Dunkelheit, das Rindenstück in den Händen, und verschmolz in Gedanken mit Igor. Es war eine Hingabe ohne Beispiel, eine stumme, regungslose Ekstase.

Es war Wyntok, der sie störte. Total betrunken schwankte er über den Platz, drehte sich zweimal um sich selbst und blieb dann unter dem Fenster von Dunjas Zimmer stehen. Er schien zu überlegen, kratzte sich die Adlernase und musterte den offenen Holzladen.

Dr. Wyntok schwankte hin und her. Er stolperte bis zur Hauswand, lehnte sich dort dagegen, genau unter Dunjas Fenster, und rauchte eine Zigarette. Sie hörte das Scharren seiner Stiefel und das Kratzen seines Körpers an der doppelten Holzwand. Bereit, ihm den Schädel einzuschlagen, stand Dunja seitlich des Fensters im Dunkeln.

Aber Wyntok besann sich anders. Er schaukelte weiter, hinüber zum Lazarett. Ein plötzlicher Windstoß verbarg ihn hinter einer Schneewand. Als sie zusammenfiel, war niemand mehr auf dem leeren Platz.

Weihnachten.

In der Wäscherei zischten die Dampfkessel.

Marianka Dussowa hatte Pjetkin reichlich beschenkt. Einen seidenen Schlafanzug mit goldenen Streifen auf schwarzem Grund bekam er, ein Paar bestickte Pantoffeln aus Kasan und eine silberne Armbanduhr mit einem Lederband.

Die Bescherung fand in ihrem Zimmer statt, nachdem alle Stationen im Krankenhaus in der Art einer Chefvisite durchgegangen worden waren. Überall, wo die Dussowa kontrolliert hatte, atmete man auf und holte die geschmückten Zweige aus den Verstecken. Jetzt kam sie nicht wieder, man hatte endlich Ruhe vor dem schwarzen Teufelchen. Weihnachten konnte beginnen. So kamen auch die Kranken zu ihrer Heiligen Nacht, lagen in den Betten, saßen auf der Kante oder hockten auf den Fensterbänken. Zu aller Verblüffung ging ein Mann von Zimmer zu Zimmer, gestützt auf zwei andere Kranke, denn er hatte den linken Fuß amputiert bekommen, im Steinbruch wurde er ihm abgequetscht vom nachrollenden Gestein, und dieser dürre, ausgezehrte, armselige, kraftlose Mensch mit seinem Beinstumpf erschien in jeder Tür, verkündete die Geburt Christi und segnete alle.

Ein Pope ... am Fest der Liebe gab er sich zu erkennen.

In ihrem Zimmer hatte die Dussowa die Geschenke aufgebaut. Pjetkin hatte für sie nichts ... er kehrte die leeren Handflächen nach oben und sagte bitter:

»Das ist alles, Marianka, was ich dir bieten kann.«

»Du bist da ... und jede Nacht ist für mich eine heilige. Komm her, Igoruschka, sieh dir die Geschenke an. Komm her! Ich habe in Moskau meine ganzen Beziehungen mobilisiert, um es heranzuschaffen.«

Sie zog ihn zu dem geschmückten Tisch, sie benahm sich wie ein junges Mädchen, übermütig und in der Freude überdreht, hielt ihm den Schlafanzug an, zwang ihn unter Küssen, seine Schuhe auszuziehen und in die gestickten Pantoffeln zu schlüpfen. Er mußte die Uhr umlegen und sagen, wie sie tickte, dann rannte sie nebenan in eine Art Kleiderkammer, holte ein Tablett mit kaltem Braten, Demidow-Salat, Zwiebelkartoffeln und einer Bauern-Grießtorte, entkorkte eine Flasche grusinischen Wein und ließ sich glücklich in ihren Korbsessel fallen.

»Freust du dich, Igorenka?« fragte sie. Ihr Gesicht glänzte. Es war erdrückend schön in dieser wilden Lust aus Freude und Liebe. Sie streckte die Beine von sich und breitete die Arme aus. Lange, weiche Stiefel trug sie, in die sie die seidenen dunkelblauen Pluderhosen gestopft hatte. Eine rote, glänzende Bluse bedeckte die Brüste. Darüber fielen die langen schwarzen Haare wie ein Schal. Ein Weib aus Himmel und Feuer ... wer nicht den Atem verlor, war kein Mann.

»Ich bin hilflos vor diesen Überraschungen.«

»Komm her, mein Liebling ... iß, trink, nimm dir alles ... es gehört dir allein ... Komm her. Küß mich!«

Sie strampelte mit den Beinen, umarmte seinen Nacken, riß ihn zu sich hinunter, hing sich an ihn und empfand seine Küsse, so oberflächlich sie waren, wie glühende Feuerstöße.

Pjetkin ließ die Liebe Mariankas über sich rauschen wie ein Wasserfall, aber während sie ihn herzte und küßte, dachte er an Marko und an seine stereotype Antwort: »Nein. Kein Brief von Dunja. Ich habe sie nicht treffen können. Sie operierte.« Und als er wütend wurde, zog Marko ein schrecklich unglückliches Gesicht und erklärte: »Ich habe im Frauenlager nur einen Aufenthalt von einer Stunde. Glaubst du, die Fahrer warten meinetwegen im Schnee? Sollten wir nicht glücklich sein, überhaupt diesen Trick gefunden zu haben?«

Pjetkin gab ihm recht, umarmte ihn und sagte: »Ich bin nervös, Marko. Die Unruhe frißt mich auf. Ist es möglich, daß man Dunja versetzt hat? Du mußt es herausbekommen, sonst setzt mein Herz aus.«

Nun war Weihnachten, und Dunja blieb verschwunden hinter den hölzernen Palisaden des Lagers.

»Wir müssen zum Oberst«, sagte er, als Marianka begann, ihn mit flinken Fingern auszuziehen. Er sprang auf, streifte die Schlafanzugjacke ab und wühlte sich in die dicke Steppjacke, die Marianka schon vor Wochen gegen die dürftige Fofaika eingetauscht hatte, die er damals von der Kleiderkammer erhalten hatte. »Er hat uns eingeladen. Wir dürfen ihn nicht beleidigen.«

»Zum Teufel mit allen!« schrie sie und riß ihren Pelzmantel vom Haken. »Wann gehören wir uns endlich allein?« Sie trank ihren Wein aus, hob das Glas hoch über ihren Kopf und warf es dann gegen die Wand. »Das ist mein einziger Weihnachtswunsch: die Welt möge nur aus dir und mir bestehen!«

Die Feier in der Kommandantur dauerte bis tief in die Nacht. Marianka Jefimowna war betrunken, als Pjetkin sie auf ihr Zimmer brachte, von jener fröhlichen Trunkenheit, die kindisch macht.

»Zieh mich aus«, sagte die Dussowa. »Küß mich und deck mich zu. Mein kleiner Liebling ... dein Gesicht ist wie eine dünne Wolke ... Ich liebe die Wolken über den Wäldern und Flüssen ...«

Pjetkin zog sie aus, deckte sie zu, küßte sie und verließ ihr Zimmer. Als er in sein Zimmer kam, blieb er an der Tür stehen, als sei er gegen eine Wand gelaufen.

Auf dem Tisch brannten zwei Kerzen, und zwischen den Kerzen lächelte ihn Dunja an.

Pjetkin stieß einen dumpfen Laut aus, wie ein Bär, den ein tödlicher Stich trifft. Er stürzte an den Tisch, fiel auf die Knie, riß das Foto an sich und drückte es an sein Gesicht.

»Dunjuschka ...«, stammelte er. »Dunjuschka, du bist zu mir gekommen. O Himmel, Himmel, ich überlebe es nicht ...«

Er schwankte zum Bett, fiel der Länge nach auf ihm hin, vergrub das Bild Dunjas unter sich und weinte, wie er noch nie in seinem Leben geweint hatte.

SIEBENUNDDREISSIGSTES KAPITEL

Am nächsten Tag erschien Marko Borissowitsch, um Pjetkin einen saftigen Weihnachtsbraten zu bringen. Stolz ging er durch das Lazarett, denn Leutnant Zablinsky hatte ihm eine Hundefelljacke und ein Paar Filzstiefel geschenkt. Marko revanchierte sich mit zwei dicken Leberwürsten.

Pjetkin empfing Marko mit düsterem Blick. Abwehrend betrachtete er ein flaches ledernes Etui, das Marko ihm brachte und das aussah wie eine Bildhülle.

»Ich habe es eigenhändig genäht«, sagte Godunow. »Genau das Maß. Postkartengröße. Du kannst es an einem Bändchen um den Hals hängen.«

»Spricht hier jemand im Zimmer?« Pjetkin blickte sich suchend um. »Da war doch eine Stimme –«

»Söhnchen«, sagte Marko traurig. »Sei nicht böse, daß ich dich vor Weihnachten belogen habe. Ich wollte dich überraschen. Ein wirkliches Fest sollte es für dich sein ...«

»Wer hat Dunja fotografiert?«

»Ein Wanderfotograf. Das Bild hat mich drei Pfund Fleisch gekostet. Sieht sie nicht wie ein Engel aus, unsere Dunjuschka? Oberärztin ist sie drüben im Frauenlager. Endlich hat der Nichtskönner von Dobronin sie an die richtige Stelle gesetzt. Sie leitet die chirurgische Abteilung, und du solltest einmal sehen, was sie alles macht! So zart wie ein Täubchen, aber in den Händen so kräftig wie ein Mann. Die anderen Ärzte stehen um sie herum und bestaunen sie. Sie schneidet Bäuche auf, Brustkörbe und Nierenbecken. Dobronin sitzt jeden Tag stöhnend an seinem Schreibtisch und stellt Listen zusammen, die Dunja verlangt: Neue Medikamente, moderne chirurgische Bestecke, einen neuen Narkose- und Beatmungsapparat, sogar einen Defibrillator hat sie angefordert. – Betrachte ihr Foto genau ... sie ist voll Kraft und Hoffnung, unsere Dunjenka.«

Pjetkin holte unter der Matratze das Foto hervor. Es war der einzige Ort, wo es sicher vor Marianka Dussowa war. Wie eine geheiligte Ikone trug er es zum Fenster und betrachtete es.

»Wie ihre Augen leben ...«, sagte er leise. »Sie sprechen zu mir.«

Marko wischte sich über die Augen. »Ich habe Dunja nie so schön gesehen wie auf diesem Bild.«

»Sie ist schöner, viel schöner! Ihre Augen können, wenn sie glücklich ist, ein Teil des Himmels sein ...«

Pjetkin nahm das lederne Etui vom Tisch, schob das Foto hinein, und die Hülle paßte genau, wie Marko gesagt hatte. Er öffnete sein Hemd, band das Mäppchen um den Hals und drückte es auf die nackte Brust. Dann knöpfte er das Hemd wieder zu und zog den weißen Arztkittel darüber.

»Es war eine gute Idee, Marko. Ich werde Dunja nie mehr allein lassen.«

»Und wenn die Dussowa, dieser feurige Satan, dich auszieht?« Marko schielte zu Pjetkin hinauf und wunderte sich nicht, daß Igor verlegen wurde und im Zimmer hin und her ging. »Wie ist's mit ihr?«

»Wenn sie will, kommt sie zu mir und vergewaltigt mich«, sagte Igor dumpf.

»Und glaubt, daß du sie liebst?«

»So ist es.«

»Und du hast Macht über sie, nicht wahr? Sie schmilzt unter deinen Händen wie Kerzentalg.«

»Sie macht es wie Dobronin. Sie fordert von der zentralen ärztlichen Beschaffungsstelle alles an, was ich verlange.« Pjetkin lächelte schief. »Ich habe bereits einen Defibrillator und ein neues Röntgengerät. Es ist fast ein Wunder. Keine Rückfragen, keine Ablehnungen, keine Verzögerungen – wir bestellen es, und beim nächsten Materialtransport sind die Kisten dabei.«

Auf dem Rückweg von Pjetkin zur Fleischerei trat das ein, was längst fällig war: Marko stieß mit der Dussowa zusammen. Sie rannte aus einem Verbandsraum und blieb wie von einem Schlag getroffen stehen, als sie den Zwerg fröhlich den Gang herunterkommen sah.

»Ich hätte es mir denken können«, sagte sie mit ihrer dunklen

Stimme, in der man die Taiga rauschen hörte. »Wo Igor ist, winselt auch sein Hofhund.«

Die Dussowa sah Marko mit verkniffenen Augen an, und das war ein Gefahrenzeichen. Sie fragte auch nicht nach dem Logischsten: Woher weißt du, daß ich hier in Workuta bin? Wie bist du ins Lager gekommen? Mit welchen unverschämten Lügen lebst du hier gesund und fröhlich unter den toten Seelen? Nein, sie zog nur die schönen, vollen Lippen zusammen zu einem Strich und sagte:

»Wenn ich dich noch einmal treffe, wirst du wie Ungeziefer behandelt. Hinaus, du Rotzfleck!«

»Welchen Irrweg die Liebe geht«, sagte Marko und schob sich an der Dussowa vorbei. Dann beeilte er sich, aus ihren Augen zu kommen. Zu allem ist sie fähig, dachte er und rannte davon. Ihr Satansgehirn ist voller Bosheit. Ich muß mit Jewronek sprechen, wenn sie wirklich nachforscht, wo ich im Lager arbeite.

In Gedanken ging Marko Borissowitsch über den großen Appellplatz zu den Verwaltungsbaracken. Er wußte nicht, daß die Dussowa ihn vom Fenster der Apotheke beobachtete, den Kopf gesenkt, die Stirn in Falten, sehr nachdenklich und ertrinkend in langsam aufsteigender Angst.

Er ist nicht zufällig hier, das wußte sie. Er ist Pjetkins Auge und Ohr, Hand und Sprache nach draußen. Er ist Pjetkins verlängerter Körper ... so hoch die Zäune auch sind, durch Marko lebte Igor in der Freiheit.

Dunja! War Marko die Brücke zum Frauenlager? Pendelte er hin und her, eine Biene, die den Honig der Liebe von Lager zu Lager trägt?

Marianka Dussowa schlug die Fäuste gegeneinander, warf den Kopf in den Nacken und ging mit ihrem festen Schritt durch das Krankenhaus. Wer sie von weitem kommen sah, verschwand sofort im nächsten Zimmer. Jeder kannte diesen Gang, das Dröhnen ihrer langen Stiefel. Ihr jetzt zu begegnen war ein Schicksalsschlag.

Sie ging zum OP I, wo Pjetkin gerade einen Nierenstein entfernte. Alle Köpfe fuhren herum, als die Tür klappte. Pjetkin hob abwehrend die Hand.

»Sie sind nicht steril, Marianka Jefimowna!« rief er.

»Wie oft soll ich Ihnen sagen, daß ich immer steril bin?« schrie sie zurück. »Kommen Sie heraus, Pjetkin, ich habe mit Ihnen zu reden!«

»Ich operiere.«

»Den dämlichen Nierenstein kann Dr. Tarrasow weitermachen.«

Dr. Tarrasow, ein junger Arzt aus Kiew, zuckte zusammen und

starrte Pjetkin hilfesuchend an. Er hatte noch nie selbständig operiert. Der Nierenstein flößte ihm Angst ein. Das offene Nierenbecken, die bereits gespaltene Niere, die vielen Klemmen und Ligaturen ... er stand davor wie ein Bauer vor einem zerrissenen Computer.

»Tarrasow kann das nicht«, sagte Pjetkin ruhig. »In einer halben Stunde stehe ich zur Verfügung, Marianka Jefimowna.«

»Jetzt!« schrie sie. Ihr Gesicht glühte. »Was kümmert mich Tarrasow? Ich rede *jetzt* mit Ihnen, Igor Antonowitsch!«

Pjetkin legte die lange, gebogene Zange weg, mit der er den Nierenstein herausholen wollte. Ihm gegenüber stand, gebeugt über die Operationswunde, die junge Ärztin Dr. Pladunewja. Ein häßliches Mädchen mit stumpfen, braunen Haaren und einem viel zu großen Mund. Aber sie hatte eine Seele und sah Pjetkin oft stumm und dankbar an, wenn er wieder einen Menschen gerettet hatte.

»Machen Sie weiter, Wanda Nikolajewna«, sagte er. »Sie können es, ich weiß es. Nur Mut. Sie schaffen es ...«

Er trat vom Tisch zurück, riß die Gummischürze ab, wischte sich den Schweiß von der Stirn, warf die Gummihandschuhe in einen Eimer und ging dann an der finster blickenden Dussowa vorbei aus dem OP. Sie folgte ihm und knirschte mit den Zähnen, als er sich zu ihrem Zimmer wandte und nicht zu seinem Wohnraum.

»Ich bin bereit, Genossin Chefärztin«, sagte er steif, als sie allein im Raum waren. »Sie haben hier zu befehlen, auch wenn ein Mensch dabei in Lebensgefahr kommt. Reden Sie mit mir.«

»Ich bin in Lebensgefahr!« schrie die Dussowa. Ihr Körper, den die Natur aus einem Traum geschaffen haben mußte, bebte.

»Ich habe Marko gesehen!«

Pjetkin spürte eisige Ruhe in sein Herz fallen. »Ja, er ist hier«, sagte er gleichgültig.

»Du hast ihn nie erwähnt.«

»Warum? Ist er so wichtig?«

»Er bringt dir Nachrichten von Dunja –«

»Wie könnte er das? Dunja ist doch versetzt nach Omsk.«

»Ist sie das?«

»Du hast es selbst gesagt.« Pjetkin lächelte böse. »Oder hast du gelogen, Marianka?«

»Sie ist weg! Weg! In der Hölle! Igorenka –« Sie stürzte auf ihn und umklammerte seinen Nacken. Ihr Mund war aufgebrochen wie ein Vulkan. »Ich töte uns beide, wenn du dich weiter um Dunja kümmerst. Ich erfahre es ... glaub nicht, daß du ein Geheimnis behalten kannst. Ich lese es an deinen Augen ab, ich höre es in deinem

Atem, ich spüre es am Streicheln deiner Hände ... Aber ich werde die Gefahr abschneiden, ganz einfach abschneiden wie einen morschen Faden«, sagte sie leise und dunkel. »Ich werde Marko Borissowitsch vernichten ... und du kannst es nicht verhindern, mein niederträchtiger Liebling –«

Sie rannte aus dem Zimmer, ehe Pjetkin antworten konnte. Mit einem dumpfen Laut stürzte er ihr nach und lief hinter ihr über den Gang. Die Angst um Marko schnürte ihm die Luft ab.

Nicht Godunow war es, der ins Gras beißen mußte, sondern der große, hakennasige und weiberjagende Dr. Wyntok. Er lag eines Morgens tot in einer Schneelache, seine Hirnschale war eingedrückt, und er sah nicht mehr begehrenswert aus, sondern blutverschmiert, dreckig und hatte ein Gesicht, das im Schmerz verzerrt war. Ausgerechnet Skopeljeff fand ihn ... er stieß einen hellen Entsetzensschrei aus, machte einen Luftsprung und rannte dann davon.

Schon zwei Stunden später nahm eine Sonderkommission die Arbeit auf.

Dobronin übernahm es, die Todesursache Wyntoks festzustellen. Nachdem man den Toten von allen Seiten fotografiert hatte, wurde der Platz abgesperrt und der lange Leichnam ins Lazarett transportiert. Dort scharten sich sämtliche Ärzte um Wyntok, schauten ihm in das verzerrte Gesicht und empfanden keinerlei Mitleid.

»Fangen wir an«, sagte Dobronin und warf Dunja eine Gummischürze zu. Sie fing sie auf und hing sie sich mit starrer Miene um. Kutjukow band sie hinten zu und half ihr die Gummihandschuhe überstreifen. »Dunja Dimitrowna, Sie haben die besten Nerven. Sie haben dem lebenden Nikolai Michailowitsch widerstanden ... da werden Sie vor dem toten keine Angst haben.«

Dobronin wusch den blutverkrusteten Schädel, und das Bild wurde klar. Die Hirnschale war eingeschlagen, als sei ein Felsblock mitten auf Wyntoks Kopf gefallen.

»Welch ein Schlag!« sagte Dobronin entsetzt. »Der Mörder muß eine Eisenstange benutzt haben ...«

»Eine einfache Holzlatte.« Dunja zog aus den Haaren einige Splitter und hielt sie hoch. »Beim Zuschlagen muß die Latte zersplittert sein.«

»Kann man mit einer Latte einen Menschen wie Wyntok erschlagen?« Dobronin starrte die Holzteilchen an, als seien es ungeschliffene Diamanten. »Er hatte doch eine ganz normale Schädeldecke. Er war doch kein Ei, das man einfach mit einem Löffelchen aufklopfen kann.«

»Wenn man die Latte dreht und mit der Kante schlägt . . .«

»Das ist es!« Dobronin setzte sich auf einen Hocker neben dem OP-Tisch. »Dunja Dimitrowna, Sie haben eine erstaunliche Kenntnis, wie man einen Menschen tötet.«

»Wir haben am Amur, wenn im Winter die Wölfe aus der Taiga schlichen, die Bestien mit solchen Latten erschlagen. Wir hätten sie schießen können, aber die Munition war zu wertvoll. Was für einen Wolf gut ist, genügt auch für einen Wyntok.«

»Lobet die Frauen, denn ihre Seelen sind empfindsam . . .«, sagte Dobronin feierlich. »Ich bin ein Großstadtkind und kenne einen Wolf nur aus dem Zoo. Was für Menschen seid ihr bloß in Sibirien! Da liegt der arme Wyntok, das Hirn sickert ihm aus dem Kopf, und ein zartes Mädchen erzählt ganz ruhig, wie man Wölfe und Menschen umbringen kann.«

Dobronin deckte Wyntok, nachdem er ihn seziert hatte, mit einem Bettuch zu und ließ ihn auf dem OP-Tisch liegen, sosehr Dunja auch protestierte. »Das ist eine Schweinerei«, rief sie. »Ein OP-Tisch ist kein Leichenlager! Außerdem brauche ich ihn um 10 Uhr. Ich habe eine Galle auf dem Programm.«

»Eine Schweinerei ist, daß man mitten unter uns einen Kollegen ermordet!« schrie Dobronin zurück. »Und Ihre Gallensteine können auch bis morgen im Bauch klimpern! Wissen Sie überhaupt, was jetzt passiert? Die Sonderkommission aus Perm landet mit einem Düsenjäger in einer halben Stunde. Natürlich ist Moskau längst verständigt. Wir werden hier keine ruhige Minute mehr haben. O Himmel –« Dobronin starrte Dunja an. »Haben Sie nicht in Irkutsk mit einer Latte einen Arzt erschlagen?«

»Mit einer Flasche, Genosse. Aber er lebt noch.«

»Durch Zufall. Er ist gelähmt.« Dobronin schnaufte laut durch die Nase. »Ob Flasche oder Latte . . . hier tauchen Parallelen auf. Dunja Dimitrowna, ist Ihnen Wyntok heute morgen zu nahe getreten?«

»Nein.«

»Wo waren Sie, als Wyntok erschlagen wurde?«

»In der Banja.«

»Mein Gott! Dreißig Meter von der Banja hat man Wyntok gefunden!«

»Ein Zufall.«

»Erklären Sie das mal der Sonderkommission aus Perm!«

»Da gibt es keine Erklärungen. Anna Stepanowna war mit mir in der Banja.«

»Das stimmt.« Die dralle Ärztin mit dem Bauerngesicht trat aus dem Kreis der weißen Kittel hervor. »Wir lagen nebeneinander in den Kübeln. Wir sind zusammen hineingegangen und haben die Banja zusammen verlassen.«

»Und habt Wyntok nicht im Schnee liegen sehen?«

»Der Weg zum Krankenhaus liegt zur anderen Seite, Genosse Chefarzt.«

Dobronin raufte sich die Haare. Das Telefon im OP schlug an. Dr. Kutjukow nahm den Hörer ab.

»Die Sonderkommission ist gelandet«, sagte er.

»Danke, Andron Fjodorowitsch.« Dobronin wischte sich mit einem Bauchtuch die Stirn. Er war in seine Verzweiflung geschlüpft wie in einen zu weiten Anzug. »Dunja Dimitrowna, Sie haben Erfahrung darin ... kann ihn eine Frau erschlagen haben? Seine Weibergeschichten sind zahllos. War's eine Eifersuchtstat?«

»Warum nicht?« Dunja band ihre Gummischürze wieder ab. »Es gab genug Frauen, die ihm den Tod wünschten. Und jede hatte die Möglichkeit, an eine Latte zu kommen. Auch die Sonderkommission wird sich verirren. Man wird den Mörder nie finden, glaube ich ...«

Die Sonderkommission untersuchte zehn Tage lang den geheimnisvollen Tod des Dr. Wyntok. Sie verhörte siebenundsechzig Frauen, bis der Leiter der Kommission, ein Genosse Buraschewski, stöhnend die Protokollakten zuklappte.

»Er muß ein Hirsch gewesen sein, dieser Wyntok«, sagte er erschüttert. »Siebenundsechzig Weiber, und immer sind's noch nicht alle. Mit allen hat er gehurt! Bei neunzehn hat er abgetrieben. Wie hat er das nur geschafft? Woher nahm er die Potenz? Verdammt, ich schließe die Akten. Soll ich mir noch mal zehn Tage lang anhören, wie er im Bett geröhrt hat?«

Am elften Tag wurde Dr. Wyntok verbrannt. Man hatte bis dahin seine Leiche konserviert, indem man sie eine Nacht lang draußen im Frost liegen ließ und sie dann steif gefroren wie ein Brett im Magazin aufbahrte.

Nach drei Stunden brachten Dobronin und Dr. Kutjukow in einer Urne Wyntok zurück. »Das Beste war sein Gebiß«, sagte Dobronin und schüttelte die Urne. In ihrem Inneren klapperte es laut. »Das sind die Backenzähne, wahre Wildschweinhauer. Genossen ... laßt uns den lieben Kollegen würdig begraben –«

An diesem Tage besuchte Marko wieder Pjetkin. Er wußte nichts von der Absicht der Dussowa, ihn umzubringen. Damals hatte Pjetkin es noch verhindern können. Er hatte Marianka eingeholt, von hinten umfaßt und festgehalten. Und weil seine Hände genau auf ihren Brüsten lagen und sie drückten, wurde sie sanft, seufzte und legte den Kopf nach hinten.

»Komm –«, hatte er mit heiserer Stimme gesagt. »Sei wieder wie der Steppenwind ... Wir sollen uns nur in der Liebe zerfleischen ...«

Von da an begegnete Marko noch zweimal der Dussowa. Sie übersah ihn, ging an ihm vorbei, als sei er eine Luftblase, und als er einmal sagte: »Der Teufel grüße dich, Schwesterchen!«, spuckte sie ihm ins Gesicht. Das war nicht damenhaft, aber wirksam. Marko sprach sie nie wieder an.

An diesem Tage, an dem man Dr. Wyntok verbrannte bis auf seine Backenzähne, saß Marko bei Pjetkin im Zimmer und zeigte ihm seine Handflächen.

»Siehst du etwas?« fragte er finster.

Pjetkin betrachtete die Hände als Mediziner.

»Nein.«

»Ich habe sie jeden Tag gewaschen. Dreimal. In den ersten Tagen habe ich sie gescheuert mit Sand, bis die Haut durchgeschabt war. Jetzt müßten sie sauber sein.«

»Natürlich. Bist du verrückt, Marko?«

»Nein, Igorenka ... ein Mörder.« Marko blickte auf seine Hände, sie zitterten leicht. »Ich hätte es nie für möglich gehalten, aber ich habe mit diesen Händen einen Menschen getötet. Einen Dr. Wyntok. Er beobachtete Dunja in der Banja. Er sah ihr durchs Fenster zu, wie sie nackt dort herumsprang. Dann schlich er weg wie eine Katze.«

»Deine Hände sind sauber.« Pjetkin drückte Markos Arme herunter und hielt sie fest. Sie sahen sich an und dachten das gleiche. »Vergessen wir diesen Wyntok ... ich gebe dir Salbe für deine Hände, mein Väterchen –«

ACHTUNDDREISSIGSTES KAPITEL

Der Winter umklammerte das Land mit seinen frostigen Zangen. Es schneite, dann gefror der Schnee, wurde zu Eis, und darauf schneite es wieder, bis sich Schicht auf Schicht türmte, die Häuser auf dem flachen Land versanken, nur noch die qualmenden Schornsteine aus den weißen Massen ragten und die Schlitten über die Dächer fuhren, ohne es zu merken.

Manchmal waren es auch schöne Tage. Durch irgendein Wunder riß der bleigraue Himmel auf und die Sonne hing wie an einem Faden darüber. Dann glitzerte das Eis, leuchtete blau und violett, wurde durchsichtig wie Kristall und erinnerte an die zarte Haut einer rothaarigen Frau. Am Morgen lag ein Schimmer über der Tundra, als habe jemand Orangenlimonade verschüttet, am Mittag blendete es golden und am Abend zogen die Schatten nicht über den Himmel, sondern brachen aus dem Eis. Dann war das einsame, verfluchte, mit Leibern gepflasterte Land schön, man war versucht, über es hinweg zu wandern und zu singen ... aber dann folgte der nächste Tag, der Himmel war eine milchige Brühe, und aus ihr tropfte die weiße Vernichtung und begrub allen Zauber.

Wie das Wetter wechselten die Launen der Dussowa. Sie konnte an einem Tag die unmöglichsten Wünsche nach Moskau schreiben – zuletzt die Anforderung eines Bildwandlers, jenes mit einem Fernsehschirm gekoppelte Röntgengerät, unter dem man komplizierte Knochenbrüche reponieren und Nagelungen ausführen kann – am anderen Tag erschien sie bei den Selektionen und tippte mit ihrer gefürchteten Ledergerte auf die kahlgeschorenen Schädel oder über die bettelnd zu ihr erhobenen Augen und sagte ihr gnadenloses: »Arbeitsfähig! Arbeitsfähig!«

Zuerst war das nicht weiter schlimm. Die als gesund bezeichneten Elendsgestalten marschierten als geschlossener Block weg, umkreisten das Krankenhaus und stellten sich hinten, an einem Kellerausgang, an. Hier wurden sie von Pjetkin und zwei eingeweihten Pflegern einzeln in Empfang genommen, untersucht und zu den Baracken zurückgeschickt.

Innendienst.

Rettung für einen Tag.

Gott segne den neuen Doktor.

Das klappte vorzüglich, bis eine der »Hündinnen« Pjetkins Trick verriet. Die Dussowa schlug keinen Lärm ... aber sie marschierte bei der nächsten Selektion mit, und statt um das Krankenhaus trabten die Armen nun wirklich hinaus zur Arbeit. Am Kellereingang aber erschien allein die Dussowa und lachte dunkel.

»Untersuchen Sie mich, Igor Antonowitsch ...«, rief sie. »Auch Sie können mich nicht betrügen ...«

Später ließ auch das nach. Die Liebe machte Marianka sanft, und als es Mitte März war, glaubte sie Pjetkin, daß er Dunja vergessen hatte.

Das Foto entdeckte sie nicht. Pjetkin verbarg es in seinem alten, sicheren Versteck unter der Matratze. Es war für ihn ein merkwürdiges Gefühl, Marianka zu lieben und unter sich das Bild Dunjas zu wissen. Auf ihrem Gesicht wälzte sich Marianka, eroberte seinen Körper und verglühte in seinen Armen. Wenn sie dann gegangen war, ein Feuerstrahl des Glücks, holte er das lederne Etui unter der Matratze hervor, stellte das Foto auf den Tisch und setzte sich davor.

»Es ist kein Betrug, Dunjenka«, sagte er leise und streichelte über ihr Gesicht. »Die einen stehlen, um zu überleben, ich muß lieben. Versteh das . . . es ist nur der Körper, der mißbraucht wird . . .«

Und die Briefe gingen weiter hin und her. Marko war zu einem Bestandteil beider Lager geworden . . . man kontrollierte ihn nicht mehr, ja, man beachtete ihn nicht einmal, die Wachen schoben das Tor auf, die Offiziere grinsten ihm zu. Skopeljeff nahm ihn hin wie einen trüben Tag, nur die weiblichen Kapos im Lager sprachen Marko ab und zu an, winkten, blinzelten, grinsten, rieben die Brüste unter den groben Kitteln und flüsterten ihm zu: »Komm in eine Ecke, Väterchen. Auf die Schwelle . . . sei kein lahmer Bock! Du sollst nicht enttäuscht werden –«

Marko hatte seine liebe Not, die brennenden Weiber abzuwimmeln. Aber sie lauerten ihm auf, hoben im Schatten von Kistenstapeln oder Barackenwinkeln die Röcke und lockten ihn mit allem, was eine überhitzte Phantasie hervorbrachte.

Ein Mann! Und wenn er ein Zwerg war und häßlich wie eine Kröte . . . es war ein Mann. Er hatte das, wovon man seit Monaten träumte und was man nur als Holzschnitzerei nach langer Anmeldung geliehen bekam.

Jewronek wurde es langsam unheimlich. Er betrachtete Marko immer kritischer und kam zu keinen Entschlüssen. Eine Kommission – gut. Die bleibt ein paar Tage, und weg ist sie, um ihre langen Berichte zu schreiben. Das ist ihre Hauptaufgabe. Aktenfüllen . . . ein russischer Sport. Ein eingeschleuster Vertrauensmann . . . auch gut. Der bleibt einen Monat oder zwei – aber dann hat er alles gesehen, weiß alles, kann also berichten. Auch er muß schreiben . . . aber nie hat jemand Marko Borissowitsch vor einem Blatt Papier gesehen. Auch telefonierte er nicht. Wie also – frage ich euch, Genossen – bringt er seine Berichte aus dem Lager hinaus?

Jewronek hatte bereits das Zimmer Markos untersucht, während dieser im Frauenlager war. Er fand nichts, aber auch gar nichts . . . kein Funkgerät, keinen Plan, keine Adressen, keine Aufzeichnungen, keine schriftlichen Entwürfe, keine Notizen, nicht einmal die Aufstellung der »Schwundmengen« von Fleisch, und das wäre normal gewesen als heimlicher Kontrolleur. Man kann's verstehen: Marko wurde für Jewronek unheimlich. Jewronek schwankte mit seiner Meinung hin und her wie ein Halm im Wind. Entweder ist er ein ganz Gerissener, dieser Godunow, oder er ist ein genialer Betrüger. In beiden Fällen war Jewronek der Dumme. Eine Situation, in der es ihm unbehaglich wurde.

Er nahm sich vor, Marko Borissowitsch auf den Zahn zu fühlen. Mehr als zubeißen konnte er nicht.

Ein Ereignis, das über Workuta niederfiel wie ein Bergsturz, enthob Jewronek seines Planes und bohrte dafür panische Angst in sein Herz:

Eine Kommission aus Moskau hatte sich angesagt.

Der Lagerkommandant, der Oberst, berief sofort eine Sitzung ein, an der alle Offiziere, die Ärzte und die Natschalniks teilnahmen.

»Ein guter Freund hat mich angerufen«, sagte der Oberst und bemühte sich, nicht erregt zu sprechen. »Durch Zufall hat er's erfahren. Die Kommission soll überraschend kommen, unverhofft, ohne Grund. Wumm, ist sie da! Der Genosse Gesundheitsbeauftragter für die Lager kommt persönlich. Weiß der Teufel, was ihn nach Workuta treibt! Aber wir wissen es nun. Meine Damen und Herren –« der Oberst sprach plötzlich wie im zaristischen Kasino – »in zwei Tagen ist das Lager ein Musterbetrieb! Brauche ich mehr zu sagen?«

Jewronek schwankte zu seiner Fleischerei zurück und blickte Marko aus umflorten Augen an. Mußte das sein, Brüderchen, hieß dieser Blick. Jetzt wissen wir, was hier gespielt wurde.

Jewronek zog sich in sein Zimmer zurück und rechnete aus – so weit er es zurückverfolgen konnte – wieviel Kilo Fleisch verschwunden waren. Es ergab eine Zahl, die ihn schwindlig werden ließ. Das kann man nicht mehr erklären, dafür gibt es keine logischen Entschuldigungen . . . er sah es ein, kaute an beiden Daumen und kroch in sich zusammen vor Angst.

Im Lager wurden die Baracken geputzt, bis sie wie mit Speckschwarten eingerieben glänzten. Sogar drei Kolonnen der Außenkommandos blieben im Lager, und es begann der Irrsinn, der schon in Sergejewka zur Tagesordnung gehörte: Der Appellplatz wurde gesäubert, vom Schnee leergefegt, das Eis wurde abgehackt und mit Sand bestreut, bis es aussah wie eine Oase inmitten einer Nordpollandschaft.

Auch innerhalb der Sträflinge wurde ausgetauscht. Die Halbverhungerten, bettlägerig Kranken, die Dystrophiker, Furunkulösen und Lungenkranken, die lebenden Leichen mit ihren hohlen Augen, die so tief im Schädel lagen, daß man die Farbe ihrer Iris nicht mehr erkennen konnte, wurden »ausgelagert«. Lastwagen holten sie ab und fuhren sie wie einen Haufen Knochen nach Ust-Workuta in ein Außenlager.

Das Krankenhaus strahlte sauber wie eine Universitätsklinik. Es wurde zu einer Reklame für die rührende Fürsorge, mit der man in den Arbeits-Besserungslagern die Verurteilten betreute. Die Dussowa lief von Zimmer zu Zimmer, schrie, ohrfeigte die Krankenhelfer, fand überall noch Staub und Dreck, trat die Putzkolonnen in den Hintern und wütete so lange, bis selbst die Rückwände der Schränke blank gescheuert waren.

Einen Tag vor dem Besuch des Genossen Gesundheitsbeauftragten traf sogar der bestellte Bildwandler ein und wurde im OP I aufgebaut wie auf einer Ausstellung. Pjetkin, die anderen Ärzte und Marianka umstanden ihn und verstanden die Welt nicht mehr.

»Entweder ist das ein Irrtum oder in Moskau sitzt ein Irrer an der Verteilungsstelle«, sagte die Dussowa und sprach damit allen aus der Seele. »Einen Bildwandler haben selbst Großkliniken nicht ... aber wir hier in Workuta bekommen einen frei Haus. Pjetkin, können Sie mit dem Ding umgehen?« »Ja, Marianka Jefimowna. Ich habe in Kischinew mit ihm Oberschenkelhalsfrakturen genagelt. Es ist für einen Chirurgen ein fast unersetzbares Gerät, vor allem in der Unfallchirurgie.« Pjetkin demonstrierte es noch am Nachmittag, obgleich die Dussowa sich wehrte, den so sauberen OP wieder schmutzig werden zu lassen. Aus den Steinbrüchen brachte man einen Mann. Oberschenkelbruch, längs aufgespalten mit Absplitterungen.

»Ich werde jetzt den Bruch einrichten«, sagte Pjetkin, als der Verletzte unter der Apparatur lag. Früher mußte der Chirurg blind, nur auf das Gefühl seiner Finger angewiesen, diesen Bruch zusammenfügen und durch laufende Röntgenkontrollen hinterher feststellen, ob er geschickt genug gewesen war – und oft war das eine Glückssache. Ein Spiel mit geraden oder krummen Knochen. Jetzt sah man alles so klar, als habe man den Knochen offen vor sich ... Pjetkin begann, den Bruch zusammenzufügen, schob den gespaltenen Knochen genau an der Bruchstelle zusammen, schoß zur Sicherheit vier Drähte hindurch und gipste dann das Bein, immer noch unter dem Bildwandler, ein bis zur völligen Ruhestellung.

»Er wird kein Krüppel werden«, sagte er, als er das Gerät ausschaltete. »Sie wissen schon in Moskau, warum sie uns einen solchen Apparat schicken. Mit ihm erhalten wir dem Volke wertvolle Arbeitskraft.«

Die Ärzte klatschten Beifall, und dabei war es nur eine Routinearbeit gewesen, die Einrichtung eines Bruches, zu einfachen Handgriffen degradiert durch die moderne Technik.

»Alles raus jetzt!« kommandierte die Dussowa, nachdem der Verletzte weggefahren worden war. »Der OP muß glänzen! Der Genosse aus Moskau soll sehen, daß auch am Eismeer sowjetische Gründlichkeit herrscht.«

Am Abend war das Krankenhaus steril. Aus allen Zimmern quoll Desinfektionsgeruch. Die Kranken waren gewaschen und rasiert. Zum Abendessen wurde eine Kascha aus dicken Bohnen verteilt, sogar Fleischklumpen schwammen darin. Die Kranken freuten sich, nur die Dussowa rief wütend bei der Küche an.

»Idioten! Warum dicke Bohnen? Sollen sie alle furzen, während die Kommission durchs Haus geht? Gab es nichts anderes? Warum denkt die Mehrheit der Menschheit mit dem Arsch?«

Es war nichts mehr zu ändern. Die Dussowa schickte die Pfleger von Zimmer zu Zimmer und ließ die bittersten Strafen androhen, wenn beim Rundgang des Genossen aus Moskau jemand furzte. Die Kranken nickten vergnügt und lauschten nach innen.

Die große Frage, wer da aus Moskau kommt und wie er aussieht, ob er ein gemütlicher Beamter oder ein scharfer Karrierehund ist, wurde am nächsten Morgen beantwortet. Mit einem Sonderwagen, der dem Materialzug angekoppelt war, traf der mächtige Genosse ein. Da man ihn jetzt, drei Stunden vorher, offiziell angemeldet hatte, konnte der Oberst ihn auch offiziell am Bahnhof abholen. Mit aller schauspielerischen Begabung mimte er den völlig Überraschten . . . es fiel ihm auch nicht schwer, als er den Mann sah, der aus dem Sonderwagen kletterte.

Es gibt schöne Menschen (sogar hübsche), mittelmäßige, deren Gesicht man schnell wieder vergißt, und häßliche, die sich einem einprägen, weil Häßlichkeit merkwürdigerweise mehr fasziniert als Schönheit.

Der Mann in dem langen Pelzmantel, der jetzt in Workuta in den Schnee sprang, war die Urform der Häßlichkeit. Alles, was andere von der Natur wohldosiert in Einzelstücken mitbekommen hatten, trug er gesammelt an seinem Körper. Er war klein, schmächtig, krummbeinig, mit einem verkürzten linken Fuß; das Gesicht wirkte froschähnlich, ein breites Maul, das ewig zu grinsen schien, und darüber eine platte Nase, als habe seine Mutter ihn einmal beim Bügeln mit einem Hemd verwechselt und niedergeplättet. Der linke Arm ebenfalls verkürzt, kurzsichtig war der Genosse auch, er trug eine

Brille mit dicken geschliffenen Gläsern, bei deren Anblick einem Normalen schon die Augen tränten. Wie diese Brille auf der platten Nase Halt fand, war an sich bereits ein Problem.

Der Mann aus Moskau lächelte den Oberst an, nahm seine Mütze aus Fuchsfell ab und entblößte damit zwei riesige Ohren, rot und flach.

Er gab dem Oberst die Hand, begrüßte die anderen Offiziere und betrachtete die Dussowa, die als Chefarzt auch zum Bahnhof gekommen war, mit auffälligem Interesse. Er sagte wenig, nur: »Guten Morgen, Genossen. Ein leidlicher Tag. Die Fahrt war anstrengend, drei Weichen waren eingefroren, und wir hatten einen dummen Aufenthalt.« Dann stieg er in das Auto von Oberst Baranurian und fuhr zum Männerlager.

»Verzichten wir auf alle offiziellen Empfänge«, sagte er während der Fahrt. Seine Stimme war noch das beste an ihm, sie klang voll, befehlsgewohnt und erschreckend gesund. »Ich möchte einen ganz bestimmten Komplex besichtigen. In den Lagerlisten habe ich gelesen, daß bei Ihnen ein Dr. Pjetkin ist . . .« »Im Zentralkrankenhaus, ja.« Der Oberst starrte den Mann aus Moskau ungläubig an. »Deswegen kommen Sie, Genosse? Ist es eine Prüfung für eine Entlassung? Pjetkin hätte sie verdient. Sie kennen seine Akte?«

»Ich habe seinen Werdegang genau verfolgt.« Der Häßliche aus Moskau lehnte sich in den Polstern zurück. »Igor Antonowitsch hatte eine große Karriere vor sich. Wir wollen uns nachher intensiv mit ihm befassen.«

Oberst Baranurian schwieg eine Weile. Erst, als sie das große Lagertor vor sich im Schneenebel auftauchen sahen, empfand er es als seine Pflicht, das Gespräch wieder auf Pjetkin zu bringen.

»Igor Antonowitsch ist ein feiner Mensch«, sagte er. »Ein großer, lauterer Charakter.«

Der kleine Mann aus Moskau rieb sich die häßlichen, langen Ohren.

»Er hätte heute schon irgendwo an einer großen Klinik Chefarzt sein können«, sagte er und schnaufte merkwürdig. Das tat er schon, als er aus dem Sonderwagen des Zuges geklettert war, ein hohles, rasselndes Schnaufen, als habe er eine Kinderrassel verschluckt. Baranurian hatte es überhört . . . bei soviel Häßlichkeit kann sich solch ein Mann auch einen ungewöhnlichen Atem leisten. Jetzt, im engen Raum des Autos, fiel dieses Schnaufen doppelt unangenehm auf.

»Wissen Sie, daß Pjetkin kurz nach seinem Examen eine Arbeit über Pankreaspneumostratigraphie geschrieben hat?«

»Nein –«, antwortete Baranurian, von dem Namen allein tief beeindruckt. Er wußte nicht, was es war, aber es mußte etwas ganz Hervorragendes sein.

»Ein Genie, Genosse Oberst. Aber dennoch ein Rindvieh. Will unbedingt nach Deutschland.«

»Ich kenne seine Akte genau. Ein Sonderfall. Ich glaube, so etwas hat Moskau noch nicht zu entscheiden gehabt.«

»Aber wir werden entscheiden.«

»Davon bin ich überzeugt. Der Fall bedarf einer Klärung. Sagen Sie mir – unter uns, Genosse –: Ist Pjetkin nun Russe oder Deutscher?«

»Das kann man nicht mit Ja oder Nein beantworten.« Der häßliche Mensch tat einen lauten Schnaufer, faßte sich an die Brust, zuckte mit dem Kopf und lächelte dann wieder. »Verzeihen Sie ... eine dumme Erkältung. Ein Druck in der Brust, wie Blei auf der Lunge. Wen wundert's? Kann man sich schonen? Und dieses Wetter dazu! Immer diese Temperaturschwankungen: Im Büro überhitzt, da glühen die Öfen, dann hinaus in die Kälte, daß einem die Ohren abbrechen, dann wieder ins Büro, wo man in der Unterhose herumlaufen möchte ... ich frage Sie, wer hält das aus, ohne es auf der Brust zu bekommen?« Er rasselte wieder mit seinen Lungen und besann sich auf das Grundthema ihres Gespräches. Das Tor des inneren Lagerbereiches tauchte auf ... man sah den hohen Steinklotz des Krankenhauses und der Kommandantur.

»Pjetkin ... ja was ist er eigentlich? Darüber sind wir uns nicht einig. Als Mitglied der Akademie, das er werden kann, wäre er natürlich ein Russe, was sonst ... als Häftling, wenigstens solange, wie er hier bei Ihnen im Lager ist, möchten wir ihn als Deutschen ansehen.

Ein komplizierter Fall, wie Sie sehen. Deshalb möchte ich auch mit ihm sprechen. Allein, unter vier Augen. Stellen Sie mir Ihr Zimmer zur Verfügung, Genosse Oberst?«

»Welch eine Frage! Mir liegt das Schicksal Pjetkins sehr am Herzen.«

»Mitleid?«

»Nein. Kameradengeist. Sein Vater war mein Freund in Stalingrad.«

»Wie klein die Welt ist.« Der häßliche Mensch stieg aus dem Wagen. Er übersah die Häftlinge, die als Innendienstler Schnee kehrten, den Appellplatz fegten, eine sinnlose Arbeit, denn es schneite schon wieder. Das Lager war so sauber wie eine Sterilstation. An den Fenstern der Verwaltungen – Magazin, Werkstätten, Küche, Metzgerei, Garagen – standen die Natschalniks und beäugten den Besucher aus Moskau wie ein fremdes Tier. Jewronek schielte zu Marko, der neben ihm stand.

»Ihr Bruder, Genosse?« fragte er dumpf. Soviel Häßlichkeit im Doppel kann nur Verwandtschaft sein, dachte er.

»Ein Bekannter –«, sagte Marko vorsichtig. Man muß sich immer den Rücken frei halten. »Warum?«

»Er ist mir auf den ersten Blick sympathisch.« Jewronek steckte die Hände in seine Hosentaschen. »Wird er auch die Fleischerei besuchen?«

»Das weiß man nie. Ich werde ihn fragen.«

»Unser Schwundanteil ist katastrophal.«

»Ich weiß es.«

»Man sollte eine Erklärung dafür haben.«

»Keine Angst.« Marko lächelte breit. »Wenn es zu einer Kontrolle kommt, werde ich ihm einen Ochsen auseinandernehmen. Er wird sich wundern, wieviel man von einem Tier nicht fressen kann. Halten bloß Sie den Mund, Jewronek.«

Im Zimmer des Obersten Baranurian trank der Mann aus Moskau erst einmal zwei wasserhelle Wodkas und aß ein paar noch warme Piroggen mit Hühnerleber. Als er sich satt zurücklehnte und nach seinen Papyrossi griff, rasselten seine Lungen wieder. Er steckte die Zigaretten wieder ein und sagte mit bläulichem Gesicht: »Man soll nichts provozieren. Überschlagen wir das Rauchen. Wo ist Igor Antonowitsch?«

»Dr. Pjetkin wird schon geholt.«

»Weiß er, worum es sich handelt?«

»Nein.« Baranurian ließ die Wodkaflasche und zwei Gläser auf dem Tisch und ging langsam zur Tür. »Das Gespräch sollte Klarheit bringen.«

»Hoffen wir es. Unser Wille ist vorhanden.«

Der Oberst verließ sein Zimmer. Der Mann aus Moskau stieß sich aus seinem Sessel ab, ergriff die Flasche Wodka, entkorkte sie und setzte sie mit dem Hals an seine Lippen. Gierig trank er ein paar tiefe Züge, verkorkte sie dann wieder und stellte sie auf den Tisch zurück. Er hoffte, daß der merkwürdige Atem sich verflüchtigen würde, aber das Rasseln blieb, hohl, unheilvoll, wie Gurgeln von Wasser in einem halb verstopften Rohr.

Unterdessen war Pjetkin in der Kommandantur eingetroffen. Natürlich wußte er, welches Gespräch geführt werden sollte, er war auf alles vorbereitet. Marianka Jefimowna Dussowa begleitete ihn, kampfbereit, mit brennenden, schwarzen Augen, eine gefährliche Gegnerin. Ihre Liebe zu Pjetkin war jetzt nichts Verborgenes mehr ... aus jedem Blick, jeder Handbewegung, jedem Wort zu ihm brodelte ihre Leidenschaft.

»Ich bleibe hier stehen«, sagte sie, als Pjetkin die Hand auf die Klinke legte. »Hier warte ich. Wir alle stehen hinter dir ... laß den Kopf oben, Liebster. Wie eine Mauer umgeben wir dich .. den Schädel kann er sich bei uns einrennen, mehr nicht.« Sie küßte ihn. Es störte sie nicht, daß der Oberst und drei andere Offiziere hinter ihnen standen und zusahen. Sie streichelte ihm über das Haar, und ihre Zärtlichkeit war so rührend, daß Pjetkin ihre Hände ergriff und küßte.

Baranurian trat zu ihm, als Marianka ihn losließ. »Denken Sie an Ihren Vater, Igor Antonowitsch. Er war nicht nur ein Held – er war ein großer Mensch. Und er war stolz auf seinen einzigen Sohn ...«

Pjetkin nickte, drückte die Klinke herunter und trat ins Zimmer.

NEUNUNDDREISSIGSTES KAPITEL

Der häßliche Mensch aus Moskau saß wieder in Baranurians Sessel, atmete vorsichtiger, um Igor Antonowitsch nicht gleich mit der Rassel in seiner Brust zu erschrecken.

Pjetkin blieb in der Mitte des Zimmers stehen. Eine Weile betrachteten sie sich wortlos, wie zwei Wesen von verschiedenen Sternen, die sich irgendwo im luftleeren Raum treffen.

Ein armer Mensch, dachte Pjetkin. Häßlich, verwachsen, mit einem Herzfehler. Zyanose. Er sollte sich gründlich untersuchen lassen. Wenn ein solcher Mensch die Welt und alle Geradegewachsenen haßt, kann es ihm keiner übelnehmen. Eigentlich ist er noch häßlicher als Marko. Godunows Häßlichkeit hat Proportionen, es ist eine logische Häßlichkeit. Er verletzt nicht die Symmetrie ... auch wenn sie verzerrt ist wie ein modernes Gemälde. Aber dieser Arme hier ist häßlich von Grund auf. Ein zu kurzer Klumpfuß, ein zu kurzer Arm, Ohren wie schlaffe Lappen, der Rundrücken dazu, die Nase, das Fischmaul .. er ist Erbarmen wert.

Da steht er nun, dachte der Mann aus Moskau. Die höchsten Ämter stehen ihm offen, die größten Ehren, er könnte eine Wohnung im besten Viertel der Stadt haben, eine Datscha am Schwarzen Meer, eine ordengeschmückte Brust, alle Privilegien der Spitzenfunktionäre ...

und wie steht er da? Eine Jammergestalt. Arzt in Workuta. Wenn er das Stethoskop in die Ohren klemmt, hört er die Teufel kichern ... Welch ein dämlicher Mensch, dieses medizinische Genie!

»Du siehst elend aus«, sagte der Häßliche plötzlich. Seine Stimme war ganz ruhig. »Verdammt elend siehst du aus. Wie damals, als wir uns zum erstenmal sahen .. Du erkennst mich nicht mehr?«

Pjetkin starrte den Mann an. In seinem Gehirn spulten die Jahre herunter ... ein solches Bild war nicht dabei.

»Wer sind Sie, Genosse?« fragte er nachdenklich.

»Die Jahre verwischen vieles.« Der Mann aus Moskau beugte sich vor, entkorkte die Flasche Wodka, goß zwei Gläser voll und winkte Pjetkin, zuzugreifen. Stumm tranken sie die Gläser leer ... aber es half nichts. Pjetkin erinnerte sich nicht.

»Es ist lange her«, fuhr der Häßliche fort. »Igor Antonowitsch ... holen wir die Erinnerung aus den grauesten Tagen zurück. – 1945! Das Waisenhaus von Moskau. Ein ehemaliges Kloster. Kriegswaisen, deren Väter im Großen Vaterländischen Krieg von den Deutschen ermordet worden waren. Boris Igorowitsch Komorow, der Leiter der Anstalt ... er ist übrigens im vorigen Jahr an Blasenkrebs gestorben. Komorow brachte dich zu uns in die Stube. Du warst ein kleiner, schmächtiger, ängstlicher Bursche, ein armseliges Körperchen, und du konntest nur ein paar Worte Russisch, aber dafür eine Menge auswendig gelernter Flüche. Ein Sanitäter hatte sie dir eingetrichtert. Wir lachten über dich, und wir begrüßten dich, wie man alle Neuen begrüßte. Zuerst werden sie klein gemacht, dann in den Kreis aufgenommen. Aber du warst damals schon etwas Besonderes, du hast dich gegen uns gewehrt, so dürr du warst, und du hast sogar dein Messer gezogen. Da kam Komorow ins Zimmer, nahm nicht dir das Messer weg, sondern ohrfeigte *mich!* Wir erfuhren, daß du Pjetkin heißt ... Pjetkin, ein Russe, der kein Russisch spricht! Das haben wir lange nicht begriffen.« Der Mann aus Moskau beugte sich vor. »Na, erinnerst du dich, Igor Antonowitsch ...?«

Pjetkin nickte. Dunkel tauchte seine Jugend auf ... Ach ja ... das Waisenhaus der Kriegswaisen. Der kleine, krumme Kerl, der ihm gegenüber im Bett lag, der ihn beschimpfte, bedrohte, bespuckte und in einer Nacht das Foto des Majors Pjetkin – Igors Vater – zerriß und in den Lokus warf. Der häßliche Satan, mit dem er vier Jahre leben mußte, vier lange, immer mit Kampf ausgefüllte Jahre, bis man den krummen Teufel wegholte in eine andere Stube.

»Ich weiß jetzt, wer du bist«, sagte Pjetkin. »Du bist Jakow. Im Waisenhaus nannten wir dich ›Njelep‹, den Häßlichen. Verzeih, daß ich den Namen wiederhole ... er soll dir nur beweisen, daß ich dich jetzt wiedererkenne.«

»Njelep.« Jakow Andrejewitsch Starobin legte die Hände auf die Tischplatte. Froschhände ... Pjetkin erkannte das erst jetzt. »Ich bin nicht schöner geworden.«

»Du hast Karriere gemacht. Leiter der Arbeits-Besserungslager in der Moskauer Zentrale.«

»Weniger Karriere als du, wenn du kein Idiot gewesen wärst. Ich war immer vom Schicksal geschlagen ... häßlich wie eine Kröte, dumm und faul. Ich habe dich bewundert im Waisenhaus und später auch, und dich immer gehaßt. Ein grundloser Haß, ich weiß, meinen Klumpfuß und meinen zu kurzen Arm und alles andere zauberte ich damit nicht weg. Aber wer denkt an Logik, wenn er so aussieht wie ich?«

Starobin legte die Hände auf seine Brust. Er hüstelte, wurde blau im Gesicht und rang dann nach Atem. Die Rassel in ihm schnarrte wieder. Besorgt beobachtete Pjetkin ihn, mit hochgezogenen Brauen, aber er rührte sich nicht aus der Mitte des Zimmers. Vorsicht, sagte er sich. Was will Njelep von mir?

Starobin hatte sich erholt, nur das Stechen in der Brust blieb und bedrängte ihn mit einer merkwürdigen Angst. Eine Art Vernichtungsgefühl dehnte sich in ihm aus, das Gefühl, in einer Riesenzange zerquetscht zu werden.

»Ich war zu häßlich, um öffentlich herausgestellt zu werden«, sagte er heiser. »Mein Vater war ein Held wie dein Vater, meine Mutter eine Partisanin, die die Tapferkeitsmedaille erhielt. Ich wurde ein guter Kommunist, ich bemühte mich später um meine Fähigkeiten, entdeckte Intelligenz in mir und entwickelte große Talente in der Propaganda. Aber was nutzte das. Man konnte mich nicht als Repräsentanten des großen sowjetischen Volkes herausstellen. Was blieb für mich übrig? Ich wurde Beamter. Ein Beamter hinter Schreibtisch und Akten, umgeben vom Mief des Archives, darf so aussehen wie ich. Ich kam ins Innenministerium. Abteilung Lagerwesen. Hier spielt Häßlichkeit überhaupt keine Rolle mehr. Hier kann sie sogar ein Aushängeschild sein.« Starobin stützte den Kopf auf beide Fäuste und sah Pjetkin fast liebevoll an. »In all den Jahren verfolgte ich deinen Namen. Dein glänzendes Examen, deine Pankreasarbeit, deinen Wunsch, Herzchirurg zu werden, den Plan des Gesundheitsministeriums, dich als Assistenten zu Prof. Demichow zu schicken, den Weg einer unwahrscheinlichen Karriere ... und plötzlich lese ich deinen verdammten Namen auf einer Transportliste. Zuerst Chelinograd. Doch nein, nein – es wird noch verrückter! Workuta ... ich habe es nicht verhindern können, aber ich habe dafür gesorgt, daß du als Arzt arbeiten konntest, und nicht als Steinbrecher im Steinbruch. Ja, ich habe dich immer bewundert.

Zu Weihnachten war ich milde gestimmt. Ich aß gut, trank grusinischen Wein und spielte mit den Kindern ... du wirst es nicht glauben, aber sogar ich habe eine Frau bekommen, ein liebes Weibchen sogar, Ingenieurin für Radiotechnik, zwei Kinder hat sie mir geboren, und sie sind schön, verstehst du das, sie sind so schön gewachsen, gerade und ebenmäßig, daß alle Leute stehenbleiben, wenn ich mit ihnen spazierengehe, mein ganzes Glück sind sie, mein Stolz, der den Himmel einreißt ... also, ich war zu Weihnachten bester Stimmung, denke wie so oft an dich und sage mir: Fahre nach den Feiertagen zu ihm nach Workuta. Sprich mit ihm. Mach etwas gut an ihm, die Zeit im Waisenhaus, wo ich ein Satan war. Erkläre ihm, daß ihm die Welt offensteht, wenn er nur einmal, ein einziges Mal den Kopf beugt und sich klaglos in den Hintern treten läßt. Nur einmal nachgeben, den Dickkopf spalten ... mehr wollen wir ja nicht. Igor Antonowitsch, du willst ein Russe sein ... man erkennt einen Russen daran, daß er klaglos dulden kann, daß er die Stiefelspitze küßt, die sich ihm in den Arsch bohrt. Igor Antonowitsch, benimm dich wie ein Sowjetrusse: Gehorche! Weiter nichts. Gehorche. Ist das so schwer?«

»Man hat mir gesagt, ich sei ein Deutscher.«

»*Jetzt* bist du es. Im übrigen ist das zu plump ausgedrückt. Man kann das mit einem Federstrich ändern. Für immer.«

»Und ich kann Dunja heiraten?«

»Nein.«

»Warum nicht?«

Jakow Andrejewitsch Starobin, der »Njelep«, starrte an die Decke. Wieder rasselte sein Atem, diesesmal stärker, als wäre eine zweite Rassel dazugekommen. Und das Gefühl des Abwürgens wurde auch stärker. Man soll sich nicht aufregen, dachte er. Pjetkin, du Rindvieh, merkst du nicht, wie ich dir goldene Brücken baue ...

»Fragen sind die Geschwüre des Gehorsams«, sagte Starobin langsam. »Sei ein Russe ohne Dunja. Es gibt Prinzipien, die man einfach nicht wegschieben kann.«

»Wie die Prinzipien, daß man eine Ehe zwischen einem Deutschen und einer russischen Ärztin nicht gern sieht.«

»Jetzt denkst du wieder idiotisch logisch, Igor.«

»Also bin ich ein Deutscher?«

»Wir tanzen im Kreis.« Starobin schüttelte den Kopf. In seinen Schläfen begann ein neues, noch nie gehabtes Sausen und Brausen. »Muß es Dunja sein? Rußland wimmelt von schönen Mädchen! Und wenn Dunja ... bitte schön, wir sind tolerant ... lebt zusammen! Schlaft miteinander, so oft ihr wollt. Aber keine Kinder. Das bedeutet, daß wir Dunja sterilisieren müssen.«

»Jetzt bist du verrückt, Jakow Andrejewitsch.«

»Ich werfe dir ein Seil über den Abgrund zu ...«

»Ein zu kurzes, Starobin. Ich liebe Dunja wie mein eigenes Leben und werde sie heiraten. Und wir werden Kinder haben, weil unsere Liebe weiterleben soll ...«

»Du verfluchter Phantast!« Starobin starrte Pjetkin aus plötzlich hervorquellenden Augen an. Sein Atem ging stoßweise, das Rasseln in seiner Brust war erschreckend, das Gesicht färbte sich blaurot. Ohne einen Ton rutschte er vom Sessel, fiel auf den Boden, richtete sich auf die Knie auf, preßte beide Hände auf das Herz, kroch auf Pjetkin zu und riß schauerlich sein Fischmaul auf. In seinen Augen schrie Todesangst, kalter Schweiß brach in Bächen aus seinen Poren, der Atem beschleunigte sich zu einem rasenden Keuchen.

»Igor ...«, röchelte er. »Igor ... was ist das ... Ich zerplatze ... ich zerplatze ... o dieser Schmerz ... dieser Schmerz ... Hilfe! Hilfe!«

Pjetkin sprang zu ihm. Starobin wollte sich flach auf den Rücken legen, aber Pjetkin hinderte ihn mit Gewalt daran, schleifte ihn zum Schreibtisch und lehnte ihn dagegen, den Oberkörper aufgerichtet.

»Bleib sitzen, Jakow«, sagte er. »Rühr dich nicht. Bleib sitzen! Ich lasse dich sofort ins Krankenhaus bringen ...«

»Dieser Schmerz ... Igor ... es erwürgt mich von innen ...«

Pjetkin rannte zur Tür und riß sie auf. Er prallte gegen Marianka, die so nahe stand, daß sie fast die Tür gegen den Kopf bekommen hätte.

»Eine Trage!« brüllte Pjetkin. »Marianka ... Anruf im Krankenhaus. OP I fertig machen für einen Thoraxeingriff! Die gesamte Mannschaft in den OP! Schnell, schnell ... was steht ihr hier noch herum ...«

»Ich kümmere mich darum«, rief Oberst Baranurian und rannte ins nächste Zimmer. Pjetkin lief ins Zimmer zurück. Marianka folgte ihm, sah den blauroten Starobin auf der Erde am Schreibtisch lehnen und mit den Augen rollen.

»Was ist passiert?« rief sie und kniete sich neben Starobin. Dieser krümmte sich, starrte die Dussowa an, keuchte, die Rasseln in seiner

Brust klangen fürchterlich, er verzog wieder den Mund und versuchte zu sprechen, aber es gelang ihm nicht. Nur Laute kamen aus ihm heraus, Töne von schrecklicher Klangfärbung.

»Hat er sich verschluckt?« fragte die Dussowa. Sie hielt Starobin hilflos an der Schulter fest und sah Pjetkin an, der hin und her rannte. »Klopf ihm doch auf den Rücken, Igorenka ...«

»Um Himmels willen – nein! Wo bleibt die Trage? Hat man Schnecken losgeschickt? Siehst du denn nicht ... er hat eine Lungenembolie!« Er beugte sich über Starobin und hielt dessen hin und her schlagenden Kopf fest. Das Röcheln war schauderhaft. »Hörst du mich, Jakow Andrejewitsch?« sagte Pjetkin laut zu ihm. »In wenigen Minuten bist du tot.«

Der sterbende Starobin hob die rechte Hand. Er hieb sie in Pjetkins Schulter und krallte sich in ihr fest. Sein Gesicht war blau und entsetzlich verzerrt.

»Igor ...«, stieß er hervor. »Igor ... Hilfe ...«

»Ich werde alles versuchen, das weißt du.« Pjetkin hörte, wie auf dem Gang Oberst Baranurian schrie: »Die Trage ist unterwegs!« Dann erschien er in der Tür, aber er betrat nicht sein Zimmer. »Mit Spritzen ist nichts mehr zu machen ... Der Blutpfropf sitzt fest. Bete, Jakow Andrejewitsch, auch wenn du Gott dreißig Jahre lang in den Hintern getreten hast. Bete jetzt! Es gibt nur noch eine Möglichkeit ... die Operation. Die Trendelenburgsche Operation. Sie ist bisher nur fünfmal gelungen. Hörst du mich, Jakow? Es gibt keinen Chirurgen, der sich nicht vor ihr fürchtet. Selbst Trendelenburg ist sie nicht gelungen ... er hat nur die Methode entwickelt. Ich will sie bei dir wagen ...«

Pjetkin hielt den Kopf Starobins fest. Wenn es einen Gott gibt, dachte er, diesen Gott, den man aus uns vertrieben hat und der doch leben soll, dann möge er mir jetzt verzeihen. Er möge mich verstehen, denn wenn er alles geschaffen hat, dann hat er auch die Liebe gemacht, und nur aus Liebe handle ich jetzt. Vergebt mir alle ... alle Ärzte dieser Welt, die ihr den Eid abgelegt habt, jedem Kranken zu helfen ohne Ansehen von Rang und Namen, weil er ein Mensch, ein Bruder ist. Ich habe es auch geschworen, und ich habe immer danach gehandelt ... aber jetzt, hier in diesem Zimmer, mache ich ein Geschäft mit dem Tod ...

»Hör zu, Jakow Andrejewitsch«, sagte er zu Starobin, der in den Augen schon den Tod trug. »Ich werde den Eingriff bei dir machen.« Er war sicher, daß Starobin jedes Wort verstand, das gefährliche Koma, aus dem ihn keiner mehr zurückholen konnte, war noch nicht eingetreten. »Aber bevor ich anfange, lege ich dir eine Rechnung vor: Überlebst du, wirst du dafür sorgen, daß ich nach Deutschland entlassen werde. Ich will nach Deutschland, weiter nichts. Das ist mein einziges Honorar.«

»Krepieren soll er!« schrie die Dussowa dazwischen. »Krepieren! Igorenka – ich lasse dich nicht ein zweitesmal weg! Du gehörst mir, nicht diesem fernen Deutschland. Ich liebe dich! Starobin, sterben Sie endlich. Hauchen Sie Ihre verdammte Seele aus. Zum Teufel, krepieren Sie! Ich will Igorenka behalten! Er ist *mein* Leben!« Sie schüttelte Starobin. Pjetkin stieß sie mit der Faust weg, roh, rücksichtslos. Sie schlug die Hände vors Gesicht und schluchzte tief und laut. In der Tür ballte Oberst Baranurian die Fäuste und drängte die anderen Offiziere weg.

»Jakow ... hörst du mich?« fragte Pjetkin noch einmal leise. Er sprach ihm ins Ohr und erkannte an den Bewegungen der Hände, daß Starobin ihn verstand. »Darf ... darf ich nach Deutschland? Njelep ... wenn ich es kann: Ich rette dich!«

Und der Mann aus Moskau nickte.

Sieben Minuten später lag Starobin auf dem OP-Tisch unter den großen, spiegelnden Lampen. Er war entkleidet, gewaschen, der Anästhesist begann mit dem Einführen des Tubus zur Intubationsnarkose. An den Waschbecken seiften sich Pjetkin, Dr. Samsolow, Dr. Nurajew und Dr. Schelkowkij Hände und Arme. Pfleger standen mit den Handschuhen, Kappen, Masken und Gummischürzen bereit. Alles Verbannte ... Ärzte und Helfer. Und doch eine Atmosphäre wie in einer großen Universitätsklinik ... ein moderner OP-Tisch, die beste Spiegellampe, die neuesten Instrumente, ein Narkosegerät modernster Konstruktion, ein Defibrillator, eine kleine, fast winzige Herz-Lungen-Maschine, ein Oszillograph, der die Herzströme auf einem Bildschirm aufzeichnete.

Der Tubus saß, die Narkose begann, die ersten Werte wurden durchgegeben. »Atmung flach. Tachykardie plus 160 ...«

An den chromblitzenden Galgen hingen die Blutkonserven bereit zum Einsatz. Sterile Tücher deckten den Körper Starobins ab bis auf das Operationsfeld. Das für einen Laien verwirrende Durcheinander von Schläuchen der Herz-Lungen-Maschine lag bereit. Pjetkin wusch sich noch.

Marianka Dussowa und Oberst Baranurian saßen ganz hinten im OP an der Wand, weit genug weg, um keinen Schaden anzurichten.

Vor ihnen bewegten sich lautlos die weißgekleideten Leiber um den schmalen OP-Tisch.

»Wenn man bedenkt«, sagte Baranurian, »daß es Starobin war, der in den letzten Monaten dieses ganze komplizierte medizinische Gerät nach Workuta schaffen ließ, alles, was Pjetkin anforderte, auch wenn wir ihn für noch so verrückt hielten. Er konnte schreiben, was er wollte ... es kam an! Und jetzt liegt er da, dieser Starobin, und braucht das alles selbst für sein Leben. Das Schicksal entwickelt manchmal einen grausigen Humor. Hätte er das alles abgelehnt, würde er jetzt garantiert sterben.«

»Er wird sterben«, sagte die Dussowa dunkel. »Diese Operation ist der Angsttraum jedes Chirurgen. Nun beginnen sie mit der Thoraxeröffnung.« Marianka blickte hinüber zu Pjetkin. Er fuhr gerade in die Handschuhe, der Mundschutz wurde ihm umgebunden. »Auch wenn er Starobin rettet ... Moskau wird das Versprechen vergessen. Moskau läßt sich nicht erpressen!« Sie preßte die Hände zwischen ihre Knie. Ihr herrliches wildes Gesicht war blaß und maskenhaft angespannt.

Pjetkin kam an ihnen vorbei. Mariankas und sein Blick trafen aufeinander wie zwei nackte Körper, die sich entgegenwerfen.

»Er krepiert!« sagte die Dussowa laut. »Du bleibst bei mir.«

»Er wird leben!« sagte Pjetkin.

»Ich liebe dich.«

Pjetkin ging weiter und trat an den Tisch. Dr. Schelkowskij folgte ihm ... er ging zur Herz-Lungen-Maschine. Auf dem Oszillographen zuckte und flimmerte der elektronisch sichtbar gemachte Herzschlag. Höchste Warnung.

Der Brustkorb war schon geöffnet, der zweite und vierte Knorpel durchtrennt, die Rippenspreizer eingesetzt, das Mittelfell lag offen. Zischend arbeitete der Sauger und machte das Operationsfeld von Blut frei. Die Klemmen saßen, die Ligaturen unterbanden neuen Blutstrom.

Das große Wunder hatte begonnen. Das Wettrennen mit dem Tod. Es war trotz aller gleißenden Helle gespenstisch.

Ein »Trendelenburg« am Eismeer. Gibt es etwas Widersinnigeres? Im OP lag tiefes Schweigen. Nur das Klappern der Instrumente unterbrach die Stille, das rhythmische Pumpen des Atemsackes, einzelne Zurufe, das Knistern des Oszillographen, das Schlürfen des Saugers, das Zischen des Elektromessers, wenn es schnitt und gleichzeitig verschmorte.

Pjetkin überdachte noch einmal alles. Medikamentös war alles getan worden. 25 000 I. E. Herapin, 2 Ampullen PH 203, Spasmolytika ...

»Konserven bereit –«, sagte er halblaut. »Kanüle fertig zum Einsetzen. Samsolow, Nurajew ... passen Sie auf ... wenn ich die Arterie durchtrenne, saugen und Blut geben. Oberhalb des Thrombus einsetzen.« Er zeigte mit einer kleinen spitzen Schere auf die aufgeblähte Lungenarterie und die beiden Abzweigungen. Dort staute sich das Blut und floß nur noch als dünnes Rinnsal weiter. Es war eine Sekundensache, bis sich der Thrombus völlig festsetzte und die Ader verschloß oder als langer Blutkeil ins Herz schoß. In beiden Fällen war Starobin tot.

Neben Pjetkin stand Dr. Schelkowskij und hielt die Kornzange bereit, ein Greifinstrument mit Innenrillen.

»Er verliert«, sagte die Dussowa leise und zitterte am ganzen Körper. »Es ist bereits zu spät –«

Die Kanüle mit dem Blut war eingesetzt. Das Herz schlug schneller, regelmäßiger. Über dem Thrombus flutete jetzt frisches Blut in die Herzkammer, die verarmten feinen Blutgefäße blähten sich wieder.

»Puls regelmäßiger«, meldete der Narkotiseur. Im Oszillographen zuckten die Herzströme höher.

»Aufpassen!« Pjetkin amtete tief durch. Der Schnitt. Fünfmal ist er nur gelungen, seit 1907! In zwei ganzen Menschenaltern nur fünfmal!

Pjetkin durchtrennte die Ader. Das Blut schoß in hohem Bogen über seine Hände, der Sauger röchelte, Dr. Samsolow klemmte ab ... das war der Augenblick der Wahrheit, der Schnelligkeit, des Glücks.

Mit der Kornzange fuhr Pjetkin in den Hauptstamm und die Verzweigung. Er faßte den Thrombus, zog daran, langsam glitt er aus der Arterie, ein schwarzroter, zehn Zentimeter langer, keilförmiger Blutklumpen, den keine Antikoagulatien mehr aufgelöst hätten. Der Tod in der Gestalt geronnenen Blutes ... als er in die Emailleschale klatschte, wie ein ekliger Auswurf, war er so lächerlich, daß es unbegreiflich wurde.

»Aspirator!« sagte Pjetkin mit belegter Stimme. »Schnell!«

Das Saugrohr des Aspirators wurde in die Arterie geschoben. Durch das gläserne Kontrollstück sah man, wie die letzten kleinen Blutklümpchen aus den Verzweigungen wegflitzten, geronnene Körnchen, die sich zu neuem Tod verdichten konnten.

Pjetkin zog das Rohr zurück. Frisches Blut aus der Konserve strömte sofort hinterher, die Blutzirkulation konnte wieder normal verlaufen. Dr. Nurajew klammerte sofort die Arterie ab, die Blutung stand, die letzte kunstvolle Operationsphase begann: die Arteriennaht mit feinster Seide.

Pjetkin nähte so vollendet, daß bei einer Probelösung der Klemmen keine Sickerblutung entstand.

Erschöpft blieb er nach dieser Naht am Tisch stehen, während Dr. Samsolow und Dr. Nurajew mit der Schließung des Thorax begannen. Dr. Schelkowskij näherte sich Marianka Dussowa mit der Schale, in dem der lange Thrombus lag. Ein besiegter Tod.

»Ich habe noch nie so etwas gesehen«, sagte er mit bebender Stimme. »Noch nie. Diese Hände von Igor Antonowitsch . . . man sollte sie küssen . . .«

Die Dussowa starrte auf den Blutklumpen. Oberst Baranurian schluckte mehrmals, ihm wurde schlecht, aber er war Soldat und beherrschte sich. Ja, er konnte sogar sagen:

»Verloren, Marianka Jefimowna.«

»Es gibt auch einen postoperativen Exitus.«

»Glauben Sie noch daran? Oder besser: hoffen Sie noch darauf?«

»Ich hasse sein Genie.«

»Und ich möchte es anbeten. Kommen Sie, trinken wir eine ganze Flasche leer . . .«

Marianka erhob sich. Vom OP-Tisch blickte Pjetkin zu ihnen hinüber. Wieder trafen sich sein und Mariankas Blick, und es war, als zerschellte etwas in ihr. Als fiele sie von einem Felsen und zerbarst unten in einer dunklen Schlucht. Sie senkte den Kopf und weinte plötzlich. Baranurian zog sie an der Hand aus dem OP heraus wie ein unartiges Kind.

Am nächsten Morgen lebte Jakow Andrejewitsch Starobin noch immer. Sein Herz schlug stark und das Blut strömte sauerstoffreich und heilend durch seinen häßlichen Körper.

VIERZIGSTES KAPITEL

Wunder sprechen sich schnell herum, und noch schneller glaubt man sie, wenn man am Rande der Hölle lebt.

Marko war es, der die Bestätigung zur Fleischerei brachte. Von dort flog sie wie Strohfeuer durchs ganze Lager: Dr. Pjetkin hat den Mann aus Moskau in letzter Sekunde gerettet. Eine Operation, die kaum einer gewagt hätte.

Die Sträflinge verstanden wohl diese medizinische Sensation, aber sie begriffen nicht, warum Dr. Pjetkin gerade an diesem Mann eine solche Tat vollbracht hatte. Menschen wie Starobin ließ man sterben ... man dezimierte damit die Teufel. Zwar wuchsen immer neue nach, aber wer weiß, ob sie so waren wie die alten? Was man an Starobin hatte, wußte man ... sein Tod war Allgemeingut. Und nun kam dieser Pjetkin und rettete ihn, wo er schon so gut wie tot war. Das war ein Fehler ... nicht als Arzt, sondern als Sträfling.

Bis zum Frauenlager flog die Kunde von der Trendelenburgschen Operation. Chefarzt Dr. Dobronin glaubte es nicht, fragte telefonisch an und erhielt die Bestätigung.

»Unglaublich«, sagte er am Abend im Ärztekasino. »Da haben Sie drüben einen Dr. Pjetkin, der macht doch tatsächlich eine Lungenembolie-Operation. Ein Verurteilter. Dunja Dimitrowna, Sie sind ja auch so ein Wolkenstürmer ... würden Sie das hier auch machen?«

»Nein.« Dunja verbarg ihre Erregung unter der Maske der Gleichgültigkeit. Dabei war Igor Antonowitsch so nahe bei ihr.

»Warum nicht?«

»Ich kann sie nicht, diese Operation. Ich habe sie nie gesehen.«

»Ich auch nicht.« Dobronin sah sich im Kreise um. »Keiner von uns. Aber dieser Kerl macht sie. Ich wette, er bleibt nicht lange im Lager.«

Die Angst, in die Dunja stürzte wie in ein wildbewegtes Meer, war nicht mehr zu verbergen. Sie schützte Kopfschmerzen vor, lief in ihr Zimmer, warf sich auf ihr Bett und faltete die Hände. »Nein –«, sagte sie. »Das darf nicht sein! Nehmt mir Igorenka nicht weg ... und diesesmal endgültig ... Nein ... nein ...«

Sie schrieb einen Brief, verzweifelt, voller Aufschreie und wartete auf Marko, den Boten.

Der Zwerg kam zwei Tage später, mit Fleisch, einem Brief von Pjetkin und der Nachricht, daß Starobin gar nicht daran denke, zu sterben. Er aß schon wieder Hühnerbrühe mit Fadennudeln und unterhielt sich mit Pjetkin über moderne sowjetische Musik.

»Wird man ihn versetzen?« fragte Dunja, als Marko alles erzählt hatte. »Wird man Igor wegholen?«

»Warum?«

»Man wird erkennen, daß er zu schade für Workuta ist.«

»Was nutzt diese Erkenntnis? Er ist zu zehn Jahren verurteilt ... um ihn wegzuholen, muß er erst begnadigt werden. Und das ist eine andere Stelle als die Lagerverwaltung in Moskau. Da der eine Beamte dem anderen Beamten keinen Gefallen erweist, weil jeder Beamte sich für vollkommen hält, wird es lange dauern, bis sich Igors Tat in Moskau an die richtige Stelle herangeschlichen hat.«

Er hatte gut reden, der kleine Godunow. Auch er wußte nichts von dem Vertrag, den Pjetkin mit dem sterbenden Starobin eingegangen war. Pjetkin hatte ihm noch nichts davon erzählt ... noch lag Starobin in der Krise, atmete unter einem Sauerstoffzelt (auch eine Zuweisung, über die viel gestaunt wurde und die nun Jakow Andrejewitsch zugute kam) und hatte Herzrhythmusstörungen. Marianka trat jeden Tag an sein Bett, starrte ihn böse an und sagte:

»Warum stirbst du nicht, du Mißgeburt? Man sollte dir den Sauerstoff abdrehen.«

Starobin verstand sie nicht unter seinem Plastikzelt. Er lächelte der Dussowa schwach zu und glaubte, daß er besonders gut betreut wurde.

Am sechsten Tag durfte er aufstehen und machte die ersten Schritte ... zum Fenster und zurück zum Bett. Sein Herz verkraftete es vorzüglich, ja, er fühlte sich sogar stark. Er spürte keine Schmerzen, das Blut zirkulierte normal, die Operationswunde heilte gut, die allgemeine Körperschwäche wich von ihm. Nachts träumte er bereits wieder von seiner Frau und bekam Gelüste, so mächtig, daß er sich vor sich selbst schämte.

»Igor Antonowitsch«, sagte er am folgenden Morgen, »das Essen ist zu gut. Ich platze an einer gewissen Stelle. Wenn du solche Operationen kannst, wird es dir auch möglich sein, für die Dauer meines Hierseins diese nicht mehr unter Kontrolle zu bringenden Dinge abzustellen.«

»Ich werde ihn amputieren«, sagte Pjetkin lächelnd.

»Du Schuft!« Starobin lachte und drückte beide Hände auf den Unterleib. »Bin ich nicht häßlich genug? Das ist das einzige, was normal und schön aussieht.«

»Dann schicke ich dir Marianka Jefimowna.«

»Der Himmel beschütze mich! Soll ich ein zweitesmal sterben?« Starobin setzte sich im Bett auf. Er war munterer, als Pjetkin geglaubt hatte. »Sei ehrlich, Freundchen ... sie ist deine Geliebte. Du schläfst mit ihr?«

»Ja.«

»Ein Sträfling mit einer Chefärztin. Igor, welch einen Kummer machst du überall. Als Beamter müßte ich das melden. Das bedeutet für dich nochmals zehn Jahre und für die Dussowa eine Verurteilung. Aber bei dir bin ich ein Mensch. Sie ist im Bett wie ein Taigasturm, nicht wahr?«

»Schlimmer. Man hat keine Vergleiche mehr.«

»Wie hältst du das aus?«

»Weil ich Dunja liebe.«

Starobin blickte Pjetkin an, als spucke er Feuer wie ein Fakir. »Du liebst Dunja und steigst mit Marianka in die Federn? Das ist doch schizophren, mein Lieber.«

»Es ist Notwehr, Njelep.«

»Aber eine süße Notwehr. Paß auf, eines Tages bricht sie dir das Kreuz. Es hat Kraft, dieses Weib. Während du auf ihr liegst, knackt sie dich wie ein Stück trockenes Holz.«

Starobin lachte, machte noch viele Witze über Pjetkins nächtliche Ritte, erzählte von seiner Frau Jekaterina Pawlowna, schlug die Bettdecke zurück und sagte entsetzt: »Sieh dir das an. Er macht sich selbständig.«

»Ab morgen darfst du baden. Zuerst heiß, dann kalt.« Pjetkin deckte Starobin wieder zu. »Ich verspreche dir ... in drei Wochen bist du bei Jekaterina Pawlowna ...«

Draußen in der Krankenhausküche stellte er einen Diätplan für Starobin zusammen. Viel Gemüse, wenig Gewürze, wenig Eiweiß, mehr Kohlehydrate, Kartoffeln, Grütze, eingelegte Gurken. Als Starobin allein und ohne Hilfe im Zimmer und über den Flur spazieren konnte, sagte Pjetkin Marko die Wahrheit.

»Ich habe mir meine Freiheit aus Starobins Brustkorb herausgeschnitten. Ich habe sein Versprechen, mich nach Deutschland zu entlassen.«

Marko schwieg. Er zeigte nicht, daß es ihn traf wie Hiebe mit einer eisernen Faust. »Und Dunja?« fragte er, weil er sah, daß Pjetkin eine Antwort haben wollte.

»Ich hole sie nach.«

»Aus Rußland nach Deutschland? Kannst du den Ural wegtragen?«

Marko verzichtete auf weitere Phantastereien. Er zog sich auf sein Zimmer zurück, behandelte Jewronek abweisend, was dieser als Gefahr ansah und ängstlich wurde, hockte sich aufs Bett und stierte auf die Dielen.

Was soll man tun? Er wird nach Deutschland kommen, das weiß man jetzt. Wie empfindlich die Gefühle einer liebenden Frau sind. Dunja hat es vorausgeahnt, und ich habe sie verlacht.

Nach Deutschland.

In dieses fette, vor Sattheit rülpsende Land.

In dieses Land, wo ein Igor Antonowitsch Pjetkin nicht einen

Pfennig wert ist. Aber hier, in Rußland, ist er mit Rubeln nicht aufzuwiegen.

Nach Deutschland, das ihn nicht erwartet, nicht braucht, ihn als Russen scheel ansieht, in irgendeine Ecke stellt.

Marko wußte keinen Ausweg aus diesem Labyrinth. Er hatte plötzlich den rettenden Faden verloren. Nur eins blieb ihm, die Tugend der Russen: Warten.

Zu ihr ziehen sich alle zurück, die ratlos sind.

Die Zeit ist ein Wunder für sich . . .

Starobin genas, als sei er eine Pflanze, der nur das Wasser gefehlt hatte, um zu blühen. Täglich untersuchte ihn Pjetkin, einmal in der Woche die Dussowa. »Warum leben Sie noch?« sagte sie jedesmal und ließ Starobin verwirrt zurück.

»Sie mag mich nicht«, sagte er zu Pjetkin. »Warum eigentlich? Ich habe Workuta immer bevorzugt, so verrückt eure Anforderungen auch waren. Jedesmal, wenn ich gesünder werde und sie stellt das fest, ist sie beleidigt. Wann darf ich zurück nach Moskau, um dieses anklagende Gesicht nicht mehr zu sehen?«

»In vier Tagen.«

»Und ich bin gesund?«

»Völlig. Bis auf eine Kleinigkeit.«

»Aha! Also doch eine Hintertür! Wie lange kann ich noch leben?«

»Du kannst hundert Jahre werden, Njelep. Nur dreierlei darfst du nicht: Nicht zu viel saufen –«

»Ich habe das nie getan.«

»Keine wilden Aufregungen –«

»Ein dämlicher Rat für einen sowjetischen Beamten, der die Besserungslager kontrolliert.«

»Und keine unblutigen Unfälle.«

Starobin starrte Pjetkin entgeistert an. »Jetzt hast du einen getrunken, Freundchen.«

»Laß dir das erklären, Jakow Andrejewitsch. Du neigst zur Thrombenbildung durch irgendwelche nichtigen Anlässe. Wenn du hinfällst und bekommst einen blauen Fleck, wenn du dich irgendwo stößt, wenn du stolperst oder bei Glatteis ausrutschst . . . in deinem Körper kann sich dann wieder ein Blutpfropfen bilden, der eine Ader verstopft. Es gibt Menschen, die neigen zur Thrombenbildung. Du bist einer von ihnen. Hat dir das noch nie ein Arzt gesagt?«

»Nein. – Sonst kann mir nichts passieren?«

»Du kannst unter ein Auto kommen.«

»Mit meinem Herzen, meine ich.«

»Dein Herz ist gesund. Du hast nie etwas am Herzen gehabt.«

»Und ich habe die letzten Tage immer geglaubt, es wäre eine Erkältung.«

»Auch das ist ungewöhnlich. Mit solch einem Thrombus im Hauptstamm wäre jeder andere längst tot. Du bist eine medizinische Sensation.«

Starobin ging im Zimmer hin und her. »Mein Fall sollte dir gezeigt haben, wie nötig Rußland dich hat.«

»Dann laßt mich Dunja heiraten!«

»Welch ein Holzkopf! Ich wünsche zum Mittagessen eine Axt, damit ich dir bei der Abendvisite den Schädel spalten kann.«

Sie sprachen nie wieder darüber ... aber es lag zwischen ihnen wie ein Minenfeld. Starobin hatte sein Leben wieder, er war gesünder als zuvor ... doch der Preis war die Einhaltung des Versprechens, Igors Freiheit ... ein Versprechen, um das er in Moskau ringen mußte ohne die geringste Aussicht auf Erfolg.

Der Briefwechsel zwischen Dunja und Pjetkin wurde immer tragischer. Marko hatte die Wahrheit gesagt ... er war so hilflos wie Dunja geworden und zergrübelte sich das Hirn, wie man Igor in Rußland behalten konnte. Nach Deutschland ... das war eine Flucht, die im Unendlichen endete. Das war nicht Neubeginn, das war Sterben.

Marko sprach darüber sogar mit Starobin. Er nutzte einen Tag aus, an dem Pjetkin sechs Operationen hatte und aus dem OP nicht herauskam. Sämtliche Ärzte waren im Einsatz, sogar die Dussowa.

Starobin riß die Augen auf, als Godunow ins Zimmer kam und »Guten Morgen, Genosse Kommissar« sagte.

»Das beruhigt mich ungemein«, antwortete Starobin, sprang aus dem Bett und umkreiste Marko.

»Was beruhigt Sie, Genosse?« fragte Marko artig.

»Daß es noch häßlichere Menschen als mich gibt. Ich dachte immer, ich sei unschlagbar. Hat Dr. Pjetkin Sie geschickt? Eine gute Therapie ... Sie möbelt mich auch seelisch auf. Wie heißen Sie?«

»Marko Borissowitsch Godunow.«

»Der große Zar!« Starobin lachte schallend, sein Fischmaul nahm das halbe Gesicht ein. »Welch ein humorvoller Morgen!«

»Ich habe einen Wunsch«, sagte Marko, unbeeindruckt von Starobins fröhlicher Minute.

»Ich höre.«

»Vergessen Sie, was Sie Pjetkin versprochen haben. Lassen Sie ihn nicht nach Deutschland ausreisen.«

»Das ist ein Wunsch!« Starobin war so verblüfft, daß er seine Munterkeit verlor. »Wie kommen Sie zu solchen Ausfälligkeiten, Genosse?«

»Ich bin Pjetkins Freund.«

»Irren Sie sich da nicht gewaltig?«

»Wie ein Vater bin ich zu ihm.«

»Wer den Helden der Nation Pjetkin kannte« – Starobin verzog sein häßliches Gesicht, was ihn noch gräßlicher machte – »dann hat Igor Antonowitsch einen schlechten Tausch gemacht.«

»Kommt es aufs Äußere an, Genosse? Sie müssen es am besten beurteilen können. Im Abseitsstehen sind wir Brüder. Darum sollten wir uns auch jetzt verstehen. Warum muß Pjetkin nach Deutschland?«

»Er muß ja gar nicht . . . er will!«

»Es ist purer Trotz.«

»Das weiß ich. Aber was soll man machen?«

»Ihn nicht ausreisen lassen.«

»Dann wird er mit seinem Dickschädel lautstark weiter um diese Dunja kämpfen. Denn auf Dunja wird er nie verzichten.«

»Nie, Genosse.«

»Dann ist Deutschland immer noch das beste für ihn.«

»Und wenn man eine Ausnahme macht und ihm Dunja läßt?«

Starobin schüttelte den Kopf. »Das entscheide nicht ich – das entscheidet das Innenministerium. Und dort ist das Problem Dunja – Igor bereits zu den Akten gelegt. Sie wissen . . . was in einer verschlossenen Akte liegt, ist begraben, tiefer und sicherer als jeder Sarg auf einem Friedhof. Genosse – Ihr Wunsch ist unerfüllbar.«

»Dann lassen Sie Igorenka im Lager. Mein Gott – er ist Russe, kein Deutscher, das wissen wir doch alle! Ernennen Sie ihn zu einem freien Oberarzt im Lager. Meinetwegen lassen Sie ihn bei der Dussowa, diesem herrlichen Satan . . . vielleicht zerdrückt ihre Liebe mit der Zeit alle Erinnerung an Dunja.«

»Wir werden das überlegen.« Starobin dachte an sein Versprechen. Er fühlte sich ausgesprochen eingeklemmt.

Marko verließ das Krankenhaus unbefriedigt und nervös. Dieser Starobin ist ein mächtiger Mann, dachte er. Aber in Rußland haben mächtige Männer immer wieder noch mächtigere Männer über sich – da ist es schwer, zu hoffen, Prognosen aufzustellen, an Erfolge zu glauben.

Mit dem nächsten Transport ins Frauenlager brachte Marko die traurige Botschaft zu Dunja: »Es ist alles noch wie eine phantastische Wolke. Ich glaube, Igorenka weiß selbst nicht mehr, wohin er steuern soll. Aber sein Schiff ist auf Fahrt ... er kann nicht mehr zurück –«

Genau nach vier Wochen reiste Starobin wieder zurück nach Moskau. Er war vollkommen gesund, eine genaue Untersuchung mit EKG und Röntgen hatte bewiesen, daß sein Blutkreislauf normal funktionierte, sein Herz kräftig schlug und keine postoperativen Schäden zurückgeblieben waren. Die bereits schon legendär gewordene Trendelenburgsche Operation in Workuta war ein voller Erfolg. Auch in Moskau wußte man das bereits. Professor Demichow hatte geäußert: »Diesen Pjetkin möchte ich kennenlernen.« Ein fataler Wunsch, denn hinter Pjetkins Namen stand ein kleines, alles versperrendes rotes Kreuz.

Pjetkin brachte Starobin an den Zug. Da er Häftling war, gingen zwei Soldaten mit. Ein verwirrendes Bild für die Kenner der Situation. Von Oberst Baranurian, Marianka Dussowa und den anderen Ärzten hatte sich Starobin im Lager verabschiedet – nun saß er im Sonderabteil, hatte Pjetkin die Hand gegeben und wünschte sich, daß der Zug schnell abführe. Abschiednehmen in einer solchen Lage war eine verdammte Sentimentalität, die man unterdrücken mußte.

Die Türen klappten zu, Pjetkin legte zum letztenmal die Hand auf Starobins Schulter.

»Gute Fahrt und grüße Jekaterina Pawlowna und die Kinder.«

»Danke, Igor Antonowitsch.«

»Denkst du an dein Wort, Njelep?«

»Geh zum Teufel!« Starobin drückte sich in die Polster, zog die Fellmütze über das Gesicht und schwieg.

Als der Zug anfuhr, sah er nicht hinaus und nicht zurück.

EINUNDVIERZIGSTES KAPITEL

Sechs Wochen gingen dahin, und Starobin aus Moskau schwieg. In Mittelrußland schmolz bereits der Schnee und verwandelte die Dorfstraßen in Schlamm, an Don und Wolga begann die Blüte der Frühlingsblumen und dufteten die süßen Pappelknospen, die Zieselmäuse huschten aus ihren Löchern und in den Niederungen platzten die Weidenkätzchen auf ... in Workuta lag noch die Schneedecke wie festgewalzt und nur der aufreißende Himmel zeigte an: Es beginnt ein neues Jahr, der Winter ist gebrochen, bald werden auch die Moose und Flechten der Tundra blühen.

Pjetkin glaubte nicht mehr an Starobins Versprechen, aber er begann, sich selbst zu belügen und vor allem mit seiner Illusion zu leben.

Er lernte Deutsch.

Jede freie Stunde nutzte er aus, sich in die Lehrbücher hineinzuwühlen. Aus der Schule von Workuta hatte er sie geliehen, die Verwaltung des Lagers hatte sie ihm beschafft, nachdem Oberst Baranurian die Bitte abgezeichnet hatte. Manches kam in Pjetkin wieder hoch, der Hans Kramer aus Königsberg war nicht ganz gestorben, aber dennoch war es mühsam, denn die deutsche Sprache war ihm fremd. Verbissen lernte er Grammatik und sprach die deutschen Sätze laut vor sich hin, um sich an den Klang zu gewöhnen und sich zu erinnern.

Marianka hörte ihm die Vokabeln ab. Zuerst hatte sie die Bücher gegen die Wand gefeuert und auf ihnen herumgetrampelt .. aber Pjetkin holte sie immer wieder zu sich, mit einer Geduld, an der sie schließlich zerbrach.

»Gut«, sagte sie. »Du bist der Stärkere. Lerne diese verfluchte Sprache ... ich lerne sie mit.«

Die Wochen flossen dahin.

Langsam versiegte in Pjetkin die Hoffnung wie Tropfen im Wüstensand. Starobin hatte ihn vergessen. Das war nun klar.

»Ich habe den Himmel angefleht«, sagte Dunja in diesen Wochen zu Marko. Und sie schrieb es auch an Pjetkin. »So nahe wie jetzt können wir als Unfreie nie mehr sein. Ich weiß, welche Hoffnungen du in Deutschland setzt ... aber sind es nicht Utopien, Igorenka? Wem ist es gelungen, eine Frau aus Rußland herauszuholen, wenn es die Behörden nicht wollen? Mein Liebster, Rußland ist deine Heimat, wir sind jung, und irgendwo in unserem herrlichen Land werden wir uns wiedersehen. In Deutschland – nie –«

Pjetkin begann, das zu begreifen. Er war Starobin fast dankbar, daß er ihn vergessen hatte.

»Ich bleibe bei Dir«, schrieb er an Dunja. »O mein Gott, warum kann Liebe so weh tun ...«

Als alles wieder in seinen Bahnen lief, traf aus Moskau ein Befehl ein.

Ein knappes Schreiben, dessen Klarheit alles Nachdenken wegwischte:

»Der Arzt Dr. Igor Antonowitsch Pjetkin, zur Zeit BA-Lager I Workuta, hat sich sofort im Innenministerium, Abteilung VI, Zimmer 162, zu melden. Er darf ohne Begleitperson reisen. Dieses Schreiben gilt gleichzeitig als Ausweis und zum Bezug einer Fahrkarte.«

Unterschrift unleserlich. Stempel. Ein Dokument, das Pjetkins Leben änderte.

»Sie haben es also doch geschafft, Igor Antonowitsch«, sagte Oberst Baranurian, der ihm das Schreiben mit einem schiefen Lächeln übergab.

Sofort, lautete der Befehl aus Moskau.

Was heißt sofort?

Ist sofort am gleichen Tag? Morgen? In einer Woche? Man kann sofort auslegen wie die Worte eines Politikers, und immer bekommt man andere Ergebnisse.

Igor Antonowitsch begann zunächst, seine wenigen Sachen zu packen, ordnete seine Hinterlassenschaft, und das war ein Krankenhaus, modern, fortschrittlich, sauber, ein Musterbeispiel von Organisation und festem Willen und bat Oberst Baranurian, im Innenministerium anzurufen, daß der Arzt Dr. Pjetkin nach Erledigung aller Abwicklungen in Workuta sofort nach Moskau kommen würde.

»Das ist verdammt klug ausgedrückt«, sagte Baranurian anerkennend. »So kann man sofort in die Länge ziehen wie Sirup.« Marko wurde zu einem Athleten. Er legte ein ungeheures Laufpensum zwischen Männerlager und Frauenlager zurück, trug Dunjas schmerzvolle Briefe herüber und brachte Igors beschwichtigende Schreiben zurück, verzweifelte und hoffnungsvolle Zeilen.

Es waren immer die gleichen Beteuerungen: »Ich hole dich nach Deutschland, Dunjuscha. Glaube daran! Es wird Möglichkeiten geben – laß mich erst in Deutschland sein. Gebrauchen wir jetzt das, was uns Russen keiner nachahmen kann: Warten können. Mein Engel, üben wir diese Tugend in Liebe und Verzweiflung aus, laß uns alles durchstehen, laß uns lernen, was am schwersten ist: Geduld, Geduld, Geduld ... Mein Liebling, ich weiß es ganz sicher: Die Zukunft gehört uns!«

Es waren schöne Worte, aber sie waren wie Blumen, die sofort verwelkten. Dunja buchstabierte sie unter Schluchzen, und Marko analysierte sie mit einer Schärfe, die Pjetkin aus seiner schützenden, aber dünnen Selbstsicherheit trieb.

»Konkret –«, sagte Marko. »Was soll werden?«

»Erst muß ich in Deutschland sein. Wie kann ich vorher alles wissen?«

»Und wo soll ich bleiben? In Workuta? Wie soll ich die Verbindung zu Dunja beibehalten? Glaubst du, ein einziger Brief von dir würde jemals bei ihr ankommen? Auch ich muß weg aus Rußland.«

»Marko, das ist Wahnsinn! Wir verlieren Dunja aus den Augen ...«

»Wenn ich bleibe, sicherlich. Aber wenn ich weg bin –«

»Wie willst du nach Deutschland kommen?«

»Wer redet von Deutschland, Söhnchen, mein Dummkopf? Ich werde mich in Finnland niederlassen.«

Pjetkin gab es auf, Marko zu fragen. Die Pläne Godunows waren stets rätselvoll, daß einem nur eines blieb – sie zu bewundern. Wenn Marko an Finnland dachte, hatte er auch eine Idee, die nur in seinem Hirn möglich war.

»Marko wird die Verbindung zwischen uns aufrechterhalten. Was wären wir ohne ihn? Er steckt voller Pläne, die keiner versteht, aber wir können auf sie bauen wie auf das beste Fundament. Welch ein Wunder von Mensch! Dunjuscha, mein Liebling, mein einziger Stern am Himmel ... habe Kraft. Ich verlasse Rußland mit einem zerrissenen Herzen, denn ich liebe dieses Land und ich fühle mich als Russe. Daß sie jetzt einen Deutschen aus mir machen, nur weil ich in Königsberg geboren bin, werde ich nie verstehen. Was heißt das überhaupt: Russe, Deutscher, Franzose, Engländer, Italiener, Amerikaner, Chinese, Araber, Eskimo ... es sind nur Namen. Eins aber sind wir alle: Menschen! Wann wird die Menschheit begreifen, daß sie aus Menschen besteht?«

Worte ... Worte ... Worte ...

Real war nur eins: Der Befehl aus Moskau.

Sofort!

Eine völlig andere Auffassung von sofort hatte Marianka Jefimowna. Der Brief aus Moskau war für die Dussowa ein Blitz mitten ins Herz. Wer kann sie nicht verstehen? Zum erstenmal erlebte Workuta eine Dussowa, die aus den Fugen geraten war. Alle Krankmeldungen am nächsten Morgen ließ sie einweisen, und das geschah so, wie sie früher ihr gehaßtes »Arbeitsfähig!« schrie: Sie rannte die Reihen entlang und brüllte: »Krank! Krank! Krank!«

Die Kolonne der Elenden blieb stehen, ungläubig, mit offenen Mündern, bis man sie mit Knüppeln ins Krankenhaus trieb, in genau die Richtung, von der man sie bisher weggejagt hatte. Das wiederholte sich jeden Morgen, bis die Zimmer überquollen und Pjetkin zum erstenmal selbst die Selektionen übernahm. Er stand einem Heer von Simulanten gegenüber, schüttelte traurig den Kopf und sagte laut:

»Brüder, das solltet ihr nicht tun. Ist das Kameradschaft? Den wirklich Kranken nehmt ihr den Platz weg –«

Wer hatte es jemals gewagt, die Dussowa aufzuhalten, wenn sie wie ein Vulkan ausbrach?

»Es gibt hundert Arten, sich umzubringen, ich werde die spektakulärste nehmen!« schrie sie mit einer so hellen Stimme, daß niemand sie mehr erkannte. Ihre dunkle Wärme war wie zerschellt. »Sie müssen dich bei mir lassen, Igorenka! Nach Deutschland? Das ist auf dem Mond! O Himmel, wenn alles nichts nutzt, soll auch alles zum Teufel gehen! Ich bringe dich und mich um. Niemand soll uns mehr haben!«

Pjetkin nahm die Drohungen nicht ernst. Anders Marko. Aber zum erstenmal seit seiner Freundschaft mit Pjetkin war er zum Zusehen verurteilt. Was jetzt im Krankenhaus geschah, war nicht mehr zu bremsen.

Marianka kämpfte wie gegen ein Todesurteil. Sie rief selbst in Moskau an, ließ sich hintereinander alle maßgebenden Genossen geben, ja sogar den 1. Sekretär des Innenministeriums beschwor sie, den Chef des KGB, einige hohe Funktionäre der Partei. Am Ende dieser Gesprächskette sagte ein wichtiger Mann aus dem Innenministerium grob:

»Genossin Dussowa, halten Sie endlich den Mund! Das ist eine politische Entscheidung. Es gibt Dinge, die werden Sie nie verstehen. Wir haben es auch nicht nötig, sie Ihnen zu erklären. Wir können nur eins: Sie nach Paragraph 58 verurteilen.«

»Hängt mich an den Fahnenmast von Workuta!« schrie Marianka zurück und trommelte mit den Fäusten auf den Tisch. Der Mann im fernen Moskau hörte es genau. »Wenn Pjetkin nach Deutschland abgeschoben wird, bin ich kein Mensch mehr.«

Sie bekam keine Antwort. Moskau hatte aufgelegt.

»Lieben Sie Pjetkin wirklich so sehr, daß Sie sich selbst vernichten können?« fragte Oberst Baranurian. Er war nicht hinausgegangen, als die Dussowa von seinem Zimmer aus ihre Gespräche führte. Wer wußte, was sie alles in ihrer geistigen Auflösung ins Telefon schrie, und später würde man zu Baranurian sagen: »Das hätten Sie verhindern können! In Ihrem Zimmer steht das Telefon.«

Mit Moskau mußte man vorsichtig sein und seinen Mut in Pantoffel stecken.

»Was wissen Sie von Liebe?« Ihre Stimme war giftig. Sie rauchte mit zitternden Fingern eine Zigarette nach der anderen, trank den Wodka, den ihr Baranurian einschüttete, wie Wasser und starrte unentwegt auf das Telefon. Wen will sie jetzt noch anrufen, dachte Baranurian. Breschnew selbst? Kossygin? Podgorny? Will sie die Zeitungen mobilisieren? Welch ein Irrsinn! Wer würde darüber schreiben? Wer würde es wagen, auch nur eine Zeile über Workuta und die Probleme der Dussowa zu veröffentlichen? Jedem ist der eigene Kopf am nächsten. Feiglinge alle, Arschkriecher, Stiefellecker, Kulaken wie vor hundert Jahren, wo man Schläge mit der Peitsche durch Handküsse dankte. Darin war Rußland unsterblich, ewig, jung wie kein anderes Volk dieser Erde: Seine Menschen liebten die Strenge.

»Liebe?« Oberst Baranurian sah gegen die Zimmerdecke. »Ich bin seit sechzehn Jahren Witwer. Ich habe vier erwachsene Kinder. Auch ich war einmal jung, bestimmt, und ich lief den Röcken nach wie eine Katze dem Baldrian. Aber ich hätte mich nie ganz aufgegeben wegen einer Frau. Es gibt genug von ihnen, habe ich mir immer gesagt, wenn irgendeine Affäre zu Ende ging. Die Welt ist voll von schönen Brüsten, Hüften und Schenkeln. Und ich bin dann spazierengegangen, ziellos, durch Straßen und über Plätze, und siehe da. . . es wimmelte von hübschen Weibchen, man brauchte nur die Hand auszustrecken. Marianka Jefimowna, Sie sollten auch so denken. Pjetkin ist ersetzbar.«

»So kann nur ein Mann über einen anderen Mann reden.« Sie kippte wieder ein Glas Wodka hinunter, und Baranurian fragte sich, wann sie vom Stuhl fiel und man sie völlig besoffen wegtragen mußte. »Igor Antonowitsch ist meine Endstation, Oberst. Oder meine Geburt. Mit ihm beginnt ein Leben oder ein Nichts. Was habe ich bisher von diesem verdammten Leben gehabt? Eine Wanze hat mehr . . . sie paart sich und darf Blut saugen. – Verstehen Sie mich?«

»Nur zu einem Teil. Sie denken zu einseitig. Es hat doch keinen Zweck, Marianka Jefimowna. Pjetkin wird nach Deutschland abgeschoben, so wie er es gewollt hat. Dann wird auch Pjetkin vergessen, daß er eigentlich ein Russe sein will. Sie aber wird man in die Wildnis verbannen. Es gibt noch einsamere Lager als dieses hier. Workuta ist dagegen eine Großstadt.« Baranurian zog Mariankas Hand vom Telefon. »Pjetkin heißt übrigens Hans Kramer.«

»Das weiß ich. Aus seiner Akte. Aber Igor Antonowitsch wird nie ein Deutscher werden.«

»Sind Sie da so sicher? Ich nicht, Marianka. Was kennt der Junge denn bisher von der Welt? Waisenhaus, Schulen, Universität, Südsibirien, und auch da nur das Lager Sergejewka, Chelinograd, jetzt Workuta. Ein wirklich trostloser Lebenslauf. Wie süßer Wein wird das Leben im dekadenten Westen über Pjetkin strömen, er wird es in sich hineintrinken und die nächsten Jahre total besoffen sein. Ein ganz natürlicher Vorgang. Später wird er dann aus seinem Rausch erwachen, ganz sicherlich, der große Jammer wird über ihn kommen, aber er wird nicht mehr die Kraft haben, zum sibirischen Wasser zu greifen ... die Süße hat ihn zerfressen. Hoffen Sie also nicht, daß Pjetkin, der große, heilige Pjetkin, immer der Held, immer der Engel bleibt. Schließen Sie ab mit diesem Kapitel Leben –«

»Ich schließe ganz ab«, sagte die Dussowa dunkel. »Wofür lebe ich denn?«

»Sie sind Ärztin.«

»O Himmel – eine schlechte!«

»Das reden Sie sich ein. Sie hassen sich selbst, und deshalb morden Sie Ihre Fähigkeiten. Ich weiß, was Sie an Pjetkins Seite am OP-Tisch geleistet haben.«

»An Pjetkins Seite. Ja! Immer Pjetkin! Immer nur er! Sehen Sie jetzt ein, daß er mein Leben ist?«

»Mobilisieren Sie Ihr Können.«

»In Straflagern? Was war denn meine Aufgabe bisher? Arbeitsfähige zur Verfügung stellen. Die Krankheitsnorm einhalten. Sterbende übersehen. Zum Satan der Verbannten werden. Dafür habe ich zwölf Semester Medizin studiert!«

Marianka schüttelte den Kopf. Zusammengesunken saß sie am Tisch, umklammerte das Wodkaglas, der Alkohol lag wie Dunst über ihren Augen.

»Ich will nicht mehr, Baranurian, was hat das alles noch für einen Sinn? Wenn Igorenka weggegangen ist, werde ich wahnsinnig sein. Lächeln Sie nicht – ich bin eine schlechte Ärztin, aber so weit reicht meine Diagnosefähigkeit noch, um das vorauszusehen. Ich werde verrückt werden, ganz einfach verrückt.« Sie erhob sich schwer und ging langsam zur Tür. Aufrecht, wie ein Stock auf Rädern. An der Tür drehte sie sich noch einmal um. »Wann fährt Igor nach Moskau?«

»Wenn er es schafft – morgen.«

»Dann werde ich übermorgen wahnsinnig sein. Baranurian, bestellen Sie für übermorgen beim Sargtischler eine Kiste für mich. Meine Maße kennen Sie ja. Eine Tannenkiste, das genügt.«

Oberst Baranurian hielt sie nicht auf, aber er nahm ihre Worte auch nicht leicht. Ihre Drohung war echt, begründet und sogar möglich. Der Beginn des Irrsinns lag bereits tief in ihrem Blick ... es war lähmend, so etwas zu erkennen.

Zuletzt versuchte es Baranurian mit seinen Freunden in Moskau. Er telefonierte, wie man sonst von Workuta in einem ganzen Monat nicht telefoniert hatte. Was erreichte er? Die Militärs konnten natürlich nicht helfen, und so vermittelte man ihn weiter und er traf auf die Genossen, die schon von der Dussowa zur Verzweiflung getrieben worden waren.

»Sie auch, Genosse Oberst?« schnauzte man ihn an. »Grassiert denn ein Bazillus in Workuta? Das Pjetkin-Fieber, was? Wir wünschen keinerlei Interventionen mehr in diesem Fall. Er ist abgeschlossen! Aber eines können wir wirklich tun: Sie von der Dussowa befreien.«

Es ist erstaunlich, wie schnell Moskau arbeiten kann, wenn man die richtigen Leute anspuckt und in empfindliche Stellen tritt. Noch bevor Pjetkin abreiste, landete ein Flugzeug auf dem kleinen Militärflugplatz von Workuta und eine Kommission des KGB stieg aus. Ein Major leitete sie, begrüßte Oberst Baranurian trotz des Rangunterschiedes steif und fast beleidigend und fragte kurz: »Wo ist sie?«

»Im Krankenhaus, wo sonst?«

Die Dussowa war auf alles vorbereitet. In drei Stunden verließ Pjetkins Zug Workuta. Marko war jetzt bei ihm und brachte ihm – geheim wie immer – die letzten Zeilen Dunjas. Pjetkin faltete den kurzen Brief zusammen und steckte ihn zu Dunjas Bild in den ledernen Brustbeutel, den er jetzt tragen konnte. Marianka rührte ihn nicht mehr an ... sie war in dieser letzten Nacht wie ein Steppenbrand gewesen, und er hatte Angst bekommen, daß sie ihn zerreißt, zerfleischt wie ein Tiger, ihm einfach die Kehle durchbeißt. Gegen Morgen hatte sie geweint, war aus dem Bett gesprungen, hatte sich noch einmal in ihrer vollkommenen, herrlichen, von der Natur beschenkten Nacktheit vor ihn hingestellt und gesagt:

»Nimm dieses Bild mit, Igorenka ... morgen ist es zerstört. Der Verstand tropft aus meinem Kopf wie der Schweiß aus den Poren.«

Er hatte sie angesehen, lang und stumm, und er hatte wie Baranurian gelähmt ihren Blick erkannt, dieses Wachsen des Irrsinns.

»Auch dich werde ich nicht vergessen«, hatte er heiser gesagt. »Du bist Rußland in seiner vollendetsten Gestalt –«

Als sie aus seinem Zimmer ging, fiel auch ihr Leben zusammen. Nun saß sie da, bereit zum letzten großen Auftritt. Ein Untergang mit Blitz und Donner, wie es sich für eine Dussowa gehörte.

Der Major aus Moskau, sein Name ist nicht wichtig, betrachtete

Marianka aus bösen Augen. Sie erwiderte seinen Blick wie eine sprungbereite Katze.

»Eine Frage –«, sagte er hart. »Sind Sie verrückt?«

»Ja.«

»Sie zwingen uns, therapeutische Maßnahmen anzuwenden. Wir werden Sie in eine ruhige Umgebung bringen, wo Sie sich erholen können.«

»Wie zartfühlend Sie ein Irrenhaus umschreiben, Genosse.«

Die Dussowa lachte dunkel.

»Wir haben für bevorzugte Kranke Sanatorien. Bei Ihnen dachten wir an Sotschi.«

»Eine Villa, mit Gittern an den Fenstern. Eine Hölle unter Palmen. Man sieht die Sonne und den Himmel, man hört das Meer rauschen und den Wind wehen, man riecht die Rosen und den angeschwemmten Tang ... und doch ist man tot! Dahin wollt ihr mich bringen? O ihr Idioten!«

Sie sprang plötzlich auf und schleuderte eine Blumenvase aus Glas an den Kopf des Majors. Er hatte keine Zeit mehr, sich zu ducken ... voll traf sie ihn, zerschellte an seiner Stirn, riß sie auf, und das Blut überflutete im Nu sein Gesicht.

Es war Mariankas letzte Tat. Vier Soldaten ergriffen sie, drehten ihr die Arme auf den Rücken und schleiften sie aus dem Zimmer.

Sie lachte dabei, ihr wildes Gesicht war ein einziger lachender Schrei – eine zerplatzende, untergehende Sonne ...

Pjetkin vernähte die Schnittwunden des Majors ... auch bei ihm war es seine letzte Handlung.

Eine halbe Stunde später führten die Soldaten Marianka Jefimowna Dussowa aus dem Lager zu einem Lastwagen. Sie hatte kein Gepäck bei sich, trug ihren bodenlangen Lammfellmantel und ein Kopftuch um die langen, schwarzen Haare. Sie kletterte in den Lastwagen, hinten auf die Ladefläche, die Plane fiel herunter, und damit war eigentlich das Leben der Dussowa abgeschlossen. Schnell fuhr der Lastwagen davon, nach Workuta-Stadt, zum Bahnhof. Der Major des KGB folgte nach kurzer Zeit aus dem Krankenhaus und hatte die Mütze tief über sein verpflastertes Gesicht geschoben.

In der Kommandantur fing ihn Baranurian ab.

»Was geschieht mit Marianka Jefimowna?« fragte der Oberst steif. Er hatte einige Gläser Wodka getrunken und daher den Mut, laute Fragen zu stellen.

»Ich weiß es nicht, Genosse Oberst.« Der Major grüßte lässig.

»Was heißt das? Sie nehmen sie mit und wissen nichts?«

»Es liegt lediglich ein Befehl der Kommandantur von Perm vor, und Perm hat Anweisungen aus Moskau. Kurztext: Die Ärztin Dussowa ist sofort aus dem Lagerdienst herauszuziehen ...«

Herausziehen ... das war ein Wort, das Baranurian gar nicht gefiel. Versetzen hätte besser geklungen, beruhigender – aber herausziehen? Wer die Wortspiele der Russen kennt, ahnt, daß hier etwas Endgültiges geschehen war.

»Sie haben Marianka abgeholt ... ich brauche von Ihnen eine Empfangsbestätigung.«

»Moskau wird Ihnen den Empfang bestätigen.« Die Stimme des Majors klang sarkastisch.

»Ein widerlicher Mensch«, sagte Oberst Baranurian, als der Major abfuhr. »Eine Figur zum Anspucken!«

Pjetkin stand am Fenster, als man Marianka abführte. Er konnte ihr nicht helfen, aber es zerdrückte ihn fast, daß ihr Untergang der letzte Ausbruch ihrer Liebe zu ihm war. Er hatte immer nur den Aufbau gewollt, den Fortschritt, Vollendungen ... und hinterließ nur Ruinen.

Nehmen wir es vorweg: Man hat nie wieder etwas von Marianka Jefimowna Dussowa gehört. Jedenfalls tauchte sie in keinem Lager mehr auf, denn das hätte man erfahren. Der Nachrichtendienst von Lager zu Lager ist vorzüglich. Jeder, der versetzt wird, und es wird immer jemand versetzt, schleppt einen Sack voller Neuigkeiten mit sich herum. So weiß man immer, was anderswo geschehen ist.

Wäre die Dussowa irgendwo aufgetaucht, sie wäre die Nachricht Nr. 1 gewesen. Aber sie blieb verschollen – Sibirien saugte sie auf.

ZWEIUNDVIERZIGSTES KAPITEL

Der Weggang Pjetkins aus Workuta war erschütternd. Trotz des Brüllens der Kapos, trotz Hammerschläge und Fußtritte füllte sich der Appellplatz mit den Innendienstlern, kamen die gehfähigen Kranken aus den Zimmern und stellten sich draußen dazu. Aus den Magazinen und Werkstätten quollen sie, aus Küche und Fleischerei, sogar eine Abordnung der Quarantänestation hatte es erreicht, daß sie sich abgesondert, aber auf dem Platz aufstellen konnte.

Als Pjetkin aus dem Haus trat, begleitet von Oberst Baranurian, nahmen alle die Mütze ab. Ein Spalier des Elends war's, aber auch ein Spalier unaussprechlichen Dankes.

»Gott segne dich ...«, hörte er mehrmals leise. »Gott sei mit dir ...«

Und er nickte, die Kehle war ihm zugeschnürt, er schleppte an seinem Reisebündel wie an einem Felsblock. Das ist das Fegefeuer, dachte er. Wenn ich hindurch bin, müßte ich sauber gebrannt sein. Aber die Frage wird immer bleiben: Habe ich recht getan – oder bin ich ein Schwein, ein Feigling, ein Flüchtender ...

Vor dem großen Tor stand in Paradeformation die Kompanie II und präsentierte. Leutnant Zablinsky hielt die Tür des Wagens auf. Pjetkin blickte sich mehrmals um ... von Marko war nichts zu sehen, seit einer Stunde war er verschwunden. Der Bulle Jewronek hing aus dem Fenster der Fleischerei und grinste.

»Steig ein –«, sagte Baranurian und stieß Pjetkin leicht in den Rücken. »Jetzt bist du aus dem Lager. Ein freier Mensch. Blick nicht mehr zurück –«

Sie fuhren langsam über die noch vereiste Straße zum Stadtbahnhof, wo der Kurswagen nach Moskau wartete.

Pjetkin und Baranurian blieben auf dem Bahnsteig stehen, während ein Bahnbeamter das armselige Gepäck in den Wagen schaffte. Vor und hinter dem Kurswagen standen Güterwaggons ... es gab wenig Menschen, die von Workuta abreisten. Um so mehr kamen an, nicht hier auf dem Bahnhof, sondern auf der Rampe des eigenen Lagerbahnhofs.

»Ein merkwürdiges Gefühl«, sagte Baranurian und ging mit Pjetkin hin und her. »Du bist der Sohn meines Freundes und Kriegskameraden – ich darf doch du zu dir sagen? – heißt Pjetkin und bist trotzdem ein Deutscher. Du verläßt jetzt Rußland, in dem du groß geworden bist, das dich zum Mann machte, zum Arzt, zum Liebenden. Du denkst, wenn du an Anton Wassiljewitsch Pjetkin denkst, an deinen Vater, und trotzdem darfst du kein Russe sein. Wie kompliziert diese Welt ist. Sie wird noch komplizierter sein, mein Junge, wenn du erst in Deutschland bist. Alles ist dort anders als hier. Fast ein anderer Stern. Weißt du das?«

»Ich habe mich, ehrlich gesagt, nie um Deutschland gekümmert. Was ich so gelesen habe, in Zeitungen, Büchern, Zeitschriften ...«

»Immer durch die gleiche Brille, Igor Antonowitsch. Was sieht sie: Imperialisten, Revanchisten, Ausbeuter der Arbeiter, Klassenfeinde, Kriegstreiber, Feinde des Sozialismus, degenerierte Fettwänste, Schmierfinken, Lügner, Verleumder ... das alles mag stimmen. Aber du wirst auch Menschen darunter finden. Wertvolle Menschen. Sie gibt es überall, auch im Westen. Dann beginnen die Schwierigkeiten.

Dann stürzen die Fragen auf dich ein: Wohin gehöre ich? Wozu entscheide ich mich? Bin ich noch Pjetkin oder Hans Kramer? Du mußt viel Kraft haben, Igor Antonowitsch.«

Pjetkin stand auf den Stufen des Waggons, blickte über den Kopf Baranurians in die Weite und meinte, am Himmel die Dampfwolken aus der Wäscherei des Frauenlagers zu sehen. Hinter den Häusern der Stadt begann die Einsamkeit, die Straße zu den Lagern, der Lagerkomplex, die eingezäunte Welt, über die eine riesige unsichtbare Dunstglocke aus gefrorenem Stöhnen lag.

Er sah hinauf zur Bahnhofsuhr. Jetzt stand Dunja am OP-Tisch oder machte Visite, und sie dachte an ihn und wußte, daß in wenigen Minuten der Zug abfuhr aus Workuta.

Dunja. Ihre letzten Worte trug er in dem Lederbeutel auf dem Herzen.

»Gott mit Dir, mein Liebling. Ich warte ... warte ... warte ...«

Keine Unterschrift. Nur ein nasser Fleck.

Eine Träne.

»Bitte, kümmern Sie sich um Dunja –«, sagte Pjetkin leise.

Baranurian riß die Augen auf. An seinen Lidern und auf den Brauen hing Eis.

»Wenn ich sie finde –«

»Sie ist Oberärztin nebenan im Frauenlager I.«

»Igor Antonowitsch, du verdammter Hund ... du hast mich die ganze Zeit betrogen!« Baranurian schlug die Hände zusammen. Er umarmte Pjetkin und küßte ihn auf beide Wangen. Der Stationsvorsteher pfiff. »Der Sohn des alten Pjetkin, daran erkennt man ihn! Leb wohl, mein Junge.«

»Vergessen Sie Dunja nicht, bitte –«

»Ich werde mein Bestes tun. Das Frauenlager hat einen idiotischen Kommandanten, und der Chefarzt Dr. Dobronin ist eine Sau. Aber ich will alles mögliche versuchen, um Dunja zu sehen. Ob du ihr als freier Mensch im Westen schreiben kannst?«

»Dürfen ja. Aber ob jemals ein Brief ankommt?«

»Schick sie an mich.«

»Auch sie werden zensiert werden.«

»Dein merkwürdiger Freund Marko –«

»Völlig ungewiß. Marko ist verschwunden. Er ist nicht zum Abschied gekommen, er ist ein Wunder, das immer dann erscheint, wenn man es braucht. Nur jetzt ist er untergetaucht. Er wollte nicht, daß ich Rußland verlasse.«

Die Lok zischte und pfiff. Türen wurden zugeschlagen, ein Bahnbeamter brüllte auf dem Bahnsteig, wie alle Bahnbeamte dieser Welt: »Einsteigen! Die Türen schließen! Zurücktreten!« Nur war es hier absurd, denn keiner stieg mehr ein und nur Baranurian stand am Zug. Pjetkin ließ den Türriegel zufallen, zog das Fenster des Wagenflures herunter und beugte sich hinaus.

»Leb wohl, Igoruschka«, sagte Baranurian und drückte Pjetkins Hände. Es war das erstemal, daß er den Kosenamen gebrauchte. »Willst du zum Schluß einen Rat? Den Rat eines Alten, Verbrauchten?«

»Ja, Lew Dementijewitsch.«

»Vergiß Rußland nicht.«

»Nie ... nie!«

»Dann wirst du immer ein Narr sein ... ein heiliger Narr –« Der Zug ruckte an, setzte sich in Bewegung, quietschte in den Rädern und Bremsen. Pjetkin winkte durch das heruntergezogene Fenster zurück. Oberst Baranurian grüßte militärisch, in strammer Haltung, die Hand an der Mütze. Pjetkin durchrann es eiskalt. Plötzlich erinnerte er sich an seinen Vater, der auch auf dem Bahnhof militärisch grüßend von ihm Abschied genommen hatte, damals in Kischinew. Es war das letzte, was er von seinem Vater gesehen hatte.

Pjetkin zog den Kopf zurück und schob das Fenster hoch.

Er suchte sein Abteil, öffnete die Tür und blieb stehen.

Seinem Platz am Fenster gegenüber hockte Marko Borissowitsch Godunow, umgeben von Gläsern und Büchsen, einem Riesenkloß gebratenen Fleisches und einem Spankorb voller Eier. Er saß da inmitten seiner Herrlichkeiten und biß genußvoll in eine große, saftige Salzgurke. Ein rundes Gurkenglas balancierte auf seinen spitzen Knien.

»Marko –«, sagte Pjetkin. In seiner Brust zuckte es. Du darfst jetzt nicht heulen, dachte er. »Ich denke du bleibst bei Dunja?«

»Man muß mit dem Kopf denken, Söhnchen. Zwischen Deutschland und Workuta liegt eine große Strecke. Es ist besser, man hat auf diesem Wege in der Mitte eine Station. Habe ich dir nicht von Finnland erzählt? Ich bin ein Tourist nach Helsinki. Für Jewronek kehre ich zurück nach Moskau – er wird sich jetzt vor Freude besaufen.« Der Zwerg grinste und klopfte auf den Sitz ihm gegenüber. »Komm, setz dich, Igorenka. Nimm ein Gürkchen, ein Brot mit Dauerwurst und ein Schlückchen Birkenwein. Greif zu, Söhnchen ... du wirst nicht mehr lange russisch essen können ...«

DREIUNDVIERZIGSTES KAPITEL

In Moskau traf Pjetkin seinen Waisenhauskameraden Starobin nicht wieder. Starobin ließ sich verleugnen, das war klar, denn in Wirklichkeit saß er hinter einer der hundert Türen, ein mächtiger Mensch, der aus dem Dunkel befahl.

Marko hatte sich auf dem Bahnhof von Pjetkin getrennt. Schnell, mit wenigen Worten, als wolle er nur Papyrossi holen. Es war sicher, daß er zum Leningrader Bahnhof fuhr, um dort den Zug nach Finnland zu bekommen.

Pjetkin meldete sich, wie befohlen, im Innenministerium, gab seinen Transportschein ab, wurde durch einige Zimmer geführt und landete schließlich bei einem Mann, der aussah wie Berija in Jugendjahren. Er trug einen altmodischen Kneifer auf der Nase und schnupfte nach jedem Wort auf, als habe er chronisches Nasentropfen und werde nicht Herr darüber.

»Sie reisen übermorgen aus«, sagte der Mann. Er hatte eine sentimentale Stimme wie ein kirgisischer Volkssänger. Mitleidig betrachtete er Pjetkin, blätterte in einigen Papieren, rückte an seinem Kneifer und lehnte sich dann zurück. Die Hände faltete er über dem Magen, als wolle er ein Halleluja singen. »Ihre Fahrkarte erhalten Sie in Zimmer 67. Himmel noch mal, wie sehen Sie denn aus? So können Sie nicht fahren, nicht in den Westen. Sollen wir uns blamieren? Ein Arzt in solch einem Anzug. Und dieser Mantel!«

»Oberst Baranurian hat mir beides in Workuta besorgt. Es war dort das Modernste.« Pjetkin tat es gut, das zu sagen. »Wenn Sie mich vor einer Woche gesehen hätten, Genosse . . .«

»Man ist eben kein Herr, wenn man in einem Besserungslager lebt«, antwortete der griesgrämige Genosse sauer.

»Aber jetzt bin ich ein Herr?«

»Jetzt sind Sie ein freier Mensch. – Kaufen Sie sich im Kaufhaus GUM einen anständigen Anzug, einen leichten Mantel, vernünftige Wäsche, gute Schuhe. Die Rubel, die Berechtigungsscheine und die Namen der Abteilungsleiter von GUM, an die Sie sich wenden müssen, erhalten Sie auch in Zimmer 67. Wir werden bei GUM anrufen, daß man Ihnen alle Sachen bereitstellt. Noch etwas?«

»Ich reklamiere meine Gehälter von Chelinograd bis heute«, sagte Pjetkin. Der Mann mit dem Kneifer riß den Mund auf, starrte Pjetkin an und holte tief Luft.

»Sind Sie verrückt, Igor Antonowitsch?«

»Fragen Sie den Genossen Starobin, ob mir die Gehälter zustehen.«

»Natürlich steht Ihnen nichts zu. Gar nichts! Glauben Sie, wir bezahlen unsere Strafgefangenen?«

»Ich habe als Arzt voll gearbeitet.«

»Sie hätten auch im Steinbruch arbeiten können, Pjetkin!«

»Fragen Sie Starobin.«

Er ist da, dachte Pjetkin. Irgendwo hier sitzt er, verkriecht sich, vielleicht gleich nebenan. Er will sich nicht bedanken, und er will auch nicht, daß ich ihm sage, wie er mich überrascht hat. Wenn dieser Mann mit dem chronischen Schnupfen jetzt den Telefonhörer abhebt, ist Starobin im Haus.

Er hob ihn ab. Wählte eine Nummer, wartete, sprach dann sehr devot und mit gekrümmtem Rücken. Hörte zu, was der andere antwortete, sah ein paarmal an die Decke, betrachtete Pjetkin mit den Kinderaugen eines maßlos Verblüfften und legte dann auf.

»Sie erhalten drei Monatslöhne, Dr. Pjetkin. Auch in Zimmer 67.«

»Na also. Leben wir nicht in einem gerechten Staat? Für jede Arbeit der nötige Lohn. Was sagte der Genosse Starobin sonst noch?«

»Nichts.«

Pjetkin lächelte schwach. Er war es also. Mein armer Jakow Andrejewitsch mit der Naht in der Lungenarterie, du hast Angst vor der Dankbarkeit. Eigentlich haben alle Russen irgendwie und irgendwo Angst. Ich auch. Uns steht die Seele bis zum Hals, und wir bemühen uns trotzdem ununterbrochen, kein Herz zu zeigen. Ist das die Lösung des Rätsels, warum wir mit dem Frühstückstee bereits den Minderwertigkeitskomplex gegenüber der westlichen Welt trinken? Man erwartet von uns, der Bösewicht der Welt zu sein ... lächeln wir, strecken wir die Freundschaftshand hin, sagen wir, daß wir alle Brüder sind ... schon heißt es, daß wir jetzt besonders gefährlich sind, daß wir etwas ganz Gemeines ausbrüten, daß wir die Welt auf den Rücken legen wollen, denn wie käme ein Russe dazu, nachgiebig, ja menschenfreundlich zu sein ...

Dieses verfluchte Jahrhundertbild! Dieses Klischee, das über uns hängt wie Leim.

Pjetkin sagte »uns«. Er dachte als Russe, er empfand als Russe, für ihn gab es nur Rußland. Und jetzt fuhr er für immer nach Deutschland.

»Das war der technische Teil«, sagte der Genosse mit dem Dauerschnupfen, wühlte in seinen Papieren und fand anscheinend das richtige Blatt. Er glättete es mit den Handflächen, obgleich es faltenlos war, las die wenigen Zeilen und schob die Unterlippe vor. »Sie hießen eimal Hans Kramer, nicht wahr?«

»Ja.« Pjetkin wurde vorsichtig. Die Vergangenheit kroch auf ihn zu.

»Geboren in Königsberg?«

»Das weiß man doch alles.«

»Man weiß noch mehr.«

»Noch mehr?«

»Der Genosse Starobin hat angeordnet, daß man es Ihnen sagt, bevor Sie nach Deutschland kommen. Bis zur sowjetischen Grenze werden Sie Pjetkin heißen ... dann werden Sie wieder Hans Kramer sein. Sie bekommen zwei Ausreisepapiere mit. Das sowjetische können Sie nach der Grenze vernichten, wie wir hier auch Ihre sowjetische Identität eliminieren.«

Pjetkin senkte den Kopf. Etwas Unerklärbares, Heißes, Betäubendes durchrann ihn. Es gibt keinen Pjetkin mehr. Ich bin nie gewesen. Ich habe nie einen Vater Anton Wassiljewitsch und nie eine Mutter Irena Iwanowna gehabt. Zwanzig Jahre sind einfach nicht gewesen.

»Das ist unmöglich –«, sagte er heiser, kaum hörbar. Aber der Mann mit dem Kneifer hatte gute Ohren, sie tropften nicht wie seine Nase.

»Und wie das möglich ist. Wir korrigieren nur einen Sachverhalt, der in den verwirrten Zeiten im und nach dem Krieg möglich war. Also – gospodin Kramer, fahren wir fort.«

»Ich heiße Pjetkin!« schrie Pjetkin und sprang auf. Er zitterte am ganzen Körper. »Wo ist Starobin? Ich muß mit ihm sprechen! Ich bin Russe. *Russe!* Und ich bleibe es! Auch in Deutschland!«

»Das geht nun gar nicht. Sie haben selbst den Antrag gestellt, daß ...«

»Ich stelle ihn erneut und anders: Ich möchte als Russe nach Deutschland ausreisen können.«

»Verrückt! Das ist absurd! Das ist Republikflucht ... sie bringt Ihnen zwanzig Jahre Workuta ein! Gospodin Kramer –«

»Pjetkin!« brüllte Pjetkin zurück.

»... ausreisen können Sie nur als Deutscher. Das ist nun der Fall, und geändert wird nichts mehr. Glauben Sie, wir sitzen hier nur, um mit Verrückten wie Ihnen Karussell zu spielen? Und wenn Sie weiter zuhören, Gospodin Kramer ...«

»Pjetkin!«

»... werden Sie eine andere Meinung von Ihrem Deutschtum bekommen. Hier haben wir es schwarz auf weiß.« Er klopfte mit der geballten Faust auf das Blatt Papier. »Ihre Eltern heißen Peter Kramer und Elisabeth Kramer, geborene Reiners?«

»Sie hießen so, ja. Für mich in grauer Vorzeit –«

»Irrtum. Sie heißen so. Sie leben heute in Lemgo.«

Pjetkin saß ganz still. Sein Kopf sank langsam tiefer und legte sich in beide Hände. Der Mann mit dem Kneifer wartete ein Weilchen. Mag sein, wie es will, dachte er. Pjetkin ist ein Spinner, aber ein wenig Mitleid ist jetzt angebracht.

»Das Deutsche Rote Kreuz sucht Sie bis heute, Gospodin Kramer. Hier haben wir eine Abschrift der Suchliste. Wollen Sie sie einsehen? Sie stehen an neunter Stelle. Ihre Eltern haben nie aufgegeben, an Ihr Leben zu glauben. Wir verfolgten das seit 1946.«

»O Gott ...«, sagte Pjetkin in seine Hände. »O Gott. Warum habt ihr mich als Kind nicht zurückgeschickt? Warum habt ihr mich zum Russen gemacht?«

»Der Held des Volkes und des Großen Vaterländischen Krieges, Oberst Pjetkin, hatte Sie adoptiert. Die Sowjetunion bewilligte das, gewissermaßen als Geschenk an den großen Mann. Pjetkin liebte Sie wie seinen Sohn, Sie waren auch sein Sohn, aber Sie blieben Deutscher. Ich weiß, ich weiß, das klingt alles irr, ist jenseits aller Logik, der Mensch kann nur eines sein, und das ist bei Ihnen Deutscher. Wir haben die Völker nicht gemacht, die Grenzen, die Sprachen, die Eigenheiten. Im Gegenteil – wenn wir von Brüderlichkeit reden, von der Gleichheit aller Menschen, lacht man uns aus, nennt uns gefährlich, unterschiebt uns die Welteroberung.« Der Genosse mit dem chronischen Schnupfen lächelte schwach. »Ein kleiner philosophischer Ausflug. Meine Freizeitbeschäftigung.«

»Wo liegt Lemgo?« Pjetkins Stimme klang zerbrochen, wie eingegittert hinter seinen Fingern.

»Irgendwo im Lippischen, in Westfalen. Wenn Sie in Deutschland sind, kann Ihnen jeder sagen, wo Lemgo liegt. Aber die Familie Kramer ist nur der erste Teil von dem, was uns interessiert.«

»Haben Sie noch mehr Überraschungen in Ihren Papieren?« Pjetkin blickte auf. Sein bleiches Gesicht war zerfurcht wie mit Messerschnitten. Der Mann mit dem Kneifer nahm dieses Instrument schnell von der Nase und putzte es mit einem Taschentuch. Er hat gerötete Augen, dachte er. Pjetkin hat hinter seinen Händen geweint. Das ist nun wieder russisch ... Gefühle müssen heraus, die Seele muß Platz haben, sonst ersticken wir.

»Keine Überraschungen, sondern einen Wunsch, Gospodin Kramer.«

Igor Antonowitsch gab es auf, wieder Pjetkin zu brüllen. Er lehnte sich weit zurück und starrte an die Decke. Jahrelanger Tabakqualm hatte sie gelbbraun gefärbt.

»Moskau *wünscht* etwas von mir? Es befiehlt nicht mehr?«

»So ist es. Noch mehr: Wir bauen Ihnen eine goldene Brücke, und wenn Sie darüber gehen, bestäuben wir Sie sogar mit Goldstaub. Igor Antonowitsch – wir haben Ihnen einen Vorschlag zu machen.«

»Sagten Sie eben Igor Antonowitsch? Ich heiße Hans Kramer.«

»Wenn wir von Vorschlägen sprechen, sind Sie Pjetkin. Ihre ganze Misere entstand aus Ihrer Liebe zu Dunja Dimitrowna. Bis zur höchsten Stelle hat man den Kopf geschüttelt. Man hat versucht, Sie abzulenken ... es gelang nicht. Man hat Ihr Verhältnis zu Marianka Dussowa geduldet ... glauben Sie nicht, alle seien blinde Maulwürfe ... in Chelinograd verliebte sich Sinaida in Sie; leider starb sie, bevor sie Sie erobern konnte. Wie kann ein Mann nur an soviel Schönheit vorbeigehen? Aber nein, nein ... es muß Dunja Dimitrowna sein!«

»Immer und ewig.«

»Ein Schwur, der Himmel einreißt. Wir haben das alles begriffen. Ihr Problem wurde unser Problem ... und siehe da, es fiel uns etwas ein. Wir bieten Dunja eine freie Ausreise nach Deutschland und eine Heiratserlaubnis –«

Pjetkin sprang auf. Mit beiden Händen fuhr er sich durchs Haar. »Ist das hier ein Irrenhaus? Ich verstehe gar nichts mehr.«

Der Mann mit dem Kneifer schnaufte auf und lächelte dann freundlich wie ein Vater, der seinen Sohn im Sand spielen sieht.

»Nur eine kleine Gegenleistung, Igor Antonowitsch. Man muß dazu die politischen Verhältnisse kennen. Der Krieg ist lange vorbei, die Völker haben sich verwandelt, vom vergangenen Krieg reden nur noch vorgestrige Politiker oder Schriftsteller, die damit immer noch Geld verdienen, vom kommenden Krieg spricht nur eine Gruppe von Revanchisten und Phantasten. Das alles aber ändert nichts an der Tatsache, daß die Völker trotz Friedenssehnsucht sich heute böser bespitzeln als je zuvor. Jeder mißtraut jedem. Und nun stellen Sie sich vor: Sie kommen nach Deutschland! Ein Deutscher, der als Kind von einem sowjetischen Kapitän mitgenommen wurde und als Russe aufwuchs. Ein russischer Arzt, der Deutscher ist. Himmel, welch eine Geschichte! Man wird Sie mit großen Gesten aufnehmen, die Presse wird Ihren Fall hochspielen, Radio, Fernsehen werden Sie interviewen. Die Revanchisten werden Sie zum Helden machen, die Rußlandkenner zu einem lebenden Beweis von der Unmenschlichkeit unseres Systems, die Politiker werden ihr Image an Ihnen aufpolieren, wie ein Banner wird man Sie herumtragen und vaterländische Lieder singen. Kurzum – Sie werden eine Zeitlang sehr bekannt sein. Und das sollten Sie ausnutzen. Unser Vorschlag: Bemühen Sie sich, irgendwie in die deutsche Abwehr hineinzukommen.«

»Sie wollen mich zu einem sowjetischen Agenten umfunktionieren?« sagte Pjetkin leise.

»Wir wissen: In München-Pullach, bei der Hauptabteilung Ost, sucht man Männer, die Rußland so kennen wie Sie, die perfekt Russisch sprechen, sogar Dialekte – und Sie können fünf Dialekte, ist uns bekannt – die noch Verbindungen nach Rußland haben und die Rußland aus persönlichen Gründen hassen . . .«

»Ich liebe Rußland –«, sagte Pjetkin schwer atmend.

Der Mann mit dem Kneifer winkte ab. »Sie werden Rußland hassen wie eine Wanze zwischen Ihren Beinen. Das erwarten wir von Ihnen. Es wird Ihnen nicht schwerfallen, das glaubhaft zu machen, denn die Leute in Deutschland glauben einfach alles, wenn ihnen von Rußland Schlechtes erzählt wird. Das ist ein Fundament für Sie, Igor Antonowitsch. Darauf bauen Sie Ihre schreckliche Märchenstunde, und damit rutschen Sie auch in die deutsche Abwehr hinein. Das geht natürlich nicht so schnell wie Teetrinken oder Kinderzeugen . . . wir geben Ihnen für diesen Plan zwei Jahre Zeit.«

»Das ist alles so verrückt. So total verrückt . . .«, murmelte Pjetkin. Es war, als begriffe er das alles gar nicht.

»Wir garantieren, daß Dunja Dimitrowna diese beiden Jahre in bester Pflege übersteht. Wir werden sie behandeln wie eine Orchidee im Treibhaus. Sehen Sie sich in Deutschland um, Genosse, in aller Ruhe. Wir wissen, der Ekel wird Ihnen hochsteigen und Sie werden kotzen über diese Kapitalisten. Dann wird unser Kontaktmann zu Ihnen kommen, und wenn Sie sagen: In Ordnung, Genosse, ich mache mit . . . von diesem Tage an wird Dunja Dimitrowna Workuta verlassen, Chefärztin werden und auf Sie warten dürfen. Sie kann heimlich über die Tschechoslowakei zu Ihnen kommen. Was wollen Sie mehr? Vor allem aber: Sie bleiben *Pjetkin* für uns.«

»Ein Agent. Ich, der Arzt Pjetkin, ein Spion! Was macht ihr nur mit mir?« Pjetkin setzte sich wieder. Ihm wurden die Knie weich. »Bin ich gar nichts wert?«

»Sie verkennen wieder die Tatsachen, Igor Antonowitsch. Ich nenne Ihnen nur den Preis für Dunja. Es ist ein Geschäft. Sie sollten jubeln, daß wir Ihnen trotz aller Vorfälle noch ein Geschäft anbieten. Wir liefern Ihnen Dunja frei Haus – was wollen Sie denn noch mehr? Glauben Sie, wir hätten Ihnen auch nur einen Schritt erlaubt, der von der Linie abweicht, wenn wir nicht die einmalige Möglichkeit sähen, Ihre Rückkehr nach Deutschland mit einem unbezahlbaren Dienst an Ihrem Vaterland, der Sowjetunion, zu verbinden? Vergessen Sie nie, Igor Antonowitsch: Dunja wartet auf Sie – Sie können sie bekommen! Ihr Vater war Oberst Pjetkin, ein Vaterländischer Held mit hohen Orden, dessen Namen im Ehrenmal von Stalingrad eingemeißelt steht. Er wäre stolz auf seinen Sohn.«

Pjetkin nickte. Ihn schwindelte. Deutscher, Russe, Ausweisung, Vaterland, Arzt, Spion, Kriegsheld, Dunja frei, zwei Jahre nur, Kramer, Pjetkin ... mein Gott, was bin ich denn? Was soll ich sein? Was *darf* ich sein?

»Ich unterschreibe alles, Genosse, alles, wenn Dunja und ich heiraten dürfen«, sagte er. Seine Stimme klang, als werde sie außerhalb seines Körpers auf einem Klöppelinstrument erzeugt.

»Wer aber garantiert mir ...«

»Ich. Und Starobin. Wenn Sie wollen, Breschnew selbst. Unser Ehrenwort – genügt das?« Der Mann mit dem Kneifer erhob sich. Jetzt erst sah man, daß er mittelgroß war und einen runden Rücken hatte. Sein Kopf reichte Pjetkin bis zum Kinn. Feierlich streckte er Pjetkin die Hand entgegen.

»Ich will es. Nach einem Beweis.« Pjetkin ergriff die Hand und hielt sie fest. Es war ein Griff, der den Kneifer auf der Nase zittern ließ. »Dunja soll sofort entlassen werden und eine Stelle als Ärztin in einem Krankenhaus bekommen. Nicht in einem oder in zwei Jahren ... jetzt, sofort.«

Der Mann lächelte breit, aber verzerrt. Er entzog seine Hand dem Griff und schüttelte sie in der Luft, als sei sie halb abgerissen. »Der Genosse Starobin hat das von Ihnen erwartet. Alles ist bereits verfügt, Pjetkin. In vier Tagen verläßt Dunja Dimitrowna das Lager Workuta und tritt eine Stelle als Oberärztin im neuen Klinikum von Leningrad an. Zufrieden?«

»Ich könnte Sie umarmen, Genosse«, stammelte Pjetkin. Die Realitäten dieses Lebens versanken vor ihm – er war nur noch glücklich.

»So ist Rußland zu Ihnen ... und wie Sie zu ihm? Nehmen Sie unseren Vorschlag an?«

»Ja!«

»Dann steht Ihrer Ausreise nach Deutschland nichts mehr im Wege, Igor Antonowitsch. Holen Sie sich von Zimmer 67 alles ab. Sie wohnen bis zur Abfahrt im Hotel ›Peking‹. Ein Zimmer ist reserviert. Auf Pjetkin natürlich, nicht Kramer.«

Der Mann mit dem Kneifer nahm sein altmodisches Instrument von der Nase und winkte Pjetkin damit zu. Er war ein fröhlicher Mensch, wie sich jetzt herausstellte.

Mit einem Taxi ließ sich Pjetkin zum Hotel »Peking« bringen. Im Zimmer 67 des Ministeriums hatte man ihm alles gegeben: Geld, das für die Reise bestimmt war, drei Monatsgehälter als Chefchirurg, Berechtigungsscheine für eine ganze Herrenausstattung im Kaufhaus GUM, die Fahrkarten, die beiden Ausweise ... einer auf Pjetkin, einer auf Hans Kramer, Königsberg.

Im Hotel wußte der Chefportier schon Bescheid. Pjetkin erhielt seinen Zimmerschlüssel, mußte seinen Personalausweis nicht unten an der Rezeption abgeben, wie es den ausländischen Touristen vorgeschrieben war, die Beschließerin der zwölften Etage, in der sein Zimmer lag, empfing ihn wie einen Sohn, begleitete ihn bis ans Bett und zeigte aus dem Fenster.

»Ein gutes Zimmer, Genosse. Ganz Moskau liegt zu Ihren Füßen.«

Pjetkin nickte, hatte keinen Wunsch, nein, auch keinen Tee, kein Gebäck, kein Glas Wasser, nur Ruhe, Ruhe. Dann lag er auf dem Bett, den Kopf zur Seite gedreht, und starrte in den Moskauer Himmel.

Morgen Einkauf im Kaufhaus GUM. Übermorgen Abfahrt nach Deutschland.

Wohin nach Deutschland?

Er suchte seine Papiere zusammen und las: Berlin.

Das ist gut, dachte er. Berlin. Die vorderste Front ... sagte das nicht Starobin? Berlin, wo er mit dem Kapitän Pjetkin in einem Keller hauste, bevor man ihn nach Moskau transportierte. Der kleine Junge Hans Kramer, der einen Anzug trug, geschneidert aus einer sowjetischen Uniform, mit dem Blutfleck eines Toten auf dem Rücken ...

Pjetkin schlief ein. Ein Rütteln weckte ihn ... die Beschließerin stand vor seinem Bett.

»Im Café unten wartet ein Mensch auf Sie. Godunow heißt er. Er sitzt dort seit drei Stunden, aber er hat gesagt, ich soll Sie schlafen lassen.«

Pjetkin zog sich schnell an, machte einen Umweg zum Hotelfriseur, ließ sich glatt rasieren und die Haare gleichmäßig stutzen und genoß es, mit duftendem Wasser am Kinn eingerieben zu werden.

»Noch einmal, Freund, für zehn Kopeken«, sagte er leise.

Der Friseur rieb ihn noch einmal mit dem Duftwasser ab und

trocknete ihm dann das Gesicht. »Sie kommen von weit her?« fragte er.

»Ja. Aus der Hölle.«

Der Friseur verstand und fragte nicht mehr. Nur, als Pjetkin hinausging, drückte er ihm die zehn Kopeken für die letzte Duftwaschung wieder in die Hand. »Ein Geschenk von mir, Brüderchen«, sagte er. »Aber reden Sie nicht darüber . . .«

Im Café, einer Art Empore über der riesigen Halle des Hotels »Peking«, entdeckte Pjetkin ohne Schwierigkeiten Marko. Man brauchte nur den lauten Tönen nachzugehen. Marko stak mitten in einer heißen Diskussion mit dem schlitzäugigen Kellner, einem Kirgisen, wie sich herausstellte.

»Welch ein kastrierter Esel!« schrie Marko gerade. »Sitzt hier alles auf dem Gehirn? Seit zwei Stunden warte ich auf ein hartgekochtes Ei mit Brot, und was wird einem hier gesagt: Wir können nicht fliegen! Ich habe ja auch kein Ei von fliegenden Köchen bestellt, sondern ein ganz gewöhnliches Hühnerei.«

Der Kellner wollte scharf antworten, aber da Pjetkin an den Tisch trat, schwieg er und musterte den neuen Gast mit kritischen Blicken.

»Gehören Sie zu diesem wilden Genossen da?« fragte er.

»Wir sind hier verabredet.« Pjetkin setzte sich Marko gegenüber und genoß es, als freier Mann etwas zu bestellen. »Ein Kännchen Tee, Schmalzgebäck mit Honig und –«

»– ein hartes Ei mit Brot! Vielleicht gelingt's jetzt!« rief Marko dazwischen.

»Der Tee kommt sofort«, sagte der kirgisische Kellner.

»Aha!« schrie Marko sofort. »Paß auf, Igor Antonowitsch, das Schmalzgebäck gibt's erst zu Ostern!«

Mit deutlichem Zähneknirschen entfernte sich der Kellner. Pjetkin beugte sich über den Tisch. Marko sah verändert aus, zivilisierter, menschlicher.

»Ich denke, du bist schon unterwegs?« fragte Pjetkin.

»Immer mit dem Kopf denken, Söhnchen. Noch weiß keiner, was nach deinem Weggang aus Workuta geschieht. Fahr du nach Deutschland . . . ich warte auf Dunja. Zuerst habe ich einen Menschen aus mir gemacht. War das eine Arbeit, ehe man mir einen Anzug verkaufte. Und in der Schuhabteilung liefen die Mädchen weg, als ich meine Füße frei machte. Überall erschien sogleich der Abteilungsleiter und staunte mich an. ›Genosse‹, habe ich gesagt. ›Die Bekleidungsindustrie nimmt keinerlei Rücksicht auf Menschen, die nicht wie ein Baum so gerade gewachsen sind. Leute, es gibt auch schiefe Bäume. Die Planung ist nicht in Ordnung. Sehen Sie sich nur den Abteilungsleiter an ... sein Arsch brauchte den doppelten Platz in der Hose. Aber nein, die Hose ist normal, und nun hängt er drin wie eine Blutwurst.‹ Ich wurde schnell bedient.«

»Woher weißt du, daß ich im ›Peking‹ wohne?«

»Logik. Wohin steckt man die Touristen aus Deutschland? Ins ›Ukraina‹ oder ›Moskwa‹. Dahin bringt man mein Söhnchen bestimmt nicht, denke ich, also fragst du zuerst beim ›Peking‹ an. Und siehe da ... die Mißgeburt von Portier sagt ja, er wird hier wohnen. Aber er sagte es erst, als ich mit dem Genossen Starobin drohte. Dann habe ich mich hierher gesetzt, die Nachricht gegeben, daß man dich verständigen soll, wenn du aufwachst, und seitdem warte ich auf mein hartes Ei mit Brot.«

Die letzten vier Worte brüllte er in den Saal, daß die anderen Gäste erschrocken zusammenzuckten. Der kirgisische Kellner ließ sich nicht mehr sehen; dafür brachte ein junges Mädchen mit langen, schwarzen Haaren und Mandelaugen Pjetkin Tee und sogar das Schmalzgebäck.

»Danke, mein Schwänchen«, sagte Pjetkin frohgestimmt. »Dieser geduldige Genosse hier hat ein Ei bestellt.«

»Ich weiß.« Das süße Täubchen lächelte, daß es einem warm ums Herz wurde. »In der Küche diskutiert man darüber.«

»Das ist schon ein Fortschritt.« Marko faltete ergeben die Hände. »Wenn man in der Küche die Nationalhymne spielt, wird's wohl soweit sein.«

Pjetkin trank ein paar schnelle Schlucke des heißen, süßen Tees, biß in ein Schmalzhörnchen und kaute mit dem Genuß eines Gourmets. »Ich bin glücklich«, sagte er dabei.

»Bei solch einem Gebäck, kein Wunder. Wenn ich mein Ei hätte –«, schrie Marko wieder herzerweichend zum Entsetzen aller. Dann beugte er sich zu Pjetkin vor. »Wann fährst du?«

»Morgen. Heute kaufe ich ein. Und Dunja wird entlassen.«

»Ich habe es geahnt. Ich habe es geahnt. Man versetzt sie nach Alma-Ata, was?«

»Nein, nach Leningrad. An das neue Klinikum. Als Oberärztin.«

»Leningrad.« Marko zog ein nachdenkliches Gesicht. »Das ist gut, Igorenka. Vorzüglich ist das. Leningrad ist Rußlands Tor zum Westen. Sie müssen im Ministerium Sägespäne statt Hirn im Kopf haben, Dunja ausgerechnet nach Leningrad zu versetzen. Von Finnland nach Leningrad ist es nur ein Sprung, und Finnland ist ein freies

Land, in dem sich jeder bewegen kann, so frei wie er will. Hatte ich nicht wieder die richtige Idee?«

»Und wovon willst du in Finnland leben?«

»Von harten Eiern mit Brot!« brüllte Marko in den Saal. Das schwarzhaarige Elfchen schwebte heran, balancierte auf einem kleinen Tablett zwei Scheiben Brot und ein einsames Ei, stellte alles auf den Tisch und sagte sogar: »Bitte, Genosse.« Dabei strahlte es, als serviere es den besten Kaviar aus dem Kaspischen Meer.

»Ein Wunder!« Marko nahm ein Messer, schlug dem Ei die Spitze ab und betrachtete traurig das Eigelb, das dünn herausfloß. »Es sollte hart gekocht sein. Weiche Eier ekeln mich an. Aber was soll's? Sag den Köchen, mein Täubchen, daß sie mehr geleistet haben, als man erwarten konnte.«

Pjetkin schwieg, während sich Marko mit Ei und Brot beschäftigte. Er trank seinen Tee und dachte an Dunja, die jetzt schon wußte, daß sie Workuta verlassen durfte. »Noch einmal, Marko«, fragte er, als der Zwerg sich den Mund abputzte. »Wovon willst du leben?«

Godunow blickte Pjetkin fast strafend an. »Söhnchen, es gibt nichts auf der Welt, vor dem ich zurückschrecke. Man wird doch in Finnland einen Mann beschäftigen können – und wenn ich Kloaken reinige. Auch das muß sein, Scheißhäuser gehören zur Kultur ... jede Arbeit ist eine ehrliche Arbeit.«

»Und wie kommen wir miteinander in Verbindung?«

»Nichts einfacher als das. In Deutschland werden die Zeitungen über dich schreiben. So weiß ich immer, wo du bist. Der Westen ist nichts als ein offenes Maul.«

»Wann fährst du?«

»Morgen.«

»Ich auch.«

Das Gespräch versandete. Traurigkeit überzog sie. Sie nagten an den gleichen Gedanken: Morgen verlasse ich Rußland. Die Heimat bleibt zurück, und was vor mir liegt, ist das große Unbekannte, das fremde, wilde Tier, das ich zähmen soll, ohne zu wissen, wie man es anredet.

Wie können andere Menschen begreifen, was es bedeutet, Rußland zu verlassen? Ein Russe ohne Rußland ist ein Baum ohne Wurzeln.

»Ich kaufe jetzt im GUM ein«, sagte Pjetkin heiser. »Ich habe Bezugsscheine für einen ganz neuen Menschen.«

»Ich werde zum Bahnhof gehen und mir bei Intourist eine Karte nach Helsinki kaufen.« Marko starrte auf die Tischplatte. »Laß uns nicht weinen, Igorenka ...«

»Mein einziges Glück ist, daß Dunja nach Leningrad kommt.« Er dachte an den Vertrag, den er mit dem Mann mit dem Kneifer abgeschlossen hatte. Agent des KGB in Deutschland um den Preis der Ausreise Dunjas. Er schämte sich so über diesen Handel, daß er Marko alles darüber verschwieg.

»Wo du auch hinkommst, Igorenka«, sagte Marko, »gib den Zeitungen ein Interview. Es ist die beste Nachricht.« Er sprang auf, legte einen Rubel für die Zeche auf den Tisch und sah Pjetkin schwer atmend an. »Gott mit dir, Söhnchen. Sei gesegnet . . .«

»Soll das der Abschied sein, Marko?« In Pjetkins Hals würgte ein unschluckbarer Kloß. »Wenn wir uns nicht wiedersehen . . .«

»Darum laß uns auseinandergehen. Schnell, ganz schnell, ohne Sentimentalität, ohne daß unsere Seele schreit . . . Igorenka . . . ich . . . ich . . . o Gott, es geht nicht mehr . . .«

Er wandte sich ab und rannte davon. Pjetkin blickte ihm nach, wie er die Treppe hinuntersprang, durch die riesige Hotelhalle lief und sie verließ, ohne sich umzublicken.

Pjetkin bezahlte seinen Tee und das Schmalzgebäck und ging auf sein Zimmer. Dort hatte schon wieder einer etwas abgegeben . . . die Beschließerin der 12. Etage, Gang E, schoß sofort aus ihrem immer offen stehenden Zimmerchen am Beginn des Ganges.

»Ein Paket vom Innenministerium!« rief sie. »Sie sind ein berühmter Genosse.«

Das Paket kam von Starobin. Es enthielt Bilder aus dem Waisenhaus, Fotos von Pjetkins Klasse, im Vordergrund »Njelep«, der Häßliche, »Dolgoruki«, der Langhändige, »Schwaßtun«, das Großmaul. Hinter ihnen, als müsse er jeden gegen jeden schützen, stand Komorow, ihr Erzieher. Es waren Aufnahmen, die Pjetkin bis heute nie gesehen hatte. Ferner lagen in dem Paket zwei Dauerwürste, ein Glas mit kandierten Früchten, ein Glas eingelegte Essiggurken und ein Stück Räucherfleisch.

»Von meiner Frau«, hatte Starobin auf einen Zettel geschrieben. »Sie sagt, ich sei ein neuer Mensch. Gute Fahrt, Du Idiot . . .«

Keine Anrede, keine Unterschrift . . . selbst Starobin schien Angst zu haben, solche Geschenke wegzuschicken.

Pjetkin betrachtete lange den Zettel, faltete ihn dann zusammen und steckte ihn in die Tasche. Es gibt Dokumente, die sehen gar nicht danach aus . . .

Eine Stunde später sprach er mit dem Abteilungsleiter Herrenbekleidung im Kaufhaus GUM. Er wurde behandelt wie ein Mitglied des Obersten Sowjets.

VIERUNDVIERZIGSTES KAPITEL

Igor Antonowitsch Pjetkin verließ Moskau wie ein privilegierter Reisender. Er hatte einen reservierten Fensterplatz im 1. Klasse-Abteil des Moskau-Berlin-Expreß, der Schaffner führte ihn bis zu den Polstern und sagte: »Auf dieser Seite haben Sie die beste Aussicht, Genosse«, vom Speisewagen, der noch gar nicht geöffnet war, brachte ein Kellner ein großes Glas bester russischer Limonade, die Prawda und die Illustrierte »Neues Rußland«.

Pjetkin wunderte sich, setzte sich vorsichtig, als habe er Schwielen am Hintern, und mußte sich immer wieder vorsagen: Du bist ein freier Mensch! Tatsächlich, du bist ein Mensch. So behandeln sie dich auch ... du bist dem so entwöhnt, daß Höflichkeit dir Angst einflößt.

Er selbst erkannte sich nicht wieder. Der neue Anzug, der schöne Mantel, braune, feste Schuhe, ein hellblaues Hemd mit einer dunkelblauen, einfarbigen Krawatte, ein weicher grauer Hut mit keck gebogener Krempe, zwei Lederkoffer, nicht so luxuriös wie die der Dussowa, die er in Workuta gelassen hatte, in dem einen Koffer Unterwäsche, zwei Schlafanzüge, zwei Hemden, zwei Paar Strümpfe, eine Strickjacke, zwei Hosen, Taschentücher und einen elektrischen Rasierapparat. Alles neu. Alles aus dem Kaufhaus GUM. Starobin hatte ihm für alles Bezugsscheine gegeben.

Der Zug war nicht voll besetzt. Pjetkins Abteil blieb leer. Vielleicht war es auch Absicht ... der Schaffner dirigierte die anderen Reisenden immer an Pjetkins Tür vorbei und verstaute sie in andere Abteile. Kurz bevor der Zug abfuhr, setzte er sich erschöpft auf den Türplatz und wischte sich den Schweiß vom Lederinnenrand der Mütze.

»Haben Sie noch Wünsche?« fragte er. Pjetkin schüttelte den Kopf.

»Fahren wir gleich?«

»Ja.«

»Sie fahren immer die gleiche Strecke? Moskau – Berlin?«

»Nein. Nur bis Brest-Litowsk. Da wechselt das Personal. Polen kommen dann. Bis Frankfurt/Oder. Da übernehmen Deutsche den Zug.«

»Haben Sie nie Lust, bis Berlin zu fahren?«

»Nein. Warum?«

»Und dann in Berlin bleiben? Im freien Westen?«

Der Schaffner blickte Pjetkin scheel an. »Ist der Westen wirklich frei, Genosse? Auch dort werden die Menschen hin und her geschoben wie Puppen, nur hängen sie nicht an einfachen Drähten, sondern an goldenen Fäden. Der einzige Unterschied.«

»Ich kenne den Westen nicht. Ich reise jetzt hin.«

»Ich weiß.«

»Wenn man Ihnen zehntausend Rubel gibt und sagt: Verlaß Rußland für immer ... täten Sie das?«

»Nie! Nicht für eine Million Rubel. Was soll ich auf der Welt ohne Rußland?«

Eine russische Antwort ... Pjetkin blickte starr aus dem Fenster. Der Bahnsteig war fast leer. Mit dem Berlin-Expreß zu reisen war tatsächlich eine große Sache.

»Auch nicht wegen einer Frau?«

»Überhaupt nicht, Genosse. Rußland hat genug hübsche Frauen ... warum soll man für eine einzige das Vaterland verkaufen?« Er grinste breit. »Wenn man zwischen den Schenkeln liegt, sind sie doch alle gleich ... ob blond oder schwarz, schlank oder dick. Und für so etwas das Vaterland verlassen? Welche Frage, Genosse!«

Pjetkin schwieg. So kann nur einer reden, der Dunja nicht kennt, dachte er. Ich würde mit ihr die Erde verlassen, wenn es irgendwo im Weltall einen Punkt gäbe, wo wir zusammen leben könnten.

Der Schaffner sprang auf, lief auf den Flur, schloß Pjetkins Abteiltür und rannte den Gang entlang.

Noch eine Minute bis zur Abfahrt.

Die Minute vor der Hinrichtung ...

Pjetkin schloß die Augen, als der Zug anruckte und die Bahnhofshalle verließ. Über Moskau lag eine kalte Sonne, der Schnee glitzerte auf den Dächern, die Fassaden der großen Prachtbauten reflektierten das Licht und blendeten die Augen. So geht ein halbes Leben zu Ende, dachte Pjetkin und lehnte sich zurück. Die zweite Hälfte aber hat noch nicht begonnen. Der andere Mensch muß erst noch geboren werden. Ein merkwürdiges Gefühl, Nichts zu sein ...

Der Schaffner drückte die Tür wieder auf. Er hatte die Mütze jetzt in den Nacken geschoben. Sein breites Bauerngesicht war wie ein Symbol des Landes, das ihn geformt hatte.

Pjetkin war allein. Ein nie gekanntes, bedrückendes Gefühl. Sein ganzes bisheriges Leben war er nie allein gewesen, immer war jemand um ihn gewesen, ständig hatte jemand etwas von ihm gewollt ... jetzt saß er da einsam auf einem Eisenbahnwagenpolster, vor dem Fenster zog Moskau vorbei und entfernte sich mit jedem Räderrollen, niemand kümmerte sich um ihn, er hätte jetzt in den Gang gehen können, zur nächsten Tür und sich hinausstürzen aus dem Zug ... ehe man das bemerkt hätte, wären vielleicht Stunden vergangen.

Das Alleinsein erdrückte ihn fast. Er sprang auf, wollte das Fenster öffnen, aber das war mit einem Schloß gesperrt. So blieb ihm nichts anderes übrig, als stehenzubleiben, das Gesicht an die Scheibe zu drücken und Kontakt zu nehmen mit der Landschaft, die an ihm vorbeiflog.

Häuser, Felder, Straßen, Bäche, Waldstücke, Pferdekarren, gegen Kälte vermummte Menschen, Bauernhöfe, Dörfer, die Gärten von Flechtzäunen umgeben, Weite, ein Himmel, der sich mit der Erde paarte.

Rußland.

Es glitt vor ihm weg, er konnte es nicht mehr greifen, er war ausgestoßen und nur noch fremder Beobachter.

Nach einer halben Stunde steckte der Kellner den Kopf ins Abteil. Er schien mit dem Schaffner gesprochen zu haben – er war höflich wie immer, aber zurückhaltender.

»Noch eine Limonade?«

»Nein. Eine große Flasche Wodka. Mindestens 200 Gramm.«

»Genosse, wir dürfen nur Gläser abgeben.«

»Dann zehn Gläser.«

»Eins.«

»Besorgen Sie mir eine Flasche, mein Freund.«

»Im Zug? Unmöglich.«

»Wie heißt die nächste Station?«

»Moschaisk.«

»Springen Sie aus dem Zug und holen Sie mir eine Flasche. Ich gebe Ihnen zehn Rubel dafür.« Pjetkin warf den Geldschein auf den Nebensitz. Der Kellner steckte die Rubel ein und hob die Schultern.

»Wir haben nur drei Minuten Aufenthalt. Ich werde zum Olympialäufer werden, Genosse. Wenn es in Moschaisk nicht gelingt, bleibt uns noch Wjasma übrig.«

Es gelang in Moschaisk. Zwei Flaschen zu hundert Gramm. Wasserhelle Tröstung. Brennendes Vergessen. Vernebelte Seele. Pjetkin trank eine Flasche leer, indem er sie einfach an die Lippen setzte. Der Kellner sah ihm zu, mit weiten Augen, als erlebe er einen Selbstmord.

Aber Rußland blieb. Draußen vor dem Fenster sang die Kindheit. Wälder, Wälder, Wälder ... Feld an Feld ... die Dörfer wie abgeklopfte Lehmbrocken von der Schaufel eines Riesen ... Pjetkin trank die zweite Flasche leer. Der ungewohnte Alkohol warf ihn um. Er rutschte auf die Polster, legte sich lang und schlief ein. In sein Hirn kroch die Betäubung, wischte alles weg ... Nur so war es zu ertragen, Rußland für immer zu verlassen.

Kurz vor Minsk wachte Pjetkin auf. Die Morgensonne leuchtete bleich in die Beresina. Auf dem Gang sah er den Schaffner stehen, unrasiert, aber fröhlich.

»War ein bißchen viel, Genosse, was?« fragte er.

»Wie lange habe ich geschlafen?«

»Bis zum nächsten Morgen. Wir haben jetzt Morgen. Gleich kommt Minsk.«

»Minsk.« Pjetkin schwankte zur Toilette, wusch sich dort, starrte sein Bild im Spiegel an und fand, daß so und nicht anders ein Mann aussehen muß, dem Gestern und Morgen abhanden gekommen waren.

Im Speisewagen trank er Tee, aß zwei Hörnchen mit Butter und lernte die anderen Reisenden kennen. Die Erste-Klasse-Fahrer. Für die anderen war der Speisewagen zu teuer ... sie führten in Taschen und Körben ihre Verpflegung mit und machten aus ihrem Abteil eine Bauernstube.

Der Kellner beugte sich tief über Pjetkin. »In Minsk wieder Wodka?« flüsterte er ihm ins Ohr.

Pjetkin schüttelte den Kopf. »Nein. Er hilft nicht. Das Erwachen ist noch schlimmer.«

Da Pjetkin glaubte, alle stierten ihn an, verließ er schnell wieder den Speisewagen. Natürlich kümmerte sich keiner um ihn ... In Minsk stieg er aus dem Zug, wanderte den Bahnsteig entlang, blieb stehen, sah sich um, ob ihm jemand folgte ... aber da war niemand. Er war ja frei. Er kaufte eine Zeitung, zerriß sie und warf sie mitten auf den Bahnsteig.

Jetzt muß jemand kommen, dachte er. Herrgott im Himmel, ich vermisse den Zwang.

Aber es kam nur ein alter Mann mit einem Sack, hob die zerfetzte Zeitung auf und steckte sie in den Beutel. Dabei sah er Pjetkin strafend an ... und Pjetkin war glücklich, wenigstens diesen bekannten Blick aufgefangen zu haben.

Und der Zug ratterte weiter. Nach Westen.

Wälder, Flachland, Sumpfgebiet, Menschenleere.

Baranowitschi. Die Lok nahm Wasser auf. Pjetkin hätte schreien können vor Einsamkeit. Niemand kümmerte sich um ihn. Er ging zurück in sein Abteil, aß ein Stück von Starobins Dauerwurst und dachte an die Trendelenburgsche Operation. Das beschäftigte ihn eine Zeitlang, dann dämmerte er vor sich hin.

Am Abend hielt der Zug in Brest-Litowsk.

Grenzstation. Jetzt übernahmen die Polen den Expreß. Der Schaffner und der Kellner kamen zu Pjetkin ins Abteil und verabschiedeten sich. »Vielleicht kommen Sie doch wieder zurück, Genosse«, sagte der Schaffner. »Die meisten Russen sterben am Heimweh.«

»Vielleicht. Leben Sie wohl . . .«

Pjetkin war leer wie ein ausgeblasenes Ei. Wenn der Zug weiterfährt, habe ich Rußland verlassen. Das Tor fällt zu. Ich werde es mit Fäusten und Zähnen nicht mehr aufbrechen können. Nur als Werkzeug des KGB . . . da führt immer ein Tunnel durchs Dunkel.

Er wollte auf den Gang, um den Bahnhof besser überblicken zu können, als zwei sowjetische Offiziere einstiegen und ihn musternd ansahen. Ein Kapitän und ein Leutnant. Ihre Uniformen entzückten Pjetkin . . . sie waren Heimat.

»Igor Antonowitsch?« fragte der Kapitän und grüßte.

Pjetkins Herz zuckte vor Freude. »Ja, der bin ich. Kommen Sie herein, Genossen.« Er trat in sein Abteil und zeigte auf die Sitze. »Wenn Sie Platz nehmen wollen –«

»Es ist nur eine kurze Amtshandlung.« Der Kapitän sprach sehr dienstlich, für Pjetkin war es wie Musik. »Ihre sowjetischen Papiere, bitte.«

Pjetkin holte sie aus der Anzugjacke . . . den Paß, das besondere Ausweispapier des Innenministeriums, den Reiseschein. Der Kapitän sah sie genau durch.

»Ihre deutschen Papiere?«

»Bitte.«

»Hans Kramer aus Königsberg?«

»Igor Antonowitsch Pjetkin.«

»Bis hierher.« Der Hauptmann nahm die sowjetischen Papiere in beide Hände und zerriß sie so schnell, daß Pjetkin ihm nicht mehr in den Arm fallen konnte. »Wir wünschen eine gute Heimfahrt, Gospodin Kramer . . .«

Er grüßte wieder und verließ mit dem Leutnant das Abteil.

Pjetkin schwankte, hielt sich an der Gepäckstange fest und legte die Stirn auf seinen rechten Unterarm.

Der polnische Schaffner klopfte an die Scheibe der Tür. Er sprach deutsch, und Pjetkin fragte sich erschreckt, ob er auf einmal so deutsch aussah, daß ihn jeder als Deutschen erkannte.

»Bitte Fahrkarte.«

Pjetkin gehorchte ohne Fragen, zeigte seine deutschen Papiere, die deutschsprachigen Marschbefehle, die Fahrkarten. Das wiederholte sich bei der Paßkontrolle. Die polnischen Beamten behandelten ihn wie ein rohes Ei – sie fragten nicht, aber die Sperre seines Abteils wurde aufgehoben. Drei Polen nahmen noch Platz, nickten Pjetkin freundlich zu und verschwanden dann hinter ihren Zeitungen.

Noch einmal blickte Pjetkin aus dem Fenster, als der Zug wieder anfuhr. Er sah die beiden sowjetischen Offiziere bei den polnischen Paßbeamten stehen und sein Mund zuckte wie unter elektrischen Schlägen.

Die Uniform Baranurians.

Die Uniform der Dussowa.

Die Uniform seines Vaters.

Langsam ging er zum Speisewagen, die Tische waren weiß gedeckt, drei polnische Kellner empfingen ihn wie in einem Luxushotel.

»Abendessen, mein Herr?«

Schon wieder deutsch. Genügt schon ein deutscher Name, um deutsch zu stinken?

Pjetkin warf den Kopf in den Nacken. Brechen wir durch, dachte er. Zerreißen wir die Mauer unserer Seele. Ich habe das Morgen betreten.

»Ja, bitte«, antwortete er ebenfalls auf deutsch. Er setzte sich, schob die Speisekarte zur Seite und blickte die polnischen Kellner etwas hochmütig an.

»Was können Sie anbieten?«

»Eine gebratene, mit Rosmarin gewürzte Lammkeule, mein Herr.«

»Wein?«

»Ungarischen, österreichischen, deutschen, französischen.«

Der zweite Kellner wollte davonlaufen, Pjetkin hielt ihn mit einem Wink fest.

»Keinen russischen? Grusinischen etwa?«

»Nein.« Die Gesichter der Polen wurden eisig. »Wir haben nichts Russisches, mein Herr.«

»Rheinwein?«

»Natürlich. Einen 66er Niersteiner Auflangen Spätlese. Eine halbe Flasche, mein Herr?«

»Ja.«

»Und die Lammkeule?«

»Ja.«

»Mit Kartoffeln?«

»Ja.«

»Gemüse? Wir haben gute Sauerbohnen. Oder Essiggurken?«

»Bohnen.«

»Sie werden zufrieden sein, mein Herr.«

Pjetkin aß und trank wie ein Automat, den man mit Fetten und Ölen füttert. Der deutsche Wein – zum erstenmal trank er ihn – verblüffte ihn. Er war sauer für seine Begriffe, wenn man nur den Muskatellergeschmack der kaukasischen Weine gewöhnt ist, aber er trank ihn aus, bestellte noch eine Flasche, bekam Sodbrennen und spülte den Magen mit dem weichen, herrlichen polnischen Wodka.

Warschau sah er nicht ... er schlief wieder einen Rausch aus. In Posen wurde er wach, weil seine drei Abteilgenossen den Zug verließen und ihm beim Herunterheben des Gepäcks ein kleiner Koffer auf den Kopf fiel. Die drei entschuldigten sich wortreich, ihre Höflichkeit lähmte Pjetkin.

Von Posen bis Frankfurt/Oder war er wieder allein im Abteil, erlebte den Sonnenaufgang und sah mit einer unerklärbaren Ergriffenheit, daß er in den Frühling hineinfuhr.

Mit Zittern im Herzen wartete Pjetkin auf seine erste Begegnung mit Deutschen. Mit den deutschen Zoll- und Paßbeamten, deutschen Schaffnern, deutschen Kellnern, deutschen Reisenden. Ein vertrauter Ton traf in Frankfurt/Oder sein Ohr ... ein Mensch in Uniform brüllte. Er schrie nicht »Dawai, dawai«, sondern »Pässe bereithalten!«, stieß die Abteiltüren auf und wuchtete hinein, als gälte es, einen Mörder gleich auf der Stelle aufzuhängen. Er war von der Macht seiner Uniform so überzeugt, daß er Pjetkin, der seine deutschen Papiere suchte, ungeduldig anfuhr: »Na schnell doch!«

»Geduld ist das Getränk der Weisen«, sagte Pjetkin auf russisch. Das verwirrte den Uniformierten, er blickte in die hingereichten Papiere und schob die Unterlippe vor.

»Lassen Sie den Blödsinn!« fauchte er. »Hans Kramer? Königsberg. Bisher wohnhaft in Workuta. Wohin wollen Sie?«

»Steht auf der Fahrkarte«, antwortete Pjetkin auf deutsch.

»Das weiß ich. Ich will es von Ihnen hören.«

»Warum?«

Nichts verwirrt mehr als die einfache Frage: warum? Probieren Sie es aus – blicken Sie einen, den Sie sprachlos sehen wollen, scharf an und fragen Sie ganz harmlos immer nur: Warum? Sie werden erleben, daß Ihr Partner kapituliert.

Der Mensch in Uniform warf Pjetkin die Papiere zu und verzichtete auf Erklärungen. Aber durch das Fenster sah Pjetkin, wie er mit dem Schaffner und dem Zollbeamten sprach. Sie stiegen in den Zug, und Pjetkin erwartete sie mit Ungeduld.

Deutschland begann, interessant zu werden.

In Rußland eckte Pjetkin an, in Deutschland Hans Kramer.

Was unterscheidet eigentlich beide Völker voneinander?

Die Zollkontrolle war sehr genau, ganz nach Paragraph. Pjetkin öffnete beide Koffer und zeigte seine wenigen Schätze.

»Sie kommen aus Workuta?«

Pjetkin schrak hoch.

»Sie wissen es?« fragte Pjetkin zurück.

»Und solche Sachen, wie Sie haben, trägt man im Lager?«

»In Moskau.« Pjetkin lächelte traurig. »Es ist meine Entlassungs-Ausstattung.«

»Ungetragen! Ganz neu.«

»Natürlich. Ich habe alles im Kaufhaus GUM gekauft.«

»Haben Sie die Kassenbons?«

»Was bitte?«

»Die Einkaufsquittungen.«

»Es gab keine Quittungen. Ich hatte einen Berechtigungsschein vom Innenministerium.«

Der Zollbeamte wurde unsicher. Innenministerium. Moskau. Auf der Fahrt nach Berlin.

»Schon gut.« Der Zöllner winkte ab. »Gute Fahrt und gutes Einleben in Berlin.«

»Danke, Genosse.«

Pjetkin stand in seinem Abteil am Fenster und blickte hinaus. Der Zug fuhr gerade ab, verließ die Bahnhofshalle und stieß in ein anderes Land, fast in eine andere Welt. Fasziniert blieb er am Fenster stehen und registrierte alles, was an ihm vorbeizog. Hier war Frühling ... zum erstenmal nahm er es jetzt bewußt auf. Die Obstbäume waren übertupft mit den noch geschlossenen Blüten, das Gras verlor das dumpfe, stumpfe Grün der Winterfarbe und färbte sich heller, auf den roten Ziegeldächern der Häuser glänzte die Sonne.

Das weite Land. Breit gelagerte Gehöfte, Dörfer mit spitzgiebeligen Dächern, die Gärtchen eingezäunt, alles blitzend vor Sauberkeit, asphaltierte Straßen überall, sogar die Wege zu den Feldern und Waldungen; an den heruntergelassenen Eisenbahnschranken ein Gewimmel von Autos und Lastwagen, Menschen in hellen, luftigen Kleidern, Mädchen in kurzen Röcken, daß man ihre Beine bis weit übers Knie sah ... welch eine Welt!

Es waren Eindrücke, die Pjetkin wie rasende Bilder an sich vorbeiflimmern sah und aus denen er sich ein paar herausgriff, um sie in sich hineinzustopfen.

Frohe Menschen ... Sauberkeit ... Wohlstand überall ... in einem Garten ein kleines Schwimmbecken ... eine junge Mutter und das Kind in einem hochrädrigen Kinderwagen ... Geschäfte, Schaufenster, in denen sich die Waren stapelten ... da, eine Metzgerei, Berge von verschiedenen Würsten, Fleischstücke auf glänzenden Tabletts ... eine Bäckerei, Torte an Torte im Fenster ... und keiner steht an, keine riesenlange Schlange, die stundenlang geduldig wartet, keine Frauen in Kopftüchern, keine Männer in zerknüllten Mützen ... man geht einfach in solch einen Laden und kauft ein ... niemand wartet, es drängeln keine hundert Menschen und schieben einen vorwärts ...

Kann man das begreifen? Da hängen Kleider in den Fenstern, wundervolle Kleider, und jeder kann in solch ein Geschäft gehen und sich eins oder zwei oder sogar zehn kaufen, wenn er's bezahlen kann.

Eine neue Welt.

Deutschland.

Das ist nun deine Heimat. Dieses fremde, völlig andere Land mußt du ab heute lieben. Du kennst Kischinew und den Amur, Kasakstan und Workuta, Moskau und Sibirien ... und überall warst du irgendwie glücklich, auf eine eigene, auf russische Art, dich durchströmte das Gefühl der Unendlichkeit, die Verbundenheit mit dem Himmel, die jeden Russen so demütig und duldsam macht ... Und jetzt plötzlich, hinter einem bemalten Schlagbaum, wo dich niemand mehr versteht, wenn du russisch sprichst, wo du deutsch sprechen mußt, wo du nicht mehr Pjetkin, sondern Hans Kramer bist, hier beginnt dieses erschreckend andere, schöne, reiche Land, und man verlangt von dir das Gefühl: Nun bist du zu Hause.

Was ist das: zu Hause?

Pjetkin wurde unruhig. Er ging durch den Zug, setzte sich im Speisewagen an einen kleinen Tisch ganz hinten in der Ecke, bestellte eine Tasse Kaffee und zwang sich, nicht mehr zur Seite aus dem Fenster zu blicken.

Der Zwiespalt in ihm wurde immer größer, zerriß ihn langsam und zerteilte ihn in zwei Hälften. Der Russe Pjetkin und der Deutsche Hans Kramer, und erschrocken, entsetzt und doch fasziniert erkannte er, daß sich die beiden Teile seines Wesens zu beäugen begannen, sich bespitzelten, gegeneinander mißtrauisch wurden. Mitten durch ihn hindurch zog sich plötzlich ein Stacheldraht, der Ost von West trennte.

Der Kellner, ein Berliner, strich ein paarmal vor Pjetkin hin und her, rückte Salzstreuer und Zuckergeber von links nach rechts, wedelte ein paar Krümel auf den Boden und zog an der weißen Decke.

»Sind Sie der Mann aus Workuta?« fragte er schließlich leise und beugte sich vor, als wolle er etwas vom Fensterrahmen abwischen.

»Ja.« Pjetkin lächelte schwach. »Spricht sich das so schnell herum?«

»Deutscher, wat?«

»Ja.« Pjetkin sagte dieses Ja und spürte, wie sein russisches Ich-Teil die Faust hob. »Ich bin Deutscher.«

»Plenny?«

»Nein, kein Kriegsgefangener. Ein sowjetischer Kapitän hat mich auf dem Friedhof von Königsberg gefunden. Damals . . . als ich noch ein Kind war.«

»Und seitdem sind Se . . .?«

»Ja, seitdem.«

»Alles Scheiße, wat, unter uns jesagt? Jetzt kommen Se erst raus! Wo wollen Se denn hin? Stimmt det – Sie sind Arzt? 'n richtiger Doktor?«

»Ja. Ich bin Arzt.«

»Und wohin nun?«

»Nach Berlin, zunächst.«

»Ost.«

»Was heißt Ost?«

»Nu. Ost-Berlin und West-Berlin.«

»Ich weiß nicht.« Pjetkin wurde unsicher. Auf seinem Fahrschein stand einfach: Berlin. Was heißt da Ost oder West?

»Gibt's da einen Unterschied?« fragte er.

»Mann! Se sind wohl direkt vom Mond jefallen, wat?« Der Kellner ordnete das Geschirr auf dem Tisch. Pjetkins Tasse ließ er dabei rund um den Tisch kreisen. Man muß ja einen Grund haben, an diesem Tisch zu stehen. »Se wissen wohl jarnischt?«

»Nein. Ich habe in Sibirien und am Eismeer gelebt . . . da hatte man genug mit sich selbst zu tun.«

»Det es so wat jibt!« Der Kellner lehnte sich gegen den Tisch. »Se kommen jetzt nach Ost-Berlin. Det is de Hauptstadt von der DDR.«

»Also Deutschland.«

»Ja und nee. Da jibt es noch die BRD. Hauptstadt Bonn.«

»Auch Deutschland.«

»Natürlich. Aba nun kommt's! Se können von Ost-Berlin nich nach Bonn.«

»Warum? Ich will nach Lemgo.«

»Ausjeschlossen. Da Se noch keene fünfundsechzig sind, kriejen Se keene Karte nach Lemgo.«

»Aber ich bin doch in Deutschland.«

»Konnten Se von Moskau nach Odessa fahren?«

»Ja. Jederzeit. Sogar fliegen.«

»Dann weeß ick nich, warum Se nach Deutschland jekommen sind. Mann, wären Se doch drüben jeblieben. Hier is alles Scheiße, mit 'nem Quirl verrührt!« Der Kellner legte seine Fäuste auf den Tisch. »Hier ist Ost, und da ist West. Dazwischen liegt 'ne Jrenze mit Stacheldraht, Todesstreifen, Minenfeldern, Wachtürmen, Patrouillen, da wird jeschossen, wenn eener rüber will.«

»Innerhalb Deutschlands? Das begreife ich nicht.«

»Det is noch jarnischt. Hier ist Berlin. Ost und West. Und da haben se 'ne Mauer jebaut, quer durch Berlin, damit keener hin und her kann.«

»Und warum?«

»Politik! Mann, Doktor! Hier sind Kommunisten, drüben Kapitalisten. Hier schielen wir nach Rußland, drüben die nach Amerika. Da jibt et zwei Blöcke, vastehen Se? Ostblock und NATO. Eener traut dem anderen nich.«

»Ich glaube, ich komme in ein sehr kompliziertes Leben«, sagte Pjetkin.

Nun war er in Deutschland, aber Deutschland war nicht Deutschland, Berlin nicht Berlin, Bonn gehörte nicht zu Dresden, durch Berlin zog sich eine Mauer, durch Deutschland Stacheldraht und Todesstreifen, man konnte nicht von Leipzig nach Hamburg fahren, nicht von Jena nach München, ohne eine Erlaubnis vorzuweisen, ohne über eine Grenze zu kommen – in Deutschland –, ohne von Amt zu Amt zu rennen und zu begründen, warum man nun nach Hamburg, München oder Köln wollte. Und dann saß da ein Beamter und sagte »Nein«, und man mußte dort bleiben, wo man war. Ein Deutscher in Deutschland außerhalb Deutschlands.

Durch Pjetkins Kopf rauschte es.

Wenn jemand von Wladiwostok nach Kiew will, dann kauft er sich eine Flugkarte, besteigt eine Maschine der Aeroflot und fliegt nach Kiew. Und wenn ein Genosse von Charkow unbedingt nach Irkutsk will, dann reist er nach Irkutsk, entweder mit der Bahn, das dauert ein paar Tage, oder auch mit dem Flugzeug, dann geht's schnell. Aber keiner wird ihn anhalten und sagen: »Her mit dem Paß! Wo hast du deine Erlaubnis, nach Irkutsk zu fliegen?« Und keine Grenze ist da, die er überschreiten muß, keine Mauer, etwa den Ural entlang oder quer durch Sibirien, kein Todesstreifen zwischen Moskau und Nowgorod ... Rußland ist Rußland. Das unmeßbare Land. Das brüderliche Land. Ob Weißrussen oder Kirgisen, Kasaken oder Ewenken, Grusinier oder Kalmücken ... alles sind Russen. Sind Brüder.

Und was war dieses Deutschland? Zerschnitten, verfeindet, reglementiert, gepflastert mit Verboten, verseucht mit politischen Leidenschaften, beherrscht von Parteiencliquen, dem Großkapital, den Interessenverbänden, eingekreist von militärischen Pakten, zur Hure gemacht, die mit Schlagworten und Versprechungen schläft.

Freiheit!

Pjetkin dachte an den Amur, den goldenen Fluß an Chinas Grenze, an die Fischerboote, das hohe Gras an seinem Ufer, die Wälder der Taiga, den Adler, der hoch unter dem leuchtenden Himmel kreist, die Tage, die dahinflossen wie die Wellen des Stromes, zeitlos, gelebt und vergessen und doch in der Seele abgelagert wie schwerer süßer Honig ...

Wer will einem Menschen, der so gelebt hat, erzählen, was Freiheit ist?!

Pjetkin begriff jetzt erst auch, was alle mit »drüben« gemeint hatten. Drüben war nicht Deutschland gewesen (das es nicht mehr gab), sondern West-Deutschland. Die Bonner Hälfte eines Rindviehs, das einmal Deutschland hieß. Hier würde seine Aufgabe sein, wie Moskau sie verstand und gegen die er Dunja eintauschen konnte: diese Rinderhälfte wie eine Made durchkriechen, aushöhlen, zersetzen, bis sie faulig und stinkend in den Abfalleimer der Geschichte geworfen wurde.

»Ich werde nach Lemgo kommen«, sagte Pjetkin, als der Kellner den Kuchenteller abräumte.

»Ick jloobe nich.«

»Ich weiß es ganz genau.«

»So? Warum denn?«

»Weil ich eine Made bin ...«

»Ach so –«

Der Kellner zog sich schnell zum Küchenraum zurück und blickte von weitem bedauernd auf Pjetkin.

»Dem hat Workuta ooch de Birne weich jemacht«, sagte er leise. »Schade drum.«

Von da an beachtete er Pjetkin nicht mehr.

Kurz darauf sah Pjetkin die ersten Häuser Berlins.

FÜNFUNDVIERZIGSTES KAPITEL

Am nächsten Morgen begann die offizielle Geburt des Hans Kramer. In dem Saal einer Dienststelle in Pankow saß Pjetkin einem kleinen Heer von Reportern gegenüber, Kameras klickten, Filmkameras surrten, Elektronenblitze trafen seine Augen. Ein Mann, der sich als Genosse Haberlandt vorgestellt hatte und ein merkwürdiges weiches Deutsch sprach – es war sächsisch, aber woher sollte Pjetkin das wissen? –, hielt einen Vortrag und erzählte das Leben des kleinen ostpreußischen Jungen Hans Kramer, ein Leben, das nur aus der Zeit, in der wir leben, möglich wurde. Pjetkin selbst brauchte nicht viel zu reden, der Genosse Haberlandt schien in Worte verliebt zu sein und packte Säcke voll davon aus.

»Ja«, sagte Pjetkin auf einige direkte Fragen. »Ich freue mich, in Deutschland zu sein. Ich bin Arzt und werde mein Wissen und Können in den Dienst aller Menschen stellen.« Worte, die ihm Haberlandt vorgesagt hatte, sie gehörten zu dem Image, das man aufbauen wollte. »Ich werde nach Lemgo fahren, um meine Eltern zu besuchen, und vielleicht auch die erste Zeit bei ihnen wohnen. Ich weiß es noch nicht. Meine Rückkehr, der grandiose Aufbau Deutschlands, das alles schlägt über mir zusammen ... Sie müssen das verstehen ...«

Man verstand es – es waren Worte, die ins Herz gingen, die man lesen und hören wollte. Der sympathische Junge aus Königsberg, der jetzt nach 22 Jahren zurückkommt. Überwältigt von der Neuzeit, die er in Sibirien nur am Rande miterlebte.

»Gut so, vorzüglich«, sagte Haberlandt nach der Pressekonferenz. »Sie sind eine Naturbegabung, Doktor. Wie Sie das gesagt haben ... mein Eltern in Lemgo. Sie wissen doch, was in Lemgo ist?«

»Nein.« Pjetkins Rückenhaut zog sich zusammen. »Was ist in Lemgo.«

»Man hat es Ihnen nicht gesagt?« Haberlandt hüstelte verlegen. »Ich dachte, die Genossen in Moskau ... Also, lieber Doktor, Ihre verehrten Eltern sind vor kurzem gestorben.«

Pjetkin schwieg. Er zeigte keine Regung ... Haberlandt starrte ihn an wie auf den Kopf geschlagen. Warum reagiert er nicht? dachte er erschrocken. Jeder Mensch mit Herz verändert sich doch bei der Nachricht vom Tode seiner Eltern. Der eine zuckt mit den Backenmuskeln, der andere wird blasser, es gibt welche, die weinen ungeniert, aber das verlangt ja keiner von Kramer ... doch er steht nur da, starrt gegen die Wand und ist stumm.

»Man hat mich in Moskau belogen«, sagte Pjetkin endlich. Ein Satz, der Haberlandt gar nicht gefiel. Moskau lügt nie!

»Falsch informiert –«, regelte Haberlandt die Wortwahl.

»Belogen. Der Genosse Starobin hat sagen lassen, daß meine Eltern in Lemgo *leben.*«

»Ein Hörfehler sicherlich.«

»Ich höre nicht falsch.« Pjetkin sah sich um. Die Reporter waren gegangen. Nur einige Beamte des Staatssicherheitsdienstes standen herum. »Wie heißen die nächsten Lügen?«

»Genosse Kramer –« Haberlandt zog Pjetkin am Ärmel in eine Ecke. »Sie sind nervös, überreizt. Alles schlägt über Ihnen zusammen, das haben Sie eben ganz richtig gesagt. Überlegen Sie bitte: Wir brauchen Lemgo doch, um Sie mit Anstand und großer menschlicher Geste in den Westen zu schleusen. Sie sind ein Musterbeispiel des Tauwetters. Raus aus Rußland, hinein nach Westdeutschland, bei *den* Belastungen, die Sie Moskau und uns allen auf den Rücken luden. Wenn das kein Beweis der Öffnung zur Solidarität mit allen Deutschen ist –«

»Ich bin also nur eine Puppe. Erst eine Made, jetzt eine Puppe ...«

Haberlandt sah Pjetkin an wie der Kellner im Speisewagen Frankfurt/Oder–Berlin. »Sie sind Dr. Kramer und Rückkehrer aus Rußland. Übrigens haben wir noch eine Überraschung für Sie. Unsere Universität hat sofort Ihr medizinisches Staatsexamen von Kischinew anerkannt und auf Ihren deutschen Namen Hans Kramer umgeschrieben. Früher Dr. Pjetkin, jetzt Dr. Kramer. Sie können überall ohne Schwierigkeiten arbeiten. In Westdeutschland hätte man Ihnen nämlich Knüppel zwischen die Beine geworfen. Die erkennen nicht einmal ein Studium in den USA an, geschweige in Rußland. Das ist nun vorbei. Sie haben ein deutsches Arztdiplom.« Haberlandt legte den Arm um Pjetkins Schulter. »Was wollen Sie mehr?«

Starobin oder wer immer seine Hand im Spiel hatte, war ein Meister. Die Rakete Pjetkin war besichtigt worden, in allen DDR-Zeitungen erschienen Berichte und Bilder von Pjetkin, das Fernsehen strahlte eine halbstündige Sendung aus, die den Lebenslauf des kleinen Jungen Hans Kramer rekonstruierte: der Friedhof von Königsberg, Kapitän Pjetkin, der das weinende Kind mitnimmt, die Erziehung in

Moskau, die Adoption durch Pjetkin, das Arztstudium ... bis dahin stimmte alles. Dann aber begann etwas, was Pjetkin nicht verstand. Der Lebenslauf ging weiter: Arzt in Kischinew, Arzt in Chabarowsk, Arzt in Irkutsk, dort Nachricht, daß seine Eltern noch lebten, Antrag auf Ausreise, sofortige Billigung, Rückkehr nach Deutschland ... Großaufnahme: ein strahlender Hans Kramer, der sagt: »Ich bewundere das neue Deutschland ...«

»Aber das ist doch alles eine Lüge«, sagte Pjetkin und sprang auf, als die Sendung zu Ende war. Haberlandt blieb sitzen – sie waren allein in Pjetkins Hotelzimmer, in das man einen Fernsehapparat gestellt hatte. »Meine erste Arztstelle war im Lager Sergejewka, meine zweite als Halbinternierter in Chelinograd, meine dritte als Sträfling in Workuta ... Und warum nicht ein Wort über Dunja? Dunja ... das ist die Hauptsache. Nicht Deutschland, das schöne Deutschland, das ich bewundern soll. *Dunja*!«

»Man muß Sie als Ideal servieren, Doktor.« Haberlandt lachte zufrieden. »Eine gute Sendung, die drüben im Westen mitgeschnitten wurde. *So* will man Sie sehen. *Das* ist der Mann, den sie auch drüben brauchen. Was heißt Wahrheit? Wahr ist immer, was geglaubt wird ... davon leben die Politiker. Und Ihre Wahrheit haben wir blendend verkauft, Sie haben es gesehen. Wenn Sie drüben ankommen, werden Millionen in Tränen ausbrechen, die revanchistische Presse wird Sie feiern – genau das wollen wir ja –, nur die Ämter werden fluchen, denn sie müssen sich mit Ihnen beschäftigen.«

»Ich werde die richtige Wahrheit sagen.«

»Vergessen Sie Dunja nicht.« Haberlandt wurde plötzlich sehr ernst. »Unser Kollege, Major Plochow vom KGB, hat jeden Ihrer Schritte im Visier.«

Pjetkin blickte Haberlandt wortlos an, lange, mit offenen natürlichen Augen, bis es Haberlandt unter der Hirnschale heiß wurde. Dann ging er aus dem Zimmer und ließ Haberlandt allein, fuhr hinunter in die Hotelbar und setzte sich auf einen der hohen Hocker.

»Kognak«, sagte er. »Irgendeinen. Ich habe einen fauligen Geschmack im Mund ...«

Er trank sechs Stück und übersah bewußt, daß Haberlandt hinter ihm das Hotel verließ.

SECHSUNDVIERZIGSTES KAPITEL

Bei Helmstedt betrat Pjetkin nach drei Tagen westdeutschen Boden.

Er reiste wie ein normaler Bürger im Interzonenzug Berlin–Köln, nachdem er in Potsdam zugestiegen war. Haberlandt hatte ihn nicht zum Zug gebracht, sondern der geheimnisvolle und gefürchtete Major Plochow. Er holte Pjetkin vom Hotel ab und fuhr ihn in einem geschlossenen Wolgawagen um West-Berlin herum nach Potsdam. Sie waren ganz allein, Plochow lenkte das Auto, und er sprach mit Pjetkin russisch, was diesem guttat, obgleich Plochow ihn Kramer nannte.

»Wenn Sie jetzt noch Pjetkin sagen, sind Sie mein Freund, Genosse Major«, sagte Pjetkin nach zehn Minuten Fahrt.

Plochow lächelte breit.

»Ihnen zu Gefallen ... also: Pjetkin. Bis Potsdam ... dann sind Sie wieder Kramer.« Sie fuhren schnell, durch ein Land, das von Stunde zu Stunde in den Frühling hineinblühte. Waren bei der Abfahrt in Pankow die Knospen noch geschlossen, leuchteten in Potsdam bereits verschwenderisch die Kelche der Magnolien. »Sie kennen Ihre Aufgabe genau?«

»Ja.«

»Und keine Eile, Igor Antonowitsch. Fuß fassen, Vertrauen gewinnen, einschleichen ... das ist ein verdammt langsames Tempo.«

»Und Dunja? Starobin hat gesagt, daß zwei Jahre das Äußerste sind, die ich warten muß.«

»Dunja Dimitrowna ist schon auf dem Weg nach Leningrad.«

»Ich könnte Sie umarmen, Genosse Major.« Pjetkin lehnte sich zurück ... nach Tagen war er wieder glücklich. »Wann darf sie ausreisen zu mir?«

»Nach den ersten drei Meldungen aus dem Bundesnachrichtendienst, die Sie uns liefern. Keine sauren Gurken, Pjetkin ... richtige Meldungen. Starobin hat schon den Weg für Dunja ausgesucht, den schnellsten.«

»Über die Tschechoslowakei, ich weiß es.«

»Das sollte Sie anspornen und gleichzeitig warnen. Bloß nichts überstürzen. In Westdeutschland wird sich einer unserer Genossen an Sie wenden und Sie ausrüsten, anlernen, die Kontakte knüpfen.« Plochow blickte schnell zur Seite und dann wieder auf die Straße. »Wissen Sie, daß ich gegen diesen Plan war? Er hat zu viele Fehlerquellen! Spionage – oder nennen wir es zarter: Nachrichtendienst – ist ein hartes Geschäft. Nichts für Träumer. Sie sind der Typ des Anti-

Spions. Und Sie tun es auch nur, um Dunja zu bekommen. Ist es so, Igor Antonowitsch?«

»Genauso, Major Plochow.«

»Ich bin vielleicht der einzige, der bei Ihnen Komplikationen sieht – alle anderen, vor allem die in Moskau, sind von dem Plan begeistert, Sie als große Nummer in den Bundesnachrichtendienst zu schleusen. Ich nicht. Verzichten Sie auf Dunja . . .«

»Sprechen Sie nicht weiter, Plochow.« Pjetkin hob beide Hände an die Ohren. »Jedes Wort belastet unnötig Ihren Kehlkopf.«

»Gut . . . aber wenn Sie später abspringen wollen, jagen wir Sie um die ganze Erde, bis wir Sie haben! Dann stürzt der Himmel auf Sie, Pjetkin.«

»Ich weiß es. Ich habe gelernt, in der Hölle zu leben.«

Das war am Morgen gewesen . . . ein paar Stunden später stand Pjetkin vor einem Haufen Fotografen und beantwortete Fragen in einen Wald von Mikrophonen. Zwei Männer des Bundesnachrichtendienstes warteten abseits, bis die Interviews beendet waren. Drei Helfer des Roten Kreuzes umstanden ihn mit Bechern heißen Kaffees und Broten mit Schmierwurst, als käme Pjetkin aus der Wüste. Der Zug war längst weitergefahren. Für Pjetkin würden jetzt die beiden abseits stehenden Männer sorgen. Die Kameras klickten – wie in Ost-Berlin –, das Fernsehen surrte.

Die gleichen Worte, nur jetzt in westdeutscher Version, mit anderem Klang, anderem Sinn : »Ich bin glücklich, wieder in der Heimat zu sein. Ich bewundere das neue Deutschland. Ich kann es noch gar nicht fassen . . .«

Die Sensation war geboren. Ein verschlepptes ostpreußisches Kind kommt als sowjetischer Arzt zurück in seine Heimat. Zweiundzwanzig Jahre mußte er darum kämpfen. Welch ein unmenschliches System. Pjetkin lächelte traurig und schwieg.

Presse und Funk waren gesättigt. Wer ein Ohr dafür hatte, hörte ihr Schmatzen. Die beiden Herren vom BND nahmen Pjetkin zwischen sich und führten ihn weg.

Die Freiheit hatte begonnen.

Freiheit . . .?

Das erste Verhör fand in einem Haus innerhalb der hohen Mauern des BND-Hauptquartiers in München-Pullach statt.

Pjetkin wunderte sich. Er hatte sich unter einer Spionage-Zentrale etwas anderes vorgestellt, etwas Abenteuerlicheres, Erregenderes. Was er nun sah, waren Häusergruppen in einer schönen Gartenanlage, am Rande eines Waldes gelegen, zwar durch Mauern und geheime Sicherungen von der Außenwelt abgeschnitten, aber doch nichts anderes als eine winzige eigene Stadt mit Plätzen, Spazierwegen, Bänken, Blumenrabatten und einer Stille, die angenehm war, denn es war nicht die ihm bekannte Stille des Todes.

Man hatte Pjetkin ein Zimmer in diesem Haus, in dem man jetzt mit ihm sprach, gegeben. Ein einfaches Zimmer mit Bett und Waschbecken, Toilette und Dusche, er konnte auf eine Rasenfläche sehen und schlanke Tannen und gegenüber auf ein Bürohaus, hinter dessen Fenstern Mädchen an Schreibmaschinen saßen und Bogen um Bogen volltippten.

Nach seiner Ankunft in Pullach hatte er gegessen und geschlafen, ein freundlicher Mann hatte ihn zum Frühstück abgeholt, das sie in einem Raum mit sieben Tischen einnahmen, man hatte sich über Rußland unterhalten, aber nur über dessen Kultur, über Ballett und Oper, Sport und schließlich Medizin, und dann saß Pjetkin im Erdgeschoß seines Hauses einem ältern jovialen Herrn gegenüber, der sich vorstellte:

»Von Bargent. Oberst a. D. Ich bin Abteilungsleiter in der Hauptabteilung Ost. Wenn Sie den Wunsch haben, sich mit mir zu unterhalten, Doktor . . . ich stehe Ihnen zur Verfügung.«

»Unterhalten.« Pjetkin griff nach der Zigarette, die ihm von Bargent in der Schachtel entgegenhielt. Dann rauchte er ein paar Züge und blickte auf die Tischplatte. »Was erwarten Sie?«

»Ich weiß es nicht. Vielleicht erzählen Sie nur, was Sie bisher erlebt haben.«

»22 Jahre?«

»Ich habe für Sie immer Zeit, Doktor. Unbeschränkt Zeit. Wir können Ihr wirklich einmaliges Leben aufrollen . . . wenn Sie wollen.«

»Es ist uninteressant. Ein Leben wie Millionen andere Leben. Das Leben eines Russen.«

»Warum hat man Sie nach Westdeutschland ausreisen lassen?« Die erste konkrete Frage. Leicht hingeworfen, aber für Pjetkin ein Stein um den Hals.

»Ich wollte es«, antwortete er.

Von Bargent nickte mehrmals. »Das haben schon viele gewollt, aber man ließ sie nicht heraus. Die Begründung allein, Sie wollten Ihre Eltern wiedersehen und bei ihnen bleiben, ist keine Begründung. Das wissen wir so gut wie die Sowjets. Man soll uns nicht für blöd halten. Wir haben die Pressekampagne in der DDR genau verfolgt . . .

einen solchen Rummel macht man nicht, wenn ein einzelner Mann aus Rußland ausreisen darf. Was steckt dahinter?«

»Dunja –«, sagte Pjetkin leise. Er rauchte hastig, in kleinen, schnellen Zügen. Von Bargent stand auf, holte aus einem Schrank Kognak und zwei Gläser, füllte sie und schob eines zu Pjetkin hinüber.

»Eine Frau also.«

»Ja. Sie ist Ärztin.«

»Und weiter?«

»Wir wollten heiraten, aber da sagte man mir plötzlich, ich sei gar kein Russe, sondern Deutscher. Da wollte ich nach Deutschland, als letzte Konsequenz.«

»Und das akzeptierte man in Moskau?«

»Sie sehen: Ich bin in Deutschland.«

»Gewissermaßen als ein Tautropfen des angekündigten Tauwetters.« Oberst von Bargent, im Baltikum geboren, aufgewachsen auf einem Rittergut, russisch sprechend so gut wie Pjetkin, schüttelte den Kopf. »Was ist Ihre Aufgabe, Pjetkin?« fragte er im Leningrader Dialekt. Pjetkin zuckte zusammen und umklammerte die Tischkante.

»Dunja. Nur Dunja. Ich will sie herüberholen.«

»Das ist doch Blödsinn, Pjetkin.«

»Nein!«

»Nur in Romanen gelingt es, mitten aus Rußland jemand herauszuschmuggeln. Die Wirklichkeit ist verdammt nüchtern. Ab und zu, ja, hört man von einer Flucht. Über die Ostsee, über die iranische Grenze ... Abenteuer eines Jahrzehnts!«

»Ich habe gedacht, man würde mir helfen.«

»Wie denn?«

»Indem man mein Schicksal publiziert, indem man die Menschheit aufruft, gegen diese Unfreiheit zu protestieren, indem sich vielleicht der deutsche Botschafter ... ich weiß es nicht, ich bin doch jetzt Deutscher, es muß doch etwas für mich getan werden ... Ich habe ein Recht auf Liebe und Freiheit. Ich bin jetzt hier und bitte um Hilfe.«

»Sie meinen also, alle Zeitungen im Westen sollten dem Russen sagen, wie ungerecht man Sie und Dunja und Ihre Liebe behandelt hat?«

»Ja.«

»Darauf wird der Russe – verzeihen Sie – scheißen. Mein Gott, Sie fühlen sich als Russe, Sie sind dort aufgewachsen, sind sowjetischer Arzt, waren in Workuta – auch das wissen wir, sehen Sie mal an! –

und reden solch einen Quatsch. Wie würden Sie als Russe auf diese Proteste von außen reagieren?«

Pjetkin schwieg betroffen. Er hat recht, dachte er. Er hat wirklich recht. Was kümmern Starobin die Zeitungen im Westen? Und wenn Millionen in Hamburg, Paris, Rom und New York mit Transparenten herumziehen und Freiheit für Dunja fordern, wird Starobin sein Gläschen Wodka trinken und eine Papyrossa rauchen, mit seinen Kinderchen spielen und denken: Laß sie sich die Lungen wund schreien ... hier ist Moskau, und hier bestimme ich! Morgen ist doch alles vergessen.

Von Bargent wartete ein paar Sekunden, ehe er weitersprach.

»Ihr Schweigen ist Antwort genug, Pjetkin. Oder soll ich wieder Dr. Kramer sagen?«

»Es ist alles sinnlos, ich weiß.« Pjetkin zerdrückte die Zigarette in einem Reklameaschenbecher, auf dem »Fahr gut mit Simplexreifen« stand. »Hören Sie zu, Herr Oberst ... ich will Ihnen alles erzählen.«

Vier Stunden dauerte es, bis Pjetkin mit seinem Bericht so weit war bis zu seinem Zimmer in Pullach. Von Bargent hatte ihn nicht unterbrochen ... daß irgendwo heimlich ein Tonband mitlief, wußte Pjetkin nicht. Als er erschöpft aufhörte, war auch von Bargent sichtlich angeschlagen.

Stumm tranken sie zwei Gläser Kognak und rauchten ebenso wortlos eine ganze Zigarette zu Ende. Dann erst sagte von Bargent:

»Doktor, das ist eine phantastische Geschichte. Natürlich arbeiten Sie für uns und für Ihre sowjetischen Auftraggeber. Wir geben Ihnen Spielmaterial, das Sie weiterleiten.«

»Was ist Spielmaterial?«

»Echte Dokumente, die nur an einigen Stellen ganz unauffällig im Wortlaut retuschiert wurden. Damit sind sie wertlos, nur die Gegenseite merkt es nicht.«

»Unterschätzen Sie Major Plochow nicht.«

»Auch Plochow nimmt das Material an. Ich werde Ihnen heiße Sachen geben, die leider nur überholt sind, aber den Sowjets völlig unbekannt. Und natürlich, wie Plochow sagte, Zeit, viel Zeit einkalkulieren. In frühestens einem halben Jahr könnten Sie bei Ihrer Mitarbeit bei uns so weit sein, den Sowjets Material zu liefern. Früher fiele sofort auf, denn ehe Sie hier an Geheimmaterial kommen, müssen Sie normalerweise eine unbemerkte Untersuchung Ihrer Person über sich ergehen lassen, gegen die eine anatomische Präparation geradezu laienhaft ist. Das alles weiß man drüben natürlich. Spielen wir also das große Mensch-ärgere-dich-nicht!«

»Und Sie glauben auch, daß man Dunja dann freiläßt?«

»Nein.«

»Sie haben es versprochen.«

»Mein lieber Pjetkin oder Dr. Kramer – seien wir brutal ehrlich Ihre Liebe zu Dunja ist aussichtslos. Gut, Sie haben sich selbst au der Schlinge gezogen, mit Bravour sogar, ich gratuliere ... aber der Traum Dunja sollten Sie austräumen. Wenn die Sowjets nicht wollen, gibt es gar keine Möglichkeit. Das wissen Sie besser als ich Glauben Sie an dieses Ehrenwort Starobins?«

»Ja.«

»Mann Gottes ... ist Ihnen noch zu helfen?«

»Ich glaube an die Ehrlichkeit Starobins.«

»Verrückt!«

Pjetkin erhob sich abrupt. »Was soll ich dann noch hier? Sie können mir nicht helfen, Starobin hilft mir nicht nach Ihrer Ansicht, niemand wird für mich auf die Barrikaden gehen, der Russe scheißt auf alles, wie Sie sagen, die Welt kümmert sich einen Dreck um mein Schicksal ... also leben Sie wohl! Ich nehme den Kampf allein auf.«

»Ich habe nie Verrückteres gehört.« Auch von Bargent sprang auf. »Arbeiten Sie für uns, Doktor.«

»Gegen Rußland? Nein!«

»Für Deutschland.«

»Das sich für mich überhaupt nicht interessiert?«

»Sie hassen doch Rußland –«

»Nein! Ich liebe es!«

»Sie Narr!«

»Diesen Ausdruck habe ich oft genug gehört. Um in dieser Welt ein eigenes Leben zu leben, *muß* man ein Narr sein.«

»Sie lehnen also eine Mitarbeit ab?«

»Ja. Für jede Seite. Ich werde Dunja allein herüberholen. Ich habe alles, was ich dazu brauche. Ich bin im Westen. Ich lebe in der Freiheit. Hier ist doch Freiheit, nicht wahr?«

Von Bargent sah an die Decke. »Freiheit ist relativ. So einfach ist die Freiheit nicht, Dr. Kramer. Da sie von drüben kommen, müßten Sie erst ein Flüchtlingslager durchlaufen, auf Ausstellung Ihres Passes warten, sich beim Arbeitsamt melden, dem Sozialamt, der Polizeibehörde, dem Meldeamt, und wenn Sie dann auch von uns als Deutscher anerkannt sind ... dann erst können Sie sich eine Arbeit suchen. Solange werden Sie in einem Lager bleiben.«

»Ein Lager!« Pjetkin lachte bitter. »Von Lager zu Lager. Von Rußland nach Deutschland. Was hindert Sie eigentlich an einer Brüderlichkeit?«

»Sie sind Kommunist?«

»Ja. Ich bin nie etwas anderes gewesen.«

»Das ist hier das erste, was Sie ablegen müssen.«

»Warum? Stinken Kommunisten?«

Oberst von Bargent winkte ab. »Wozu diskutieren? Gewöhnen Sie sich erst einmal im Westen ein ... dann geben Sie sich bald selbst eine Antwort auf Ihre Frage. Ein Beweis übrigens, daß wir gar nicht so sind, wie Sie denken mögen: Für Sie ist alles geregelt. Sie erhalten morgen Ihren deutschen Paß, alle Amtsstellen sind unterrichtet, Sie sind ab morgen ein blütenweißer Deutscher, mit sieben Weißmachern gewaschen. Sogar eine Stelle haben wir für Sie: Assistenzarzt im Klinikum ›Lindenburg‹ in Köln. Chirurgische Abteilung I. Chefarzt Prof. Dr. Weberfeld. Sie haben ein kleines Apartment im Ärztehaus, das Sie sofort beziehen können. – Na, wie arbeiten wir?«

»Warum gerade Köln?«

»Es ist eine hervorragende Klinik, wir haben ein Büro in Köln, und außerdem sitzt in Köln die Sowjetische Handelsmission. Drei wichtige Punkte also.«

»Sie vergessen: Ich spiele nicht mehr mit. Weder für Sie noch für die Sowjetunion.«

»Wir nehmen das zur Kenntnis. Also kümmern Sie sich um Ihre Arztstelle. Alles andere wird sowieso an Sie herangetragen, ob Sie wollen oder nicht. Der erste Besuch wird von Ihren sowjetischen Verwandten kommen.«

Zwei Tage später verließ Pjetkin mit einem Wagen völlig unauffällig den BND in München-Pullach und wurde zum Bahnhof nach München gebracht. Er hatte sich verändert. Ein neuer Anzug, neuer Haarschnitt, modernes Hemd und fröhlich gemusterte Krawatte. Auch die Koffer hatte er gewechselt ... sie waren jetzt leicht, aus Perlonstoff mit Ledereinfassungen.

Er sah aus wie jeder andere auf der Straße.

»Er fährt jetzt nach Lemgo«, tickte irgendwo ein Kurzwellensender. Major Plochow in Ost-Berlin erhielt die Meldung drei Minuten später als Klartext. »G II meldet, daß er eine Stelle als Arzt in Köln annehmen wird. Köln ist unterrichtet. Ende.«

»Es scheint ein Erfolg zu werden«, sagte Plochow nachdenklich. »Aber, Sie können mich fressen, Genossen, ich werde das ungute Gefühl nicht los. Pjetkin ist kein Agent ... aus seinem Holz schnitzt man Kreuze, aber keine Gewehrschäfte!«

SIEBENUNDVIERZIGSTES KAPITEL

Den einfachsten Weg legte Marko Borissowitsch Godunow zurück. Für ihn gab es keinerlei Schwierigkeiten, und wenn einer auf den Gedanken kam, ihm ein Knüppelchen zwischen die Knie zu halten, hüpfte er einfach drüber.

So erschien er am Tage von Pjetkins Abfahrt in den Westen im Moskauer Zentralbüro des russischen Reiseunternehmens »Intourist« und sagte zu dem Mädchen, das ihn über die Theke mit Abscheu musterte:

»Mein Täubchen, du glotzäugiges Luderchen, schreib mir eine Karte aus nach Helsinki. Ich will in den finnischen Saunas die Weiberchen begeistern.«

Das Mädchen, es hieß Natalja, holte tief Luft, verschwand im Hintergrund durch eine Tür und holte den stellvertretenden Leiter. Dieser Mensch, groß, hager, mit traurigen Augen, kam sofort in die Schalterhalle, betrachtete den häßlichen Zwerg vor der Theke und räusperte sich.

»Ausfuhr von Tieren genehmigt nur das Exportministerium«, sagte er.

»Ich weiß es, Genosse.« Marko lehnte sich an den Schalter. »Sie tragen das Brandzeichen für Ochsen ja noch am Arsch. Darum spreche ich mit Ihnen wie ein Freund und spucke Ihnen nicht ins Gesicht. Wie ist es nun mit einer Fahrkarte nach Helsinki?«

»Als Tourist?«

»Was sonst? Ich will dort keine Flöhe fangen.«

»Mit dem Flugzeug?«

»Bin ich Stroganoff, der Große? Mit dem Zug, dann mit einem Boot übers Meer, wenn es keinen Landweg gibt. Die billigste Tour. Ich habe für diesen Ausflug zehn Jahre lang gespart.«

»Und warum gerade Finnland?«

»Der Mädchen wegen, Genosse. Ich bin ein Ästhet. Ein blonder nordischer Körper entlockt mir Beglückungsschreie.«

»O Himmel!« Der stellvertretende Leiter von »Intourist« verzichtete auf weitere Gespräche mit Marko. Er blätterte in einem dicken Buch, sah Listen durch und drückte dann das Kinn an den weichen Hemdkragen. »Sie haben unverschämtes Glück, Genosse. Es fährt eine Reisegruppe in vier Tagen nach Helsinki. Ein Platz ist noch frei. Vierzehn-Tage-Rundreise. Helsinki – Tampere – Turku – Pori – Rovaniemi ... eine herrliche Fahrt.«

»Ich buche.« Marko legte ein Paket Rubel auf die Theke. »Ist etwas Besonderes zu beachten?«

»Ja. Entfernen Sie sich nicht von der Reisegruppe. Die Finnen könnten Sie sonst als Urtier einfangen und in einen Zoo bringen.«

»Genosse, ich lobe Ihre Freundlichkeit.«

Nach einer Stunde – Warten gehört zum Russen wie Duft zum Kot – erhielt Marko seine Fahrkarten, Zollscheine, Paßeintragungen und was man alles braucht, um in ein anderes Land zu reisen, bedankte sich bei Natalja, nannte sie ein rundärschiges Kälbchen und verließ frohen Mutes das Büro von »Intourist«. Überschlagen wir die Reise nach Helsinki – sie brachte keine Abenteuer für Marko. Er wurde erst munter, als er den Boden von Helsinki betrat.

Hier verschwand er auf eine einfache Art: Er betrat eine öffentliche Toilette, wartete, bis die anderen Genossen im Reisebus saßen, und verließ den kleinen Urinpavillon auf der anderen Seite. Er setzte sich in einem Lagerhaus hinter eine Kiste, auf der in Englisch »Schrauben« stand, wartete bis zum Abend und ließ sich dann mit einem Taxi in die Stadt fahren.

Er fand ein kleines Hotel, mietete das billigste Zimmer mit einem Blick auf einen Hof, in dem sich Kisten stapelten und Katzen sich begatteten.

In dieser Nacht überflutete die Traurigkeit den schluchzenden Marko. Er war wie ein Vater, der heimlich um seinen Sohn weinte. Am Morgen aber erfaßte ihn wieder der Tatendrang, er frühstückte gut und ließ sich von dem Portier des Hotels, mit dem er mühsam englisch sprach, einige Adressen geben.

Jeder kennt die Berufe, zu denen sich niemand drängt und die auch überall unter Nachwuchsmangel zu klagen haben. Nennen wir nur einige: Totengräber, Müllfahrer, Straßenkehrer, Leichenwäscher, Sargträger, Kanalreiniger. Es sind ehrbare Tätigkeiten, gewiß, und wo kämen wir hin, wenn keiner die letzten Löcher gräbt oder man den Müll einfach liegen läßt . . . dennoch machen selbst die Hungrigsten einen Bogen um diese Arbeiten, schleppen im Hafen lieber Kisten, reißen Straßen auf oder mischen Zement mit Sand zusammen.

Marko war da anderer Meinung. Er suchte eine Tätigkeit, die ihn unentbehrlich werden ließ, unauffällig, ja unsichtbar.

Den ganzen Vormittag verbrachte er damit, sich bei den Personalleitern vorzustellen. Aber auch Finnland ist nicht so schnell zu erobern – wie überall war das Gesetz gegen Marko.

Als er bei den Behörden kein Glück hatte, versuchte er es bei den Privatunternehmern. Und siehe da . . . es gab in einer kleinen Seitenstraße ein Beerdigungsinstitut, das sich »Pietät« nannte und dessen Besitzer, ein fetter Mensch mit Dreifachkinn, sogar Russisch sprach.

»Vom Karelienkrieg her«, sagte er stolz. »Ich war Feldwebel. Als ich die vielen Toten sah, dachte ich mir: Das wäre nachher im Frieden ein Beruf. Würdig unter die Erde ... das vermißt man im Krieg und lernt die Hinterbliebenen verstehen, die es besonders feierlich haben wollen. Doch nun zu Ihnen: Sie wollen arbeiten? Alles? Als untergetauchter Russe? Mein Lieber, das ist für uns beide ein Risiko. Ich darf Sie nicht beschäftigen und verstecken, Sie dürfen nicht hier im Lande bleiben über drei Monate hinaus. Was machen wir da?«

»Beschäftigen Sie mich im Innendienst«, antwortete Marko. »Ich habe in Workuta-Stadt als Hochzeits-Arrangeur gearbeitet ... warum soll ich jetzt nicht Tote aufbahren? Ob ich Schwiegermütter tröste oder Erbanwärter – es kommt nur auf die richtigen Worte an. Versuchen Sie es mit mir. Und wenn Sie kein Zimmerchen für mich haben – ich schlafe auch im Sarglager. Ich habe sogar schon hinter Knochenhaufen gewohnt.«

Vaiiko Halunäääin, so hieß der Besitzer von »Pietät«, überlegte sich zehn Minuten lang die Sache, dachte an seine Personalknappheit und überwand seine Bedenken.

»Fangen Sie morgen an«, sagte er. »Ich werde Sie den anderen Mitarbeitern als einen Bekannten aus Karelien vorstellen, aus dem jetzt sowjetischen Karelien. Ein Bekannter auf längerem Besuch. Sie können im Sarglager schlafen. Ich zeige Ihnen gleich, was Sie zu tun haben.«

Es war eine verantwortungsvolle Arbeit.

Vaiiko Halunäääin fuhr mit Marko zum Friedhof, wo zwei Tote auf ihre Aufbahrung warteten. Sie sahen nicht sehr feierlich aus, wie sie da im Sarg lagen – ein runzeliger Mann und eine Frau mit dickem Oberkörper.

»Aus ihnen machen wir Schönheiten«, sagte Halunäääin begeistert. »Wenn die Hinterbliebenen an ihren Sarg treten, wird ihnen die Majestät des Todes entgegenleuchten –«

An diesem Tage lernte Marko, wie man Tote aufbereitet. Halunäääin ging mit sichtbarer Liebe ans Werk, kleidete die Toten in brokatene Hemden (die sich beim geübten Griff als Papierhemden herausstellten), rasierte das faltige Alterchen sogar, legte etwas Schminke auf das Gesicht der dicken Frau, kämmte ihr die Haare wie ein Friseur, garnierte die Körper rundherum mit Blumen und schob ein kleines Kreuz zwischen die gefalteten Finger. Nun lagen sie da, als seien sie mitten in einem Fest umgefallen.

»Was sagen Sie dazu«« rief Vaiiko Halunääin. »So von ihnen Abschied zu nehmen richtet die Seele auf. Dieser letzte Eindruck wird haftenbleiben.«

Marko lobte die Arbeit Halunääins, versprach, es ihm gleichzutun, ja eigene Ideen zu entwickeln, und half dann mit, die Blumen und Kränze um die Särge zu arrangieren.

»Sie haben Geschick, Godunow«, sagte nach drei Stunden Halunääin. »Sie sind fest eingestellt. Ich hoffe, daß Sie lange bei mir bleiben.«

In der Nacht schlief Marko in einem bequemen, gepolsterten Eichensarg bester Qualität. Er schlief traumlos und glücklich.

Der Brückenpfeiler zwischen Igor und Dunja war fest in die Erde gerammt.

Jetzt wurde die Brücke gebaut.

Anatol Stepanowitsch Dobronin brachte Dunja an den Zug nach Leningrad. Sie hatte sich von allen Ärzten im Lager verabschiedet, die dralle Stepanowna hatte geweint, als wolle man sie an die Wand nageln, eine Abordnung der Strafgefangenen brachte Dunja ein aus Birkenholz geschnitztes Kruzifix, und als sie in Dobronins Wagen stieg, war es wie bei Igor Antonowitsch: Die Frauen, die Innendienst hatten, bildeten ein Spalier, nur bekreuzigten sie sich nicht bloß, sondern sie sanken in die Knie und beteten.

»Man wird Sie als einen Engel in Erinnerung behalten«, sagte Dobronin nach einer Weile. »Ich habe um Sie gekämpft in Moskau. Elfmal habe ich angerufen, habe diesen widerlichen Genossen Starobin angefleht, Sie im Lager zu lassen. Und was sagt er, dieser Kretin? ›Es ist eine politische Entscheidung. Also halten Sie endlich den Mund!‹ – Verstehen Sie das, Dunja Dimitrowna?«

»Nein.« Sie blickte auf ihre Hände, die den Pelzmantel zusammenhielten. Hier in Workuta war es noch kalt, der Eiswind wehte, der tauende Schnee hatte sich in eine Eiskruste verwandelt.

»Leningrad.« Dobronin schlug auf das Lenkrad. »Welch eine Versetzung. Die schönste Stadt Rußlands, schöner als Moskau oder Nowgorod. Fast Pariser Leben. Sie müssen doch irr sein vor Freude.«

»Es wird bestimmt eine interessante Aufgabe.«

»Ohne Sie wird es wieder grausam werden in Workuta. Dunja Dimitrowna – ich liebe Sie.«

»Sinnlos, Anatol Stepanowitsch.«

»Ich weiß es, aber ich muß es Ihnen sagen, bevor Sie abfahren. Ich habe Dr. Wyntok gehaßt, weil er Sie so bedrängte, und wenn nicht dieser Unbekannte ihn erschlagen hätte ... eines Tages hätte ich es getan. Das sollen Sie noch wissen, bevor wir uns nie wiedersehen.«

»Ich danke Ihnen, Dobronin. Sie haben sich gewandelt. Als ich in Workuta ankam, waren Sie ein Schwein.«

»Es beleidigt mich nicht, wenn Sie es sagen, Dunjuscha. Aber kann man in Workuta etwas anderes werden?« Dobronin winkte mit einer Hand ab.

Dunja sah den Bahnhof näher kommen, sah den Zug, der sie wegbringen würde aus der Hölle, und eine Flut von Freude überspülte sie. »Fahren Sie schneller, Dobronin!« rief sie. »Schneller! Schneller!«

Dobronin nickte wortlos. Sie haßt uns alle, dachte er. Jede Minute Workuta ist eine verlorene Minute ... hat sie nicht recht? Wenn jemand zu mir sagte: Du darfst nach Leningrad ... zu Fuß würde ich durch die Tundra wandern, und wenn die Füße wund gelaufen wären, auf den Händen.

Zwei Stunden später dampfte der Zug aus Workuta hinaus. Zwei Tage brauchte Dunja, bis sie in Leningrad eintraf.

Der Pförtner des Klinikums wollte sie nicht einlassen, so abgerissen nach Leningrader Begriffen sah sie aus. Erst als sie den I. Oberarzt verlangte und sprechen konnte, gelangte sie durch die breite Glastür ins Haus.

»Eine Ärztin«, stammelte der Pförtner. »Jesus Christus, sind wir schon so knapp, daß wir sie aus dem Müll holen?«

»Wir haben Sie schon erwartet«, sagte der I. Oberarzt zu Dunja. »Wir geben Ihnen zwei Tage frei, damit Sie sich einkleiden können. Die Genossin Dr. Faluna wird Sie überall hinführen und beraten. Hier ist Ihr Zimmer. Wie fühlen Sie sich?«

»Müde ... wie an einem fremden Ufer gestrandet.« Dunja setzte sich auf die Bettkante. Wo ist Igor jetzt, dachte sie. Wie hat Deutschland Igor aufgenommen? Ob er jetzt glücklich ist ...? »In welche Abteilung komme ich?« fragte sie.

»In die II. Medizinische Klinik, Fachabteilung Thoraxerkrankungen. Chef ist Dr. Winnolowskij. Moskau hat Sie uns als II. Oberärztin empfohlen. Prof. Winnolowskij wird Sie heute abend selbst begrüßen.«

Dann war sie allein, in einem riesigen Haus mit Hunderten von Fenstern, umgeben von steriler Sauberkeit, in der sie sich wie ein Dreckhaufen vorkam. Sie zog sich aus, knüllte ihre Kleidung und Wäsche zu einem Kloß zusammen und warf ihn in einen Mülleimer, der unter dem Waschbecken stand. Sie stellte sich unter die Dusche, ließ das Wasser erst heiß, dann kalt über sich regnen und schrubbte die Haut mit Seife und Bürste. Dann warf sie auch diese weg ... die letzten Andenken an Workuta bis auf das von den Gefangenen geschnitzte Kreuz und das Foto des Wanderfotografen Timbaski. Blieb nur noch der Wolfspelzmantel ... Dunja wollte ihn verschenken, irgendeiner armen Frau auf der Straße. Lösch Workuta aus, sagte sie sich. Nimm es weg von deinem Leib.

Das Telefon schellte. Nackt, noch triefend vor Nässe, tappte sie durchs Zimmer und hob ab.

»Ich habe noch etwas vergessen«, sagte der I. Oberarzt. Er hieß Julian Iwanowitsch Zaranow, ein stolzer Mensch, der an einer großen wissenschaftlichen Arbeit schrieb und einer erfolgreichen Zukunft entgegenlebte. »Für Sie kam ein Anruf an, gestern. Aus Finnland. Helsinki. Ein Genosse Godunow fragte nach Ihnen. Kennen Sie ihn?«

»Ein flüchtiger Bekannter«, sagte Dunja. Ihr Herz schlug schmerzhaft und so laut, daß sie den Hörer weiter von sich abhielt und sich beim Sprechen zur Muschel vorbeugte. »Ein ganz flüchtiger Bekannter, Julian Iwanowitsch. Nicht so wichtig –« Marko war schon in Helsinki.

Es war ihr, als regnete Gold von den Sternen.

ACHTUNDVIERZIGSTES KAPITEL

Auch Pjetkins Leben normalisierte sich so schnell und gründlich, daß er sich vorkam wie ein Wassertropfen, den ein riesiger Schwamm lautlos aufsaugte.

Pjetkin reiste nach Köln, stellte sich bei Prof. Weberfeld vor, bezog sein Apartment mit Ärztehaus und durfte vor Antritt seines Dienstes nach Lemgo fahren.

Dort stand er am Grabe seiner Eltern und blickte auf die Namen, die auf den kleinen Steintafeln standen. Er las sie wie andere Namen und empfand nichts dabei. Sie waren ihm fremd, aber als er in diesem Augenblick an das Doppelgrab in Kischinew dachte und an die Namen Irena Iwanowna und Anton Wassiljewitsch, begann sein Herz zu zucken und zu schmerzen.

Aus Höflichkeit legte er einen Kranz mit Frühlingsblumen an den Grabstein der Eheleute Kramer und ging dann. Er betete nicht, denn ihm war nicht danach zumute, hier mit Gott zu reden. Er wußte, daß das furchtbar war, und er wollte sich zwingen, zu Elisabeth Kramer

Mutter und zu Peter Kramer Vater zu sagen ... es kam ihm nicht von der Zunge.

Als er den Friedhof verließ, schwankte er etwas. Er trug eine Leere mit sich, die ihn erschreckte. Am Friedhofsausgang machte er wieder kehrt und ging zum Grab zurück.

»Verzeiht mir, Elisabeth und Peter Kramer –«, sagte er, »ich kann nicht mich und euch auch belügen. Ich bin euer Sohn ... aber meine Heimat ist Rußland. Ich bin mehr ein Pjetkin als ein Kramer. Geboren sein ist nicht wichtig ... das Leben ist alles.«

Noch einmal wurde der Fall Dr. Kramer hochgespielt in Presse und Fernsehen, als Pjetkin in Köln seine Stelle antrat. Prof. Weberfeld war dieser Rummel unangenehm. »Wir wollen keinen Star züchten«, sagte er zu seiner Frau. Die Zeitungen, die die Berichte über Pjetkin brachten, rührte er nicht an. »Im übrigen muß der junge Mann erst einmal zeigen, was er kann. Sowjetische Ausbildung ... meine Liebe, ich bin da sehr kritisch.«

Die Gesundheitsbehörden tolerierten sein sowjetisches Arztdiplom nur, weil es der BND so empfahl. Das umgeschriebene Examen aus Ost-Berlin beachtete man überhaupt nicht, und wenn, dann belächelte man es. Prof. Weberfeld drückte es so aus, beim abendlichen Essen in seiner Villa in Lindenthal:

»Ein exotisches Diplom ... als wenn man einem Zuckerrohrpflücker bescheinigt, er könne die Machete schwingen. Staatsexamen und Promotion in Kischinew ... mein Gott, das klingt wie 1001 Nacht. Gib mal den Atlas von Holger her, Mathilde. Wollen doch mal sehen, wo dieses Kischinew überhaupt liegt. Dort üben sie das Nähen bestimmt an Schafen, haha ...«

So wurde Pjetkin auch in den ersten Wochen behandelt. Man beobachtete ihn wie einen Wunderdoktor, der seine Kranken früher mit Affenwedeln heilte, und erst als Pjetkin bewies, daß er eine Injektion setzen konnte, ohne den Patienten zu ermorden, daß er einen Verband anlegen konnte, ohne daß der Verletzte erstickte, daß er sogar ein Skalpell zur Spaltung eines Furunkels halten konnte und den Kranken nicht gleich köpfte, teilte man ihn als Hilfe dem Stationsarzt Dr. Brommer zu, der ihn mit: »Guten Tag, Kollege Dawai-Dawai« begrüßte und selbst fünf Minuten über diesen dämlichen Witz lachte.

Pjetkin ertrug alles. Dr. Brommer beschäftigte ihn mit Handreichungen, die er »die Grundlage der Medizin« nannte. So wurde Pjetkin ein besserer Heilgehilfe. Er badete die Kranken, kämmte ihnen die Haare, rasierte sie, schnitt ihnen die Finger- und Fußnägel.

Nur in einem erwarb sich Pjetkin die Liebe aller Kollegen: Er übernahm klaglos jeden Nachtdienst.

Das ging zwei Monate so, bis Prof. Weberfeld nachts zu einer durchgebrochenen Galle gerufen wurde. Pjetkin hatte die Notaufnahme vorgenommen, den Durchbruch diagnostiziert und den Chef angerufen. Für die Operation ließ er den kleinen OP herrichten.

Weberfeld erschien nach zwanzig Minuten, mit großer Geste, den aus dem Schlaf Geschreckten spielend.

»Sind Sie sicher, daß es ein Durchbruch ist, Kramer?« fragte er. »Erkennen Sie das?«

»Ich möchte Ihrer Diagnose nicht vorgreifen, aber ich glaube, daß die Galle geplatzt ist.«

»Wo liegt die Patientin?«

»Auf dem OP-Tisch. Bereits narkotisiert.«

»Sind Sie verrückt?« Prof. Weberfeld holte tief und saugend Atem. »Schon in Narkose? Und wer hat sie gegeben?«

»Dr. Bertram.«

»Was? Als Anästhesist macht er diesen Blödsinn mit? Wo sind Oberarzt Dr. Falcke und Dr. Hanselmaier?«

»Ich nehme an, im Bett.«

»Kramer ... so etwas mag in Rußland möglich sein, in Kischinew oder Bumsibeff ... aber nicht bei mir! Der Patient liegt auf dem Tisch, und ich stehe allein da! Wer soll assistieren?« Weberfeld begann zu brüllen. Er tat das gern, es bewies seine Allmacht in der Klinik.

»Wir müssen anfangen, Herr Professor –«, sagte Pjetkin ruhig. »Der Gallensaft fließt unaufhörlich aus ...«

»Allein?!« Weberfeld rollte mit den Augen. »Sie ... Sie ... Idiot!«

»Wenn Sie gestatten, mache ich die Galle allein.«

»Sie? Allein? Mit Kischinew-Examen?! Sie sollten sich psychiatrisch untersuchen lassen.«

»Ich habe vor kurzem noch einen Trendelenburg gemacht ...«

»*Was* haben Sie?« Prof. Weberfeld blinzelte ungläubig gegen das Deckenlicht. »Einen Trendelenburg? Sie? Und –?«

»Der Patient lebt und ist Abteilungsleiter im sowjetischen Innenministerium.«

»Kommen Sie!«

Es wurde eine Operation, bei der Pjetkin operierte und die Galle entfernte und Prof. Weberfeld ihm assistierte. Eine schnelle Operation, eine Artistik der Finger. Als ein Pfleger die Patientin aus dem OP rollte, zog Prof. Weberfeld seine Handschuhe aus und warf sie auf den Steinboden. Er war beeindruckt und versuchte, das nicht zu zeigen. Ein Ordinarius für Chirurgie ist nie beeindruckt.

»Wo haben Sie diese Schnitt-Technik gelernt?« fragte er.

Pjetkin wusch sich die Hände. »In Bumsibeff –«, sagte er.

»Danke.« Prof. Weberfeld wurde rot. »Ich verstehe –«

Zu Hause holte er sich noch in dieser Nacht den Schulatlas seines Sohnes Holger ins Arbeitszimmer, nahm einen Rotstift und malte einen Kreis um die Stadt Kischinew.

»Was soll das, Männe?« fragte seine Frau, die ihm über die Schultern zusah.

»Ein Orden für Kischinew. Man sollte unsere jungen Ärzte dort zwei klinische Semester studieren lassen . . .«

Pjetkin wurde Stationsarzt, half Prof. Weberfeld bei den großen Operationen und zog sich damit automatisch die Mißgunst aller Oberärzte und Assistenten zu.

So wurde Pjetkin isoliert. Er merkte es gar nicht. Er lebte bereits in seiner eigenen Isolation, aus der er nur herauskroch, um den Kranken zu helfen. Drei Monate hatten ihm genügt, seine neue Welt zu erkennen.

Den goldenen Westen.

Das gelobte Land.

Es kotzte ihn an.

Zu Beginn des vierten Monats – es war der Juli – traf Markos erster Brief ein. Aus Helsinki.

Die Brücke war hergestellt.

Marko schrieb:

»Mein Igorenka, mein geliebtes Söhnchen, Gott segne Dich!

Ich hatte Dich aus den Augen verloren, aber nun weiß ich, wo Du lebst. In Köln. Aus den Zeitungen weiß ich das, und das kommt so: Ich betreue Leichen, mußt Du wissen. Ich putze sie heraus, schmücke sie, präsentiere die lieben Toten den Hinterbliebenen, und sie sind ergriffen und begeistert, wie schön Väterchen oder Onkelchen aussieht. Vor einem Monat begruben wir einen Zeitungshändler, und als die Witwe ihn im Blumenschmuck liegen sah, erkannte sie ihn kaum wieder und wollte schon protestieren, man habe ihr den falschen Toten untergeschoben. Dann beruhigte sie sich, betrachtete sich ihren Mann und sagte zu mir: ›So gut rasiert habe ich ihn zeit seines Lebens nicht gesehen. Wie kann ich Ihnen danken?‹ Und ich habe geantwortet: ›Mütterchen, wenn Sie mich täglich die deutschen Zeitungen durchblättern lassen, die Sie in Ihrem Kiosk feilbieten, dann ist alles damit beglichen.‹ Das war ein echter Lohn. Und so erfuhr ich nun aus einer deutschen Zeitung, daß Du in Köln bist. Was sagst Du jetzt?

Mit Dunja stehe ich in dauernder Verbindung. Ich schreibe ihr unter dem Namen Heiko Nappanainen, so heißt der 1. Sargträger unserer Firma. Dunjuscha ist II. Oberärztin im Klinikum Leningrad. Es geht ihr gut, und wenn es möglich ist, will sie über mich an Dich schreiben.

Mein Söhnchen, paß auf Dich auf. Verliere nicht die Geduld. Ich drücke Dich an mein Herz. Du bist nicht mehr allein in der Fremde ... Dunja und ich sind wieder bei Dir ... aber, eine Frage, Söhnchen: Wie soll es jetzt weitergehen?«

Pjetkin fragte sich das selbst. Er las den Brief ungezählte Male, saß vor dem Foto Dunjas und bekam ein Heimweh, das ihn fast erwürgte. Per Telefon gab er ein Telegramm an Marko nach Helsinki durch: »Ich danke Dir. Sag Dunja, daß ich einen Weg finde. Ich küsse sie.« Aber auch dieses Telegramm war wie ein Tropfen Wasser, der in einer lodernden Glut verdunstet.

Dunja ist zu erreichen, dachte Pjetkin und lief in seinem Zimmer von Wand zu Wand. Jetzt muß ich handeln, jetzt muß etwas geschehen. Leningrad ist greifbar. Wo ist der lange Arm, der bis dorthin reicht?

Er wurde ihm angeboten, aber in einer Form, die Pjetkin nicht mehr annehmen konnte. Er bekam Besuch von einem unscheinbaren Mann, der sich Leonid Arkadjewitsch Wolkin nannte und sich als Mitglied der sowjetischen Handelsmission in Köln vorstellte.

Wolkin fuhr Pjetkin in die Stadt, und dort, in einer altkölschen Bierstube am Rhein, setzten sie sich in eine Ecke, bestellten zwei Kölsch und betrachteten sich gegenseitig mit großem Interesse.

»Plochow schickt Sie, nicht wahr?« fragte Pjetkin.

»Nein. Plochow hat andere Aufgaben. Wir korrespondieren direkt mit Moskau, und Moskau ist unzufrieden mit Ihnen, Igor Antonowitsch.«

»Warum? Man hat mir gesagt: Laß dir Zeit, Genosse.«

»Nicht so viel Zeit! Sie sind nicht aktiv genug. Sie enttäuschen. Welche Möglichkeiten haben Sie ausgelassen, Möglichkeiten, die traumhaft waren. Ihr Kontakt zu dem alten Idioten von Bargent – was haben Sie daraus gemacht?«

»Nichts.«

»Und warum nicht? Hat man Ihnen kein Angebot unterbreitet?«

»Zwei –«, sagte Pjetkin mit Behagen.

»Und?«

»Ich habe abgelehnt.«

»Sie Idiot!« Wolkin umklammerte sein schmales Bierglas. »Waren Sie betrunken? Er sitzt auf der Quelle und scheißt sie zu – kann man das begreifen?«

»Sie werden vieles nicht mehr begreifen, Leonid Arkadjewitsch. Ich war nie so nüchtern wie damals und bin noch nüchterner geworden, leergetrunken, ausgewaschen, eben sauber.«

»Was heißt das?« fragte Wolkin verwirrt.

»Ich bin Arzt und weder ein geborener noch ein erzogener Spion. Man muß Geduld haben in Moskau – man kann mich nicht einfach umfunktionieren, wie man eine Schraube an einer Maschine verstellt –«

»Denken Sie an Dunja!«

»Tag und Nacht.«

»Das genügt nicht. Tun Sie etwas für sie . . .«

»Wann?«

»Ich weiß es nicht. Starobin hat mir zwei Jahre Zeit gegeben.«

»Starobin ist tot.«

»Was?« Pjetkin umklammerte die Stuhllehne. »Das ist nicht möglich.«

»Vor drei Tagen. Er starb an einer Fischgräte, die ihm im Halse steckenblieb. Er aß so gern Stör. Bis der Arzt kam, war er schon erstickt. Ein unschöner Tod, aber wissen wir, wie wir einmal zugrunde gehen?« Wolkin räusperte sich. »Was Starobin sagte, ist also überholt. Der neue Mann heißt Wasnolow und hat mit Ihnen kein Waisenhaus geteilt . . . Bedenken Sie das, Igor Antonowitsch.«

»Ich werde es mir merken, Leonid Arkadjewitsch. Ich sehe ein – ich muß mich beeilen . . .«

Zufrieden fuhr Wolkin in der Nacht Pjetkin zurück zum Ärztehaus der »Lindenburg«. Sie hatten beide getrunken, umarmten sich beim Abschied und küßten sich.

Die Welt wird immer einsamer, aber Moskau wartet nicht länger. Igor Antonowitsch Pjetkin, du mußt etwas tun –

Er tat etwas. Er bewarb sich in West-Berlin um eine Stelle im Robert-Koch-Krankenhaus, die im Ärzteblatt ausgeschrieben war, eine Assistentenstelle in der Abteilung Unfall-Chirurgie. Poliklinik eingeschlossen.

Er wurde angenommen und überbrachte Prof. Weberfeld seine Kündigung. Da er immer noch im Probevertrag war, mußte man ihn gehen lassen.

»Ungern –«, sagte Weberfeld. »Ich wollte Sie bei mir aufbauen, Dr. Kramer. Nicht überhastet ... kontinuierlich, verstehen Sie? Vielleicht ein Denkfehler, aber wer immer nur mit deutschen Assistenten zu tun hat, wickelt sich in Mißtrauen ein. Ich wünsche Ihnen viel Glück. Meine Ahnung sagt mir, daß wir noch manches von Ihnen hören werden. Ich werde Sie Prof. Limbach in Berlin wärmstens empfehlen.«

Und plötzlich war Pjetkin verschwunden. Wolkin, der ihn noch dreimal suchte, erhielt immer die gleiche Auskunft: Unbekannt verzogen.

Wolkin versuchte alles. Beim Einwohnermeldeamt, mit einem Zahlungsbefehl, denn die Gerichte wissen schon, wohin sie ihre Schreiben schicken müssen, er ließ keinen Trick aus ... die Mauer, gegen die er prallte, war unzerstörbar. Nicht ein Steinchen fiel heraus.

»Jetzt ist er vom Fenster«, sagte in Pullach Oberst von Bargent zufrieden. »Das KGB knirscht mit den Zähnen, daß ich es bis hierher höre.«

Wahrhaftig: Das KGB verlor Pjetkin aus den Augen. Vorläufig wenigstens.

»Ich habe so etwas geahnt«, sagte in Moskau Jakow Starobin. Er war durchaus nicht an einer Fischgräte erstickt, sondern erfreute sich bester Gesundheit und hatte vier Pfund zugenommen. Außerdem erwartete seine Frau wieder ein Kind, das Starobin, wenn es ein Junge würde, Igor nennen wollte. Er überlegte blitzschnell, wie er jetzt Pjetkin und Dunja vor der Vernichtung retten konnte, und er fand einen simplen, logischen Satz, der Pjetkin aus allen Racheplänen hinauskatapultierte:

»Da haben wir's – als er die Mädchen im Westen gesehen hat, war Dunja vergessen. Es ist erstaunlich, wie schnell das Dekadente einen Menschen aufsaugt, sogar einen Pjetkin ...«

NEUNUNDVIERZIGSTES KAPITEL

Wer zum erstenmal an der Berliner Mauer steht und über die Betontafeln und den Stacheldraht in jenes andere Land blickt, das auch Deutschland heißt, den beschleicht ein bedrückendes Gefühl. Er spürt etwas von den Ungeheuerlichkeiten, zu denen Menschen fähig sind, wenn politische Ideen sich statt Vernunft ins Hirn einnisten. Mit über 55 Millionen Toten ist der letzte Weltkrieg bezahlt worden, aber geändert hat er bei den Menschen nichts.

Pjetkins erster Spaziergang in Berlin führte ihn an die Mauer. Er ging vor ihr hin und her, blieb oft stehen und blickte auf die Dächer der Häuser im anderen, verschlossenen Land.

An Marko hatte Pjetkin ein Telegramm geschickt. »Bin in West-Berlin. Robert-Koch-Krankenhaus. Was hörst Du von Dunja?«

Und am nächsten Abend hörte er Markos Stimme im Telefon, aus Helsinki, diese vertraute, leicht heisere, immer zu Streit bereite Stimme:

»Söhnchen, sie lebt wie eine Fürstin. Alle lieben sie. Sie hat alles versucht, was möglich ist, aber so frei sie lebt, ein unsichtbarer Ring ist um sie gelegt. Eine Ferienreise nach Finnland ist abgelehnt worden, mit mir zu telefonieren, wäre verdächtig ... so schreiben wir uns in langen Abständen dumme Briefe, die nur einen Sinn haben, wenn man die Worte übersetzt wie aus einer fremden Sprache. Igorenka, was hast du vor? Warum bist du in Berlin? Ob in Köln oder Berlin ... Leningrad ist unerreichbar. Fällt dir etwas ein?«

»Mir wird etwas einfallen«, sagte Pjetkin. »Ich hole euch herüber.«

»Bei mir ist es kein Problem. Ich kann das nächste Schiff nach Lübeck nehmen. Aber Dunja? Soll sie durch die Ostsee schwimmen?«

Es waren traurige Gespräche, die nichts enthielten als die große Hoffnung. Als den Glauben an ein Wunder. Jedoch Wunder im zwanzigsten Jahrhundert ...?

Im Krankenhaus arbeitete Pjetkin in der Unfall-Chirurgie. Prof. Limbach beging nicht den Fehler seines Kollegen Weberfeld und schätzte Pjetkin falsch ein, nur weil er ein sowjetisches Diplom besaß. Er ließ ihn operieren, beobachtete ihn dabei und sagte dann: »Lieber Dr. Kramer, ich gebe Ihnen die Station III. Kollege Schuller verläßt uns in 14 Tagen ... Sie können die Station schon jetzt betreuen.«

Pjetkin war glücklich. Er richtete Brüche ein, nagelte und flickte zerrissene Leiber, tröstete die Verwandten der Verletzten und schlief in einer winzigen Kammer auf dem Flur seiner Station. Er machte Tag und Nacht Dienst, still, unauffällig, im OP ein so schneller Arbeiter, daß die Kollegen, die ihm assistierten, allein schon durch die Handreichungen ins Schwitzen gerieten.

»Das ist kein Chirurg, das ist ein Artist«, sagte Dr. Danner, ein junger Assistent. »Verdammt, ich habe bei Thimburg famuliert, der war ein Sprinter am OP-Tisch ... aber dieser Kramer, der näht schon, bevor der Faden eingefädelt ist ...«

In der Nacht ging Pjetkin oft von Zimmer zu Zimmer. Es gab Patienten, die trotz Schlafmittel nicht einschlafen konnten ... bei ihnen setzte er sich aufs Bett und erzählte ihnen wundersame sibirische Märchen, von dem vereisten Jäger, dem Windräuber und der Schneejungfrau. Er saß bei den Sterbenden und spielte Karten mit den Genesenden, er war immer da, kannte jeden und wurde zum Beichtvater verborgener Nöte.

In einer dieser Nächte lernte er den Studenten Heiner Stapelhorst kennen. Stapelhorst hatte einen leichten Autounfall gehabt, war mit einigen Fleischwunden eingeliefert und von Pjetkin genäht worden. Nun lag er im Bett, las unter der Bettdecke mit einer Taschenlampe in einem Kriminalroman und stellte sich schlafend, als plötzlich Pjetkin ins Zimmer kam.

»Das ist ein uralter Trick«, sagte Pjetkin leise und setzte sich auf die Bettkante. »Tauchen Sie wieder auf ... Was lesen Sie denn da?« Pjetkin hob das Taschenbuch hoch. »Die rote Spinne ... spannend?«

»Mittelprächtig. Ihr Leben ist spannender, Doktor.«

»Meins?« Pjetkin zog sich innerlich zurück. Er baute einen Panzer um sich, unsichtbar, aber undurchdringbar. »Ein Laie glaubt immer, das Leben eines Arztes sei etwas Grandioses. Es ist schwere Knochenarbeit, weiter nichts.«

»Das meine ich nicht.« Stapelhorst beugte sich vor. »Ich habe Sie gleich wiedererkannt ... die Bilder damals ... Sie sind doch der Arzt, über den vor ein paar Monaten alle Zeitungen berichteten. Russe und doch kein Russe, Ostpreußenkind, verschleppt und nun freigelassen und so weiter – Stimmt's?«

»Ja«, sagte Pjetkin hart. »Das bin ich.«

»Ich fand Ihre Story toll.«

»Es war keine Story. Es war ein verdammtes und doch schönes Leben. Schlafen Sie jetzt, Herr Stapelhorst. ›Die rote Spinne‹ sollten Sie in der Schublade weiterspinnen lassen.«

»Gehen Sie nicht, bitte, Doktor.« Stapelhorst setzte sich im Bett. Der Schein der Taschenlampe beleuchtete seinen verbundenen Bauch. »Denken Sie nicht: Da liegt einer im Bett, der will nur noch einmal die Sensation aufwärmen. Und halten Sie mich nicht für anmaßend, Doktor. Spielte in der ganzen Sache nicht eine Dunja eine große Rolle?«

»Ja.«

»Gibt's die noch?«

»Sie wird es immer geben«, sagte Pjetkin und blickte zum Fenster. Draußen lag eine helle Sommernacht wie ein Seidentuch über Berlin. Warm und zärtlich. Dunja, dachte Pjetkin. Sommer in Issakowa. Im

Amur badet sich der Mond. Gibt es Worte für diese Nächte? »Sie lebt jetzt in Leningrad, als Oberärztin in einer Klinik.«

»Und Sie wollen sie hier haben, was?«

Pjetkin zögerte. Die Fragen des Studenten Stapelhorst ärgerten ihn und reizten ihn doch zur Antwort.

»Natürlich«, sagte er. »Wenn Sie die Berichte so genau gelesen haben, wissen Sie, warum ich in den Westen gekommen bin.«

»Das hat mich am meisten verwundert, Doktor.« Stapelhorst legte den Kriminalroman auf den Nachttisch. »Sie lassen sich ausweisen und haben das Ziel, diese Dunja herüberzuholen. Sie hoffen darauf, daß Ihnen hier jemand hilft. Daß die Welt aufsteht und Ihr Recht anmeldet, daß die Sowjets weich werden und Dunja hinterherschicken. Ist das nun ein Trick, habe ich mich gefragt, oder weltfremde Träumerei?«

»Träumerei –«

»Aha! Ihnen hat niemand geholfen?«

»Nein.«

»Und das haben Sie nicht geahnt?«

»Nein. In Workuta nicht. Jetzt weiß ich es ... langsam, ganz langsam gewöhne ich mich daran. Wie am Eismeer oder in Kasakstan stehe ich jetzt wieder allein und muß mich weitertasten. Sie haben recht: Niemand hilft mir. Der Lack ihrer Autos ist den Menschen wichtiger als ein Menschenschicksal.«

»Es gibt Ausnahmen.«

»Ein so riesiges Vergrößerungsglas habe ich nicht, um die zu suchen.«

Heiner Stapelhorst rutschte etwas tiefer und stützte sich auf die Ellenbogen. Sein Jungengesicht, das er durch einen Bartkranz ins Männliche transponierte, strahlte. Der Lichtkegel der Taschenlampe klebte unter seinem bärtigen Kinn.

»Sie sind mir sympathisch, Doktor«, sagte er noch leiser als zuvor. Die anderen Verletzten schliefen. In der Ecke schnarchte einer, als säße eine Motorsäge in seinem Kehlkopf. »Und wissen Sie, warum? Weil Sie mir keine Moralpredigten gehalten haben wie Ihre Kollegen. Gut, ich gebe zu, ich war an dem Autounfall schuld. Zu schnell gefahren und dann noch einen im Zacken. Die anderen schmieren einem diesen Unfall immer wieder aufs Butterbrot ... aber Sie haben keinen Ton gesagt, haben mich zusammengeflickt und basta. Das gefällt mir. Doktor, eine Frage, aber fallen Sie nicht gleich um: Sollen wir Ihre Dunja nach Berlin holen?«

Pjetkin fuhr herum. Er hatte bis jetzt zum Fenster hinausgesehen.

Die Frage traf ihn wie ein Stich ins Herz. Er vergaß sogar, zu atmen. Seufzend zog er dann wieder die Luft ein.

»Blödsinn«, sagte er rauh. »Von Leningrad –«

»Von Ost-Berlin. Wenn Ihre Dunja nach Ost-Berlin kommen könnte, dann wäre es ...« Stapelhorst hielt Pjetkin plötzlich die Hand hin. »Ich muß Ihnen was sagen, Doktor. Aber zuerst Ihr Ehrenwort. Ihr heiligstes ...«

»Sie haben es, Stapelhorst.«

Stapelhorst schien mit sich zu ringen. Er starrte Pjetkin an, knipste die Taschenlampe aus und setzte sich wieder, lehnte sich an die Rückwand des Bettes und drehte den Kopf zum Fenster. Die warme Nacht war voller Geräusche.

»Doktor –«, sagte Stapelhorst sehr ernst. »Ich vertraue Ihnen. Wir bauen seit vier Monaten einen Tunnel unter die Mauer. Wir – das sind neun Studenten, die alle Verwandte drüben in Ost-Berlin haben. Es ist ein verdammt sicherer Tunnel unter der Dresdener Straße her. Wir können nur nachts arbeiten und fahren den Ausschachtungsdreck in kleinen Karren auf Trümmergrundstücke. Darum dauert's so lange. Aber in acht Wochen könnten wir fertig sein. Dann geben wir drüben Nachricht und holen die Verwandten rüber. Ihre Dunja kann sich ihnen anschließen, bis jetzt sind es vierunddreißig Personen. Es muß nur eine Möglichkeit gefunden werden, sie von Leningrad nach Ost-Berlin zu bringen. Und Mut muß sie haben –«

»Ein Tunnel ... mein Gott, ein Tunnel unter der Mauer.« Pjetkin wischte sich über die Augen. Das ist es ... ein Tunnel! Unter der Grenze hindurch, wie eine Wühlmaus in die Freiheit! Mut? Wer redet hier von Mut? Habt ihr Sibirien erlebt, kennt ihr Workuta? Wir haben den Mut eingeatmet in der Taiga ... er hängt dort wie Beeren an den Sträuchern.

»Wenn die Sache schiefgeht, können alle ihr letztes Amen singen. Die da drüben kennen kein Erbarmen bei Republikflucht ...« Heiner Stapelhorst tippte Pjetkin gegen die Brust. Pjetkin zuckte zusammen – er kam aus einer anderen Welt zurück. »Haben Sie eine Ahnung, wie Sie Dunja nach Berlin bringen können?«

»Noch nicht. Wir sprechen noch darüber, Stapelhorst«, sagte Pjetkin tonlos. Die Erregung würgte seine Stimme ab. Ein Tunnel! Ein Tunnel! »Ich ... ich danke Ihnen für Ihr großes Vertrauen. In acht Wochen, sagen Sie?«

»Spätestens. Meine Freunde arbeiten auch ohne mich weiter. Wann kann ich denn wieder raus?«

»In zehn Tagen.«

»Nicht früher?«

»Ich werde Sie so früh, wie ich verantworten kann, entlassen ...«

Pjetkin verließ mit unsicheren Schritten das Zimmer. Auf dem Gang mit der trüben Nachtbeleuchtung lehnte er sich an die Wand. Acht Wochen ... das ist ein Zeitbegriff wie ein Wimpernschlag. Acht Wochen nur ... dann ist die einzige, die größte Chance vertan.

Pjetkin begann zu zittern. Keine Panik, dachte er. Laß dich nicht niederschlagen durch die Zeitnot. Wie spät ist es? Zwei Uhr morgens? Marko, steh auf. Die Stunden zerrinnen uns unter den Händen. Jetzt mußt du einen Weg finden ... wir bauen hier einen Tunnel, bring du Dunja nach Ost-Berlin ...

Von seinem Stationszimmer meldete er das Ferngespräch nach Helsinki an. Es dauerte eine Stunde, bis das Telefon wieder schellte, eine Stunde, in der Pjetkin die Minuten verfluchte, die auf der Uhr wegtickten.

»Bist du verrückt, Söhnchen?« sagte Marko so klar, als stände er vor Pjetkin. »Ich liege in einem Sarg für 1500 Finnmark und träume von einem Sonnenblumenfeld, da klingelt es. Was ist das, denke ich, fahre aus den Kissen und suche die Hinterbliebenen, die es so eilig haben, das Väterchen einzusargen. Aber niemand steht vor der Tür, und es klingelte noch immer. Wer denkt an das Telefon? Ich renne ins Büro, stoße mich an drei Sargecken, werfe zwei Kerzenleuchter um ... und wer ist dran? Du! Hast du Langeweile, Igorenka?«

»Dunja muß sofort nach Ost-Berlin«, rief Pjetkin. »Sofort.«

»Warum nicht nach Rio de Janeiro? Bist du besoffen?«

»Wir bauen einen Tunnel unter die Mauer. Wir holen Dunja herüber. Nur muß sie in Ost-Berlin sein. In spätestens acht Wochen.«

»Es gab einmal eine arme, auch im Kopf ziemlich leere Bauersfrau, die holte Lehm ins Haus, knetete ihn und backte daraus ein Brot. Sie aß es sogar, es schmeckte ihr, aber als sie scheißen wollte, war ihr Darm wie betoniert. Willst du mich zu dieser Bauersfrau machen, Söhnchen?«

»Acht Wochen, Marko!« schrie Pjetkin. »Die Zeit ist nicht mehr für, sondern gegen uns! Du *mußt* eine Idee haben!«

Eine Woche hörte Pjetkin nichts von Marko. Er rief dreimal in Helsinki an ... Vaiiko Halunääin war immer am Apparat und berichtete in einem harten Deutsch, daß Herr Godunow leider ans Meer gefahren sei. Leider für das Geschäft »Pietät ... keiner konnte so tröstende Worte finden wie Herr Godunow, und im Leichenschminken war er ein Meister.«

Pjetkin entließ Heiner Stapelhorst vorzeitig, noch mit den Veränden um die sich schließenden Wunden. »Ich gebe Ihnen rechtzeitig Bescheid, Doktor«, sagte Stapelhorst, als er sich verabschiedete. »Was hören Sie aus Helsinki?«

»Nichts. Gar nichts. Ich muß meinen Kopf in kaltes Wasser tauchen, damit er mir nicht zerplatzt.«

Nach einer Woche meldete sich Marko. Nicht aus Helsinki, sondern aus Lappeenranta, nahe der sowjetischen Grenze, kam ein Telegramm, das Pjetkin auf sein Bett warf, und wer es liest, kann das verstehen:

»Übersiedlung nach Ost-Berlin erst in acht Wochen möglich. Dunja hat sich auf meinen Rat in Leningrad mit einem Ingenieur verlobt, der in acht Wochen als Berater einer mikrotechnischen Fabrik nach Berlin versetzt wird. Plötzliche große Liebe. Brief folgt. Marko.«

Pjetkin rannte herum wie ein Betrunkener. Zum erstenmal war er unkonzentriert, verlangte bei einer Operation ein falsches Instrument. Prof. Limbach rückte beim Waschen nach dem Operationstag nahe an ihn heran.

»Was haben Sie, Herr Kramer?« fragte er.

»Ich werde wahnsinnig, Herr Professor.« Pjetkins Gesicht war bleich und eingefallen, in wenigen Tagen wie verhungert. »Dunja wird in acht Wochen in Ost-Berlin sein. Noch weiß ich nichts Genaueres, aber die Nachricht ist zuverlässig.«

»Wollen Sie sie über die Mauer rüberholen?«

Unter der Mauer, dachte Pjetkin. *Unter* ... aber ich darf es Ihnen nicht sagen, Herr Professor.

»Wir werden beide an glückliche Zufälle glauben und darauf warten«, antwortete er stockend. »Stellen Sie sich vor ... sie kommt an die Mauer, und ich stehe auf der anderen Seite, wir sehen uns, winken uns zu, schreien unsere Namen ...«

»Die kalte Wut wird Sie packen, mein Lieber. Dieses Gefühl der Ohnmacht vor einer absoluten Willkür wird Sie so übermannen, daß Sie keinen klaren Gedanken mehr fassen können. Davon lebt diese Mauer, davon lebt diese Politik ... Mein lieber Pjetkin – ich nenne Sie jetzt bewußt mit Ihrem russischen Namen –, für uns Deutsche ist alles, was aus dem Osten herüberweht, unheimlich. Rußland ist das Trauma der Deutschen, wie Deutschland das Trauma der Franzosen ist. Da ändert sich nichts ... kein Händedruck, keine Verträge, keine Umarmungen, kein Halli-hallo ... Wo einmal der Irrsinn im Gehirn sitzt, kann man ihn nicht mehr wegnehmen ... weder mit Streicheln noch mit dem Messer. Wenn wir die Politik medizinisch betrachten, ist die Welt paralytisch. Kennen Sie ein Heilmittel gegen Paralyse?«

»Nein.«

»Und da hoffen Sie noch?« Prof. Limbach trocknete seine Händ ab. »Wollen Sie Urlaub, Herr Kramer?«

»Nein, Herr Professor. Vielleicht in acht Wochen ...«

»Wenn Sie mit Dunja winke-winke machen? Wir reden noch dar über. Jetzt gehen Sie erst einmal ins Kasino und trinken einen Ko gnak –«

Der Brief, den Marko angekündigt hatte, traf drei Tage später ein Auch er kam aus Lappeenranta und war dick, zehn Seiten voll mi Markos großer Schrift.

»Es war ein plötzlicher Gedanke«, schrieb Marko unter anderem »ein Blitz, der einen mittendurch schneidet, Du kennst es, Söhnchen Ich habe es gewagt, als Herr Nappalainen aus Helsinki in Leningrad anzurufen. Lange hat's gedauert, bis das blonde Täubchen an den Apparat kam, und ich wußte, daß sie jetzt mithören, denn was hat Dunja Dimitrowna mit Finnland zu tun? Und also sagte ich zu ihr: ›Gott zum Gruße, Töchterchen, ich soll Ihnen Wohlergehen und einen Kuß auf die Wange von Ihrem entfernten Onkal Wanja geben. Ich traf ihn in Helsinki bei bester Gesundheit. Er war ganz erstaunt, daß Sie sich verloben wollen, und übermittelt Ihnen seine tiefempfundenen verwandtschaftlichen Wünsche. Stimmt es, daß Sie nach Ost-Berlin reisen werden? Mit Ihrem Bräutigam? In acht Wochen? Was, ein Irrtum ist das? Da sieht man wieder, wie Gerüchte sich verbreiten, schneller als Mundgeruch.‹ So ging es eine Weile weiter, und Dunja, das kluge Köpfchen, begriff es sofort. Ich gab ihr meine neue Adresse und wartete. Söhnchen – die Weiber haben den Teufel zum Paten: Noch keine Woche dauert es, da schreibt sie mir als ein glückliches Bräutchen. Im Krankenhaus hat sie ihn kennengelernt, seine Schwester hat er besucht, der man ein Stück Darm weggeschnitten hat, und da stehen sie sich am Bett gegenüber, sehen sich an, der anscheinend gepflegte Mensch, der sich Pawel Urbanowitsch Schulkow nennt, erzählt, daß er Ingenieur sei und die Gesundung seiner Schwester leider nicht länger miterleben könne, denn er müsse in Kürze nach Ost-Berlin ... Igorenka, was sagt man dazu: Es war Liebe auf dem ersten Blick. Beim zweiten Blick wurde es dann konkreter. Dunja, das Teufelchen, stellte Bedingungen, und der blinde, verliebte Mensch – man sollte ihn bedauern, er meint es ehrlich – wollte die Welt umarmen und rannte sofort von Dienststelle zu Dienststelle und brüllte, erregt wie alle Verliebten, denen das Bett winkt: ›Ich gehe nach Ost-Berlin nur mit Dunja! Dort heiraten wir! Sorgt dafür, Genossen, daß Dunja mit mir kommt, sonst können sie in Berlin ihre

Mikrogeräte als Pillen gegen Darmträgheit schlucken!‹ Nun läuft der Antrag, und da man den Genossen Schulkow braucht, wird es sicherlich eine Einigung geben.

Mein Söhnchen, wirf nicht den Kopf an die Wand ... du bekommst Dunja wieder, wie du sie verlassen hast. Sie wird nicht abgenutzt sein, denn Pawel Urbanowitsch weiß, daß er sein Täubchen nur in der Hochzeitsnacht ins Bett bekommt, nicht eine Stunde früher. Sie hat es ihm gesagt, ein sittsames Vögelchen, gib es zu.

Warte auf neue Nachricht. Ich habe einen Freund entdeckt, einen Straßenräuber und Strolch, der einen Weg nach Rußland kennt. Durch die karelischen Wälder schleichen wir uns hinüber. Habe Geduld ... ich umarme Dich, mein Söhnchen.«

Es war der letzte Brief. Die Verbindung zu Marko brach ab.

Warten ... warten ... vier Wochen ... sechs Wochen ... Schweigen. Ein Beweis, daß sich Marko an Dunjas Fersen geheftet hatte?

Pjetkin wurde nervöser, als es ein Arzt sein durfte. Prof. Limbach verstand ihn ... er ließ ihn nur Stationsdienst machen und befreite ihn von den Operationen. »In Ihrem Zustand nähen Sie eine Zehe als Nase an«, sagte er und winkte ab, als Pjetkin Erklärungen geben wollte. »Keine großen Worte, Herr Kramer ... ich stelle mir vor, ich sei dreißig Jahre jünger und meine Braut ist drüben im Osten. Haben Sie schon einen Plan, wie Sie die Dame herüberholen?«

»Ja.« Pjetkin zögerte. Prof. Limbach merkte es sofort.

»Sie möchten nicht darüber sprechen?«

»Nein, Herr Professor. Es macht mich völlig verrückt.«

»Ist es gefährlich?«

»Ja.«

»Riskieren Sie nicht zuviel, Herr Kramer?«

»Ich setze alles aufs Spiel ... aber ich will ja auch alles gewinnen: Dunja.«

»Sie muß eine wundervolle Frau sein.«

»Man kann sie nicht beschreiben ...«, sagte Pjetkin leise.

Er drehte sich um und rannte davon. Es war unmöglich, ihm das übelzunehmen.

Man fragt sich manchmal, warum Dinge geschehen, die eigentlich unmöglich sind. So war's auch hier ... eine Dienststelle genehmigte die Mitreise Dunja Dimitrownas mit ihrem Bräutigam nach Ost-Berlin. Man hatte sogar eine Arztstelle für sie besorgt: Im sowjetischen Militärhospital Karlshorst übernahm sie die Poliklinik und die ambulante Behandlung.

Anfang Oktober suchte Heiner Stapelhorst gegen Abend Pjetkin im Krankenhaus auf. Er fand einen Mann, der vor Nervosität mi den Händen zitterte.

»Doktor, wir stehen vor den letzten Metern, dann sind wir im Keller des Hauses Dresdener Straße. Es läuft alles glatt. Haben Sie von Dunja etwas gehört?«

»Nichts«, sagte Pjetkin mit abwesendem Blick. »Nichts. Ich warte noch immer ... Warten! Wer gesagt hat, Warten ist eine Tugend, gehört erdolcht!«

»In einer Woche kann es soweit sein, Doktor.« Stapelhorst hatte Mitleid mit dem Arzt, aber der Tunnel wurde nicht für Dunja gegraben, sondern für mittlerweile fünfunddreißig Personen. Frauen, Kinder, Männer, Greise ... fünfunddreißig Menschen, die wie Maulwürfe in die Freiheit kriechen sollten.

Eine Woche noch.

Pjetkin war dürr geworden, als habe er die Auszehrung. Er sprach kaum noch, flüchtete sich zu seinen Kranken und umhüllte sich mit deren Leid, um sein eigenes zu vergessen. Es wird alles anders werden, dachte er, wenn er nachts herumwanderte, von Zimmer zu Zimmer, über die Gänge, durch den Garten, wo jetzt der Herbst einzog und der Wind die Blätter von den Bäumen wehte. Alles anders. Dunja wird ihren Ingenieur heiraten und dann in Rußland verschwinden. Nie wird sie nach Berlin kommen, nie. Ich habe sie verloren, von der Stunde an, als ich Workuta verließ. Alles habe ich falsch gemacht, einfach alles.

O Dunja, Dunja ... ich werde wahnsinnig ...

Und plötzlich war ein Brief da. Absender: Marko Godemann. Berlin-Karlshorst, Birkenstraße 15, bei Familie Puschke.

Pjetkin öffnete den Brief nicht sofort. Er rannte in die Kantine, holte eine Flasche Kognak, trank vier Gläser und hatte dann erst die nötige Ruhe, das Kuvert aufzuschlitzen.

Marko Godemann ... Marko in Ost-Berlin. Gott im Himmel – sie haben es geschafft.

Der Brief war unverfänglich. Ein besorgter Vater schrieb:

»Lieber Herr Doktor.

Meine kleine Tochter Dunja hat in der letzten Zeit eine merkwürdige Krankheitserscheinung: Sie läuft des Nachts immer im Bett herum. Es sind die Nerven, sagen die Ärzte, verschreiben Pillen und Zäpfchen, aber nichts hat bisher geholfen. Ich habe gehört, daß Sie ein Fachmann auf dem Gebiete solcher Erscheinungen sind. Können Sie mir helfen? Bitte, geben Sie mir einen Rat. Herzlichen Dank, Herr Doktor. Ihr Marko Godemann, Birkenstraße 15.«

Pjetkin drückte den Brief gegen sein Gesicht und blieb so eine Weile regungslos sitzen.

Dunja in Berlin . . . ein paar Straßen weiter nur.

Pjetkin antwortete sofort.

»Lieber Herr Godemann. Die Krankheit Ihrer Tochter ist heilbar. Ich kenne einen Kollegen, wir sind befreundet, er wird Ihnen helfen können. Er wohnt Dresdener Straße, das Haus gleich an der Mauer. Ich habe die Hausnummer vergessen, aber Sie können es nicht verfehlen. Ich wünsche Ihrer Tochter eine recht schnelle Besserung. Ihr Dr. Kramer.«

»Sie sind da«, sagte Pjetkin schwach und bleich, als Heiner Stapelhorst fünf Tage später wieder nachfragte. »Mit Marko, ich erzählte Ihnen von ihm. Dieser Mensch ist ein Wunder Gottes, ein echtes Wunder. Dunja und Marko werden sich mit den Leuten in der Dresdener Straße schon in Verbindung gesetzt haben. Dunja in Berlin . . . ich kann es immer noch nicht fassen.«

»Muß ein tolles Mädchen sein, Doktor. Gratuliere.« Stapelhorst holte eine Planzeichnung aus der Tasche und breitete sie auf dem Tisch aus. »Hier graben wir jetzt. Heute nacht stoßen wir durch den Kellerboden. Wir liegen genau richtig . . . die Klopfzeichen sind direkt über uns. Morgen nacht kann es losgehen. Es werden neununddreißig Personen rüberkommen . . .«

»Neununddreißig? Fällt das nicht auf?«

»Sie werden ab morgen früh um sechs einzeln in das Haus sickern. Ist dicke Luft, warten sie ab. Aber warum soll man etwas merken? Neununddreißig Personen, darunter Frauen und Kinder, im Laufe eines Tages auf einer Straße . . . das ist völlig unauffällig. Ich werde über unser kleines Funkgerät meinen Freunden drüben von Ihrer Dunja und diesem Marko erzählen. Spricht sie deutsch?«

»Von der Schule her. Ein wenig.«

»Aber das Übliche kann sie verstehen? Halt oder Ruhe oder solche Dinge?«

»Sicherlich.«

Stapelhorst faltete den Plan wieder zusammen. »Also, morgen nacht um zwei Uhr. Wir treffen uns am Oranienplatz.«

»Morgen nacht –« Pjetkin nickte wie eine Puppe.

FÜNFZIGSTES KAPITEL

Der Tunnel gähnte im Keller des Hauses an der Mauer, schwarz, niedrig, ein Maul der Gefahr. Durch Erdhaufen und Schutt hatten sie sich hindurchgezwängt. Nun standen Stapelhorst und zwei andere Studenten am Einstieg und banden sich Taschenlampen an Bändern um die Stirn. Sie trugen Trainingsanzüge, feste Schuhe und eine Pistole im Gürtel.

»Nur für den Notfall«, sagte Stapelhorst, als Pjetkins Blick die Waffen streifte.

Schaufeln und Hacken wurden von hinten angereicht. Die drei Männer nahmen sie in die Hände und gingen zum Einstiegsloch. Draußen vor dem Haus warteten im Dunkel einige Autos. Eine Patrouille aus vier Studenten pendelte dauernd auf der Straße auf und ab.

»Der Gang ist so gut wie möglich abgestützt«, sagte Stapelhorst. »Aber man kann nie wissen, was nachfällt. Also los! Drückt uns die Daumen . . .«

Pjetkin trat vor. Hinter ihm waren jetzt vier andere Männer erschienen und lehnten an der feuchten Kellerwand. Verwandte der Flüchtlinge, die man herüberholen wollte. Aus dem Schacht roch es nach Moder und Kloake.

»Nehmen Sie mich mit«, sagte Pjetkin.

Stapelhorst drehte sich herum. Er hatte bereits einen Schritt in den Tunnel getan.

»Ausgeschlossen!«

»Ein Arzt könnte im Notfall helfen.«

»Wenn hier ein Notfall eintritt, hilft kein Arzt mehr. Entweder gelingt es – oder wir gehen alle hoch. Genau werden wir das erst wissen, wenn wir drüben sind. Stehen die Vopos am Ausgang, werdet ihr das Schießen hören. Da helfen auch Ihre Pflaster nicht mehr, Doktor. Macht dann nur eins: Reißt die Stützen ein! Vernichtet alles. Den Gang zu! Es hat dann keinen Sinn mehr, zu warten . . . Also los!«

Stapelhorst glitt als erster in das schwarze Loch. Der Gang war so hoch, daß er gebückt gehen konnte. Die beiden anderen folgten ihm dicht . . . eine Weile hörte man das leise Klappern der Schaufeln und Hacken und ein klatschendes Geräusch.

Wasser im Tunnel. Nicht hoch, eine dünne Schicht nur. Es drang aus dem Boden, tropfte aus den Wänden. Zwei Tage lang hatte es geregnet, die Erde war vollgesogen.

Und wieder warten ... warten ... in Dunkelheit, in lähmender Stille, gemartert von den eigenen Gedanken und Ängsten.

Pjetkin saß auf einer Kiste und starrte in das schwarze Loch. Seine Nervosität war von ihm abgefallen von dem Augenblick an, wo er den Keller betreten hatte. Er wunderte sich über seine Ruhe, die klaren Gedanken, mit denen er jetzt das Warten ausfüllte. Hinter und neben ihm schabten die anderen Männer unruhig mit den Füßen ... er dachte daran, ob Dunja auch im Robert-Koch-Krankenhaus arbeiten konnte. Prof. Limbach würde das sicherlich bei der Verwaltung durchsetzen, und Marko konnte als Krankenpfleger eingestellt werden. Sie fehlten auf jeder Station, man würde glücklich sein, einen Fachmann wie Godunow zu bekommen. Eine sichere Zukunft ... nur von dem Heimweh darf man nicht sprechen, wenn man an die Steppen und Wälder des Amur denkt.

Ein Schaben, ganz weit weg, ein fernes leises Klappern. Fast körperliche Unruhe, die aus dem gähnenden Loch quoll.

»Sie kommen ...«, stotterte ein Mann hinter Pjetkin. Und plötzlich weinte der Mann, legte die Hände vors Gesicht, drückte sich gegen die Kellerwand und schluchzte. »Sie haben es geschafft. Sie kommen ... hört ihr ... sie sind da ...«

Ein Kopf tauchte aus der Höhle auf, ein Frauenkopf in einem Kopftuch ... die Männer griffen zu und zogen die Frau heraus ... Ihr folgte ein Kind, ein Mädchen, es trug eine große Puppe im Arm und hatte ein Handtuch um den Puppenkörper gewickelt ... dann ein Junge, ein hölzernes Feuerwehrauto unter den Arm geklemmt ... drei Männer mit Eisenstangen in den Händen, ihre verkniffenen Gesichter lösten sich zu einem hilflosen Grinsen, als sie im Schein der Taschenlampen standen. Sie warfen die Eisenstangen weg, umarmten die Männer im Keller und dann die Frau und die Kinder.

»Is det een Jefühl ...«, sagte einer von ihnen. »Justav, ick hab plötzlich keenen Druck mehr im Nacken –«

»Platz da!« kommandierte jemand am Loch. »Die anderen wollen auch raus! Haut ab nach oben! Hier ist doch keine Stehbierhalle! Rauf in den Hausflur! Nur Männi und der Doktor bleiben hier –«

Getrampel auf der Holztreppe. Gedämpfte Stimmen. Dann wieder Ruhe, so plötzlich, daß einem der Atem stockte. Und wieder das ferne Scharren im Tunnel.

»Da sind sie schon ...«, sagte der Mann, den die anderen Männi nannten. »Doktor, leuchten Sie mit der Stablampe hinein ...«

Pjetkins Lampe riß neue Köpfe ins Licht. Zwei Männer hoben sie in die Freiheit. Körper, schmutzig, durchnäßt, zitternd.

Ein Ehepaar mit drei Kindern. Tränen, Schluchzen, Küsse.

»Weg!« schrie Männi. »Die Treppe rauf ...«

Eine Hochschwangere. Dahinter ihr Mann. Ein junger Riese. Er schob einen Sack mit Wäsche und anderen Sachen vor sich her. Dann ein alter Mann, der sich ein Taschentuch in den Mund gestopft hatte, um nicht zu husten. Er war dem Ersticken nahe, rang mit hochrotem Kopf nach Luft, als er sich den Stoff aus dem Mund riß. Pjetkin machte Atemübungen mit ihm, so gut es hier ging, und schob ihn dann zur Treppe.

Ein Liebespaar, das Hand in Hand durch den Gang kroch. Wieder eine Familie. Ein Säugling, der in eine Decke gewickelt auf dem Arm der Mutter schlief, einen Schnuller im Mund. Ein Kind weinte ... der Vater ging hinter ihm und hielt ihm seine breite Hand vor den Mund ... er sprach flüsternd auf das Kind ein und ließ den Kopf des Mädchens erst los, als ihn Pjetkins Lichtschein traf.

Zwei ältere Frauen ... die eine humpelte am Stock und betete bei jedem Schritt.

Pjetkin zählte ... neununddreißig sind es im ganzen ... also jetzt noch sieben ... noch vier ... noch zwei ... Wo blieb Dunja? Gott im Himmel ... wo blieb Dunja?

Stapelhorst erschien. Dreckig, erschöpft, aber glücklich lehnte er an der Wand. Seine beiden Freunde krochen aus dem Tunnel, Lehmgestalten, stinkend, unkenntlich wie Fabelwesen.

Durch Pjetkin lief ein Zittern. Er stürzte auf Stapelhorst und packte ihn an den Schultern.

»Wo ist Dunja?« schrie er. Seine Stimme überschlug sich in dem kleinen Keller. »Was ist passiert? Wo ist Dunja? Warum kommt sie nicht mit?«

Stapelhorst schwieg. Er atmete schwer und schob mit Mühe Pjetkins Hände von seiner Schulter. Wortlos zeigte er auf den Gang. In dem schwarzen Loch erschien ein Kopf, umhüllt von einem Kopftuch, und es war gebunden, wie die russischen Bäuerinnen ihre Tücher um die Haare binden, ehe sie aufs Feld gehen.

»Dunjuschka ...«, stammelte Pjetkin. »O Himmel ... Dunjuschka ...«

Er fiel vor dem Gang auf die Knie, zog sie heraus, riß sie an sich, umarmte sie, küßte ihr die Erde vom Gesicht und die Nässe aus den Augen. »Dunjenka ... mein Liebling ... mein ...«

Die Stimme versagte ihm. Er hörte, wie sie »Igorenka, o Igorenka«, stammelte, dann umklammerten sie sich wieder, als gäbe es jetzt noch etwas, was sie auseinanderreißen könnte. Stapelhorst ließ sie am Tunnel knien, winkte den anderen und stieg die Treppe hinauf ins Haus.

»Wir warten auf Sie, Doktor«, sagte er an der Treppe. »Lassen Sie sich Zeit –«

»Du bist es . . .«, flüsterte Dunja. Ihre Hände umfaßten Pjetkins Kopf. Die Taschenlampe lag auf der Erde, ein Licht, das immer matter wurde. Die Batterien waren erschöpft.

Pjetkin atmete wie ein Erstickender. Die Welt war vollkommen für ihn. Es würde eine eigene Welt werden, eine Insel inmitten eines brüllenden Meeres von Haß und Mißgunst, Jagd nach Reichtum und Ruhm, Betrug und Verlogenheit, Schwachheit und Kraftprotzerei, Heuchelei und Gotteslästerung. Ein kleines eigenes Leben, drei Menschen in einem selbst ausgegrabenem Paradies.

Drei . . .

Pjetkin schob Dunja etwas von sich und beugte sich wieder in das schwarze Loch. Er lauschte in den unterirdischen Gang, er wartete auf das Tappen von Schritten. Langsam, ganz vorsichtig, als könne er abreißen, zog Dunja seinen Kopf zurück.

»Auf wen wartest du?«

»Auf Marko. Er muß gleich kommen . . .«

»Marko kommt nicht.«

Sie griff schnell zu, als Pjetkin hochzuckte, und zog ihn zu sich herunter. Sie legte beide Hände um sein Gesicht und streichelte es. Er spürte das Zittern ihrer Finger, legte seine Stirn auf ihre Schulter und hörte ihr zu. Übelkeit überfiel ihn.

»Bis zuletzt habe ich auf ihn eingeredet«, sagte sie. »Er hat mich in den Gang gehoben, ist ein Stück mitgegangen, bis zur Hälfte etwa, ist dann stehengeblieben und hat mir nachgewunken. ›Umarme mein Söhnchen‹, hat er mir zugerufen. ›Grüß ihn von mir. Er hat jetzt alles, um auf dieser Welt glücklich zu sein.‹ Dann hörte ich nur noch seine Schritte . . . sie gingen zurück –«

»Und warum ist er nicht mitgekommen?« Pjetkin umarmte Dunja. Er weinte plötzlich laut wie ein Kind. Er suchte Halt an ihr, aber sein Schluchzen durchrüttelte auch sie, sie hielt ihn fest, als müsse sie seinen Kopf über Wasser drücken. »Warum hat Marko das getan?«

»›Ich kann es nicht, Täubchen‹, hat er zu mir gesagt.« Dunja küßte die Tränen von Pjetkins zuckendem Gesicht. Er warf den Kopf zurück und war wie ein Wolf, der den Mond anheult. »›Versteht mich. Wie kann ich ohne Rußland leben . . . Ich bin ein Russe . . .‹«

Konsalik

Bisher sind in unserem Verlag erschienen:

10280 SPIEL DER HERZEN
10394 DIE LIEBESVERSCHWÖRUNG
10519 UND DENNOCH WAR DAS LEBEN SCHÖN
11032 LIEBE AM DON
11046 BLUTHOCHZEIT IN PRAG
11066 HEISS WIE DER STEPPENWIND
11080 WER STIRBT SCHON GERNE UNTER PALMEN . . .
Bd. 1: DER VATER
11089 Bd. 2: DER SOHN
11107 NATALIA, EIN MÄDCHEN AUS DER TAIGA
11113 LEILA, DIE SCHÖNE VOM NIL
11120 GELIEBTE KORSARIN
11130 LIEBE LÄSST ALLE BLUMEN BLÜHEN
11151 ES BLIEB NUR EIN ROTES SEGEL
11180 MIT FAMILIENANSCHLUSS
12045 KOSAKENLIEBE
12053 WIR SIND NUR MENSCHEN
12057 LIEBE IN ST. PETERSBURG
12128 ICH BIN VERLIEBT IN DEINE STIMME
12134 VOR DIESER HOCHZEIT WIRD GEWARNT
14007 ZWEI STUNDEN MITTAGSPAUSE
14009 NINOTSCHKA, DIE HERRIN DER TAIGA
14018 TRANSSIBIRIEN-EXPRESS
13025 DER LEIBARZT DER ZARIN
10048 DIE STRASSE OHNE ENDE
17036 DER TRÄUMER

BASTEI LÜBBE